Pour apprecier la quietude
des montagnes Corses
avec notre amitié

Jessy et Guy

Juin 2009

QUITTER LE MONDE

DU MÊME AUTEUR

L'homme qui voulait vivre sa vie, Belfond, 1998, rééd. 2005 ; Pocket, 1999
Les Désarrois de Ned Allen, Belfond, 1999, rééd. 2005 ; Pocket, 2000
La Poursuite du bonheur, Belfond, 2001 ; Pocket, 2003
Rien ne va plus, Belfond, 2002 ; Pocket, 2004
Une relation dangereuse, Belfond, 2003 ; Pocket, 2005
Au pays de Dieu, Belfond, 2004 ; Pocket, 2006
Les Charmes discrets de la vie conjugale, Belfond, 2005 ; Pocket, 2007
*La Femme du V*e, Belfond, 2007 ; Pocket, 2008
Piège nuptial, Belfond, 2008

Vous pouvez consulter le site de l'auteur à l'adresse suivante :
www.douglas-kennedy.com

DOUGLAS KENNEDY

QUITTER LE MONDE

Traduit de l'américain
par Bernard Cohen

belfond
12, avenue d'Italie
75013 Paris

Titre original :
LEAVING THE WORLD
publié par Hutchinson, Londres

Ce livre est une œuvre de fiction. Les noms et les personnages sont le fruit de l'imagination de l'auteur, et toute ressemblance avec des personnes réelles, vivantes ou mortes, serait pure coïncidence.

Si vous souhaitez recevoir notre catalogue
et être tenu au courant de nos publications,
vous pouvez consulter notre site internet :
www.belfond.fr
ou envoyer vos nom et adresse,
en citant ce livre,
aux Éditions Belfond,
12, avenue d'Italie, 75013 Paris.
Et, pour le Canada,
à Interforum Canada Inc.,
1055, bd René-Lévesque-Est,
Bureau 1100,
Montréal, Québec, H2L 4S5.

ISBN : 978-2-7144-4259-8

Pour ma fille Amelia

« La question de l'autorité ne nous quitte jamais. Qui est responsable d'avoir pressé la détente, appuyé sur le bouton ? Qui est derrière le gaz, le feu ? »

Leonard MICHAELS

« Le destin n'est pas un aigle ; il se faufile comme un rat. »

Elizabeth BOWEN

LE SOIR DE MON TREIZIÈME ANNIVERSAIRE, j'ai fait cette déclaration : « Je ne me marierai jamais et je n'aurai jamais d'enfants. »

Je me rappelle encore les circonstances exactes de cette annonce. Il était environ six heures du soir à New York dans un restaurant au croisement de la 63e Rue Ouest et de Broadway, c'était le 1er janvier 1987, et mes parents venaient de se lancer à nouveau dans une dispute. Attisée par l'alcool et une impressionnante accumulation de griefs soigneusement refoulés, la scène de ménage publique avait pris fin quand ma mère, après avoir hurlé que mon père était une ordure, s'était enfuie en pleurant aux toilettes des dames, qu'elle continuait à appeler « le petit coin ». Et si les autres convives étaient restés bouche bée devant ce bruyant étalage de frustration conjugale, moi, il ne m'avait guère surprise. Mes parents se disputaient sans cesse, avec une propension particulière à s'enflammer à certaines dates du calendrier – Noël, Thanksgiving, l'anniversaire de leur enfant unique… – où le sens de la famille était censé prendre le pas sur tout le reste et où nous aurions dû, ainsi que ma mère aimait à le répéter, nous retrouver dans « un nid douillet » d'affection mutuelle.

Mais mes parents n'étaient pas du genre « nid douillet ». Au contraire, ils avaient autant besoin de cet état de belligérance permanent que certains alcooliques d'une rasade de whisky pour commencer la journée. C'était un élément de leur existence sans lequel ils se retrouvaient déboussolés, perdus, et il leur suffisait de commencer à se houspiller et à s'égratigner pour se retrouver en terrain connu et avoir l'impression de se sentir « chez eux ». Plus qu'un état d'esprit, l'insatisfaction est une habitude à laquelle l'un et l'autre étaient farouchement attachés.

Je referme la parenthèse. Premier de l'an 1987, donc. Nous étions venus en voiture d'Old Greenwich, dans le Connecticut, pour fêter mon anniversaire. Nous étions d'abord allés voir *Casse-Noisette* dans la célèbre mise en scène de Balanchine pour le New York City Ballet, avant de rallier O'Neill's, le restaurant en question, en face du Lincoln Center. Mon père avait commandé un martini vodka, puis un deuxième qu'il avait vidé en faisant signe à la serveuse de lui en apporter un troisième, et maman avait sèchement fait remarquer qu'il buvait trop ; très prévisiblement, papa avait répliqué qu'elle n'était pas sa mère et que s'il avait envie d'un troisième foutu martini, c'était son affaire et celle de personne d'autre ; d'une voix coupante, les dents serrées, maman lui avait ordonné de parler moins fort et il avait répondu qu'il ne se laisserait pas traiter comme un gamin ; maman avait rétorqué que c'était ce qu'il méritait, pourtant, parce qu'il ressemblait à un marmot qui jetait ses jouets hors de son parc à la première réprimande ; sortant l'artillerie lourde, papa l'avait traitée de ratée aigrie qui essayait de...

Prenant alors l'une de ces attitudes théâtrales qu'elle affectionnait tant, elle avait glapi qu'il était une « lamentable ordure » et s'était ruée au « petit coin », me laissant, les yeux baissés sur mon shirley temple. Papa avait à nouveau fait signe à la serveuse de lui apporter son troisième martini tandis qu'un silence embarrassé s'était installé entre nous, qu'il avait rompu par une question inattendue :

— Et donc, comment ça va, à l'école ?

Passant du coq à l'âne, moi aussi, j'avais répondu :

— Je ne me marierai jamais et je n'aurai jamais d'enfants.

Sa réaction avait été d'allumer l'une de ses trente Chesterfield quotidiennes, de lâcher son rire de fumeur bronchitique et d'affirmer :

— Bien sûr que si ! Si tu crois que tu vas échapper à tout ça ! Tu te feras rattraper au tournant, et comment !

Il y a au moins une chose que je dois dire au sujet de mon père, c'est qu'il n'a jamais essayé de me cacher la vérité ni de songer à me protéger des multiples déceptions dont l'existence est féconde. Tout comme ma mère, il était adepte de ce principe : « Après une crise particulièrement désagréable, faire comme si rien ne s'était passé... au moins pendant un moment », et c'est pourquoi il a rendu à ma mère son sourire forcé lorsque celle-ci est revenue.

— Jane était en train de me parler de son avenir, a-t-il annoncé en jouant avec le shaker.

— Jane a un magnifique avenir devant elle, a certifié ma mère. Qu'est-ce que tu disais à papa, chérie ?

Il a répondu à ma place :

— Notre fille vient de m'informer qu'elle ne se mariera jamais et qu'elle n'aura jamais d'enfants.

Il ne la quittait pas des yeux, savourant le malaise visible de sa femme.

— Bien sûr que tu ne disais pas ça sérieusement, chérie..., a dit maman.

— Si.

— Mais enfin, nous connaissons plein de gens qui sont très heureux en ménage et qui...

Le ricanement que mon père a lâché en vidant son martini numéro trois l'a interrompue et elle a pâli en s'apercevant qu'elle avait parlé sans réfléchir, une fois encore. « Ma langue va toujours plus vite que mon cerveau », avait-elle déploré un jour après m'avoir confié dans un moment de détresse qu'elle n'avait plus de rapports sexuels avec mon père depuis quatre ans.

Un silence encore plus tendu a suivi, que j'ai dissipé :

— Personne n'est jamais heureux, en fait.

— Voyons, Jane ! s'est inquiétée ma mère. Tu es beaucoup trop jeune pour avoir une vision aussi négative des choses.

— Pas du tout, est intervenu mon père, et j'ajouterai que si Jane a déjà conscience de ce petit aspect essentiel de la condition humaine, c'est qu'elle est bien plus maligne que nous. Tu as raison, ma petite : tu veux le bonheur, ne te marie pas et n'aie pas d'enfants. Mais tu le feras quand même.

— Enfin, Don !

— Enfin quoi ? a-t-il repris en élevant la voix comme à chaque fois qu'il était soûl. Tu attends de moi que je mente à cette gosse ? Alors qu'elle a déjà saisi et exprimé cette putain de vérité ?

Plusieurs clients ont recommencé à nous lancer des regards désapprobateurs, auxquels papa a répondu par le sourire de garnement qui lui venait toujours dans ces situations. Il a commandé un quatrième verre et maman, tout en étranglant sa serviette des deux mains, s'est contentée de chuchoter :

— C'est moi qui conduis, ce soir.

— Parfait, a lancé mon père en empoignant son martini qu'il a fait tinter contre mon cocktail sans alcool. Joyeux anniversaire, mon cœur. Je bois à ta santé et je te souhaite une vie sans un seul mensonge !

J'ai jeté un coup d'œil à ma mère. Elle était en larmes. Le sourire de mon père s'est épanoui.

Nous avons terminé de dîner et sommes repartis à Old Greenwich sans échanger un mot. Plus tard, ma mère est entrée dans ma chambre alors que je lisais dans mon lit ; s'agenouillant près de moi, elle m'a pris la main et a déclaré que je devais oublier tout ce que mon père avait dit.

— Tu seras heureuse, ma chérie. Je le sais. J'en suis sûre.

Je n'ai rien répondu. Fermant les yeux, je me suis abandonnée au sommeil.

Quand je me suis réveillée le lendemain matin, mon père était parti. Je m'en suis rendu compte en descendant de ma chambre vers onze heures. J'avais encore trois jours de vacances et, du haut de mes treize ans tout frais, j'avais déjà compris que douze heures de torpeur dans mon lit étaient le meilleur moyen de faire face à la certitude si répandue chez les adolescents en proie à leurs hormones : la vie est fondamentalement chiante. À la cuisine, j'ai trouvé ma mère prostrée sur un tabouret du coin petit déjeuner, tête basse, les yeux rouges et des traces de mascara sur les joues. Elle avait oublié une cigarette allumée dans le cendrier devant elle et en avait une deuxième entre les doigts. De l'autre main, elle tenait une lettre.

— Ton père nous a quittées, a-t-elle annoncé d'une voix dénuée de toute émotion.

— Quoi ? ai-je fait, interloquée.

— Il est parti et il ne reviendra pas. C'est écrit, là.

Elle a levé en l'air la feuille de papier qu'elle tenait.

— Il ne peut pas faire ça.

— Oh si. Et il l'a fait. Tout est expliqué là-dedans.

— Mais… Ce matin, quand tu t'es levée, tu l'as vu, non ?

Elle fixait le cendrier.

— Je lui ai préparé son petit déjeuner. Je l'ai conduit à la gare. Je lui avais parlé d'un vide-greniers à Westport ce samedi. Il m'a dit qu'il rentrerait par le train de 19 h 03. Je lui ai demandé si des côtelettes d'agneau conviendraient pour le dîner. Il a dit : « Oui, mais sans brocolis. » Il m'a donné un baiser sur la joue. Je me suis arrêtée au supermarché, j'ai acheté les côtelettes et en revenant à la maison j'ai trouvé… ça.

— Donc, il a laissé le mot avant que vous partiez pour la gare ?

— En arrivant à la voiture, il a dit qu'il avait oublié son stylo Parker, celui dont il ne peut pas se passer, et il s'est précipité dans la maison. C'est à ce moment qu'il a dû laisser la lettre.

— Je peux la voir ?

— Non ! C'est… personnel. Il y a des choses dedans qui…

Elle s'est arrêtée, a tiré une longue bouffée de cigarette, et quand elle m'a regardée à nouveau il y avait une étrange colère en train de se former dans ses yeux :

— Si seulement tu n'avais pas dit ça…

— Moi ? ai-je murmuré, le souffle court. J'ai dit quoi ?

Approchant la feuille de son visage, elle a lu à voix haute :

— « Quand Jane a fait cette remarque tout à l'heure, que personne n'est jamais heureux, la décision que j'envisageais, et repoussais, depuis des années ne m'a plus semblé extravagante soudain. Tu es allée te coucher, je suis resté au salon à réfléchir sur le temps qu'il me restait à vivre. Trente-cinq ans ? Moins sans doute, vu comme je fume… Et je suis arrivé à la conclusion que ça suffisait. Toi, nous, tout ça. Notre fille voit juste : le bonheur n'existe pas. Mais en quittant ce mariage, je serai moins malheureux que maintenant, voilà tout… »

Elle a jeté la lettre sur le comptoir. Le silence s'est installé et pour la toute première fois de ma vie j'ai éprouvé l'étrange et effrayante sensation que le sol se dérobait sous mes pieds.

— Pourquoi tu lui as dit ça ? a demandé ma mère d'une voix sourde. Pourquoi ? Il serait encore ici, si tu n'avais pas…

Sans la laisser finir, j'ai couru à ma chambre, claqué la porte derrière moi et je me suis jetée sur mon lit. Je n'ai pas éclaté en sanglots. C'était plutôt comme si je tombais en chute libre. Les mots comptent. Les mots construisent et détruisent. Les mots restent. Et les miens avaient poussé mon père à s'en aller. Tout était ma faute.

Une heure plus tard, environ, maman est venue frapper à ma porte. Elle m'a priée de lui pardonner ses paroles. Je n'ai pas répondu. Elle est entrée. J'étais recroquevillée en position fœtale, un oreiller plaqué contre la poitrine.

— Jane, ma chérie… Je suis désolée.

J'ai serré l'oreiller encore plus fort, le visage détourné.

— Ma langue va plus vite que mon cerveau, et…

— Oui, tu me l'as répété un millier de fois…

— Et j'étais sous le choc, je suis effondrée, je suis…

Les mots comptent. Les mots construisent et détruisent. Les mots restent.

— Nous disons tous des choses que nous ne pensons pas, Jane.

— Mais toi, tu as dit exactement ce que tu pensais.

— S'il te plaît, ma chérie, je t'en supplie…

Alors que je portais mes mains à mes oreilles pour ne plus l'entendre, elle a brusquement hurlé :

— D'accord, très bien, sois sans pitié, sois intraitable… exactement comme ton père !

Elle a quitté la chambre en trombe. C'était la vérité : je voulais être sans pitié, je voulais lui faire payer son accusation et aussi son narcissisme, même si c'était un terme que je ne connaissais pas à l'époque… Pourtant, la méchanceté qu'elle me reprochait n'était pas dans mon caractère, je crois. Jusque-là, j'avais pu me montrer irritable, capricieuse, et certainement prête à me replier sur moi-même dès que j'étais blessée ou simplement accablée par les petites injustices dont l'existence abonde, mais même à treize ans je trouvais horrible la cruauté envers autrui. Alors, en entendant les pleurs de ma mère assise dans l'escalier, je me suis forcée à abandonner ma position fœtale pour aller m'accroupir près d'elle et j'ai passé un bras autour de ses épaules. Il lui a fallu dix minutes pour retrouver son calme, puis elle a disparu aux toilettes avant de revenir et de me demander avec un enjouement affecté :

— Et si je faisais des sandwichs au bacon, pour le déjeuner ?

Nous sommes redescendues à la cuisine et, comme d'habitude, nous avons joué à prétendre qu'il ne s'était rien passé.

Mon père a tenu parole : il n'est jamais revenu. Il a même chargé une compagnie de déménagement de venir prendre ses affaires et de les transporter dans le petit appartement qu'il avait loué à Manhattan, Upper East Side. Leur divorce a été prononcé au bout de deux ans. Je ne l'ai revu qu'en de rares occasions, car il travaillait beaucoup à l'étranger. Ma mère ne s'est jamais remariée et n'a jamais quitté Old Greenwich. Elle a trouvé un poste à la bibliothèque municipale – de quoi payer les factures et occuper ses journées. Même si elle ne faisait pas souvent allusion à mon père, j'avais douloureusement conscience du chagrin que continuait à lui inspirer son absence, en dépit de l'échec qu'avait été leur mariage. Elle a continué à observer scrupuleusement son code de conduite personnel – ne jamais faire allusion à ce qui vous ronge –, mais je sentais tout le temps la tristesse qui pesait sur sa vie. Après le départ de papa, elle s'était mise à boire le soir, pour trouver le sommeil, toujours plus dépendante de la vodka – anesthésiant à la douleur muette qui ne la quittait plus –, et les rares fois où j'ai osé y faire allusion elle m'a répondu poliment mais fermement qu'elle était tout à fait au courant de la quantité d'alcool qu'elle ingurgitait et qu'elle avait la situation bien en main.

— Et puis après tout, comme on nous l'a appris en cours de français, « à chacun son destin »...

Si elle soulignait chaque fois que c'était l'une des rares expressions qu'elle avait conservées de ses études à la fac – « Et pourtant j'avais pris l'option “français”... » –, je n'en suis pas étonnée. Elle détestait les conflits et, évitant de toutes ses forces de penser au gâchis que nous pouvons faire de notre vie, elle s'était convaincue que nous étions des êtres solitaires et perdus dans un univers hostile où nous n'entrevoyions jamais ce qui nous attendait. En d'autres termes, à quoi bon s'inquiéter parce qu'on force sur la vodka tous les soirs, ou qu'on constate que le chagrin et la solitude se sont installés à la place d'honneur du quotidien ? « À chacun son destin »...

C'est pourquoi elle n'a guère bronché lorsque, à soixante et un ans, elle a entendu l'oncologue chez qui on l'avait envoyée lui apprendre qu'elle était atteinte d'un cancer incurable.

— C'est le foie, m'a-t-elle dit calmement quand je suis revenue en hâte dans le Connecticut après son admission au grand hôpital régional de Stamford. Et le problème avec un cancer du foie, c'est que dans 99 % des cas ça ne se soigne pas. C'est peut-être une bénédiction, d'ailleurs.

— Maman... Comment peux-tu dire une chose pareille ?

— Mais parce que de savoir qu'il n'y a « rien » qui puisse vous sauver, je trouve ça rassurant. Non seulement ça supprime tout espoir mais ça t'épargne de suivre un traitement affreux qui ne sert qu'à détruire l'organisme et à annihiler le désir de vivre. Mieux vaut s'incliner devant l'inévitable, ma chérie.

Et l'inévitable s'est imposé peu après le diagnostic. Face à la perspective de sa mort, elle s'en est tenue à un pragmatisme inébranlable, refusant ce qu'elle appelait des « emplâtres sur une jambe de bois » qui lui auraient peut-être procuré six mois de vie supplémentaires, préférant à la place les soins palliatifs des piqûres de morphine régulières afin de s'épargner autant que possible la souffrance et la peur.

— Tu crois que je devrais essayer la religion ? m'a-t-elle demandé un jour, vers la fin, alors qu'elle connaissait un instant de lucidité.

— Tout ce qui peut t'aider, ai-je murmuré.

— Jessie, l'infirmière qui s'occupe de moi tous les matins, est pentecôtiste, quelque chose comme ça. Je ne savais pas du tout qu'il y avait des gens comme ça, par ici... Mais bon, elle n'arrête pas de me dire que j'accéderai à la vie éternelle si j'accepte Jésus comme Seigneur et Sauveur. Aussi simple que ça. Hier encore, elle m'a dit : « Réfléchissez, madame Howard ! Vous pourriez être au paradis la semaine prochaine ! »

Ma mère m'a adressé un sourire narquois qui s'est vite effacé de ses lèvres exsangues.

— Admettons qu'elle ait raison et que j'accepte Jésus dans mon cœur, comme elle dit... est-ce que ce serait vraiment une erreur ? Après tout, quand j'étais encore en vie, j'ai toujours pris une assurance tous risques pour la voiture...

J'ai baissé la tête et je me suis mordu la joue, mais je n'ai pas été capable de contenir un sanglot.

— Tu es vivante, maman, ai-je protesté. Et tu pourrais le rester plus longtemps si seulement tu laissais le docteur Phillips tenter de...

— Ah, ne recommençons pas avec ça, ma chérie. Ma décision est prise depuis longtemps. « À chacun son destin », comme disent les Français...

Soudain, elle a détourné la tête et s'est mise à pleurer en silence. J'ai serré sa main. Elle s'est ressaisie.

— Tu veux savoir ce qui continue à me tourmenter ? Ce qui me hante si souvent ?

— Quoi, maman ?

— Tu te souviens de ce que tu as dit à ton père le soir de ton treizième anniversaire ?

— Maman...

— Non, ne le prends pas mal. Tu as dit...

— Je sais ce que j'ai dit, mais c'était il y a des années et des années, alors je...

— Tu as dit : « Je ne me marierai jamais et je n'aurai jamais d'enfants. » Et ensuite, tu as affirmé que personne n'est jamais heureux.

C'était incroyable, et l'espace d'un moment je me suis surprise à penser : « Elle est sous calmants, elle décline, elle ne sait plus ce qu'elle dit. » Mais non. Elle avait toute sa tête, toute sa lucidité, même si c'était peut-être la dernière fois. Pendant toutes ces années, nous avions éludé le sujet, mais encore à présent, ma mère continuait à me faire porter le blâme du départ de mon père...

— C'est bien ce que tu as dit ce soir-là, n'est-ce pas, ma chérie ?

— Oui, oui...

— Et le lendemain, qu'est-ce qui s'est passé ?

— Tu le sais très bien, maman.

— Je ne te le reproche pas, ma chérie. C'est simplement..., eh bien, la cause et l'effet. Simplement, si ces mots n'avaient pas été dits à ce moment précis, peut-être... qui sait ? Je dis bien « peut-être », hein ? peut-être que ton père n'aurait pas fait ses valises. Peut-être aurait-il surmonté ses doutes sur notre vie commune... On est si souvent sur le point de renoncer, de tout plaquer ou de nous dire que ça ne vaut pas la peine. Mais s'il n'y a pas un détonateur, quelque chose qui nous fait basculer...

Elle n'a pas terminé sa phrase, interrompue par une convulsion qui la saisissait chaque fois que la douleur reprenait ses droits. Sa main tremblait tellement quand elle a cherché à atteindre la vanne du goutte-à-goutte de morphine installé près de son lit que j'ai dû appuyer moi-même sur le bouton. Je l'ai vue se détendre rapidement sous l'effet de l'euphorie chimique qui envahissait ses artères et l'entraînait au bord de l'inconscience. Et là, en la regardant s'éloigner dans cette stupeur bienvenue, j'ai pensé qu'elle pouvait s'abstraire de ce qu'elle venait de dire, mais que moi, j'allais continuer à devoir vivre avec. Parce que les mots comptent. Les mots construisent et détruisent. Les mots restent.

Cela a été notre dernière conversation. Et si j'ai puisé quelque consolation dans l'idée que mes parents n'avaient jamais pu se supporter, que mon père aurait fini par couper les ponts d'une manière ou d'une autre, j'en suis venue à me rendre compte qu'il existe un énorme fossé entre « comprendre » un événement qui bouleverse votre vie et « accepter » sa terrible réalité. Le lobe rationnel du cerveau, celui qui répète que « c'est ainsi, on ne peut rien y faire, il faut maintenant s'accommoder des conséquences », est toujours réduit au silence par une voix intérieure qui crie sa colère, s'indigne de l'aveuglement du sort, se lamente des horreurs que nous commettons envers les autres et envers nous-mêmes, tout en chuchotant perfidement : « Et dire que ça, tout ça, est de ta faute »…

Récemment, pendant l'une des nombreuses nuits où les puissants somnifères que je prends ne peuvent rien contre une insomnie devenue chronique, j'en suis venue à me remémorer un cours d'initiation à la physique que j'avais suivi en première année de fac, et plus particulièrement les conférences à propos du mathématicien et physicien allemand Werner Heisenberg, qui avait énoncé à la fin des années 1920 le principe d'incertitude. Comme j'en avais oublié les détails, j'ai entrepris de naviguer sur Google – à quatre heures vingt-sept du matin – pour me rafraîchir la mémoire. J'ai trouvé la définition suivante : « En physique des particules, le principe d'incertitude ou d'indétermination stipule qu'il est impossible de connaître simultanément la position et l'énergie d'une particule, car le seul fait de les mesurer modifie le système donné. » Très théorique, tout ça… Un peu plus tard, j'ai découvert qu'Einstein détestait ce présupposé, affirmant au contraire que « nous pouvons connaître la position d'une particule grâce à toutes ses caractéristiques, et à partir de là prévoir où elle va aller ». De manière assez péremptoire, il a aussi affirmé que le principe d'Heisenberg allait à l'encontre d'un certain empirisme divin en proclamant qu'il ne « pouvait pas croire que Dieu aurait joué aux dés avec l'univers ».

Heisenberg et son collaborateur danois, Niels Bohr, le père de la physique quantique, avaient répliqué à Einstein qu'il était « impossible de déterminer où une particule en mouvement reçoit ses caractéristiques, et donc de prévoir où elle va aller ». Sarcastique, Bohr avait conclu : « Ne dites pas à Dieu ce qu'il a à faire, Einstein ! »

Alors que l'aube se levait sur une nouvelle *nuit blanche*, je me suis dit que je penchais du côté d'Heisenberg et de Bohr. Puisque tout se compose de particules élémentaires, comment serions-nous capables de savoir avec précision où une combinaison particulière de celles-ci, que ce soit un acte, un événement ou un autre être humain, va nous entraîner ? « Ne dites pas à Dieu ce qu'il a à faire, Einstein », parce que Dieu lui-même n'a aucun contrôle sur un univers par essence imprévisible.

Irrésistiblement, ces réflexions m'ont ramenée à ce jour de l'an 1987 et à la manière dont ma mère avait donné raison à Einstein, pour ainsi dire : à ses yeux, une particule en mouvement – mes commentaires sceptiques sur le mariage et le bonheur – avait eu une destination à la fois logique et dévastatrice, leur divorce. Cette vision empirique lui était vitale, car elle l'empêchait d'assumer ses propres responsabilités dans l'effondrement de sa vie conjugale. Là où elle avait vu très juste, néanmoins, c'est que si cette particule n'avait pas été mise en mouvement ce soir-là, précisément, le résultat aurait pu être différent, et le cours de nos existences respectives aurait été autre.

Je repense beaucoup à tout cela, dernièrement. À cette idée que le destin n'est rien de plus qu'un déplacement arbitraire de particules qui nous entraînent vers des destinations que nous n'aurions jamais imaginées. J'en suis arrivée à comprendre que l'incertitude gouverne chaque moment de l'existence humaine.

Et puisque nous sommes en pleine physique théorique, je médite souvent sur la réplique d'Heisenberg à un autre de ses collègues et contemporains, Felix Bloch, qui soutenait que l'espace était un champ d'opérations linéaires : « Absurde ! s'était-il exclamé : le ciel est bleu et les oiseaux y volent. » Non, la vie d'un individu n'a rien de linéaire, et pourtant son histoire est plus facile à raconter dans une apparente linéarité, dans un enchaînement qui se veut logique. C'est de cette façon que je narrerai la mienne, parce que la vie ne peut être vécue qu'en allant de l'avant, et comprise en revenant en arrière, et aussi parce que je n'arrive à trouver un sens à ce qui m'est arrivé récemment qu'en essayant de chercher une sorte de cohérence derrière sa totale imprévisibilité.

Cette phrase à peine écrite, je me rends compte que je viens d'énoncer une contradiction. Il n'y a pas de sens à chercher, ni à trouver, dans l'arbitraire de toute chose. Tout est hasard, aussi indiscutablement que le ciel est bleu et que les oiseaux y volent.

Première partie

supervision que je voulais travailler, et comme je sortais de Smith University avec la mention très bien et les plus vives recommandations de mes professeurs, je me sentais pleine d'audace.

Mon toupet a payé : on m'a convoquée à Cambridge pour un entretien avec le directeur du département. À la dernière minute, son assistante m'a appris que j'allais être reçue par un autre membre de la faculté. C'est ainsi que je me suis retrouvée face à David Henry.

Nous étions en 1996. À presque cinquante ans, il gardait encore son aura de star de cinéma au visage buriné, mais cela ne m'a pas empêchée de noter tout de suite ses cernes foncés et la nuance de tristesse de ses yeux. Je savais qu'il continuait à écrire pour des publications aussi prestigieuses que le *Harper's Bazaar* et la *New York Review of Books*, même s'il n'était plus aussi prolifique que jadis. Dans un article que lui avait consacré le *Boston Globe*, j'avais également découvert qu'il ne mentionnait pas la perspective d'un deuxième roman, et que sa biographie de Melville, une commande d'éditeur déjà ancienne, restait inachevée ; toutefois, le journaliste remarquait que si son image d'intellectuel et d'écrivain s'était quelque peu fanée avec les années il demeurait un enseignant unanimement respecté, dont les cours inauguraux étaient toujours bondés et que... les meilleurs étudiants rêvaient d'avoir pour... directeur de thèse.

Le courant est tout de suite passé entre nous, parce qu'il a instantanément senti les efforts que je faisais pour dissimuler ma nervosité et qu'il s'est hâté de me mettre à l'aise avec un peu d'ironie :

— Alors, expliquez-moi un peu pourquoi diable vous vous destinez à une fonction aussi archaïque et mal payée que l'enseignement universitaire quand vous pourriez vivre dans le monde réel et profiter de l'abondance matérielle que nous offre notre époque, ce nouvel âge d'or ?

— Tout le monde n'a pas envie de devenir chevalier d'industrie, ai-je répliqué, ce qui l'a fait sourire.

— « Chevalier d'industrie » ? Très Théodore Dreiser, cette expression...

— Je me souviens du chapitre que vous lui consacrez dans votre livre sur le roman américain. Et de votre article dans *The Atlantic* pour le soixantième anniversaire de la publication de *Sister Carrie*.

— C'est ce que vous avez écrit dans votre lettre de présentation, oui… Mais dites-moi, *Sister Carrie*, vous trouvez ça bien ?

— Plus que vous. Mais je crois que vous avez raison de dire que souvent le style de Dreiser est terriblement lourd. C'est un trait qu'il partage avec Zola, ce besoin de « faire passer » une idée coûte que coûte, avec parfois un manque de subtilité psychologique. Et j'ai beaucoup apprécié votre hypothèse, à savoir que sa prolixité est sans doute liée au fait qu'il a été l'un des premiers auteurs à se servir d'une machine à écrire. Mais de là à le traiter comme vous le faites de « pontifiant propagateur de platitudes »… Je trouve que c'est injuste, si vous me permettez, et que… c'est beaucoup de « p » dans une seule expression.

Aussitôt, je me suis mordu la langue en me disant : « C'est toi qui es en train de pontifier ! » Loin d'être froissé, David a apprécié ma franchise.

— Eh bien, eh bien, mademoiselle Howard, je constate avec plaisir que vous n'êtes pas du genre lèche-bottes…

— Pardon, ai-je bredouillé. C'était sûrement déplacé de ma part et je…

— Mais non, au contraire. Voyons, vous allez effectuer votre doctorat de lettres à Harvard, ce qui signifie que l'on attendra de vous la plus grande indépendance d'esprit. Et puisque je ne travaille jamais avec des sycophantes…

Il n'a pas terminé sa phrase, se contentant d'observer ma mine stupéfaite avec un sourire indulgent.

— Vous avez… vous venez de dire que je vais effectuer mon doctorat de lettres à Harvard, mais ma candidature n'a même pas encore été acceptée…

— Faites-moi confiance : elle le sera.

— Vous savez certainement que je vais devoir demander une bourse.

— Oui, j'ai vu ça dans votre dossier, et j'en ai déjà parlé au directeur de notre département. Nous avons ici un programme de soutien qui a été mis en place par un membre de la famille Rockefeller et qui revient chaque année à un étudiant ou une étudiante en doctorat. Cela étant, j'ai également vu que votre père est cadre supérieur dans une compagnie minière au Chili, je crois ?

— *Était*. Il a perdu son travail il y a environ cinq ans.

Il a hoché la tête, comme pour dire : « Voilà donc pourquoi vous avez besoin d'une aide financière. » J'aurais pu ajouter que je n'avais jamais pu compter sur mon père pour quoi que ce soit, et que je ne le pourrais jamais, mais j'ai toujours eu des scrupules à faire partager à quiconque – même à mon compagnon de l'époque – les aspects les plus déplaisants de mon passé familial, et il était hors de question d'en faire profiter David Henry, que je rencontrais pour la première fois. En conséquence, je me suis bornée à déclarer :

— Mon père a recommandé à son dernier employeur d'aller se faire voir ailleurs. Comme il avait déjà une réputation de forte tête dans la profession, et qu'il ne voulait accepter aucun poste en dessous de directeur général, les propositions d'embauche se sont faites de plus en plus rares. Depuis, il est « consultant » et gagne difficilement de quoi vivre. Et…

Et voilà ! J'en avais dit plus que je n'en avais eu l'intention. Percevant ma gêne, David a souri une nouvelle fois.

— Eh bien, il sera sans doute content d'apprendre que sa fille fera son doctorat à Harvard tous frais payés.

— J'en doute, ai-je murmuré.

Je me trompais sur ce point. Deux mois avant l'obtention de mon diplôme à Smith, je lui ai écrit pour lui dire que j'aimerais beaucoup qu'il assiste à la cérémonie et aussi pour l'informer que j'entrais à Harvard avec une bourse d'études intégrale. Alors qu'il tardait habituellement à répondre, sa lettre m'est parvenue dix jours plus tard, un billet de cent dollars attaché à la feuille par un trombone. Elle était d'une concision exemplaire :

Je suis très fier de toi !
Désolé, je ne pourrai pas être à la remise des diplômes.
Achète-toi quelque chose de joli avec ça.
Je t'aime,

Papa.

Une minute après avoir lu ces lignes, j'ai fondu en larmes. Je n'en avais pas versé une seule quand il était parti, ni lorsqu'il avait annulé in extremis tant de week-ends que j'étais censée passer avec lui à New York, ni à cause de sa promesse jamais tenue de me faire venir au Chili quelques semaines alors qu'il travaillait là-bas. Ni pour le silence avec lequel il avait accueilli mes excellents résultats à l'université, mon élection à l'association Phi Bêta Kappa, tous ces efforts que je déployais pour satisfaire son amour-propre paternel. J'avais écrit cette dernière lettre comme une tentative de recevoir enfin une réponse sincère, une sorte de reconnaissance, mais elle n'avait servi qu'à me jeter à la figure une vérité que j'avais toujours fuie : je n'intéressais pas mon père, point final. « Achète-toi quelque chose de joli avec ça »... Un billet de cent dollars et cinq lignes pour faire taire sa mauvaise conscience... en admettant qu'il se soit senti même vaguement coupable. Il m'avait repoussée une fois encore, mais là, je n'ai pas été capable de hausser les épaules devant son indifférence ; cette fois, il a fallu que je pleure.

Tom a cherché à me consoler, me répétant que mon père ne méritait pas une fille comme moi, qu'il finirait par regretter son attitude de rejet, que c'était sans doute mon succès qui le perturbait, lui qui avait échoué dans tout ce qu'il avait entrepris...

— Bien sûr qu'il fait tout pour t'ignorer, a-t-il affirmé ; comment pourrait-il supporter ta réussite, ton intelligence, ton...

— Cesse de me flatter.

— Toi ? Tu es blindée contre les flatteries !

— Parce que je ne les mérite pas.

— Non. C'est parce que tu t'es persuadée que c'est ton idiot de père qui a raison. Que tu ne mérites pas ton succès.

Ce jour-là, je n'ai pas seulement pleuré à cause du dédain que manifestait mon père, mais aussi parce que Tom et moi étions sur le point de nous séparer après deux années passées ensemble. Ce qu'il y avait d'affreux, c'était que cette séparation n'était voulue ni par l'un ni par l'autre : simplement, j'entrais à Harvard et Tom allait partir au Trinity College à Dublin. Et même si aucun de nous ne voulait l'admettre nous savions que notre histoire se terminerait dès que nous serions chacun d'un côté de l'Atlantique. Cette certitude était d'autant plus douloureuse que Tom avait été accepté aussi à Harvard pour sa maîtrise d'histoire mais qu'il avait préféré saisir la proposition d'étudier un an à Dublin ; l'année passerait vite, m'avait-il assuré, puis il me rejoindrait pour son doctorat.

— Tu pourras venir à Thanksgiving, moi, je serai de retour pour Noël et on se baladera en Europe pendant les vacances de Pâques... L'année aura filé avant qu'on s'en rende compte.

Voulant croire à cette présentation idyllique des choses, j'ai décidé de ne pas le mettre au pied du mur, ni de me livrer au chantage sentimental – « Si tu m'aimais vraiment, tu ne t'en irais pas » – auquel ma mère avait soumis son mari pendant des années, jusqu'à ce qu'il s'en aille pour de bon.

— Je ne veux pas que tu partes, bien sûr, lui ai-je dit quand il m'a fait part de sa décision. Et je ne vais pas t'en empêcher non plus.

C'est alors qu'il a commencé à promettre et à rassurer, et plus il s'entêtait, plus je me suis dit qu'il cherchait une porte de sortie. Le jour où j'ai reçu le mot laconique de mon père, et alors que Tom essayait de me réconforter avec tant d'insistance, j'ai donc lâché cette vérité jusqu'alors indicible :

— Dès que tu seras à Dublin, ce sera fini entre nous.

— Ne sois pas ridicule ! Je ne t'ai jamais donné à penser que je…

— Mais c'est comme ça que ça va se passer. Parce que…

— Non, ça ne va *pas* se passer ! a protesté Tom avec véhémence, tu es trop importante pour moi, et le couple que nous formons aussi. Je comprends parfaitement pour quelle raison tu te sens aussi vulnérable, à présent, mais…

« Mais tu ne vois pas encore quelque chose que j'ai compris, moi : quand un homme se sent en danger, il disparaît. »

Il s'est donc envolé pour Dublin, et nous nous sommes mutuellement juré que l'amour nous rendrait forts, et d'autres clichés aussi romantiques que l'on échange en de telles occasions. La rupture est survenue juste avant Thanksgiving. Les plans avaient un peu changé : il revenait aux États-Unis pour cette fête, et je devais le rejoindre à Paris aux vacances de Noël. À sa décharge, je dois dire qu'il n'a pas inventé de mensonge, ni repoussé jusqu'au bout le moment de m'informer qu'il n'atterrirait pas à Boston le 21 novembre ; il m'a appelée et m'a annoncé sans détour :

— J'ai rencontré quelqu'un.

Je n'ai pas demandé de détails, car je ne suis pas masochiste, et il ne m'en a pas fourni beaucoup, sinon pour dire qu'elle était irlandaise, étudiante en médecine à Trinity, et que c'était « sérieux ».

— Je t'assure que ça m'est arrivé complètement par surprise, a-t-il affirmé.

— Je n'en doute pas.

Un long silence a suivi.

— Je suis désolé, Jane.

— Moi aussi.

Et voilà. La relation qui avait été au centre de ma vie pendant deux ans s'est éteinte soudainement. J'ai plutôt mal pris la chose, m'enfermant pendant près d'une semaine dans mon petit studio de

Somerville, évitant toutes mes connaissances et manquant la plupart de mes cours à Harvard. J'ai été plutôt étonnée de me sentir aussi affectée. Nous paraissions faits l'un pour l'autre, assurément, mais notre histoire n'était pas arrivée au bon moment, du moins c'est l'explication que j'ai tenté de croire. De même que je voulais croire que ses déclarations d'amour passées avaient été sincères, tout en sachant que s'il avait réellement désiré rester avec moi, il l'aurait fait.

Tom n'est pas rentré en Amérique. Il a épousé son étudiante en médecine irlandaise, obtenu son doctorat à Trinity et fini par décrocher un poste à l'université de Galway. Nous ne nous sommes jamais revus, et même si j'imagine qu'il devait revenir assez régulièrement rendre visite à ses parents il ne m'a jamais contactée pendant les années que j'ai passées à Cambridge.

Il y a cependant eu un échange épistolaire entre nous. Un seul. J'ai reçu une carte à Noël quelques années plus tard, sur laquelle on voyait Tom, sa femme Mairéad et leurs trois fils, encore petits, Conor, Fintan et Sean, debout devant ce qui ressemblait à un pavillon de banlieue. La photo m'a laissée bouche bée parce que Tom avait souvent juré qu'il ne voulait pas d'enfants et qu'il ne vivrait jamais en banlieue – y en avait-il une à Galway, d'ailleurs ? Mais ce cliché n'a éveillé en moi aucune mélancolie. Je n'ai pu que constater, non sans émerveillement, que la trame narrative de toute existence se poursuit de manière inexorable. Un être pour qui vous étiez tout « refait sa vie » et vous devenez en un clin d'œil des étrangers. Nous perdons des choses sur notre route, et puis nous en choisissons d'autres… Est-ce une chanson que j'ai entendue quelque part ? Avec Tom, peut-être ? Ou David ? Lui qui m'avait assuré, à peine étions-nous devenus amants, que la vie n'est qu'un continuel va-et-vient.

J'ai répondu à Tom en lui envoyant une de mes cartes de vœux, avec un message que j'ai voulu bref : « Tu as une famille adorable. Je te souhaite tout le bonheur possible pour cette nouvelle année. Avec mes amitiés. »

J'aurais voulu lui poser une foule de questions, évidemment : était-il heureux ? Aimait-il son travail, sa nouvelle patrie, sa vie ? Et lui arrivait-il de penser à moi, à « nous », de se dire que le cours de nos existences désormais séparées aurait pu être radicalement différent si…

« Si ». Le mot le plus lourd de sens et d'implications, dans toutes les langues. Surtout quand on y accole l'adverbe « seulement ». Comme dans : « Si seulement tu n'étais pas parti en Irlande, je n'aurais sans doute pas eu mon histoire avec David… » Sauf que cette relation, je l'ai voulue, tout en ayant conscience, depuis le début, qu'elle n'avait pas d'avenir. Parce que rencontrer David m'a aidée à tourner la page après notre séparation.

Ou en tout cas, c'est ce que je me suis dit, à l'époque.

2

— C'EST RISQUÉ.

— Seulement si on fait en sorte que ça le soit.

— Et si quelqu'un l'apprend…

— C'est ton genre de conversation après l'amour ?

— Attends ! Ne crois pas que j'aie pour habitude de…

— De quoi ? De coucher avec tes étudiantes ?

— Exactement.

— Quoi, ça ne t'est jamais arrivé ?

Il a marqué une pause.

— Si. Une fois. Mais c'était au début des années 1970, quand tout n'était pas aussi…

— Politiquement correct ?

— Je suis dans l'autodestruction… jusqu'à un certain point.

— C'est de l'autodestruction, ça ?

— J'espère que non.

— Fais-moi un peu confiance, David. Je sais où je mets les pieds.

— Tu es sûre ?

— Bon… À part cette étudiante au temps où on pouvait encore s'amuser, comme vous dites, tu as toujours été fidèle à Beth ?

— J'aurais eu du mal, vu qu'elle a arrêté de faire l'amour avec moi dès la première élection de Ronald Reagan…

— Et ton aventure la plus longue a duré combien de temps ?

— Tu poses beaucoup de questions, toi !

— C'est juste que je veux tout savoir de l'homme que je fréquente.

— Tu en sais déjà beaucoup.

Ce qui était vrai : je venais de passer six mois à travailler ma thèse sous sa direction. Dès le départ, il s'était révélé un professeur hors pair, compréhensif sans être trop indulgent, intellectuellement rigoureux mais jamais pédant, brillantissime et cependant incapable de forfanterie ; d'emblée, j'étais tombée sous le charme et d'emblée, aussi, j'avais décidé qu'il était exclu de songer, même en rêve, à avoir une aventure avec lui. Et d'ailleurs, David n'a jamais tenté le moindre flirt, au cours de mes premiers mois à Harvard. Jusqu'à Thanksgiving, nos relations se sont strictement limitées aux échanges enseignant-étudiant. Et puis Tom m'a informée de Dublin que tout était fini entre nous et je me suis enfermée pendant sept jours, limitant mes sorties à quelques incursions au supermarché ou à la bibliothèque pour rendre des livres empruntés, endroits peu appropriés pour éclater en sanglots et c'est pourtant ce qui m'est arrivé plus d'une fois, alors que je répugnais depuis mon adolescence à manifester toute émotion en public.

Pourquoi ? Était-ce la conséquence du terrible matin qui avait suivi mon treizième anniversaire, quand j'avais fui les accusations de ma mère et que je m'étais convaincue, face à l'injustice de sa colère contre moi, que pleurer était d'abord un signe de faiblesse ? Le terrain était déjà bien préparé, certes, puisque j'avais souvent entendu mon père préconiser un stoïcisme rigoureux, « parce que, autrement, les autres découvriront tes points faibles et s'en serviront contre toi ». Et si j'avais suivi son conseil, notamment pour faire face aux tensions émotionnelles que maman créait toujours entre nous, je luttais en mon for intérieur contre une considérable vulnérabilité, et je réagissais aux contrariétés ou aux échecs en refoulant autant que possible mes véritables sentiments. Ainsi, de multiples blessures intérieures ne s'étaient jamais cicatrisées, et quand Tom a pris l'initiative de la rupture j'ai succombé à la douleur. Lorsqu'on a un père absent et une mère qui ne vous trouve pas à la hauteur, on recherche quelqu'un ou quelque chose pour s'assurer un semblant d'équilibre affectif, et il suffit que l'on en soit soudain privé pour…

Enfin, je n'avais rien trouvé de mieux que de faire l'autruche, et après avoir reçu mon message annulant pour la troisième fois consécutive notre session de travail, David a téléphoné chez moi pour prendre de mes nouvelles.

— Une mauvaise grippe, ai-je menti.

— Vous êtes allée voir un médecin ?

— Ce n'est pas ce genre de grippe, ai-je répondu bêtement.

Je me suis cependant rendue à notre séance suivante, pendant laquelle nous avons passé une heure à commenter le roman de Frank Norris, *McTeague*, à propos duquel David a fait remarquer qu'il s'agissait d'une dénonciation non seulement de la cupidité américaine mais aussi de la chirurgie dentaire au début du XXe siècle.

— Mais ce n'était pas d'un dentiste dont vous aviez besoin la semaine dernière, si ?

— Non. Juste de dormir.

— Vous êtes sûre que vous êtes remise ?

J'ai baissé la tête en me mordant les lèvres, et j'ai soudain eu les yeux pleins de larmes. Ouvrant un tiroir de son bureau, David en a sorti une bouteille de whisky et deux verres.

— Quand j'étais en doctorat comme vous, a-t-il annoncé calmement, mon directeur de thèse m'a dit que si je devenais professeur, je devrais toujours garder du scotch dans mon bureau, pour des occasions telles que celle-ci… (Il a rempli le fond des verres, m'en a tendu un.) Maintenant, vous ne parlez que si vous le voulez.

Et combien je le voulais ! Toute l'histoire est sortie, ce qui m'a prise par surprise, alors que j'avais mis un point d'honneur jusqu'à présent à ne confier mes petites misères à personne. Et je n'en ai pas cru mes oreilles lorsque je me suis entendue conclure mon récit de cette manière :

— Franchement, je ne comprends pas pourquoi je prends cette séparation autant au tragique puisque j'avais prévu que ça finirait ainsi il y a déjà six mois. Et je le lui ai même annoncé, quand il a décidé au printemps qu'il devait choisir Dublin. Même s'il ne cessait de répéter que…

— Laissez-moi deviner : « Te quitter, ce serait la dernière chose que je ferais. Huit mois, pas plus, et je serai à nouveau dans tes bras » ?

— À peu près, oui. Le problème, c'est que je voulais le croire.

— Classique ! Lorsqu'on a peur de perdre quelqu'un, on préfère toujours écouter ses paroles rassurantes, même si on n'y croit pas au fond de soi. Nous disons tous que nous détestons les mensonges, mais en réalité nous préférons être bernés, plutôt que de devoir écouter des vérités désagréables.

— Mais je ne voulais pas que ça finisse, entre nous…

— Dans ce cas, pourquoi ne pas l'avoir rejoint à Dublin ?

— Parce que… je voulais venir étudier ici. Et parce que je n'avais pas envie de vivre à Dublin.

— Ou de dépendre de sa carrière ? (Je me suis raidie, ce que David a aussitôt perçu.) Hé, il n'y a rien de mal à refuser de vivre dans l'ombre de quelqu'un… Et avez-vous songé que c'était peut-être lui qui ne souhaitait pas jouer ce rôle ? Croyez-moi, je sais de quoi je parle : les hommes ont beaucoup de mal à accepter que la femme qui les intéresse réussisse mieux qu'eux.

Je me suis sentie rougir.

— S'il vous plaît… Les flatteries me gênent affreusement.

— Je n'essaie pas de vous flatter, je me contente de décrire une réalité. Vous étiez peut-être sur un pied d'égalité, au début de votre cursus, mais dès qu'on arrive à votre niveau d'études les choses se mettent à changer : on commence à penser sérieusement à son avenir professionnel, la compétition devient plus dure, féroce même. Même si ici, à Harvard, nous n'avons que du mépris pour cette attitude… (Il m'a lancé un sourire ironique.) Quoi qu'il en soit, dans une rupture, mieux vaut être celui qui prend l'initiative de la séparation.

Il est ensuite revenu à nos considérations au sujet de Frank Norris, et pendant les semaines suivantes il s'est bien gardé de m'interroger sur mes soucis, se bornant à un bref « Comment va la vie ? » au début de nos séances. J'aurais aimé lui dire que je me sentais encore très fragile, mais je préférais chaque fois me taire : parce qu'il n'y avait rien de plus à ajouter, et parce que le sentiment d'abandon avait beau ne se dissiper que très lentement je répugnais toujours à m'apitoyer sur moi-même.

Le simple fait que mon histoire avec David n'ait commencé que six mois après que Tom eut mis fin à notre relation montre que… Quoi, exactement ? Que mon directeur de thèse n'était pas un intrigant sans scrupules qui m'aurait poursuivie de ses avances à un moment où la solitude et l'échec me rendaient particulièrement vulnérable ? Que ce laps de temps avant de franchir la frontière entre la complicité intellectuelle et l'élan amoureux prouvait le sérieux de nos intentions ? Ou tout simplement que nous avions joué très longtemps à attendre l'un et l'autre, puisqu'il avait été vite clair – pour moi, du moins – qu'il existait une forte attirance entre nous ?

Mais c'était mon professeur, il était marié, et je n'imaginais même pas me risquer sur le terrain piégé des amours adultérines et clandestines, ou adopter le rôle sinistre de « l'autre femme ». C'est pourquoi, à part la seule fois où il était arrivé à me faire parler de ma séparation d'avec Tom, nous avons gardé respectivement nos distances… jusqu'à cette fin d'après-midi de la mi-février.

Au milieu d'une discussion dans son bureau à propos de Sherwood Anderson, le téléphone a sonné. Alors qu'auparavant il avait toujours ignoré les appels téléphoniques lors de nos rencontres de travail hebdomadaires, cette fois il s'est crispé à la première sonnerie et, tendant la main vers le combiné, il a lâché :

— Celui-là, je dois le prendre…

— Vous préférez que je sorte ? lui ai-je demandé.

— Pas la peine.

Faisant pivoter sa chaise pour me tourner le dos, il s'est mis à parler à voix basse et agitée. « Oui, oui… Écoute, j'ai quelqu'un ici… Alors, le toubib a dit quoi ? Eh bien, il a raison, complètement raison… Moi, je suis brutal ? Attends !… C'est parce que tu refuses de prendre tes médicaments qu'il y a ces moments où tu… D'accord, d'accord, je m'excuse mais… Oh, bon Dieu, est-ce que tu n'arrêteras jamais de… Oui ! Oui, ça me met en colère, ça me rend furieux, même !… Quoi ? Ah, je n'en peux plus, de ces… »

Il s'est arrêté brusquement, comme si la communication venait d'être coupée. Une bonne minute s'est écoulée pendant laquelle il est resté immobile, s'efforçant de se maîtriser, les yeux fixés sur la fenêtre. Très gênée, j'ai balbutié :

— Professeur ? Ce serait peut-être mieux si je…

— Je vous demande pardon. Vous n'auriez pas dû entendre ça.

— Je vais partir.

Il ne s'est pas retourné.

— OK.

À la session de la semaine suivante, il s'est entièrement consacré à nos échanges sur l'œuvre de Sherwood Anderson à nouveau, mais quand nous avons terminé il m'a demandé si j'étais libre pour prendre une bière. En fait de bière, cela a été un martini au bar du Charles Hotel, près de Harvard Square. Il a vidé rapidement le sien – gin, sans shaker, trois olives – et a exhibé un paquet de cigarettes.

— Oui, je sais que c'est une sale manie, et oui, je sais qu'on peut faire difficilement plus prétentieux et plus puant que les Gitanes, mais j'arrive à m'en tenir à dix par jour, maximum.

— Je ne suis pas une obsédée de la santé, professeur. Vous pouvez fumer, sans problème.

— Il faut que vous arrêtiez de me donner du « professeur ».

— Mais c'est ce que vous êtes…

— Non, ce n'est que mon titre. Mon prénom, c'est David, et je tiens à ce que vous m'appeliez ainsi, dorénavant.

— Très bien, ai-je concédé, un peu surprise par le ton véhément qui lui était venu.

Il s'en est aperçu, lui aussi, et tout en commandant un second verre d'un geste de la main il a repris d'une voix plus posée :

— Pardon, vraiment. Ces derniers temps, je me retrouve parfois dans un état de… (Un moment d'hésitation.) Est-ce qu'il vous est déjà arrivé d'être envahie par une rage tellement intense que… ? (Il a pris une bouffée de cigarette.) Ah, je ne devrais pas parler de ça.

— Mais non, profess… désolée, « David ». Parlez, je vous en prie.

— Eh bien… Ma femme a fait une tentative de suicide, il y a quinze jours, la troisième en un an.

Et c'est ainsi que j'ai découvert que David Henry, au-delà de sa réussite professionnelle et de sa réputation universitaire, avait aussi ses démons personnels. Il était marié à Polly Cooper depuis plus de vingt ans. D'après les photos datant des années 1970 que j'avais vues dans le bureau de David, elle était alors l'archétype de la beauté éthérée et fragile. Quand il l'avait rencontrée, elle venait de publier un recueil de nouvelles chez Knopf, et Richard Avedon lui avait consacré un grand reportage photographique dans *Vogue*. Et le *New York Times*, dans un portrait publié en 1971, l'avait qualifiée d'« impossiblement belle et impossiblement douée ». Avec David, qui avait été nommé professeur titulaire à Harvard à trente ans et dont les premiers livres avaient rencontré un tel succès, elle allait former un couple fascinant, auquel tout le monde prévoyait un avenir extraordinaire.

— Entre Polly et moi, m'a-t-il raconté, le coup de foudre a été tel que nous nous sommes mariés au bout de six mois. Un an après, nous avons eu notre fils, Charlie, et quelques semaines après la naissance Polly est partie en vrille : elle ne dormait plus, ne mangeait plus, elle en est venue à ne plus s'approcher du bébé. Elle était persuadée qu'elle allait le blesser si elle le prenait dans ses bras… C'est devenu grave au point qu'il lui est arrivé de rester quatre jours et quatre nuits sans fermer l'œil. Et un soir je l'ai trouvée effondrée par terre dans la cuisine, à se frapper la tête contre la porte du four. Quand les gars de l'ambulance ont vu son état, ils l'ont emmenée directement au service psychiatrique de l'hôpital général. Elle y est restée quatre mois. Ce qu'on avait pris pour une grave dépression postnatale s'est révélé être un cas sérieux de troubles maniacodépressifs.

» À partir de là, sa santé mentale a été inégale, pour ne pas dire plus. Elle avait au moins une phase dépressive chaque année, suivie d'une période de calme relatif. Elle n'a jamais retrouvé l'énergie créatrice nécessaire pour écrire un autre livre, et tous les calmants qu'elle a pris ont fini par affecter son état physique et sa beauté.

— Si c'était aussi affreux, ai-je risqué, pourquoi ne pas avoir privilégié votre instinct de conservation et l'avoir quittée ?

— C'est ce que j'ai tenté, il y a une dizaine d'années. J'avais fait la connaissance d'Anne, une violoniste de l'orchestre symphonique de Boston. C'est une liaison qui est devenue très vite importante. Malgré ses crises, Polly était encore capable de renifler un mensonge, et lorsqu'elle a eu l'impression que je m'absentais de mon travail plusieurs après-midi par semaine elle a engagé un détective privé. Lequel a pris des photos de mes allées et venues chez Anne, à Back Bay, et de nous ensemble main dans la main dans un restaurant du quartier... Mon Dieu, c'est toujours d'une banalité, ces détails !

— Vous vous aimiez pour de bon ?

— C'est ce que je croyais, et Anne aussi. Mais en rentrant à la maison un soir je suis tombé sur les tirages du détective privé éparpillés dans le living et... Polly était dans la baignoire, inanimée. Elle s'était ouvert les poignets.

» Il a fallu lui transfuser plus de trois litres de sang pour la ramener à la vie. Ensuite, elle a passé encore trois mois en clinique psychiatrique. Charlie, qui avait alors dix ans, m'a dit que je ne pouvais pas quitter sa mère... Il était rentré de l'école juste au moment où j'avais trouvé Polly dans la salle de bains, j'ai essayé de l'en empêcher mais il s'est précipité à l'intérieur et l'a vue allongée dans l'eau rouge de sang, nue...

Après, Charlie n'avait plus été le même, m'a confié David. Il était devenu renfermé, taciturne, et s'était fait renvoyer de plusieurs écoles. En grandissant, il avait expérimenté des drogues de plus en plus dures ; il avait été mis à la porte d'un pensionnat à cause, justement, d'un « mauvais trip », au cours duquel il avait tenté de mettre le feu à son lit... On avait essayé les établissements à pédagogie différente, et même une école militaire, et enfin un précepteur à domicile. Finalement, cet enfant aux parents exceptionnels s'était enfui de chez eux la veille de son dix-septième anniversaire. Il n'allait être retrouvé que deux ans plus tard, non sans que David ait dépensé près d'un quart de million de dollars (« tout l'héritage de mon père ») pour sa recherche. Il avait été localisé dans un foyer pour sans-abri proche de Pioneer Square, à Seattle.

— Le point positif, c'est qu'il n'avait pas le sida et qu'il n'avait pas sombré dans la prostitution. Le point négatif, c'est que les médecins ont rapidement diagnostiqué qu'il était devenu schizophrène.

Il avait passé les trois dernières années dans un « centre de soins » proche de Worcester. Comme l'a noté David d'une voix tendue, « c'est déprimant, bien sûr, mais au moins c'est un endroit où il ne peut pas se porter atteinte à lui-même ». Pendant ce temps, la mère de Charlie avait mené, avec un relatif succès, un combat intérieur qui l'avait ramenée à une certaine normalité, au point qu'après quinze ans de silence elle avait pu publier un recueil de quelques nouvelles dans une petite maison d'édition universitaire.

— Les ventes n'ont sans doute pas dépassé les cinq cents exemplaires, mais pour elle c'était une magnifique victoire et pendant un temps j'ai été émerveillé de la voir surmonter sa maladie et redevenir la femme talentueuse et ravissante que j'avais épousée. Mais ce n'étaient que des parenthèses, à chaque fois. Des moments de répit ponctuant sa plongée inexorable dans la folie.

Entre sa femme et son fils, David s'était trouvé incapable de se remettre sérieusement à l'écriture. Son premier roman avait été « comme une explosion, un geyser ».

— Même profondément modifiée, c'était « mon » histoire que j'y avais racontée, et tous les matins, quand je prenais mon stylo, je n'étais assailli par aucune hésitation, aucun sens de la futilité de tout ça. Comme sur pilote automatique, en fait. Pendant ces six mois de travail, j'ai vraiment, vraiment cru m'approcher de ce que l'on appelle le bonheur.

— Et quel effet ça fait ?

— On en vient à croire que l'on est emporté loin de tout ce que la vie a de merdique, du moins pendant quelques heures chaque jour. Loin de la mélasse quotidienne qui finit par tout salir et qui s'accumule jusqu'à enfoncer n'importe qui dans le désespoir…

— Ah, je ne sais pas si j'aimerais tomber sur vous quand j'ai la gueule de bois.

— Tombez sur moi quand vous voulez.

Alors que je baissais la tête sur mon verre, les joues brûlantes, David s'est rendu compte de ce que sa réplique avait d'audacieux et il a vite cherché à se rattraper :

— Ce que je voulais dire, c'est que...

Ma main s'est posée sur la sienne.

— Assez, ai-je chuchoté.

Et pendant la demi-heure qui a suivi, j'ai laissé mes doigts sur les siens tandis qu'il me parlait du « nœud gordien » que représentait ce deuxième livre... Sentant que sa narration ne coulait pas de source comme avec le roman qui l'avait révélé au public et torturé par l'idée que, dès le départ, son style était trop maniéré, il s'était rabattu sur une énorme biographie d'Herman Melville pour laquelle Knopf lui avait versé une avance plus que conséquente. Mais sa vie personnelle ne lui laissait même pas l'espace mental nécessaire à ce projet.

Et moi, j'écoutais tout cela avec un mélange de stupéfaction et de fierté grandissante : n'était-ce pas David Henry en personne qui daignait me confier ses secrets ? Non seulement il se confiait à moi mais il me laissait tenir sa main ! Je me faisais l'effet d'une lycéenne transie, une petite écervelée, mais qui ne voulait en aucun cas faire machine arrière et se plier aux convenances. J'étais en train de découvrir quel aphrodisiaque peut être la souffrance d'un homme si cérébral et séduisant.

— Si j'avais été un romancier digne de ce nom, a-t-il poursuivi, je me serais débrouillé pour continuer à écrire. Parce que c'est ce que font les vrais écrivains : ils écrivent. Ils s'arrangent toujours pour pousser les décombres de côté et poursuivre leur chemin. Tandis que moi, j'ai voulu jouer au touche-à-tout, au polyvalent du n'importe quoi : prof, romancier, biographe, chouchou des médias, pontificateur de la télé, mari raté, père encore plus nul...

— David... assez ! lui ai-je ordonné.

J'ai serré ses doigts.

— C'est toujours comme ça, quand je bois. On me croirait sorti de *Pagliacci*. Le clown triste, non, le clown lamentable...

Brusquement, il s'est levé et a jeté quelques billets sur la table en marmonnant qu'il était en retard. Lorsque j'ai voulu reprendre sa main, il m'a repoussée sans ménagement.

— Vous ne savez pas qu'il y a des lois contre ce genre de chose, à l'heure actuelle ? Vous vous rendez compte du pétrin où vous pourriez me mettre, si on... (Il s'est rassis d'un coup, a plongé son visage dans ses mains.) Ah, je suis navré, navré à un point...

— On va vous ramener à la maison.

Je l'ai guidé hors du bar, puis à travers le hall d'entrée. Il s'est laissé faire, ne sortant de son mutisme que pour indiquer son adresse au chauffeur une fois assis dans le taxi. Après son départ, je suis revenue à notre table et j'ai siroté mon martini-gin en essayant de réfléchir à ce qui venait de se passer. Ce qui me surprenait, c'est que je n'étais ni scandalisée ni blessée par la manière dont David venait de se donner en spectacle ; le plus frappant dans cette scène, c'était d'avoir eu un aperçu des contradictions à l'œuvre en lui, de la blessure intime derrière l'image parfaite, et de l'impact énorme que cette dualité avait sur toute son existence. Quand nous admirons quelqu'un, surtout quelqu'un qui a accompli autant de choses que David, c'est toujours de loin, et en l'entendant exprimer sa colère contre le sort, je me suis dit aussi que personne n'est épargné par la vie, jamais. Et que c'est au moment où l'on se croit arrivé à bon port que la tempête se déchaîne.

En terminant mon verre, j'ai été frappée par une autre constatation, encore plus troublante : David représentait tout ce que j'attendais d'un homme. Il était intelligent, brillant même, non conformiste, attirant et vulnérable. Je le désirais tout en ayant conscience de ma stupidité, et du danger que je courais en m'aventurant sur ce terrain. Et malgré ce que cette tentation avait d'enivrant, j'étais résolue à éviter de déclencher un scandale. De même que rien ne se passerait entre nous si David ne faisait pas les premiers pas, sans aucune ambiguïté.

Je n'ai pas attendu longtemps. Le lendemain matin, vers neuf heures, le téléphone de mon petit appartement de Somerville a sonné.

— Ici votre très honteux professeur, a-t-il commencé d'un ton retenu.

— Cela veut dire que vous ne voulez plus que je vous appelle David, alors ?

— Non, ça veut dire que je suis le roi des crétins, et j'espère que vous ne m'avez pas trouvé trop monstrueux...

— Non. Je vous ai trouvé très humain, David. (Comme il restait sans voix après cette remarque, j'ai poursuivi :) Et j'apprécie beaucoup que vous ayez choisi de vous confier à moi.

— Donc, vous n'allez pas contacter le directeur du département et…

— Et quoi ? Vous dénoncer pour harcèlement ? Vous ne m'avez pas harcelée, David. C'est moi qui vous ai pris la main.

— Je… J'ai pensé que vous n'allez plus jamais vouloir travailler avec moi…

— Là, vous donnez vraiment l'impression d'avoir la gueule de bois !

— Je plaide coupable. Je peux vous offrir un café ?

— Pourquoi pas ? Mais je dois terminer un travail. Si ça ne vous dérange pas, vous pouvez passer ici ?

Je lui ai donné l'adresse, il est arrivé une demi-heure après et nous nous sommes jetés l'un sur l'autre dès qu'il a franchi le seuil de mon studio.

— C'est risqué, a-t-il soupiré après.

— Seulement si on fait en sorte que ça le soit.

— Et si quelqu'un l'apprend…

— C'est ton genre de conversation après l'amour ?

— Attends ! Ne crois pas que j'aie pour habitude de..

— De quoi ? De coucher avec tes étudiantes ?

— Exactement.

C'est là que nous nous sommes livrés au petit jeu des questions précises et des réponses évasives, et que nous en sommes arrivés à sa remarque sur ma curiosité peut-être exagérée.

— C'est juste que je veux tout savoir de l'homme que je fréquente, ai-je argumenté.

— Oui ? Eh bien, ce que tu dois savoir à partir de maintenant, au cas où on recommencerait ce qu'on vient de faire aujourd'hui, c'est qu'il n'y a pas d'avenir, ici. C'est juste un arrangement entre nous, une petite aventure.

— Ne t'inquiète pas, je n'ai pas l'intention de reprendre le cliché de la « maîtresse » qui devient possessive jusqu'à l'obsession et finit par pourrir la vie de l'homme marié respectable. Je ne demande qu'une chose, c'est que tu ne me racontes jamais d'histoires. Si tu veux laisser tomber et t'en aller, tu me le dis. Je ne me bercerai pas de fausses espérances.

— Tu as déjà réfléchi à la question, je vois.

— Toi aussi.
— Tu es toujours aussi… rationnelle ?
— Si je l'étais, je ne serais pas dans ce lit avec toi.
— Bien vu.

Voilà, c'est ainsi que tout a commencé et je reconnais qu'en effet j'ai adopté une approche ultrarationnelle face à notre « petite aventure », ainsi qu'il l'appelait. Je savais que la lucidité était le seul moyen de me protéger de la déception ou de la souffrance que notre liaison portait en germe. Plus exactement, je me savais amoureuse de David Henry, ce qui me transportait et me terrorisait à la fois. Parce que aimer un homme marié suppose un problème majeur, qui est… Je vous laisse terminer la phrase.

Bien sûr, je savais que je jouais le rôle de la maîtresse. Et nous avions pleinement conscience, David et moi, que la moindre indiscrétion au sujet de notre petit arrangement signifierait la fin brutale de sa carrière et peut-être mon renvoi de Harvard, même s'il avait fait la remarque un jour, pince-sans-rire comme toujours, qu'« ils te verraient sans doute comme une victime qui a reçu un traitement de faveur de son directeur de thèse, une situation répréhensible mais non délictueuse ».

Le résultat, c'est que je ne pouvais, que je n'aurais jamais pu en parler à quiconque. Pas même à Christy Naylor, la seule véritable amie que je m'étais faite à Harvard. Originaire du Maine, elle avait pris le lycée si peu au sérieux qu'elle avait échoué à l'université du New Hampshire, où elle s'était transformée alors en phénix universitaire – « Surtout parce qu'il n'y avait aucun mec intéressant là-bas », disait-elle modestement –, avait obtenu sa maîtrise de littérature avec mention très bien et, comme moi, reçu une bourse d'études pour Harvard. Sa spécialité était la poésie moderniste américaine, en particulier Wallace Stevens, qu'elle tenait pour un demi-dieu. Cette « fille de la cambrousse née dans le Maine, à Lewiston, le trou du cul de la Nouvelle-Angleterre » – comme elle aimait à se décrire –, se satisfaisait fort bien de fumer quarante cigarettes par jour et de se soûler à la bière de troisième catégorie quand l'envie lui en prenait. Et de publier ses poèmes dans des revues expérimentales où l'on retrouvait l'influence des modernistes américains. Il suffisait de l'interroger sur la variation de la métrique dans l'un des *Cantos* d'Ezra Pound ou sur l'utilisation du pentamètre dans le « Thirteen Ways of Looking at a Blackbird » de son cher Stevens, pour s'apercevoir qu'elle était d'une intelligence renversante. « Mon problème, m'a-t-elle dit un soir où nous faisions la tournée des bars, c'est qu'en art comme en hommes, je choisis toujours ce que j'ai de plus compliqué sous la main… »

Qu'elle ait été un peu enrobée, et opposée à toute forme d'exercice ou de régime, même les moins contraignants, ajoutait à son allure d'intello ploucasse qui, tout en ayant l'air de sortir droit de chez les « rednecks », se débrouillait toujours pour avoir à ses pieds un fils à papa « troisième du nom », du genre Winthrop Holmes III.

— Je crois qu'ils imaginent du sexe à la dure en me voyant… Le fait est que ça me plaît. Et les dingues aussi. Alors que toi, la sainte patronne de « la mesure en toute chose », même pas capable de prendre quelques kilos…

— Ce n'est pas faute d'avoir essayé.

— Oui, t'es qu'une foutue ectomorphe, voilà tout. Et mignonne, en plus.

— Moi ? Mais non…

— Évidemment il faut que tu dises ça, toi et ta modestie maladive. Mais crois-moi, les mecs te matent quand même…

David m'avait déjà fait cette remarque à plusieurs reprises, s'étonnant du nombre de fois où il m'avait vue froncer les sourcils quand je me regardais dans la glace comme si ce que j'y voyais me décevait.

— Je n'ai jamais aimé les miroirs, c'est tout.

— Et pourtant, tu aurais de quoi être contente, parce que dans le genre Audrey Hepburn, tu serais…

— Oh, arrête !

— Allez, même Hawthorden – c'était le directeur du département d'anglais à Harvard – a remarqué la ressemblance.

— Mes cheveux sont plus longs que les siens.

— Et tu as ses pommettes aristocratiques, le teint diaphane, et…

— J'ai dit « arrête » !

— Tu ne supportes aucun compliment, décidément, a-t-il constaté avec un fin sourire.

« Non, je m'en méfie », ai-je été tentée de répondre, mais à la place j'ai rétorqué :

— Tu es partial, c'est tout.
— Bien sûr que oui. Qu'est-ce qu'il y a de mal à ça ?

« Crois-moi, les mecs te matent quand même… » J'ai lancé un regard dubitatif à Christy, qui a continué :
— Tu verras qu'un de ces jours, tu finiras par t'apprécier. Peut-être que tu consentiras même à te maquiller un peu et à cesser de te fringuer comme un guide de parc naturel.
— Peut-être que l'apparence ne m'intéresse pas.
— Et puis, tu devrais sortir de ta coquille protectrice. Enfin, merde, Jane ! Tu es en doctorat, non ? Tu es censée faire des excès, picoler, t'habiller comme une salope cultivée et coucher avec plein de garçons rebutants qui ne sont pas faits pour toi.
— J'aimerais bien partager ton hédonisme, mais hélas…
— « Hédonisme » ? C'est un bien grand mot pour dire que je suis une nympho et une bâfreuse. Mais allez, allez, je parie que tu as un mec planqué quelque part, toi.
Comme je faisais non de la tête, elle a dit :
— Bizarre, pourquoi je ne te crois pas ?
— À toi de me le dire.
— Sans doute parce que, petit un, je *sens* que tu as un amant secret mais que, petit deux, tu es une telle putain de dissimulatrice que tu ne m'as donné aucune piste à son sujet parce que, petit trois, c'est quelqu'un dont tu ne veux surtout pas qu'on sache que tu le fréquentes.
J'ai eu du mal à garder un air impassible et à enrayer un début de panique en pensant qu'elle pourrait être au courant de ce qui se passait entre David et moi.
— Tu as une imagination très féconde, ai-je répliqué.
— Tu « vois » quelqu'un en douce, je le sais !
— Mais puisque je ne suis pas mariée, qu'est-ce que ça pourrait…
— C'est lui alors qui te voit en douce ma petite.
— Encore une fois, je ne peux qu'admirer les ressources de ton…
— Bon sang, Jane ! Je suis ton amie, pas vrai ? Et en tant qu'amie je pense avoir le droit le plus strict de connaître tous les détails salaces. Tout comme tu connais les miens !
— Mais s'il n'y a aucun « détail salace » à partager ?
— Ah, tu es impossible !

— On me l'a dit, oui.

C'était en effet l'épithète que ma mère avait maintes fois réservée à son adolescente de fille chaque fois que celle-ci refusait de partager ses secrets avec elle. Comme il ne se passait pas beaucoup de choses dans sa vie, maman était prompte à s'indigner que je ne lui dise rien de la mienne, et par ce qui lui semblait être du mutisme. Cette réaction s'expliquait en partie par son besoin compulsif de tout connaître de moi, au point qu'elle en était parfois franchement envahissante. Avec le temps, bien sûr, je vois d'autres raisons : sa solitude désespérante, la conscience d'avoir été rejetée par mon père, ces facteurs personnels qui l'amenaient à concentrer son énergie sur moi, à essayer de me modeler en une femme qui obtiendrait de la vie tout ce que le sort lui avait refusé à elle. Et c'est ainsi que, durant toutes mes années de lycée, chaque livre que je lisais, chaque devoir que j'avais à rendre, chaque film que j'allais voir, chaque note que j'obtenais en classe, chaque garçon – non qu'il y en ait eu des dizaines – qui m'invitait à sortir devenait l'objet de ses réflexions et de ses spéculations.

Cela a fini par être étouffant. Ma mère se comportait comme mon manager personnel, obsédée par son désir de me voir éviter autant de pièges et d'erreurs que possible. Par exemple, elle a absolument voulu réécrire de fond en comble la dissertation que j'avais consacrée à un poème de Robert Frost, « The Road Not Taken », parce qu'elle trouvait ma lecture de ce texte trop pessimiste et que je n'aurais pas dû affirmer que la cadence de Frost était souvent trop prévisible : « Ce n'est pas bon pour toi, d'être aussi avancée à ton âge, m'avait-elle asséné, et je suis sûr que M. Mitchell – mon professeur de littérature en première – n'appréciera pas beaucoup que tu critiques notre poète national. Je le fais pour ton bien. »

Malgré mes véhémentes protestations, elle a fini par réécrire les derniers paragraphes de la dissertation. Quand j'ai reçu la copie corrigée quelques jours plus tard, j'ai vu que j'avais récolté un D+, alors que je n'avais jamais été notée en dessous de A–, dans ce cours. Le soir, j'ai jeté mon devoir sur la table de la cuisine, avec la marque infamante sur la marge en haut. Ma mère était assise en face de son verre de vodka, cigarette aux lèvres.

— Voilà le résultat de tes grandes idées sur Robert Frost.

Elle a lancé un coup d'œil à la note et au commentaire en pattes de mouches à côté : « Que vous arrive-t-il ? »

— Oui… Tu as dû expliquer à ton professeur cette mauvaise dissertation en lui disant que ta mère ignorante et envahissante avait voulu se mêler de tes affaires, pour changer.

— Ce n'est pas les termes que j'ai employés, mais…

— Restons-en là, Jane. Et ne crains rien : je n'interviendrai plus jamais dans ta vie.

Sur ce, elle est montée dans sa chambre et ne s'est plus montrée jusqu'au lendemain matin, où elle s'est comportée comme si rien ne s'était passé. Et elle a tenu sa parole, n'essayant plus jamais de retoucher mes copies. Avec mon opiniâtreté habituelle je me suis arrangée pour n'avoir que des A jusqu'à la fin de l'année dans la classe de M. Mitchell, qui a vite oublié ce fâcheux incident, mais même si elle s'est abstenue de tout commentaire j'ai compris que ce moment avait irrévocablement transformé notre relation. Elle a posé beaucoup moins de questions, se reprenant chaque fois qu'elle était sur le point de céder à ses tendances interventionnistes, tandis que de mon côté je me montrais encore plus méfiante et secrète. Si la cordialité régnait en surface, et que je la laissais partager les aspects les plus superficiels de mon existence, nous avions commencé à nous éloigner inexorablement l'une de l'autre, une dérive qu'elle avait déclenchée en s'entêtant à réécrire mon devoir. Et cela me navrait terriblement, notamment parce que je devinais qu'elle trouvait là un nouveau moyen de se convaincre qu'elle faisait « tout de travers », comme elle se le répétait depuis des années.

L'échange que nous avons eu après ma séparation d'avec Tom est peut-être l'exemple le plus frappant de cette dégradation de nos rapports. Revenue passer Noël dans le Connecticut, je n'avais pas encore soufflé mot de ma rupture et tout naturellement, dès ma première soirée à la maison, elle m'a demandé si son « futur gendre », pour reprendre ses termes, nous rejoindrait le 26 décembre ainsi qu'il en avait l'habitude.

— Non, je crois bien que Tom va passer Noël en Irlande, avec ses futurs beaux-parents.

Maman m'a regardée comme si je venais de lui parler en serbo-croate.

— Tu peux répéter ?

— Il a rencontré une fille en Irlande. Une étudiante en médecine. Ils sont ensemble, maintenant, et… nous ne le sommes plus.

— Ah… Et c'est arrivé quand ? (Lorsque je le lui ai dit, elle est devenue livide.) Alors, tu as attendu jusqu'à aujourd'hui pour…

— J'avais besoin de temps.

— De temps pour *quoi*, exactement ? Je suis encore ta mère, Jane, même si tu as préféré me mettre à l'écart.

— Comment ! Je te téléphone deux ou trois fois par semaine, je reviens à presque toutes les vacances, je…

— Et tu me caches tout ce qui est vraiment important.

Silence.

— Parce que j'y suis obligée.

— Pourquoi ? Mais pourquoi ?

Nous sommes rarement capables de dire aux autres ce que nous pensons d'eux, pour ne pas les blesser mais aussi pour nous protéger. Un gentil mensonge est souvent préférable à la brutale réalité. Pour cette raison, j'ai soutenu son regard attristé et je me suis bornée à répondre :

— C'est mon problème, maman. Pas le tien.

— Tu dis ça juste pour me faire taire, pour te tirer d'un mauvais pas.

— De quel mauvais pas ?

— Du fait que tu sois aussi cachottière. Exactement comme ton père.

Papa… À cette époque-là, il s'était installé en Amérique du Sud et ses rares appels téléphoniques m'avaient appris qu'il vivait avec une femme bien plus jeune que lui, rien d'autre. Il téléphonait invariablement en pleine nuit, heure de Boston, et c'était des monologues débités d'une voix rendue pâteuse par l'alcool qui se terminaient chaque fois par la promesse qu'il me ferait venir à Santiago aux vacances de Noël suivantes et qu'il m'emmènerait parcourir la Patagonie à cheval. Cette invitation ne s'est jamais matérialisée, bien que j'aie veillé à lui écrire tous les mois pour le tenir au courant de ma vie. Et même si je me montrais beaucoup plus en veine de confidences avec lui que je n'arrivais à l'être avec ma mère, ses réponses étaient toujours rapides, évasives et d'une platitude décevante. Ainsi, après ma rupture avec Tom, je n'avais reçu de lui qu'une carte postale porteuse d'une seule ligne – « Un de perdu, dix de retrouvés » –, et comme j'avais écrit en retour que j'avais du mal à surmonter ma peine il avait réagi en m'envoyant un billet de cinquante dollars accompagné d'un mot hâtivement griffonné : « Achète-toi quelque chose de joli avec ça, et ne te laisse pas abattre par un vaurien. »

Papa… Plus j'avais besoin de son approbation, plus il se montrait distant, insaisissable. Et pourtant je continuais à calquer mon comportement sur le sien, à dissimuler mes sentiments derrière un mutisme entêté, ce qui était peut-être encore une tentative inconsciente pour lui plaire : « Regarde, Pa, je suis capable d'être comme toi »… Ou bien la réserve continuelle dans laquelle je me réfugiais était-elle simplement un modus vivendi qui m'épargnait des turbulences potentielles, me protégeait des regards trop insistants… et me permettait de résister aux interrogatoires en règle auxquels ma meilleure amie ne cessait de me soumettre ?

— Ah, tu es impossible ! a donc protesté Christy Naylor.

— On me l'a dit, oui.

— Tu sais quelle est la grande différence entre nous ?

— Je brûle de l'apprendre.

— Je te dis tous mes secrets, et toi aucun.

— Un secret n'en est plus un à partir du moment où tu le confies, même à un seul individu. À partir de là, ça appartient au domaine public.

— Mais si tu ne fais confiance à personne, tu dois finir par te sentir terriblement seule, non ?

Aïe. C'était un uppercut au menton, ça. Mais j'ai tenté de dissimuler qu'elle m'avait atteinte là où cela faisait le plus mal :

— Tout a un prix.

Et l'art du secret a ses avantages, aussi. Par exemple, lorsqu'il s'est agi de ma liaison avec David Henry, qui a duré plus de quatre ans. Et nous serions probablement restés ensemble plus longtemps – en fait, je me dis souvent que nous serions encore ensemble aujourd'hui – si… s'il n'était pas mort.

3

QUATRE ANS AVEC DAVID HENRY.

Avec le recul, tout semble avoir passé en un éclair. C'est le genre de tour que le temps vous joue : au quotidien, il semble se traîner à une lenteur effarante, comme la distance qui sépare un lundi matin du week-end suivant… mais après coup on a le sentiment que la semaine a filé. Un claquement de doigts et, votre enfance déjà derrière vous, vous essayez de vous accommoder de l'adolescence. Un autre clac : vous voici étudiante, déguisée en adulte mais encore pleine de doutes. Clac : vous êtes en doctorat et votre professeur vous rejoint à votre studio pour faire l'amour avec vous trois après-midi par semaine. Clac : quarante-huit mois se sont envolés ; clac : et David meurt. Soudainement, arbitrairement, de but en blanc. Un homme de cinquante-deux ans « sans antécédents médicaux » parti faire une balade en vélo et…

Comme David le remarquait souvent, la banalité parvient toujours à se glisser dans tout ce que nous accomplissons, et ce malgré notre propension à nous trouver extraordinaires. Même quand nous sommes de ceux qui ont la chance d'avoir une vie hors du commun, la réalité la plus prosaïque finit toujours par nous rattraper ; « et la plus banale de toutes, avait-il complété un jour, est aussi celle que nous redoutons le plus : la mort ».

Quatre ans. Nous qui avions le douteux privilège « d'opérer dans la sphère du clandestin » – une autre de mes expressions davidiennes préférées – étions, certes, en condition d'échapper à nombre de situations convenues. Lorsqu'on vit sous un même toit, on se dispute facilement, et classiquement, à propos de menus détails de la vie à deux. Alors que partager l'intimité de l'homme que l'on aime, de quatre à sept heures, trois fois par semaine seulement, suffit à conférer à ces moments une réalité particulière, d'une qualité rare, justement parce qu'ils n'appartiennent pas à la réalité.

— Si on vivait ensemble, ai-je déclaré une fois à David quelques mois après le début de notre aventure, ce serait une douche froide, je pense.

— Pas vraiment romantique, ta remarque.

— Au contraire. Dans notre situation, je n'ai pas besoin de savoir si tu utilises du fil dentaire avant de te coucher, ou si tu as l'habitude de pousser tes slips sales sous le lit, ou si tu ne te décides à sortir les poubelles qu'une fois les cafards sortis de leur trou.

— La réponse à ces trois questions est « non ».

— Ravie de l'apprendre. Et pas trop surprise, non plus, à en juger par ton hygiène corporelle plus que correcte à chacune de nos rencontres.

— Ah, mais c'est peut-être parce que je fais des efforts pour nos après-midi…

— Et si tu restais tout le temps avec moi ?

Une pause. Son malaise avait été instantané, et visible.

— La vérité, c'est que…

Il a hésité.

— Oui ?

— Je ne voudrais rien d'autre que vivre avec toi.

— J'aurais préféré que tu t'abstiennes de dire ça.

— Mais c'est vrai ! Bon sang, j'ai envie de passer chaque heure de chaque jour avec toi, de…

— Mais tu ne le peux pas, pour tout un tas de raisons évidentes, alors pourquoi le dire ? Quel sens ça a ?

— Parce que j'ai un mal fou à m'en aller d'ici, à te laisser, à retourner à tout ce que je…

— Tout ce qui ne te plaît pas, mais que tu refuses de quitter. Ce n'est pas ce qu'on appelle un paradoxe ? Mais moi, je suis pragmatique, j'accepte la situation telle qu'elle est. Et c'est ce qui t'ennuie, que je n'exige pas plus. Est-ce que tu préférerais avoir une harpie à moitié cinglée qui t'attende tous les jours à la sortie de ton garage et menace de te dénoncer au président de l'université si tu oses couper les ponts avec elle ?

— Je ne couperai jamais les ponts avec toi.

— C'est gentil, mais moi, je serai tentée de le faire si tu continues à parler de… nous en ces termes, et de dire que tu souffres tant quand tu me fais tes adieux avant de rentrer chez toi. Parce que ça m'amène à penser que tu as recours au truc typique des hommes, ce besoin de chercher ailleurs des explications à ta culpabilité et à ton indécision fondamentale. Franchement, David, tu es trop intelligent pour ça, alors laisse tomber. Maintenant.

Je dois dire qu'il n'a plus jamais abordé ce sujet. Si j'avais réagi aussi durement, c'est sans doute parce que j'étais folle de lui, et que s'il avait continué à laisser entendre qu'il était prêt à quitter sa femme et à vivre avec moi… Eh bien, l'espérance aurait été trop énorme, et aussi combinée à la certitude qu'il aurait trouvé un moyen de se défiler à la toute dernière minute, car il était incapable de faire face une bonne fois pour toutes à ce qu'il voulait et à ce qu'il jugeait impossible d'abandonner.

Quatre ans avec David Henry.

Nous sommes devenus experts en double vie, aptes à séparer strictement la sphère de nos rencontres en dehors du campus de celle de nos relations de travail à Harvard. Chaque fois que je venais dans son bureau, c'était la préparation de ma thèse qui focalisait toute notre attention, même si nous pouvions parfois échanger un sourire entendu. Lorsque je le croisais dans le cadre universitaire, je continuais à l'appeler « professeur » et aucune familiarité suspecte ne transparaissait entre nous ; comme je tenais à ce que nos après-midi n'éveillent aucun soupçon chez sa femme, c'est moi qui lui avais suggéré de lui dire qu'il écrivait à son bureau pendant ces moments-là, et d'acheter un répondeur téléphonique qu'il mettait en route avant de venir à mon studio et qu'il pouvait consulter à distance. Le stratagème a fonctionné : après l'avoir importuné les deux premières semaines, Polly a gobé le mensonge : il s'était remis au travail sur le roman qu'il parlait d'écrire depuis dix ans…

Il y avait là une part de vérité, d'ailleurs : afin de se couvrir pendant les heures qu'il passait avec moi et d'être en mesure de montrer des résultats à sa femme, David a pris l'habitude de se rendre à son bureau vers huit heures presque chaque matin, et de pondre une page par jour, car il écrivait très lentement, avant son premier cours à onze heures. À ce rythme, il lui a fallu plus de deux ans pour achever son livre. Il ne m'a rien raconté de l'intrigue, sinon que l'action se déroulait dans les années 1960 et qu'il voulait donner au roman une construction plutôt « expérimentale ». Même plusieurs mois après avoir achevé le premier jet, il hésitait encore à me montrer le manuscrit, ses réticences s'expliquant notamment par le fait que son agent recevait une réponse négative des principales maisons d'édition new-yorkaises auxquelles il l'avait soumis.

— Ils disent tous que c'est beaucoup trop bizarre, m'a-t-il confié après avoir eu vent du sixième refus.

— Eh bien, tu as envie d'un avis indépendant…

— Je te le ferai lire quand il sera accepté.

— Tu sais, David, que certains éditeurs n'aient pas apprécié, ça ne changera rien à ma lecture…

— Attendons de voir ce que ça donne, a-t-il insisté d'un ton qui trahissait sa hâte de changer de sujet.

Après une nouvelle série de refus, une maison de taille modeste mais d'excellente réputation, Parallax Press, s'est déclarée preneuse du roman. Ce jour-là, David est arrivé chez moi avec une bouteille de champagne et un magnifique cadeau, une édition originale d'*A Little Book in C Minor*, de HL Mencken, dans lequel se trouve l'un de mes aphorismes préférés de cet auteur : « La conscience, c'est cette voix intérieure qui nous rappelle que quelqu'un est peut-être en train de regarder. »

— Ce livre a dû te coûter une fortune, ai-je objecté tout en reconnaissant qu'il m'avait comblée.

— C'est mon problème, ma chère.

— Tu es beaucoup trop généreux.

— Non, c'est toi qui l'es. Par tellement d'aspects.

— Alors, est-ce que je vais enfin pouvoir lire ton satané bouquin, maintenant ?

Il a réfléchi un instant.

— D'accord. Mais à condition que tu ne le prennes pas au pied de la lettre.

Il n'en a pas dit plus, mais cela a suffi à conforter mon soupçon qu'il avait écrit une sorte de roman à clef dans lequel notre relation jouait un certain rôle, ou un rôle certain… Ses réticences à en parler n'ont fait qu'accroître mon appréhension, de même que la manière dont il m'a donné son manuscrit à notre rencontre suivante, l'extirpant de sa besace au moment de partir et l'abandonnant sur le plan de travail de la cuisine avec ces seuls mots :

— À vendredi.

49ᵉ Parallèle – c'était le titre de son roman – était un livre plutôt court, deux cent six feuillets à double interligne, mais qui ne se lisait pas vite. L'histoire d'un homme mûr, laconiquement nommé « l'Écrivain », qui traverse le Canada en voiture – d'où la référence au 49e parallèle – pour aller voir l'un de ses frères, terrassé par une dépression nerveuse alors qu'il s'était rendu à Vancouver afin de traiter une affaire immobilière. Le frère est riche ; l'Écrivain, lui, enseigne dans une université peu prestigieuse de Montréal et a une épouse, appelée tout au long du roman « Femme », sans article défini, qu'il n'aime plus et qui passe son temps à évoquer ses « visions du divin ». Il entretient depuis un certain temps une liaison avec « Elle » – pas de nom plus défini, là encore –, une jeune romancière, professeur à McGill, brillante, équilibrée, heureuse d'être sa maîtresse mais peu désireuse de jongler avec la « dynamite émotionnelle » de l'Écrivain. Celui-ci adore Elle, parce qu'il la possède… sans la posséder.

Bien que l'intrigue puisse paraître aussi linéaire que convenue – adultère et crise existentielle dans le petit monde de l'intelligentsia –, David avait complètement « déconstruit » les règles traditionnelles de la narration romanesque, privant le lecteur de tout repère chronologique et le laissant sans informations précises sur l'histoire des personnages. À la place, on avait un monologue prolixe de l'Écrivain prenant la direction de l'ouest au volant de sa « vénérable » Volkswagen Ghia et traversant le « Grand Nulle Part » de la Prairie canadienne. Accablé par la culpabilité, la mélancolie, « le nihilisme du quotidien, l'exaltation factice de la fuite », il conduit inlassablement en pensant aux deux femmes de sa vie à la faveur d'associations d'idées torturées, le tout ponctué de descriptions longues de trois pages consacrées à « la vacuité hypnotique » du paysage ou – intéressant pour moi – à « l'acidulé du con d'Elle, comme de la compote de pêches ».

Au bout de cette lecture très ardue, je n'ai pas eu le choc de reconnaître notre histoire sous un déguisement romanesque, ainsi que je l'avais craint, mais celui de constater, non sans stupéfaction, à quel point sa tentative littéraire était navrante. Tout était déplorable, dans ce livre délibérément obscur où le lecteur se perdait constamment dans les vagabondages dépressifs de l'Écrivain, ses brusques changements de direction narrative et ses interminables digressions à propos de tout et n'importe quoi, depuis Wittgenstein jusqu'aux donuts Tim Horton. Pour moi, c'était un exercice laborieux de nombrilisme exacerbé, complaisant, vaniteux et, peut-être son pire défaut, dépourvu de la moindre capacité à émouvoir.

Résolument classique dans sa forme, le premier roman de David était, lui, empreint d'un humour grinçant et d'un humanisme excentrique qui avaient touché et enthousiasmé nombre de lecteurs, parmi lesquels je me comptais. Mais ce… machin ? J'y voyais un acte délibéré et gratuit d'aliénation créative, et même si je ne pouvais tenir mes sentiments personnels envers l'auteur entièrement séparés de mon jugement littéraire, j'étais forcée de me demander si le mobile de *49ᵉ Parallèle* ne se limitait pas à une proclamation de modernisme outrancier.

Dire que cette lecture avait constitué une étrange expérience serait faible : elle m'a troublée jusqu'au plus profond de moi. On croit connaître quelqu'un dans toutes les dimensions de sa pensée et de ses émotions, on est certain de savoir ce qui se passe dans sa tête grâce à d'innombrables conversations à propos de la vie, de l'art, de ce qui est important et de ce qui est anodin, mais aussi grâce à l'intimité créée par un amour réciproque, et puis ce même être retourne dans son univers pour écrire, et le résultat est tellement bizarre, tellement déroutant que l'on n'est plus sûr de rien.

Du coup, je redoutais notre prochain rendez-vous, puisqu'il allait certainement me demander ce que j'en avais pensé et qu'il me serait impossible de prendre des pincettes, cette fois. C'était trop énorme ; j'étais obligée de me montrer sincère.

Le vendredi suivant, pourtant, il n'a fait aucune allusion à son roman et nous sommes allés directement au lit. J'éprouvais une ardeur physique encore plus intense que d'habitude, peut-être en réponse au remords que m'inspirait le fait de détester son livre à ce point. Après, nous nous sommes attardés sous les draps tandis qu'il me parlait d'une nouvelle biographie d'Emily Dickinson que le *Harper's* lui avait demandé de critiquer, discourant sur l'impact que l'ascétisme sexuel de la poétesse avait eu sur son œuvre, et pourquoi son poème « À une grande douleur succède un calme solennel » demeurait un monument de la littérature américaine, et…

— Tu ne veux pas savoir comment j'ai trouvé ton livre, David ? l'ai-je interrompu.

— Je le sais déjà. Je le savais avant même que tu lises la première page, à vrai dire. C'est pour ça que j'ai autant hésité à te le donner.

— Donc… Donc tu l'as écrit en sachant que j'allais le détester ?

— Est-ce que je détecte une certaine hostilité dans ta voix, Jane ?

— Je suis juste déconcertée, c'est tout.

— J'ignorais que tu étais traditionaliste à ce point.

— Oh, je t'en prie ! Ne commence pas à me traiter comme si j'étais une arriérée littéraire. *J'aurai ta peau* de Mickey Spillane est un livre facile à lire ; l'*Ulysse* de Joyce est un livre difficile à lire : ce qu'ils ont en commun, c'est qu'ils sont l'un et l'autre des romans qui parlent au lecteur. La question n'est pas qu'un roman soit accessible ou non, c'est qu'il ait quelque chose à apporter aux autres.

— Ce qui d'après toi n'est pas le cas du mien, visiblement.

— C'est d'une densité accablante. Elliptique à un point frustrant. Et honnêtement, ces considérations sur le con acidulé d'Elle… Puisqu'on en parle, d'ailleurs : est-ce que j'ai un goût de compote de pêches ?

— Si tu crois que je vais répondre à ce genre de question et apporter de l'eau au moulin de ton exaspération, tu te trompes.

— Écoute, il faut que ce soit bien clair : si je réagis aussi violemment à ton livre, ce n'est pas parce que je pense qu'Elle est moi, mais parce que, bon, je n'arrive pas à comprendre pourquoi tu l'as écrit.

Il a laissé passer quelques secondes, puis :

— Tu sais, Polly trouve que c'est un chef-d'œuvre. (Cette information m'a fait l'effet d'une gifle, mais il a poursuivi, imperturbable :) Cela fait un moment qu'elle me pousse à abandonner la structure narrative traditionnelle, à essayer quelque chose de radicalement différent. Elle soutient que je suis équipé pour… « rejeter les conventions et embrasser l'expérimental », comme elle dit.

— Donc, c'est un livre phénoménal, selon elle.

— Elle l'apprécie beaucoup.

— Un « chef-d'œuvre », tu disais…

— Ses compliments te déplaisent, c'est ça ?

Oui, parce que je n'y croyais pas. Mon intuition me disait que Polly poussait David sur la voie de l'hypermodernisme dans le but de le priver de son succès passé, tant la carrière jadis exceptionnelle de son mari faisait de l'ombre à cette femme dont le talent s'était vite épuisé et qui, entre deux crises dépressives, n'avait pu produire qu'un mince recueil de nouvelles au formalisme stérile, sans saveur et sans vigueur. Oui, j'ai la dent dure mais je reste persuadée que je voyais juste, alors, tout comme j'avais raison de penser que David, rongé par la culpabilité à cause de l'état psychique de son épouse et de sa liaison durable avec moi, cherchait à trouver grâce à ses yeux. Puisqu'il lui avait raconté qu'il avait travaillé à ce livre les trois après-midi hebdomadaires qu'il passait dans mon lit, pourquoi ne pas se donner bonne conscience en satisfaisant les attentes de Polly et en se frottant aux épines du radicalisme littéraire le plus excessif ? L'épouse légitime était gagnante sur tous les fronts : elle avait convaincu son homme de tourner le dos au succès de masse pour se dédier à la marginalité esthétique, pouvant ainsi se proclamer sa conseillère avisée, sinon sa muse. Surtout, elle le tenait à sa merci, tant il me paraissait évident que David, une fois que son livre serait publié et sombrerait aussitôt dans l'oubli, connaîtrait une nouvelle crise d'inspiration et en viendrait à se demander si son avenir de romancier n'était pas terminé.

Tout ce tableau a défilé dans ma tête en quelques secondes, mais si je pressentais ce que serait le dénouement de cette histoire je me sentais impuissante, incapable d'articuler une réponse adéquate. Dire la vérité, c'était m'exposer à perdre David, et donc j'ai battu en retraite :

— Tu avais bien deviné, ce n'est pas mon genre de roman. Mais je suis contente que Polly en ait une si haute opinion, et puis c'est un fait : je peux très bien me tromper.

C'est le seul moment où nous avons réellement été proches d'un conflit ouvert et, très typiquement, j'ai dissipé la tension avant qu'elle puisse conduire à une confrontation à la fois terrible et sincère. Cet après-midi-là, il est reparti avec son manuscrit. Des mois ont passé, scandés par nos trois rendez-vous hebdomadaires, et ce n'est qu'à la fin janvier, alors que la date de publication approchait, que David a finalement laissé transparaître sa nervosité à l'idée des réactions que son roman allait peut-être susciter.

— Eh bien, lui ai-je dit, tu dois déjà savoir que le modernisme en littérature a toujours suscité des controverses féroces, et que donc les gens vont sans doute réagir très diversement à ton roman. Ce qui n'a rien de négatif, d'ailleurs.

En réalité, c'est le scénario le plus noir que j'avais envisagé qui s'est produit. Comme il s'agissait du nouveau roman de David Henry après un long silence, et que Parallax Press était une maison d'édition estimée, il a récolté une tonne d'articles – à une ou deux exceptions près, les critiques l'ont descendu en flammes. Le critique littéraire de la première publication à recenser le livre, *The Atlantic*, qui se disait pourtant sans ambages un fervent admirateur de David, avouait sa stupéfaction de voir un auteur respecté « tourner le dos à son talent de romancier subtilement sarcastique et fin connaisseur de l'âme humaine pour se lancer dans ces grotesques contorsions ». Le *New Yorker* s'est borné à une note assassine dans sa page des « Nouveautés » : « Un romancier de campus décide de suivre les pas de James Joyce… sur une autoroute du Canada. Le résultat est un objet non identifié qui se lit surtout comme une mauvaise parodie du "nouveau roman" français, avec en prime une avalanche de références obsessionnelles aux organes génitaux féminins et aux donuts glacés au sirop d'érable, cette combinaison étant certainement la seule originalité du roman. »

Mais c'est le *New York Times* qui a fini le massacre. En bonne et due forme. Leur nouvelle critique littéraire, probablement à la recherche d'un ouvrage sur lequel elle pourrait se défouler sans provoquer trop de vagues, c'est-à-dire en s'attirant l'approbation tacite des principales coteries littéraires, avait reçu là un cadeau des dieux. Toutefois, elle – je ne citerai même pas son nom, tant son entreprise de démolition venimeuse me met encore en rage – ne s'est pas contentée de dénoncer les faiblesses évidentes du roman : *49e Parallèle* lui a servi de rampe de lancement pour une attaque en règle contre les deux ouvrages précédents de David, proclamant que sa réputation passée n'avait été qu'un « vernis grumeleux sous lequel il s'était présenté comme un touche-à-tout de génie devant lequel les midinettes littéraires devaient se pâmer », alors que « son œuvre, limitée dans tous les sens du terme, révèle un intellect de seconde catégorie ayant réussi à se faufiler au faîte de la reconnaissance universitaire avec ce toupet de bonimenteur qui distord si souvent la culture américaine, et se croit maintenant autorisé à jouer à de petits jeux déconstructivistes sans que personne crie au subterfuge. Si ce livre ni fait ni à faire démontre quelque chose, c'est qu'il fallait enfin démasquer l'imposture vivante qu'est David Henry ».

Il y a des occasions où la cruauté des autres vous laisse sans voix. Alors que je lisais cette critique corrosive dans un petit café de Brattle Street, je n'ai pas réussi à comprendre son sadisme fondamental ; certes, David avait écrit un mauvais roman, mais de là à annihiler toute sa contribution aux lettres modernes, à le traiter d'imposteur multiforme… Posant le journal sur la table, j'ai résolu d'enfreindre l'une des règles que nous nous étions fixées, David et moi, et qui voulait que je ne me rende à son bureau que pour notre séance hebdomadaire de travail sur ma thèse. En arrivant devant sa porte, néanmoins, j'ai découvert une feuille de papier scotchée dessus, avec quelques mots écrits de sa main : « Je ne serai pas joignable aujourd'hui. »

Il devait venir chez moi l'après-midi. Pour la première fois, il a manqué l'un de nos rendez-vous, et il n'avait pas laissé de message sur mon répondeur. Comme il était exclu que je l'appelle chez lui, j'ai téléphoné à son bureau pour m'adresser à sa boîte vocale d'un ton neutre et formel : « Professeur, Jane Howard à l'appareil. J'ai un problème d'horaire cette semaine dont j'aimerais vous parler. Si vous voulez bien me contacter… » Il n'a pas répondu. Deux jours se sont écoulés, trois. Son bureau restait fermé, la note toujours collée à la porte. Mon inquiétude ne cessait de croître, d'autant qu'après l'attaque du *Times* un nouveau coup de massue a été porté à David, en l'espèce une colonne parue à la page « Confidentiel » du magazine *New York*, cette rubrique de ragots haut de gamme : ayant cherché des précédents à l'entreprise romanesque de David, l'auteur avait découvert que l'une des œuvres phares du « nouveau roman » français, *La Modification*, de Michel Butor, était elle aussi le récit non linéaire d'un voyage – entre Paris et Rome, et à bord d'un Trans-Europe Express – pendant lequel un écrivain médite des heures durant sur le compte de sa femme et de sa maîtresse. « Certes, le professeur Henry fait une rapide allusion à *La Modification* dans son hermétique opuscule, notait le journaliste du *New York*, qui n'avait pas signé son article, très précisément lorsque le narrateur évoque son ambition d'écrire un livre qui serait "plus Butor que Butor". Mais cette référence oblique ne protège aucunement Henry de l'accusation de s'être annexé toute la structure et le principe narratif d'un autre roman. Peut-être l'éminent professeur a-t-il une explication déconstructionniste de ce cas de "réappropriation moderniste" qui, en langage courant, s'appelle tout simplement "plagiat". »

À peine avais-je terminé de lire ces lignes que je me suis ruée à la coopérative du campus, où j'ai fait l'emplette de la traduction anglaise du roman de Michel Butor. Si j'y ai retrouvé la densité elliptique et le parti pris intellectualisant de *49ᵉ Parallèle*, les deux œuvres m'ont paru totalement dissemblables. D'accord, elles partageaient le thème de l'homme dérivant entre deux femmes dans un voyage à la fois physique et mental, mais toute entreprise littéraire n'est-elle pas, sous une forme ou une autre, la réinvention d'une thématique et d'une forme déjà employées par d'autres ? Il fallait être un journaliste particulièrement peu scrupuleux, et inspiré par une jalousie haineuse envers un écrivain de talent, pour crier au plagiat devant ce qui était, au plus, l'hommage d'un créateur à l'un de ses prédécesseurs.

J'ai encore tenté de joindre David à son bureau, me résignant même à appeler Mme Cathcart, la secrétaire du département, pour la prier de transmettre au professeur Henry, si jamais elle l'avait au téléphone, que Jane Howard trouvait les accusations de plagiat formulées par une certaine publication complètement scandaleuses. Mon interlocutrice, qui avait dépassé la soixantaine et exerçait sa fonction depuis le début des années 1970, m'a à peine laissé le temps de terminer ma phrase pour m'annoncer d'un ton sec :

— Je crains que l'université ne soit pas de votre avis, mademoiselle Howard, puisque le professeur Henry a été suspendu temporairement aujourd'hui, le temps que la commission d'éthique examine les allégations contre lui.

— Mais c'est ridicule ! J'ai lu l'autre roman en question, ces histoires de plagiat ne tiennent pas debout !

— C'est votre avis, mademoiselle Howard. La commission donnera le sien en temps et heure.

— En le clouant au pilori, parce qu'il a tous ces ennemis parmi les…

— Si vous voulez aider le professeur Henry, je vous conseille de vous abstenir de ce genre d'affirmation en public. Cela pourrait amener les gens à se poser des questions.

— Se poser des questions sur quoi ? ai-je demandé, suffoquée, mais elle n'a pas voulu continuer sur ce terrain.

— J'ai cru comprendre que le professeur s'est mis au vert et n'est plus à Cambridge. Vous pouvez contacter son épouse, si vous le désirez…

Y avait-il une pointe de malveillance dans cette dernière suggestion ? Une façon perfide de me dire : « J'ai lu dans ton jeu » ? Mais nous nous étions entourés d'un tel luxe de précautions, David et moi ! Non, cela devait simplement tenir aux manières revêches de Mme Cathcart, bien connue dans le département pour sa propension à vous mettre mal à l'aise.

— Vous avez le numéro de son domicile ? a-t-elle insisté.

— Non.

— Tiens, c'est étonnant, pour quelqu'un qui travaille avec lui depuis quatre ans.

— Je ne l'appelle jamais chez lui.

— Je vois, a-t-elle glissé avec une froideur calculée.

Sitôt après avoir raccroché, j'ai téléphoné chez David. Pas de réponse, ni de répondeur. Polly était-elle partie avec lui dans le Maine, où il avait une petite maison de campagne près de Bath dans laquelle nous n'avions jamais séjourné ensemble car, disait-il, « là-bas, c'est la vraie province et les voisins ont des yeux partout » ? Si j'allais le voir et que je tombais sur elle ? Mais s'il était seul dans le Maine, en revanche… Bien que tentée de louer une voiture et de partir sans attendre, ma prudence habituelle m'a déconseillé une initiative aussi audacieuse, et pas seulement parce que Polly risquait d'être avec lui : j'avais le sentiment, ou du moins j'espérais, que David me ferait signe quand il aurait besoin de moi.

Mais trois jours ont passé dans le même silence. J'appelais chez lui trois fois dans la journée, sans résultat, de sorte que j'ai fini par me résigner à recontacter Mme Cathcart, qui s'est bornée à affirmer d'un ton glacial : « Personne ne sait où il est. » Un soir, j'ai proposé à Christy que nous nous retrouvions pour boire quelques bières, car sortir avec elle était toujours une bonne excuse pour picoler. Grand amateur de potins, elle m'a appris qu'au moins trois collègues de David dont elle connaissait le nom avaient exigé du président que mon directeur de thèse soit renvoyé pour faute déontologique et qu'ils avaient reçu l'assurance d'obtenir gain de cause si l'accusation de plagiat était confirmée.

— Il y a un groupe de connards sérieusement frustrés, dans ce département, a-t-elle commenté, et ça fait longtemps qu'ils essaient de dézinguer le cher professeur. Ça remonte aux années 1970, au temps où ces bonnets de nuit avaient déjà du mal à supporter la cote qu'il avait avec tous ses étudiants et qu'il soit aussi cool. Et maintenant, ils sont en train de vivre leur Schadenfreunde en le voyant sur le point de perdre son job.

— Je suis presque convaincue qu'il est parti dans sa maison du Maine.

— Si c'est le cas, il y est tout seul.

— Comment en es-tu si sûre ?

— Parce que la Cathcart a bien voulu me raconter que lorsque tout ce merdier a commencé il a eu une méga-engueulade avec sa bourgeoise. Qu'il lui a reproché de l'avoir encouragé à écrire un bouquin aussi bizarroïde, et en gros d'avoir tout fait pour bousiller sa carrière.

Hallucinant…

— Comment Mme Cathcart sait tout ça ?

— Parce que « Madame » Henry le lui a dit. Visiblement, Polly la Ouffe a l'habitude d'appeler cette vieille pétasse à chaque fois qu'elle a besoin de se plaindre de son mari capricieux. Et la Cathcart la pousse à continuer, évidemment, parce que plus tu sais de choses sur le compte de quelqu'un, plus tu as de pouvoir sur lui, comme chacun sait.

— Et pourquoi cette « vieille pétasse » m'aurait conseillé de téléphoner à la femme d'Henry pour essayer d'apprendre où il s'est caché ?

— Mais parce qu'elle adore se payer la tête des gens, voyons ! Et parce que, comme tout le monde dans le département, elle est totalement convaincue que le cher professeur et toi fricotez ensemble depuis un bon bout de temps.

J'ai tressailli. Ils savaient. Tout le monde était au courant.

— N'importe quoi ! ai-je répliqué.

— Je m'attendais à une réponse de ce genre, a persiflé Christy. C'est exactement pour ça que je ne peux pas t'appeler mon amie, même si je t'aime bien. Et je ne dis pas ça parce que j'ai un coup dans le nez. Tu le sais déjà, je te l'ai…

— Ce que je sais, c'est qu'il y a plein d'insinuations idiotes qui ne valent pas la peine de…

— Et moi, ce que je sais, c'est que je me tire d'ici, a-t-elle coupé en jetant quelques billets sur la table. Je ne vais pas rester à écouter des mensonges sans broncher.

— Je ne dis pas de senmonges… de mensonges ! ai-je protesté, le mélange d'alcool rendant ma langue pâteuse et me donnant aussi l'audace d'une telle proclamation d'innocence.

— Cette conversation est terminée, a tranché Christy. Mais si tu veux être chic avec ton mec, trouve-toi une caisse demain matin, dès ton réveil, et va le voir dans le Maine. Il a besoin de toi.

Je ne me souviens pas d'avoir donné mon adresse au chauffeur de taxi, ni de l'avoir payé, ni d'avoir gravi les escaliers jusqu'à mon studio, ou de m'être déshabillée avant de m'effondrer sur le lit. Je suis revenue à l'état conscient en sursaut vers huit heures, me maudissant d'avoir pris une cuite aussi monstrueuse. Je ne voulais même pas revenir sur les implications de ce que Christy avait affirmé la veille, et pas seulement le manque de sincérité qu'elle me reprochait – sur ce point, je plaidais coupable sans discussion – mais surtout le constat atterrant que tout le département de littérature faisait des spéculations sur ma relation avec David.

Après une douche que j'ai prise glacée, j'ai enfilé une tenue confortable, préparé une cafetière et appelé la centrale de réservations d'Avis, où j'ai obtenu une voiture disponible à leur agence une demi-heure plus tard. J'ai avalé deux Alka-Selzer accompagnés de deux tasses de café brûlant. Je m'apprêtais à fourrer quelques affaires dans un sac de voyage quand l'interphone a sonné.

David ! Je me suis précipitée en bas et j'ai ouvert la porte à la volée. Christy était sur le seuil, et au regard qu'elle m'a lancé, dans lequel la détresse se mêlait à la peur, j'ai tout de suite compris qu'il était arrivé quelque chose d'épouvantable.

— On peut monter ? a-t-elle murmuré.

Nous avons grimpé l'escalier, nous sommes entrées chez moi. Machinalement, je suis allée éteindre la cafetière et je me suis retournée : Christy était restée sur le pas de la porte, une main agrippée au loquet comme si elle se préparait à s'enfuir. C'est alors que j'ai compris. J'ai compris ce que j'avais ressenti en voyant son expression craintive tandis qu'elle se tenait devant l'immeuble.

— David ? ai-je soufflé.

Elle a hoché lentement la tête.

— Il a été renversé et tué par un camion hier.

Des minutes ou des heures ont passé. Je me suis aperçue que je me cramponnais au bord de la cuisinière. Tout était devenu très calme et très petit. Christy a recommencé à parler mais je l'entendais à peine.

— Il était à vélo, pas loin d'une plage près de sa maison. C'était la fin d'après-midi, entre chien et loup. Une lumière indécise. Il pédalait sur une petite route, le camion est arrivé et… (Christy a fait une pause…) et… Ils pensent que c'est un accident.

Je suis brusquement sortie de mon égarement.

— Qu'est-ce que tu viens de dire ?

— Le chauffeur du camion, il a…

Sa voix a flanché.

— Continue, ai-je chuchoté.

— D'après Mme Cathcart, le camion était de l'autre côté de la route. Le chauffeur a vu David avancer et puis, brusquement, il a eu l'impression que la bicyclette faisait une embardée pour venir droit sur lui. Et là…

J'ai fait quelques pas chancelants et je me suis laissée tomber sur l'une des chaises de la cuisine. J'ai posé mes paumes sur mes yeux et j'ai appuyé très fort, mais le monde n'a pas disparu pour autant.

Christy est venue près de moi, m'a entourée de ses bras. Je ne voulais pas être consolée. Je ne voulais partager ma souffrance avec personne. Dans ces minutes ayant suivi le choc initial, une petite voix en moi me conseillait encore d'être prudente dans mes réactions : « Si tu t'effondres, ils vont comprendre ce qu'il y avait entre vous. » Me libérant de son étreinte, j'ai tenté de maîtriser ma voix :

— Je crois qu'il vaut mieux que je reste seule, maintenant…

— Au contraire, surtout pas, a-t-elle objecté.

Je me suis levée pour me diriger vers ma chambre.

— Merci d'être venue me prévenir.

— Jane, inutile de faire semblant…

— Faire semblant de quoi ? Je ne comprends pas.

— Bon Dieu, l'homme que tu aimais vient de mourir et…

— On parlera demain, l'ai-je interrompue.

— Ah, si tu n'es même pas capable d'admettre que…

J'ai fermé la porte sur ses protestations et je me suis assise sur le lit, m'attendant à moitié à voir Christy me suivre et me reprocher mes nombreux défauts, à commencer par mon inaptitude à me confier à elle à cet instant, le pire de ma vie, mais elle a évité le drame. L'oreille tendue, j'ai entendu la porte d'entrée se clore et le silence envahir l'appartement.

Ce que j'ai fait ensuite m'a étonnée moi-même. Comme si j'étais sur pilote automatique, je me suis relevée, j'ai jeté quelques vêtements dans le sac de voyage que j'avais sorti, appelé un taxi, je suis allée chez Avis, j'ai pris le véhicule que j'avais réservé et quitté Cambridge. Route 1, en direction du nord, puis la I-95, vers le Maine. Pourquoi ? Je n'en avais aucune idée. Tout ce que je savais, c'était qu'il fallait que je voie où David était mort.

Arrivée à Bath à une heure de l'après-midi, je me suis arrêtée dans une station-service pour que l'on m'explique comment rejoindre la plage de Popham. En roulant vers l'est, et l'océan, je suis entrée dans une vaste carte postale de la Nouvelle-Angleterre :

collines verdoyantes, fermes à bardeaux blancs, vieilles granges peintes en rouge sombre, une ria d'eau de mer à ma droite… J'essayais d'enregistrer chaque élément de cette route sur laquelle il avait passé ses derniers instants. Environ une demi-heure plus tard, j'ai atteint Popham. Le parking de la plage était désert, par cette maussade journée de mai au ciel couleur de craie sale. Sans une âme en vue, j'ai descendu le petit chemin qui serpentait entre les dunes jusqu'au rivage.

Tout ce que David m'avait raconté sur ce coin – et il en parlait souvent – se révélait exact. « Cinq kilomètres de sable immaculé, toujours déserts ou presque, avec la plus belle vue sur l'Atlantique qui existe ; chaque fois que je suis là-haut et que je suis las de la vie, je vais marcher à Popham, les yeux sur l'immensité de l'océan, et invariablement ce spectacle me persuade que l'univers regorge de possibles au-delà de ma petite existence étriquée, qu'il y a toujours une issue… » Debout sur le rivage, j'ai regardé l'horizon, moi aussi, en réécoutant dans ma tête la voix de David. Et je n'ai pu m'empêcher de me demander s'il avait atteint un tel point de désespoir deux jours auparavant que pour une fois la majesté de Popham avait été incapable de lui apporter la consolation ; et même si sa grandiose beauté n'avait pas au contraire rendu encore plus intolérable son impression d'échec, la conscience que tout dans sa vie était entaché d'imperfection ? Admettons qu'il ait fermé les yeux pour oublier la surface miroitante de l'immensité et la régularité de métronome du ressac, et qu'il se soit dit : « Si même cet endroit ne m'est plus d'aucun secours, alors… »

Contempler l'océan tout en pensant à ce que David avait pu éprouver durant sa dernière heure sur terre était au-dessus de mes forces. Revenue à ma voiture, je suis partie à droite, sur une route étroite qui conduisait à quelques maisons de vacances au loin. À mi-chemin, des cônes de circulation délimitaient une portion de la chaussée circonscrite par un ruban jaune de la police. Je me suis arrêtée et j'ai continué à pied. La section de macadam était un rectangle d'à peu près quatre mètres de long, comme un cercueil rallongé. Les yeux baissés, j'ai aperçu des traces de freinage récentes, la largeur des pneus suggérant qu'il s'était agi d'un véhicule de taille importante. Par-dessus le ruban, sur le bord de la route, j'ai vu des restes de sang séché le long des touffes d'herbe et de la terre battue du bas-côté. Une tache, plus grande, semblait avoir commencé à s'étendre en un filet liquide que l'humus avait absorbé.

J'ai fermé les paupières, incapable d'en supporter plus. « Mais tu étais venue pour "voir", non ? » Me ressaisissant, j'ai à nouveau considéré la scène, remarquant que la chaussée était encore plus étroite qu'ailleurs, à cette hauteur. Un détail, quelque chose qui me dirait que... Ah ! Juste à mes pieds, il y avait un nid-de-poule. Pas de taille exceptionnelle, non, mais il se trouvait à un emplacement qui donnait à réfléchir, à environ trois mètres du début des marques de pneu et du rectangle circonscrit par la police. Un film des événements s'est mis à défiler devant moi : David quitte la plage, descend la route côtière à vive allure ; il voit le camion arriver dans l'autre sens, commence à se rabattre prudemment sur le côté mais c'est alors que la roue avant de son vélo se prend dans le nid-de-poule, il perd le contrôle et il est projeté juste devant le...

Oui, c'était ça. Forcément. Un accident. Fortuit, arbitraire, stupide, comme ils le sont tous. Un enchaînement de circonstances qui provoque une catastrophe.

J'étais maintenant en mesure de me dire que cela n'avait pas été un suicide et que, selon toute vraisemblance, David s'était simplement trouvé là où il ne fallait pas, au moment où il ne fallait pas. Toutefois, en retournant à la voiture de location, je n'ai ressenti aucun soulagement, aucune indication que cette confirmation du caractère accidentel de sa mort la rendait moins intolérable. Une seule question revenait dans mon cerveau embrumé par le chagrin : « Pourquoi tu es ici, d'abord ? Bon, tu as eu la confirmation de ce que tu voulais, et après ? » Après, rien. Retourner à Cambridge. Et après ?

Avant de prendre le chemin du retour je me suis dit qu'il fallait que je voie sa maison. J'étais passée devant en allant à Popham, ayant repéré facilement les lieux grâce à toutes les descriptions que David m'avait faites : « Sorti de Bath, on fait cinq kilomètres et on arrive à un hameau, Winnegance, juste quelques maisons et un magasin. Là, la route fait un tournant et il y a un pont par-dessus une ria, mais si on tourne tout de suite à droite avant d'entrer sur le pont on remarque une allée à peine visible de la route, et c'est là, c'est chez nous... »

En me donnant toutes ces précisions, il n'essayait pas de me dire de venir, bien entendu. Nous savions tous deux que sa retraite du Maine était interdite à nos amours, mais il avait plaisir à me donner l'image la plus précise du seul endroit au monde où il arrivait à surmonter ses moments d'abattement.

Suivant ses indications, je suis repartie vers Winnegance et je me suis engagée dans l'allée en m'arrêtant un instant pour vérifier qu'aucune auto n'était garée devant la maison. Là encore, j'avais l'impression d'être déjà venue, tant il m'avait dépeint avec exactitude le petit cottage situé au milieu d'un terrain allongé qui donnait sur la mer. Descendue de voiture, j'ai fait le tour du bâtiment. Par une fenêtre, j'ai aperçu ce qui avait certainement été son bureau, une pièce toute simple avec des rayonnages de livres, une table et l'une des quatre ou cinq machines à écrire Remington que David affectionnait, car il limitait son usage des ordinateurs à son travail universitaire. Comme à Harvard, sa table de travail était placée face au mur : « Autrement, je me mettrais à regarder par la fenêtre et je serais sans arrêt distrait », disait-il. Je me suis mise à trembler, mais j'ai eu la force de reprendre le volant et d'aller au magasin de Winnegance pour m'acheter une bouteille d'eau. Ou en tout cas était-ce la raison que je me suis donnée.

Quand je suis entrée, la vieille femme aux traits durs qui se tenait derrière le comptoir m'a jaugée de l'air sceptique qu'elle devait réserver aux rares étrangers de passage hors saison.

— 'jour. Vous désirez ?

J'ai demandé de l'eau gazeuse et le journal local puis, alors que je la payais, j'ai risqué :

— Je suis allée me promener sur la plage de Popham et j'ai vu ce qui ressemblait à une scène d'accident. Il s'est passé quelque chose ?

— Un gars a foncé en vélo dans un camion, a-t-elle annoncé en me rendant ma monnaie.

— Mais c'était bien un accident ?

— Quand un gars fait exprès de mettre son vélo en travers d'un camion, on appelle pas ça un accident.

— Vous le connaissiez, ce « gars » ?

— Un peu ! Un prof de Boston, il avait sa maison de l'autre côté de la route. Bien élevé, sympathique. On aurait jamais pensé.

— Mais comment être si certain que c'était un... ?

Elle m'a dévisagée avec méfiance.

— Vous êtes pas... journaliste, ou quelque chose ?

— Non, je suis juste intéressée, ai-je affirmé d'une voix mal assurée.

— Vous connaissiez l'professeur ?
— Euh... Non.
— Et Gus, vous l'connaissez ?
— Qui est-ce ?
— C'est un cousin à moi, et le gars qui conduisait le camion. Maintenant, il est dans tous ses états à cause de ce qui est arrivé. Il trimballe du poisson par ici depuis plus d'vingt ans, jamais eu un seul accrochage ou quoi. L'pauvret, il a plus sa tête depuis. Y dit qu'il touchera plus jamais un volant. Y dit qu'il a vu l'prof arriver dans l'autre sens et paf, juste au moment où il allait l'croiser, l'autre s'est envoyé valdinguer dans ses roues. Complètement volontaire. Il aurait voulu s'tuer, y s'y s'rait pas pris autrement.
— Mais... Il y avait peut-être un nid-de-poule sur la chaussée, et le cycliste a perdu l'équilibre, et...
— Si Gus dit qu'il a envoyé son vélo dans l'camion, c'est c'qui s'est passé. C'est pas une flèche, Gus, mais s'il y a une chose que j'sais, c'est qu'il ment jamais.

J'ai dit merci et je suis partie. Hagarde, j'ai conduit jusqu'à retrouver l'autoroute et je suis redescendue vers le sud. Après avoir dépassé Portland, j'ai dû prendre la première sortie et m'arrêter, parce que les larmes m'aveuglaient.

« Si Gus dit qu'il a envoyé son vélo dans l'camion, c'est c'qui s'est passé. » J'aurais tellement voulu croire à ma version des faits, celle que j'avais adoptée après avoir vu les lieux, mais elle était maintenant contredite par le seul témoin.

Était-ce pour cette raison que je pleurais aussi fort ? Non seulement parce que la disparition de David m'apparaissait finalement dans toute sa brutalité, mais aussi à cause de l'ambiguïté tragique qui l'entourait.

De retour à Cambridge ce soir-là, j'ai trouvé dans ma boîte aux lettres une carte blanche toute simple. Au recto, il y avait mon adresse – j'ai reconnu l'écriture en pattes de mouches de David –, un timbre et le cachet de la poste de Bath, dans le Maine ; au verso, deux mots :

Pardon.
David.

Assise à la table de mon petit appartement, j'ai contemplé ce message pendant ce qui m'a semblé une éternité. Je ne savais plus que penser. Ses derniers mots pour moi étaient indéchiffrables. « Pardon. » Pardon de quoi ? « Pardon, mais je vais mettre fin à mes jours » ? Ou : « Pardon de tout le gâchis que j'ai causé » ? Ou : « Pardon de ne pas t'avoir écoutée pour le livre » ? Ou : « Pardon d'être parti sans rien dire » ? Ou...

Rien de solide, rien de définitif. Encore plus d'ombres.

Coupée du reste du monde dans mon studio, je me suis à nouveau laissé emporter par les sanglots et j'ai pleuré comme une idiote, mais cette fois la rage se mêlait à la douleur. J'étais furieuse contre David, oui. Parce qu'il était mort, mais aussi pour avoir voulu protéger sa bonne conscience avec sa foutue carte, un message qui n'en était pas un et qui ne faisait qu'ajouter de la confusion à ce que sa disparition avait d'énigmatique. « Pardon ».

Les jours suivants, la colère a cédé peu à peu le pas à une tristesse pesante. Mme Cathcart m'a appelée pour me certifier d'un ton conciliant que tout le département était atterré par le décès du professeur Henry, ce qui était un mensonge, que tout le monde en voulait maintenant au journaliste new-yorkais qui avait initié les accusations de plagiat – encore un mensonge – et qu'elle pensait beaucoup à moi durant cette épreuve car, a-t-elle dit, « je sais comme vous étiez proche du professeur ».

— C'est exact, ai-je répondu en contrôlant ma voix. C'était un directeur de thèse exceptionnel, et un ami.

Je me suis arrêtée avant d'ajouter : « Mais rien de plus. » À trop parler, on ne fait qu'éveiller les soupçons.

— Vous savez peut-être que la police du Maine a conclu à un accident, a poursuivi la secrétaire du département. Je vous le dis juste au cas où vous auriez eu des doutes.

— Je n'en avais pas, me suis-je défendue tout en me disant que les enquêteurs avaient donc décidé de ne pas retenir la version de Gus, le camionneur.

Ou bien celui-ci avait-il choisi de lui-même d'accepter l'explication du vélo dévié de sa course par une déformation de la chaussée afin de mettre fin aux questions et aux tracasseries ? Comme j'allais l'apprendre ensuite par les rumeurs du département, le simple fait que l'enquête officielle ait exclu le suicide permettrait à la femme de David de toucher son assurance vie ; peut-être les flics avaient-ils voulu permettre au chauffeur et à la famille de David de surmonter le traumatisme plus vite en classant l'affaire en tant qu'accident ?

Mais je connaissais la vérité, moi, et elle était la suivante : il n'y avait rien de certain. Comme dans le poème de T.S. Eliot : « Entre l'intention et l'acte/S'étendent les ombres. »

« Pardon. » Je suis sûre que tu le pensais sincèrement, David. Sauf que ça ne dissipe pas le mystère.

Les obsèques ont été strictement privées. Après l'incinération, ses cendres ont été dispersées dans la crique située devant sa maison de Popham. Lorsque tout ceci m'a été rapporté par Mme Cathcart – par qui d'autre ? –, j'ai repensé à une remarque que David avait faite un jour devant moi : « Nous nous ingénions à laisser notre marque sur le monde, nous voulons nous convaincre que ce que nous accomplissons a un sens, voire même une certaine importance, mais la vérité est que nous ne faisons que passer. Presque rien ne subsiste de nous. Sauf les souvenirs de ceux qui nous ont connus. Et quand ceux-là s'en vont à leur tour… C'est pour ça que je veux que mes cendres soient jetées à la mer, quand je mourrai. Parce que tout s'éloigne en flottant. »

À la faculté, tout le monde s'est montré plein de sollicitude à mon égard. Le chef du département, Hawthorden, m'a téléphoné en personne pour me proposer de passer à son bureau. Alors que je redoutais qu'il me mette en accusation, il a manifesté au contraire un grand tact, évoquant le « tragique accident » qui avait coûté la vie à David et, au sujet des insinuations de plagiat, « l'épreuve pénible infligée par une presse sans scrupules ». Après m'avoir déclaré que David avait toujours fait les plus grands éloges de mon travail, il a déclaré qu'il était prêt à se charger lui-même de la supervision de ma thèse, si cette proposition me convenait.

Pourquoi cette sommité académique voulait-elle devenir mon directeur ? L'idée était d'autant plus surprenante que sa spécialité était la littérature américaine de l'époque pionnière. Cherchait-il à faire taire des ragots sur la véritable nature de mes relations avec David ? Voulait-il « m'avoir à l'œil » ? Je n'en savais rien. S'il avait choisi de ne pas provoquer un scandale et de garder les choses dans un flou confortable, je n'allais pas m'en plaindre ; ainsi que je l'avais découvert récemment, l'ambiguïté a ses avantages.

Je me suis remise au travail pour oublier tout le reste, écrivant deux pages de ma thèse par jour, six jours par semaine. Je passais presque tout mon temps chez moi ou à la bibliothèque, plus deux sessions mensuelles d'une heure avec Hawthorden. Jusque-là, hormis quelques sorties avec Christy, ma vie à Harvard s'était résumée à David, et maintenant qu'il n'était plus là… Les neuf mois suivants ont été dominés par la solitude, mais je n'avais rien contre.

Plus, même : j'en avais besoin. Pour faire mon deuil, sans doute, mais aussi pour réorganiser mes pensées et placer la mort de David dans une boîte sur laquelle j'avais déjà marqué « À ne pas ouvrir ». Me résigner à sa disparition était un processus que je ne pouvais et ne voulais partager avec personne, c'est pourquoi j'ai soutenu à ma mère que tout allait très bien lorsque je l'ai appelée quelques semaines après le décès et qu'elle a tout de suite affirmé que je n'avais pas ma voix normale.

— Voyons, Jane, a-t-elle insisté d'un ton maternel, je te connais mieux que ça.

— Tout va bien, me suis-je entêtée.

— C'est à cause d'un garçon, pas vrai ? (Comme je gardais le silence, elle a continué :) Allez, ne sois pas timide !

Ce n'était pas de la timidité, mais de la réticence, car je ne savais que trop bien qu'il suffisait de lui donner une bribe d'information pour qu'elle s'y accroche et ne cesse d'y revenir.

— Tout va bien, ai-je répété pour la troisième fois en levant les yeux au ciel.

— Si tu ne peux même pas te confier à ta mère…

— Il n'y a rien à confier.

— Tu ne peux vraiment pas me supporter, hein ?

Je me suis crispée davantage mais, là encore, tenter de lui tenir tête – notamment à un moment où elle avait certainement déjà avalé plusieurs verres de vodka – aurait été du pur masochisme. En conséquence, je lui ai dit que je la rappellerais d'ici peu et, dès que j'ai raccroché, le constat m'a frappée de plein fouet : « À partir de maintenant, tu es seule, irrémédiablement seule. »

Au même moment, les médias locaux se sont fait l'écho d'une âpre controverse sur le rôle que certains collègues de David auraient pu avoir dans la remise en cause de son honnêteté intellectuelle. Le *Harvard Crimson*, le journal étudiant du campus, s'est distingué en désignant nommément les professeurs qui avaient initié la campagne de dénigrement contre lui, mais quelle importance cela pouvait-il avoir, désormais ? Cette réhabilitation ne rendrait pas la vie à David, pas plus que la cérémonie commémorative organisée trois mois après son « accident » à l'église du campus. Je m'y suis rendue, naturellement, et à la fin du service religieux j'ai aperçu Polly sur le parvis, recevant les condoléances.

Soudain, elle a jeté un coup d'œil à la ronde et son regard est tombé sur moi, arrêtée devant la porte de l'église. J'y ai décelé une froideur détachée, et elle m'a adressé un bref signe de tête avant de revenir au groupe de gens qui l'entouraient. Ce moment m'a longtemps hanté, par la suite. Avait-elle voulu me dire qu'elle savait exactement qui j'étais ? Mais, dans ce cas, pourquoi faire suivre ce regard glacial d'un geste qui semblait indiquer que nous étions d'une certaine manière unies dans l'affliction ? Ou bien cherchais-je une signification à ce qui n'était peut-être que la réaction machinale d'une femme en deuil soudain exposée au contact d'une foule d'inconnus ? Sans le secours des mots, nous nous trompons souvent sur le comportement des autres. Une mimique ou un froncement de sourcils contiennent une myriade d'interprétations possibles. Il y a là une vérité radicalement élusive, comme celle qui se cache derrière un accident, et dans ce cas aussi le choix de l'ambiguïté peut se révéler un bouclier fiable.

C'était une leçon que la mort de David m'avait donnée : quand on ne confesse rien, on ne livre aux autres que des suppositions, jamais de preuves. De ce fait, ce qui doit resté caché le demeure. Pour moi, cette découverte était rassurante en ce qu'elle m'offrait le dispositif de défense dont j'avais besoin pendant cette période à Harvard, et aussi parce qu'elle me permettait de compartimenter la rage et l'abattement, de prendre le contrôle sur mes démons personnels. Alors, j'ai adopté profil bas. Je me suis absorbée dans mes études. Le professeur Hawthorden, qui lisait les chapitres de ma thèse au fur et à mesure que je les imprimais, a paru satisfait du résultat, et quand je lui ai remis la totalité du texte, six mois en avance sur la date prévue, il n'a pas caché son étonnement. « C'est juste que je me suis sentie très... concentrée », ai-je dit en guise d'explication.

Habituellement, il s'écoule environ quatre mois entre la fin de la rédaction d'une thèse et sa soutenance, mais Hawthorden, qui semblait aussi pressé que moi de tourner la page, m'a informée qu'il veillerait à ce que je la soutienne devant tout le corps enseignant avant le départ en vacances d'été. Le jour dit, seuls trois professeurs ont soulevé des objections ou des questions sur « Une dualité infernale : soumission et défi dans la fiction américaine » : pouvait-on réellement parler de thèmes à la Zola chez Dreiser ? Quelle était l'influence exacte de la pensée politique progressiste sur *La Jungle* d'Upton Sinclair ? N'allais-je pas trop loin en cherchant un substrat socio-économique à tous les romans que j'avais analysés ? Ma dissertation ne s'écartait-elle pas parfois du cadre strictement académique ? Mais pour l'essentiel, j'ai été moi-même surprise de la facilité avec laquelle tout s'est déroulé.

Une semaine plus tard, j'ai reçu une lettre signée par Hawthorden : ma thèse ayant été retenue, j'allais recevoir le titre de docteur ès lettres de Harvard. En bas de la page, il avait ajouté deux phrases à la main, suivies de ses initiales : « Cela a été un plaisir de travailler avec vous. Meilleurs vœux de succès. »

Était-ce une manière polie de me dire : « Et maintenant, allez voir ailleurs, par pitié » ? Sa hâte à me faire passer ma soutenance était-elle motivée par le désir de se débarrasser de moi au plus vite ? Ou, une fois encore, cherchais-je des non-dits dans les données les plus anodines ?

Quelques jours plus tard, le bureau d'orientation professionnelle de la faculté m'a contactée pour un entretien. La conseillère qui m'a reçue, Mlle Steele, une quadragénaire très professionnelle, m'a appris qu'un poste de maître-assistant venait de se libérer à l'université du Wisconsin, à Madison.

— C'est un poste qui ouvre à la titularisation, et pour une université publique, celle du Wisconsin est d'un excellent niveau...

— Je me présenterai.

Le soir, j'ai passé l'un de mes coups de fil bimensuels à maman. La conversation a été relativement posée, et comme elle semblait d'humeur à écouter je lui ai parlé de la proposition que je venais de recevoir. Sa réaction a été de dire que Madison paraissait un choix raisonnable, car « tu pourras vivre correctement dans ce coin perdu avec un salaire d'enseignante ». Je n'ai pas relevé la critique sous-jacente.

— Tu devrais écrire à ton père pour le lui dire, a-t-elle ajouté, il sera content.

— D'accord, je vais lui envoyer un mot.

Chaque fois que je me suis forcée à m'asseoir pour rédiger une lettre, l'entreprise m'a semblé au-dessus de mes forces. À quoi bon ? Il se bornerait à répondre quelque chose d'aussi sibyllin que démoralisant, dans le genre : « Le Wisconsin, cette contrée que l'histoire a oubliée » ou : « Je vois que ma fille sera à jamais un rat de bibliothèque. » J'ai choisi le silence, au final.

Deux jours plus tard, j'ai pris l'avion pour Madison. Le directeur du département, un dénommé Wilson, m'attendait à l'aéroport. Sur la route du campus il s'est épanché de toutes ses misères d'administrateur surmené. Il m'a appris que le poste en question s'était libéré parce que son titulaire avait été « remercié » après avoir cédé à un intérêt déplacé pour l'une de ses étudiantes, et qu'il devait en plus chercher un autre remplaçant en littérature médiévale, l'enseignante occupant cette chaire depuis vingt ans ayant terminé en unité de soins intensifs à force de s'alcooliser.

— Bon, que vous dire d'autre ? a-t-il soupiré. C'est simplement la faculté de lettres typique : problème sur problème.

Quelques heures plus tard, dans une salle de réunion lugubre, je répondais aux questions de Wilson et de quatre autres membres du département. Je n'ai pu m'empêcher de noter la grisaille de mes futurs collègues, leurs manières pointilleuses, leur agacement latent, la façon dont ils se coupaient la parole, comment, sournoisement, ils m'évaluaient, sondant mon amour-propre, cherchant à deviner si je pourrais constituer une menace potentielle ou si je serais aisément manœuvrable. Et que pensais-je du scandale qui venait d'emporter celui que j'allais peut-être remplacer ? se sont-ils enquis. Reniflant le piège, j'ai avancé sur des œufs :

— C'est que j'ignore complètement les détails de ce cas...

— Mais en général, que pensez-vous des règles régissant les relations « personnelles » entre enseignants et étudiants ? a insisté l'une des femmes participant à l'entretien.

Était-il possible qu'elle sache pour... ? Je m'en suis tirée par une formule creuse. Le sujet a été abandonné.

Le soir même, dans l'avion qui me ramenait à Boston, j'ai repensé à ce que David m'avait dit une fois : « Si tout le monde est aussi mesquin, dans le milieu universitaire, c'est parce que les enjeux sont également étriqués. » David. Mon pauvre et merveilleux David, victime de son esprit critique... Et à l'idée de rejoindre un univers qui, dans une certaine mesure, avait causé sa perte...

Alors, quand Wilson m'a téléphoné trois jours après pour me dire que ma candidature avait été acceptée, je lui ai annoncé que je n'étais plus intéressée.

— Mais pourquoi ? s'est-il exclamé avec stupéfaction.

— J'ai décidé de gagner de l'argent, ai-je répondu. Beaucoup d'argent.

Deuxième partie

1

L'ARGENT. CELA N'AVAIT JAMAIS ÉTÉ UNE PRÉOCCUPATION MAJEURE, jusqu'alors. Avant de commencer à gagner ma vie d'adulte, je n'avais guère tenu compte de son existence. J'en suis venue à comprendre que la manière dont vous considérez l'argent, dont vous contrôlez ses flux et dont vous le laissez vous contrôler – car c'est toujours ce qui finit par arriver – est un trait de caractère qui s'acquiert très tôt. Pour ma part, j'ai eu une adolescence plutôt austère, puisque mon père ne versait qu'une pension alimentaire des plus modiques à ma mère. Au lycée, on m'a toujours appelée « la fille de la bibliothécaire ». Contrairement à la plupart des jeunes d'Old Greenwich, je n'ai jamais eu ma propre voiture et il n'était évidemment pas question d'appartenir à quelque country club huppé, dans une ville où les garçons reçoivent leur premier équipement de golf à leur onzième anniversaire. C'est ainsi que, tout en me rendant compte peu à peu que ne pas avoir de décapotable à seize ans et ne pas passer mes week-ends dans une oasis de snobisme tape-à-l'œil n'était pas forcément une mauvaise chose, j'ai fini par désirer une certaine indépendance financière, avant tout pour ne plus avoir à demander d'argent à maman, qui s'excusait sans arrêt de ses maigres revenus et de son incapacité à faire plus pour moi, quand bien même je lui assurais que je n'avais besoin de rien.

C'est extraordinaire, comme les caractéristiques essentielles du comportement de chacun se mettent en place sans que le principal intéressé, ni ceux qui l'entourent, ne s'en rendent compte. Ma mère se sentant coupable de ne pas avoir assez d'argent, je me suis sentie coupable qu'elle se sente coupable, mais aussi perturbée et secrètement blessée par le manque de générosité de mon père à notre égard. Ma détermination à mériter des bourses d'études et à prendre toutes sortes de petits boulots pendant mon temps libre visait à la fois à soulager maman d'une partie de ses soucis matériels et à montrer symboliquement à mon père que je pouvais me débrouiller sans lui.

En premier cycle à l'université, j'ai assuré quinze heures par semaine à la bibliothèque du campus pour avoir un peu d'argent de poche ; à Harvard, j'ai donné des cours de composition anglaise aux étudiants de première année afin de compléter mon allocation d'études. Puisque mon budget était depuis le début très serré, je suis devenue une experte de la vie à petit prix. Une fois l'inscription et les livres payés, ma bourse de troisième cycle m'accordait sept cents dollars par mois. Mon loyer en absorbait cinq cents, et en ajoutant mes modestes émoluments d'instructrice, il me restait à peine quatre cents dollars mensuels pour vivre au quotidien. Par conséquent, je prenais presque tous mes repas chez moi, j'achetais mes vêtements dans des solderies, je ne me déplaçais qu'en métro ou en bus, mais il me restait de quoi aller au cinéma une ou deux fois par semaine et, à vrai dire, je n'avais pas l'impression de manquer de quoi que ce soit, tout simplement parce que je ne désirais rien de plus.

Là se trouve l'avantage de ne pas avoir beaucoup d'argent : on apprend à mener une vie intéressante sans nourrir des besoins incessants. C'est seulement quand on commence à gagner beaucoup que l'on se retrouve convaincu de la nécessité de se procurer des choses auxquelles on ne pensait même pas auparavant, et une fois qu'on les a obtenues, on se met à convoiter ce que l'on n'a pas encore ; une insatisfaction permanente s'ensuit, tandis que l'on se découvre prisonnier du désir d'acquérir toujours plus, de sacrifier à cette pulsion consumériste que l'on sait, dans les moments de lucidité, uniquement destinée à colmater les fissures de son existence. Et ensuite, on essaie de se raconter que cette avalanche de biens matériels finira par étouffer le doute et la mélancolie à l'œuvre dans toute vie humaine.

L'argent : la drogue la plus trompeuse qui soit, car elle nous donne l'illusion de pouvoir contrôler notre destin. Un vrai mensonge.

Pourtant, au cours de mes premiers mois à Freedom Mutual, l'argent a été pour moi une sorte de nouvel amant complètement déjanté, résolu à me faire partager une vision du monde qui m'était inconnue. D'un coup, je laissais derrière moi les petits calculs étriqués de la frugalité pour embrasser les plaisirs de la vie, à commencer par celui de ne pas passer de longs moments à ruminer le prix inscrit sur l'étiquette.

L'argent. À ma grande surprise, je me suis vite transformée en une adepte inconditionnelle de ses extraordinaires bienfaits, de la confiance en soi qu'il engendre. Et j'ai vu que c'était un jeu, aussi. Ou du moins était-ce ainsi que Brad Pullman le considérait.

Pullman, le P-DG de Freedom Mutual. Fils d'un dentiste de Long Island, « ancien binoclard sans contact avec le réel », pour reprendre ses termes, il réglait ses comptes avec son passé depuis qu'il s'était initié au pouvoir magique du veau d'or, et ce alors qu'il n'avait même pas atteint la quarantaine. Il avait fait ses études à Middlebury, puis à la Harvard Business School, avant d'entrer et de gravir les échelons du « petit monde rassurant et pépère des fonds mutuels » :

— Mes trente premières années, m'a-t-il confié à notre première rencontre, je les ai passées dans une stratégie permanente d'évitement des risques. La peur, Jane, c'est l'obstacle absolu, le méga-barrage routier de la vie. Ça vous empêche d'atteindre le niveau dont vous êtes capable, de vivre la vie que vous méritez. Et le plus dangereux, c'est qu'elle se nourrit et se reproduit d'elle-même, tout le temps. Nous nous créons nous-mêmes les craintes qui nous immobilisent.

Oui, il aimait bien ce genre de généralités dignes des gourous en développement personnel, au point d'ajouter un concept bien à lui au fatras de la psychologie bon marché, que ses subordonnés en étaient venus à surnommer « NON », acronyme de « Nécessité d'Outrepasser la Négativité ».

— Sympa, ce NON, avait reconnu Pullman, même si ça fait français. Et, comme tout Américain qui a les pieds sur terre, je hais ces connards de Français.

Appliquant ce principe à sa vie personnelle, il avait donc laissé derrière lui sa première femme – qu'il décrivait comme « une négative-passive » –, son train-train de jeune marié coincé en banlieue avec vingt-cinq kilos de graisse accumulée – ce dernier poids mort éliminé grâce à un régime brutal et à un coach tout aussi féroce. Soudain mince et célibataire, il avait laissé libre cours à ses tendances de dandy :

— Je ne crains pas d'avouer que j'ai cinquante costumes sur mesure qui m'attendent chez moi, dans ma maison de 5,4 millions de dollars à Beacon Hill. Qui a besoin de cinquante costards et de cent cinquante chemises de marque ? Personne. Bon, tout ça, à première vue, ça dénote le type qui jette son argent par les fenêtres, mais, mais… Faisons les comptes. Cinquante costumes et cent cinquante chemises, sur une période de cinq ans, ça représente une dépense de vingt mille dollars par an ; pour un cadre moyen qui se fait dans les cent cinquante mille brut, ça représente un budget identique à celui d'un accro à la coke, non ? Seulement, quand on rentre huit millions annuels comme ça a été mon cas à l'exercice précédent…

C'était une autre particularité de Brad Pullman, cette manie de proclamer le prix de tout et n'importe quoi – « Vous aimez ma nouvelle montre ? Une Jaeger-LeCoultre, achetée chez European Watches dans Newbury Street. Cinq mille quatre cents dollars. Une affaire ! » – et de faire savoir à tout moment combien il gagnait, combien sa compagnie avait engrangé et combien ses protégés « pourraient se faire » si seulement ils avaient « assez de caractère pour adopter une pratique de NON et risquer le tout pour le tout ».

C'est par le service d'orientation professionnelle de Harvard que j'ai connu Brad Pullman. Après avoir décliné l'offre de l'université du Wisconsin, j'avais demandé à Mlle Steele si elle avait des pistes dans le monde du Fric Roi.

— Bien sûr, et des tas, mais vous qui avez un doctorat en littérature, pourquoi est-ce que vous iriez…

— Réorientation de carrière.

— Alors qu'elle n'a même pas encore commencé ? s'était-elle étonnée.

— Je suis arrivée à la conclusion que je ne voulais pas être enseignante. Donc, puisque je rejette la vie universitaire, autant partir à la recherche du travail le mieux rémunéré.

— Hmmm… Le professeur Henry n'aurait pas été d'accord, a-t-elle affirmé sèchement.

— Le professeur détestait tout ce que la vie de campus a de mesquin, ai-je rétorqué en conservant mon calme, de sorte qu'il aurait certainement approuvé ma logique, au contraire.

— Oui ? Enfin, vous l'avez sans doute mieux connu que moi.

— En effet. Alors, ces emplois lucratifs ?

— Eh bien, la grande mode, ce sont les « fonds spéculatifs », maintenant. Et Boston est devenu une vraie plaque tournante pour ce genre de gestion financière, ces dernières années. Les entreprises recrutent sans arrêt. Des traders débutants, surtout s'ils sortent de Harvard. Évidemment, votre doctorat en littérature risque de les décontenancer, au départ, mais c'est peut-être un élément original qui vous rendra plus intéressante que d'autres…

C'est en tout cas ce que Brad Pullman a pensé lors de mon entretien d'embauche. Au début, j'ai trouvé un peu étrange d'être reçue par le grand chef de la boîte pour un poste à l'essai, mais il m'a vite indiqué qu'il tenait à ce que Freedom Mutual reste une entreprise limitée en nombre (trente employés), et que dans ce cadre il tenait à « avoir l'œil à tout ».

— Et vous êtes fine, vous semblez avoir de la jugeote, alors pourquoi on ne s'offrirait pas le luxe d'avoir une experte de Dreiser à la salle des marchés ? Le salaire de départ est de cent mille dollars annuels, plus un bonus de vingt mille en prime d'intéressement, celle-ci à verser immédiatement. Pas de problème avec ça ?

— Euh, non… Pas du tout.

— Mais vous pourriez finir par toucher dix ou vingt fois plus que ça, si vous vous avérez rentable. C'est comme ça, Jane : vous jouez le jeu avec nous et votre vie est assurée avant que vous ayez trente ans. Bon, je vais vous donner tout de suite deux mille dollars pour que vous alliez vous acheter une ou deux tenues de travail dès demain. Vous serez accompagnée et conseillée par l'une de nos collaboratrices, Trish Rosenstein. Avec un nom pareil, vous vous doutez qu'elle ne prend pas le thé chez les connards de Bush à Kennebunkport chaque été, mais elle sait gérer un portefeuille comme personne et elle vous guidera dans vos choix de garde-robe. Ici, la tonalité, c'est classique et classieux. Pour l'instant, vous m'excuserez, mais vous avez la dégaine d'une étudiante miliante qui se nourrit de biscuits bio et de tisanes à la fleur de sureau. Vous vous ferez peut-être draguer au salon de thé baba cool du coin, mais chez nous, c'est complètement hors sujet. Si vous acceptez le boulot, vous devez accepter l'habillement qui va avec.

En écoutant son baratin, j'ai été tentée de me dire : « C'est un acteur qui joue brillamment le rôle du crétin sexiste », et en fait il en avait lui-même conscience, attendant de voir comment on réagissait à ses provocations. Ou bien on en prenait ombrage et c'était la porte, cataloguée immédiatement comme une coincée, ou bien on s'adaptait à sa faconde de patron envahissant. Curieusement, le bas-bleu littéraire que j'étais se sentait fascinée, sinon séduite, par son bagou. Je n'avais encore jamais rencontré quelqu'un comme lui, même si je savais évidemment que ce type d'homme existait, mais le plus surprenant était de constater l'effet rafraîchissant que son assurance agressive avait sur moi, notamment après ma rencontre avec les momies académiques du Wisconsin : son discours était stimulant, et très en phase avec la réalité du monde qui était désormais le nôtre. Affichant un mercantilisme à la fois grossier et lucide, Pullman était une version modernisée de ces requins capitalistes peuplant nombre des romans réalistes que j'avais étudiés, une figure spécifiquement américaine, habitée de l'énergie nécessaire à nourrir le moteur à combustion rapide qu'est le capitalisme triomphant.

— Êtes-vous prête à coucher avec le marché libre ? m'a demandé Brad avec sa subtilité coutumière à la fin de l'entretien.

« À cent mille dollars par an plus une prime de vingt mille immédiate, je suis plus que prête ! » ai-je failli répliquer, mais je me suis bornée à une réponse qui se voulait réservée :

— Je pense, oui…

— C'est la dernière fois que je vous entends prendre un ton hésitant. Ici, c'est « oui » ou « non », avec zéro ambiguïté entre les deux.

Trish Rosenstein était la personnification des principes manichéens que Brad Pullman venait de m'exposer. Après avoir rempli à la lettre son rôle de tutrice vestimentaire, elle a jugé que la première partie de sa mission était terminée et m'a conduite au bar de l'hôtel Four Seasons. Elle correspondait parfaitement à la présentation succincte que mon futur patron m'avait faite d'elle, avec son accent de Brooklyn prononcé que complétaient des inflexions de corne de brume quand elle laissait libre cours à ses émotions. C'était ce genre de voix qui amène les gens à se retourner dans les restaurants, les enfants à se cacher dans les jupes de leur mère et les animaux domestiques à filer la queue entre les jambes.

Au début de notre expédition shopping, je l'avoue, je me suis dit que je ne supporterais pas sa compagnie plus de dix minutes, en particulier lorsqu'elle a beuglé que nous perdions notre temps alors que je m'étais arrêtée devant un tailleur-pantalon chez Banana Republic. « Vous voulez ressembler à une pétasse anorexique ? » Aucunement intimidée par les regards scandalisés des clientes alentour, elle a éructé une autre question : « Quoi, y en a qui sont pas contents ? » qui a plongé le magasin dans un silence de mort. Alors, elle m'a lancé :

— Venez, on va trouver de vraies fringues classieuses ailleurs.

Dans la rue, j'ai tenté une timide protestation :

— Franchement, ce n'était pas la peine de...

— De dire ce que je pense ? Pourquoi pas, bon sang ? Je n'ai insulté personne. C'était juste un commentaire.

— Qui n'était pas très discret.

— Et puis ? Je parle fort, c'est comme ça. On ne me refera pas.

Ensuite, elle a tenu à m'entraîner chez Armani – « Il y a les soldes et on a des chances de vous dégotter quelque chose qui vous sortira de votre look de hippie attardée abonnée au muesli » –, et à la fin de l'après-midi, munie de trois tailleurs complétés de hauts coordonnés et de deux paires de chaussures, il me restait deux cents dollars à claquer en sous-vêtements. Malgré ses manières de camionneur, Trish avait incontestablement l'œil et l'assurance d'une shoppeuse chevronnée, contrairement à moi, comme elle l'a résumé parfaitement.

— Brad a fait circuler votre CV, comme il le fait toujours quand il envisage d'embaucher quelqu'un, m'a-t-elle appris après m'avoir conduite au Four Seasons et avoir commandé trois martinis. Sur les deux qu'elle se réservait, le premier a été avalé cul sec. On n'a pas eu de mal à vous jauger rapidement : la fille intelligente et sauvageonne qui a eu une enfance difficile. Votre père doit être un sacré salopard, soit dit en passant.

— Que... Qu'est-ce qui vous fait penser ça ?

— Arrêtez de monter sur vos grands chevaux ! C'est juste une déduction, d'accord ? Papa est dans le business du cuivre, il se fait plein de thune et il a lâché sa femme et sa fille pour se taper des tas de *bimbas* en Amérique du Sud, non ?

— Il n'y en a eu que deux, ai-je protesté.

— Ouais, d'après ce que vous savez. Allez, tous les hommes sont des couillons, au fond. Même les braves types. Mais vous devez déjà avoir appris ça, pas vrai ?

— Qu'est-ce que vous entendez par là ?

— Oh, hé, vous ne pensez quand même pas que Brad, Monsieur Maniaque-du-Détail, n'allait pas farfouiller un peu dans votre passé et découvrir votre histoire avec un distingué professeur ?

Je l'ai dévisagée avec effarement.

— En posant ma candidature pour un poste à l'essai, je ne m'attendais certainement pas à ce qu'on enquête sur ma vie privée.

— Écoutez, nous sommes trois à siéger au comité de recrutement de Freedom Mutual et nous veillons à ce que les nouveaux soient en phase avec la « culture de l'entreprise », comme on dit. Vous savez ce que nous avons tous apprécié, chez vous ? En dehors du doctorat à Harvard et de votre profil de bosseuse pas bégueule ?

— Non, je ne sais pas.

— Que vous ayez tout fait pour garder secrète une liaison de quatre ans avec votre directeur de thèse.

— Qui vous a raconté ça ?

— Vous croyez réellement que je vais révéler nos sources ? Hé, faut pas rêver ! Mais, et que ça reste entre nous, Brad a été super impressionné que vous n'ayez jamais vendu la mèche et que vous ayez conservé un silence plein de tact à la suite de sa mort. Quelle histoire, d'ailleurs ! J'ai vraiment eu de la peine pour vous, en apprenant ça. Surtout avec toutes ces incertitudes qui entourent le drame…

— Je m'en vais, ai-je lâché d'une voix oppressée.

— Quoi, j'ai dit quelque chose qu'il ne fallait pas ?

— Oui, exactement. Et je trouve absolument répugnant que vos collègues et vous soyez allés fouiller dans mon passé, et…

— Écoutez, tout le monde sait tout sur tout le monde, au bureau, m'a-t-elle coupée. Par exemple, je sais que Brad trompe sa nouvelle femme avec une spécialiste du marché des obligations qui s'appelle Samantha, affligée d'un sale caractère et qui a l'habitude de lui griffer le dos quand ils baisent, ce qui l'oblige à garder pendant quelques jours un tee-shirt lorsqu'il se met au lit avec sa régulière. Tout le monde pense que Brad devrait la laisser tomber, mais voilà, il adore les embrouilles… Et lui-même sait que je sors depuis deux ans avec une flic, Pauline.

— Je vois, ai-je articulé en essayant de garder un ton détaché.

— Ouais, allez-y, faites la blasée qui en a vu d'autres ! Comme si vous n'étiez pas choquée d'apprendre que je suis une gouine…

— Ça ne regarde que vous.

— Pas à Freedom Mutual, ma petite. Brad exige de nous une transparence totale. Pas de petits secrets, pas de cadavres dans le placard. Tout au grand jour ! Alors n'hésitez pas, posez-moi toutes les questions que vous voudrez à mon sujet. N'importe laquelle ! Je répondrai à tout.

— Je ne préfère pas.

— Sortez ce manche à balai que vous avez où je pense, nom de nom !

— Entendu. Alors, pourquoi parlez-vous toujours si fort ?

— Bonne question ! Et la réponse est : parce que j'ai eu une mère qui engueulait tout ce qui bougeait, qui se plaignait sans arrêt que la vie n'avait pas été juste avec elle, et qui sortait des amabilités du genre « pour connaître la déception absolue, faites des enfants ».

— Charmant...

— Ça, elle ne l'était pas, non.

— Elle est morte ?

— Ils sont tous morts ! Mon père, ma mère, Phil, mon frère...

— Quel âge avait-il ?

— Dix-neuf ans.

— Il était malade ?

— D'une certaine façon, oui. Il s'est suicidé.

— Mais pourquoi a-t-il...

— ... décidé de se pendre dans sa chambre la veille de Noël 1979 ?

— Oh, Seigneur !

— Vous ne pouvez pas être plus simple et dire : « Oh, putain » ?

— C'est affreux.

— Foutrement horrible, ça oui. J'avais douze ans, à l'époque. Phil était en deuxième année à l'université de Pennsylvanie. C'était le gros truc dans la famille : l'aîné, le « mâle », accepté dans une fac de l'Ivy League, voulant faire médecine, tout ça... Ce que mes parents ignoraient, c'est qu'après une première année brillantissime il avait flanché et venait de se ramasser un C en biochimie. Pour quelqu'un qui prépare médecine, c'est un handicap énorme, ça. Maman a reçu son bulletin trimestriel le 23 décembre et, tordue comme elle l'était, n'a rien trouvé de mieux que de lui faire une putain de scène. Et qu'il n'était qu'un raté, et qu'elle avait tout sacrifié pour lui, et que c'était sa façon de la remercier... Ma mère bousillait tout ce qu'elle touchait. Enfin, si j'ai l'air de parler comme un psy, des fois, c'est que j'ai passé neuf ans sur le divan après avoir trouvé mon frère pendu à la barre de sa penderie.

— C'est vous qui l'avez... ?

— C'est ce que je viens de dire, non ?

Elle a vidé son verre, en a commandé aussitôt un troisième, ainsi qu'un autre pour moi.

— Non, merci, ai-je tenté.

— Vous buvez avec moi, point final. Si j'ai appris quoi que ce soit de la vie, c'est que tout le monde a besoin de se soûler, de temps en temps. Même les petites nanas bien élevées comme vous.

— Vos parents ont dû être effondrés.

— Papa est mort six mois après Phil. Cancer de la gorge, le résultat de quarante années de clopes. Il n'avait que cinquante-six ans, et je suis persuadée que le cours de sa maladie a été précipité par le suicide de Phil.

Trish m'a raconté qu'elle avait alors coupé tous les ponts avec sa mère. Elle changeait de numéro de téléphone chaque fois que celle-ci essayait de reprendre contact, et lorsque l'un de ses oncles et un cousin étaient venus à son bureau pour jouer les médiateurs, elle avait refusé de les recevoir.

— La famille m'a téléphoné en me disant que je serais accablée de remords si elle venait à mourir subitement. Je leur ai répondu : « Non, pas du tout. Je n'éprouverais pas un iota de culpabilité. »

— Et c'est arrivé quand ?

— Environ trois ans après le décès de papa. Elle allait au centre commercial de Morristown, pas loin de chez elle, quand elle a eu une attaque. Pas fatale, mais elle a perdu le contrôle de sa voiture, qui est passée de l'autre côté de la barrière de sécurité, et un putain d'énorme camion arrivait à fond la caisse, et « plaf ! », je me suis retrouvée orpheline.

Elle a avalé les dernières gouttes de son troisième martini. À ce stade, elle était ivre, comme n'importe qui l'aurait été après trois verres bien tassés. Et je l'étais, moi aussi, à cette seule différence que je n'éprouvais pas le besoin de m'exprimer en criant à tue-tête.

— Si je me suis sentie coupable, après ? a-t-elle continué comme si elle parlait dans un mégaphone. Bien sûr, bordel ! Cette connasse était ma putain de mère, quand même. Et bon, elle avait beau avoir été une salope complète, qui avait conduit mon pauvre connard de frère à s'étrangler avec sa foutue ceinture de scout, j'allais pas…

Soudain, un type en smoking a surgi. Il était responsable de la sécurité de l'hôtel, nous a-t-il informées à voix basse, et il attendait de nous que nous réglions l'addition avant de quitter les lieux au plus vite.

— Écoute un peu, triple nœud ! a éructé Trish ; pour me sortir d'ici, il va te falloir tous les putains de flics de Boston réunis !

— Ne me forcez pas à appeler la police, a plaidé le type.

Je me suis levée, déposant sur la table une grosse liasse de billets.

— Nous partons, ai-je dit d'un ton conciliant.

— Foutre non ! a beuglé Trish.

— Je vous ramène chez vous, lui ai-je déclaré.

— T'es pas mon enculée de chaperon, toi !

— Suffit, maintenant, a soufflé le responsable en repartant à grands pas furieux.

Trish s'est enfoncée encore un peu plus dans son fauteuil, un sourire triomphal aux lèvres.

— Tu vois, j'ai gagné !

— S'il appelle la police, vous serez interpellée, et dans ce cas…

— Dans ce cas, je ferai une turlute au flic qui m'embarquera, et il me laissera partir en me remerciant !

Les yeux de tous les consommateurs de ce bar chic étaient maintenant rivés sur nous. Il fallait agir vite. Sans avertissement, je l'ai saisie par les revers de sa veste, je l'ai forcée à se mettre debout et j'ai immobilisé son bras gauche dans le dos en une sorte de clé, tout en chuchotant à son oreille :

— Vous dites un mot et je vous casse votre putain de bras.

En me voyant la pousser vigoureusement vers la sortie et la rangée de taxis qui attendaient devant le Four Seasons, le responsable de la sécurité m'a remerciée d'un bref signe de tête. Je lui avais évité d'alerter la police. Lorsque Trish a essayé de se dégager tout en laissant libre cours à un torrent d'invectives, j'ai tordu son bras encore plus haut et la douleur l'a fait taire. Elle n'a plus ouvert la bouche jusqu'à ce que nous soyons installées dans un taxi et que je lui ordonne de donner son adresse au chauffeur.

Alors que nous commencions à nous éloigner, elle s'est effondrée contre la portière et s'est mise à sangloter. Ce n'était pas les pleurnicheries typiques de quelqu'un qui a trop bu, mais une authentique crise de désespoir, une lamentation venue du plus profond de ses entrailles. Le conducteur, un sikh, l'observait dans son rétroviseur avec des yeux écarquillés ; il était aussi bouleversé que moi par cette plainte qui vibrait d'une douleur primale. Quand j'ai tendu la main pour la réconforter, Trish l'a rejetée avec violence et je me suis donc contentée de regarder en silence cette femme que je connaissais à peine céder sous le poids du chagrin qu'elle avait accumulé.

Elle habitait près de South Station, un ancien quartier populaire transformé en enclave pour Bostoniens fortunés. Le taxi s'est arrêté devant un grand entrepôt reconverti en lofts. Dès qu'elle a aperçu la porte d'entrée, elle s'est redressée en levant le menton.

— Vous voulez que je vous accompagne ? ai-je proposé.

— Va te faire foutre, a-t-elle répliqué en ouvrant sa portière et en s'extirpant tant bien que mal du véhicule.

Il y a eu un silence hébété, pendant lequel le chauffeur et moi avons essayé d'assimiler ce dont nous avions été témoins au cours des dix dernières minutes.

— Vous croyez qu'elle va se débrouiller ? m'a-t-il interrogée.

— Je n'en ai aucune idée, ai-je rétorqué, puis je lui ai donné mon adresse à Somerville.

Le lendemain matin, je me suis réveillée avec la certitude que l'on me montrerait la porte dès que j'arriverais au siège de Freedom Mutual, Trish ayant exigé que la promesse d'embauche soit retirée afin que personne ne puisse raconter sa conduite de la veille. Je me suis aussi rendu compte que j'avais laissé mes nombreux sacs de courses derrière moi en quittant précipitamment le bar de l'hôtel ; il fallait parier que la direction avait donné l'ordre de les jeter aux ordures, en représailles de la scène pénible que nous avions provoquée…

La première chose que j'ai vue en arrivant au bureau, toutefois, a été ces mêmes sacs soigneusement empilés.

Je les ai récupérés et je me suis rendue à la salle de trading, où Trish et huit de ses collègues étaient en train de s'époumoner dans leurs téléphones. À la place qui m'avait été attribuée, une enveloppe attendait sur ma chaise, avec mon nom écrit en grandes lettres cursives. Je l'ai ouverte. Il y avait deux billets de cent dollars et une carte : « Pour payer les dégâts… Trish. » Saisissant une enveloppe neuve, j'y ai glissé les deux billets de banque et la feuille de papier sur laquelle je venais d'écrire : « C'était un plaisir de me charger de l'addition. Jane. » J'ai ensuite déposé le tout sur son bureau, elle n'a même pas levé la tête et je n'ai pas cherché à attirer son attention. Ensuite, j'ai disparu aux toilettes un instant avec quelques-unes de mes emplettes. Je me suis changée en deux minutes. La femme que j'ai découverte dans le miroir en face de moi m'a presque arraché un cri de surprise. Enfilez un tailleur noir sobre mais merveilleusement coupé, un chemisier en soie noire, des escarpins élégants, et vous voici soudain en face… d'une adulte. Comme je n'avais presque jamais eu l'occasion de m'habiller avec recherche, le résultat était d'autant plus renversant. Les vêtements sont un message, un reflet de la personnalité, de la situation sociale, de l'éducation et de l'image que chacun de nous veut renvoyer au reste du monde. Trish avait peut-être raison : jusqu'ici, je ne m'étais vue que comme une éternelle étudiante en chaussures de randonnée et gros chandail. Brusquement, j'avais acquis l'apparence de quelqu'un qui a des responsabilités et de l'argent, et l'autre grande surprise, c'était que je me plaisais ainsi, même si je savais que je n'avais ni la position ni le salaire que ce tailleur symbolisait.

Je suis retournée m'asseoir dans mon petit cube, tout au fond de la salle des marchés. Une heure s'est écoulée. Je restais assise, attendant la suite. Lasse de rester ignorée, j'ai fini par me lever pour retourner au bureau de Trish, alors occupée à enguirlander son correspondant dans son casque téléphonique. Après avoir mis fin à l'échange par un « … et allez donc vous pignoler ! » tonitruant – l'une de ses formules préférées, allais-je découvrir par la suite –, elle a posé sur moi des yeux où se lisait un dédain incommensurable.

— Qu'est-ce que tu veux ? a-t-elle aboyé.

— J'aimerais me mettre au travail.

— Ah, la première parole sensée de la journée !

J'aurais voulu répliquer qu'elle ne m'avait pas entendue piper mot depuis le début de la matinée, mais j'ai préféré m'abstenir de tout persiflage. Elle m'a montré du doigt la chaise libre qui se trouvait près de la sienne et, d'un ton toujours aussi amène :

— Assieds-toi là, ferme-la et essaie d'apprendre un ou deux trucs.

2

L'ARGENT. J'AI COMMENCÉ À EN GAGNER. Et, plus important encore, je me suis rendu compte que j'étais douée pour ça.

Les fonds spéculatifs, ou « fonds de couverture », fonctionnent selon un principe très simple : on investit en Bourse de manière à lisser les courbes de rendement, c'est-à-dire en choisissant des positions où il est impossible de ne pas faire de bénéfices.

La règle numéro un de la gestion de ces portefeuilles, c'est de toujours couvrir ses points faibles et de toujours tirer avantage des problèmes d'une compagnie en achetant ses actions. En d'autres termes, toujours acheter des contrats qui profiteront aussi bien de la hausse que de la baisse du marché. Comment apprend-on à le faire ? Avec la pratique, surtout si l'on est doté d'un instinct de parieur lorsqu'il faut couvrir des pertes momentanées. Si l'on joue bien, et serré, acheter l'option est la seule dépense ; dès que l'action monte, on gagne. Et on gagne beaucoup.

Ce qu'il faut savoir également, c'est que ces fonds essaient toujours d'investir dans des produits dérivés, des rachats de créances, ou sur le marché des devises, c'est-à-dire dans des obligations convertibles. La stratégie complexe des traders de fonds spéculatifs se développe ainsi : par exemple il y a une compagnie britannique de nouvelles technologies qui s'apprête à faire une OPA trois mois plus tard. Les indices du marché indiquent que la livre sterling va se renforcer, mais pas avant un trimestre ; donc, prenons une option sur la livre et débarrassons-nous-en quand elle montera de trois cents en septembre…

— Deux idées fondamentales à retenir, m'a expliqué Trish le premier jour de ma formation : petit *a*, toujours avoir le nez levé pour capter la prochaine ouverture importante ; petit *b*, toujours développer des stratégies qui réduisent le risque et maximalisent le profit.

Une compagnie telle que Freedom Mutual avait un capital d'investissement de plus d'un milliard de dollars avec lequel jouer. Malgré ses airs farfelus, Brad savait parfaitement comment persuader les plus gros investisseurs de faire affaire avec lui. Ce joli fonds de placement provenait de sources aussi diverses que Harvard (120 millions), l'université de Bowdoin (25 millions), un consortium de capitaux allemands et suisses à hauteur de 165 millions et... La liste était longue, et Brad m'a précisé qu'il se montrait plutôt sélectif, quand il fallait choisir avec qui aller au lit :

— Pas de requins russes, ni de courtiers en pétrole aux mains sales, ni de petits malins qui ont les sbires de la Commission des marchés financiers au cul matin, midi et soir. Et certainement pas de tripoteurs qui se mettent à vous gueuler dessus dès que vous ne leur ramenez pas une marge bénéficiaire d'au moins quinze pour cent. Pensez ce que vous voulez de tel ou tel « artiste du Net », mais mon pool d'investisseurs, c'est rien que du lourd. Du « blue chip ». Pas de petits sauteurs avec moi.

« Deux pour vingt » : encore une autre règle d'airain des fonds spéculatifs. Je m'explique : « nous » prenons deux pour cent de tout ce que vous investissez, afin de couvrir nos dépassements, puis une rémunération de vingt pour cent de tout ce nous vous faisons gagner. Admettons qu'en un an vous ayez gagné deux cents millions grâce à nous, sur un investissement initial de cent cinquante millions ; allez-vous vraiment rechigner à nous laisser quarante millions d'honoraires ? Avec ce principe de « deux pour vingt », j'ai vite compris pourquoi Brad pouvait se permettre d'avoir une imposante demeure à Beacon Hill, et Trish un loft de neuf cents mètres carrés dans le Leather District, près de South Station. Leur boîte gagnait des sommes obscènes tout en dissimulant astucieusement ses profits colossaux aux regards du public.

— Encore un conseil, m'a dit Trish au troisième jour de travail sous sa tonitruante supervision : ne va pas t'acheter une Maserati ou te mettre à exhiber des diamants gros comme le poing en venant bosser ici.

— Vous croyez vraiment que je me laisserais prendre par les sirènes de la consommation ostentatoire ?

— Ah, toi et tes grands mots...

— Je ne suis pas matérialiste, c'est tout.

— On dit ça, ouais… Mais quand tu commenceras à recevoir une jolie prime d'un million à chaque Noël, on en reparlera.

— C'est… c'est ce que vous touchez, vous ?

— Au minimum, oui.

— Et que faites-vous de tout cet argent ?

— Moi ? Eh bien, il y a encore peu j'en sniffais une bonne partie, mais depuis que j'ai eu la révélation de Jésus…

— Vous parlez sérieusement ?

— Et voilà, tu viens de rater un test essentiel. Dans ce boulot, les gens ne vont pas arrêter d'essayer de te refiler leur camelote. « Je vais être très franc avec vous », ou « Je vais vous donner le tuyau le plus fantastique qui soit », ou « Plus moral que moi, il n'y a pas ; je communie deux fois par semaine et je n'ai jamais léché ma femme »… Ton boulot, en plus d'amasser un max de profit, c'est de pouvoir détecter les conneries à cent mètres ; si tu ne les vois qu'à cinquante, tu es foutue. Parce que, ou bien tu as commencé à mordre à l'hameçon, ou bien tu as perdu un temps précieux en te laissant abuser par un mensonge. Dans ce business, tout le monde ment tout le temps. Il faut apprendre à compartimenter, à cacher ce qu'on pense réellement, à bluffer et surtout, surtout, à ne pas se laisser bluffer. Je te dis que je parle tous les jours à Jésus et ta première réaction est : « Ah bon ? » Tu as quoi dans la tête, de la merde ? Tu me connais depuis très peu de temps, et tu considères comme possible, même une seconde, que je sois une de ces bigotes autoproclamées qui foisonnent dans ce pays ? Encore une preuve d'idiotie pareille et tu prends la porte, pigé ? Ici, on peut accepter les erreurs, et crois-moi tu vas en commettre tout un tas. Mais la naïveté ? Ça c'est intolérable. Bambi n'a pas sa place dans un fonds spéculatif. Et le Grand Méchant Loup non plus, d'ailleurs, puisqu'il s'est fait couillonner par une bande de petits cochons, ce con ! On veut des réalistes purs et durs, ici. Lis Hobbes, lis Machiavel, et tires-en les conséquences.

Être formée par Trish, c'était comme se retrouver sous la coupe d'un sergent instructeur particulièrement vicieux dans un camp d'entraînement des marines, quelqu'un pour qui on ne forge un tempérament que par l'humiliation permanente. Trish, ainsi que tous les autres managers, vivait dans son bureau. Son écran d'ordinateur était un tourbillon incessant de chiffres ; les deux télés en face d'elle projetaient en continu MSNBC et Bloomberg ; elle ne quittait pas son casque téléphonique, et elle gueulait sans arrêt. Sur ses collègues, sur ses correspondants, sur moi chaque fois que je ne saisissais pas assez vite, mais avant tout sur elle. « Comment on peut être aussi débile, sale connasse que tu es ? » : c'était l'autocritique version Trish, beuglée à pleins poumons quand elle avait réagi avec trente secondes de retard dans une séance qui lui avait fait perdre 0,25 % sur une action ; quand elle avait mal calculé l'évolution d'une devise ; quand elle avait ignoré qu'une multinationale pharmaceutique s'apprêtait à lancer sur le marché un antidépresseur qui ne vous faisait pas descendre la libido dans les chaussettes ; quand elle avait le moindre retard sur les dernières statistiques de la production automobile en Allemagne, ou sur le taux d'inflation espagnol, ou sur le recul de la couronne danoise par rapport à l'euro, ou sur les pensées secrètes du président de la Réserve fédérale, ou sur…

— Triple conne ! Vous avez vu ce clown, vous tous ? Un doctorat à Harvard et ça sait même pas lire un différentiel de trading simplissime ! Mais merde, pourquoi elle va pas parler de Jane Austen à des futures femmes au foyer abruties ?

Mon crime, dans ce cas particulier, était d'avoir eu besoin de plus de cinq secondes pour calculer combien faisaient vingt pour cent de 2,34 dollars.

— Ah, quelle naze, quelle débile ! a-t-elle hurlé de plus belle. 46,8 cents ! Tu peux pas faire ça en moins de deux ? Tu ignores comment ça marche ? Tu multiplies la somme par deux et tu déplaces la décimale d'un chiffre vers la gauche, espèce de buse ! Ah, cette garce a du talent, mesdames et messieurs ! Le hic, c'est qu'elle n'a toujours pas pigé comment s'en servir…

Dans la salle des marchés, personne n'était aussi épouvantable que Trish. Sur les douze gestionnaires de portefeuilles, les deux autres femmes, Cheryl et Suzy, aimaient particulièrement vociférer. Les hommes étaient bruyants, eux aussi, mais ils n'avaient pas la langue au vitriol de leurs consœurs. Ted Franklin, qui avait toujours une boîte de crayons à papier sur sa table, devait en mâchonner au moins six par jour, et il en avait même cassé un entre ses dents la fois où il avait raté une option sur une nouvelle compagnie de l'industrie alimentaire suisse qui avait raflé à Nestlé le contrat de production de lait en poudre offert par l'Unicef. Anatoli Navransky, surnommé « Tony le Russe », avait lui pour fixation orale les cure-dents mentholés qu'il rapportait au bureau par caisses entières, et il arrivait à conclure des deals à plusieurs zéros tout en se tripotant hystériquement les dents, au point de s'abîmer les gencives et de cracher de la salive sanguinolente dans une tasse placée devant lui ; à moins de trente et un ans, il en paraissait presque le double, notamment en raison de son habitude de descendre au moins une bouteille entière de Stolichnaya Elit chaque soir, une information que je tenais de Trish ; il travaillait seize heures par jour, ne prenait jamais de vacances, se bourrait de pilules pour dormir, arborait toujours une barbe de trois jours et paraissait sortir chaque matin d'un sous-sol crasseux après avoir biberonné tout habillé ; quand il exprimait son mécontentement, par des invectives qui ne duraient jamais plus de cinq secondes, c'était dans un curieux mélange de russe et d'hébreu.

Tony le Russe ne faisait pas partie du groupe de fumeurs qui empestaient la salle. Ceux-là étaient au nombre de trois : Phil Ballensweig, un chauve corpulent aux flatulences légendaires et le principal « chamane » de la compagnie, pour reprendre l'expression de Brad, puisqu'il avait à lui seul ramené dix-huit millions de profits l'année précédente ; Morrie Glutman, un juif orthodoxe, père de sept enfants, d'un sérieux imperturbable, sans autre excès connu que son besoin de fumer deux paquets de cigarettes quotidiens, et Ken Botros, un Égyptien-Américain qui portait un petit bouc bien taillé, une énorme Rolex en or, des boutons de manchettes très voyants et des lunettes de soleil même à l'intérieur. Ce trio devait consommer au moins soixante-dix clopes par jour alors que la législation dans le Massachusetts interdisait formellement de fumer sur le lieu de travail, mais Freedom Mutual, constatant que le goudron et la nicotine étaient des stimulants essentiels aux performances de Ballensweig, Glutman & Botros, avait résolu de leur offrir un environnement favorable à leur penchant toxique. D'après Trish, Brad avait claqué plus de trois cent mille dollars pour installer un purificateur d'air ultrasophistiqué dans un placard, en face de la salle vitrée où ils officiaient ; aspirant les vapeurs viciées de la pièce, la machine les recyclait et les renvoyait dans les bouches d'évacuation de l'étage, débarrassées de toute odeur suspecte. Cet arrangement était tout aussi illégal, bien entendu, mais la compagnie veillait à dépenser quelque cinquante mille dollars annuels en pots-de-vin destinés aux responsables de la sécurité du bâtiment et aux inspecteurs de l'hygiène publique.

— Cinquante mille dollars juste pour permettre à quelques types de tirer sur leurs clopes ? me suis-je étonnée lorsque Trish m'en a parlé.

— Minimum, oui. Il paraît qu'un des fachos hygiénistes, un petit Irlandais méchant comme la gale, a essayé d'extorquer une « prime » plus élevée en échange de son silence, l'an dernier. Brad lui a dit d'aller se faire mettre, l'autre a balancé à son supérieur, qui a téléphoné à Brad, et Brad lui a proposé la même enveloppe que celle que l'emmerdeur irlandais avait empochée jusque-là. Le type a non seulement accepté, mais il s'est empressé de foutre l'Irlandais de mes deux à la porte, sous prétexte qu'il n'avait pas signalé ces irrégularités. Depuis, Ballensweig, Glutman et Botros continuent à cloper et à nous rapporter des tonnes de fric.

Trish ne portait pas le trio dans son cœur. Elle n'appréciait pas plus Tony le Russe, trouvait Ted Franklin « déprimant à crever » et méprisait ouvertement Cheryl et Suzy, qu'elle tenait pour de dangereuses rivales. La première, originaire du New Jersey, avait les cheveux coiffés en choucroute et des ongles immenses toujours laqués de couleurs criardes. La seconde, une petite souris grise émaciée venue de San Fernando Valley, avait été surnommée « Le Macchab » par Trish et les autres quand ils avaient appris que son père était entrepreneur de pompes funèbres, mais cela résultait aussi de son air éternellement pincé et de sa rigidité dans la vie de bureau. Faisant preuve d'une grande capacité de synthèse dans ses analyses de marché, elle pouvait entrer dans des colères glaciales dès qu'elle se trouvait devant une situation inattendue ou qu'un sous-fifre quelconque faisait preuve du moindre signe de fragilité.

La seule vue d'un bout de papier, d'un journal ou même d'un trombone sur sa table la mettait hors d'elle, ainsi que j'en ai fait l'expérience peu après mon arrivée. Alors que j'étais allée déposer un rapport d'activités sur son bureau à la demande de Trish, le plaçant en évidence sur le clavier après avoir vérifié que son ordinateur était éteint, Suzy est arrivée une dizaine de minutes plus tard à mon poste de travail et m'a lancé le document à la figure.

— N'envahissez plus jamais mon espace, vous entendez, plus jamais ! a-t-elle sifflé d'une voix vibrant de rage contenue.

— Quoi, on est dans un de ses mauvais jours de psychopathe ? lui a lancé Trish.

— C'est toi qui lui as dit de le faire, a grondé Suzy. Tu savais ! Tu savais que je ne veux rien voir sur mon bureau !

— Tu sais ce que j'adore chez toi, Suzy ? a rétorqué négligemment Trish, c'est qu'à côté de toi, j'ai l'impression d'être relativement saine d'esprit.

— Il y a une corbeille pour ça, a continué l'autre en me fixant d'un regard assassin. Vous voulez sortir d'ici vivante, vous vous servez de la corbeille !

— C'est mon esclave, pas la tienne, est intervenue Trish. Et tu as intérêt à apprendre à contrôler tes accès de maniaquerie galopante.

— Tu crois que je ne peux pas te faire jeter d'ici ? Tu le crois ?

— Oh, je sais, Brad adore savoir que tu te damnerais pour obtenir une position sur un marché foireux. Mais vas-y, va récriminer tant que tu veux. On verra quelle pute le patron trouve la plus rentable…

— Tu continues à me chercher, tu vas me trouver !

On aurait dit deux pimbêches dans la cour de récréation en train de jouer au jeu de qui cédera la première, et je me suis rapidement rendu compte que tous les employés de Freedom Mutual jouaient sur ce même thème, raffolant de ces luttes de pouvoir absolument gratuites. Autre point commun : ils étaient plus ou moins perturbés ou asociaux. En bref, la politique d'embauche de Brad semblait être de rechercher des gens profondément malheureux, pratiquement sans vie sociale et imbus du désir de prouver leur supériorité aux autres, de les former aux arcanes de la loi du marché et de les lâcher dans cet environnement dominé par la sélection naturelle la plus féroce. Si Brad encourageait cette ambiance darwinienne, c'est parce qu'il comprenait instinctivement que de cet ensemble de personnalités difficiles pouvait se dégager une énergie brute dans la recherche du profit, et rendre son entreprise plus compétitive.

— On ne trouve pas sa place à Freedom Mutual si on n'est pas supermalin *et* superdéséquilibré, m'a affirmé Trish alors que, comme tous les soirs, elle m'avait forcée à aller prendre un verre après une journée épuisante. Et si on n'est pas quelqu'un qui a des comptes à régler avec toute la planète.

— Mais quand même, ils ne sont pas tous aussi…

Je me suis arrêtée in extremis, mais elle avait deviné ma pensée :

— … aussi dérangés que moi ?

— Ce n'est pas ce que je voulais dire.

— Mais si. Et en impliquant que toi, tu serais la nana bien dans sa peau, toute gentille et raisonnable. Foutaises ! Je vais te confier un petit secret, mon lapin. Brad t'a calculée tout de suite. Il a reniflé tes doutes, ta psychologie de solitaire introvertie que tu dois à ton enfoiré de père pour t'avoir laissée tomber et à ta bonne à rien de mère pour t'avoir obligée à toujours te débrouiller toute seule. Et il a pigé que tu continues à pleurer ton professeur à la mord-moi-le-nœud, que tu imagines toujours comme le grand amour de ta vie alors qu'il n'a même pas été fichu de quitter sa redoutable épouse et qu'il s'est toujours servi de toi à sa guise, surtout que tu ne disais jamais non quand il fallait écarter les jambes pour ce vieux salaud...

Là, j'ai perdu le contrôle de mes nerfs. J'ai saisi mon gin tonic à douze dollars et je le lui ai envoyé à la figure, la trempant des pieds à la tête. Sans réfléchir, je me suis levée, j'ai jeté quelques billets sur la table – « Pour le pot et le nettoyage à sec » – et je suis partie.

J'ai marché pendant des heures, après cette scène. Je me sentais seule, désespérée et folle de rage, une colère que je savais née du chagrin. David, mon David... Je n'arrivais toujours pas à accepter l'implacable réalité de sa disparition. Mais si l'affliction ne m'avait jamais quittée, et pouvait encore me saisir aux moments les plus inattendus, en voyant un couple enlacé dans la rue, par exemple, ou en lisant une critique de livre dont j'aurais pu lui parler, j'avais jusqu'alors réussi à la tenir cachée. Le plus accablant, peut-être, était que toutes les pensées qui me ramenaient à David s'accompagnaient d'une cruelle incertitude, d'un « si seulement... » obsédant. Si seulement il ne m'avait pas évitée lorsque la presse avait commencé à s'acharner sur lui... Si seulement je m'étais montrée plus franche au sujet de mes sentiments, il aurait fini par quitter une femme qui le rendait malheureux... Si seulement j'étais tout de suite allée le voir dans le Maine quand il avait été suspendu...

Est-ce que la vie doit se résumer si souvent à une succession d'occasions ratées ?

Alors, oui, je combattais la peine qui me taraudait le ventre avec une colère furibonde. J'enrageais contre la bassesse du commentaire de Trish, contre les vexations continuelles que je venais de subir pendant toute la semaine, et contre la contradiction criante qui me rongeait : d'un côté, je me reprochais d'avoir rejeté un plan de carrière rassurant pour entrer dans la cage aux fauves qu'était Freedom Mutual ; de l'autre, je désirais ardemment survivre à ce baptême du feu éprouvant, me prouver que j'étais capable de me faire ma place dans ce petit monde impitoyable.

Ce dernier élément ne cessait de m'étonner, d'ailleurs, tant la salle des marchés paraissait être l'antithèse de toutes les valeurs que j'avais crues miennes. Même si Brad casait de temps à autre une référence littéraire en ma présence, histoire de rappeler que je n'étais pas la seule à avoir lu des livres, l'ambiance de Freedom Mutual était d'un anti-intellectualisme agressif, et chacun considérait la vie non comme le théâtre d'échanges d'idées et de débats, mais comme une jungle où seuls les plus forts et les plus sanguinaires s'en tireraient. Pourquoi étais-je allée me fourrer dans cette arène de sauvages ?

Nous voulons tous régler nos comptes avec le père ou la mère qui a déçu nos attentes. Sans doute. Mais c'est tellement déprimant quand on y parvient...

Je suis retournée à Somerville à pied. Dès que je suis arrivée chez moi, j'ai passé deux coups de fil. Le premier était destiné à ma vieille amie Christy Naylor, avec qui j'étais restée en contact par e-mail depuis qu'elle avait accepté un poste à l'université de l'Oregon après son doctorat, obtenu un an plus tôt que moi. Entre-temps, elle avait publié un deuxième recueil de poèmes – « Il a été sélectionné dans les finalistes pour le Pulitzer et s'est vendu à onze cents exemplaires », avait-elle écrit avec ironie dans l'un de ses messages – et n'avait toujours pas trouvé l'âme sœur, même si, me disait-elle, « il y a pas mal de bars prolos corrects quand je veux me dégotter un partenaire sexuel, et si on a un faible pour les motards barbus, ainsi que j'ai fini moi-même par en développer un faute de mieux, on a toujours de l'action. » Politiquement incorrecte et fière de l'être, cette brave Christy... Et là, j'avais besoin de ses conseils. Je lui ai donc exposé mes doutes sur le bien-fondé d'avoir choisi la finance au lieu de l'université du Wisconsin. Elle a aussitôt commenté :

— Évidemment que tu es écartelée ! Parce que tous ces malades avec qui tu bosses voient bien que tu n'es pas comme eux, pour commencer... Enfin, quand ils arrivent à regarder un peu plus loin que leurs petits jeux déments.

— Je fais ça uniquement pour l'argent.

— Ça, ce sont des conneries et tu le sais. Mais attention, je ne critique pas, loin de là. Si ça ne tenait qu'à moi, je m'éjecterais tout de suite de ce boulot à la con. Le truc, c'est que je me sens vachement trop à l'aise dans le nombrilisme et la médiocrité sans fin qui constituent la vie universitaire.

— La sécurité, ça a ses bons côtés.

— Mais tu n'as jamais choisi cette carte-là, Jane, et ce même si tu prétends le contraire. Tu as besoin de cette expérience. Pourquoi ? Parce que tu dois en foutre plein la vue à tous ceux qui t'ont traitée comme de la merde. Alors, tu veux me faire plaisir, là, tout de suite ? Téléphone à ton empaffé de père et fais-le bisquer en lui disant que tu vas gagner plus d'argent en deux ans qu'il n'en a palpé dans toute sa vie.

Peu après, Christy a raccroché car elle devait aller rejoindre le Hell's Angel de ses rêves et, après un moment d'indécision, j'ai téléphoné à mon père. Il y avait de la friture sur la ligne, de sorte que sa voix a semblé me parvenir de l'autre côté de la Lune plutôt que de Santiago. Et il avait l'air un peu ivre, aussi.

— Que me vaut cet honneur ? a-t-il attaqué d'entrée.

— Comment tu vas, papa ?

— Pourquoi ça t'intéresserait ?

— Pour toutes les raisons habituelles.

— Je suis encore vivant.

Long silence. J'aurais dû raccrocher sur-le-champ, tant il était clair qu'il cherchait une nouvelle fois à m'entraîner dans son jeu manipulateur, à transformer sa culpabilité envers moi en un étalage d'indifférence glacée et de reproches à moitié formulés.

— Et à part ça ?

— Tu me téléphones seulement pour m'embêter ou quoi ?

— Je ne peux pas t'appeler juste pour dire bonjour ?

Il y a eu le son de glaçons tombant dans un verre, suivi d'une rasade de liquide. Il a repris :

— Bon, alors ? Tu veux que je te fasse la conversation, c'est ça ?

— Tu vas bien ?

— Tu me l'as déjà demandé. Ouais, tout va super bien. Consuela m'a quitté il y a quinze jours et…

— Oh, c'est terrible.

— Pas génial, non.

— Ça t'embête que je te demande ce qui s'est passé ?

— Ouais, ça m'embête mais je vais quand même te le dire. Elle dit que je l'ai frappée.

— Et c'est vrai ?

— Non, autant que je m'en souvienne. Mais j'avais pas mal levé le coude, ce jour-là.

— Si elle le dit…

— Quoi, tu prends sa défense ?

— Mais non, j'essaie juste de…

— Tu connais quelqu'un qui pourrait me prêter dix mille dollars vite fait ?

— Pourquoi as-tu besoin de dix mille dollars, papa ?

— C'est pas tes oignons, bon sang !

— J'aimerais quand même avoir une petite idée de tes raisons, même toute petite, avant de te les prêter.

— Toi ? Tu veux dire que tu me passerais dix barres, toi ? Trop drôle !

— J'ai de quoi, papa.

— Tu as que dalle ! À moins que tu te sois lancée dans la vente de cookies Girl Scout au marché noir.

— J'ai cet argent, papa.

— Je ne comprends pas.

« Quand as-tu jamais compris quoi que ce soit ? »

— J'ai un travail, maintenant.

— Ouais, prof quelconque dans le Wisconsin, ta mère m'a dit…

— Tu as parlé à maman ?

— À peine. Elle est sans un rond, moi, je suis fauché, donc on n'a pas exactement fait chauffer la ligne entre Santiago et son bled pourri. D'ailleurs, j'ai rien à lui dire, mais elle s'entête à m'envoyer des tas d'e-mails bavards. Elle a l'air de continuer à croire qu'on va se rabibocher, que tout va reprendre comme avant, etc. Douces illusions.

— Bon, maman ne le sait pas encore, mais j'ai commencé un autre travail…

Et je lui ai raconté mon entrée à Freedom Mutual. S'il ne m'a pas interrompue, je l'ai entendu remplir à nouveau son verre quand j'ai mentionné le salaire de départ de cent mille dollars et le bonus d'entrée. J'étais nerveuse, parce que… Eh bien, parce que je l'étais chaque fois que je parlais à mon père. À la fin, il a gardé le silence un bon moment avant de s'éclaircir la gorge.

— Prends pas ce boulot.

— C'est déjà fait.

— Rappelle cette fac paumée, dis-leur que tu as réfléchi et que tu veux le poste.

— Mais je les ai déjà prévenus que non.
— Téléphones-leur demain à la première heure, dis-leur que tu as changé d'avis et que...
— Mais la vérité, c'est que je suis contente de ne pas l'avoir accepté.
— Tu continues à Freedom Mutual et tu te retrouveras dehors dans six mois, avec tes yeux pour pleurer. Je sais comment ils fonctionnent, ces enfoirés des fonds spéculatifs. Dès qu'ils auront compris que tu ne fais pas le poids, ils...
— Qu'est-ce qui te laisse penser que je ne ferai pas le poids ? ai-je rétorqué.
La moutarde commençait à me monter au nez.
— Tu plaisantes ? J'ai trente ans de bagarres dans l'industrie minière et tu crois que je ne sais pas repérer quelqu'un qui n'arrivera jamais au bout du deuxième round ?
— Mon employeur pense le contraire.
— Ouais, c'est sans doute un fils de pute sadique qui trouve rigolo de donner une leçon à une petite intello de Harvard, et il...
J'ai raccroché. Je suis allée à la cuisine. J'avais besoin de boire quelque chose d'alcoolisé, tout de suite, mais brusquement j'ai envoyé dans l'évier le verre de vin que je m'étais servi, où il a volé en éclats, et je me suis maudite d'avoir appelé mon père alors que je savais d'avance comment il réagirait. Bientôt, mon téléphone a sonné mais je l'ai ignoré, laissant le répondeur se déclencher. Prenant un autre verre, j'ai décidé qu'un doigt de vodka était le seul remontant qui puisse me faire de l'effet. Au moment où j'allais saisir la bouteille de Smirnoff, la sonnerie du téléphone a encore retenti et cette fois, oubliant mes bonnes résolutions, j'ai décroché le combiné.
— Écoute-moi. Tu as le droit de me détester. (Je n'ai pas bronché.) Et quand je bois...
Il n'a pas terminé sa phrase et j'ai encore gardé un silence obstiné.
— Je regrette, d'accord ? a-t-il grommelé.
Silence.
— Allez, dis-moi que tu acceptes mes excuses...
J'ai pris ma respiration.
— Pourquoi as-tu besoin de dix mille dollars ?
– Je ne te les demande pas.
— Pourquoi ? ai-je insisté d'une voix calme mais ferme.

Nouveau tintement de glaçons à l'autre bout de la ligne.

— Parce que... Parce que je n'ai plus d'argent, voilà.

— Je croyais que tu avais ton salaire de... consultant, c'est ça ?

— Je l'avais, mais ça s'est terminé.

— Quand ?

— Il y a quatre ans.

— Quoi ? Quatre ans ?

— C'est ce que j'ai dit.

— Et depuis ?

— Rien.

— Et comment tu as fait ?

— J'ai touché un peu, de la Sécurité sociale américaine, et... il y avait Consuela. Mais elle est coiffeuse, donc ça n'était pas grand-chose.

— Mais la maison avec piscine que tu n'arrêtais pas de me décrire ? Les domestiques ? Les trois chevaux dont tu me disais que je les monterais un jour ?

— Tout ça est parti il y a des années.

Et il n'en avait pas dit un mot, laissant sans réponse mes propositions successives de venir lui rendre visite... Toujours à évoquer son hacienda chilienne, mais insistant pour que je lui écrive poste restante à Santiago...

— Et maintenant que Consuela t'a laissé tomber...

— J'ai six cents dollars par mois pour survivre, grâce à notre aimable gouvernement.

— Et où habites-tu, maintenant ?

— Là où j'ai vécu ces trois dernières années.

— Une maison, un appartement ?

— Ouais, un genre d'appartement...

— C'est-à-dire ?

— Un studio. Dans les cinquante mètres carrés.

— Grands dieux, papa !

— C'est seulement temporaire. Parce que là, je vais m'embarquer dans quelque chose de vraiment béton. Il y a ce jeune Américain, Creighton Crowley... Il est venu travailler ici. Il a un grand projet de start-up Internet qui couvrira toute l'Amérique latine. Il veut m'embaucher comme consultant.

— Payé, bien entendu ?

— Euh, pas vraiment. Il m'a promis des parts de sa société. Il dit que dès qu'il sera coté en Bourse, je triplerai ce que j'ai investi en douze mois.

— Tout ce que tu as investi ? Tu as donné de l'argent à ce type ?

— Pas encore, puisque j'en ai pas. Mais il est prêt à attendre que je mette des billes dans son affaire.

— Combien ?

— Il a proposé cinquante mille.

— Cinquante mille dollars ? Oh, papa…

— Écoute, s'il peut me tripler cette somme…

— Et tu le crois ?

— Il est très malin. Brillant. Une des meilleures facs de droit du pays, deux ans dans un gros cabinet de Washington…

— Où il n'a visiblement pas fait des étincelles. Autrement, il n'essaierait pas de grappiller pour monter un truc louche en Amérique du Sud.

— Qu'est-ce que tu connais à tout ça, toi, d'abord ?

— Je suis capable de renifler un filou.

— Oui ? Eh bien, contrairement à toi, je fais des affaires depuis trente-cinq ans, moi. Contrairement à toi, je suis un pro équipé d'un détecteur de baratin qui a fait ses preuves, et je sais faire la différence entre un gus qui veut me rouler et quelqu'un qui veut honnêtement exploiter un créneau du marché pas encore pris… Contrairement à toi, je…

Il s'emportait tout seul, se laissant convaincre par sa seule rhétorique agressive. Mais il s'est repris, brusquement :

— Ça y est, je recommence à m'emballer.

— Oui. Tu recommences…

— J'ai besoin de ces dix mille très vite, Jane.

— Pour investir dans cette affaire du siècle ?

— Non. Pour rembourser quelqu'un.

— Qui ? Crowley l'arnaqueur ?

— Tu vas arrêter de prendre tes airs supérieurs à la gomme, Jane ?

— À qui dois-tu de l'argent, papa ?

— À un type.

— Qui est-ce ?

— Un type à qui j'ai emprunté de l'argent.

— Un ami ?

— J'aimerais mieux. Non, c'est juste un gars qui fait ça pour gagner sa croûte.

— Oh non ! Ne me dis pas que tu t'es endetté auprès d'un usurier ?

— J'étais… désespéré, Jane. Je n'avais plus de quoi payer le loyer, littéralement. Ces six mille dollars m'ont permis de rester à flot pendant près de deux ans.

— Quoi, tu as vécu avec cent cinquante dollars par mois ?

— Trois cents, plutôt. La Sécurité sociale me donne six cents, mais je devais rendre quatre cent cinquante à un autre type qui m'avait sorti du pétrin.

— Hein ? Tu es à la merci d'un autre prêteur ?

— Non, non, j'ai pratiquement fini de le rembourser, lui.

— Bon Dieu, papa…

— Allez, dis-moi que je suis un minable, une épave ! Tu attendais ce moment depuis des années. Et maintenant que tu es un grand manitou des fonds spéculatifs…

Non. « Je suis un grand rien du tout, papa, aurais-je voulu crier. Tu t'es toujours donné la peine de me le rappeler, non ? Je suis une fille qui a bossé tous les étés et pris le premier petit boulot venu pour faire des études à l'université pendant que tu dilapidais tout ce que tu avais gagné dans un pays exotique… Mais tu sais déjà tout ça, quand tu n'es pas complètement ivre et que tu écoutes un peu ta conscience. Et tu me hais pour cette raison, parce que je te donne des remords lorsque tu repenses à ton irresponsabilité permanente. Ou bien tu as réussi comme tant d'autres à filtrer la réalité à travers des lunettes déformantes qui te permettent de reporter sur les autres la responsabilité de tes mauvais choix ? À quoi bon accepter ses torts quand on peut si facilement les faire endosser par le reste de la terre ? »

— Est-ce que dix mille dollars régleront tes problèmes ?

— Ça calmera le type, assurément.

— Pourquoi, il te menace ?

— Non, il est tout sourire ! Qu'est-ce que tu crois ?

« Je crois que tu es un petit bonhomme hargneux, en bout de course. »

— Et une fois que tu l'auras remboursé, quoi d'autre ?

— Si je peux me trouver encore cinquante mille, Crowley me donnera un boulot.

« Avant de décamper avec ton argent… »

— Bon… Je vais te faire un virement de dix mille demain.

— Cette start-up est un projet en béton, Jane. Et Crowley… il a des références impeccables.

— Mais moi, je n'ai pas cinquante mille dollars sous le coude. Enfin, pourquoi ne pas m'envoyer la présentation de cette future compagnie, que j'y jette un coup d'œil ?

— J'ai pas besoin de ta foutue expertise ! Ça me débecte déjà assez de devoir te supplier pour…

— Envoie-moi tes coordonnées bancaires et je m'occupe du virement demain. Pour le reste, on en reparlera quand j'aurai vu de la doc.

J'ai raccroché. Après m'être enfin servi cette vodka si nécessaire, je me suis laissée tomber dans mon vieux fauteuil défoncé, toujours recouvert du tissu indien bon marché dont je l'avais tapissé des années plus tôt. La « petite intello de Harvard » avait besoin d'améliorer son mobilier, sans parler de son logis. La « petite intello de Harvard » n'aurait jamais dû accepter de payer les dettes de son père, mais le laisser dans cette mouise lui paraissait trop affreux. Et elle devait maintenant assimiler un élément de son histoire familiale qu'elle avait toujours suspecté et dont elle venait de recevoir la brutale confirmation : son père avait lamentablement échoué dans tout ce à quoi il s'était essayé.

À mon réveil le lendemain, je me suis sentie étrangement lucide et revigorée. Après avoir passé l'un de mes nouveaux tailleurs et m'être maquillée légèrement, je me suis rendue au travail en m'attendant à trouver ma lettre de licenciement sur ma table. Mais il n'y avait rien de tel, et Trish, sans quitter des yeux les colonnes de chiffres en train de défiler sur son écran, m'a fait signe de venir m'asseoir sur la chaise placée à côté de la sienne.

— Trouve-moi tout ce que tu pourras sur le marché à terme du zinc australien, a-t-elle laissé tomber du coin de la bouche.

Je me suis exécutée. À la mi-journée, je lui ai présenté un rapport qu'elle a lu en cinq minutes et décrété très satisfaisant. Ensuite, elle m'a montré comment suivre et prévoir les variations d'une devise particulière, l'euro contre le yen, dans l'exemple qu'elle avait choisi. Comme toujours, l'étendue de ses connaissances générales m'a ébahie, depuis les dernières évaluations du PNB allemand jusqu'à la cotation du jour des actions d'All Nippon Airways. Mais quand elle m'a demandé de lui donner le montant d'une commission de sept pour cent sur une opération de trois millions huit cent soixante-quinze mille dollars, j'ai cherché des yeux ma calculatrice, et ce moment d'hésitation a effacé toute son indulgence matinale :

— Putain de niaise, tu n'apprendras jamais rien, alors ?

Sans rien dire, je suis allée prendre la calculatrice sur ma table, j'ai tapé une volée de chiffres et je lui ai annoncé le résultat : deux cent soixante et onze mille deux cent cinquante dollars.

— La prochaine fois, ne me fais pas attendre, a-t-elle éructé. Même trente secondes.

Tandis que nous poursuivions cette trépidante formation sur le tas, j'ai aperçu un message de mon père dans ma liste de courriers électroniques entrants. Je l'ai ouvert : une ligne de coordonnées bancaires, sans rien d'autre. Pas de « Merci, Jane », ni de « C'est vraiment chic », ni de « J'espère que nous allons essayer d'arranger les choses entre nous »... Non. Son numéro de compte, puis le code IBAN et l'adresse SWIFT de sa banque. Aussitôt, j'ai appelé ma banque et je me suis assurée que le virement partirait le jour même, avant d'envoyer un e-mail à mon père :

> Cher Papa,
>
> L'argent vient de partir. Je te remercie de me prévenir quand tu le recevras. Et s'il te plaît, n'oublie pas de m'envoyer au plus vite le dossier de présentation de l'investissement dont tu m'as parlé. Mes meilleures pensées comme d'habitude.
>
> Ta fille,
>
> Jane.

J'ai relu mon message plusieurs fois pour m'assurer qu'il produisait l'effet désiré : froid sans être cassant, détaché mais pas cavalier. Connaissant mon père, toutefois, je me doutais qu'il n'en tiendrait pas compte, pas plus qu'il ne me remercierait une seule fois d'être venue à sa rescousse. Quelques minutes après l'avoir envoyé, j'en ai reçu un de lui en retour : « On reste en contact. » Même pas signé. En réalité, à partir de ce moment, il ne s'est plus manifesté. Cinq jours après le virement, j'ai appelé ma banque, où l'on m'a confirmé que les dix mille dollars avaient bien été versés sur le compte chilien en question. Quand j'ai prié mon père de me le confirmer par e-mail, il n'a pas répondu. Près d'une semaine s'est écoulée. Rien. En téléphonant chez lui à Santiago, je suis tombée sur un message automatique en espagnol. J'ai demandé à

Ken Botros, qui parlait la langue couramment (« Parce que j'ai été assez débile pour me marier avec une Portoricaine, dans le temps »), de l'écouter.

— La nana dit que c'est un numéro qui n'existe plus. L'abonnement a été annulé, paraît-il. Votre père a dû changer d'endroit.

Encore une semaine. Encore un court e-mail à son intention, même si je savais que je n'obtiendrais aucune réponse. Cet après-midi-là, Brad a convoqué Trish dans son bureau pour une réunion de dix minutes.

— Garde un œil sur la boutique, m'a-t-elle recommandé en se levant.

Cette consigne m'a remplie d'angoisse. Je n'ai pas quitté des yeux les rafales de chiffres sur l'écran, cherchant un sens à ce bombardement de statistiques. Exactement une minute après le départ de Trish, une information a défilé rapidement sur l'écran de MSNBC : GROUPE SUISSE GENFEN PRÊT À PRENDRE PARTICIPATION DE 7 MILLIARDS $ DANS NIPPON TECH.

Un petit clignotant s'est allumé dans ma tête. Le matin même, Trish m'avait confié que Brad était en négociation avec un consortium financier basé à Mumbai qui cherchait à acquérir une position de contrôle au sein de Nippon Tech, l'un des principaux fabricants japonais de fibre optique. Notre infatigable patron attendait seulement qu'un autre investisseur de poids tente de s'emparer de la compagnie pour entrer dans le jeu et rafler la mise. « On va leur faire chier des nouilles, à ces sales Japs », avait été la délicate conclusion de Trish qui, après m'avoir balancé ces infos avec son débit vertigineux habituel, s'était mise à invectiver dans son casque un courtier assez idiot pour ne pas l'avoir suivie dans une razzia sur le dollar australien. Et seulement trois heures plus tard, par hasard, je venais de voir une nouvelle capitale concernant Nippon Tech se dérouler en bas de l'écran de télé…

Attrapant le téléphone, j'ai composé à toute allure le numéro du portable de Trish. Elle a répondu en une seconde.

— Quoi ? a-t-elle aboyé.

— Nippon Tech…

— Quoi, Nippon Tech ?

— Il y a un groupe suisse qui veut les racheter.

— C'est toi qui as inventé ça ?

— C'était à la télé… juste maintenant.

— Putain de Dieu !

Ce qui s'est passé ensuite appartenait purement à la catégorie « comme au ciné ». Revenue au galop à son poste de travail, Trish s'est mise à lancer des ordres à tout le monde tout en jurant copieusement, le fond de sa pensée semblant se résumer à une formule qu'elle a répétée plusieurs fois :

— Ces enculés de Japs vont nous chier du gruyère helvétique...

Tous les traders ont eu l'air de saisir immédiatement le sens de cette métaphore, car ils ont bondi sur leur téléphone et se sont mis à négocier comme des malades. Peu après, Brad est apparu dans la salle des marchés, arborant un gigantesque sourire carnassier.

— Il faut qu'on ait raflé ce truc quand la cloche sonnera à Wall Street, a-t-il beuglé au milieu du brouhaha général puis, se tournant vers moi : Bonne pioche, Jane...

Ce qui se déroulait sous mes yeux était une attaque en règle sur Nippon Tech, planifiée depuis longtemps par Freedom Mutual et financée par quelques richissimes ploutocrates indiens et russes. Dans un assaut final, Genfen, le groupe suisse qui avait voulu s'emparer de la compagnie japonaise en mettant sept milliards sur la table, a été battu par la cavalerie de Brad.

— C'est du général Patton tout craché, s'est vanté ce dernier devant moi alors que la fermeture des cours à New York approchait.

Grâce à une série de manœuvres boursières savamment orchestrées, l'équipe de Freedom Mutual avait réussi à faire baisser la cote de Genfen, soulevant des doutes quant à leur capacité d'aligner une somme pareille pour prendre le contrôle de Nippon Tech et ouvrant ainsi la voie au consortium de Mumbai, qui obtenait gain de cause en déboursant « seulement » 7,1 milliards de dollars...

Au milieu de cette frénésie spéculatrice, Brad a disparu dans son bureau pendant trois heures. Lorsqu'il est revenu parmi nous, il a réclamé le silence pour annoncer d'une voix posée, en cabotin expérimenté :

— On a eu le deal. Ce soir, Freedom Mutual est plus riche de cent quarante-deux millions.

Une ovation assourdissante a suivi cette déclaration. Cinq minutes plus tard, les employés d'un traiteur quelconque poussaient dans la salle un chariot avec cinq caisses de champagne ; bientôt, chacun avait une bouteille à la main et buvait au goulot.

— Je promets de ne plus te traiter de connasse pendant au moins trois jours ! m'a déclaré Trish après avoir disparu aux toilettes pendant une dizaine de minutes, et en être ressortie les narines encore ourlées de cristaux blancs.

— J'étais juste là par hasard, ai-je répondu.

— Non, t'as été foutrement bonne ! Si tu n'avais pas remarqué l'info…

— Quelqu'un d'autre l'aurait vue.

— Mais tu l'as vue la première, et c'est ça qui compte !

En fait, cet état de grâce entre Trish et moi n'a duré que deux jours. Quand je suis arrivée un matin avec dix minutes de retard à cause d'un incident technique sur la ligne du T, le métro de Boston, elle a menacé de me jeter dehors si cela se reproduisait. Je me suis contentée de m'excuser et de promettre que je serais toujours ponctuelle. Ensuite, les choses sont revenues à la normale. Le triomphe obtenu par l'effet de levier exercé contre le groupe suisse a vite été oublié. À Freedom Mutual, il y avait toujours d'autres coups à tenter, plus d'argent à gagner.

Les mois ont passé. J'ai continué mon travail, toujours sous la supervision tempétueuse de Trish, car la compagnie exigeait au moins un semestre de formation avant de laisser ses nouveaux traders voler de leurs propres ailes, et comme ses réprimandes semblaient moins constantes, j'y ai vu le signe que j'étais en train d'accomplir quelques progrès. Je continuais à téléphoner à ma mère deux fois par mois ; ayant surmonté sa réticence initiale devant mon spectaculaire changement d'orientation, elle a fini par reconnaître que « bien gagner sa vie ne peut pas être une mauvaise chose », ajoutant :

— Et je sais que ton père est très fier de toi.

— Ah, tu as eu de ses nouvelles, récemment ?

— Non, pas depuis un moment… Et toi ?

— Rien depuis des mois.

— Il est peut-être en voyage d'affaires quelque part…

— Peut-être, oui, ai-je concédé prudemment, ne voulant pas l'inquiéter.

L'après-midi du surlendemain, alors que je m'escrimais sur une analyse de l'actif sous-jacent de certains contrats dérivés – ne me demandez pas d'expliquer ! –, mon téléphone a sonné. Brad. Je me suis aussitôt raidie sur ma chaise, parce que c'était la première fois que le grand patron m'appelait.

— Vous pouvez venir à la salle du conseil d'administration ? Immédiatement.

Et il a raccroché. Tel un automate, je me suis levée et hâtée dans le couloir. Après avoir frappé à la porte, j'ai entendu Brad me dire d'entrer. Dès que j'ai fait un pas à l'intérieur, j'ai remarqué ses traits crispés, sur lesquels l'embarras se mêlait à une fureur contenue. Il m'a lancé un regard qui ne présageait rien de bon. Deux inconnus étaient assis avec lui à la table de conférence, un grand mince et un petit gros. Allure passe-partout, expression hostile, ils me considéraient avec une curiosité détachée, toute professionnelle. Des dossiers étaient ouverts devant eux. Sur l'un des documents qu'ils avaient poussés en direction de Brad, j'ai aperçu une photographie agrafée en haut, à droite. C'était celle d'un homme d'un certain âge que je connaissais bien : mon père.

— Voici l'agent Ames, du FBI, a annoncé Brad en braquant un doigt sur l'échalas, et voici M. Fletcher, inspecteur de la Commission des marchés financiers, la SEC. Ils viennent de me poser beaucoup de questions, au cours de la dernière demi-heure. Parce que apparemment vous avez aidé votre père à échapper à la justice.

— Je... J'ai quoi ? ai-je bredouillé.

— Vous lui avez viré dix mille dollars, a déclaré l'agent Ames d'un ton sec, ce qui lui a permis de s'évaporer dans la nature.

— Mais... qu'est-ce qu'il a fait ?

M. Fletcher m'a fait signe de prendre une chaise.

— Des tas de choses.

3

DANS L'HEURE QUI A SUIVI, J'EN AI APPRIS LONG SUR MON PÈRE. J'ai découvert par exemple qu'au cours des cinq dernières années il avait survécu grâce à une modique retraite que lui avait octroyée le régime d'Augusto Pinochet. Et pour quelle raison les sbires du dictateur chilien avaient-ils jugé bon de lui accorder l'équivalent de dix mille dollars annuels ? L'agent Ames me l'a expliqué ainsi :

— Dans les années 1970, avant le coup d'État, votre père était bien introduit dans les milieux conservateurs chiliens, patronat, responsables de l'industrie minière, cadres militaires. En fait, et je peux en parler puisque c'est maintenant une information qui n'est plus classée, il opérait pour Langley et…

— Quoi ? Mon père était un espion ? me suis-je exclamée avec un étonnement beaucoup trop manifeste.

— Les gens du renseignement n'aiment pas ce terme. Et puis, du moins au début, il n'était pas techniquement « employé » par l'Agence. Je suis sûr que vous vous rappelez l'époque où il est parti organiser l'ouverture d'une nouvelle mine à Iquique, quand..

— Je n'étais même pas née…

— Mais j'imagine que votre mère a fait allusion au fait qu'il était en voyage, à l'époque.

— Il était tout le temps en voyage.

— Oui. Comme vous vous en souvenez peut-être, même avec une connaissance sommaire de l'histoire du Chili, le gouvernement de Salvator Allende a nationalisé en 1970 toutes les mines de cuivre du pays, y compris celle où travaillait votre père. C'est à ce moment que l'Agence l'a approché. Sachant qu'il était toujours en activité là-bas, ils lui ont demandé s'il pouvait les informer sur ses contacts, parce qu'il avait des interlocuteurs haut placés dans le régime Allende. Les autorités chiliennes lui avaient offert de rester deux ans en tant que consultant rémunéré pour superviser le développement de la mine. Comme vous pouvez l'imaginer, il représentait un canal d'information très précieux pour Langley. Il connaissait tous les membres du cabinet d'Allende, il avait une réputation de « *gringo bueno* », d'Américain qui n'était pas hostile à la nouvelle direction politique du pays.

» En 1972, il a dû revenir aux États-Unis et il y est resté pendant un long moment. Sa couverture avait été compromise par un agent chilien qui a craqué sous la torture après avoir été arrêté en train de photographier des plans top secrets des installations militaires que les Soviétiques comptaient construire au Chili. Votre père a tout juste réussi à se rendre à l'aéroport et à prendre le dernier avion autorisé à décoller ; moins d'une demi-heure plus tard, la police secrète d'Allende débarquait chez lui.

Ames s'est interrompu quelques secondes avant de poursuivre :

— À l'époque, il vivait avec une certaine Isabel Fernandez, qui n'était autre que la fille du ministre de l'Industrie minière d'Allende. Elle l'espionnait pour le compte du régime, bien entendu. Après le coup d'État de Pinochet, son père s'est enfui en Allemagne de l'Est. Pas une destination de rêve, c'est clair, mais c'était ça ou être « suicidé », le sort qu'allaient connaître Allende lui-même et des tas de ses partisans... D'après ce que l'on a pu savoir, la señorita Fernandez, elle, a été l'une des milliers de « disparus » victimes du putsch militaire. Avec une dizaine d'autres prisonniers et des gardes en armes, elle a été embarquée dans un avion militaire qui est parti droit au-dessus de l'océan Pacifique, les soldats ont ouvert une trappe et les ont jetés à l'eau un par un. D'une hauteur de mille mètres, à peu près. Comme ils se trouvaient à au moins une heure de vol de Santiago, les chances que des corps soient ramenés sur la côte par les courants étaient pratiquement nulles, et donc la junte ne pouvait être incriminée en rien. On arrêtait les dissidents, on les regroupait et... *plouf* !

» Tout ça n'est apparu au grand jour que dans les dernières années, quand le nouveau président chilien, un socialiste, a exigé que tous les dossiers du régime Pinochet soient rouverts – du moins ceux qui n'avaient pas été détruits. C'est un processus qui a pris du temps et qui se poursuit, mais il y a environ trois semaines les enquêteurs sont tombés sur une preuve intéressante établissant que votre père avait été payé par le régime Pinochet comme informateur.

— Ce qui veut dire…

— Exactement ce que je viens de vous dire : qu'il leur donnait des informations. Peu après le putsch, votre père est retourné au Chili et a proposé ses services aux hommes de Pinochet. Ils l'ont aussitôt engagé comme consultant, mais cette fois pour la reprivatisation de l'industrie minière. Et ils lui ont demandé des noms, aussi, les noms de ceux avec qui il avait traité au temps d'Allende. D'après des documents retrouvés récemment, il s'est empressé de désigner les gens susceptibles de devenir des opposants à la dictature, ou qui l'étaient déjà. Parmi eux, il y avait son ancienne maîtresse, Isabel Fernandez.

— Je… je ne peux pas le croire.

— Vous devez, mademoiselle Howard. Non seulement votre père a reçu cinq mille dollars en échange de chaque nom d'« ennemi avéré » mais il a aussi été récompensé par ce poste de consultant qu'il a occupé pendant dix ans, et par la retraite dont j'ai parlé tout à l'heure. La junte lui a même assuré un logement. (Tête basse, je n'ai pas réagi.) À votre silence, je présume que tout cela est nouveau pour vous, mademoiselle Howard ?

— Évidemment ! Si j'avais su…

— Vous ne l'auriez pas aidé à s'enfuir ?

— Ainsi que je vous l'ai déjà dit, j'ignorais que c'était son but.

— Que vous a-t-il raconté, exactement ?

Je leur ai rapporté toute la conversation à propos des dettes qu'il prétendait avoir contractées et des représailles dont il était menacé, sans omettre ce qu'il m'avait dit sur ses perspectives de travail avec Creighton Crowley. À ce nom, Fletcher a levé les yeux des papiers qu'il avait devant lui.

— Vous aviez entendu parler de cet individu, auparavant ?

— Jamais. Mais j'ai fait remarquer à mon père que la proposition d'investir cinquante mille dollars dans cette start-up me semblait…

— Oui, oui. Nous savons tout sur le compte de Creighton Crowley et de sa start-up bidon. Tout comme nous savons que votre père a été associé à la supercherie depuis le début.

— Hein ? De quelle manière ?

— Il a vendu des actions de cette compagnie à douze personnes assez sottes pour le croire. Des paquets d'actions de cinquante mille à cent mille dollars. Votre père empochait une commission de vingt pour cent sur chaque vente.

— Mais alors, pourquoi m'a-t-il demandé de l'argent ?

— Nous estimons que son bénéfice net avoisinait les cent mille dollars, a répondu Fletcher. C'est sur ça qu'il a vécu pendant à peu près trois ans. Divisée par trois, la somme n'est pas mirobolante. Mais ce qui a attiré notre attention sur lui, c'est que plusieurs des investisseurs qu'il a roulés opèrent aux États-Unis. Et nous avions Creighton Crowley dans le collimateur depuis un moment, également. Ce gars a toute une histoire de délits d'initié et de plans d'investissement frauduleux derrière lui. Seulement, il a toujours réussi à nous filer entre les doigts et il a fini par se retirer au Chili. Votre père l'a rencontré par l'intermédiaire de « relations d'affaires communes », soi-disant, et ils se sont immédiatement entendus comme larrons en foire.

Ames a repris la parole :

— Si je suis revenu sur le pittoresque passé chilien de votre père, mademoiselle Howard, c'est pour vous permettre de comprendre que l'homme que vous avez aidé à prendre la fuite, même si c'est involontaire de votre part, n'est qu'un vulgaire escroc. Il a raconté à ses bailleurs de fonds qu'il achetait les actions en leur nom, alors que celles-ci lui avaient été attribuées « gracieusement » par le contrat qu'il avait signé avec cette compagnie. Enfin, je dis « contrat » alors qu'il s'agissait d'une simple lettre par laquelle Crowley lui donnait cinquante mille actions dans cette start-up bidon. Il aurait pu en avoir cinquante millions, c'était pareil. Il a vendu des parts d'une compagnie qui n'avait aucune réalité, et bien entendu Crowley a fait de même de son côté. Filouterie en duo. Tenez, vous voulez en entendre une excellente ? Vous vous souvenez d'un vieil ami de la famille qui s'appelait Don Keller ?

Je le connaissais depuis l'enfance, même. Un collègue de papa, géologue en charge de tout l'aspect technique des opérations minières et grand buveur devant l'Éternel. Ils allaient souvent faire la tournée des bars, tous les deux.

— Ils étaient associés, ai-je répondu.

— D'après Keller, ils étaient aussi des amis très proches, a ajouté Fletcher. Il y a environ dix ans, il a tout perdu, son emploi, sa femme, à cause de ses problèmes d'alcoolisme, et depuis il vivait très modestement dans un petit pavillon de la banlieue de Phoenix. Ses économies de toute une vie s'élevaient à cent cinquante mille dollars. À la fin de l'année dernière, votre père l'a persuadé de les investir dans sa compagnie, en lui garantissant – par écrit, s'il vous plaît ! – qu'il doublerait sa mise en douze mois.

— Aujourd'hui, Don Keller est ruiné, a enchaîné Ames. Grâce à votre père. Il est dans la déchéance totale et il éprouve une telle rage à s'être fait rouler qu'il nous a lui-même contactés pour nous raconter les agissements de votre père. Il se trouve que nos amis de la Commission des marchés financiers s'intéressaient eux aussi au montage de Crowley. Avec eux, nous avons surveillé toutes les transactions que lui et votre père réalisaient, et en voyant votre virement de dix mille dollars nous avons été naturellement intrigués…

Cela valait-il la peine de proclamer encore une fois mon innocence ? J'ai jugé préférable de me taire, mais j'ai cherché des yeux ceux de Brad, et j'y ai vu un mécontentement sans bornes.

— Et tout aussi naturellement, a continué Fletcher, nous avons étudié vos relevés bancaires. Vingt mille dollars vous sont parvenus de Freedom Mutual, récemment. C'est une grosse somme, en l'espace de quelques semaines. M. Pullman ici présent nous a appris qu'il s'agissait d'une « prime d'intéressement » suite à votre embauche.

— C'est exact. Ce sont les termes de l'accord que Brad m'a proposé.

— Pourquoi aurait-il offert tout cet argent à une jeune femme sans expérience et titulaire d'un doctorat en littérature ? s'est étonné Fletcher.

— Je suis toujours à la recherche de nouveaux talents, est intervenu Brad, et comme je vous l'ai dit j'ai tout de suite vu que Jane avait de la ressource. Je me suis dit que si je voulais la convaincre d'abandonner le cursus universitaire, il fallait la tenter avec une offre financière sérieuse.

— Quand on connaît le chiffre d'affaires de votre société, a objecté Ames, je ne dirais pas que vingt mille dollars représentent une offre « sérieuse ».

— Vous auriez voulu que je donne plus à une débutante totale ?

S'ensuivit un long silence, finalement rompu par l'agent Ames :

— Nous ne sommes toujours pas convaincus que Mlle Howard ignorait tous les tenants de l'affaire quand elle a envoyé cet argent à son père.

— Écoutez, ai-je plaidé, mon père n'a jamais été quelqu'un de responsable. Fouillez mon passé, si vous ne l'avez pas déjà fait, et vous verrez qu'il n'a rien payé pour mes études, que j'ai dû compter sur les aides financières et les bourses d'études pour arriver en troisième cycle. Contactez le proviseur de mon lycée, M. Merritt, et il vous dira les difficultés dans lesquelles nous nous sommes débattues, ma mère et moi. La seule raison pour laquelle j'ai envoyé dix mille dollars à ce salaud, idiote que je suis, c'est parce que j'ai voulu lui montrer que je n'étais pas comme lui. Que je n'allais pas laisser qui que ce soit de ma famille se débattre sans lui venir en aide. Et maintenant, vous osez insinuer que j'ai été complice d'un individu pareil !

Soudain, j'avais perdu toute retenue et ma voix était montée de plusieurs décibels. À en juger par leur mine inquiète, Ames et Fletcher avaient compris qu'il y avait des bornes à ne pas dépasser. Pour sa part, Brad est demeuré impassible, m'observant d'un regard froidement détaché. Après un moment de flottement, les deux enquêteurs ont échangé un coup d'œil. C'est Ames qui s'est chargé de répondre à mon algarade :

— Qu'on le veuille ou non, mademoiselle Howard, et mon instinct me dit que vous jouez franc-jeu avec nous, il reste que l'argent que vous avez envoyé a permis à un délinquant officiellement recherché de s'échapper. Mes supérieurs vont certainement exiger une inspection complète de votre situation financière, pour établir si nous parlons là d'un virement isolé ou d'une série de contributions régulières en vue…

— Je ne lui ai jamais donné d'argent, jusqu'ici ! Pas une fois !

— Alors, ce sera corroboré par un examen approfondi de votre position bancaire et de vos diverses transactions au cours des cinq dernières années. (Il a sorti un formulaire de son attaché-case.) Pour ce faire, nous pouvons bien sûr obtenir un mandat, mais vous préférerez sans doute voir sur votre dossier que vous avez volontairement coopéré à l'enquête du Bureau et de la Commission.

— Je n'ai rien à cacher.

— Donc vous ne verrez aucune objection à signer ce papier, qui nous autorise à avoir accès à tous vos comptes.

Il a glissé la feuille devant moi, posant dessus un stylo bille. J'ai brièvement consulté Brad du regard, et il m'a adressé un très discret signe de tête. Après avoir parcouru le document, j'y ai apposé ma signature et je l'ai rendu à l'agent Ames. Celui-ci a pris un air encore plus grave.

— Vous avez un passeport, mademoiselle Howard ?

— Mais oui, ai-je répondu, tout en pensant qu'il le savait déjà probablement.

— Nous aimerions que vous nous le remettiez. Une simple précaution jusqu'à ce que nos vérifications soient terminées.

— Combien de temps cela prendra-t-il ?

— Trois à quatre semaines, à condition qu'il n'y ait pas besoin d'enquête supplémentaire. Vous n'aviez pas l'intention de vous rendre à l'étranger prochainement, si ?

— Pas vraiment.

— Alors je suis sûr que vous ne verrez pas d'inconvénient à donner cette autre preuve de bonne volonté. Et maintenant, si votre employeur est d'accord, l'un de nos agents va vous accompagner à votre domicile pour que vous lui confiiez votre passeport.

— Aucun problème, a confirmé Brad.

— Parfait.

Retirant de sa poche son téléphone portable, Ames a passé un bref appel avant de le refermer d'un claquement sec.

— L'agent Maduro vous attend en bas dans une Pontiac bleue. Il va vous conduire chez vous et vous ramener ici en une heure, si la circulation le permet. Il vous donnera un reçu. Quand nous aurons terminé notre tâche, nous vous recontacterons et nous vous rendrons votre passeport.

Ames s'est levé, imité par Fletcher. L'un et l'autre m'ont tendu la main, que j'ai serrée à contrecœur. Resté assis, Brad examinait ses ongles, décidé à ne pas me regarder.

Je suis descendue. L'agent Maduro se tenait devant la voiture.

— Mademoiselle Howard ? (J'ai hoché la tête.) 32 Beverly Road, à Somerville ?

— Vous avez bien appris votre leçon.

Il a eu un sourire pincé, puis il a ouvert la portière pour que je monte à l'arrière de la Pontiac. Une fois au volant, il ne m'a plus adressé la parole jusqu'à ce que nous atteignions Cambridge. De toute façon, j'étais trop occupée par la colère intense que j'éprouvais envers le monstre qu'était mon père. Je me suis rappelé avoir lu quelque part que les escrocs vivent dans un univers parallèle qui leur permet de se tenir à l'abri de tout scrupule en ignorant simplement le mal qu'ils font aux autres ; de toute évidence, mon père s'était retranché dans cette forteresse d'amoralité. Sa vie se fondait sur les faux-semblants et les sales coups.

Même si j'avais cherché à esquiver cette réalité pendant des années, je savais à présent ce que je n'avais osé admettre : il ne m'avait jamais aimée, et j'avais grandi en sachant intuitivement que je ne pouvais pas compter sur lui. Son indifférence était déjà difficile à accepter, mais elle se combinait encore au fait que ma mère ne m'avait pas donné l'amour sans réserve dont j'aurais eu besoin, elle qui continuait à se raconter que ce manipulateur sans scrupules lui reviendrait un beau jour. Et le pire, c'était que j'aurais mis ma main au feu qu'elle allait me soutenir que mon père était incapable de ces méfaits une fois que je lui rapporterais ce que je venais d'apprendre sur son compte.

Prise d'une rage incontrôlable, j'ai asséné un bruyant coup de poing sur le siège en cuir, refoulant de justesse le cri qui allait jaillir de ma bouche. L'agent Maduro m'a observée dans son rétroviseur.

— Tout va bien, m'dame ?

— Oui, ai-je marmonné entre mes dents serrées.

Une fois devant mon immeuble, il est sorti m'ouvrir la portière.

— Si ça ne vous dérange pas, je vais monter avec vous, a-t-il déclaré.

— Pas de problème.

Chez moi, je lui ai remis mon passeport. L'agent Maduro a recopié toutes les données sur un reçu qu'il m'a tendu, l'accompagnant d'une déclaration sur l'honneur que je devais signer et qui stipulait que j'avais confié de mon plein gré ce document au Bureau fédéral, auquel je reconnaissais le droit de le garder « pour une période indéfinie », et que je renonçais à la possibilité de le réclamer. Voyant que cette formule me faisait tiquer, l'agent s'est voulu rassurant :

— Si tout se passe normalement, vous le récupérerez dans quelques semaines, mais tout dépend…

J'ai pris un stylo et j'ai signé le papier, dont il m'a donné la copie carbone. Puis nous sommes redescendus et nous avons regagné Boston dans le même silence qu'à l'aller.

Dans le hall d'entrée de Freedom Mutual, la réceptionniste intérimaire m'a arrêtée d'un geste.

— M. Pullman veut vous voir immédiatement, a-t-elle annoncé.

Ça c'était sûr.

— Restez ici, je l'appelle.

Elle a susurré quelques mots dans son téléphone, puis elle m'a informée que le grand chef m'attendait dans son bureau.

Je n'avais encore jamais pénétré dans le saint des saints de la compagnie, mes entrevues avec Brad s'étant toujours déroulées dans des salles de réunion, et en m'engageant dans le couloir lambrissé, mes talons cliquetant sur le parquet, je me suis dit que cette visite risquait d'être la première et la dernière. J'étais pourtant remarquablement calme lorsque j'ai frappé à la lourde porte, le genre de sérénité résignée de celui qui accepte son sort.

— Entrez ! a crié mon patron.

Avec sa vaste table en acajou, ses gros fauteuils en cuir bordeaux, son immense cheminée où crépitait un feu de bois, sa grosse mappemonde XIXe et ses tableaux à cadre doré, la pièce avait été conçue pour reproduire l'atmosphère d'un club londonien ; Brad devait se sentir tel l'amiral Nelson concevant sa prochaine bataille navale, derrière ce bureau massif et, sachant qu'il pouvait se payer tout ce qu'il désirait, il était même possible que le meuble ait en effet appartenu au légendaire commandant de la flotte britannique.

Lunettes perchées au bout du nez – c'était la première fois que je les lui voyais porter –, Brad était en train de contempler l'écran d'ordinateur qui lui faisait face. Sans se tourner vers moi, il m'a invitée à m'asseoir ; j'ai pris place dans l'un de ses fauteuils paquebot en essayant de ne pas m'y enfoncer complètement. Finalement, il a retiré ses lunettes, pivoté sur sa chaise et m'a regardée un moment en tambourinant des doigts sur la table.

— Je n'aurais jamais cru que vous seriez capable de quelque chose d'aussi stupide, a-t-il asséné sans préambule. Je me fiche que ce connard soit votre père et que vous ayez passé votre vie à essayer d'impressionner un enfoiré pareil. On ne fait sous aucun prétexte, vous entendez, aucun prétexte, un virement supérieur à cinq mille dollars à un bénéficiaire dont on n'est pas entièrement sûr de l'honnêteté. Grâce à la Commission des marchés et au Département de la sécurité nationale, et ce depuis les attentats du 11 septembre, tous les transferts de fonds internationaux qui dépassent cette somme sont immédiatement contrôlés par une tapée de bureaucrates. Le fait que vous ayez envoyé de l'argent à un arnaqueur est...

— Je ne savais pas qu'il en était un.

— Dans notre partie, surtout à notre niveau, ce n'est pas un argument recevable. Le problème, ici, c'est que...

— Je vois parfaitement quel est le problème, l'ai-je interrompu : j'ai attiré des soupçons officiels sur votre compagnie et vous n'avez pas besoin de ce genre de publicité. En conséquence, je suis tout à fait prête à prendre mes responsabilités et à présenter ma démission sur-le-champ.

— Elle est acceptée. Vous n'avez plus d'avenir ici, ni d'ailleurs dans aucune autre société financière, parce que après cette histoire plus personne ne voudra vous toucher avec des pincettes. Vous comprenez qu'à partir de maintenant la seule mention de votre nom va déclencher tous les signaux d'alerte sur les ordinateurs de la Commission des marchés ou du FBI. Bref, en ce qui concerne le monde de l'argent, vous êtes morte.

Les yeux baissés, je me suis fait la réflexion suivante : « Mon père a obtenu ce qu'il voulait. J'ai enfin suivi ses pas. J'ai échoué, moi aussi. »

— Vous aurez une indemnité de départ, a poursuivi Brad. Nos avocats se mettront en contact avec vous dans les prochains jours pour en discuter les modalités.

— Je ne veux pas de votre argent.

— Ne faites pas votre sainte-nitouche, a-t-il déclaré en se tournant à nouveau vers son écran. Dans notre secteur, les gens se font sans cesse virer. Et quand ils sont aussi novices que vous, ils peuvent rarement compter sur un parachute doré.

— Pourquoi m'en offrez-vous un, alors ?

— À cause de ce gros coup que vous nous avez permis de réaliser. C'était bien joué, ça montrait que vous étiez douée. Vous nous avez fait gagner, et maintenant nous devons nous séparer de vous. Vous aurez une compensation pour ce seul exemple de bon boulot que vous nous avez donné. Point final. Prenez l'argent ou pas, c'est entièrement votre choix.

Il était inutile de protester. J'avais contrevenu à une règle tacite de la profession en attirant l'attention des autorités sur une compagnie dont le maître mot était « discrétion ». Brad Pullman ne voulait pas entendre parler de ma bonne foi : pour lui, j'avais royalement merdé et je devais être bannie du sérail. J'ai donc agi comme il l'attendait de moi : je me suis levée pour partir. En arrivant à la porte, toutefois, j'ai eu un dernier mot :

— Merci.

Arrachant son regard des colonnes de chiffres qui défilaient devant lui, il m'a adressé la parole une ultime fois, lui aussi :

— Pas de quoi.

À la sortie du bureau directorial, j'ai été abordée par un homme d'une cinquantaine d'années, de petite taille et vêtu avec recherche. Reuben Julia s'est présenté. Bien que son titre ait été « manager général », tous les employés savaient qu'il était en charge de la sécurité de l'entreprise et l'exécuteur des basses œuvres de Brad. Comme j'étais devenue un objet encombrant, il était là pour me jeter dehors.

— Mademoiselle Howard, a-t-il commencé sur un ton des plus affables, je vais vous escorter hors de nos locaux, si vous voulez bien.

— Entendu.

Nous n'avons rien ajouté de plus pendant qu'il composait un code sur le petit clavier commandant une porte de service, qui s'est ouverte avec un déclic. Je l'ai suivi dans un dédale de couloirs jusqu'à un ascenseur dans lequel nous sommes montés.

— Je vais charger quelqu'un de vider votre bureau aujourd'hui, m'a-t-il dit alors que nous descendions.

— Oh, il n'y a pas grand-chose, de toute façon.

Une limousine Lincoln nous attendait.

— Voici Max, qui va vous reconduire chez vous, a conclu Reuben Julia. Comme M. Pullman vous l'a dit, nos avocats vous téléphoneront d'ici peu. Au revoir.

J'étais à peine arrivée chez moi que le téléphone s'est mis à sonner. C'était un dénommé Dwight Hale, de l'étude Bevan, Franklin and Huntington, conseiller juridique de Freedom Mutual. Il m'a demandé de passer à son bureau le lendemain pour discuter de la « suite à donner à votre cessation d'activité ».

Suivant ses instructions, je me suis présentée à dix heures du matin au siège de la firme, dans un imposant immeuble proche du Government Center. L'homme qui m'a reçue ne devait pas avoir atteint les quarante ans, était légèrement empâté, mais il avait les manières brusques de qui est convaincu de la justesse du vieil adage « le temps, c'est de l'argent ».

— Freedom Mutual est disposé à vous verser trois cent mille dollars dans le cadre de votre démission, m'a-t-il déclaré dès que nous avons été assis face à face. (J'en suis restée sans voix un moment, ce qui l'a amené à insister :) Est-ce acceptable ?

— Mais... oui, absolument.

— Il existe une petite condition : que vous signiez un engagement de confidentialité par lequel vous certifiez que vous ne ferez jamais aucune allusion à votre passage chez eux.

« Oui, au cas où la SEC se déciderait à mettre son nez dans les livres de comptes et à interroger tous les employés passés ou présents de la compagnie ? »

— Je n'ai pratiquement rien connu du fonctionnement interne de Freedom Mutual, vous savez…

— Je m'en doute. C'est juste une formalité.

Ou plutôt un serment de silence digne de l'omerta. Mais cette concession valait certainement trois cent mille dollars net…

— Je dois demander à mon avocat de jeter un coup d'œil à cette lettre avant de pouvoir la signer.

— À votre guise. Mais si nous n'avons pas votre accord dans les quarante-huit heures, cette offre de règlement à l'amiable sera retirée.

— Vous n'essayez pas de me mettre la pression, n'est-ce pas ?

— Nous voulons simplement résoudre cette affaire au plus vite.

— C'est évident.

Je n'avais pas d'avocat, en réalité, mais j'étais capable de me servir d'un annuaire. Revenue chez moi une heure plus tard, j'ai choisi le premier avocat listé dans les Pages jaunes, Milton Alkan. Il a répondu lui-même. Lorsque je lui ai expliqué ce dont j'avais besoin, préférablement avant la fin de la journée, il m'a expliqué qu'il prenait deux cents dollars de l'heure, un tarif très raisonnable pour Boston. Mais est-ce que je pouvais lui présenter ce document d'ici, disons, un quart d'heure ?

Je me suis précipitée à son cabinet. Milton Alkan était un bonhomme court sur pattes à la soixantaine accomplie, affligé de lunettes de myope et d'une toux chronique. Il était installé dans un immeuble décati près de Davis Square, et malgré sa voix éraillée de fumeur il s'est montré plein de courtoisie, sérieux et bon enfant à la fois. Il a rapidement parcouru la lettre que l'avocat de Brad Pullman voulait me faire signer.

— Donc, vous travailliez pour Freedom Mutual. Je suis étonné que vous n'ayez pas consulté un collègue plus… lancé que moi.

— Je suis sûre que vous me donnerez les conseils adéquats pour le quart de ce que d'autres m'auraient demandé.

— C'est exact, chère demoiselle. Et si vous alliez prendre un café quelque part dans le coin pendant que je vous règle ce problème ? J'en ai pour une heure, au plus.

Il a tenu sa parole, m'accueillant à mon retour avec un sourire ironique :

— Si j'avais connu d'emblée la prime de départ qu'ils veulent vous verser, je vous aurais facturé le double de ce que j'ai dit. Mais enfin, pour répondre à votre souci : allez-y, signez cette déclaration. Il n'y a pas d'embrouille là-dedans. Ils essaient juste de protéger leurs arrières, comme tous les gens de la finance. Vous me permettez une question, toutefois ? Pourquoi est-ce qu'ils vous ont laissée partir ?

C'est étonnant comme nous sommes tentés de nous confier à de parfaits inconnus, parfois, mais Milton Alkan m'avait aussitôt mise à l'aise avec ses manières de vieil oncle juif prêt à recueillir les confessions et je lui ai déballé toute l'histoire en quelques minutes. Il m'a écoutée sans broncher, se bornant à secouer la tête d'un air navré à deux ou trois reprises lorsque je lui ai rapporté ma conversation avec mon père et les détails que le FBI m'avait communiqués sur son compte. À la fin, il est resté silencieux un instant avant de réagir :

— Eh bien, dans ce contexte, je pense que trois cent mille dollars, c'est un minimum. Ce que vous avez fait pour votre père, c'est une *mitsva*, une bonne action. Et peut-être qu'il vous le reproche amèrement, mais il doit sans doute se sentir terriblement honteux, maintenant. Vous avez fait preuve de droiture et de générosité, même si votre décision s'est retournée contre vous. Pour moi, c'est ce qu'il y a de plus important.

Christy m'a tenu le même discours quand je l'ai appelée le soir dans l'Oregon pour lui communiquer les dernières nouvelles.

— Tu as été bernée par un filou, qui se trouve être aussi ton père. Et ça, mon amie, c'est affreux.

— Mais en fait, je l'ai aidé à financer son entreprise de filouterie. Et le résultat, c'est que je suis passée pour une imbécile. Voilà ce que c'est, d'être naïve...

— Arrête de battre ta coulpe, bon sang ! Même si tu es génétiquement programmée pour l'autoflagellation permanente, cesse un peu ! Quand on se fait rouler dans la farine par son propre père, on doit forcément se poser une question plus générale : y a-t-il une seule personne au monde digne de confiance ?

— Et la réponse est ?

— Eh, je fais dans la poésie, moi, pas dans la philo ! Je n'ai pas de réponses, juste des questions insolubles. En tout cas, il ne te reste qu'à empocher cette thune et à la dépenser de manière intéressante. Changer un peu d'horizon ne te fera pas de mal.

Pour l'heure, le mien était bouché par la douloureuse conclusion que la vie se résume souvent à une série de trahisons, petites et grandes. Mon père avait trompé tous ceux qui l'avaient approché pendant des années, tout comme il avait trahi sa femme, en me faisant jouer un rôle primordial dans sa fuite. Quant au versement final de Freedom Mutual, n'était-ce pas pour mon ancien employeur un moyen d'acheter mon silence, et ne me trahissais-je pas moi-même en l'acceptant ? Mais non, Christy avait raison : il fallait que je prenne cet argent, ne serait-ce que parce que la vie nous récompense trop rarement d'avoir essayé de bien nous comporter.

Le lendemain donc, j'ai téléphoné à Dwight Hale pour lui dire que j'avais signé la déclaration et qu'il pouvait la récupérer à sa guise ; il m'a répondu qu'il envoyait un coursier sur-le-champ, ajoutant que les trois cent mille dollars parviendraient sur mon compte d'ici une semaine, et il m'a prié de le prévenir si le FBI me recontactait pour une raison ou une autre.

— Je n'ai rien à leur dire, ai-je rétorqué.

— Je suis ravi de l'entendre.

Comme je me sentais déjà coupable de mon oisiveté soudaine et forcée, je me suis rendue à la bibliothèque Widener de Harvard et je me suis mise au travail. Mon projet était simple : transformer ma thèse en un livre qui, s'il était publié, me vaudrait peut-être un poste d'enseignante quelque part. Pendant le mois suivant, j'ai trimé quatorze heures par jour. Était-ce parce qu'il s'agissait essentiellement de modifier un texte existant, je ne sais, mais j'ai progressé rapidement. Il faut dire aussi que la concentration sur un objectif à réaliser a toujours été pour moi un bon moyen d'échapper aux interrogations sur le sens de l'existence, et de faire taire mes démons personnels.

À mi-chemin de ce marathon rédactionnel, je me suis accordé deux jours de congé pour aller rendre visite à ma mère dans le Connecticut. Sans enthousiasme aucun, je dois dire, mais après quatre mois c'était un devoir filial que je ne pouvais plus repousser. Armée d'une bouteille de champagne et d'une boîte de chocolats français, j'ai tenu à l'inviter à dîner dans un coûteux restaurant de Greenwich, rétorquant à ses objections pleines d'inquiétude que je gagnais fort bien ma vie et que je pouvais me permettre ces extravagances, car je n'étais évidemment pas prête à lui annoncer que j'avais perdu mon emploi chez Freedom Mutual. Il ne fallait pas que je dépense pour elle, a-t-elle répété ; son salaire de bibliothécaire suffisait « amplement » à ses besoins.

— Oui, c'est pour ça que tu conduis une voiture vieille de quinze ans et que tu n'as pas fait réviser ta chaudière depuis que Reagan occupait la Maison-Blanche.

— Je me débrouille.

— Ça ne suffit pas, se « débrouiller », c'est pas une vie, ça.

— Je suis parfaitement à mon aise, Jane.

— Et moi, je vais t'acheter une nouvelle auto dès demain.

— Tu ne vas pas dilapider ton argent pour moi, ma fille.

— Arrête de parler comme un personnage de Thornton Wilder et laisse-moi te gâter un peu.

— Je n'ai jamais été gâtée dans ma vie et ce n'est pas maintenant que je vais commencer à l'être.

Je n'ai pas relevé la triste ironie de cette dernière remarque et le lendemain, comme annoncé, j'ai conduit sa Toyota Corolla poussive chez un concessionnaire Volkswagen sur Old Post Road, où j'ai investi huit mille dollars dans une Polo neuve. Le vendeur, matois comme tous ses homologues, a tout de suite compris quel parti tirer des protestations indignées de ma mère.

— Quand j'aurai votre âge, chère madame, a-t-il susurré avec un sourire éclatant de présentateur télé, j'espère connaître deux bonheurs. Le premier, c'est de paraître aussi jeune que vous ; le second, c'est que ma fille soit aussi aimante et charmante que la vôtre, au point de vouloir, elle aussi, m'offrir une Polo flambant neuve.

Maman, qui manquait tant d'attentions masculines dans sa vie, a tout de suite été charmée ; en vingt minutes à peine, il l'a convaincue non seulement d'accepter mon offre mais de choisir pour couleur de sa nouvelle voiture « le rouge Liberty patriotique » – une telle teinte existait-elle vraiment dans la gamme allemande ? – et de la prendre avec la climatisation.

— Je ne sais pas quoi dire, a soufflé ma mère lorsque nous sommes reparties dans son véhicule rutilant.

— Ne dis rien. Tu en avais besoin, non ? Tu mérites d'avoir une auto fiable et solide.

— Alors, c'est vrai ? Tu gagnes vraiment tant d'argent, dans ce travail ?

— Je ne suis pas du genre à dépenser ce que je n'ai pas, maman.

— Ah, ton père serait tellement fier de toi ! (Comme je n'avais pas réagi, elle m'a dévisagée.) Quelque chose ne va pas, chérie ?

— Mais non.

— Tu as eu des nouvelles de papa, récemment ? s'est-elle enquise en tentant, sans succès, d'adopter un ton détaché.

— Non.

— Il doit être occupé, alors.

— Certainement.

Le sujet a été abandonné. Peu après notre retour chez elle, j'ai téléphoné à un spécialiste en chauffage de Greenwich qui, par chance, avait le temps de passer voir l'installation de ma mère dans l'après-midi. Là encore, elle a dû renoncer à ses protestations lorsque l'homme de l'art, après avoir inspecté la chaudière pendant une demi-heure, lui a annoncé que celle-ci était près d'imploser, et que si elle n'était pas remplacée au plus vite il pouvait lui garantir des canalisations gelées et autres calamités.

— Il y en aura pour combien, d'après vous ? ai-je demandé au chauffagiste.

— Je ne peux vous donner qu'un chiffre approximatif.

— Et alors ?

— Dans les dix mille, en gros.

— C'est de la folie ! s'est indignée ma mère.

— Non, c'est le prix, a rétorqué le chauffagiste.

Je l'ai prié de me joindre sur mon téléphone portable après le week-end afin de me communiquer un devis définitif, lui promettant huit mille dollars s'il pouvait l'installer dès le mardi. Le lundi matin, il m'a appelé en me disant qu'il s'engageait à réaliser le travail pour neuf mille, taxes comprises, à condition que je lui donne la moitié le lendemain. L'après-midi même, j'ai demandé à ma banque de lui verser quatre mille cinq cents dollars et j'en ai profité pour effectuer un virement de dix mille sur le compte courant de ma mère. Lorsque cette somme lui est parvenue, j'étais déjà rentrée à Cambridge et j'ai eu droit à un coup de fil affolé.

— Mais enfin, Jane, tu as perdu la raison !

— Je veux seulement que tu aies de quoi voir venir. C'est très raisonnable, au contraire.

— Je t'ai dit que je me débrouillais très bien !

« Oui, en économisant sur tout, y compris les légumes frais… »

— Écoute, maman, il se trouve que j'ai de l'argent, en ce moment.

— Tu ne peux pas m'acheter, tu sais ? C'est ce que ton père disait toujours : « L'affection, c'est une chose qui ne s'achète pas. »

J'ai raccroché brutalement, envoyé valser la corbeille à papier d'un coup de pied et masqué mes yeux d'une main en une dérisoire tentative pour échapper à tout ce qui pouvait me rappeler mes parents. Quand ma mère a rappelé trois minutes plus tard, j'avais à peine recouvré mon calme.

— On a été coupées ? s'est-elle étonnée.

— Non. J'ai raccroché.

— Ah… J'ai dit quelque chose qu'il ne fallait pas ?

— Je te reparle la semaine prochaine, m'man.

— Tu ne devrais pas prendre ce que je dis tellement au sérieux, Jane.

« Mais si ! ai-je failli hurler, parce que tu penses toujours ce que tu dis. »

Retrouvant ma place à la bibliothèque de Harvard, je me suis à nouveau plongée dans mon travail. Quelques semaines plus tard, un vendredi soir, à dix heures quarante-sept exactement, j'achevais la dernière phrase de mon livre. Me laissant aller dans mon siège, j'ai été submergée par ce curieux mélange d'exaltation et d'abattement qui, selon toutes les biographies que j'avais lues, saisit un écrivain parvenu au point final de sa nouvelle œuvre. Sachant aussi que c'est le retour à la vie réelle. À cet instant, d'ailleurs, un employé de la bibliothèque est venu me dire que l'heure de la fermeture approchait et que j'étais invitée à quitter les lieux. Après avoir entassé mes affaires dans deux sacoches, je suis sortie d'un pas que le poids et la fatigue rendaient hésitant. J'ai traversé le parc. Alors que, une fois dans la rue, j'arrêtais un taxi j'ai soudain pensé que je n'écrirais jamais un autre livre, parce que je ne voulais jamais avoir à repasser par ce moment.

Rentrée à l'appartement, j'ai imprimé mon manuscrit tout en commençant à vider une bouteille de vin rouge bon marché. Vers une heure du matin, l'alcool et l'épuisement s'étaient combinés pour me donner un blues très « Irlandaise de Boston » qui se résumait à une petite phrase lancinante : « Tu es seule au monde. » Ma mère contesterait cette affirmation, bien entendu, mais j'étais convaincue qu'elle était fondée. Je ne pouvais compter que sur moi. Hormis une amie partie vivre de l'autre côté du continent, dans l'Oregon, qui avais-je dans ma vie ? Depuis la mort de David, je m'étais enfermée dans ma coquille, évitant toute relation sentimentale, voire une fréquentation basée simplement sur l'amitié. Et maintenant que j'avais été dupée par mon propre père... Ah, sans doute un bon freudien aurait-il eu des tonnes de remarques à faire sur cette nouvelle déception, ainsi que sur les larmes solitaires que j'ai versées cette nuit-là !

À mon réveil le lendemain, toutefois, j'ai pris une résolution solennelle : plus jamais de piquette dans mon verre, plus jamais de pleurnicheries sur mon sort. Et j'ai résolu de combattre mon spleen de la manière la plus typiquement américaine qui soit, c'est-à-dire en allant faire du shopping. Je suis partie m'acheter une voiture.

Bien qu'ayant toujours trouvé absurde que l'on puisse engloutir une somme faramineuse dans un moteur et quatre roues, ma brusque prospérité me donnait l'impression de pouvoir me montrer prudemment dépensière, c'est pourquoi je n'ai pas eu trop de scrupules à allonger dix-neuf mille dollars pour une Mazda Miata. C'était l'un de mes rêves secrets, avoir une voiture de sport, et celle-là me convenait : elle était élégante sans aller jusqu'au luxe outrageux de certains autres modèles. Enfin, j'essaie de me justifier, comme toujours... Celle que j'ai vue était vert anglais, avec une capote manuelle, et j'en suis tombée amoureuse dès que je me suis retrouvée sur la I-93, le vendeur du garage assis dans le siège passager à côté de moi, et que je suis montée à 140 en quelques secondes.

— Hé, vous conduisez toujours comme ça ? a fait le type, qui avait un peu pâli sous le choc de cette brusque accélération.

— Je dois bien l'essayer, non ? ai-je répliqué.

J'ai tenu à aller jusqu'à Providence et retour sans me soucier de respecter les limitations de vitesse, un comportement de vilaine fille auquel je savais que je ne sacrifierais qu'une seule fois. Et quand nous sommes rentrés au garage, j'ai annoncé que je voulais une réduction de deux mille dollars sur le prix annoncé.

— Ma marge est trop limitée pour que je puisse me permettre ça, a protesté le vendeur.

— C'est ce que vous dites toujours, dans votre profession. Eh bien, merci et au revoir.

— Attendez ! Mille, ce serait éventuellement faisable…

— Deux mille ou rien. Et je vous paie comptant lundi matin.

— Mille cinq cents ?

— Encore merci de m'avoir laissée l'essayer.

Je suis allée vers la porte. Il m'a couru après.

— D'accord, d'accord. Elle est à vous pour dix-neuf mille. (Plus tard, pendant que nous remplissions les papiers, il a levé la tête :) Vous êtes plutôt dure en affaires, vous ! Vous faites quoi, dans la vie, trader ?

— Je cherche un emploi d'enseignante en littérature.

— Ah ? Je plains vos futurs étudiants, alors..

Le lundi après-midi, donc, je suis repartie au volant de la première voiture neuve que j'aie jamais possédée. Le soir, alors que je réfléchissais à mon avenir, le téléphone a sonné. C'était l'agent Ames, qui voulait savoir s'il pourrait passer me voir le lendemain matin.

Il est arrivé comme prévu à onze heures tapantes. Dès que je lui ai ouvert la porte, j'ai vu qu'il était surpris de me trouver dans un petit studio d'étudiante.

— Je m'attendais à quelque chose de plus en rapport avec vos revenus, a-t-il reconnu, me faisant ainsi comprendre qu'il était au courant de mon ancien salaire.

— Je n'étais qu'à l'essai. J'ai cherché à économiser sur ce que je gagnais.

— Admirable. Mais il est vrai que vous avez appris très tôt à faire attention à l'argent. Quoique vous veniez de vous payer une voiture plutôt spectaculaire…

Je me suis forcée à sourire.

— En quoi puis-je vous être utile, monsieur Ames ?

— Je suis venu vous rendre votre passeport, a-t-il annoncé en ouvrant son attaché-case. En ce qui nous concerne, vous êtes maintenant dégagée de tout soupçon. Mais si jamais votre père vous recontacte, évidemment…

— Je vous promets que vous serez le premier prévenu.

— Bien, bien. Et à quoi vous occupez-vous, ces derniers temps ?

— J'ai passé mes journées à la bibliothèque de Harvard, pour essayer de tirer un livre de ma thèse de doctorat.

— Tout aussi admirable. Dans votre cas, avec une indemnité de licenciement pareille, j'en connais plein qui auraient empoché la somme et seraient partis vivre au Mexique.

— Ce qui était impossible pour moi, puisque vous aviez mon passeport…

— Absolument, absolument ! Et si nous vous le rendons aujourd'hui, c'est non seulement parce que nous sommes parvenus à la conclusion que vous n'avez pas aidé consciemment votre père, mais aussi parce que nous savons que vous n'avez participé à aucun des montages financiers illicites dont Freedom Mutual est soupçonné depuis quatre ans.

— Comment ? Je n'étais pas au courant…

— J'ai dit que nous vous croyions, mademoiselle Howard. Cela étant, et si vous y consentez, nous aimerions que vous ayez une petite conversation avec l'un de nos confrères de la Commission des marchés financiers.

— Je vous répète que je ne sais rien, franchement.

— Laissons la SEC s'en assurer, d'accord ?

— Mais j'étais à peine plus qu'une stagiaire…

— Il n'empêche que vous avez probablement été témoin de choses qui pourraient être utiles à leur enquête.

« Gagne du temps… »

— Je dois en parler à mon avocat, d'abord.

— Allons, on ne contacte son avocat que si l'on est coupable.

— Je ne suis coupable de rien, monsieur Ames.

— Dans ce cas, quel besoin de parler à votre avocat ?…

J'ai soutenu le regard attentif qu'il faisait peser sur moi.

— Je dois d'abord consulter mon avocat.

— … À moins que vous ne receviez une citation à comparaître très prochainement, mademoiselle Howard.

Après cette menace à peine voilée, il a pris congé. J'ai bondi sur mon téléphone pour joindre Dwight Hale, qui a écouté patiemment mon récit.

— Vous avez correctement réagi, a-t-il conclu. Vous n'avez aucune information et je veillerai à ce que le FBI comprenne qu'ils ne doivent plus vous importuner.

— Comment pouvez-vous y arriver ?

— J'ai mes méthodes. En fait, ce n'est plus votre problème, mais le mien. Et je vais le régler.

— Mais si Ames revient ?

— Il ne reviendra pas.

— Il a dit que si.

— Croyez-moi, cela ne se produira pas.

— Comment en êtes-vous si sûr ?

— Parce que je suis avocat. À ce stade, je n'ai qu'un conseil à vous donner. Puisque vous avez récupéré votre passeport, pourquoi ne partiriez-vous pas en vacances à l'étranger ? Quinze jours au moins, de préférence.

— Vous me conseillez de prendre la fuite ?

— Je vous conseille de prendre un petit congé hors du pays.

— Et… il faut que je parte tout de suite ?

— À votre place, je changerais d'air au plus vite. Comprenez bien qu'ils ne peuvent rien faire de plus que vous contraindre à témoigner. Vous ne savez rien, vous n'avez rien à craindre. Et si vous êtes en voyage quelque part, ils ne pourront pas vous présenter l'assignation à comparaître. Donc, c'est à vous de choisir. Ou bien vous restez et vous allez vous retrouver dans une procédure pénible, avec toutes sortes d'insinuations et de…

— Quoi ? Même si je suis complètement innocente ?

— Les insinuations sont souvent dirigées contre les innocents. J'essaie simplement de vous épargner quelques mauvais moments. À mon avis, vous avez à peu près quarante-huit heures avant qu'un huissier vienne sonner à votre porte avec un mandat. À vous de voir.

Quarante-huit heures… Sans plus hésiter, j'ai rempli une valise, glissé mon ordinateur portable dans sa sacoche, vidé le frigo de toutes les denrées périssables, rassemblé mon manuscrit et mes dossiers de recherche, payé quelques factures en souffrance. Ensuite, je me suis escrimée à tout caser dans le petit coffre de la Mazda, empilant mes livres et mes papiers sur le siège passager. Installée au volant, j'ai tourné le contact, déclenchant le vrombissement sourd du moteur.

En sortant de ma rue pour me diriger vers l'autoroute, je me suis dit : « Alors, être en fuite, c'est à ça que ça ressemble… » Aussitôt après une autre idée s'est imposée à moi : mon idylle avec l'argent était terminée.

Troisième partie

1

UNE HEURE APRÈS MON DÉPART, J'ARRIVAIS DANS LE MAINE ; encore quarante minutes et je parvenais à la sortie qui conduisait à la I-295 et à la Route 1, au bord de l'océan. Il me suffirait de gagner Bath, puis de tourner à droite sur la 209, pour parvenir à la maison de David à Winnegance en un rien de temps. Une fois là-bas, je pourrais me dire que le chagrin qui continuait à m'habiter en sourdine finirait par passer, un de ces jours. Peut-être quand je tomberais à nouveau amoureuse, si cela était prévu…

Le bon sens a repris ses droits au moment où j'ai vu le dernier panneau annonçant la 295. Abaissant le levier du clignotant, je suis passée dans la file de gauche et j'ai continué ma rapide ascension en direction du nord-est. J'ai laissé derrière moi Lewiston, Waterville, Bangor, avant de m'engager sur une route presque déserte que j'ai suivie pendant près de trois heures, sans rien d'autre alentour que d'épaisses forêts. Il y a eu enfin une grande clairière, quelques maisons groupées dans un avant-poste qui avait pour nom Calais – prononcé « Callus » (cor au pied), ainsi que je l'ai découvert en m'arrêtant un instant à la station-service –, un petit pont que j'ai franchi, une bande de terrain vide et pelé comme un no man's land, et là une modeste guérite ornée d'un drapeau portant une feuille d'érable rouge. J'étais à la frontière.

Une femme corpulente en uniforme vert olive, coiffée d'un chapeau à bord mou qui semblait plus convenir à un garde forestier qu'à un agent des services d'immigration, est venue me parler. Grâce à mon père, natif de Saskatoon, je possédais un passeport canadien en plus de mon passeport américain, détail que le FBI ignorait visiblement, mais je n'avais encore jamais eu l'occasion de m'en servir. L'ayant examiné rapidement, la femme m'a demandé où j'habitais au Canada. Lorsque je lui ai appris que c'était ma première visite, et que je n'allais y passer que quelques semaines, elle a déclaré :

— Si vous décidez que ça vous plaît, il vous faudra demander un numéro d'assurance sociale, sachez-le.

— Merci pour le tuyau.

— Vous avez de l'alcool avec vous ?

— Non.

— Alors, bon retour au pays… si on peut dire.

J'ai passé la première nuit à Saint Andrews, une ville étrange avec son ambiance britannique légèrement décatie. Comme le bed-and-breakfast où j'étais descendue, tout avait un côté poussiéreux qui, dans mon imagination, suggérait le début des années 1960 en Angleterre. Il faisait atrocement froid : moins dix degrés centigrades. Le lendemain matin, en avalant quelques gorgées de café aqueux dans la salle à manger ridiculement surchargée – murs tendus de velours rouge, moquette Axminster dont les motifs surchargés avaient de quoi donner la migraine, je me suis blâmée en silence : « Il n'y a que toi pour avoir plus de deux cent mille dollars en banque et choisir d'aller faire un tour sur la côte atlantique du Canada à la pire saison. »

Après une heure de route, je me suis arrêtée à Saint John, port et centre industriel jadis actif mais désormais ankylosé. Immeubles en briques mal entretenus, magasins déprimants, silhouettes grisâtres, c'était une ville négligée et qui se négligeait, où je ne me suis attardée que le temps de prendre un sandwich immangeable avant de continuer en direction de l'est. Mon étape suivante a été Sackville, juste à la frontière de la province de Nouvelle-Écosse. On y trouve une des meilleures universités canadiennes, Mount Allison, et je me suis immédiatement sentie dans mon élément dans cette architecture néogothique, avec ces cafés et ces bars étudiants, ces librairies d'occasion… Il y avait même un cinéma très années 1950 qui proposait un festival Stanley Kubrick pendant la semaine. Tout cela correspondait à l'image que je m'étais faite de ce coin du Canada, une sorte de cliché idyllique d'un Nouveau Monde anglophile. La vérité, toutefois, c'était qu'à part Sackville, je n'avais aperçu qu'un paysage humain déprimé et même ici, dans cette ville universitaire, le petit hôtel que j'ai trouvé dans la rue principale m'a paru venir tout droit d'un tableau d'Edward Hopper : l'un de ces motels miteux à la tristesse lancinante où l'on s'attend à avoir pour voisine d'étage quelque ancienne danseuse de music-hall noyant chaque soir ses souvenirs dans le Canadian Club, sa chevelure blond décoloré et son maquillage excessif à moitié dissimulés par des nuages de fumée de Chesterfield sans filtre… Le lendemain matin, alors que je prenais mon petit déjeuner dans un café au mobilier fatigué, je me suis dit que je deviendrais folle si j'avais à enseigner sur un petit campus de ce genre. Mon flirt éphémère avec l'aisance matérielle avait irrémédiablement contaminé ma vision du monde.

Reprenant la route, toujours plus à l'est, j'ai atteint Halifax, où je comptais passer deux nuits, ayant lu quelque part que c'était une ville en plein essor, vibrante d'énergie nouvelle. Si j'y ai trouvé une succession de boutiques qui se voulaient à la mode et de restaurants qui se donnaient des airs new-yorkais, le centre-ville, dévoré par le béton, ne m'a pas convaincue, cette fois encore. J'allais changer de cap pour monter en direction de Québec quand j'ai appris par le plus grand des hasards qu'il existait ici une plage répondant au nom fort peu canadien de Martinique.

C'est le réceptionniste de l'hôtel où je résidais qui m'a permis cette découverte lorsque je lui ai déclaré que j'avais changé mes plans et que je partirais dès le lendemain.

— Vous abrégez votre séjour, alors ? s'est-il enquis.

— Je ne pense pas que Halifax à la mi-janvier ait été une très bonne idée de vacances, ai-je reconnu.

— Ah, mais avant de partir, il faut vraiment que vous alliez vous promener un peu à Martinique Beach. Enfin, si ça ne vous dérange pas de marcher dehors quand il fait moins quinze…

— Bah, je viens de Nouvelle-Angleterre où nous randonnons par tous les temps !

La plage était à trois quarts d'heure de Halifax en voiture, une fois franchies des banlieues hideuses avec centres commerciaux, et des petites villes qui manquaient singulièrement de charme champêtre. Au moment où j'allais conclure que cette excursion avait été une piètre idée, la route s'est brusquement rétrécie et, à la sortie d'un tournant, j'ai aperçu l'océan. Ensuite, un bois, encore une vue de l'Atlantique, un hameau, un pont, une grange, une prairie, un autre bout d'immensité marine… C'était comme si la nature taquinait l'automobiliste, lui promettant un accès à la mer qui se dérobait sans cesse.

J'ai continué à la même vitesse en suivant le panneau qui indiquait Martinique Beach. De temps à autre surgissait une maison isolée. Soudain, j'ai émergé des arbres pour longer des dunes dont le sable était hérissé d'une végétation broussailleuse. Bien qu'ayant gardé les deux vitres du roadster fermées à cause du froid, j'entendais le rugissement étouffé du ressac sur la plage toute proche. Je suis arrivée à une aire de stationnement déserte – qui aurait été assez masochiste, à part moi, pour s'aventurer ici un matin de janvier ? Je me suis garée, j'ai remonté la fermeture Éclair de ma parka, enfoncé un bonnet en laine sur mes oreilles, et je me suis risquée dehors.

À propos de froid… Ici, à terrain découvert, avec la bise du nord, le thermomètre devait approcher les moins vingt-cinq. Mais je n'avais pas fait toute cette route pour battre en retraite. J'ai enfoncé mes mains gantées dans mes poches, j'ai descendu la petite passerelle en bois entre deux dunes et je me suis brusquement retrouvée en face de l'Atlantique.

Une plage immense qui s'étendait sur des kilomètres. Par ce temps glacial, on aurait pu se croire aux confins de la toundra sibérienne, ou à l'extrême sud de la Patagonie. Au bout de la Terre. C'était marée basse. Derrière le gémissement constant du vent, le fracas lourd et sourd des rouleaux se répétait à l'infini, un assaut féroce, primordial, d'une solennité biblique. Sous le ciel ardoise, tout avait perdu ses couleurs. Monochrome, vibrante d'air glacé, Martinique Beach avait la beauté primaire d'une création du monde.

J'ai commencé à marcher. Heureusement, j'avais la brise dans le dos, même si le retour risquait d'être moins agréable. Elle était si forte qu'elle me poussait en avant. Tête haute, tâchant de garder les yeux grands ouverts malgré le froid, j'inhalais la vapeur d'embruns salés. Il n'y avait personne d'autre en vue et je me suis dit que si je me foulais la cheville, on ne me retrouverait probablement pas avant plusieurs jours ; à ce moment, j'aurais sans doute été transformée en bloc de glace… L'idée ne m'a pas paniquée, pourtant. C'était peut-être l'euphorie provoquée par la montée d'endorphines dans mon organisme soumis à cette température extrême, au milieu de cette immensité exaltante, ou bien vivais-je une sorte d'extase panthéiste devant la puissance incommensurable de l'ordre naturel, la manifestation de forces dépassant l'entendement d'une humanité souvent sans recours ? Ou, plus simplement, la brutalité du froid et la sombre majesté de ce paysage m'avaient soudain libérée de toutes les incertitudes qui encombraient ma vie. Quoi qu'il en soit, je me sentais légère, portée par les éléments et même, l'espace d'un moment, j'ai éprouvé un sentiment qui ressemblait au bonheur, la perception sans mélange d'être vivante ici et maintenant, dégagée du scénario souvent trop complexe qu'avait été mon existence. Au fond, n'était-ce pas cela, le bonheur ? Une parenthèse pendant laquelle, sans penser au passé ou à l'avenir, on arrive à s'enfuir de soi-même ? Plus de réminiscences venant vous hanter, plus d'appréhensions qui ruinent votre sommeil ; juste la redécouverte que l'instant présent est merveilleux... Avais-je besoin du froid coupant, du vent déchaîné, de la détonation hypnotisante des vagues se brisant sur une plage déserte pour me rappeler qu'être au monde pouvait, en soi, vous rendre heureux ?

J'ai marché encore, plus d'un kilomètre. Il s'est mis à neiger. Cela a d'abord été une douce cascade de flocons hésitants qui s'est vite transformée en mini-blizzard, dense au point de me bloquer la vue. Soudain plongée dans ce vide blanc, je n'ai goûté sa silencieuse sérénité que quelques minutes car une considération plus urgente s'est imposée à moi : il fallait que je retourne à la voiture au plus vite. Tête baissée, j'ai rebroussé chemin en essayant de retrouver mes traces, les yeux brûlés par la neige que le vent me jetait à la figure, les doigts gourds malgré mes gants. Le moment d'intense jubilation avait brusquement cédé la place à une marche pénible.

Et puis, comme par magie, la tempête s'est arrêtée. On aurait cru que quelqu'un avait baissé on ne sait quel interrupteur céleste, me rendant la plage au sable maintenant scintillant de poudre immaculée. Une fois revenue à la voiture, j'ai allumé le moteur, mis le chauffage au maximum. J'ai surpris mon reflet dans le rétroviseur ; ma figure avait viré à l'écarlate, mes cils et mes sourcils étaient blancs de givre. En sentant mon organisme revenir à une température à peu près normale, j'ai été envahie par l'étrange exaltation qui suit le moment où l'on a échappé de justesse à un grave danger. Il n'y a pas de soulagement plus intense que celui-là, quand on se rend compte que l'on est arrivé à se tirer d'un pas qui aurait dû être fatal.

Je suis restée ainsi dix bonnes minutes, attendant d'être complètement dégelée pour retirer ma parka et mes gants avant de retourner à Halifax. Mais juste quand je quittais le chemin conduisant à la plage, j'ai remarqué, accrochée à une boîte aux lettres, une pancarte que le vent secouait follement : À LOUER. APPELEZ SUE : 555.3438, à l'entrée d'une allée que la curiosité m'a poussée à remonter. Au bout d'une centaine de mètres, je suis arrivée devant une maison moderne, de style scandinave, aux volets fermés. Par la porte d'entrée vitrée, j'ai pu voir un living sobrement décoré, avec un poêle ventru dans un coin. Je me suis imaginée assise là, dans le rocking-chair en face du poêle, en train de lire Melville ou Flaubert tout en écoutant de la musique classique à la radio. Prise d'une impulsion, je suis retournée à la pancarte, j'ai sorti mon portable et appelé le numéro indiqué.

La chance était avec moi, puisque Sue Macdonald, qui habitait tout près, se trouvait chez elle.

— Vous voulez vraiment louer la maison ? a-t-elle demandé d'un ton réellement surpris.

— Oui, si elle n'est pas déjà prise.

— Déjà prise ? En janvier, en Nouvelle-Écosse ? Bien sûr qu'elle est libre, crénom ! Bougez pas, j'arrive en moins de deux.

Elle a surgi peu après. La cinquantaine, cheveux gris courts et raides, en jean et cardigan troué aux mites sous un manteau tout droit sorti d'un surplus militaire. Une cigarette vissée au coin de la bouche. Malgré l'air soupçonneux avec lequel elle m'a dévisagée, elle m'a plu tout de suite.

— Vous allez me pardonner la question, a-t-elle commencé tout en ouvrant la porte d'entrée, vous êtes en cavale, ou quelque chose de ce genre ?

— Beaucoup plus banal que ça, ai-je menti. J'ai reçu une assez grosse indemnité après avoir perdu mon emploi et j'ai décidé de me poser dans un endroit tranquille pendant un moment, pour faire le point.

— Ah, ça, vous trouverez pas un coin plus tranquille, c'est sûr ! En hiver, c'est tellement désert ici qu'il y a deux-trois ans on a été obligé de flinguer quelqu'un pour avoir un cimetière !

La maison était dépouillée, comme je m'y attendais, avec un certain charme austère. En plus de quelques pièces de mobilier d'une sévérité toute shaker, il y avait le fameux rocking-chair, un autre fauteuil très confortable, un joli lit à baldaquin dans la seule chambre à coucher de l'étage, une cuisine aménagée de manière fonctionnelle, un gros poste de radio à ondes courtes près du poêle, et pas de téléviseur.

— Bon, j'imagine que vous avez deux questions, a repris Sue. Un : « Comment je vais arriver à chauffer cette baraque ? », et deux : « Combien ça va me coûter ? » Il y a une chaudière à mazout, que je laisse hors gel pour que les canalisations n'explosent pas. Si vous vous décidez à louer, je l'allume tout de suite et vous entrerez dans une maison bien chaude demain. Derrière la cuisine, vous avez une remise avec trois stères de bûches dont vous pouvez vous servir pour le poêle. Tout le reste est électrique, donc vous n'aurez pas besoin d'allumer une flambée pour cuisiner... Attendez, qu'est-ce que vous m'avez dit que vous faisiez, dans la vie ?

— J'ai rien dit, mais j'étais dans la finance. Et maintenant, j'essaie de terminer un livre à partir de ma thèse de doctorat.

— Non ! Vous avez un doctorat ?

— Oui.

— D'où ça ?

— Harvard.

— J'connais de nom. Et c'était sur quoi, cette thèse ? (Pendant que je le lui expliquais, elle a allumé une autre cigarette.) Hé, moi aussi, j'ai commencé un doctorat en littérature, tout comme vous ! « Jane Austen et le romantisme bla-bla-bla »...

— Vous ne l'avez jamais terminé ?

— Un été, quand j'étais encore à McGill, je suis revenue ici, je me suis fait mettre en cloque par un pêcheur du coin et j'ai été assez débile pour dire au revoir à Montréal et aux études. Plus que ça, même : pour vivre avec ce connard pendant vingt ans.

— Et ensuite ?

— Ensuite, ce salaud a eu le toupet de claquer d'une crise cardiaque sans prévenir, et de me briser le cœur par la même occasion.

— Je suis désolée.

— Pas autant que moi.

— Quand est-ce arrivé ?

— Il y a onze ans. Et ça fait encore aussi mal que si c'était hier... Mais écoutez-moi un peu, à m'apitoyer sur moi-même comme une midinette ! Enfin, le loyer, c'est cent par semaine. Ça comprend les draps et les serviettes changés deux fois par semaine, et aussi une fille du village qui vient faire le ménage tous les mardis. Combien de temps vous comptez vous cacher ici ?

— Deux semaines, je pense, peut-être trois.

— Vous n'avez pas vraiment pas de plan précis, à ce que je vois ?

— À part terminer mon livre ? Non, aucun.

Avec le recul, les trois semaines qui ont suivi ont compté parmi les plus belles de ma vie. Il y a une pensée de Pascal que l'on cite souvent, selon laquelle tous le malheur des hommes vient de ne pas savoir « demeurer en repos dans une chambre » ; pendant ces jours bénis, je n'ai pas été inactive, mais j'ai passé la majeure partie de mon temps seule dans une pièce. Et cela m'a parfaitement convenu.

Je suis revenue m'installer dans la maison de Sue l'après-midi même. Elle avait non seulement tout dépoussiéré mais le poêle ronflait agréablement, un bouquet de fleurs ornait la table du living et la table de nuit, il y avait du lait frais et du fromage dans le réfrigérateur. Plus encore, ma propriétaire avait laissé deux bouteilles de vin de Nouvelle-Écosse près du rocking-chair, avec un mot :

J'espère que vous serez à votre aise. Je me tire d'ici aujourd'hui même, en route vers des cieux plus sereins, autrement dit ce paradis des ploucs yankees qu'est la Floride. Marge, la fille qui s'occupe du ménage, passera deux fois par semaine changer les draps et ranger un peu. Si vous voulez rester plus de quinze jours, pas de souci : laissez l'argent à Marge. Je vous souhaite d'atteindre l'objectif que vous vous êtes fixé.

S.

J'ai déballé mes affaires avec pour fond sonore CBC Radio 2, la station de radio classique locale. Un bout de la longue table du salon est devenu mon bureau, mon manuscrit posé en pile à côté de l'ordinateur portable et une batterie de crayons bien taillés alignés à portée de main. Le lendemain, j'étais debout à six heures du matin. Un bol de bouillie d'avoine, du café, puis, alors que le jour se levait, j'ai marché quarante-cinq minutes jusqu'à la plage et retour. D'après le thermomètre cloué à la porte de la maison, il faisait moins cinq, et comme il n'y avait pas un soupçon de vent les conditions étaient idéales pour cette marche matinale. Revenue à huit heures et quart, bien réveillée par l'air marin, l'esprit alerte, prête au travail.

Et je n'ai pas chômé. Cinq heures de révision du manuscrit chaque matin. J'avançais vite, et avec plaisir, coupant les digressions, affinant l'argumentation, injectant ce que j'espérais être un certain brio à un ouvrage qui restait encore très académique. Le programme que je m'étais fixé était immuable : réveil avant l'aube, petit déjeuner, une heure et demie de marche sur la plage

– pourquoi pas plus ou pas moins ? Je l'ignore : cela s'était mis en place ainsi –, puis relecture jusqu'au déjeuner, puis encore deux heures de travail, puis une autre promenade au bord de la mer, lecture, dîner, lecture encore, et extinction des feux tous les soirs à dix heures.

Pourquoi ce besoin d'un horaire aussi rigide ? La discipline, c'est avant tout la mise en place du contrôle de soi, l'idée qu'en s'astreignant à des règles d'airain et en évitant les distractions on parviendra à se tenir loin du grand désordre du monde. C'est sans doute cette conviction qui me tirait du lit chaque jour mieux qu'un radio-réveil. Cela m'épargnait de me demander si le FBI était à ma recherche, et aussi d'ignorer la petite voix en moi qui me disait que personne n'ouvrirait jamais le livre que j'étais en train de peaufiner. Qu'importe, mon manuscrit était pour l'heure la seule source d'équilibre dans ma vie, un but tangible, une *raison d'être*, comme disent les Français. Était-ce le remords qui me poussait en avant, également ? À chacune de mes randonnées sur la plage, je pensais à David, combien, à chaque heure de la journée, il me manquait, à son amour des promenades à Popham ; je croyais voir son corps inanimé sur la petite route, j'imaginais son expression étonnée, un peu incrédule, comme s'il s'était dit : « Quoi, c'est fini ? » ; je tentais de me convaincre que son appétit de la vie avait été trop grand pour qu'il ait cherché volontairement à se tuer, qu'il n'aurait jamais pu parvenir à un tel degré de désespoir.

J'avais écrit une thèse avec l'aide d'un homme que j'aimais et qui était mort à deux pas d'une plage de l'Atlantique pour me retrouver dans une maison de location au bord d'une autre plage de ce même océan, afin de terminer la transformation de cette thèse en livre… Ah, comme nous sommes tous prisonniers de notre passé ! Pourquoi n'arrivons-nous jamais à nous libérer réellement du fardeau que nous transportons, de sorte que celui-ci finit par gouverner notre existence ?

Je n'avais pas de réponse. Je me contentais de poursuivre mon labeur, sans contact avec le reste de l'humanité, sans autre intrusion que les bulletins d'information à la radio. Réduisez votre quotidien à l'essentiel et vous verrez que vous pouvez vivre très agréablement, à condition de ne pas chercher à tenter quoi que ce soit.

Mes scrupules – toujours – m'ont néanmoins poussée à appeler ma mère une fois pendant ma retraite à Martinique Beach. J'ai entamé la conversation en lâchant enfin la bombe de mon départ de Freedom Mutual. Sa réaction a été typique :

— Ah, ton père va être tellement déçu ! Il désirait tant que tu réussisses, pour une fois…

Comme d'habitude, j'ai encaissé le coup et refoulé ma colère. Quand je lui ai rapidement décrit mon travail sur le manuscrit, elle a concédé :

— J'imagine que ça doit occuper tes journées, maintenant. Tu enverras un exemplaire à la bibliothèque, s'il est jamais publié ?

— Promis, maman.

Il y a eu un silence, puis :

— Je suis très fâchée contre toi à propos de quelque chose, Jane.

— Ah oui ? Quoi donc ?

— J'ai eu la visite de deux hommes du FBI, à la bibliothèque. D'après ce que j'ai compris, ton père a été accusé à tort de je ne sais quelle embrouille financière…

— « Accusé à tort » ? me suis-je écriée.

— Oui, et ne prends pas ce ton étonné. Ton père est un homme d'affaires exceptionnel qui ne…

— Mon père est un escroc.

— Comment ? Alors, tu as gobé ce que ces gens t'ont raconté ?

— D'où tu tiens qu'ils m'ont mise au courant ?

— D'un certain agent Ames. Il m'a dit qu'ils t'avaient interrogée et que tu leur avais rapporté tout ce que tu savais des occupations de ton père.

— C'est-à-dire presque rien.

— Il n'empêche que tu as coopéré.

— C'est le FBI, maman. Et puis quoi, il a trompé ses plus proches amis, il m'a soutiré dix mille dollars, à moi, sa fille, il…

— Je n'écouterai pas ces balivernes.

— Bien sûr que non ! Ça te ferait trop mal, d'admettre la vérité. Parce que ce serait reconnaître que tu as…

— Je vais raccrocher, Jane.

— C'est à cause de lui que j'ai perdu mon emploi.

— N'essaie pas d'en rejeter la responsabilité sur ton père.

— Moi ? Rejeter la responsabilité sur lui ? Ils ne t'ont pas dit ce qu'il a fait ?

— Ils m'ont exposé plein de demi-vérités. Et ils m'ont demandé s'il m'avait contactée. Apparemment, il a dû se mettre à l'abri à cause de ton incroyable…

J'ai refermé mon portable d'un geste rageur. Il ne me restait plus qu'à me rabattre sur ce qui m'avait toujours sauvée lorsque le monde entier m'indignait : le travail. Les quatre jours suivants, j'ai à peine levé le nez de mes textes, mais malgré tous mes efforts de concentration l'image de mon père n'a cessé de revenir me hanter. Depuis sa fuite, je m'étais souvent demandé où il pouvait être. Vivait-il sous un faux nom dans quelque station balnéaire bas de gamme d'Amérique du Sud ? Avait-il transformé son apparence, acheté un passeport uruguayen au marché noir et débusqué *una puta* de vingt ans prête à partager son existence de fugitif ? Ou bien était-il revenu clandestinement aux États-Unis et, muni d'un faux numéro de Sécurité sociale, survivait-il de la charité publique dans une banlieue anonyme ?

J'aurais voulu oublier jusqu'à son souvenir, mais est-il possible d'expulser de son subconscient un père ou une mère, si néfastes aient-ils été ? Même si on parvient à surmonter les dommages psychologiques qu'ils ont causés, ils demeurent une présence entêtée, un stigmate véritable.

La fureur est toutefois un puissant carburant, quand on sait en canaliser les vapeurs toxiques, et c'est pourquoi mes huit heures de travail quotidiennes se sont allongées jusqu'à dix. Bientôt, j'en suis arrivée aussi à bûcher la moitié de la nuit, jetée hors du lit par l'insomnie bien avant l'aube, me contentant de cinq heures de sommeil. Hormis mes deux promenades sur la plage et de très rares visites au magasin local pour me réapprovisionner, je ne faisais rien d'autre que parfaire mon manuscrit.

La conclusion est arrivée à six heures du soir le troisième dimanche après mon arrivée. La dernière phrase. Pendant quelques minutes, mes yeux hagards sont restés fixés sur l'écran. « Et après tout ça, il ne sera jamais publié », ai-je constaté en silence, à la fois soulagée et déprimée d'avoir terminé.

Le lendemain, après le petit déjeuner et les quarante-cinq minutes de promenade dans le froid, j'ai regagné la civilisation, en l'occurrence Halifax, où mon premier arrêt a été un cybercafé de Spring Garden Road. Ma messagerie électronique était presque vide. Un communiqué maternel de trois lignes – « J'espère que tu as cessé de me faire la tête. On croirait que tout ce que je dis te met sens dessus dessous. Un coup de fil de ta part ne serait pas malvenu » –, un e-mail rassurant en provenance de Dwight Hale, qui estimait que je pouvais rentrer quand je le souhaiterais, car le

FBI n'avait pas manifesté l'intention de m'interroger plus avant, un bref message de Christy – « Tu as encore pris la poudre d'escampette ? Fais-moi au moins savoir où tu es et si tu vas bien. » – Et, enfin, un courrier du service du personnel à Harvard :

Chère mademoiselle Howard,
Nous avons pris acte de votre réinscription sur la liste de candidatures universitaires. Nous vous remercions de nous contacter dès que possible au sujet d'un poste qui est à pourvoir au département de littérature de l'université de Nouvelle-Angleterre.

Sincèrement,
Margaret Noonan.

Je me suis mordu la lèvre. Une université publique, l'un de ces établissements de troisième catégorie destinés à des jeunes qui, après s'être tourné les pouces au lycée, comptaient faire de même dans l'enseignement supérieur. Mais au moins, c'était une offre, et, en dépit de mon compte en banque encore bien garni, je ne cessais de me répéter que je devais me hâter de retrouver un salaire. Si j'avais été d'un tempérament moins inquiet, j'aurais peut-être pris le risque d'aller passer un an à Paris, ou de jouer les routardes en Amérique latine… Mais la perspective d'un poste sur un campus, peu prestigieux mais situé à Boston, me paraissait plus raisonnable.

En ce matin gris à Halifax, Canada, j'ai vu se dérouler devant moi l'option qu'il ne fallait pas prendre : donner mon accord à Margaret Noonan, revenir à Boston, me rendre à l'entretien, commencer d'emblée comme professeur titulaire et avoir tout le temps de me repentir de m'être fourrée dans une impasse professionnelle.

Une fois encore, le besoin de sécurité, cette pulsion qui nous conduit si souvent à de mauvais choix, a triomphé. « N'appelle pas Harvard », m'étais-je intimé dans le cybercafé de Halifax ; peu après, cependant, j'ai contacté le bureau de placement et j'ai été embauchée.

Et même s'il m'arrive encore de me demander pourquoi j'ai fait ce choix, ce jour-là, je connais précisément les raisons qui m'y ont poussée.

2

MON BUREAU À L'UNIVERSITÉ DE NOUVELLE-ANGLETERRE était plus une cave qu'autre chose, un petit cube en sous-sol vaguement éclairé par un demi-soupirail à la vitre toujours maculée de boue. Quand il neigeait – et il y eut beaucoup de neige à Boston, cet hiver-là –, la fosse devant le soupirail se bouchait et je devais me contenter de la lumière agressive des néons.

— C'est au dernier arrivé qu'on réserve ce bureau, surnommé le « Trou noir », m'avait prévenue Daniel Sanders, le chef du département, le jour où il m'avait proposé le poste.

C'était un poste de maître-assistant en littérature qui s'était soudainement libéré : la titulaire, une certaine Deborah Holder, spécialiste des écrivains américains du début du XXe, avait été emportée en trois mois par un cancer de l'estomac.

— Tout le monde adorait Debbie, ici, m'a raconté Sanders au cours du déjeuner qui a suivi notre premier entretien. Elle venait d'avoir trente et un ans, mariée, avec un fils encore tout petit, elle était adulée par ses étudiants, elle avait un bel avenir universitaire devant elle, et elle le méritait. Exceptionnelle ; et charmante, en plus. Ce n'est sans doute pas très habile de vous dire tout ça maintenant, mais je préfère que vous soyez tout de suite au courant de l'éclat de la personne à laquelle vous allez succéder plutôt que de le découvrir par les remarques de vos collègues.

— Je vous remercie d'être aussi direct.

— Je suis comme ça. Et je vais l'être encore sur quelques points. Pour commencer, ce poste est titularisable, comme je vous l'ai dit, mais vous n'obtiendrez pas le statut de professeur titulaire si vous ne publiez rien pendant les quatre premières années de votre présence ici. Par conséquent, je vous conseille de trouver au plus vite un bon éditeur universitaire pour le manuscrit dont vous m'avez parlé. Deuxième chose sur laquelle je serai très franc : beaucoup ici savent que vous étiez sentimentalement liée à David Henry.

— Ah… je vois.

— Je ne vous dis pas ça pour vous embarrasser, ni pour vous juger de quelque manière que ce soit. Mais vous devez savoir qu'après avoir reçu votre candidature j'ai parlé au professeur Hawthorden à Harvard. Il n'a eu que des compliments sur votre compte, mais j'ai été obligé de lui demander si votre liaison avec Henry lui avait créé des difficultés ou avait eu un impact négatif sur le fonctionnement de son département. Il m'a répondu que vous vous étiez montrée d'une discrétion remarquable, sur ce plan, et…

— C'est du passé, professeur, l'ai-je interrompu, et j'espère que mes collègues ne vont pas me considérer à travers le prisme d'une histoire qui est toujours restée strictement personnelle et qui n'a eu aucune influence sur ma thèse.

— … que le jury de doctorat a énormément appréciée, a-t-il complété. Je ne vous aurais pas proposé ce poste si je n'avais pas été certain de ce que vous venez de me dire, et si je ne me doutais pas que vous considérez que ce genre de… « relation » appartient au passé et ne se reproduira pas à l'avenir.

— Ce qui s'est passé entre le professeur Henry et moi ne pourra jamais se reproduire, monsieur Sanders.

Une fois encore, je devais constater la fatalité de l'un des grands principes de la condition humaine : les répercussions de choix anciens se font sentir dans tout ce qui vous arrive par la suite ; avec un peu de chance, leur écho ne résonne que dans la sphère la plus privée qui soit, celle de la conscience, mais que vos actes tombent d'une façon ou d'une autre dans le domaine public, et ils projetteront à jamais sur vous une ombre soupçonneuse.

Le professeur Sanders a néanmoins estimé que les garanties que je venais de lui offrir étaient suffisantes. Aussitôt, il m'a annoncé que le poste me revenait à condition que je puisse débuter le lundi suivant, soit quatre jours seulement après cette discussion.

— Pas de problème, l'ai-je rassuré, mais j'ai besoin de regarder le programme que le professeur Holder avait prévu pour l'année.

Notre déjeuner achevé, Sanders m'a emmenée au bureau de Deborah Holder. Sa présence était encore palpable dans cette pièce aux rayonnages chargés de livres. J'y ai remarqué plusieurs éditions originales d'Emily Dickinson et de Sinclair Lewis, des liasses de papiers, une carte du métro parisien encadrée et un panneau en liège couvert de photos personnelles. Deborah Holder avait été une jolie jeune femme aux cheveux noirs ramassés en queue-de-cheval, au sourire chaleureux. À voir les clichés, sa tenue préférée consistait en un jean et un pull en shetland, ce qui était aussi le cas du trentenaire barbu qui apparaissait souvent à côté d'elle, sans doute son mari. Et puis il y avait les nombreux instantanés d'un petit garçon à différents âges ; sur le plus récent, il devait avoir quatre ans et ses bras menus étaient passés autour du cou de sa mère désormais amaigrie, pâle, la tête couverte d'un foulard destiné à masquer la perte de ses cheveux. Comme s'il avait suivi le cours de mes pensées, Daniel Sanders m'a confié à voix basse :

— Elle a quitté volontairement l'hôpital après sa dernière séance de chimiothérapie. Elle disait qu'elle se sentait assez bien pour reprendre ses cours. En fait, on a appris par la suite ce que les médecins lui avaient dit : il n'y avait plus rien à tenter contre la maladie. Elle a tenu à revenir vers ses étudiants tout en gardant pour elle ce diagnostic sans espoir. Évidemment, nous pourrions demander à son mari de venir chercher ses affaires pour que vous vous installiez ici. Autrement, il y a un autre bureau disponible, mais je dois vous dire qu'il n'est pas très spacieux, et même franchement étouffant…

— Je prendrai l'autre.

Après avoir hoché la tête en signe d'assentiment, Sanders m'a conduite dans son propre bureau, une grande pièce aux murs tapissés de livres, avec une belle table en chêne, un tapis persan agréablement usé qui dissimulait le triste linoléum des bâtiments administratifs et plusieurs vues de Londres au XVIIIe siècle signées Hogarth – il était lui-même spécialiste de Jonathan Swift et de ses contemporains. Il m'a fait signe de m'installer dans le fauteuil club en face de son poste de travail.

— Je ne sais pas ce que vous en pensez mais quant à moi, une bonne rasade de whisky ne me ferait pas de mal. Chaque fois que je dois retourner dans le bureau de Deborah…

Il n'a pas terminé sa phrase.

— Je ne dirais pas non, ai-je murmuré.

Il a sorti d'un meuble classeur une bouteille de Teachers et deux verres.

— Ça fait très Philip Marlowe, non ? a-t-il observé en me servant la première.

— J'ignorais que vous étiez aussi un expert de Raymond Chandler, ai-je plaisanté.

— Ah, non ! J'ai commis l'erreur de m'enfermer dans l'époque de George III. Vous, au moins, vous travaillez sur quelque chose de plus concret, de plus moderne, de plus en rapport avec les problèmes que nous avons dans ce pays.

— Est-ce que la recherche universitaire doit se limiter à ce qui concerne les préoccupations contemporaines ? ai-je demandé en trinquant avec lui.

— D'après les béotiens qui siègent au conseil d'administration de l'université, oui. Ils ont déjà du mal à accepter de financer les sciences humaines, alors tout ce qui touche à des temps reculés... Pardon, je commence à ronchonner !

— Vous n'avez pas à vous excuser. Votre indignation paraît très justifiée.

— Vous qui avez été à Smith et à Harvard, vous devez comprendre que nos étudiants sont en majorité des éléments qui n'ont pas brillé au lycée et qui ne vont pas vous impressionner avec leurs idées sur *Sister Carrie* ou d'autres livres de Dreiser. Cela dit, étant donné la compétition aberrante qui régit désormais le système universitaire de ce pays, nous recevons ici des première année dont le niveau a un peu augmenté. J'entends par là qu'ils ne sont pas complètement bouchés, même si aucunement motivés... Allons, voilà que je recommence à bougonner... (Il a ouvert un tiroir et en a sorti trois épais dossiers.) Ce sont les notes de préparation de cours que Debbie Holder a laissées. Si vous voulez être prête lundi matin, vous allez avoir un week-end chargé.

En effet. Revenue chez moi dès la fin de l'entretien, je me suis immédiatement plongée dans les papiers du professeur Holder et je ne les ai pas quittés pendant les deux jours suivants. Je me sentais un peu comme une voleuse, à parcourir les notes d'une disparue pour découvrir l'orientation qu'elle avait voulu donner à ses cours, sa vision personnelle de l'école réaliste américaine ou de la poésie de Dickinson. Si je me retrouvais parfois totalement en désaccord avec elle, j'ai été profondément impressionnée par son analyse de la prosodie et de l'inclination métaphysique de la célèbre poétesse. La passion et la pénétration que Deborah manifestait dans son approche critique étaient intimidantes, au point que j'ai dû convenir qu'elle m'était supérieure sur le plan des connaissances accumulées et de la subtilité analytique. Il y avait un certain dépit dans ce constat bien sûr mais, outre la conscience de mes propres limites, la lecture de ces notes m'a inspiré une grande tristesse : je me rendais compte avec toujours plus d'acuité que la disparition de Deborah Holder constituait une perte énorme pour les historiens de la littérature.

Le lundi matin, en arrivant sur le campus, mon anxiété était à son comble. Non seulement c'était ma toute première journée d'enseignante, mais en entrant dans la salle de cours avec un sourire que je voulais assuré je n'ai pu repousser une idée accablante : « Ils sont tous en train de se dire que je ne suis pas Deborah Holder… »

Le premier cours de la matinée portait sur « La singularité en Amérique », une étude des tendances poétiques expérimentales, depuis Ezra Pound jusqu'à Allen Ginsberg. D'après ses notes, Deborah Holder avait prévu de commencer en étudiant le poème de Wallace Stevens « Thirteen Ways of Looking at a Blackbird » (« Treize façons de regarder un merle »), ce monument de virtuosité qui fascinait tant mon amie Christy. Debout au pupitre, j'ai observé un instant mes dix-sept étudiants, dont j'avais tenu à apprendre les noms par cœur pendant le week-end. Ils paraissaient tous à moitié endormis, accablés d'ennui à l'avance. J'ai inscrit au tableau noir mon nom et mon numéro de poste téléphonique. Mes doigts tremblants menaçaient à tout moment de lâcher le bout de craie.

J'avais le trac, tout simplement. Comme toutes les formes de nervosité exacerbée, il naît d'une appréhension irrationnelle commune à tous les êtres humains, en particulier les adultes : celle d'être « démasqué », de trahir par quelques mots mal choisis l'intrinsèque supercherie de sa position d'autorité, de révéler au monde entier que l'on ne croit pas soi-même une minute à ce que l'on prétend être. J'ai fermé les yeux une seconde en me disant que je devais continuer à tenir mon rôle sur scène, coûte que coûte, puis je me suis retournée pour faire face à ma classe.

— Bien, commençons.

Après avoir inspiré profondément, je me suis mise à parler, mon incertitude initiale cédant peu à peu le pas à la sensation que mon discours était convaincant. J'ai d'abord reconnu la difficulté qui consistait à reprendre le cours de Deborah Holder, ne prétendant pas me substituer à quelqu'un en tout point irremplaçable, puis j'en suis venue au poème de Stevens en remarquant que celui-ci se focalisait sur une idée à la fois simple et complexe, ainsi que le titre le résumait.

— « Regarder », interpréter ce que le monde nous offre détermine en grande partie le cours de notre existence. La perception est la source de tout. Chacun de nous choisit la manière dont il ou elle veut considérer la réalité. Cette perception se transforme avec l'âge, certainement, mais nous restons toujours conscients qu'il y a au moins « treize façons de regarder un merle », comme Stevens le dit si pertinemment. Comme tant d'aspects de la vie qui se situent au-delà du constat empirique, il n'existe pas d'unicité de point de vue. Là encore, la subjectivité domine.

Tout en percevant que certains concepts employés avaient quelque peu dérouté mes jeunes auditeurs, j'étais toutefois satisfaite de cette première prestation et j'ai été presque certaine d'avoir retenu leur attention. Pendant un moment, en tout cas.

Le cours suivant (« Le naturalisme américain ») a été nettement plus éprouvant. Il y avait plus de soixante-dix étudiants dans l'amphithéâtre, dont une majorité de joueurs de football bornés qui avaient visiblement été obligés de s'inscrire à cette unité de valeur pour valider leur bourse « sport-études ». Des garçons bruyants, rouleurs de mécaniques, qui s'étaient installés en groupe et ne cessaient de chuchoter bruyamment ou de se passer des mots qu'ils croyaient sans doute spirituels. Essaimées, il y avait plusieurs filles blondes et bien bâties, le genre de pom-pom girls qui portent invariablement un prénom du genre Trish ou Bobbi, ont des parents pleins de fric et finissent invariablement par épouser ces costauds à cervelle de moineau qui étaient en train de saboter mon cours.

J'ai abordé la scène du procès dans *Une tragédie américaine*, le moment où George reconnaît avoir « pensé » à tuer sa petite amie enceinte, en essayant de montrer comment Dreiser traite le thème de la culpabilité et du besoin que nous avons toujours de confesser n'importe quoi, même si cela doit entraîner notre destruction. Alors que je commençais à prendre goût à ma démonstration, le plus baraqué et le plus insolent des footballeurs s'est ostensiblement retourné sur sa chaise pour entamer une conversation ponctuée de gloussements avec l'une des majorettes. Sans finir la phrase que je venais d'entamer, je me suis exclamée :

— Vous !

Le goujat a continué comme si de rien n'était.

— Vous !

Aucun effet.

Jetant mon stylo sur le pupitre, je me suis précipitée dans la rangée où il était assis. Il jacassait toujours avec la petite bimbo.

— Vous !

Il a enfin levé les yeux vers moi.

— Vous avez un problème ?

— Quel est votre nom ?

— Pourquoi, qu'est-ce qu'il y a ?

— C'est mon cours, mon amphi, et vous vous conduisez comme un malotru !

Se tournant vers ses comparses, il leur a adressé une grimace qui voulait dire : « Non, mais vous l'avez vue, celle-là ? Et les grands mots qu'elle emploie ! » J'ai pris un ton glacial :

— Votre nom. (Comme il faisait toujours le singe, j'ai asséné un grand coup de poing sur sa table.) Votre nom, tout de suite.

Un silence stupéfait s'est établi. Le footballeux était en train de se rendre compte qu'il avait franchi la ligne de hors-jeu.

— Michaels, a-t-il fini par lâcher.

— Eh bien, monsieur Michaels, ramassez vos affaires et sortez. Je ferai un rapport au doyen.

Il m'a regardée avec de grands yeux.

— Vous... Vous pouvez pas faire ça, a-t-il bredouillé avec l'air affolé d'un gamin pris sur le fait.

— Et comment ! Le doyen aura mon rapport, et je vous demande de quitter cette salle immédiatement.

— Si on me colle un rapport, ce sera...

— Il n'y a pas de « si », monsieur Michaels. Il est pratiquement prêt.

Je suis retournée sur l'estrade. Michaels, qui n'avait pas bougé, a cherché du regard le soutien de ses acolytes, mais soudain ils semblaient tous plus intéressés par leurs pieds ou par le plafond.

— Vous nous faites attendre, monsieur Michaels, ai-je insisté. Ou bien dois-je prévenir le service de sécurité ? Dans ce cas, cela entraînera votre mise à pied immédiate. (Encore un silence, encore un regard affolé de l'intéressé autour de lui.) Je vous le répète une dernière fois, monsieur Michaels : voici la porte, sortez !

Les traits maintenant convulsés par la rage, l'étudiant s'est levé d'un bond, a empoigné ses livres et son sac et a quitté la salle d'un pas furieux. J'ai laissé passer une quinzaine de secondes avant de demander d'un ton tranquille à la classe abasourdie :

— Bien, où est-ce que nous en étions ?

Mon cours terminé, je suis allée à mon bureau et j'ai rédigé ma lettre au doyen en rapportant fidèlement les événements et les raisons de l'expulsion de Michaels. À l'université de Nouvelle-Angleterre, cette procédure était une affaire plutôt sérieuse, ainsi que je l'avais lu dans l'épais règlement intérieur dont le professeur Sanders m'avait donné un exemplaire la semaine précédente. Avant de passer à l'acte, j'avais relu l'article stipulant qu'un appel au doyen pour motif disciplinaire ne devait se faire qu'en cas de « manquement grave aux usages sociaux et aux principes de la vie universitaire, ou dans le cas d'actes compromettant la sécurité ou le droit à l'étude », clause que j'ai citée dans mon rapport. Je l'ai adressée au professeur Sanders, avec une copie à Alma Carew, la secrétaire du Conseil des étudiants du campus. Une heure après, on a frappé à ma porte. C'était Sanders.

— Eh bien, vous avez eu une première journée un peu agitée, a-t-il commencé.

— Je ne vais pas me laisser insulter par un étudiant, professeur.

— Il paraît que vous avez eu recours à la force physique ?

— Quoi ? C'est Michaels qui vous a raconté une chose pareille ?

— Non. C'est ce qu'il a raconté à son entraîneur. Il lui a aussi dit que c'était son deuxième rapport en un trimestre, ce qui signifierait son exclusion temporaire de l'université jusqu'à la rentrée prochaine.

— Pour qu'il ne rate pas le début de la saison de football, oui.

— Il est dans l'équipe de hockey, Jane. C'est le capitaine, même, et également un crétin notoire. Il a récolté son premier avertissement pour avoir allumé des pétards dans les toilettes de l'une des résidences des filles. Très élégant, le bonhomme…

— Je puis vous assurer que je n'ai exercé aucune violence à son encontre.

— Mais vous avez frappé du poing sur sa table.

— En effet. Seulement pour qu'il arrête de faire comme si je n'étais pas là et qu'il…

— Je sais, je sais. J'ai eu la version complète de l'incident par l'un de mes espions de ce cours.

— L'un de vos… Je ne savais pas que j'étais placée sous surveillance, professeur.

— Soyez contente de l'être. Cette personne m'a confirmé votre version des faits et affirme que Michaels méritait amplement d'être mis à la porte du cours.

— Et quelle est cette « personne » ?

— Vous ne voudriez pas que je révèle mes sources, n'est-ce pas ? Je peux juste vous dire que cette… euh, étudiante, a été très impressionnée par votre refus de vous laisser marcher sur les pieds. Michaels est le genre de brute qui a très bien compris comment se servir de son pouvoir d'intimidation. Vous lui avez tenu tête, et je vous en félicite, mais nous avons néanmoins un problème : ce balourd est non seulement le capitaine de la sélection de hockey mais aussi « le pivot de toute la structure offensive de l'équipe », pour reprendre les termes ronflants de leur entraîneur. Ils ont un match important contre l'université du Massachusetts ce week-end, et si nous n'avons pas d'autre choix que de lui infliger un deuxième avertissement il sera suspendu sur-le-champ. Au cas où nous perdrions ce match à cause de son absence, les gens vont…

— … me donner le mauvais rôle dans cette histoire.

— Absolument. Et le département de littérature en prendra pour son grade, également. Pour tous nos administrateurs obsédés de sport, nous aurons coûté une rencontre importante à l'université, la privant ainsi de la possibilité de remporter cette stupide coupe dont ils rêvent debout et dont je me moque comme de ma première chemise, personnellement. Mais ce pourrait être la cause d'un sérieux retour de bâton, quand nous allons plaider pour le maintien de notre malheureux budget l'an prochain.

— Donc, vous voulez que je revienne sur mon rapport.

— Pas moi. Mais c'est ce que veut la secrétaire du Conseil des étudiants, et le directeur des programmes sportifs, et la coordinatrice des subventions académiques, et même le président de l'université en personne. Pour ma part, cette affaire me tracasse uniquement à cause des conséquences qu'elle risque d'avoir sur mon… sur notre département.

— Et si je refuse ?

— Vous ne me rendrez pas service. Et vous vous retrouverez sur un terrain difficile dès vos débuts ici. Enfin, je ne peux pas et je ne veux pas peser sur votre décision, même si je dirais que, très franchement, je préférerais que vous fermiez les yeux sur les manières exécrables de cet imbécile, pour cette fois.

— Il va me falloir des excuses de sa part. Des excuses écrites.

— Je suis sûr que c'est faisable.

— Je vais avoir aussi besoin qu'il s'engage à ne plus se conduire de la sorte dans mon cours.

— Pas de problème non plus. Je vous suis extrêmement reconnaissant, Jane. Vous m'épargnez un sérieux mal de tête.

La lettre d'excuses m'est parvenue dès le lendemain matin. Gribouillée en hâte sur la feuille arrachée d'un calepin, et formulée d'une manière telle que le mépris de Michaels à mon encontre n'était même pas dissimulé :

Chère Professeur Howard,

Je regrette mon attitude en cours hier. Ça n'arrivera plus, OK ?

Frémissante de rage, j'ai failli courir au bureau de Sanders et lui mettre ce torchon sous le nez, en soulignant que c'était la récompense à laquelle il fallait s'attendre lorsqu'on permettait aux mufles de s'en tirer à si bon compte. Mais j'ai préféré ruminer ma colère toute seule.

Le mercredi, ma conférence sur les modernistes américains s'est déroulée sans encombres. À propos du texte de Wallace Stevens sur la « fiction suprême ». J'ai développé son idée qu'« il faut voir le monde avec un œil neuf, et sentir qu'on peut le réinventer ». J'ai notamment souligné que c'était l'une des convictions les plus américaines qui soient, mais que Stevens la nuançait en rappelant que notre façon de voir une chose détermine ce que cette chose représente pour nous. Et peut-être nous dit-il par là que la seule possibilité d'échapper à une réalité imposée, c'est d'accepter le fait que nous devons nous débrouiller pour réinterpréter ce que nous avons sous les yeux chaque jour.

Les étudiants ont suivi avec une relative concentration, posant quelques questions pertinentes à la fin. L'une, cependant, m'a tout de suite paru bien au-dessus de la moyenne. Si elle ne s'était pas manifestée à mon premier cours, elle a levé la main à la fin de mon exposé et, d'une voix altérée par la timidité :

— Est-ce que vous pensez que la profession très traditionnelle de Stevens est ce qui l'a poussé sur la voie de l'expérimentation littéraire ? Comme une réaction à sa réalité ?

Je suis restée ébahie quelques secondes, puis :

— C'est une excellente question, mademoiselle… ?

— Quastoff. Lorrie Quastoff.

Elle gardait les yeux baissés.

— Très bien, Lorrie. Et pourquoi vous ne me diriez pas, à moi et à toute la classe, ce que vous en pensez ?

— Moi ? Non merci.

— Je comprends que c'est une manière de vous retourner la question, mais je suis payée pour ça, aussi. Tout comme Stevens était payé pour… pour ?

Après un silence, elle a soudain levé la tête d'un air horrifié, car elle venait de comprendre que j'attendais qu'elle complète ma phrase. Je lui ai adressé un signe d'encouragement et elle s'est enfin risquée :

— Vendre des assurances. Je veux dire, pas les vendre directement mais Wallace Stevens était le vice-président d'une importante compagnie d'assurances du Connecticut, à Hartford. Presque personne ne savait qu'il écrivait de la poésie, autour de lui, et quand il a obtenu le prix Pulitzer pour le texte que vous venez de commenter, tous les employés ont été stupéfaits. J'imagine que ç'a été pareil le jour où les collègues de Connecticut Mutual ont découvert que Charles Ives composait de la musique.

« Seigneur, ai-je pensé, voilà une fille pas commune. Mais pourquoi se croit-elle obligée de regarder par terre et de se tortiller sur sa chaise quand elle s'exprime ? »

— Est-ce que quelqu'un sait qui était Charles Ives ? ai-je demandé aux autres, n'obtenant qu'un silence gêné. Vous voulez bien leur dire, Lorrie ?

— Charles Ives, 1874-1954, a-t-elle déclamé d'une voix presque trop forte maintenant, comme si elle cherchait à se rassurer, compositeur américain connu pour son recours aux harmonies polytonales, aux dissonances et aux techniques aléatoires. Ses œuvres les plus célèbres sont *Variations sur « America »*, 1891, *La Question sans réponse*, 1906, et *Trois endroits de la Nouvelle-Angleterre*, achevé en 1914. Prix Pulitzer de composition musicale en 1947.

On aurait cru entendre une encyclopédie enregistrée, mais j'ai tout de suite senti que j'avais devant moi une personnalité complexe, non un simple âne savant... Et comme l'un des étudiants, très fils de bonne famille avec son pantalon de toile et son pull Ralph Lauren couleur crème, s'était mis à imiter son débit d'automate, je lui ai lancé un regard tellement furieux qu'il s'est tourné vers Lorrie en balbutiant un « Pardon » tout penaud. Elle n'a pas semblé se rendre compte de ce qui se passait autour d'elle.

— C'est très impressionnant, Lorrie, ai-je affirmé. Mais puisque vous avez noté ces similarités entre Stevens et Ives, le fait qu'ils travaillaient tous deux dans le secteur des assurances et qu'ils ont l'un et l'autre reçu le Pulitzer, voyez-vous d'autres points communs, en ce qui les concerne ?

« Allez, ma petite, ai-je pensé en mon for intérieur, montre-leur tout ce que tu sais, ça ne fera pas de mal à ce blanc-bec qui voulait se moquer de toi... »

Les yeux fuyants, elle a recommencé à se balancer de droite à gauche et d'avant en arrière, tel un rabbin orthodoxe en prière.

— Eh bien... Ils ont tous les deux cherché à étendre le champ du langage. Langage musical avec Ives et, dans le cas de Stevens, abstraction minimaliste... (« Elle est trop, cette fille ! ») ... qui lui a permis d'aborder de vastes considérations métaphysiques dans un style riche en métaphores mais jamais surchargé.

Et là, elle s'est rassise.

— Remarquable, Lorrie, ai-je approuvé. Et votre dernière observation sur le langage de Stevens est extrêmement bien vue. Mais pour en revenir à votre question initiale, pensez-vous que l'existence très conventionnelle menée par le poète l'a rendu encore plus intrépide en matière d'innovation poétique ?

Elle s'est levée à nouveau.

— Ce n'est pas ce que je pense, c'est ce que *vous* pensez, professeur...

— Mais je vous retourne la question, en profitant peut-être outrageusement de mon autorité.

— Ce que *je* pense, moi ? a-t-elle répété avec son ton de machine programmée.

— Oui, s'il vous plaît.

Elle a hésité un long moment.

— Je pense... Je pense... Eh bien, je pense *vraiment* que quand on travaille dans quelque chose d'aussi *carrément* ennuyeux que les assurances, on a *forcément* besoin de trouver un moyen de s'échapper.

Ayant déclenché un éclat de rire général avec cette réponse, Lorrie Quastoff, effarée par cette approbation, a eu un bref sourire avant de se rassoir en silence.

Alors que j'espérais la retenir un moment après la fin du cours, elle s'est éclipsée avant que j'aie eu le temps de l'inviter à bavarder. Un peu plus tard, en croisant le professeur Sanders dans le couloir, je l'ai arrêté pour lui dire que l'une de mes étudiantes, Lorrie Quastoff, était en tout point extraordinaire.

— Oui, je voulais vous parler d'elle, justement. Elle est assez… spéciale, comme vous avez dû vous en rendre compte.

— Mais pas un phénomène de foire, tout de même !

— Vous et moi, nous ne la voyons certainement pas ainsi, mais d'autres… Pour nous, Lorrie est un cas très particulier. Parce qu'elle présente une forme rare d'autisme.

Brusquement, son comportement fuyant, son débit monocorde, sa façon de se balancer, tout en elle est devenu plus compréhensible pour moi. Après m'avoir laissée digérer cette information, Sanders a poursuivi :

— Nous avons beaucoup réfléchi avant de l'accepter chez nous, voyez-vous. Non pas à cause de ses capacités intellectuelles, qui sont exceptionnelles, ainsi que vous avez pu le constater, mais parce que nous n'étions pas sûrs qu'elle soit capable de s'intégrer sur un campus. Jusqu'ici, elle s'en est plutôt bien tirée. Elle a été la cible des moqueries de certains étudiants spécialement bornés, certes, et elle reste très solitaire, au final, mais nous avons chargé l'une des surveillantes de sa résidence de s'occuper d'elle, de s'assurer qu'elle s'en sort. Il se trouve qu'elle est incroyablement disciplinée – la surveillante m'a dit que sa chambre est toujours impeccable – et qu'elle a une capacité d'assimilation tout bonnement effarante. Elle n'est qu'en première année mais je l'ai déjà recommandée à nos collègues de Cambridge, de l'autre côté du fleuve, et je pense que les gens de Harvard feraient une folie s'ils ne la prenaient pas.

— Si je peux faire quoi que ce soit dans ce sens, dites-le-moi. Je connais leur département de littérature de fond en comble, là-bas.

Je me suis immédiatement mordu la langue en voyant que Sanders avait du mal à réprimer un sourire devant une affirmation aussi maladroite.

— Je n'ai pas le moindre doute là-dessus, Jane, a-t-il dit avant de s'éloigner. Pas le moindre.

Une fois dans mon bureau, j'ai repris la liste des soixante-treize étudiants inscrits à mon cours sur le naturalisme américain et le nom de Lorrie Quastoff m'a sauté aux yeux. Simplement, je ne l'avais pas remarquée au milieu de tout ce monde. Quand je suis retournée au même amphithéâtre l'après-midi, j'ai inspecté les rangées jusqu'à l'apercevoir tout au fond à droite, environnée de sièges vacants. Plus près de l'estrade, j'ai également aperçu Michaels, ses gros bras de copains et leurs admiratrices blondasses toujours installés en un groupe compact. En croisant mon regard, il a pris l'air narquois du petit cancre surpris par son instituteur et il s'est même permis de m'adresser un clin d'œil goguenard qui voulait dire : « Vous croyiez pouvoir me virer… ? »

Toussotant pour ramener le silence, j'ai salué l'assistance avant de revenir à *Une tragédie américaine*, notamment la scène éprouvante qui précède l'exécution de George, reconnu coupable d'un crime qu'il n'a pas commis. Comme les détails macabres de l'électrocution avaient éveillé leur attention, j'ai demandé aux étudiants si l'un d'eux s'était demandé quel célèbre roman avait inspiré l'œuvre de Dreiser. Personne n'a bronché, mais j'ai vu que Lorrie, isolée au fond de la salle, paraissait lutter avec elle-même pour ne pas lever la main.

— Mademoiselle Quastoff, vous voulez dire quelque chose ?

À peine avais-je prononcé son nom que Michaels a imité un chimpanzé à l'intention de ses copains. Lorrie Quastoff a eu l'air effrayée. Je lui ai souri.

— Vous alliez demander la parole…

Elle a fait non de la tête, confuse. Tous les regards étaient tournés vers elle, maintenant. La bande de Michaels a lâché quelques ricanements en sourdine. Soudain, Lorrie s'est mise debout.

— Dostoïevski, a-t-elle croassé d'une voix forte qu'elle ne contrôlait pas. Dreiser admirait beaucoup *Crime et châtiment* et il a repris le thème de l'autodescur… destur… tru…

Butant sur cette syllabe, Lorrie l'a répétée plusieurs fois sans parvenir à formuler le mot en entier. Les rires sous cape des chahuteurs se sont renforcés. Quand j'ai surpris Michaels occupé à imiter le bégaiement de Lorrie pour le compte de ses supporters, ma patience a été à bout.

— Monsieur Michaels ! ai-je crié. Debout, immédiatement ! (Tout son entourage s'est tu et il a perdu d'un coup son expression de jubilation malveillante.) Debout !

Il s'est levé à contrecœur, soutenant mon regard avec un air de défi qui ne m'a aucunement impressionnée.

— Qu'étiez-vous en train de dire ? me suis-je enquise.

— Moi ? Rien ?

— C'est faux. Vous vous moquiez de Mlle Quastoff.

— Non, pas du...

— Je vous ai très bien entendu, monsieur Michaels. Vous imitiez le problème d'élocution de votre camarade. Quelqu'un d'autre l'a-t-il entendu ? ai-je interrogé.

— Moi ! a explosé Lorrie, rouge de confusion et d'indignation. Il le fait tout le temps ! Il m'appelle Zarbi, Rain Woman. Juste pour frimer devant ses...

— Je regrette, a bafouillé Michaels.

— C'est ce que vous avez dit après m'avoir insultée en plein cours, ai-je contré, et je vous ai permis de vous en tirer avec une demi-excuse, mais vous n'êtes revenu ici que pour ricaner et railler une étudiante. Cette fois, ça ne se passera pas comme ça, monsieur Michaels : vous allez avoir votre rapport et vous n'échapperez pas à la sanction qui vous pendait au nez. Et maintenant, disparaissez de ma vue.

Il n'a pas guetté du regard le soutien de ses comparses, comme l'avant-veille, mais a foncé vers la sortie. Avant de s'en aller, toutefois, il s'est retourné et a hurlé :

— Si vous croyez que vous n'allez pas payer pour ça, vous vous gourez !

Il a claqué la porte derrière lui.

Le cours terminé, j'ai demandé à Lorrie de rester dans l'amphithéâtre qui s'est vidé rapidement. Elle se tenait devant le pupitre, oscillant sur ses pieds, visiblement très agitée.

— N'auriez pas dû faire ça, a-t-elle chuchoté, n'auriez pas dû faire ça.

— Si je vous ai embarrassée, Lorrie, j'en suis désolée.

— Ils vont s'acharner sur moi, maintenant. Vraiment me tourmenter. Il ne... fallait pas.

Elle se balançait si violemment que j'ai dû poser une main sur son épaule.

— Ils ne vous feront rien si vous suivez mes conseils, Lorrie. Je vous le promets.

— Et si je ne vous écoute pas ?

— Ce ne sera pas la fin du monde, mais vous ne les empêcherez sans doute pas de se moquer de vous. Faites-moi confiance : avec ma méthode, ils y réfléchiront à deux fois.

— Il va être renvoyé jusqu'à la fin de l'année ?

— Ou plus. Si tout se passe comme je l'espère.

— Vous voulez que je donne un témoignage écrit ?

— Vous m'avez devancée.

— Comme Dostoïevski a devancé Dreiser.

Je suis allée à mon bureau et j'ai écrit une nouvelle lettre au doyen. Ainsi que nous en étions convenues, Lorrie m'a apporté son témoignage signé moins d'une heure plus tard, mais d'une façon à laquelle je ne m'attendais pas : elle l'a glissé sous la porte avant de repartir en hâte, le bruit de ses pas précipités s'éloignant dans le couloir. Le temps que je passe la tête par l'embrasure et la hèle par son prénom elle n'était déjà plus en vue.

Après avoir lu sa déclaration, qui détaillait les vexations qu'elle avait eu à souffrir de la part de Michaels et compagnie, j'ai retouché le paragraphe final de ma lettre, ajoutant que « le seul fait que les qualités sportives de M. Michaels l'aient mis à l'abri des conséquences de son dénigrement permanent d'une étudiante exceptionnelle par ses résultats comme par sa lutte courageuse contre ses difficultés pourrait être interprété publiquement comme une preuve que l'université de Nouvelle-Angleterre accorde plus d'importance aux résultats sportifs qu'à la défense des droits des personnes atteintes d'une déficience congénitale, ce qui serait aller à l'encontre de tous les principes et idéaux de notre campus ». Ces dernières lignes étaient dans mon esprit l'argument massue, la direction de l'université ne redoutant rien de plus qu'une mauvaise publicité. Ma conversation téléphonique avec Sanders lorsque je l'ai appelé pour l'informer des derniers développements m'a confortée dans cette idée :

— Oh, quelle horreur…, a-t-il soupiré une fois après m'avoir écoutée. Mais enfin, si ce que vous indiquez dans votre rapport est irréfutable…

— Ça l'est.

— Vous devez laisser d'autres que vous en juger, Jane, parce que vous comprenez bien qu'à ce niveau l'affaire va atterrir sur le bureau de Ted Stevens, et tel que je le connais il va vouloir régler le dossier en moins de vingt-quatre heures. Et je doute qu'il prenne parti pour Michaels, pour plusieurs raisons. La première est qu'il ne veut certainement pas voir des journalistes du *Boston Globe* ou du *New York Times* écumer le campus. Mais vous n'ignorez pas non plus que tout cela va vous attirer l'hostilité de nos gros bonnets. L'administration vous soutiendra publiquement, oui, mais en privé vous blâmera de tous ses maux. Le hockey est une manie que l'on prend très au sérieux, ici.

Et Ted Stevens, le président de l'université, était un mordu de ce sport, ainsi qu'il me l'a annoncé d'emblée quand il m'a convoquée dans son bureau le lendemain afin de « discuter de la situation ». La cinquantaine très bien entretenue, en costume et dûment cravaté, il faisait plus penser à un P-DG de multinationale qu'à un universitaire et ne semblait pas peu fier des multiples photographies de lui en compagnie de George Bush père qui ornaient l'un des murs. Déjà présents à mon arrivée : la présidente du Conseil des étudiants, Alma Carew, une Afro-Américaine d'une trentaine d'années, anguleuse, tout en nerfs ; le directeur des programmes sportifs, Budd Hollander, un bonhomme courtaud engoncé dans une chemise à carreaux et un blazer marron qui n'allaient pas du tout ensemble, et le professeur Sanders.

— D'après l'avocat de M. Michaels, a déclaré Stevens, qui soit dit en passant est l'un des plus coûteux de la ville, c'est votre comportement qui a amené son client à imiter l'élocution de Mlle Quastoff.

— Avec tout le respect que je vous dois, c'est absurde.

— Et avec tout le respect que je vous dois, plusieurs étudiants ont confirmé cette version des faits.

— Tous appartenant à la petite clique de Michaels, je présume ?

Ted Stevens n'a pas du tout apprécié mon intervention.

— Non, pas tous, a-t-il répliqué sèchement.

— Mais si vous avez pris la peine d'interroger Mlle Quastoff, je suis sûre que…

— Nous l'avons fait. Ou plutôt Mlle Carew l'a fait.

Toutes les têtes se sont tournées vers la présidente du Conseil des étudiants.

— Oui. Lorrie m'a dit qu'elle n'avait pas levé la main, mais que vous lui aviez tout de même donné la parole.

— Parce que j'avais posé une question à laquelle personne d'autre ne voulait répondre. Le matin même, Lorrie Quastoff était brillamment intervenue dans mon cours et j'ai bien vu qu'elle voulait participer, cette fois encore.

— Ah, et comment l'avez-vous « vu » ? s'est étonnée Alma Carew.

— Elle était sur le point de lever la main.

— Elle affirme qu'elle n'a pas bougé, que c'est vous qui l'avez poussée à...

— Est-ce si important que cela, que Mlle Quastoff ait levé la main ou non ? est intervenu Sanders. L'essentiel, c'est que le professeur Howard avait entièrement le droit de choisir l'étudiant ou l'étudiante qui allait répondre à sa question. C'est une procédure pédagogique bien connue, de donner la parole à un élément que l'on sait désireux de participer lorsque le reste du cours ne réagit pas. Qui plus est, elle était au courant des problèmes psychologiques de cette étudiante, de son besoin d'encouragements, tout comme elle était au courant des vexations que Michaels lui aurait infligées.

Budd Hollander s'est redressé dans son fauteuil.

— Joey me certifie qu'il n'a jamais, je répète, jamais embêté Lorrie Quastoff.

— Ce n'est pas ce que nous montre le témoignage que l'intéressée a signé, a objecté Sanders.

— Mais elle n'a pas de témoins, *elle* ! a persiflé Hollander.

— Vous sous-entendez qu'elle aurait menti ? ai-je demandé, déjà passablement irritée par cet échange.

— Tout ce que Budd dit, a plaidé Stevens, c'est que c'est la version de l'un contre celle de l'autre, rien de plus.

Budd. La complicité entre fanas de hockey, sans doute...

— Pardon, il y a aussi la mienne, a risqué Sanders. Il se trouve que Mlle Quastoff s'était plainte du comportement agressif de Michaels et de ses acolytes auprès de la regrettée professeure Holder, il y a quelques mois, et que cette dernière m'en avait informé.

— Y a-t-il une preuve écrite ? a voulu savoir Alma Carew. Un rapport, une note de service ?

— Non. Mais je répète que Lorrie Quastoff a été plusieurs fois en butte à l'agressivité de Joseph Michaels, et que si ce triste sire n'était pas aussi le capitaine de l'équipe de hockey nous ne serions pas réunis ici pour nous demander s'il mérite une sanction exemplaire.

— Vous m'excuserez, professeur, a insisté Alma Carew, mais la question qui nous occupe est de savoir si, oui ou non, Michaels a répondu à une provocation en adoptant une certaine attitude pendant le cours de Mlle Howard. Nous avons pris note qu'elle était déjà braquée contre cet étudiant, et donc…

— « Braquée » ? ai-je répété, offusquée. J'ai accepté de donner une chance à cet individu malgré son comportement inacceptable, uniquement pour ne pas compromettre le match auquel il doit prendre part ce samedi. En retour, qu'a-t-il fait ? Il me nargue dès que j'entre en cours, puis s'acharne odieusement sur une étudiante qui doit faire face à un grave syndrome, puis…

— Il vous a narguée au début du cours ? a relevé Alma Carew ; vous n'avez pas parlé de cela dans votre rapport.

— J'ai voulu aller à l'essentiel dans cette lettre.

— Mais ça vous a mise en colère, pas vrai ? a glissé Budd Hollander. Au point que vous avez choisi de pousser Lorrie Quastoff à parler avec l'espoir que Joey se lance dans…

— Jamais de la vie ! En plus, je trouve assez incroyable que vous transformiez cette discussion en une sorte de contre-interrogatoire !

— Nous ne sommes pas au tribunal, mademoiselle Howard, a affirmé Ted Stevens d'un ton qu'il voulait peut-être conciliant.

— Je commence à avoir l'impression que si. Je suis réellement choquée de me sentir en accusation, ici. Le fait est que ce garçon fait preuve d'une grossièreté et d'une méchanceté rares, ignore délibérement les règles élémentaires du bon fonctionnement du campus et n'est même pas capable de se comporter décemment envers une jeune fille qui a dû surmonter tant d'obstacles psychologiques pour rejoindre la communauté universitaire.

— Vous saisissez les conséquences, si vous vous obstinez à réclamer une sanction ? a insisté Budd Hollander. L'université n'a pas remporté un seul tournoi de hockey important depuis plus de vingt ans. L'équipe est sur le point de changer ça, nous sommes favoris dans le match qui a lieu contre l'université du Massachusetts cette semaine, mais Joey Michaels est le pivot de notre stratégie. Sans lui, nos chances se cassent sérieusement la figure. Joey a le meilleur ranking de toute sa division, la Fédération nationale de hockey a déjà indiqué le vouloir dans sa sélection, et vous…

— Moi ? Après avoir fait preuve d'indulgence à son égard il y a à peine deux jours, je le surprends en train de profiter de son statut privilégié pour s'acharner sur quelqu'un qui souffre d'autisme… Désolée, mais c'est inexcusable, ça. S'il n'était pas aussi arrogant, il ne serait pas dans cette situation.

— Je ne pense pas qu'il soit le seul à faire preuve d'arrogance dans cette affaire, a persiflé Alma Carew.

Je me suis tournée pour la regarder en face.

— En toute sincérité, je n'arrive pas à comprendre une seconde pourquoi vous défendez ce garçon avec un pareil acharnement. S'il avait dit un seul mot déplacé à propos d'une personne de couleur, vous auriez déjà sauté au plafond…

— Ah, mais c'est totalement scandaleux ! s'est écriée Alma Carew, hérissée.

— Et moi, je trouve que c'est une objection tout à fait raisonnable, a ajouté Sanders.

— J'exige des excuses de cette sale raciste !

— Comment ? ai-je proféré d'un ton amusé.

— Oui, une sale raciste et une garce !

— Vous deux, ça suffit, maintenant ! a explosé Ted Stevens.

Il a laissé un silence pesant s'attarder une bonne minute, sans doute une tactique puisée dans l'un des nombreux livres sur la « mentalité de leader » qui couvraient ses étagères. Carew en a profité pour me fusiller d'un regard qui exprimait qu'elle ne perdrait désormais pas une occasion de me faire mordre la poussière. C'était tellement visible que le président lui a fait face :

— Je crois que vous devez des excuses au professeur Howard, Alma. C'était une remarque très regrettable.

— Désolée, a-t-elle marmonné sans me regarder.

— Et maintenant, puis-je échanger deux mots en tête à tête avec Mlle Howard ? a continué Stevens. D'ici à ce soir, je vous tiendrai tous informés des suites que j'ai décidé de donner à cette affaire.

Les autres se sont levés pour prendre congé, Carew et Hollander ne me gratifiant même pas d'un signe de tête. Sanders, lui, a discrètement levé les yeux au ciel en me regardant, comme s'il voulait me communiquer sa sympathie dans cette épreuve ou me recommander la prudence avec l'irascible président. Toutes ses interventions avaient paru indiquer qu'il était dans mon camp, certes, mais dans la complexité des relations interpersonnelles qui régissent la vie universitaire la loyauté indéfectible est une qualité plus que rare.

« Soutenir en public, débiner en privé » était, comme il l'avait lui-même fait remarquer, une constante de notre petit monde académique.

Je me suis soudain retrouvée seule avec Ted Stevens, qui a abandonné la table de conférence où nous avions eu cet agréable échange pour aller s'asseoir derrière l'imposant bureau qui occupait un coin de la vaste pièce, sans doute encore un geste inspiré par ses lectures de gourous psychologues. « Comment intimider vos subalternes », aurait pu être le titre du chapitre, sauf que je n'avais pas du tout l'intention de me laisser impressionner. D'autant que j'en étais arrivée à me dire que si son intention était de me licencier, il allait devoir se confronter à une résistance que je n'hésiterais pas à médiatiser. Ce dont il semblait conscient, à en juger par sa première réflexion une fois que nous avons été seuls :

— Vous vous rendez compte des retombées positives qu'aurait une victoire au championnat ECAC samedi soir pour l'université ? Ken Malamut, c'est un nom qui vous dit quelque chose ?

— « La star des fonds spéculatifs », comme on l'appelle dans la profession.

— Ah, oui, j'avais oublié que vous vous étiez brièvement essayée à la haute finance. Très brièvement, même...

— J'ai décidé que l'enseignement me convenait mieux.

— Bien entendu, a-t-il glissé avec une infime pointe de sarcasme. C'est pour cela que vous avez quitté Freedom Mutual avec une telle hâte... Enfin, nous avions pensé que vous étiez une recrue intéressante, mais après cette première semaine si mouvementée...

— Attendez, s'il vous plaît ! Si cette semaine a été mouvementée, comme vous dites, c'est à cause des pitreries de votre joueur de hockey-vedette, et rien d'autre. Je refuse de servir de bouc émissaire à cause d'un...

Il a levé une main en l'air, tel un agent de la circulation arrêtant un automobiliste énervé.

— En ce qui me concerne, mademoiselle Howard, Joseph Michaels n'est qu'une petite ordure affligée d'un complexe de supériorité révoltant. C'est pourquoi je ne doute pas un instant de la véracité de vos propos. Quant à ses soi-disant « excuses » à votre endroit, elles étaient franchement insultantes, oui. Mais voyez-vous, je suis avant tout un administrateur, pas un pédagogue. On m'a demandé de prendre la direction d'une université de catégorie moyenne afin d'améliorer son image nationale et d'élargir sa base de donateurs. En un an et demi, j'ai augmenté nos ressources de vingt-sept millions. Et maintenant je suis en pourparlers avec Ken Malamut, l'un des grands manitous de Wall Street, un ancien élève de notre campus et un fanatique de hockey. Il m'a promis… il *nous* a promis une donation initiale de dix millions si nous gagnons cette coupe samedi. Dix millions, pour un homme comme lui, ce n'est pas grand-chose. Pour nous, c'est énorme.

— Et donc, je vais faire perdre dix millions à l'université de Nouvelle-Angleterre si je maintiens ma demande de sanction contre Michaels ?

— C'est une façon un peu abrupte de présenter les choses, mais…

— C'est la réalité ?

— En effet.

J'ai baissé la tête, tentant de rectifier ma position dans l'étroit fauteuil où il m'avait fait prendre place, un arrangement destiné à donner l'impression au visiteur qu'il était sous la coupe du grand patron trônant derrière son grand bureau. Était-ce à cause d'une tentative d'intimidation aussi patente, ou parce que Stevens représentait cette Amérique obnubilée par le pouvoir et l'appât du gain que je détestais tellement ? En tout cas, j'ai relevé les yeux et annoncé :

— Je ne reviens pas sur mon rapport.

Il a cherché à réprimer la contrariété apparue sur ses traits.

— C'est une décision déraisonnable, professeur.

— Peut-être, mais c'est celle qui me permet de me regarder en face.

— Je voudrais que vous réfléchissiez encore à…

— Bonne journée, ai-je tranché en me levant.

— Vous croyez que le fait de vous draper dans l'indignation morale est une preuve d'intelligence, libre à vous. Vous pensez aussi que transformer Lorrie Quastoff en une cause célèbre vous protégera d'éventuelles représailles de notre part et votre calcul est peut-être juste, mais seulement à court terme. Parce que je ne serai pas assez stupide pour vous mettre à la porte tout de suite. Mais je peux vous le garantir : si vous nous faites perdre ces dix millions, vous ne serez jamais titularisée ici. Votre contrat de quatre ans ne vous mènera nulle part.

— Je n'en doute pas, ai-je lancé, déjà à la porte.

— Professeur ! Jane… Pourquoi vouloir vous gâcher la vie ?

« Parce que je n'aime pas les brutes qui se croient tout permis », ai-je failli répondre en indiquant clairement que je le rangeais dans cette catégorie. Mais à quoi bon ? Quand on se justifie, on est toujours sur la défensive et ce jour-là j'avais résolu de jouer l'attaque, quel que soit le prix à payer. En conséquence, je me suis bornée à un « Ravie d'avoir fait votre connaissance » et j'ai quitté les lieux.

Sous le coup de deux avertissements, Joseph Michaels a donc été renvoyé pour le reste du semestre. Deux jours plus tard, au début de mon cours sur les modernistes américains, j'ai cherché du regard Lorrie Quastoff, qui a détourné la tête. Dans l'après-midi, je m'attendais à constater l'animosité ouverte de la bande de Michaels mais, comme tout le reste de l'amphithéâtre, ils ont suivi mes explications sur le réalisme littéraire dans un silence religieux. M'étais-je gagné leur respect ? Avais-je acquis une réputation de dure à cuire en refusant de céder aux pressions ? Afin de sonder l'état d'esprit de la faculté, je suis passée au bureau du professeur Sanders en début de soirée et, après avoir accepté de prendre un whisky avec lui, je l'ai entendu m'assurer que Stevens mettrait sans nul doute sa menace à exécution et refuserait ma titularisation.

— Ce n'est peut-être pas plus mal pour vous, Jane. Comme ça, vous savez à quoi vous en tenir ici.

— Et vous pensez que j'ai commis une énorme erreur.

— Vous avez choisi d'adopter une position de principe, ce qui est admirable, mais cela ne vous rend pas plus populaire, au contraire. Nous cherchons toujours un bouc émissaire et demain, quand l'équipe va perdre le « match du siècle », ce sera le rôle qui vous sera attribué.

Contre toute attente, la rencontre de hockey du samedi soir n'a pas été la débâcle que chacun redoutait. Lorsque j'ai consulté le site boston.com vers onze heures, un court article en page d'accueil célébrait « la victoire inopinée de New England State au championnat universitaire de la côte Est », après un « but de la dernière chance marqué au cours des prolongations par Pete O'Mara », lequel était dans mon cours, lui aussi... Soulignant que l'équipe jouait sans sa star, Joseph Michaels, « frappé par une sanction controversée moins de quarante-huit heures avant le match », le compte rendu précisait qu'elle avait été menée 1 à 0 pendant toute la partie.

Les « happy ends », ça existe, alors… Mais le lundi matin, lorsque j'ai salué Ted Stevens en le croisant par hasard sur le campus, il s'est borné à m'adresser un petit sourire venimeux dont le sens n'était pas difficile à saisir : « Vous êtes finie, ici. »

Étrangement, la certitude d'être professionnellement condamnée m'a procuré une sensation de liberté assez plaisante. Peu importait la réussite ou la popularité, désormais, puisque, au final je ne deviendrais pas professeur titulaire. J'imaginais que c'était une version beaucoup moins dramatique du moment où l'on vous informe que vous êtes atteint d'une maladie incurable : la perspective a beau être horrible, elle doit aussi susciter des périodes de lucidité absolue, la découverte de l'absurdité existentielle qui sous-tend ce combat permanent qu'est la vie puisque son issue sera toujours, immanquablement, le néant.

En fin d'après-midi, Sanders m'a priée de venir à son bureau. Accompagné du verre de whisky rituel, l'objet de l'entretien était de me conseiller de publier mon livre au plus vite et de commencer à chercher ailleurs, car il avait reçu la confirmation officielle que rien ne me serait proposé une fois mon contrat de maître-assistante expiré. À partir de là, son attitude envers moi a été de plus en plus distante. Jamais glaciale en public, bien sûr, car il était trop intelligent pour jouer ce jeu, il a cessé de m'appeler par mon prénom comme il le faisait avec tous les autres enseignants du département, me donnant du « professeur Howard » à tout moment, ce que mes collègues ont évidemment noté très rapidement.

— Le message « subliminal » de Sanders, c'est que vous êtes une nana qui en a deux grosses comme ça et que vous êtes par conséquent dangereuse, m'a expliqué un jour Marty Melcher. Et je me moque que vous me dénonciez comme un affreux machiste pour avoir employé cette métaphore.

— Mais non, voyons !

— Quoi ? Vous n'êtes pas une adepte du politiquement correct, une cryptoféministe, voire une « überféministe » ?

— *Über* avec un *Umlaut* ?

— Ah, Sanders ne se trompait pas, quand il a dit que vous ne laissiez rien passer. Il paraît même que vous n'avez pas cédé un pouce de terrain devant notre Grand Timonier, le président Stevens.

— Je pourrais avoir une vodka ?

Nous étions dans un bar, et les flatteries sirupeuses de Melcher commençaient à me faire regretter d'avoir accepté son invitation à prendre un verre à la fin de notre journée de travail. Une autre collègue, Stephanie Peltz, m'avait certes prévenue qu'il était un vrai pot de colle avec les femmes, mais Marty lui-même m'avait dit de Stephanie qu'elle était « la concierge en chef du département »...

Marty Melcher. La cinquantaine corpulente, débraillé, mais avec une belle tignasse bouclée à peine grisonnante et une grosse moustache qui lui donnaient l'allure d'un Günter Grass américain, « avec » un *Umlaut*. Spécialiste du roman américain du XXe siècle, « mais pas ces piètres imitateurs de Zola que vous aimez tellement, non, moi c'est les Grands d'entre les Grands : Hemingway, Fitzgerald, Faulkner... ». Avec le visage buriné de « quelqu'un qui a vécu », pour reprendre l'expression consacrée, ou plutôt avec qui la vie n'a pas été tendre, s'il fallait en croire les informations biographiques que Stephanie Peltz m'avait données : trois divorces, une longue bataille contre son addiction aux analgésiques et une liaison avec une collègue, Victoria Mattingly, qui avait failli mettre fin à sa carrière lorsque celle-ci, victime d'une dépression, avait tout avoué à son mari, lequel avait payé deux malfrats pour administrer une raclée à Melcher devant sa maison de Brookline.

— Est-ce que je pourrais avoir une vodka ?

— Grey Goose et glaçons, ça vous va ?

J'ai hoché la tête. Il a passé notre commande, puis s'est radossé à son siège en m'observant entre ses paupières plissées.

— Ça fait un moment que j'essaie de savoir qui vous êtes vraiment, Jane. De loin, bien entendu. Ancienne maîtresse de feu David Henry, le génie ténébreux... Non, en fait, j'apprécie beaucoup son œuvre, même son dernier roman complètement siphonné. Un doctorat à Harvard. Refuse un poste à l'université du Wisconsin, le genre de début de carrière que beaucoup se damneraient pour avoir. Un passage non concluant dans le monde du fric roi, mais est-ce que ç'a été si bref uniquement parce que vous ne vous êtes pas faite à ce milieu ? Et ensuite, engagée in extremis pour remplacer notre très chère professeure Holder... oui, si vous voulez savoir, je l'ai draguée une fois, juste pour ne pas perdre la main. Et vous, bam ! vous vous arrangez pour avoir la tête d'un sportif à moitié demeuré mais qui était le caïd du campus... Ma conclusion ? Vous êtes bonne, très bonne. La fille qui n'a pas froid aux yeux. Et qui a déjà fait plus de foin ici que nous tous réunis, les esclaves à vie de Stevens, aurions jamais rêvé pouvoir en faire.

— Heureuse d'apprendre que j'ai au moins un fan.

— Vous avez un petit ami, en ce moment ?

— Ce n'est pas un peu indiscret, comme question ?

— Simple curiosité.

— Non. J'évolue en solo.

— Ça vous intéresserait d'en avoir un ? À temps partiel, évidemment.

Je n'ai pu m'empêcher de rire.

— Vous tirez vraiment sur tout ce qui bouge, alors ?

— Absolument.

— Merci pour le verre, professeur.

De retour à mon studio, j'ai téléphoné à Christy, toujours dans l'Oregon, lui décrivant comment je venais de ruiner toutes mes chances de promotion au sein de mon université.

— La morale personnelle, quel casse-tête ! a-t-elle commenté. Tu choisis de faire ce qui est bien et on te punit pour ça ; tu fais le mal et tu es encore punie, à commencer par toi-même. Enfin, pas toi, non. On sait que l'autoflagellation, c'est pas ton truc…

— Pourquoi est-ce que ma vie est toujours bourrée de contradictions ?

— « Nous ne faisons pas ce que nous devrions
Ce que nous ne devrions pas nous faisons,
Et nous nous rassurons avec l'idée
Que la chance finira par nous sauver. »

— C'est de Browning, non ?

— Pas loin, mais non : Matthew Arnold.

— Bon sang, qui cite encore Matthew Arnold, de nos jours ?

— Moi. Et si j'ai un conseil à te donner, ma jolie, c'est de te considérer comme cantonnée à une sorte d'exil intérieur, à partir de maintenant. Tu fais tes cours, tu te consacres entièrement à tes étudiants, tu veilles à être toujours disponible, tu restes à ton bureau pour ceux qui veulent te consulter, tu publies ton bouquin, et basta. À moins d'être convoquée à une réunion ou d'avoir à donner ton avis, tu ignores poliment tes collègues et les ronds-de-cuir de l'administration. Tu es là sans être là, si tu vois ce que je veux dire. Par ailleurs, si j'avais toute cette thune que tu as à la banque, moi, j'en dépenserais une bonne partie. Pour faire des folies, préférablement.

J'ai suivi les indications de Christy à la lettre. Toute la semaine suivante, j'ai assuré mes cours avec zèle, je suis restée disponible pour mes élèves et je n'ai pas eu d'autre échange avec les professeurs que des signes de tête polis lorsque je les croisais dans les couloirs. Alors que je perfectionnais ce statu quo professionnel, j'ai reçu une excellente nouvelle : mon essai avait été retenu pour publication par les Presses universitaires du Wisconsin ! Et certains disent que l'ironie n'existe pas, en Amérique…

Lors de l'une des visites impromptues que Stephanie Peltz avait pris l'habitude d'effectuer à mon bureau en inventant chaque fois un motif urgent – cette fois, c'était le refus du conseil d'administration de financer une chaire de « théorie critique du féminisme », j'ai pris soin de laisser la lettre de l'éditeur sur un coin de ma table. Ses yeux fureteurs n'ont pas tardé à se fixer sur l'en-tête du papier et elle s'en est approchée avec la précision d'un missile à tête chercheuse.

— Qu'est-ce que c'est, ça ? a-t-elle soufflé en s'emparant de la feuille sans me demander mon autorisation. (Étonnement et contrariété sont d'abord apparus sur son visage, car elle s'efforçait elle-même depuis des années de terminer un livre sur la métrique de Chaucer, rapidement masqués sous une allégresse forcée.) Oh, mon Dieu ! Vous allez être publiée ! Et par l'université du Wisconsin, en plus ! Oh, mon Dieu ! C'est l'une des dix meilleures presses universitaires du pays ! (L'une des vingt meilleures serait plus exact, mais bon…) Ah, c'est fantastique, Jane ! Tout le monde va être tellement impressionné ! (Ça, j'en doutais.) Mais pourquoi vous n'en avez rien dit, pourquoi ?

Je n'ai pas donné d'explication, me bornant à la remercier de ses compliments, mais je savais que grâce à elle tout le département allait être au courant en un rien de temps. Et en effet, lors de la réunion régulière du corps enseignant deux jours après, le professeur Sanders a ouvert la séance par une courte déclaration : « Je suis sûr que nous voulons tous féliciter le professeur Howard de la prochaine publication de son livre. » Puis il est passé à l'ordre du jour.

Le sujet n'a plus été abordé, par la suite, et ma réputation d'ambitieuse individualiste a encore creusé le fossé entre mes collègues et moi, ce qui était précisément mon but. Même Marty Melcher m'évitait désormais, et je n'allais certainement pas me plaindre qu'il ait renoncé à ses libidineuses attentions. Je remplissais mon rôle, rien de plus, et de la sorte j'ai fini par ne plus être repérable sur le radar des jalousies et des rivalités intestines.

Suivant en partie le deuxième conseil de Christy, j'ai résolu de dépenser de l'argent au lieu de le laisser faire des petits à la banque. Mais pas pour des folies, non, ma prudence instinctive me guidant plutôt vers plusieurs agences immobilières de Somerville. Après quatre jours de recherches, je me suis engagée à payer la somme de deux cent soixante-quinze mille neuf cent cinquante dollars pour un duplex dans une rue proche de Davis Square. L'appartement comprenait deux étages d'une vénérable maison datant des années 1890 dont le style baroque était bien dans la veine du « gothique américain » à la Grant Wood. Il avait appartenu à un professeur de philosophie de Tufts University récemment décédé, un vieux garçon qui avait vécu là avec ses livres et une longue succession de chats, lesquels avaient imprégné les pièces d'une odeur d'urine tenace. La cuisine remontait à l'époque de Nixon, la salle de bains à celle d'Eisenhower, mais il y avait un immense salon au premier niveau, avec un joli balcon donnant sur la rue tranquille, et une pièce en plus des deux chambres qui ferait un bureau idéal. Bien que nécessitant un sérieux ponçage, les parquets en chêne étaient en bon état et l'expert qui a inspecté les lieux de fond en comble m'a certifié que les murs étaient sains.

Pour donner un coup de neuf à l'ensemble, un entrepreneur du quartier a estimé que j'allais devoir investir cinquante mille dollars supplémentaires, ajoutant qu'« une fois tout ça rafraîchi, votre propriété vaudra tout de suite dans les quatre cent cinquante mille, et je sais de quoi je parle ». Le calcul a été vite fait : en payant le duplex comptant, j'allais avoir besoin d'un prêt de soixante-quinze mille dollars afin de couvrir les travaux de rénovation et les taxes diverses. Pour quelqu'un comme moi, que la seule idée de crédit plongeait dans l'angoisse, c'était une décision ardue, même quand le banquier auquel j'avais demandé une simulation m'a déclaré que la somme n'avait rien d'excessif compte tenu de mon salaire d'enseignante. Mais si je n'arrivais pas à trouver de travail après mes quatre ans ? Je me suis plus ou moins rassurée en songeant qu'investir dans la pierre restait la plus sûre des opérations et que, comme disait mon père, on ne devient vraiment un adulte qu'après s'être endetté pour posséder un toit au-dessus de sa tête.

J'ai fait appel à Milton Alkan pour qu'il supervise la transaction, choisi avec l'entrepreneur le mobilier de la cuisine, le style des sanitaires et les teintes de peinture, puis dépensé encore quinze mille dollars dans l'achat de lit, de canapés, d'un grand bureau fin de siècle, d'une chaîne stéréo, de vaisselle, et autres.

J'ai accepté d'assurer les cours d'été à l'université. Mi-août, j'avais corrigé mes dernières copies et j'ai pu aller passer quelques jours chez les parents d'une amie au bord de la mer. À mon retour, l'appartement était prêt. Tout était à mon goût, depuis les murs blancs et bien lisses et les parquets poncés et teintés érable jusqu'au mobilier plein de sobriété, au bureau magnifique qui invitait au travail et à l'énorme lit king-size dans ma chambre dont la taille m'a cependant douloureusement rappelé un aspect de ma vie que j'avais essayé d'oublier : ma profonde solitude.

Quand on éprouve un besoin précis, on finit toujours par le satisfaire. Quelques semaines après avoir emménagé, j'avais quelqu'un avec qui partager mon grand lit. Je me suis dit que j'étais amoureuse. Et peut-être ne me trompais-je pas. L'espace de quelques mois au moins.

3

THEO MORGAN ADORAIT LE CINÉMA. Non : Theo Morgan vivait pour le cinéma. Depuis l'âge de treize ans, quand il avait attrapé le virus du septième art, il remplissait et classait une carte pour chaque film qu'il avait vu, et lorsque je l'ai connu il n'en avait pas moins de cinq mille sept cent soixante-cinq – « Ça fait près de trois cents films par an au cours des dix-neuf dernières années », notait-il fièrement. Au recto, il inscrivait soigneusement le titre, la date, les noms du réalisateur, du scénariste, des principaux acteurs ; au verso se trouvait son commentaire sur l'œuvre considérée, le tout rédigé en pattes de mouches qu'il était le seul à pouvoir déchiffrer.

Theo avait grandi dans une banlieue banale d'Indianapolis (« La glace à la vanille de l'Amérique urbaine, sans odeur et sans saveur »), fils d'un cadre de compagnie d'assurances et d'une femme qui, après des études supérieures prometteuses, avait fini comme une héroïne du *Main Street* de Sinclair Lewis « en épousant un costard-cravate et en échouant dans le vaste néant d'une petite ville du Midwest », c'est-à-dire exactement ce que la société attendait d'elle. Son père, un ancien marine qui n'avait que les mots *Dieu* et *patrie* à la bouche, avait tenté de tuer dans l'œuf la passion naissante de son rejeton pour les salles obscures.

— Ado, je m'échappais de la maison pour aller à l'Institut du film d'Indianapolis dès que je pouvais, m'a-t-il raconté lors de notre deuxième rencontre. Une fois, quand j'avais quinze ans, il y a eu un grand festival Bergman et j'ai dû raconter à papa que j'avais rejoint l'équipe d'escrime du lycée, qui s'entraînait de sept à neuf deux fois par semaine. Quand il a découvert qu'à la place j'étais allé voir « ces saloperies d'Européens athéistes », je cite textuellement, il m'a envoyé un direct dans le ventre et m'a privé de sortie pendant trois mois. Ma mère, qui avait atteint une sorte de sérénité en se bourrant de cachets, m'a dit : « Il veut seulement ton bien, tu sais ? » Ce qui explique sans doute qu'il ait menacé de me « refaire la tronche » et de m'envoyer dans une école militaire s'il me reprenait à regarder des « images païennes »...

Heureusement, Theo était un excellent élève et s'était trouvé un allié de poids en la personne de M. Turgeon, son professeur d'anglais.

— C'était un homo, mais d'une discrétion à toute épreuve, à cause de l'époque. Il avait un petit ami, bibliothécaire à l'université. Il vivait une existence tranquille, « sans faire de vagues », comme il disait. En plus de la musique classique, il était fou de cinéma, et même si ce n'était que les débuts de la vidéo il avait déjà une fabuleuse collection de cassettes. Il m'a proposé de venir chez lui après les cours pour les regarder. Une véritable initiation à l'histoire du septième art. Trois mille vidéos et des poussières. Grâce à lui, j'ai vu tous les classiques – D.W. Griffith, Fritz Lang, Billy Wilder –, sans que mes parents le sachent, évidemment. Plus d'une fois, il m'a dit que si quelqu'un apprenait que nous visionnions ces films dans son appartement, il serait certainement renvoyé du lycée. Il ne m'a jamais fait la moindre avance, jamais. Il avait juste compris que nous étions unis par le même besoin. Parce que nous autres, cinéphiles, nous sommes avant tout des gens qui cherchent à s'évader de la réalité.

Le père de Theo n'avait jamais soupçonné les après-midi passés chez M. Turgeon, à regarder Truffaut, Rivette ou Carl Theodor Dreyer tout en sirotant du véritable Earl Grey, thé que le cinéphile raffiné achetait par caisses entières lors de son pèlerinage annuel à Londres. Après la scène provoquée par le festival Bergman, Turgeon avait conseillé à son jeune protégé de serrer les dents et de travailler dur pour obtenir des notes qui lui ouvriraient ensuite les portes des meilleurs campus. Et c'est ce que Theo avait fait, au point d'impressionner son père par ses résultats. Le moment venu, il avait présenté sa candidature à l'université Columbia sur les conseils de son mentor. Le papa avait encore piqué une colère, proclamant qu'il ne laisserait jamais son fils aller à New York, « cette ville de dégénérés ». C'était Turgeon qui avait payé les frais de présentation du dossier – soixante-quinze dollars, à l'époque – et lui avait obtenu une bourse d'études intégrale grâce à ses contacts à Columbia, où il avait jadis passé sa maîtrise.

— Cette fois, papa a mis sa menace à exécution et il m'a « refait la tronche » en beauté. En me voyant arriver au lycée avec les deux yeux au beurre noir, M. Turgeon m'a forcé à aller parler au proviseur avec lui. Celui-ci était l'un de ces patriotes hystériques, diacre à l'église presbytérienne du coin, mais même lui a été scandalisé par cet abus de pouvoir parental. Il a convoqué mon père, lui a dit que j'allais avoir mes études payées dans l'une des universités les plus prestigieuses du pays et qu'il n'avait aucun droit de m'empêcher de saisir une chance pareille. Il a ajouté qu'en cas de nouvelles violences il serait obligé de prévenir la police. Lorsque nous sommes revenus chez nous, ma mère a pleuré pendant des heures. Elle m'a demandé pourquoi j'étais allé « jouer les petits malheureux » devant le proviseur. Mon père, lui, m'a juste dit de déguerpir de la maison et de ne plus jamais y revenir.

— Mais tu n'avais que dix-huit ans…

— C'est le bon âge pour couper les ponts avec la famille, surtout quand on a reçu une bourse d'études comme celle-là. Plus d'influences pernicieuses, plus de chantage affectif…

J'étais bien placée pour le savoir. L'écouter me raconter avec un détachement ironique sa fuite d'un univers familial aberrant réveillait des émotions intimes qui me poussaient irrésistiblement vers lui. Après tout, est-ce que nous n'avons pas tendance à chercher l'affection d'un être qui a connu les mêmes tribulations émotionnelles et qui est donc plus susceptible de nous comprendre ? Dès le début, je me suis convaincue que nos expériences si ressemblantes et la liberté relative que nous avions su atteindre nous rapprochaient, développaient une véritable entente entre nous.

Une fois à Columbia, il n'était jamais retourné chez ses parents. Au bout de quelques mois à New York, il avait décroché un petit boulot d'assistant archiviste au département cinématographique du musée d'Art moderne, qu'il avait gardé pendant ses quatre années d'études, devenant aussi le président de la Société cinéphilique du campus, le critique de cinéma attitré du journal étudiant et, comme il fallait s'y attendre, un habitué de toutes les petites salles d'art et essai new-yorkaises. À vingt-deux ans, il avait un diplôme avec mention très bien en poche, un petit studio à loyer contrôlé entre Amsterdam Avenue et la 118e Rue, et la « ville qui ne dort jamais » lui ouvrait les bras. Columbia lui avait proposé de poursuivre un doctorat en cinéma tous frais payés, tandis que l'université de

Californie à Los Angeles lui faisait la même offre, avec un poste de maître-assistant en sus.

— J'avais toutes ces propositions mais ça ne me disait rien, m'a confié Theo. Manque d'ambition ? Peut-être. C'est ce que m'ont dit mes conseillers pédagogiques. Mais moi, je voulais juste être responsable des programmes d'une salle de ciné. C'est exactement ce que les Archives cinématographiques de Manhattan m'ont proposé, et j'ai sauté sur l'occasion. Un salaire de cent cinquante dollars par semaine, et j'étais le plus heureux des hommes. Parce que j'avais une liberté totale. Un rêve de dingue du cinoche ! Je veux dire, je pouvais organiser une rétrospective de comédies musicales est-allemandes sur trois mois et personne ne me disait rien. J'arrivais au travail après midi, je finissais à huit ou neuf heures, tranquille, et ensuite… ensuite, j'avais toute la nuit pour regarder des films.

En cinq ans de ces horaires de zombie, il avait mis sur pied les programmes les plus loufoques, faisant découvrir aux mordus de cinéma des dessins animés tchèques complètement inconnus, des films de série B anticommunistes de la période McCarthy tombés dans l'oubli, des classiques de la science-fiction japonaise au kitsch flamboyant, une recension de toutes les adaptations cinématographiques du moindre roman de James M. Cain… Theo débitait ces références avec un débit de mitraillette. C'était un moulin à paroles, assurément, mais il faisait preuve d'une telle érudition et d'un tel enthousiasme que je me suis vite accoutumée à sa logorrhée. Et la passion pour un sujet, quel qu'il soit, peut se révéler fort séduisante.

Il n'était pas grand – un mètre soixante-cinq en chaussettes –, avec une masse de boucles noires indisciplinées sur le crâne, un bouc à la Frank Zappa et un début de brioche, car il détestait toute forme d'exercice physique. Il était invariablement vêtu de Levi's 501 noirs, de tee-shirts de la même couleur et d'un blouson d'aviateur en cuir, noir lui aussi. Il n'était pas beau selon les canons traditionnels, non, mais j'ai été charmée par l'intérêt qu'il portait à tout ce qui me concernait. Depuis David, j'avais toujours rêvé de connaître un autre véritable intellectuel, quelqu'un qui regardait le monde avec intensité et esprit d'analyse. Bon, il avait tendance à se nourrir n'importe comment, ne prenait jamais de vitamines et quittait toujours le lit après l'amour pour regarder un film, mais qu'est-ce que cela pouvait faire ? Je le trouvais original, surprenant, stimulant.

Malgré sa dégaine de tête en l'air, il se montrait incroyablement tatillon dans certains aspects de sa vie. Il utilisait du fil dentaire avec une minutie fanatique et prenait au moins trois douches par jour. Son appartement de Cambridge était tout petit mais toujours impeccablement rangé. Les centaines de films qui s'alignaient sur ses étagères étaient classés par ordre alphabétique, avec les mêmes plaques de séparation que celles utilisées dans les bibliothèques pour chaque lettre. Son lit était toujours fait au carré et il tenait à changer tous les deux jours les draps pour des propres bien repassés. Même ses jeans avaient un pli impeccable, tout comme ses caleçons qu'il achetait exclusivement chez Brooks Brothers. Et ses habitudes de consommateur ne variaient pas d'un iota : une fois par an, il louait une voiture et faisait deux heures et demie de route jusqu'à un centre commercial de Freeport, dans le Maine ; là, il achetait vingt-cinq tee-shirts noirs taille L au Gap, à cinq dollars l'unité, puis passait au magasin Brooks Brothers où il faisait l'emplette de quinze caleçons pour une somme de cent vingt-cinq dollars – il se souvenait des prix avec une précision ahurissante – ; enfin, il se rendait chez Levi's pour prendre douze 501 noirs à vingt-cinq dollars pièce. Ses achats terminés, il remontait encore au nord jusqu'à la petite ville de Wiscasset pour déjeuner d'un authentique sandwich au homard accompagné d'une *root beer* dans un boui-boui célèbre sur toute la côte Est, le Red's, s'installant à une table face à la baie pour contempler l'océan dans toute sa splendeur. Cette halte achevée, il retournait dare-dare à Boston, rentrant à temps pour regarder au moins trois films dans la soirée.

— Ça satisfait mes besoins en vêtements et en grand air pour toute une année, m'a-t-il affirmé.

Je comprends que tout cela puisse paraître un rien bizarroïde, d'autant qu'il se dérobait à mes nombreuses tentatives pour lui faire passer un week-end dans un endroit sans salle de cinéma. Mais cette excentricité exerçait un curieux attrait sur moi, et puis j'aimais son refus de céder à la frénésie de consommation qui caractérise la vie moderne. Il recevait ses DVD des nombreux producteurs et distributeurs avec lesquels il était en contact, demandait les livres qui l'intéressaient aux éditeurs ou allait les emprunter à la bibliothèque. Il se chargeait de son ménage, de sa lessive, de ses repas, même si ces derniers se résumaient souvent à quelques poignées de Cheerios, des lasagnes surgelées, un sachet de soupe instantanée et quelques cuillerées de crème glacée Ben and Jerry. Il se levait tous les jours à midi, écrivait pendant deux heures d'affilée et se rendait ensuite à son travail.

Il s'était retrouvé à Cambridge après avoir été remercié par les Archives cinématographiques de Manhattan, ses ébouriffantes programmations ayant fini par faire exploser le budget avec un dépassement de plus de deux cent mille dollars pour l'année. L'un de ses vieux amis, « drogué à la celluloïde » comme lui, Ronnie Black, venait d'être nommé à la tête des Archives du cinéma à Harvard et recherchait un second. « Tu es le meilleur programmateur à l'ouest de Paris, lui avait-il dit, mais tu as une fâcheuse tendance à jeter l'argent par les fenêtres. Conclusion ? Je te donne ce job à condition que tu ne dépenses pas un rond sans mon approbation écrite. Tu me joues le moindre tour, tu es à la rue et c'est la fin de ta carrière ; tu t'en tiens au budget et on fait tout ce qui nous plaît à Harvard... dans les limites du raisonnable, cela va de soi. »

J'avais rencontré Theo à un dîner organisé par une amie de longue date, Sara Crowe. Archétype de l'élite bostonienne, Sara avait les traits fins et sévères des « grandes dames » du Massachusetts dont Whistler a peint tant de portraits. Chez elle, un certain ascétisme aristocratique se combinait à une horreur innée pour tout ce que la condition humaine peut avoir de vulgaire. On la tenait pour l'une des meilleures historiennes de l'époque coloniale depuis Perry Miller, voire la meilleure, et son livre sur les théocrates américains, qui avait pour sous-titre *Nouvelle exploration de la psychologie puritaine*, lui avait valu les compliments de la critique et une chaire à Wellesley. Comme si elle ne réussissait pas assez dans tous les domaines, elle avait fait un mariage à l'identique, épousant un autre représentant du gratin de Nouvelle-Angleterre, Frederick Cowett, un ancien de Princeton et de la Wharton Business School qui gagnait également des fortunes à la tête de sa banque d'investissement. Il avait apporté dans la corbeille la vaste maison de famille de Beacon Hill où ils vivaient dans une élégance feutrée avec leurs deux fils en bas âge.

C'était une merveille, Sara. Jamais un faux pas, ni un mot de trop, ni un impair. Quand elle m'a téléphoné pour m'inviter, elle m'a annoncé très chaleureusement que ses espions l'avaient informée de mon combat singulier avec Ted Stevens à cause d'une affaire de discipline ; elle était fière de moi, « parce qu'il n'est pas courant d'être fidèle à ses principes moraux, en ces temps dominés par les carriéristes ». Elle a ajouté que de toute façon l'université de Nouvelle-Angleterre n'était pour moi qu'une « étape en attendant d'embrasser de plus hautes destinées ». En d'autres termes : « Qu'est-ce qu'une fille futée comme toi fabrique sur un campus de troisième catégorie ? »

Deux vendredis plus tard, je me suis présentée chez eux pour le dîner. La maison était absolument magnifique et décorée avec un goût exquis. Satanée Sara ! Son mari n'était même pas le banquier collé monté que l'on aurait pu attendre. Plutôt charmant dans le genre fils de grande famille, il était raisonnablement cultivé et ne paraissait en rien mal à l'aise devant le groupe éclectique que sa femme avait convié ce soir-là. Car, en dépit de ses manières patriciennes, Sara Crowe était toujours attirée par les personnalités originales, voire excentriques. C'est pourquoi elle avait sympathisé avec Christy quand nous étions ensemble à Harvard et n'avait jamais semblé gênée par les coups de gueule de « la Poétesse », ainsi qu'elle l'avait surnommée, ni par sa propension à vouloir épater le bouregois quand elle avait trop bu en lançant des imprécations scatologiques. À l'époque déjà, je m'étais dit que Sara avait besoin de fréquentations un peu « marginales » pour faire comprendre au monde dans lequel elle évoluait qu'elle ne voulait pas en être prisonnière. Et elle avait continué, une fois entrée de plain-pied dans la vie adulte, en s'entourant de peintres, d'écrivains et même d'un hurluberlu comme Theo Morgan. Elle le connaissait parce qu'elle faisait partie des curateurs des Archives de Harvard et qu'elle avait tout de suite repéré en lui un zinzin premier cru.

— Ne crois pas que je veux me mêler de tes affaires si je l'assois près de toi au dîner, m'a-t-elle chuchoté dans un coin de son imposant salon avant que nous nous installions tous autour de la table fastueuse, servis par deux domestiques en livrée. C'est juste que tu t'amuseras beaucoup plus avec Theo à ta droite que si je t'avais mise avec, disons, Clifford Sweet, qui te dresserait son arbre généalogique jusqu'au *Mayflower* et t'initierait aux secrets des marchés dérivés.

Sara avait vu juste : bien qu'il m'ait fallu quelques minutes pour m'adapter au train d'enfer de ses reparties, Theo Morgan s'est révélé un excellent compagnon de table.

— Vous savez ce que cet endroit me rappelle ? a-t-il lancé tout haut alors que nous prenions place dans la cérémonieuse salle à manger, *La Splendeur des Amberson*.

— J'ignorais qu'on lisait encore Booth Tarkington, de nos jours, ai-je observé, un ton en dessous.

— Le film est meilleur que le livre. Dans le style feuilleton haut de gamme, je veux dire.

— C'est rare que l'adaptation cinématographique soit supérieure au roman.

— Quoi, vous pensez que *Le Parrain* de Mario Puzo est un chef-d'œuvre et le film de Coppola un navet ?

— Oups…

— Et *High Sierra*, alors ? Bon, il y a des bouquins pires que celui de Will R. Burnett, d'accord, mais le film de Raoul Walsh est absolument…

— Rappelez-moi de m'abstenir de vous chercher sur le terrain de la culture cinématographique, la prochaine fois.

Il m'a décoché un sourire d'enfant malicieux.

— Mais j'aime bien qu'on me cherche, moi…

Comme j'allais vite m'en rendre compte, j'appréciais le défi intellectuel permanent qu'il représentait, moi aussi. À la fin du dîner, il m'a demandé d'écrire mon numéro de téléphone dans le petit agenda en cuir noir qu'il a sorti de sa veste. Je ne m'attendais pas à ce qu'il me contacte, franchement, mais il m'a étonnée en appelant dès le lundi suivant.

— Et Howard Hawks ? a-t-il demandé de but en blanc ; j'espère que vous le trouvez à la hauteur, lui.

Il voulait me proposer de l'accompagner à une projection de *Seuls les anges ont des ailes* dans une salle de Cambridge. C'est après le film, dans une petite pizzeria, que nous avons entamé ce rituel des premiers rendez-vous qui consiste à se raconter mutuellement son passé. J'ai donc eu ce soir-là un aperçu de son enfance pas vraiment heureuse à Indianapolis, et lui de mon enfance franchement malheureuse à Greenwich. Lorsque j'ai mentionné que mon père était recherché par les autorités, il a ouvert des yeux énormes :

— Hé, mais c'est classe, ça !

— Je n'ai jamais considéré ça de cette façon, ai-je répondu, plutôt sur la défensive.

— Allez ! Un père fugitif… Tu devrais l'écrire, cette histoire, au lieu de la raconter. Je veux dire, c'est du très bon matos, surtout que cela n'a pas dû te laisser beaucoup de souvenirs d'un nid douillet.

— C'est drôle, c'est exactement l'expression qu'utilisait ma mère…

— Mais elle n'y mettait sûrement pas la même ironie que moi.

Nous nous sommes revus le week-end pour une double séance Bogart – *Le Faucon maltais* et le *High Sierra* dont il faisait tant de cas –, puis un dîner dans une gargote à hamburgers. Au troisième rendez-vous – une rétrospective Éric Rohmer et un restaurant chinois assez glauque, mais délicieux –, il m'a invitée à venir chez lui, et j'ai accepté sans hésitation.

J'étais nerveuse, naturellement, et Theo aussi, mais quand nous avons enfin surmonté notre timidité nous avons tous deux réagi avec une ardeur surprenante. Après, il a mis un disque de Miles Davis, annonçant que c'était « parfait, comme musique postcoïtale », et, une fois avoir débouché une bouteille de vin assez correct, m'a fait savoir qu'il avait un sérieux béguin pour moi.

— Bon, je sais très bien que ce n'est pas un truc à dire, stratégiquement parlant, a-t-il poursuivi. Je suis censé dès maintenant jouer le type qui se rétracte dans sa coquille, genre : « Je ne veux pas qu'on envahisse mon espace. » Mais je ne vais pas adopter un rôle qui ne me plaît pas juste parce qu'il faudrait. Je te le dis carrément : Jane, tu es fantastique. Et je suis très difficile.

« Quand on éprouve un besoin précis, on finit toujours par le satisfaire. »

Theo Morgan tombait à pic, et son empressement à la suite de notre première étreinte ne m'a aucunement effrayée. Au contraire, j'étais prête à tomber de nouveau amoureuse, prête à m'extirper de la solitude et de l'isolement qui avaient dominé mon existence depuis la mort de David. Des années durant, je n'avais même pas pu imaginer me retrouver dans les bras d'un autre homme, j'avais tiré un trait sur toute possibilité d'un lien sentimental avec quiconque, même si plus d'une occasion s'était présentée. Et soudain, ce garçon atypique, surprenant, qui semblait tellement à l'aise dans sa drôle de peau était arrivé. J'aimais sa vivacité d'esprit, sa facilité à s'emballer sur n'importe quel sujet, depuis la méconnaissance affligeante de la langue anglaise dont faisait preuve George Bush fils jusqu'à l'originalité du jazzman d'avant-garde

Jimmy Guiffre dans les années 1950, en passant par les adaptations cinématographiques des romans de James Joyce signées Joseph Strick, dont il raffolait, ou par un obscur auteur de polars de Miami, Charles Willeford, qu'il jugeait l'égal de Chandler.

Si la variété de ses centres d'intérêt était époustouflante, j'ai rapidement senti qu'il avait besoin de ces multiples passions cérébrales afin de dissimuler une écrasante solitude. Quelques semaines après le début de notre relation, il a reconnu qu'il n'avait pas eu d'histoire d'amour digne de ce nom depuis des années, et que la seule relation importante de sa vie, avec une artiste de performances nommée Constance van der Plante, s'était piteusement achevée lorsqu'il avait perdu son travail à New York.

— Tu sais, j'ai failli ne pas aller à ce dîner chez Sara Crowe.

— Heureusement que tu as changé d'avis.

Sara, d'ailleurs, n'a pas caché sa surprise lorsque je lui ai appris que Theo et moi avions entamé une liaison.

— Eh bien, ce n'est certainement pas ce que j'avais en tête quand je vous ai présentés l'un à l'autre.

— Ne sois pas si choquée. Il est merveilleux.

— Bien sûr, bien sûr, a-t-elle concédé d'un ton peu convaincu. C'est juste que je n'aurais jamais imaginé que le courant allait passer entre vous de cette façon, Jane.

— La vie est pleine de surprises.

— Tu as l'air heureuse, en tout cas.

— Et toi, tu as l'air plus que sceptique.

— Non, non, c'est seulement que je ne m'y attendais pas.

C'était tout Sara, une telle réaction. Elle *adorait* ses excentriques protégés, et n'avait rien contre l'idée de coucher avec un intello bohème quand on n'était encore qu'une fille découvrant la vie, mais sa conception plutôt victorienne de l'amour voulait que la même fille, passé un certain âge, se choisisse un homme raisonnable, solide, qui assumerait sa part du contrat conjugal et lui procurerait toute la sécurité matérielle nécessaire. Découvrir que j'avais pris Theo Morgan pour amant était donc pour elle un choc.

— J'adore Theo, a-t-elle poursuivi, et il a très clairement de quoi devenir un critique de cinéma réputé, mais, et comprends-moi bien, Jane, ce n'est qu'une objection inspirée par l'amitié, il ne me paraît pas être d'une solidité à toute épreuve pour…

— Je vois ce que tu veux dire, Sara.

— Je ne veux surtout pas te froisser, tu comprends ?

— Aucun risque.

Christy, qui a fait la connaissance de Theo quelques semaines plus tard alors qu'elle était revenue à Boston faire une lecture publique à Eliot House, a au contraire été enthousiasmée. Elle a pris la parole devant une salle presque vide, comme c'est malheureusement le cas pour tant de poètes dans notre pays, finalistes du Pulitzer ou pas. Dans la culture américaine contemporaine, on réserve à la poésie la part du pauvre. Mais Theo m'a une fois encore impressionnée en démontrant une grande connaissance des auteurs poétiques modernes lorsque nous sommes allés dîner tous les trois après la conférence. Débattant avec Christy des mérites respectifs de Hart Crane et de Howard Nemerov, il a fait preuve d'un tel savoir qu'elle m'a confié avec un petit sourire, lorsqu'il s'est excusé un moment pour aller aux toilettes :

— S'il n'était pas déjà pris, je me le ferais bien. J'aime beaucoup ce genre de personnalité obsessionnelle.

— Il n'est pas si obsessionnel que ça.

— Oh, que si ! Mais il n'y a rien de mal à être psychologiquement déficient, quand on a un cerveau pareil. Tu sais aussi bien que moi que tous les gens qui écrivent ont, fondamentalement, un déséquilibre émotionnel. Et fais-moi confiance, je suis capable de repérer ça en un quart de seconde. Mais il y a déséquilibré et déséquilibré, hein ? Je ne parle pas du psychopathe de base, je parle du type légèrement cinglé, mais intéressant. Ton petit copain entre dans la deuxième catégorie.

— Donc tu le trouves OK ? Sans réserve ?

— Je pense qu'il est superintelligent et supercompliqué. Si tu peux faire avec ça, épouse-le. Mais il faut que tu aies bien conscience d'une chose : si tu as l'intention de le changer d'une manière ou d'une autre, laisse tomber. Il a sa façon de voir et de faire, et il n'en bougera pas d'un iota.

Christy avait parfaitement compris ce que Theo pouvait avoir de psychorigide. Il ne commençait jamais sa journée avant midi, sous aucun prétexte, et toujours avec des quantités effarantes d'espresso serré, qui ne pouvait être produit que par du café de la marque Lavazza et dans une cafetière italienne traditionnelle. Pendant que le breuvage chauffait, il remplissait un bol de céréales horriblement sucrées, des Captain Crunch, qu'il croquait sans rien d'autre, car il avait une sainte horreur du lait. Puis il s'installait à son bureau et consacrait deux heures, top chrono, à son *magnum opus*, une histoire complète du cinéma américain qui devait être « sans doute le bouquin le plus partial jamais écrit sur la question » et qui, il en était convaincu, ferait instantanément de lui un critique à la renommée mondiale, à condition qu'il arrive à terminer ce fichu truc. Et ce n'était pas parce qu'il manquait de discipline ou de zèle ; la difficulté provenait du fait que ce mastodonte comptait déjà deux mille cent trente pages alors qu'il n'avait même pas encore entamé les années 1960.

En lisant la partie consacrée à Orson Welles – un honneur qu'il m'avait accordé à la condition que je lui promette de ne pas avoir la dent trop dure avec lui –, j'ai été frappée par la pertinence de son propos, la qualité de son écriture et l'ambition de son projet. Quand j'ai demandé à en voir plus, il s'est aussitôt rétracté, affirmant qu'il regrettait déjà de m'avoir montré ce passage, que j'allais sans doute être déçue par le reste de son travail et que le simple fait de m'avoir donné accès à un aperçu de son entreprise risquait de compromettre sa capacité de concentration. En fait, cela l'a tellement perturbé que j'ai eu du mal à cacher mon malaise devant une réaction aussi disproportionnée.

— Je ne peux plus te laisser approcher de ce manuscrit, s'est-il écrié en faisant les cent pas comme un lion en cage ; tu entends, je ne *peux* pas, plus jamais !

— Il n'y a pas de quoi se mettre dans des états pareils, Theo…

— Pas de quoi ? Pas de quoi ! Qu'est-ce que tu en sais, d'abord ? En quatre ans, personne d'autre que moi n'a eu accès à ce bouquin ! Personne n'y a touché !

— Mais c'est toi qui m'as fait lire ce passage, voyons. Alors, je ne comprends pas que…

— Exactement ! Tu ne comprends pas ! Tu ne comprends pas ce que ça signifie pour moi !

Attrapant son éternel blouson en cuir noir, il s'est rué dehors. Si j'ai eu l'impulsion de lui courir après, je me suis dit qu'il était préférable de le laisser se calmer tout seul, d'autant que j'avais été sérieusement ébranlée par cette scène hallucinante. Et je me suis dit que s'il ne revenait pas rapidement, et avec une explication convaincante pour ces trépignements hystériques, je ne passerais pas la nuit avec lui. Ne le voyant pas réapparaître au bout d'une heure, je suis rentrée chez moi après lui avoir laissé un mot : « Je t'ai attendu. J'espère que tu te sens mieux. J. »

Au moment de cette scène, nous sortions ensemble depuis environ un mois et demi, et si nous avions passé quelques soirées chez moi, à Somerville, nous avions surtout utilisé comme base l'appartement de Theo à Cambridge, parce qu'il était tout près des nombreuses salles de cinéma situées dans les parages de Harvard Square. En général, nous passions deux ou trois nuits ensemble chaque semaine, mais la règle tacite était qu'aucun de nous ne se rende chez l'autre sans avoir prévenu à l'avance. Jusqu'à ce soir-là, car vers minuit on a sonné à ma porte. J'ai hésité à ouvrir : et si l'illusion de normalité et d'équilibre sentimental venait d'être réduite à néant par cette soudaine démonstration d'une profonde insécurité qu'il avait réussi à me dissimuler jusqu'à présent ? Une autre voix en moi protestait : « Rejette-le à cause de cet incident et tu te retrouveras à nouveau seule. C'est ce que tu veux ? Non, et tu le sais très bien. » Je suis donc descendue lui ouvrir la porte. Il avait l'air fatigué, déprimé, inquiet et très peu fier de lui.

— C'était horrible de ma part, a-t-il chuchoté, son regard contrit sur moi, et je comprendrai tout à fait si tu me claques la porte au nez, mais…

— Est-ce un petit secret que tu ne voulais pas me faire partager ? Le fait que tu sois capable d'entrer dans une rage incroyable pour des broutilles ?

— Je suis désolé. Tu n'imagines pas à quel point. Je peux entrer une minute ? (Voyant mon indécision, il a murmuré :) S'il te plaît, Jane…

Je lui ai fait signe de me suivre dans l'escalier. Quand nous avons été chez moi, il m'a enlacée. Il tenait à moi plus qu'à tout, a-t-il affirmé. Il n'avait plus eu une de ces crises depuis deux ans et il me comprendrait entièrement si je rompais avec lui au cas où cela se reproduirait ; pour l'heure, il allait faire tout son possible pour que je lui pardonne. Quant à moi, j'étais en proie à des émotions contradictoires : je le croyais sincère, mais sa dépendance vis-à-vis de moi me paraissait à la fois réconfortante et inquiétante. Était-ce parce que j'avais besoin de lui à ce moment de ma vie, moi aussi, et besoin de sentir que j'occupais une place tellement essentielle dans la sienne ? Ah, ce sempiternel tiraillement entre le désir d'inspirer des sentiments profonds à un être et la crainte de la responsabilité que cela suppose forcément. Alors, je l'ai embrassé et je lui ai dit qu'il n'y avait plus rien à ajouter, sinon : « Allons nous coucher. » Et c'est ce que nous avons fait.

Quand je me suis réveillée, à huit heures le lendemain, Theo avait enfreint l'un de ses principes les plus tenaces, « jamais debout avant midi » ; mieux encore, il nous avait préparé un copieux petit déjeuner. Et comme il faisait mine de reprendre son acte de contrition, je l'ai fait taire d'un baiser.

Au cours des mois suivants, il a tenu sa promesse et ne s'est plus « donné en spectacle », ainsi qu'il avait décrit sa crise de trépignements. Non qu'il ait été sans cesse sur ses gardes en ma présence ou qu'il ait joué les amants modèles en occultant la complexité de son caractère. Au contraire, il a vite repris ses horaires de vampire, passant ses nuits devant des films et dormant toute la matinée, et il a continué à repousser mes tentatives pour lui faire abandonner ses épouvantables habitudes alimentaires. Je ne me plaignais pas pourtant, parce que si j'avais eu une journée particulièrement déprimante à l'université, ou si j'étais brusquement en proie à l'un de ces accès d'humeur noire qui m'assaillaient parfois, il savait se montrer attentif sans devenir envahissant. Apprendre jusqu'où ne pas aller trop loin dans la sollicitude n'est jamais simple, mais sur ce plan il manifestait un tact naturel que j'appréciais beaucoup, même si je ne le lui disais pas toujours. Lorsqu'il n'était pas là, il me manquait vraiment, et cependant notre système me plaisait en ce qu'il ne nous obligeait pas à partager le quotidien jour après jour, avec le risque de nous laisser engloutir par la routine.

Six mois ont passé ainsi et puis, en rentrant chez moi un après-midi, j'ai aperçu une camionnette Sony devant l'immeuble. Alors que je grimpais le perron, son chauffeur m'a hélée : étais-je bien Jane Howard ? Dans ce cas, il avait une télévision à écran plat de 42 pouces pour moi. Comme je lui disais qu'il devait faire erreur, il s'est approché et m'a montré le bon de livraison. Au bas de la feuille, en tout petits caractères, il y avait le nom de Theo.

— C'est que… je n'ai pas vraiment besoin d'une télé aussi gigantesque, ai-je objecté.

— Ah ouais ? Eh bien, il fallait le dire au zigue qui vous l'a achetée.

J'ai prié le livreur de m'attendre cinq minutes et j'ai sprinté dans l'escalier pour aller téléphoner à Theo.

— Tu es complètement fou ? ai-je commencé, le souffle court.

— Tu devrais déjà connaître la réponse, non ?

— Qu'est-ce que je ferais d'une fichue téloche de cette taille ?

— Je me suis dit que nous en aurions besoin.

« Nous ». C'était la première qu'il employait la première personne du pluriel pour parler de… nous.

— Essayer de regarder un bon film sur ton poste riquiqui, c'est presque sacrilège. Alors je me suis dit que…

— Tu aurais pu m'en parler d'abord.

— Mais ça aurait ruiné l'effet de surprise, indispensable quand on veut en faire une…

— Ça ne coûte pas une fortune, ce genre de télé ?

— Ça, c'est encore mon problème, pas le nôtre.

Encore ce nous ! Était-ce sa manière détournée de m'annoncer : « Je viens vivre chez toi » ?

— Je ne sais pas quoi dire, Theo…

— Alors, ne dis rien jusqu'à ce que j'arrive ce soir avec la toute nouvelle remastérisation d'*Une question de vie ou de mort*, de Pressburger et Powell. Les Archers, comme on les appelait dans le temps. Tu ne vas pas en croire tes yeux : les effets hallucinogènes des débuts du Technicolor, c'est juste too much !

Le soir venu, je n'ai pas pu le contredire : non seulement l'énorme appareil s'est casé sans encombre près de la cheminée, mais le traitement expressionniste de la guerre et de ses lendemains par le duo britannique était réellement mis en valeur par cet écran d'une taille absurde.

— J'étais sûr que tu allais aimer, m'a dit Theo à la fin.

— D'accord, mais inutile de recommencer à m'affoler avec tes dépenses extravagantes.

— Mais j'adore ça, t'affoler. Et en plus, nous savons toi et moi que tu te fais du mal à force d'avoir tellement les pieds sur terre.

Aïe ! C'était direct mais justifié. Revenue à la frugalité d'un salaire d'enseignante, j'avais recommencé à compter chaque cent, à toujours m'inquiéter de ne pas être assez prévoyante. Les rares fois où nous allions dans des magasins, Theo m'observait tandis que j'essayais des vêtements avant de les remettre sur les cintres parce qu'ils étaient « trop chers » – même quand c'était chez Gap – ou « sans rien d'exceptionnel », ma façon de dire que je n'en avais pas besoin.

— Mais tu n'as pas de blouson en cuir, a-t-il objecté un jour alors que j'en avais enfilé un qui me plaisait dans une boutique de Newbury Street et que je l'avais aussitôt enlevé.

— Je peux vivre sans.
— Mais il te va super bien.
— Il coûte presque quatre cents dollars.
— Allez, fais-toi plaisir.
— Je ne suis pas habituée à me faire plaisir.
— J'avais remarqué, oui. Mais il faut que tu apprennes un peu. Eh, la vie est trop courte pour se priver tout le temps, bon sang ! Et tu n'as pas à continuer à prouver au monde que tu n'es pas comme ton arnaqueur de père.
— Rappelle-moi de ne plus jamais te confier un secret.
— À partir du moment où le FBI est au courant, c'est plus vraiment un secret. Enfin, tout ce que je veux te dire, c'est que tu dois te laisser aller de temps à autre.
— Que veux-tu, l'insouciance et moi, ça fait deux. Mon cerveau est simplement incapable de fonctionner sans l'idée qu'il y a un prix à payer pour tout.
— Ah ! C'est toi qui devrais écrire des bouquins sur le puritanisme, pas la grande dame Sara !
— Mais c'est le cas, figure-toi. Les naturalistes américains étaient aussi obsédés par la culpabilité que tous nos grands puritains, comme Hawthorne ; simplement, ils ne l'abordaient pas sur le plan théologique mais sur celui de notre idéologie hypercapitaliste. Argent, Dieu et culpabilité : voilà le trio gagnant de l'Amérique. Et aucun d'entre nous n'arrive jamais à s'en libérer totalement.

Il n'empêche que j'ai fini par acheter le fameux blouson en cuir, que j'ai ravalé mes protestations indignées sur l'impressionnante télévision qui occupait tout un coin de mon living, et que je n'ai même pas sauté au plafond lorsque Theo m'a proposé d'aller passer une semaine dans « un petit hôtel Arts déco très sympa » de South Beach, à ses frais.

— Je ne savais pas que Miami était la porte à côté.
— Ce n'est pas si loin.
— Et tu peux te permettre de payer une semaine là-bas, sérieusement ?
— Tu vas arrêter de jouer les rabat-joie ? Si je dis que je peux, c'est que je peux !
— Je voulais dire que je suis prête à payer la moitié de tous les frais.
— Merci d'enlever tout romantisme à ce que je pensais être la plus romantique des propositions.

— Non, non, ce n'était pas mon intention. Je voulais juste être..., oh, zut, lâchons le grand mot : raisonnable.

Lors de notre deuxième nuit à Miami, toutefois, je me suis montrée extrêmement peu raisonnable : après avoir forcé sur les margaritas dans un petit resto mexicain de Lincoln Road, nous sommes retournés à notre chambre en effet très Arts déco, nous sommes tombés sur le lit et avons fait l'amour ; dans la nuit, je me suis levée pour aller à la salle de bains, mes yeux rougis par la tequila se sont arrêtés sur mon reflet dans la glace et... soudain, la mémoire m'est revenue avec brutalité : j'avais oublié de mettre mon diaphragme. En comptant à rebours sur mes doigts tremblants, et la peur déjà au ventre, j'ai calculé que j'étais au dixième ou onzième jour de mon cycle menstruel. Ce n'était pas entièrement fiable, évidemment, mais je craignais de jeter une ombre désagréable sur le reste de notre séjour en Floride si je partageais mon inquiétude avec Theo. J'ai donc décidé que l'arithmétique me serait favorable.

Trois jours se sont écoulés, délai après lequel la pilule du lendemain n'aurait plus eu d'effet, puis le reste de la semaine à Miami, et à part quelques moments embarrassants où il a senti que j'étais préoccupée j'ai réussi à lui cacher mon anxiété. Mais un mois plus tard, avec mes règles en retard de quinze jours et alors que je vomissais tous les matins, il est devenu dérisoire de feindre. Je suis allée acheter un test de grossesse à la pharmacie, j'ai humecté d'urine la bandelette, je l'ai placée dans l'éprouvette et, en attendant le résultat, je suis allée à la cuisine faire du café. Cinq minutes après, même si la notice indiquait qu'il fallait attendre une demi-heure, je suis revenue l'observer. Le bout de papier avait viré au rose. Et à ce moment sans doute déterminant de mon existence, devant ce tournant soudain que ma vie prenait malgré ma volonté, une question anodine a surgi dans ma tête : « Qui a décidé que la couleur symbolisant la maternité était le rose ? » Elle a été aussitôt suivie par une autre, moins prosaïque : « C'est comme ça que fonctionne le destin ? »

4

« NON DÉSIRÉE. » C'est une formule lourde de sens au point d'en être accablante, quand elle suit le mot « grossesse ». Dès que le test est devenu positif, néanmoins, il m'est apparu avec une clarté aveuglante que, un, je ne voulais pas de cet enfant et que, deux, je ne pouvais pas supporter l'idée de ne pas le laisser venir au monde.

Si j'avais été déterminée à ne pas tomber enceinte pendant notre escapade à Miami, j'aurais inventé une excuse pour m'esquiver pendant deux ou trois heures, trouvé un médecin compréhensif, avalé les pilules du lendemain qu'il m'aurait prescrites et invoqué encore quelque explication au fait d'être nauséeuse et inapprochable pendant deux jours. Mais ce n'était pas la voie que j'avais choisie, et cela seul soulevait directement une question troublante : est-ce que j'avais de quelque façon désiré ce « non-désiré » ?

— Évidemment, que tu voulais être enceinte ! a grommelé Christy quand mon coup de fil l'a réveillée à sept heures du matin, heure de l'Oregon.

Ce n'était pas très malin de ma part, puisque je savais qu'elle avait horreur de se lever tôt. Mais elle a cessé de rouspéter en percevant mon angoisse, et comme elle me réclamait des explications je lui ai décrit piteusement mon pari hasardeux sur la régularité du cycle menstruel.

— Hein ? Tu me dis que tu t'es fiée à ces méthodes de bonne femme ?

— Ça a juste été un moment de négligence de ma part. On avait pas mal bu et…

— Foutaises ! Évidemment, que tu voulais être enceinte ! Même si tu refuses de le croire, c'est la vérité toute nue.

— Et qu'est-ce que je fais, maintenant ?

— Très simple : ou tu fais ton bébé, ou tu ne le fais pas.

— Je ne suis pas prête à être mère.

— Dans ce cas, trouve le numéro de la clinique d'avortement la plus proche de chez toi et…

— Attends ! C'est impossible.

— Alors tu es devant un dilemme vraiment coton. Qu'est-ce qui te flanque le plus la trouille, au juste ? Une responsabilité pour toute la vie, la perte de ta liberté, le fait que ça va te lier à Theo de façon permanente ?

— Eh bien, tout ça.

— Oui ? Bon, tu n'es pas obligée de décider d'ici ce soir.

— Mais à partir du moment où je vais l'annoncer à Theo, il sera forcément impliqué dans la décision.

— D'après ce que je sais du processsus de fécondation, il est déjà très impliqué dans la décision, comme tu dis ! Quelle qu'elle soit. Mais avant de lui parler, tu as intérêt à savoir de quel côté tu veux aller.

Jusqu'ici, la chose avait été plutôt claire, dans ma tête : je ne voulais pas d'enfant. C'était une résolution née de la certitude que cela m'entraînerait dans une impasse que j'aurais créée, perspective d'autant plus déprimante que ma naissance avait elle-même conduit mes parents dans l'engrenage du repli sur soi. Mais il y avait aussi la question incontournable au sujet de Theo : est-ce que je l'aimais ?

Je me suis dit que oui, et d'ailleurs n'avait-il pas lui-même proclamé plusieurs fois qu'il m'aimait ? Mais cela n'arrivait pas à faire taire une appréhension profondément enracinée : étais-je capable de vivre sous le même toit qu'un homme qui observait des horaires de Dracula et avait besoin de « se regarder un bon film » dans les minutes qui suivaient une relation sexuelle ? Son hyperorganisation ne me donnerait-elle pas l'impression d'être enfermée avec un monomaniaque dont la cinéphilie frisait l'obsession ?

Face à ces interrogations, il y avait le fait que Theo était quelqu'un d'incroyablement scrupuleux et dévoué à ce qu'il avait décidé d'entreprendre, par exemple à son livre aux proportions déjà alarmantes. De plus, il s'était comporté de manière exemplaire depuis la scène pénible qu'il m'avait imposée, prouvant ainsi sa détermination à maîtriser les démons qui pouvaient l'agiter. Et si l'effervescence de son cerveau m'inquiétait parfois, son cœur était sans mystère : j'étais « celle qu'il avait toujours attendue », « la meilleure part de sa vie », « la source de son bonheur », pour reprendre ses termes. Qu'objecter à ça ?

Alors que je redoutais les questions embarrassantes que la nouvelle risquait de déclencher – à commencer par : « Pourquoi ne pas m'avoir dit tout de suite qu'il y avait eu un pépin ? Je n'étais pas concerné, peut-être ? » –, il a réagi avec un remarquable sang-froid quand j'ai enfin lâché le morceau.

— Bah, un accident, ça arrive à tout le monde, surtout après cinq margaritas bien tassées. Mais c'est génial !

— Tu es sûr ?

— Je ne le dirais pas, sinon ! Enfin, c'est simple, non ? Tu veux avoir un enfant avec moi, n'est-ce pas ?

— Évidemment, ai-je lâché. (Et je me suis dit au même instant : « Voilà, tu as choisi mais ce n'est pas toi qui as choisi… ») Sauf que tu te rends compte des conséquences, Theo ? Ça va changer énormément de choses, pour nous.

— J'ai pas de problèmes avec ça.

— Ah… donc, c'est… très bien.

— Mais toi, Jane, tu en as ? a-t-il demandé, notant mon attitude hésitante.

— C'est… une grande décision.

— Mais on ne sera pas les premiers à la prendre, pas vrai ? Et c'est ce que je veux, moi. Parce que je veux faire ma vie avec toi.

— Moi aussi, ai-je affirmé avec une conviction qui ne reflétait pas mon état d'esprit, encore travaillé par le doute.

Lorsque j'ai rappelé Christy pour lui raconter avec quel enthousiasme Theo avait accueilli la perspective de sa paternité, et d'une véritable vie commune avec moi, elle s'est montrée catégorique :

— Eh bien, c'est exactement ce que tu voulais entendre, non ? Et ça montre que ton mec n'a pas l'intention de traîner les pieds et de te laisser te débrouiller toute seule avec le bébé. Donc, tout s'annonce au mieux.

— Je n'en suis pas si certaine…

— Ah, oui ? Alors, si c'est ça, arrête de faire ta chochotte. Tu pourras toujours dire à Theo qu'il y a eu des complications et que tu as fait une fausse couche. C'est très courant. Je suis prête à traverser le continent pour te tenir la main dans ce moment difficile.

— Ça ne se décide pas comme ça.

— Bien sûr que non. Mais quitte à énoncer des évidences, je te rappelle ceci : une fois que tu auras un gosse, impossible de le rendre.

Comme George Orwell l'a si justement noté, n'importe quel lieu commun contient une part de vérité essentielle. Ce que Christy venait de dire m'a amenée à comprendre que le dilemme auquel j'étais confrontée était basé sur un élément fondamental de l'analyse littéraire que j'avais déjà abondamment pratiqué : l'interprétation. Comme interpréter la part de scrupule moral dans une décision ? Comment arriver à interpréter ce qui vous arrive sans vous laisser guider par la culpabilité ? Comment mesurer à quel point vous avez besoin de plier la réalité pour qu'elle entre dans le moule de la représentation que vous avez de votre existence ? Ou encore : qu'êtes-vous prêts à accepter, ou pas, pour continuer à faire partie du concert du monde ?

C'est à ce moment, je crois, que j'ai été frappée par une certitude : si je n'allais pas jusqu'au bout, le regret et la peine allaient me laisser une blessure qui ne cicatriserait jamais. Dans le même temps, la décision de garder l'enfant me lierait à Theo d'une manière qui me mettait mal à l'aise.

L'allégresse de Theo à l'idée d'être bientôt père était en revanche sans limite. On aurait dit un futur papa des années 1950, distribuant des cigares à la ronde et annonçant fièrement au premier venu que j'étais enceinte. À mon insu, il a même appelé Sara Crowe pour lui annoncer la bonne nouvelle, ce qui m'a valu un coup de téléphone assez aigre de mon amie, qui a exprimé sa stupéfaction avec une tonalité plus Katharine Hepburn que jamais :

— Eh bien, je suppose qu'il faut te présenter des félicitations.

— J'avais l'intention de te prévenir, mais on dirait que Theo m'a devancée, ai-je répondu, mortifiée qu'il diffuse cette information comme s'il s'agissait d'une dépêche de Reuters.

— Theo a été très touchant, a-t-elle glissé sans cacher la nuance ironique de sa remarque. Il m'a dit que j'avais changé sa vie en t'invitant à ce fameux dîner. Il paraît qu'il me sera « à jamais reconnaissant » pour ça.

— Je vois.

— Tu as l'air transportée de gratitude, toi aussi.

— Pas besoin d'être sarcastique, Sara.

— « Sarcastique » ? Je n'avais pas l'impression de l'être, Jane. « Perplexe » serait plus juste. Mais enfin, c'est ta vie, hein ?

— Exactement. C'est ma vie. Et merci pour tes vœux.

Quand Theo est arrivé chez moi le soir, je lui ai fait comprendre que je n'étais pas transportée par sa tendance à clamer sur tous les toits que j'étais enceinte.

— Pourquoi ? Tu as honte de ça ? De nous ?

— Mais non. C'est simplement que… s'il arrive quelque chose, si je fais une fausse couche ou…

— Ça n'arrivera pas.

— J'espère que non.

— Alors, où est le lézard ? Pourquoi je ne m'en réjouirais pas devant les autres ? D'autant plus avec Sara puisque c'est elle qui nous a présentés.

— Ce n'est pas le problème.

— Et quel est le problème ?

— Je… je suis un peu à cran, c'est tout.

— Tout va aller bien pour toi, a-t-il asséné en m'enlaçant. Pour nous.

— Oui, bien sûr.

— Et aussi, il faut qu'on décide quand je vais venir m'installer avec toi ici.

Cette dernière réflexion n'était pas une surprise, en vérité. Depuis que je lui avais appris que j'étais enceinte, je savais que le moment d'envisager sérieusement notre fonctionnement domestique ne tarderait pas à arriver. Comme mon duplex était nettement plus grand que son appartement, Theo avait conçu le système suivant : il emménagerait chez moi, mais laisserait une bonne partie de ses affaires dans son studio, qui deviendrait la retraite où il irait écrire. L'idée m'avait séduite, elle permettait à chacun d'entre nous de garder une marge d'indépendance. L'échec conjugal de mes parents m'avait appris au moins une chose, c'était qu'un couple ne peut pas longtemps survivre à la sensation d'étouffement, et j'étais reconnaissante à Theo d'avoir compris, lui aussi, que nous avions tous les deux besoin d'une soupape de sécurité.

Quelques jours après cet échange, Theo a débarqué un matin au volant d'un break qu'il avait emprunté à un ami et dans lequel il avait entassé son équipement de base : sa provision annuelle de jeans et de tee-shirts, son blouson en cuir, deux paires de Converse noires, des chaussettes et des sous-vêtements, une deuxième cafetière italienne et un container hermétique en inox destiné à conserver son café Lavazza. Toute sa garde-robe s'est facilement casée dans la commode dont j'avais fait l'acquisition pour lui, et son sacro-saint équipement d'amateur d'espresso a trouvé sa place à la cuisine. Ensuite, il a décidé de réarranger tous mes livres par ordre alphabétique, puis de faire de l'ordre sur les étagères de la cuisine, puis de retoucher les joints d'une partie des carreaux de la salle de bains, puis de poncer le parquet du hall d'entrée…

— Si tu te mets à repasser mes petites culottes, je te préviens, c'est fini entre nous, lui ai-je lancé un jour.

Il a trouvé ça très drôle, et cela ne l'a pas empêché de réorganiser ma penderie de fond en comble, ainsi que de purger toute la tuyauterie de l'appartement.

— Je ne savais pas que tu étais un fana de *Ma maison, mon décor,* ai-je observé.

— Parce que je n'avais pas encore eu de vraie maison dans laquelle bricoler. Mais ça ne te déplaît pas, si ?

Non, ce n'était pas déplaisant, d'autant que sa maniaquerie n'allait pas jusqu'à piquer une colère si les serviettes de toilette n'étaient pas parfaitement alignées et pliées sur leur support. Et si j'oubliais de charger la machine à laver, ou si je laissais deux assiettes sales dans l'évier, hop ! Monsieur Propre s'en chargeait.

— Sois contente d'avoir trouvé un type qui soigne ton intérieur, m'a recommandé Christy un jour que je l'avais appelée de mon bureau à l'université. Parce que ça veut dire qu'il se soucie de toi. À propos, est-ce que tu continues à rendre tes tripes tous les matins ?

Les nausées matinales avaient disparu, mais elles avaient été remplacées par de terribles crises de démangeaison. Affirmant qu'il s'agissait d'un effet secondaire de la grossesse assez courant, mon gynéco m'a prescrit une crème qui devait calmer cette sensation de puces qui s'activaient sous ma peau, et Theo a tenu à me frictionner avec chaque soir avant que nous regardions ensemble tous les livres sur la grossesse et l'accouchement que j'avais pu trouver. Lorsque je m'endormais enfin, il s'installait devant notre écran géant pour sa double séance de cinéma nocturne. Les démangeaisons ont cessé au bout d'une quinzaine de jours. Quand les trois premiers mois se sont achevés et que mon ventre a commencé à s'arrondir, je me suis dit qu'il était temps d'annoncer la chose aux deux personnes que je redoutais le plus de prévenir : mon directeur de département et ma mère.

Comme je l'avais prévu, le professeur Sanders n'a pas été du tout enchanté d'apprendre que j'allais partir en congé maternité dans cinq mois.

— Ça tombe vraiment très mal, surtout que vous étiez vous-même un remplacement de dernière minute. Maintenant, il va falloir que je trouve un remplaçant à la remplaçante, comme ça, au pied levé…

— Cinq mois, ce n'est pas exactement au pied levé.

— Dans le monde universitaire, ça l'est. Enfin, on fera ce qu'il faut. Ah ! et mes félicitations…

La nouvelle s'est propagée comme une traînée de poudre dans le département, évidemment. Peu après, Marty Melcher m'a arrêtée dans un couloir :

— Alors, j'apprends que vous n'êtes pas vierge, finalement !

— Vous savez que ce que vous venez de dire peut être considéré comme du harcèlement sexuel, professeur ?

— Ou une plaisanterie bénigne. Tout est question d'interprétation, non ?

— Non, c'est une question de politesse, une qualité qui vous fait complètement défaut.

— Si vous voulez me signaler à la commission d'éthique sexuelle, ou quel que soit son fichu nom, ne vous gênez pas. Votre réputation de mijaurée n'en sortira que renforcée.

— C'est ce que je vais faire.

Et j'ai continué mon chemin. Dans mon dos, il a lancé :

— Je m'excuse.

Je me suis retourné vers lui.

— Qu'est-ce qui ne va pas, chez vous ?

Marty Melcher n'a pas répondu. Il a juste pris l'air penaud du chahuteur qui vient de se faire réprimander.

Pendant ce temps, Stephanie Peltz, qui venait de participer à une conférence d'études littéraires avec Sara Crowe, s'était documentée sur mon « galant ». Elle a fondu sur moi quand je suis entrée à la cafétéria :

— Quelle merveilleuse nouvelle ! Et comme le père a l'air « intéressant »…

Bref, j'avais hâte de quitter l'atmosphère délétère de ce campus. Cependant, il est arrivé quelque chose de fantastique pendant ce semestre par ailleurs éprouvant : Lorrie Quastoff a été acceptée à

Harvard. Je l'avais invitée à déjeuner à la reprise des cours pour parler de cette éventualité.

— Ils ne voudront jamais d'une anormale comme moi, avait-elle murmuré.

— Je suis certaine qu'ils vous voudront énormément, au contraire. La question est de savoir si vous, vous voulez d'eux.

— C'est pour les gens doués, Harvard.

— Et vous l'êtes, Lorrie.

— Je... Je ne crois pas, non.

— Mais moi, si. Et tout le département pense la même chose, ici. Vous êtes notre star, et vous avez besoin d'un environnement intellectuel plus stimulant.

— Harvard ne va pas aimer mon autisme.

— Ils vont vous adorer, parce que vous êtes très brillante et que vos notes le prouvent. Et aussi parce que je contacterai les gens qu'il faut, et que j'écrirai une lettre de recommandation qui leur fera comprendre que ce serait une hérésie de ne pas vous accepter. Mais surtout, surtout, ils vont vous accueillir à bras ouverts parce qu'ils se rendront compte dès le premier entretien à quel point vous êtes fantastique.

— Fantastique, ça rime avec autistique.

— Et alors ?

Il m'avait fallu deux autres rencontres pour la convaincre de présenter sa candidature. Mais elle a posé une condition : que je n'intervienne pas en sa faveur, à n'importe quel stade. Je lui ai dit que j'acceptais « à partir de maintenant », sans préciser que j'avais déjà téléphoné au responsable des admissions et au directeur du département de littérature pour leur chanter les louanges de Lorrie Quastoff. Et j'ai insisté pour lui donner une lettre de recommandation des plus élogieuses, qu'elle utiliserait ou non, à sa convenance.

Si l'acceptation de sa candidature a fait sensation à l'université de Nouvelle-Angleterre, notre chère administration s'est abstenue de tout commentaire. D'après Stephanie Peltz, El Presidente avait été heurté par la décision de Harvard, estimant qu'il aurait été préférable pour le rayonnement du campus de garder cette étudiante « exceptionnelle » (entendez autiste). Et pourquoi l'incontrôlable Jane Howard avait-elle encore fourré son nez dans ce qui ne la regardait pas ?

J'ai emmené Lorrie fêter la grande nouvelle par un déjeuner au Charles Hotel de Cambridge, et si ma grossesse m'empêchait de boire j'ai réussi à persuader Lorrie d'accepter un verre de champagne. Elle avait l'air un peu effrayée quand le serveur l'a cérémonieusement servie, et elle a tripoté nerveusement le pied de la flûte jusqu'à ce que je lui dise :

— Ça ne va pas vous transformer en citrouille, vous savez.

— Mais je vais peut-être être soûle ?

— Si c'est le cas, vous ne coûtez pas cher à inviter.

— C'est... une blague ?

— Mais oui. Et vous le méritez entièrement, ce champagne. On n'est pas accepté à Harvard tous les jours. Allez, essayez une gorgée !

Fermant les yeux comme si elle s'attendait à ce que le nectar lui brûle les lèvres, elle les a trempées avec une prudence touchante, puis, après avoir constaté qu'elle n'avait pas été foudroyée sur place, elle s'est décidée à avaler quelques gouttes.

— Ce n'est pas mauvais, mais je préfère le Coca light. Vous, vous ne pouvez pas à cause du bébé, c'est ça ? a-t-elle ajouté.

Quand je lui avais mentionné en passant que j'étais enceinte, quelques semaines auparavant, elle s'était bornée à hocher la tête avant de passer à autre chose. C'était la première fois qu'elle abordait directement le sujet.

— Eh oui. Les médecins conseillent de ne pas consommer d'alcool pendant la grossesse.

— Vous êtes contente d'attendre un bébé ?

— Je pense, oui.

— Donc, vous n'êtes pas folle de joie ?

— Ça n'existe pas, Lorrie, à part dans les magazines féminins bas de gamme.

— Donc, vous ne vouliez pas être enceinte ?

À des moments comme celui-là, il était difficile de savoir si son implacable franchise était la conséquence de son autisme ou, plus simplement, de son incapacité à nuancer l'expression de ses pensées, sauf quand il était question de littérature.

— Je *suis* enceinte, Lorrie.

— Mauvaise réponse.

— Je sais que je vais aimer cet enfant dès qu'il ou elle arrivera au monde, et je sais que...

— Tout le monde dit que votre mari est bizarre.

— Ce n'est pas mon mari, d'abord, et ensuite, qui parle de lui dans des termes aussi désobligeants ?

— Je ne peux pas le dire.

— Il n'est pas bizarre, non. En fait, je suis sûre que vous l'apprécieriez beaucoup.

— Il est autiste, lui aussi ?

— Tous les hommes le sont un peu.

— Mais lui, il l'est vraiment ?

« Attention à ce que tu vas répondre, là… »

— Non, il ne l'est pas.

– L'amour, c'est comment ?

— Compliqué.

— Très compliqué ?

— Ça dépend, j'imagine…

— Vous voulez dire, comme pour le professeur avec qui vous couchiez à Harvard ?

Lorrie est restée impassible, sans paraître noter l'effet que sa question avait eu sur moi.

— Comment savez-vous ça ?

— Tout le monde le sait. Alors, c'était de l'amour, ça ?

— Oui, sans aucun doute.

— Et c'était compliqué parce qu'il était marié, aussi ?

— Eh bien… oui, ça rendait les choses moins faciles.

— Et il est mort, c'est ça ?

— Oui. Il est mort.

— Et vous avez été triste ?

— Plus que je ne l'ai jamais été.

Une fois encore, le visage de Lorrie n'a laissé transparaître aucune émotion. Mais elle a hoché la tête à plusieurs reprises, vigoureusement.

— Donc, Emily Dickinson avait raison : l'amour, c'est « l'heure de plomb ».

— Je crois qu'elle parlait plutôt de la perte de quelqu'un, dans ce poème.

— Mais l'amour, c'est aussi une perte, non ?

— Oui, très souvent, c'est exactement ça.

— Donc, cet amoureux, le type bizarre… Vous allez finir par le perdre, lui aussi, non ?

— Je n'en ai pas l'intention, mais on ne sait jamais…

— On dirait que vous ne l'aimez pas comme vous aimiez le professeur.

— C'est différent, voilà tout.

— « Différent », ce n'est pas de l'amour.

Ma mère m'a servi une variation sur le même thème lorsque je lui ai amené Theo quelques semaines plus tard. J'avais préparé le terrain – non, j'avais *cru* préparer le terrain – en lui téléphonant au préalable pour lui révéler enfin que j'étais enceinte. Sans surprise, elle avait mal pris la nouvelle, non seulement parce que l'enfant avait été « conçu en dehors des liens sacrés du mariage », mais aussi parce que j'avais laissé passer trois mois avant de lui annoncer que j'allais être mère.

— Tu as dû attendre tout ce temps pour daigner me mettre au courant ?

— Je voulais être sûre que la grossesse évoluait bien, maman.

— Non. Tu ne voulais pas partager ce moment avec moi.

Silence.

— Bon, et le père ?

Je lui avais décrit Theo en quelques phrases.

— Il a l'air… différent.

« Différent ». Encore ce mot.

— Il est très original, oui.

— Ah, tu m'inquiètes encore plus, maintenant.

— Bon, tu veux le rencontrer, oui ou non ?

— Mais bien entendu ! Il faut que je le rencontre.

Quinze jours plus tard, en montant avec Theo dans ma petite Miata que la taille de mon ventre condamnait déjà à être bientôt remplacée par un véhicule plus adapté aux déplacements d'une mère et de son bébé, je me suis juré de tout faire pour que ce week-end chez maman se passe au mieux. Hélas ! dès la première minute dans la petite maison de Pleasant Street à Old Greenwich, j'ai capté le regard incrédule que ma mère posait sur l'homme qui avait engendré son futur petit-enfant, de même que je n'ai pas pu manquer celui, tout aussi silencieusement critique, avec lequel Theo considérait le décor lugubre, le papier peint fané, le mobilier resté inchangé depuis trente ans. Et il y avait aussi l'apparence de ma mère, qui m'a semblé encore plus fragilisée qu'avant par la solitude. En la voyant si triste, si renfermée en elle-même, j'ai éprouvé un remords terrible et, l'attirant dans mes bras, je lui ai dit à quel point j'étais heureuse de la voir. Après deux secondes de stupéfaction gênée, elle s'est dégagée de mon étreinte et m'a repoussée d'une tape sur l'épaule, rapide mais très patente, sa moue désapprobatrice semblant dire : « Ne t'avise pas de jouer la comédie des retrouvailles émues pour impressionner ce gringalet. » Le fossé entre nous s'était tellement creusé que notre relation se résumait désormais à des tonnes de méfiance défensive et d'amertume à peine déguisée.

— Alors, c'est vous, a-t-elle déclaré en jaugeant Theo avec insistance.

— Oui, madame Howard, a fait Theo, tout sourire, c'est moi.

— Eh bien, vous en avez, de la chance…

Comme la suite allait le démontrer, le pauvre Theo s'est révélé très capable de garder son calme devant ce genre de remarques perfides, d'éviter les conflits ouverts et même d'arriver à détendre parfois l'atmosphère.

— Vous savez que Jane a déclaré un jour à son père et à moi qu'elle ne se marierait jamais et qu'elle n'aurait jamais d'enfants ? lui a asséné maman à dîner, alors qu'elle venait de servir un pâté de viande tout fumant.

Comme je m'attendais à ce qu'elle ressorte cette vieille histoire au moment où cela ferait le plus mal, j'avais mis au courant Theo avant notre arrivée. Sa parade a été impeccable :

— Oui, c'est bien triste, madame Howard, mais devinez quoi ? J'ai dit exactement la même chose à mes parents, et ça ne les a pas conduits à se séparer. Résultat, je crois que tout dépend de la solidité du couple au départ et de la part de culpabilité qu'on est prêt à faire peser sur quelqu'un qui n'a aucune responsabilité dans ces problèmes.

Il a énoncé cela avec un sourire paisible, et j'ai tout de suite vu que ma mère était décontenancée par la fermeté du propos derrière l'affabilité apparente. Quand il s'est excusé pour aller aux toilettes, elle s'est penchée vers moi en chuchotant :

— Tu l'as préparé avant de venir, n'est-ce pas ?

— Je ne vois pas ce que tu veux dire, maman.

— Tu l'as prévenu que j'allais certainement raconter cette histoire à ton sujet.

— Tu ne penses pas que sa réaction a simplement été du bon sens ?

— Il ne connaît pas toute l'histoire, les retombées de…

— De quoi ? De quelques mots prononcés il y a treize ans et à propos desquels tu n'as cessé de me culpabiliser depuis ? Et rien de ce que j'ai pu faire, rien, n'est arrivé à te convaincre d'arrêter de revenir sans arrêt sur cette fichue scène et de me blâmer pour des problèmes qui n'existaient qu'entre papa et toi.

— Nous nous entendions très bien jusqu'à ce que tu dises que...

— Oh, bon Dieu, tu n'arrêteras donc jamais ? J'en ai assez d'être traitée comme la plus grande erreur de ta vie.

— Tu oses m'accuser de ne pas t'aimer ?

— J'ai plus que quelques raisons de le croire...

Soudain, mes yeux sont tombés sur Theo, immobile à l'entrée de la cuisine.

— Est-ce que je dérange ? s'est-il enquis calmement.

Il y a eu un silence tendu, que ma mère a bientôt rompu :

— J'étais juste en train de dire à Jane que j'ai tellement de choses urgentes à régler demain qu'il serait préférable que vous repartiez dans la matinée.

Nouveau silence, encore plus gêné.

— Aucun problème, madame Howard, a approuvé obligeamment Theo.

— Si, il y a un problème ! ai-je explosé. Comment, nous faisons toute cette route pour que je puisse te présenter l'homme qui...

— Jane, m'a-t-il coupée calmement. Laisse tomber.

— Vous êtes un garçon très raisonnable, a déclaré ma mère en se levant. Je vous souhaite de réussir.

Et elle est montée à l'étage.

Les coudes sur la table, j'ai laissé ma tête tomber entre mes mains. Theo s'est approché, m'a passé un bras autour des épaules et m'a dit tout bas :

— Allez, pas la peine d'attendre, on s'en va tout de suite.

Une demi-heure plus tard, nous nous trouvions dans un Hilton aux abords de Stamford, dans une chambre froidement aseptisée mais dotée d'un lit immense et d'une vaste baignoire dans laquelle je suis restée pendant près d'une heure, essayant d'encaisser ce nouveau coup en laissant l'eau chaude opérer ses effets calmants. À un moment, Theo est venu s'asseoir sur le rebord en faux marbre pour échanger quelques mots avec moi.

— Tu devrais considérer ce qui vient de se passer de la manière suivante : si tu ne revois plus jamais ta mère, tu n'auras pas à te sentir coupable. Se faire jeter dehors a certains avantages, des fois.

— Elle n'est même pas descendue dire au revoir, rien !

— Parce qu'elle voulait que ce soit toi qui ailles frapper à sa porte et la supplier de te pardonner, et lui dire que tu allais être à nouveau la brave fille de toujours... et tout ce trip de chantage affectif qu'elle a dû t'imposer depuis le berceau. Mais ce soir tu lui as bien fait comprendre que tu n'es plus dans ce petit jeu, et je t'en félicite. Il était plus que temps.

— Tu es merveilleux, ai-je murmuré en prenant sa main dans la mienne.

— Oui, je sais.

Quand nous sommes rentrés à Cambridge le lendemain, j'avais un sérieux cafard. Nous sommes tous obnubilés par le désir d'arranger les choses, au point de nous persuader que nous sommes capables de rectifier le cours de la vie. « Jeter des ponts », « tendre la main », « arrondir les angles » : le lexique de l'Amérique moderne est hanté par le besoin de réconciliation, car nous sommes « le pays où tout est possible », pas vrai ? Nous nous faisons fort d'esquiver la tragédie, de combler l'abîme insurmontable qui se creuse si souvent entre les êtres humains, de comprendre l'incompréhension... Le point faible de cet optimisme entêté, c'est le refus de reconnaître qu'il existe en effet des divergences insolubles, des tensions insolubles, d'accepter que malgré toute notre bonne volonté nous ne pouvons pas corriger tout ce qui a mal tourné, terriblement mal tourné...

Cette humeur sombre a persisté pendant des jours et ne s'est dissipée que lorsque j'ai reçu les épreuves reliées de mon livre. En écoutant le léger crissement du papier encore frais, des pages tournées pour la première fois, en parcourant rapidement les quelque cent mille mots qu'il contenait, je me suis dit, avec ce qui ressemblait plus à de la surprise qu'à de l'émerveillement : « C'est toi qui as fait ça... » Et simultanément, je me suis demandé quel sens cette entreprise pouvait avoir dans le vaste concert du monde.

Theo a été nettement plus ému que moi par cette preuve tangible que mon travail allait être incessamment publié.

— Tu devrais bondir de joie, boire du champagne au goulot !

— Toutes choses qui ne sont pas exactement recommandées à une femme enceinte.

— OK, pas sauter au plafond mais être emballée par ce moment, au moins.

— Je le suis.

— Vraiment ? Je te trouve plutôt mélancolique, moi.

— C'est seulement que…

— Jane, tu ne changeras pas ta mère, OK ? Tu ne peux pas la forcer à t'aimer.

Après avoir lu mon livre d'une seule traite, Theo m'a annoncé qu'il l'avait trouvé exceptionnel.

— Je n'irais pas jusque-là.

— Parce que tu ne peux pas accepter d'avoir accompli quoi que ce soit de bon.

— Eh oui, c'est moi la reine de l'autocritique…

— Eh bien, arrête, pour une fois. C'est un remarquable travail de recherche et de réflexion.

— Juste un bouquin pour universitaires poussiéreux.

— Où as-tu appris à être aussi dure avec toi-même ?

— Et toi, où as-tu appris à être aussi gentil ?

— J'ai toujours été gentil.

Il n'y avait rien à objecter à cela, car en dépit de toutes ses bizarreries Theo était fondamentalement un très brave garçon, sans aucune nuance condescendante sur ce terme, et c'était sans doute ce qui lui avait permis de faire face à mes sautes d'humeur, à mon scepticisme permanent envers moi-même. C'est sans doute l'une des plus grandes surprises que nous réserve parfois la vie, ces moments où l'on arrive à s'extraire du doute essentiel qui caractérise la majeure partie de notre passage sur terre. J'étais capable d'apprécier ce genre de trêve et j'ai donc pu museler pendant un temps la voix irritante de l'incertitude qui s'élevait si souvent en moi.

Même la naissance de ma fille, loin de tourner à l'apocalypse que j'avais redoutée depuis le début, s'est déroulée dans une surprenante normalité. Le matin du 24 juillet, alors que je m'étais levée pour préparer du thé, j'ai soudain senti quelque chose de liquide couler le long de ma jambe. Je n'ai pas perdu la tête. Je suis retournée dans la chambre et j'ai dit à Theo :

— Il va falloir te lever. Je viens juste de perdre les eaux.

Bien qu'il n'ait rejoint notre lit que depuis deux heures après un marathon Fritz Lang qui l'avait tenu debout toute la nuit, il a bondi hors des draps, s'est habillé en moins d'une minute et a empoigné ma petite valise qu'il avait préparée une semaine avant. Une demi-heure plus tard, nous avions traversé la ville et atteint le Brigham and Women's Hospital ; encore trente minutes et j'étais en salle d'accouchement, où l'on m'a fait une péridurale, car j'avais résolu depuis longtemps que je ne passerais pas par les affres de l'enfantement sans une bonne dose d'anesthésiants. Quatre heures après, Emily voyait le jour.

Étrange expérience, de s'entendre dire qu'il faut pousser et encore pousser quand vous ne sentez plus la partie inférieure de votre corps. Et il est très saisissant de voir apparaître, dans le miroir stratégiquement placé en face de vos jambes, par ailleurs pudiquement couvertes, cette chose sanguinolente peu à peu arrachée à votre ventre. Mais le plus renversant, sans nul doute, survient une fois que vous avez été libérée du bébé et le bébé de vous, lorsque l'on vous tend la minuscule créature ratatinée et que vous la prenez dans vos bras pour la première fois. Cette vague d'amour incroyable qui vous emporte, et ce moment d'angoisse indescriptible. L'amour est immense, certes, parce que c'est votre enfant, tout simplement, mais la peur ne l'est pas moins. Peur de ne pas être à la hauteur. Peur de ne pas être capable de donner assez de bonheur à cet être à peine né. Peur de décevoir. Peur de se tromper.

Et puis votre fille se met à pleurer, et vous la serrez contre vous, et à l'exaltation et à l'épuisement d'avoir accouché, d'entrer sur ce territoire inconnu et fascinant de la maternité, se mêle une nouvelle sensation qui s'installe fermement en vous, ce serment silencieux qu'une mère fait en baissant les yeux sur son bébé : « J'essaierai de faire de mon mieux pour toi, toujours. »

Heureusement, Theo avait renoncé à son intention première de filmer l'accouchement. Alors que je cajolais Emily – nous avions choisi ce prénom longtemps avant la naissance –, il s'est accroupi, a caressé la tête de l'enfant, m'a pris la main et a murmuré à sa fille :

— Bienvenue dans la vie.

Et puis il m'a dit encore combien il m'aimait, et j'ai répondu que moi aussi.

Ce n'est que bien après que je me suis rendu compte que c'était la dernière fois que nous nous étions exprimé notre amour.

5

QUELQUES INSTANTANÉS D'EMILY JUSQU'À SES DIX-HUIT MOIS.

Notre première nuit à la maison après l'hôpital, moi à côté de son berceau, incapable de dormir, surveillant son sommeil tant j'avais peur qu'il puisse lui arriver quelque chose.

Découvrir que ses gencives dépourvues de dents avaient la solidité de l'acier quand elles se refermaient sur mon sein.

Son initiation aux délices de la crème glacée, lorsque je lui avais fait goûter une petite cuillerée de glace à la vanille et que, âgée de huit semaines à peine, après le choc initial, elle avait réagi par un sourire émerveillé.

Un accès de colique qui l'avait tenue éveillée presque toutes les nuits pendant près de quinze jours, et mes allées et venues désespérées à travers la maison en la berçant sans arriver à l'endormir.

Sa première matinée à la crèche lorsque j'avais dû reprendre le travail au bout de trois mois, ses pleurs déchirants en me quittant pour la première fois, puis la facilité avec laquelle elle s'était habituée à cette nouvelle organisation.

Ses jeux avec les blocs en bois classiques que je lui avais achetés, chacun marqué d'une lettre de l'alphabet. « Tu peux former un mot ? » je lui demande, et elle prend un bloc en riant pour l'envoyer à l'autre bout de la pièce.

Emily traversant le living à quatre pattes pour la première fois, parvenant à la table où j'étais en train de corriger des copies, ramassant un livre que j'avais posé au sol près de moi et prononçant son tout premier mot : « Maman. »

Elle prend un crayon et écrit dans un cahier de dessin son premier mot : « Mot. »

Atteinte d'une mauvaise grippe, elle est brûlante de fièvre ; le pédiatre appelé en pleine nuit me prévient qu'il faudra l'hospitaliser si sa température ne retombe pas dans les prochaines vingt-quatre heures ; gémissante, Emily n'est pas encore capable d'exprimer par le langage à quel point elle se sent mal ; encore une semaine de convalescence après qu'elle a réussi à surmonter la fièvre, et moi tellement épuisée par l'épreuve que je m'endors sur ma chaise pendant une réunion de travail à l'université.

L'un des rares soirs qu'il passait à la maison, Theo décide de montrer à sa fille la première version de *Blanche-Neige et les sept nains*, datant de 1932 ; avec de grands yeux, Emily l'écoute lui faire une présentation du dessin animé avant de le projeter, pendant laquelle il évoque « l'importance contextuelle » de l'œuvre dans l'histoire du film d'animation…

Quelques semaines plus tard, la première phrase complète formée par notre fille : « Papa est pas là. »

Parce que papa, en effet, n'était presque jamais là.

Les absences répétées et toujours plus longues de son père ont été la tendance générale durant la première année d'Emily, un désengagement progressif mais très notable. Dès qu'il est apparu que notre fille, comme tous les nouveau-nés, allait affecter nos heures de sommeil, Theo a pris l'habitude de retourner de plus en plus souvent à son appartement, expliquant qu'il était obligé de se remettre sérieusement à la rédaction de son livre.

— Tu pourrais travailler ici, ai-je objecté, après tout, on t'a aménagé un bureau…

— Oui, mais j'ai toutes mes notes et tous mes papiers là-bas.

— Tout ce dont tu as besoin pour tes recherches est sur le Net, et j'ai fait installer une connexion sans fil…

— Il n'y a pas les vibrations pour le genre de travail que je dois accomplir.

— Parce que ta fille nous empêche de dormir ?

— J'ai besoin de mes huit heures de sommeil.

— Et moi non ?

— Mais si, bien sûr. Sauf que tu ne travailles pas, pour l'instant, ce qui n'est pas mon cas. Et si je ne dors pas assez, je ne suis bon à rien.

Pourquoi ai-je cédé si facilement à ses arguments ? Sans doute parce que, comme il l'avait souligné, j'étais en congé maternité alors qu'il devait se rendre à son travail tous les jours. Après cette discussion, je ne me suis plus élevée contre ses disparitions, même si j'ai remarqué quelquefois que j'aurais aimé qu'il passe plus de temps avec nous. En vérité, j'étais trop fatiguée pour me battre avec lui, mais aussi, je sentais qu'il ne s'était pas attendu à l'importance des changements que le bébé apportait à notre existence. Malgré tous ses discours sur sa hâte de devenir père, la réalité de la paternité l'avait déstabilisé. Ne nous arrive-t-il pas d'affirmer désirer quelque chose tout en nous demandant dans le secret de notre cœur si c'est vraiment ce que nous voulons ? Comme j'avais été coupable de ce manque de cohérence à plusieurs reprises dans ma vie, je ne pouvais sérieusement pas blâmer Theo d'en faire preuve, et il me fallait donc seulement espérer que son besoin d'échapper à notre nouvelle routine ne serait que passager.

Et certes il s'est montré nettement plus présent une fois qu'Emily a commencé à s'habituer à dormir neuf heures d'affilée. Il en est même venu à la sortir dans sa poussette, à la changer et à lui donner quelquefois son bain, à jouer avec elle sur le tapis et à la faire rire. Parallèlement, pourtant, j'ai noté qu'il se détachait de moi. L'évolution était subtile mais indéniable : si nous continuions à bavarder ensemble, à échanger des anecdotes sur nos journées respectives pendant le dîner, un certain froid s'était glissé entre nous, qu'il a refusé d'admettre quand je l'ai interrogé à ce sujet.

— Mais non, il n'y a aucun problème, a-t-il rétorqué, un soir où il était resté près de dix minutes sans dire un mot à table et que je lui avais fait remarquer que ces silences à la Harold Pinter étaient un peu agaçants. En plus, dans les pièces de Pinter, les silences durent cinq secondes, pas plus.

— C'est justement pour ça que ceux qui s'éternisent de plus en plus souvent entre nous commencent à m'inquiéter.

— Moi pas, a-t-il répliqué en évitant mon regard.

— Quelque chose te tracasse, Theo ?

— Pourquoi diable ?

— J'ai l'impression que tu n'es plus aussi concerné par ce qui se passe ici, par… nous.

— Première nouvelle. Je rentre tous les soirs, non ?

— Mais tu as l'air préoccupé.

— Toi aussi.

— Ah oui ? Et à quoi tu le vois ?

— Tu es souvent distraite, tu as la tête ailleurs.

— C'est ce qu'on appelle essayer de concilier son rôle de parent et sa vie professionnelle.

— Ce que je fais aussi.

— Pas autant que moi.

— Oh, s'il te plaît, on ne va pas commencer avec le jeu du « qui passe le plus de temps à quoi » !

— Il n'empêche que tu m'as laissée me débrouiller toute seule avec Emily pendant ses huit premières semaines.

— C'est faux. J'ai passé des moments ailleurs parce que nous avions convenu que, puisque je continuais à travailler, il me fallait plus de…

— Nous n'avons jamais « convenu » de ça. Tu as juste décidé de te retrancher de ce quotidien, et moi j'ai été assez bête pour te laisser faire.

— Si ça te gênait tellement, tu aurais pu dire quelque chose.

Échec et mat. Il m'avait cloué le bec, tout en sachant pertinemment que je n'avais pas protesté tout simplement parce que j'avais peur de le braquer et que mon état d'épuisement postnatal me rendait encore plus vulnérable à la crainte de le perdre si je le harcelais trop. Était-ce cela, la signification du petit sourire qu'il m'a lancé ce soir-là : « Nous ne sommes pas mariés, nous ne possédons rien ensemble, donc je peux m'en aller à l'instant où ça me prendra » ? Mais il ne cherchait pas la dispute, visiblement, car il a voulu terminer cette discussion sur une note conciliante :

— Si jamais il y a un problème entre nous, ne sois pas timide, je t'en prie. Exprime-toi. Je ne veux pas que tu aies l'idée que le courant ne passe plus entre nous.

Je ne me trompais pas, toutefois. Quand j'ai repris le travail, je déposais Emily à la crèche chaque matin, car Theo n'avait pas renoncé à dormir jusqu'à midi. Comme il fallait la reprendre à trois heures, et que mes cours finissaient à quatre heures le lundi, le mercredi et le vendredi, nous avions décidé qu'il irait la chercher à Cambridge ces jours-là et qu'il l'amènerait à son bureau aux archives, où je passerais la récupérer vers cinq heures et demie. Au bout de trois semaines, il m'a annoncé un soir :

— Je ne peux plus me charger d'Emily l'après-midi.

— Et pourquoi ?

— Ce n'est pas faisable, c'est tout.

— Pourquoi ?

— Elle demande beaucoup d'attention. Je suis heureux de lui en donner, mais pas pendant mes heures de travail.

— Tu peux définir « beaucoup d'attention » ?

— Facile. Un, la changer, deux, lui donner le biberon, trois, m'excuser auprès des collègues qui sont dérangés par ses cris, quatre, ne pas avoir une minute tranquille quand elle est au bureau avec moi.

— Mais on s'était mis d'accord, Theo...

— Je sais. Sauf qu'un accord, ça se renégocie. Je réclame une renégociation de celui-là.

— Ce n'est pas si simple.

— C'est très simple, au contraire. Tu ne l'emmènerais pas à tes cours, si ? Alors pourquoi je devrais l'amener à mon travail ?

— Parce que je la conduis à la crèche cinq matins par semaine et que je vais la chercher deux après-midi sur cinq. Et que je passe toutes mes soirées avec elle, puisque tu ne rentres jamais avant neuf ou dix heures, et pratiquement tous les week-ends. Tout ce que je te demande, c'est de lui consacrer une heure et demie trois fois par semaine, pendant que je suis en cours. J'appelle ça un accord plutôt favorable...

— Mais inapplicable. Ce qu'il faut, c'est trouver une nounou compétente et fiable qui ira la chercher ces jours-là.

— Ça nous coûtera cent cinquante dollars par semaine, au bas mot.

— On peut se le permettre.

— Tu veux dire : je peux me le permettre.

— C'est un fait que tu gagnes plus que moi. Et que tu as encore de l'argent à la banque.

— Pas tant que ça.

— Évidemment, puisque tu l'as claqué dans un appartement.

Je l'ai dévisagé, atterrée par sa soudaine agressivité.

— Tu te rends compte de ce que tu viens de dire ?

Il a lâché un rire sec, a gagné la porte et n'est pas réapparu pendant deux jours. Ainsi placée devant le fait accompli, j'ai dû contacter une agence de baby-sitters et engager une très gentille Colombienne de trente-cinq ans pour m'aider. J'ai décidé avec Julia qu'elle irait chercher Emily à la crèche tous les après-midi et qu'elle resterait avec elle jusqu'à dix-neuf heures, tout en préparant le dîner et en s'occupant de la lessive. Mariée, trois enfants, habitant Jamaica Plain, elle avait la carte de résidente américaine depuis dix ans, mais son anglais restait hésitant. Et elle était prête à faire des heures supplémentaires car, comme elle me l'a dit sans détour, ces rentrées d'argent supplémentaires étaient très importantes pour sa famille. Cela me convenait aussi : j'avais besoin de temps pour corriger mes copies, m'occuper de la paperasserie et, si possible, m'atteler à un prochain livre que j'avais en tête, une étude critique de Sinclair Lewis qui, je l'espérais, ferait référence.

Finalement, nous sommes tombées d'accord sur un salaire de trois cent cinquante dollars pour vingt heures par semaine et brusquement je n'ai plus eu à courir à travers la ville pour aller récupérer Emily au bureau de Theo, qui de ce fait se retrouvait complètement dégagé de toute responsabilité domestique. Je l'ai appelé à son appartement et comme c'est son répondeur qui s'est déclenché, je lui ai laissé un message des plus secs : « Bon, tu as gagné. Nous avons une nounou tous les après-midi. À toi de décider si tu veux revenir ou non. »

Il a surgi à la maison le soir-même, porteur d'un bouquet de fleurs, d'un adorable blouson en jean pour Emily et d'une bouteille de champagne, mais sans s'excuser une seule fois de s'être éclipsé aussi cavalièrement. C'était un trait de sa personnalité que j'en étais venue à découvrir : il n'élevait jamais la voix, ne posait pas d'ultimatums, évitait les conflits, mais si quoi que ce soit lui déplaisait, ou s'il se sentait piégé par la perspective d'obligations domestiques qu'il trouvait abusives, il se contentait de disparaître ou de faire comprendre par son attitude agressivement passive qu'il était inutile de polémiquer avec lui.

— Est-ce que ce genre de disparition va faire partie de notre arrangement ? me suis-je enquise en veillant à ne pas m'emporter.

— Pourquoi créer des difficultés, Jane ? On n'en a pas suffisamment ?

— Disons qu'on est censés être partenaires. Qui dit partenariat dit partage des responsabilités.

— Mais aucun partenariat ne fonctionne sur un partage des responsabilités à 50/50. Et puis, l'essentiel, c'est que nous avions un problème avec ces après-midi et qu'il a été réglé, d'après ce que tu me dis. À propos, je serais heureux de contribuer de cent soixante-quinze dollars au salaire hebdomadaire de Julia. Et ça, c'est moitié-moitié, si je sais encore compter.

— Je n'accepterai pas que tu t'évanouisses encore dans les airs à l'avenir.

— Tu sais quoi, Jane ? Menacer, ça ne te va pas du tout.

Sans me laisser le temps de répliquer, il a quitté la pièce pour aller jouer avec Emily dans sa chambre. À son retour une demi-heure plus tard, j'étais toujours ulcérée :

— Je ne peux pas vivre de cette façon, Theo.

— De quelle façon ?

— Avec toi qui me tournes le dos chaque fois que tu entends quelque chose qui ne te…

À nouveau, il m'a plantée là pour retourner dans la chambre d'Emily, mais cette fois je lui ai couru après en criant :

— Tu pourrais avoir au moins la politesse d'écouter ce que j'ai à dire ?

Le seul résultat de ce coup de gueule a été de faire peur à la petite, qui s'est mise à hurler. S'abstenant de tout commentaire, Theo l'a retirée de son berceau et s'est mis à la bercer dans ses bras en me regardant d'un air réprobateur, tandis que je songeais : « Tu ne pourras jamais gagner, face à ce type. »

Gagner *quoi*, au juste ? Toute relation conjugale finit par tourner d'une manière ou d'une autre à une lutte de pouvoir. Même si on est résolu à ne pas imposer ses vues à l'autre, on essaie toujours, sans en être conscient, d'orienter la dynamique du couple dans la direction que l'on souhaite. Ce qui était exaspérant, avec Theo, c'est qu'il ne faisait jamais de véritables concessions, mais se servait au contraire de stratagèmes destinés à me faire apparaître comme l'élément déraisonnable de la relation, jusqu'à ce que le modus vivendi qui convenait devienne incontournable. Il jouait le jeu que mon père avait pratiqué toute sa vie : « C'est à prendre ou à laisser. » Mais au lieu de tempêter comme mon père, il arrivait à ses fins en développant une stratégie de résistance passive et silencieuse. Dans ce cas, pourtant, je dois dire que le résultat final de ses ruses détournées, une nounou à temps partiel, présentait des aspects positifs pour moi aussi.

Dès que j'ai résolu la question de la garde d'Emily, il a été à nouveau très présent. Il rentrait souvent vers huit heures, m'aidait parfois à préparer le dîner et passait toujours un moment avec Emily. Une fois notre fille couchée, nous restions ensemble jusqu'à minuit, faisions l'amour au moins deux fois par semaine. Je continuais à me lever tous les matins à six heures et demie mais Theo se débrouillait très bien tout seul avec la petite quand il arrivait à celle-ci de se réveiller en pleine nuit, et il avait trouvé le moyen de me rejoindre au lit vers quatre heures du matin sans me déranger dans mon sommeil.

Si cette organisation s'est mise à fonctionner sans trop d'accrocs, c'est en grande partie grâce à la merveilleuse personnalité d'Emily, et je ne suis pas aveuglée par l'amour maternel. Tout de suite, elle avait su se manifester sans pleurnicher ni piquer de colères. Pour dormir tard, son père se mettait des boules Quiès dans les oreilles mais je ne l'ai presque jamais entendue crier pour nous annoncer son réveil le matin, et elle m'accueillait chaque fois avec un magnifique sourire. À ces moments-là, je me rappelais que la maternité n'est pas seulement une épreuve exténuante, mais aussi une bénédiction.

Juste avant sa naissance, j'avais revendu ma petite Mazda pour une Volkswagen Touareg, le modèle de l'année précédente – tout de même une dépense de huit mille dollars en plus de ce que j'avais reçu pour la Miata. Surtout, ce changement signifiait que je passais de l'insouciance de la célibataire en cabriolet au statut du parent équipé d'un monospace. Theo ne m'a pas dissuadée de faire ce choix :

— Ce n'est pas un break des familles, quand même. En fait, elle a de la gueule, pour une voiture de ce genre. Tu ne perdras pas la face en la conduisant.

Et pour conduire, j'ai conduit : tous les matins, sans exception, c'est moi qui emmenais Emily à la crèche, une élégante maison de Porter Square à Cambridge devant laquelle je retrouvais une dizaine de jeunes mères – jamais plus de deux ou trois pères – habillées pour rejoindre au plus vite leur bureau, jetant des coups d'œil nerveux à leur montre, attendant que les portes s'ouvrent à huit heures et demie tapantes pour se précipiter à l'intérieur, confier leur bébé aux puéricultrices et courir vers une journée de travail bien rémunérée et néanmoins épuisante. Toutes à la recherche de la quadrature du cercle qui concilierait leur carrière, leurs responsabilités maternelles, leur vie de couple, et qui se révélerait enfin épanouissante.

Au-delà de ces contraintes, ma frustration avait une cause profonde que je répugnais à admettre : je n'étais plus amoureuse de Theo. Ou peut-être faudrait-il reformuler ce constat sur le mode interrogatif : avais-je été réellement amoureuse de lui un jour et si oui, le serais-je restée au cas où Emily ne serait pas apparue dans notre existence ? Et cette question débouchait directement sur une autre : m'aimait-il vraiment, lui ?

Alors que le premier anniversaire de notre fille approchait et que je commençais à penser que nous avions trouvé une routine satisfaisante pour nous trois, Theo s'est remis à s'éclipser de plus en plus souvent, parfois plusieurs nuits d'affilée. Le plus horripilant était qu'il ne téléphonait même pas pour dire où il était, et qu'il gardait son portable éteint juste pour m'énerver encore plus – du moins était-ce ainsi que je l'interprétais. Une fois, trois jours se sont écoulés avant qu'il ne daigne répondre à mes multiples messages affolés :

— Je suis chez moi. J'écris.

— Et tu ne pouvais pas me le dire, simplement ? J'ai essayé d'avoir de tes nouvelles, j'ai appelé sur le fixe, sur le portable…

— J'ai éteint les deux. Pour ne pas être dérangé.

— Je suis un « dérangement », peut-être ?

— Tu as l'air stressée.

— Évidemment que je suis stressée ! Ne pas savoir où tu étais…

— Si tu avais pris la peine de regarder le mot que je t'ai laissé…

— Quel mot ? Je n'ai vu aucun mot !

— Parce que tu n'as pas regardé où il fallait, sans doute.

— Comment ? J'ai fouillé partout, cherché dans tous les coins.

En fait, je n'avais regardé que sur le plan de travail de la cuisine et la commode de l'entrée, là où il nous arrivait de nous laisser des messages. Il ne m'était pas venu à l'idée de vérifier…

— La chambre. Tu n'as pas regardé dans la chambre. Sur ta table de nuit.

Posant le combiné, je me suis ruée là-bas. Un bout de papier était pratiquement caché sous le pied de ma lampe. Je l'ai sorti et déplié. « Je vais écrire chez moi. » Rien d'autre. Je me suis hâtée de retourner au téléphone.

— Bon, je l'ai trouvé. Mais tu n'aurais pas pu le laisser à un endroit où il aurait été plus visible ?

— Tu vas me reprocher le fait que tu ne l'as pas vu ?

— Je ne te reproche rien, Theo. Je préférerais juste que tu considères notre relation autrement que comme une station-service où tu t'arrêtes quand tu as besoin de sexe ou d'un repas chaud.

Le soir suivant, il est arrivé à la maison avant mon retour et nous a commandé un petit festin au restaurant thaïlandais d'à côté. Quelques jours après, il a emmené Emily passer tout le samedi après-midi au zoo, puis m'a préparé un dîner italien pendant lequel il m'a comblée d'anecdotes fascinantes sur Welles, Huston, Ford, Hawks et d'autres géants du cinéma auquel il vouait un culte absolu. Quand il m'a prise soudain dans ses bras en me déclarant que j'étais merveilleuse, qu'il était le plus heureux des hommes grâce à moi, j'ai été tentée de me dire que tout pouvait être à nouveau agréable entre nous, mais mon scepticisme naturel continuait à guetter la prochaine déception.

— Quand est-ce que tu te mettras enfin dans la tête que rien n'est parfait et que tu ne te débarrasseras jamais de tes doutes ? m'a dit Christy un soir où elle m'avait téléphoné très tard, avouant qu'elle avait elle aussi une peine de cœur et s'empressant d'ajouter : Et non, ce n'était pas encore un abruti de motard, ce gars avait de la classe et il n'était pas idiot, ce qui rend le truc encore pire.

— Qu'est-ce que tu essaies de me dire ? « Contente-toi de ce que tu as, même si ce n'est pas parfait » ?

— Non. Ma pensée du jour, la voici : tu as une carrière intéressante devant toi, qui le deviendra encore plus quand tu auras quitté cette université pourrie ; tu vis avec un type intéressant qui n'est peut-être pas le conjoint idéal mais qui est tout sauf ennuyeux à mourir ; et, cerise sur le gâteau, tu as une fille magnifique, et tu arrives à trouver un équilibre entre la maternité et la vie professionnelle qui fait envie à la plupart des femmes, y compris moi.

— Quoi ? Ça, c'est trop fort ! Toi qui as toujours dit et répété que tu ne voulais pas d'enfants...

— Je l'ai dit mais ça ne signifie pas que je ne suis pas partagée sur la question. Je suis persuadée que dans quinze ans, quand j'aurai laissé passer le moment, j'en viendrai à regretter d'avoir choisi mon indépendance plutôt que le casse-tête d'être mère.

— Ou pas.

— On finit toujours par tout regretter. C'est l'essence de ce qu'on appelle la condition humaine. « J'aurais pu mais je ne l'ai pas fait », « Je voulais mais je me le suis interdit »... On en revient toujours à ça.

Christy avait-elle raison ? Ne vaut-il pas mieux accepter l'ambivalence qui accompagne tout ce qui nous arrive ? Est-ce que chacune de nos expériences ne devient pas plus chérissable justement parce qu'elle est imparfaite ? Si un aspect de ma vie m'inspirait une satisfaction sans partage, pourtant, c'était Emily. Quand l'incompréhension entre Theo et moi m'irritait au plus haut point, ou quand l'inanité des petites rivalités universitaires me donnait envie de tout plaquer, un sourire de ma fille, les quelques mots qu'elle gazouillait, ou le simple fait de la sentir se blottir contre moi me libéraient de toute la laideur et de la déception qui accompagnent tant de nos moments d'adultes.

— Maman… papa… bien, a-t-elle annoncé gravement un soir où Theo et moi étions restés à bavarder après dîner, riant de quelque plaisanterie qu'il avait entendue dans un café quelques heures plus tôt.

— Oui, tu as raison, lui a-t-il dit. Maman et papa sont bien ensemble.

Sans un mot, j'ai pris la main de Theo et je lui ai souri.

Dix jours plus tard, environ, il est rentré à la maison avec une nouvelle : il allait se lancer dans les affaires avec une certaine Adrienne Clegg.

Dès lors, nous n'aurions plus l'occasion d'être « bien ensemble ».

6

ADRIENNE CLEGG. Dès l'instant où Theo l'a invitée à la maison, j'ai su que je ne pourrais pas la supporter. Rectification : je l'ai haïe. Pourquoi ? Parce que j'ai compris, au tout premier regard, qu'elle ne nous amènerait que du malheur.

Admettre que l'on hait quelqu'un est un aveu d'échec. La haine est une émotion extrêmement déstabilisante. Une fois sous son emprise, on s'étonne soi-même, parfois on ne se reconnaît plus en se demandant : « Est-ce que ça vaut réellement la peine de mépriser quelqu'un à ce point ? »

Mon père m'avait coûté ma place à Freedom Mutual, et laissée avec l'horrible impression d'avoir été trahie, mais je n'arrivais pas à le haïr. Cela serait presque revenu à éprouver de la haine pour moi-même. Adrienne Clegg, en revanche… Elle n'était pas de la famille, elle. Et pourtant, à sa manière insidieuse, elle a participé activement à la destruction de tout l'édifice vital que je m'étais bâti. Alors, oui, je l'exécrais, et aussi je me suis détestée de ne pas avoir repoussé dès le début l'attaque vicieuse qu'elle avait ourdie contre notre petit cercle familial.

C'est sans doute ce qui reste le plus dur à accepter, après tout ce temps : avoir compris, à la minute où je l'ai rencontrée, qu'elle était dangereuse. Pourquoi ne m'être pas battue plus tôt ? Quelle déficience en moi lui avait permis de causer tant de mal ? Mais je vais trop vite. Il faut reprendre le fil chronologique de la destruction.

Adrienne Clegg. À peine la quarantaine. Grande. Mince jusqu'à la maigreur. Des cheveux bouclés teints en rouge vif et plaqués sur la tête. Un bronzage permanent d'une intensité suspecte – « J'ai un quart de sang inca », devait-elle me confier un jour. Le plus souvent habillée de cuir, avec des boucles d'oreilles gigantesques et des bagues voyantes sur au moins six de ses dix doigts, elle faisait penser à un croisement de groupie rock et de New-Yorkaise, sans chic mais animée d'un besoin féroce de paraître.

En fait, Adrienne Clegg avait tenté sa chance à Manhattan, où elle avait échoué. Elle n'avait pas eu plus de succès à Los Angeles, ni à Londres, et puis elle avait débarqué à Boston où, par le plus néfaste des hasards, elle avait fait la connaissance de Theo juste au moment où il venait de croiser la route d'un cinéaste local, Stuart Tompkins. Et Stuart avait récemmé terminé, avec un budget dérisoire – dix mille dollars, au plus –, une satire kitsch de film ultraviolent, une sorte de *Bonnie and Clyde pètent les plombs* ayant pour cadre une fraternité étudiante de la côte Est. Rien que le titre avait de quoi faire fuir : *Delta Kappa Gangster.*

Comme Theo, Stuart était un fanatique des grands classiques du cinéma ; comme Theo, il avait une petite trentaine, vivait dans un studio de la taille d'un mouchoir de poche et se nourrissait de surgelés ou de fast-food. Mais la comparaison s'arrêtait là. Stuart était un grand échalas d'un mètre quatre-vingt-dix, plus déplumé qu'un épouvantail, affligé d'acné – « Il a la tronche comme une culture de bacilles », avait remarqué Theo un jour – et d'une odeur corporelle plutôt insoutenable. Par chance, je n'avais jamais été conviée chez lui, mais Theo, devenu très vite son meilleur ami, avait eu cet honneur et il en était revenu effaré. Piles d'assiettes sales qui dataient de plusieurs mois, slips repoussants disséminés sur le sol, des W-C qui n'avaient pas été nettoyés depuis le 11 Septembre au moins, et une puanteur telle qu'au sortir de cette première et seule visite mon compagnon s'était jeté sur mon unique bouteille de parfum et l'avait longuement gardée sous son nez.

— C'était pire que de descendre dans les égouts, je te le dis. Mais ce porc a concocté un maousse petit film qui va me faire gagner un tas d'argent, je te le dis aussi.

Me faire gagner… Quand j'ai réfléchi par la suite à ce qui s'était passé, je me suis rendu compte que Theo avait conçu d'emblée cette association comme une source possible de profit pour lui, et pour lui seul. À son crédit, je dois reconnaître que je n'aurais jamais pensé que plus de dix spectateurs au monde auraient pu être vaguement intéressés par *Delta Kappa Gangster.* Mais Theo, qui avait décrété que Stuart était une future star du cinéma – « À condition que j'arrive à le convaincre de se laver » –, avait immédiatement reniflé un potentiel fabuleux dans ce Tarantino à la petite semaine.

Il avait connu Stuart aux Archives cinématographiques de Harvard, où celui-ci était documentaliste à mi-temps et, comme Theo, n'avait aucun mal à regarder des films pendant dix heures d'affilée. Un tout petit héritage que lui avait laissé sa « cinglée de tante » – « Parce qu'il fallait bien qu'elle soit cinglée pour me mettre dans son testament » – lui avait permis de financer son projet de toujours, quatre-vingts minutes d'une orgie d'hémoglobine. Il avait filmé en vidéo haute définition sur un petit campus local, à Marblehead, avec des acteurs amateurs. Tout le monde avait reçu un cachet unique de trois cents dollars, et le machin avait été mis en boîte en dix jours ; Stuart avait aussi deux ou trois potes qui travaillaient dans les effets spéciaux et avaient été contents de saisir l'occasion d'un film expérimental pour tester quelques-unes de leurs trouvailles les plus choquantes.

Choquant, *Delta Kappa Gangster* l'était incontestablement. Theo avait tenu à me le montrer à la maison, allant même jusqu'à préparer un énorme saladier de pop-corn pour la projection du damné machin. À vrai dire, j'ai été à la fois révulsée et fascinée par ce petit monument d'horreur. Au-delà de la piètre qualité de presque tous les acteurs et du côté pacotille des effets spéciaux, la crudité opiniâtre de l'entreprise arrivait à secouer méchamment les parties les plus vulnérables de votre anatomie. L'intrigue était simple : un week-end de fiesta dans une association étudiante particulièrement débile tourne au bain de sang quand un matheux du campus et sa petite amie heavy metal décident de se venger de cette bande de bizuteurs dont ils ont eu trop longtemps à souffrir. Se transformant en anges exterminateurs, le freluquet et sa copine gothique réservent des fins toutes plus horribles les unes que les autres à l'escouade de buveurs de bière et d'amateurs de football : électrocution, énucléation, défenestration se terminant sur une grille bien pointue, chirurgie du cerveau pratiquée à la perceuse électrique, voire extraction de la langue avec une paire de pinces qui se trouve dans les parages… une fois contenté, le duo se met à dévaliser les banques du coin.

La malignité extrême de Stuart et de ses collègues dépassait la simple violence gratuite, pourtant. Ils avaient réussi à atteindre une forme de brutalité subversive qui intriguait, et même amusait, tout en questionnant astucieusement la propension de chacun à se transformer en voyeur fasciné par de telles atrocités. Et même si je n'ai jamais été impressionnée par le cinéma gore, je n'ai pu rester insensible au sujet sous-jacent qu'il exprimait. Il y avait incontestablement là une critique assassine, c'était le cas de le dire, de l'anti-intellectualisme bovin qui imprègne depuis toujours l'*American way of life*. Ce film révoltant était aussi la grande revanche de « l'intello », l'élément studieux et cultivé de tout campus américain qui se voit régulièrement ridiculisé et tourmenté par les rouleurs de mécaniques attardés, les imbéciles qui hurlent à « l'élitisme » dès que l'on a d'autres ambitions que de s'abrutir à la bibine au moindre moment libre. Bien que scandalisée par la cruauté du film, une partie de moi applaudissait à cette leçon donnée aux grandes gueules dont la suprématie sur les campus m'avait toujours atterrée.

— Pfff, ai-je fait quand le générique a commencé à défiler. Ça ne vous laisse pas indifférent, c'est sûr...

— C'est un chef-d'œuvre, a tranché Theo, rayonnant.

— Je n'irais pas jusque-là.

— Moi, si. Un talent pareil ne se rencontre pas tous les jours.

— Plutôt brut, comme talent.

— Oui, et c'est ce qui le rend tellement intéressant. Stuart est un primitif, à tous égards. Même à celui de l'odeur.

— Ça, on ne peut pas dire que son film sente la rose...

— Ce que tu dois comprendre, aussi, c'est que ce genre de cinéma est ultravendeur, de nos jours. S'il est intelligemment distribué, ça va être un mégasuccès dans toutes les villes universitaires du pays. Même les gros débiles des fraternités vont accrocher. Et quand il sortira en DVD, eh bien, je roulerai en Porsche !

— Je ne te vois pas vraiment au volant d'une Porsche, Theo.

— C'est une image. Je te garantis que ce truc va faire un malheur. Tout ce dont j'ai besoin pour lancer la machine, c'est cinquante bâtons, en gros.

— Et où comptes-tu les trouver ?

— Où ? J'espérais que tu aurais envie d'investir dans le projet.

Même si je m'attendais à cette demande, je n'ai pu m'empêcher de me sentir affreusement mal à l'aise.

— Moi ? Non, je n'ai pas cinquante mille dollars à dépenser dans quelque chose comme ça.

— Si, tu les as.

— Comment peux-tu l'affirmer ?

— Parce que j'ai vu tes relevés bancaires.

— Quoi ? Tu as fouillé dans mes papiers ?

— Hé, laisse tomber ce ton accusateur, d'accord ? Bien sûr que non, je n'ai pas fouillé dans tes papiers. Mais le mois dernier, quand tu faisais tes comptes, tu as étalé sur ton bureau toutes ces lettres de la banque et…

— Et tu les as épluchées une par une.

— Si tu laisses quelque chose en évidence sur ta table, ça finit par se voir.

— Uniquement si on veut le voir. Quand même, Theo… Tu ne ranges jamais ton journal, toi, et je ne l'ai jamais ouvert. Je n'en ai même pas eu l'idée, pas une fois.

— Pourquoi tu l'aurais eue ? C'est un carnet de notes fermé. Rien à voir avec de la paperasse éparpillée sur une table…

— Tu veux vraiment entamer un débat sur ce qui est une indiscrétion et ce qui ne l'est pas ?

— Non. Tout ce que je dis, c'est que tu as à peu près soixante-huit mille dollars en banque.

— Oui, que j'ai épargnés au fil du temps, mois après mois.

— Et qui dorment sur ton compte, alors que si tu décidais de t'associer avec Adrienne et moi…

C'était la première fois qu'il mentionnait ce prénom.

— Adrienne ? Qui est-ce ?

— Adrienne Clegg. La productrice-distributrice absolument géniale avec qui j'ai l'intention de travailler.

— Je vois, ai-je lâché d'un ton glacial. Et depuis quand tu connais cette huitième merveille du monde, au juste ?

— T'inquiète, je ne couche pas avec elle.

— Ravie de l'entendre…

— Je l'ai connue par Stuart. Il l'a rencontrée l'an dernier au grand festival du film d'horreur de Bratislava et…

— … Bratislava, eh bien, on ne se refuse rien !

— Oh, ça va. Stuart était en Slovaquie parce qu'il couvrait le festival pour des fanzines auxquels il contribue. Et ce sont les organisateurs qui lui ont payé le billet. Tous les producteurs de films d'horreur savent qu'il y a un maximum de thune à se faire à travers la presse alternative, et comme Stuart est le meilleur critique de ce genre…

— Comme qui dirait le Pauline Kael des massacres à la tronçonneuse, c'est ça ?

— Très drôle.

— Je n'aime pas qu'on me force la main, Theo.

— Écoute, Adrienne est une femme incroyablement cultivée que...

— ... que tu as connue au cours d'un dîner en tête à tête dans la tanière de Stuart ?

— On croirait que tu es jalouse...

— Je suis juste étonnée que tu n'aies jamais fait la moindre allusion à elle jusqu'ici.

— Est-ce que je te demande un compte rendu détaillé de tes rencontres, jour par jour ?

— Non, mais je ne t'ai pas annoncé de but en blanc que j'allais m'associer avec quelqu'un, non plus.

— Adrienne est passée aux archives la semaine dernière. Je venais de visionner le montage final du film de Stuart, à qui j'ai dit que j'aimerais le distribuer. Il m'a répondu qu'il était partant, à condition que je travaille avec Adrienne. Il pense que ça ferait une équipe du tonnerre et il se trouve qu'il a raison. Elle amène la connaissance du milieu, moi la passion. Elle estime que le film devrait rapporter quinze millions sur le marché mondial, au bas mot. Et comme le distributeur touche trente-cinq pour cent des revenus, ça veut dire qu'on engrangerait...

— ... cinq millions deux et quelques.

— Cinq millions deux cent cinquante. Tu es vraiment forte en calcul mental.

— Tu penses réellement qu'on pourrait faire ce genre de bénéfice ?

— Je ne le pense pas, j'en suis certain. Même plus que ça. Et si tu mets cinquante mille, je peux te garantir non seulement que ton avance sera remboursée sur les toutes premières rentrées, mais que tu toucheras vingt pour cent de notre commission. Tu pourras rentrer dans tes frais *et* doubler ce que tu as mis en moins d'un an.

— Si c'est aussi garanti que ça, il ne vaudrait pas mieux traiter avec une banque ou une compagnie de financement ?

— Une banque ou un gros investisseur ne touchera jamais à un film gore sans budget. Ce n'est pas exactement dans leur champ d'activités.

— Dans ce cas, pourquoi pas un cinéphile plein aux as qui veut jouer les mécènes et qui est prêt à prendre le risque ?

— Donc tu ne veux pas t'engager. Parce que ça voudrait dire miser sur mes capacités. Sur moi.

— Ah, ce n'est vraiment pas sympa de dire une chose pareille, ai-je protesté en essayant, sans réussir, de ne pas avoir l'air trop fâchée.

— Mais c'est la vérité. Tu ne m'as jamais fait confiance, tu n'as jamais cru que je pourrais réussir dans quoi que ce soit.

— Qu'est-ce que tu racontes ? Je te complimente toujours sur ton esprit, je ris à toutes tes blagues, je répète à tous mes amis que l'homme que j'aime est incroyablement talentueux...

— Tu n'as pas d'amis.

Cela m'a fait l'effet d'un direct à la mâchoire.

— C'est faux ! Je parle avec Christy tout le temps, je...

— Elle est à plus de cinq mille kilomètres d'ici. Et à part lui téléphoner de temps à autre, tu ne vois personne.

— Et toi ? Tu es Monsieur Mondanités, peut-être ? Quand je t'ai connu, tu vivais comme un Oblomov et tu...

— J'ai plein d'amis, m'a-t-il coupé calmement. C'est juste que tu ne les croises jamais, parce que je sais que tu les prendrais de haut. Tout comme tu as décidé de mépriser Adrienne et Stuart.

— Je suis simplement gênée par l'idée que...

— ... que quoi ? Que je réussisse dans quelque chose et que je te quitte ?

— Ce... ce n'est pas la question, ai-je balbutié.

Il y avait un soupçon de vérité très dérangeante dans ce qu'il venait de dire pourtant. Notre relation était en partie fondée sur ma crainte plus ou moins rationnelle de le voir un jour prendre la porte et ne plus revenir. C'était un présupposé que je détestais, qui me faisait peur, mais que je n'arrivais pas à chasser de mon esprit.

— Je serais enchantée si tu rencontrais le succès avec ce film, Theo. Et tu sais que je te soutiendrai toujours dans ce que tu veux entreprendre.

— Alors, tu dois investir dans ce projet. Pour moi.

J'aurais eu tellement d'objections à soulever, à ce moment... Lui dire qu'un couple ne devrait jamais s'associer en affaires. Qu'en acceptant son offre, ou plutôt son ultimatum, je serais obligée de me confronter aux doutes que je continuais à avoir sur son sens des réalités et des responsabilités. Que ce ne serait pas librement, de mon plein gré, que, par rapport à nos finances, je lui confierais une somme considérable. Seulement, j'étais devant un choix où je ne pouvais que perdre. Refuser, et cela reviendrait à lui déclarer que je n'avais pas foi en lui ; accepter, et j'aurais l'impression d'avoir été contrainte à me lancer dans une opération financière hasardeuse avec quelqu'un qui n'avait pas précisément prouvé qu'il était doué pour les affaires.

« Suis ton instinct. » C'est peut-être le meilleur conseil que l'on puisse donner et accepter, accompagné d'un autre : « N'investis jamais dans un film. » Ce jour-là, j'ai donc préféré gagner du temps et j'ai dit à Theo :

— Il faut formaliser ça d'une manière ou d'une autre. Et avant toute chose, je dois rencontrer ton associée.

Il a eu le sourire de celui qui comprend qu'il vient d'obtenir gain de cause.

— Pas de problème, a-t-il répondu tranquillement. Pas le moindre problème.

Deux soirs plus tard, Adrienne était invitée à dîner chez nous. Theo a passé le plus clair de la journée à concocter un repas indien, une multitude de plats. Bien qu'époustouflée par son zèle – il était allé faire ses emplettes dans une petite épicerie indienne de Chelsea et il avait tenu à moudre lui-même les épices –, je n'ai pu m'empêcher de penser qu'il avait dû cuisiner trois fois pour moi, en tout et pour tout, depuis deux ans que nous étions ensemble. Il s'était également entêté à acheter du champagne et plusieurs bouteilles de bordeaux d'un prix exorbitant.

— La cuisine indienne est très relevée, ai-je observé ; ça tuera l'arôme de vins aussi subtils.

— Ce dîner doit marquer le début de notre coopération professionnelle, a-t-il rétorqué. Je veux qu'il soit aussi exceptionnel que notre projet.

— Il est question de chercher quelques salles pour un film d'horreur à deux balles, pas d'une réédition de la Bible de Gutenberg.

— Tu as décidément le génie pour tout rendre minable.

— Ce n'est pas très sympa, ça.

— Pas plus que ta façon d'insinuer que j'ai investi dans ce dîner juste pour le plaisir de dépenser. Parce que bon, ce n'est pas comme si j'avais acheté une bouteille de cognac cinquante ans d'âge dans le seul but de te montrer comment il faut vivre, d'accord ?

Cinq minutes plus tard, Adrienne faisait son entrée. Il n'y a pas d'autre façon de décrire son apparition théâtrale à notre porte, dans un long manteau qui tenait à la fois du caftan et du tapis afghan. Elle dépassait le mètre quatre-vingts et tout en elle était excessif :

les habits, la chevelure écarlate, la dentition trop blanche, les boucles d'oreilles en forme de disques solaires cuivrés, le violent parfum de musc qu'elle exhalait par tous les pores, et même le paquet outrageusement volumineux qu'elle tenait sous un bras. Et puis sa voix. Forte. De quoi réveiller les voisins quand elle chuchotait, et d'autant plus exaspérante qu'elle affectait une douceur mielleuse.

— OhmonDieu, vous êtes aussi belle que Theo l'avait dit.

Tels ont été ses premiers mots, suivis de :

— Et… Ah, mais je ne peux pas le croire ! Quelle ravissante maison ! Ra-vis-sante !

Et ce alors qu'elle n'avait pas encore franchi le seuil… Et après m'avoir sauté au cou comme une amie trop longtemps perdue de vue elle s'est précipitée à l'intérieur pour se pâmer sur chaque détail, qu'elle désignait d'un long doigt chargé de bagues, le canapé « fantabuleux ! », le parquet « au cachet fou ! », notre nouvelle cuisine « sexy ! ». Puis ses yeux se sont arrêtés sur Emily et là, elle a tonitrué de plus belle :

— Oh, mais voilà la petite fille absolument la plus adorable qui soit !

Quand Adrienne s'est approchée en tendant les bras, Emily s'est recroquevillée sur elle-même, cachant son visage pour échapper à cette géante tapageuse. Depuis toujours, ma fille savait d'instinct à qui se fier et de qui se protéger…

Je m'aperçois que je me montre excessive, moi aussi, et que ma description d'Adrienne Clegg peut paraître d'une outrance partisane. Le problème, c'est qu'elle était exactement ce genre de personne qui est capable de provoquer une antipathie immédiate et profonde. Cinq minutes après son arrivée, j'aurais donné cher pour qu'elle s'en aille.

Mais il fallait que je me contienne, même quand elle m'a tendu son énorme paquet et qu'elle a annoncé dans un roucoulement tonitruant :

— Alors ça, je l'ai vu dans un magasin de spiritueux très, très coté quand j'étais à New York la semaine dernière, et j'ai tout de suite su que c'était a-bso-lu-ment pour vous !

L'emballage était tellement élaboré qu'il m'a fallu un temps fou pour dégager d'un fouillis de papier de soie et de rubans une boîte en bois précieux dont le couvercle glissait pour révéler, couchée dans le velours, une bouteille de cognac Camus millésimé, année

1958. À cette vue, j'avoue avoir été très tentée par la réaction puérile de fracasser ce « cadeau » sur le sol, tant il était clair qu'il faisait partie d'une provocation soigneusement orchestrée par Theo. Restait à savoir si Adrienne avait été une complice active ou si elle avait été seulement encouragée à acheter ce présent absurde – j'ai vérifié ensuite le prix sur Internet : trois cent cinquante dollars – sans connaître les mobiles de son futur associé.

Dans tous les cas, l'effet recherché fut atteint : moquer tacitement ma désapprobation des dépenses extravagantes, me ridiculiser l'air de rien. Après avoir découvert la bouteille, j'ai lancé à Theo un regard furibond qui signifiait : « Comment oses-tu ? », et auquel il a répondu par l'un de ses sourires narquois.

— Oui, a poursuivi Adrienne, comme Theo m'avait dit que vous adoriez po-si-ti-ve-ment les grands cognacs, je n'ai pas pu résister !

— J'ignorais que j'étais connaisseur.

Aussitôt, elle a perdu son expression extasiée, visiblement désarçonnée par ma réplique cinglante, mais il ne lui a fallu que quelques secondes pour se ressaisir et dire, d'un air besogneusement hilare :

— Oh, la farceuse ! J'ai presque failli croire que vous étiez sérieuse, alors que vous disiez ça pour le fun !

« Pour le fun. » Préférant ignorer ces âneries, j'ai voulu remplir mon rôle de maîtresse de maison et je lui ai demandé si elle aimerait prendre un verre.

— Un petit martini, ce serait très mimi ! a-t-elle chantonné en se croyant guillerette.

— Gin ou vodka, le martini ?

— Est-ce que vous auriez de la Grey Goose, par chance ?

— Non, rien qu'une bonne vieille Smirnoff.

— Ah ! J'imagine que ça ira...

Partie ronger mon frein dans la cuisine, je me suis vite ressaisie pour préparer les boissons. À mon retour au salon, j'ai trouvé Adrienne à genoux par terre, tentant de faire amie-amie avec ma fille. Elle lui tendait les cubes de son jeu en demandant stupidement : « Est-ce qu'Emily peut dire la lettre "A" ? Est-ce qu'Emily peut dire la lettre "Z" ? » C'était beaucoup attendre d'un bébé de treize mois, évidemment, et la tension, conjuguée aux piaillements assourdissants de l'invitée, a bientôt conduit mon enfant à éclater en sanglots.

— Quoi, tata Adrienne t'a fait des misères ? a-t-elle claironné.

En guise de réponse, Emily s'est mise à chouiner de plus belle, de sorte que je l'ai cueillie sur mon bras et emportée dans sa chambre. Dans mon dos, Adrienne a lancé :

— Hé, vous voyez maintenant pourquoi tata Adrienne ne sera jamais maman Adrienne !

Dès qu'elle a été hors de portée des braillements de la visiteuse, Emily a recouvré son calme. « Désolée qu'elle t'ait fait peur, ai-je chuchoté à sa petite oreille, moi aussi, elle me fait peur. »

Lorsque je suis revenue dans la pièce, Adrienne et Theo avaient déjà fini leurs verres. Remarquant que le shaker était vide, elle a insisté pour le rapporter à la cuisine et préparer une nouvelle tournée.

— Ce n'est pas la peine, ai-je protesté par politesse.

— Bien sûr que c'est la peine ! Encore quelques martinis-ninis et on va être les meilleures amies !

Elle était à peine sortie que Theo m'a dit à voix basse :

— Je savais que vous alliez bien vous entendre, vous deux...

— Très drôle.

— Hé, c'est pas de ma faute si tu n'as pas de sens de l'humour !

— Le tien consistait à me dire que tu n'allais certainement pas dépenser des fortunes pour un cognac d'un demi-siècle ?

— Hein ? Je ne vois pas de quoi tu parles.

— Mon œil ! Il fallait que tu me donnes une leçon, c'est ça ? Tout comme il faut sans cesse que tu...

— Ah, les tourtereaux ont des mots ?

Adrienne avait surgi avec le shaker plein.

— Tout à fait, si vous voulez vraiment le savoir.

— Waouh ! Justement, un martini-nini va dissiper tous ces petits nuages !

— C'est un martini tout court, ai-je répliqué. Une boisson d'adultes, consommée par des adultes, qui n'a pas besoin d'enfantillages de ce...

— OhmonDieu, moi et ma grande bouche ! s'est-elle exclamée en prenant les intonations d'une puéricultrice. C'est simple, je n'apprendrai jamais quand il faut que je mette ma grande langue dans ma poche !

— C'est juste Jane qui avait besoin de faire la pédante, est intervenu Theo.

— Non, juste besoin de défouler un peu mes nerfs, ai-je rétorqué avant d'avaler d'un trait mon martini et d'en accepter un deuxième.

J'étais déterminée à me soûler, ma seule option si je voulais arriver à supporter la soirée. Les martinis vodka sont une excellente solution, lorsque l'on poursuit ce but : le premier vous anesthésie modérément, le deuxième vous plonge dans une douce euphorie, et après le troisième vous êtes prête à faire des avances à une bouche d'incendie ou à supporter deux heures du monologue existentiel offert par Adrienne Clegg.

Mon début d'ivresse apéritive a été fort heureusement renforcé par la richesse du repas indien que Theo avait préparé avec tant d'amour et par le coûteux bordeaux qu'il avait choisi pour l'occasion. Je me suis contentée de me relaxer, de manger et de boire pendant qu'Adrienne discourait, et c'est ainsi que j'ai presque tout appris de son enfance dans une famille « à problèmes » de Vancouver, de son bref mariage avec un décorateur de plateau de Hollywood qui s'était révélé être un homosexuel insatiable – ou était-ce l'attitude d'Adrienne qui l'avait convaincu qu'il était préférable de coucher avec des hommes ? –, et de son passage dans un centre de désintoxication à la Betty Ford, en Colombie-Britannique, où elle s'était débarrassée de sa dépendance au percodan – « Le "perc" est moins ruineux que la coke, au moins », a-t-elle commenté au passage. J'ai également appris qu'elle avait révélé au public au moins trois grands réalisateurs – j'ignorais jusqu'à leurs noms –, et qu'elle avait longtemps travaillé à Paris et à Berlin, devenant d'après ses dires « la première distributrice de cinéma à faire bouger les choses en Allemagne de l'Est quand le Mur est tombé », sans parler bien sûr de ses « fabuleuses » années à New York, où elle affirmait connaître tout le monde.

Sous l'effet de la vodka, du vin et de la bonne chère, je l'ai laissée pérorer, n'écoutant que d'une oreille mais néanmoins vaguement fascinée par son aplomb incroyable, son narcissisme rare, la manière dont elle lançait des prénoms – « Steven », « Hugh », « George »... – en vous laissant le soin de les compléter par des noms de célébrités cinématographiques, sa conviction que sa vie était un mélodrame permanent qui ne pouvait que captiver les autres... Qu'est-ce que Theo lui trouvait donc ? C'était facile à deviner, à voir sa jubilation perverse devant ce cirque maniéré ; tout comme certains homosexuels raffolent de la compagnie de divas excentriques, il était sans doute impressionné par son monumental toupet. Malgré une certaine arrogance intellectuelle, et une propension à étaler son savoir comme un premier de la classe, Theo était clairement intimidé par le culte de l'ambition tel qu'il se pratique en Amérique, et devait souvent se demander s'il ne resterait pas toujours en marge du succès, qui est dans notre pays d'abord d'ordre financier. Adrienne, avec ses airs de femme d'affaires entreprenante, de battante, ne pouvait qu'exercer une forte attraction sur lui. Et lorsqu'elle a entrepris de me détailler comment elle projetait de « vendre » *Delta Kappa Gangster*, j'ai dû convenir qu'au-delà de ses excentricités et de ses poses elle déployait une force de conviction peu commune. Plus elle parlait, plus je me laissais convaincre qu'elle serait en effet capable de multiplier mon investissement par deux, voire trois en l'espace d'un an, ainsi que Theo me l'avait fait miroiter. Pour tendre la carotte, elle était incontestablement douée, au point de vous faire oublier le risque du coup de bâton.

— Je vous garantis que votre mise de départ ne courra aucun danger. Qu'est-ce qu'il va faire, votre argent ? Il va venir avec nous aux grandes rencontres des professionnels du cinéma, par exemple le MIP à Milan ou l'American Film Market à Santa Monica, et nous permettre de signer de gros contrats. Avec un film comme celui-là, les deux marchés, salles et DVD, sont assurés cent pour cent. Je veux dire, ce truc, c'est un putain de cadeau, en termes de rentabilité. La semaine dernière encore, je l'ai montré à un ami producteur italien et il a positivement a-do-ré ! Au point de proposer cent cinquante K rien que pour la distribution en salles en Italie. OK, je vois venir votre question : puisque nous avons des offres pareilles, pourquoi aurions-nous besoin de votre argent au départ ? Je viens de donner la réponse : j'ai dit « au dé-part ». En tant que distributeur, nous recevons trente-cinq pour cent sur les ventes brutes, d'accord, mais le premier versement n'est que de dix pour cent des entrées projetées, et il faut que nous les ayons faites en quatre-vingt-dix jours, top. Donc, ce dont nous parlons là, c'est d'un prêt relais à très, très court terme, que nous vous rembourserons dès que nous aurons touché les premiers cent K. Ce qui est important, c'est que non seulement vous rentrerez dans vos fonds en quatre mois, mais que, avec votre part de vingt pour cent sur notre commission… eh bien, à vous de faire le calcul, ma belle.

Elle a à peine repris son souffle avant d'ajouter :

— Je vous le dis, la demande pour ce genre de produit est infinie. Les gens veulent se pisser dessus de trouille, les gens veulent de la violence à gogo. Pourquoi ? Parce qu'en ces temps de confort ennuyeux, de désillusions politiques, de conformisme à tous les étages, la rage qui bouillonne en chaque individu est toujours prête à exploser. Boulot sans intérêt, mariage à pleurer d'ennui, plus le fait que même en acceptant tous ces sacrifices nous ne gagnons jamais assez, que la classe moyenne est en déroute, que plus personne n'est sûr de garder son emploi… C'est pour ça que les gens ont besoin de dérivatifs : porno sur Internet, ou shopping maladif, ou films qui font dans l'extrême. Et *Delta Kappa Gangster* est un modèle, sur ce plan. Je veux dire, mater l'archétype du bovin américain crever dans d'atroces souffrances, c'est le pied in-té-gral, non ? Bon, Theo m'a raconté que vous aviez bossé dans les fonds spéculatifs, donc je n'ai pas besoin de vous faire un dessin. Il y a un risque, parce qu'il y a *toujours* un risque, et vous savez ça mieux que personne. Mais avec votre investissement garanti, ma belle, et l'éventualité de tripler votre thune en un an…

« Ma belle. » J'exécrais sa familiarité condescendante, son enthousiasme exagéré, et toute sa personne. À la fin de son boniment de représentant, je me suis limitée à un : « Bon, il faut que je réfléchisse. »

— Mais oui, é-vi-dem-ment ! a-t-elle claironné. On ne vous met pas la pression, ma belle, pas du tout !

Aussitôt, elle a débité l'histoire de l'une de ses connaissances qui n'avait pas voulu investir dans la saga Saw, et avait perdu un million – facile – à cause de sa frilosité. À part ça, elle ne voulait pas me mettre la pression, non…

Nous avons fini par nous débarrasser d'elle vers minuit. Ultra-attentionné, Theo m'a forcée à aller au lit pendant qu'il faisait la vaisselle. Lorsqu'il est venu me rejoindre une heure plus tard et qu'il s'est pressé contre moi, je ne l'ai pas repoussé. Et quand je me suis réveillée le lendemain, après une grasse matinée très inhabituelle pour moi, j'ai découvert qu'il avait tout rangé avec encore plus de soin que d'habitude. Il avait aussi laissé un mot, cette fois bien en évidence, m'informant qu'il était sorti faire des courses pour le week-end avec Emily.

Je n'ai pas été dupe de cet empressement, pas plus que je n'avais changé d'avis sur le compte d'Adrienne Clegg après une nuit de sommeil et un réveil quelque peu embrumé par les excès de boisson de la veille. En tapant son nom sur Google, je suis tombée sur plusieurs mentions de sa présence à différentes rencontres cinématographiques, et sur un article du *Hollywood Reporter* de 2002, c'est-à-dire du temps où elle vivait à New York, qui la présentait comme « une référence sur le marché des films indépendants ». Quelques jours plus tard, elle m'a envoyé par la poste une proposition écrite dont j'ai dû reconnaître le professionnalisme et qui récapitulait les conditions de l'investissement proposé en me garantissant une restitution intégrale des cinquante mille dollars même dans le cas où le film ne générerait pas de profits. Le soir même, Theo est revenu à la charge en remarquant qu'ils avaient maintenant hâte de signer avec Stuart, car des compagnies de distribution bien établies l'avaient déjà approché avec des offres alléchantes.

— Écoute, ça signifierait énormément de choses pour moi, que tu fasses ce pari sur mes compétences. Surtout que les bénéfices qu'on va réaliser nous assureront un avenir confortable, à toi, à moi et à Emily.

C'était la première fois qu'il nous englobait en tant que famille dans ses projets à venir, et je dois dire que la crainte qu'il m'abandonne un jour s'est momentanément dissipée en l'entendant parler ainsi. Après une brève conversation, j'ai finalement donné mon accord. Dès le lendemain matin, Adrienne m'a passé un coup de fil surexcité :

— Ah, j'ai crié de joie quand Theo m'a annoncé la grande nouvelle, crié, crié et crié ! C'est fantabuleux ! Et je te promets, je te certifie, je te jure que nous ne te décevrons pas. Ça, tu peux en être sûre à trois mille pour cent !

Elle a poursuivi en m'informant qu'elle trouverait « très cool » que je sois officiellement enrôlée dans la compagnie que Theo et elle allaient créer, Fantastic Filmworks. De cette manière, je pourrais participer au conseil d'administration, être tenue informée de toutes leurs décisions et avoir mon mot à dire, bien entendu.

— Pourquoi pas ? ai-je répondu en pensant qu'il serait en effet judicieux de garder un œil sur les billes que j'allais mettre dans cette entreprise.

Un contrat m'est parvenu deux jours plus tard, détaillant très clairement mon investissement, un calendrier de remboursement et de bonifications, ainsi que l'engagement que j'aurais accès à tous les comptes et aux décisions concernant la vente et la promotion du film. Le même soir, Adrienne est venue à la maison pour discuter des derniers détails. Elle s'est engagée à « la transparence totale » en ce qui concernait les dépenses de fonctionnement de Fantastic Filmworks. Dès que j'ai signé le contrat par lequel je devenais cofinancière du projet à hauteur de cinquante mille dollars, elle a sorti de son sac une bouteille de champagne pour fêter le moment. Et pas n'importe lequel : un Laurent-Perrier « cuvée Grand Siècle ».

— Ce n'était pas la peine de choisir une bouteille aussi chère, ai-je déclaré à Theo plus tard, alors que nous allions nous coucher.

— Il y a des occasions où les excès sont non seulement acceptables, mais justifiés, même.

Au cours des mois suivants, Adrienne et lui allaient mettre activement cet adage en pratique, m'obligeant à d'incessantes polémiques avec Theo. Et puis, soudain, les dépenses extravagantes furent suivies de bénéfices exceptionnels. Adrienne et Theo ne s'étaient pas trompés sur le potentiel commercial de leur petit film.

Le succès peut être source de stabilité, mais aussi apporter un chaos effrayant. Ainsi que je devais l'apprendre amèrement, il ne faut jamais sous-estimer les pulsions autodestructrices de quelqu'un qui a enfin obtenu ce qu'il veut.

7

EMILY. Durant les épreuves qui allaient s'abattre sur moi au cours des dix-huit mois suivants, elle a été la seule source de stabilité et de bonheur dans ma vie. Autour de moi, tout a viré à la catastrophe et je ne pouvais que m'en blâmer : après tout, en leur confiant presque toutes mes économies, ne leur avais-je pas donné une occasion en or… Mais je vais trop vite. Emily d'abord.

À un an et demi, elle formait déjà des phrases courtes mais toujours intéressantes, et semblait éprouver envers moi le même amour désintéressé que je lui vouais. Sans doute parce que je n'étais que trop consciente des sérieux travers de ma propre histoire familiale, je m'étais juré depuis le début de lui éviter toute sensation de culpabilité délétère, de l'amener à comprendre que sa présence était une joie, une bénédiction, un émerveillement de tous les instants.

Un bébé peut-il capter ce genre de message ? Il faudrait être une mère présomptueuse pour l'affirmer sans hésitation. En toute franchise, mes pulsions maternelles n'étaient pas aussi cérébrales ni raisonnées que j'ai l'air de le croire. Ce que je savais, c'est que je goûtais chaque instant passé avec elle et qu'elle n'était jamais un souci pour moi. Ou bien avais-je simplement résolu que rien de ce qu'elle pouvait faire ne valait que je perde patience ? Si elle renversait sa tasse de lait, si elle me privait de sommeil pendant une nuit, si elle se montrait ronchon et indifférente à mes tentatives pour l'égayer, je restais d'un calme qui ne cessait de me surprendre. Tout ce qu'elle attendait de moi me semblait évident, facile, et cette aisance me rappelait à chaque pas la profondeur de l'amour que m'inspirait cette enfant qui était ma fille.

Elle supportait bien mes absences, ne protestait jamais lorsque je la laissais à la crèche, et quand je rentrais le soir elle venait à moi – d'abord à petits pas mal assurés puis, les mois passant, en courant sur ses petites jambes – tout en criant d'un ton extasié à Julia : « Maman là ! »

Sa nounou ne cessait de me complimenter sur le caractère délicieux d'Emily, qui d'après elle était un vrai bonheur à garder.

— Elle merveilleuse parce que vous traitez elle merveilleusement, m'a-t-elle dit un jour dans son anglais encore approximatif.

— Non, Julia, elle est merveilleuse parce que c'est comme ça qu'elle est.

À trois ans, il lui arrivait de s'emparer d'un livre et de déclarer avec un sourire : « Maman aime les livres et j'aime ma maman. » Ou bien elle grimpait sur mes genoux pendant que je corrigeais des copies et, un doigt posé sur la page, elle tentait de déchiffrer certains mots du commentaire que j'avais écrit dans la marge.

Chaque week-end, je cherchais une sortie à la fois distrayante et pédagogique : le musée des Sciences, le zoo, le musée d'Art moderne – où elle m'a ébahie en montrant avec sa menotte un Rothko exposé dans l'une des salles et en lançant : « Beau, ça ! », voire la bibliothèque Widener à Harvard où j'avais une amie, Diane, qui travaillait au catalogue et nous a conduites parmi les quelque trois millions d'ouvrages qu'abrite ce splendide bâtiment Arts déco... Emily était un peu intimidée par l'ambiance claustrophobique de ce labyrinthe de rayonnages, et elle ne m'a pas lâché la main tandis que Diane résumait les principes de classement dans des termes accessibles à une fillette : « Là, les livres avec des histoires, là ceux qui parlent de ce qui est arrivé il y a longtemps... », et elle l'a soudain interrompue en affirmant :

— Moi, j'écris des histoires !

— Bravo ! s'est exclamée Diane, charmée.

Un jour qu'il neigeait beaucoup, j'ai préféré laisser la voiture et nous sommes allées à la crèche par la ligne de métro T. Pendant le trajet, elle a colorié avec entrain son livre de *Sesame Street*, s'interrompant de temps à autre pour me montrer ce qu'elle avait fait. Au bout d'un moment, la dame d'un certain âge assise en face de nous s'est penchée vers moi et m'a confié d'un ton admiratif :

— J'ai des petits-enfants, vous savez, et ils ne savent pas se conduire en société. Toujours à remuer et faire des esclandres. Votre fille n'est pas seulement sage, elle est adorable. Cela prouve que vous êtes une mère exceptionnelle.

Je n'ignore pas le risque de passer pour excessivement gâteuse de ma fille. Je l'étais, incontestablement, mais j'avais aussi la lucidité de quelqu'un qui comprend qu'il est en train de vivre le grand amour de sa vie. Pour la première fois depuis toujours, j'avais dans mon existence un être qui comptait plus que tout.

Theo, lui, était occupé ailleurs. À partir du moment où j'ai viré les cinquante mille dollars sur le compte de Fantastic Filmworks, nous ne l'avons presque plus vu. Pour commencer, il a pris un bureau sur Harvard Square avec Adrienne. Le loyer était de mille deux cents dollars par mois, ce que j'ai trouvé excessif pour une si modeste entreprise.

— Tu as choisi le coin le plus cher de Cambridge, lui ai-je fait observer.

— C'est parce que c'est cher qu'on doit y être. Adrienne dit que les gros poissons de la distribution ne nous regarderont même pas si nous opérons dans un entresol d'une banlieue minable. Harvard Square, c'est une adresse qui en jette.

— C'est aussi près de quinze mille dollars de loyer annuel.

— T'inquiète. Adrienne dit qu'on aura facilement cent mille dollars en banque d'ici quatre mois. À ce moment, on te rendra tes cinquante mille et on n'aura plus aucun problème de cash flow.

— Pourquoi, vous en avez déjà ?

— Ce n'est pas ce que j'ai dit.

Peu après, ils sont allés à Milan pour participer à une grande rencontre de l'industrie du film et Theo m'a assuré qu'ils avaient fait chambre à part, mais seulement après que je lui ai posé la question afin d'en avoir le cœur net.

— T'inquiète. Je ne suis pas son genre, et elle n'est pas le mien. En plus, elle sort avec un type, en ce moment.

— Qui s'appelle ?

— Todd Quelque-chose.

— Qu'est-ce qu'il fait ?

— Il est journaliste au *Phoenix*, si j'ai bien compris.

J'ai épluché l'ours du *Boston Phoenix* sans trouver personne dont le prénom était Todd. J'ai même appelé à la rédaction et la réceptionniste m'a répondu qu'ils ne donnaient pas ce type d'informations par téléphone mais qu'il me serait facile de vérifier sur le site Internet du journal en entrant « Todd » dans l'onglet de recherche par auteur. Je suis remontée à travers les deux dernières années d'archives sans résultat ; apparemment, si vos parents vous avaient appelé Todd, vous n'aviez aucune chance d'entrer au *Phoenix*.

Quand j'ai fait part de cette petite enquête à Theo, il a perdu un peu de son flegme habituel.

— Tu te prends pour qui ? Edward G. Robinson dans *Assurance sur la mort* ?

— Je ne joue pas aux détectives privés, si c'est ce que tu sous-entends.

— Alors pourquoi chercher à savoir si ce Todd Machin-chose travaille au *Phoenix* ?

— Ce n'est pas le cas, visiblement.

— Donc ?

— Donc, elle n'a pas de petit ami qui s'appelle Todd.

— Si, elle en a un.

— Mais il n'est pas journaliste au *Phoenix*.

— Tout le monde peut se tromper.

Cela étant, Theo est revenu d'Italie avec une magnifique paire de bottes Ferragamo noires pour moi.

— Elles sont très belles, ai-je commenté en ouvrant la boîte, mais certainement bien trop coûteuses.

— C'est moi que ça regarde, d'accord ? En plus, il semble qu'on va recevoir une avance de quinze mille dollars sur les droits de distribution dans les salles italiennes.

Mais les bottes coûtaient déjà mille cinq cents dollars – une fois encore, Internet m'a donné l'information que je cherchais – et j'ai trouvé assez inquiétant qu'il ait claqué avec une telle légèreté dix pour cent de sa toute première vente alors que celle-ci n'était même pas encore conclue. Mais j'ai préféré me taire, d'autant que des sujets d'inquiétude encore plus sérieux apparaissaient à l'horizon. Ainsi, un après-midi où j'avais appelé Theo au bureau, j'ai eu la surprise d'entendre :

— Bonjour, et merci d'appeler Fantastic Filmworks ! Z'avez une toute petite seconde ?

C'était une voix de jeune fille très sirupeuse, avec des inflexions « planantes » qui semblaient indiquer un usage assidu d'hallucinogènes.

— Qui est-ce ? ai-je demandé lorsque j'ai eu enfin Theo en ligne.

— Notre assistante, Tracey-Spacey.

— Vous avez pris une assistante ?

— Seulement à mi-temps.

— Mais c'est tout de même une employée. Et qu'est-ce que c'est, ce nom ? Tracey-Spacey ?

— Nous avons besoin de quelqu'un ici, entre mon travail aux archives et Adrienne qui est tout le temps en déplacement.

Justement, il y avait là un autre aspect de l'affaire qui me déplaisait souverainement : le fait qu'Adrienne soit sans cesse par monts et par vaux, Londres, L.A., Milan, Barcelone, des navettes continuelles pendant lesquelles la grande « businesswoman » consentait parfois à me passer un coup de fil plein de condescendance et de promesses spécieuses :

— Jane, ma belle, tu n'i-ma-gines pas à quel point Londres est devenu hors de prix ! Le frappuccino est à huit dollars, dans un Starbucks. Qui peut se permettre ça ?

— Toi, apparemment.

Elle a éclaté de son rire de hyène.

— Oh, quelle comique tu fais ! Mais est-ce que je me trompe ou je détecte un petit-tout-petit soupçon d'inquiétude dans ta voix ?

— Tu ne te trompes pas, Adrienne.

— Alors précisément, je t'appelais parce que j'ai des news fan-ta-bu-leuses ! Tu as peut-être entendu parler de Film Factory ? L'un des principaux distributeurs en Grande-Bretagne. Voilà, ils sont prêts à allonger deux cent cinquante mille pour la commercialisation en salles !

— Et les droits de reproduction DVD ?

— Ceux-là, ils veulent se les garder, mais en nous donnant quarante pour cent sur les ventes.

— Et ils envisagent quoi, comme prix à l'unité ?

— Ah, elle est dure en affaires, la Jane ! J'adore !

— Donc, en ce qui concerne les salles, et en supposant que la commission est de trente-cinq pour cent, comme ici, ça nous ferait quatre-vingt-sept mille cinq cents. Pas exactement un pactole, quand on considère que le marché britannique est le principal en langue anglaise, les USA exceptés.

— C'est un super-deal ! a-t-elle protesté, laissant transparaître un agacement très perceptible.

— Pour les salles britanniques, *Kill Me Now* a obtenu sept cent cinquante mille dollars d'avance sur recettes, ai-je observé, citant le titre d'un film d'horreur particulièrement morbide qui venait de faire un malheur au box-office de trente pays différents.

— Tu... Comment tu sais ça ?

— Je sais me servir d'un moteur de recherche, c'est tout. Celui-ci m'a conduit à un article assez récent de *Variety* à propos des chiffres de *Kill Me Now* en Angleterre. Et donc, je vois que tu n'as pu obtenir que le tiers de ce qu'ils ont eu de leur côté, ce qui…

— Attends ! m'a-t-elle interrompue. Ce n'est pas sur *ça* que je me suis engagée, quand j'ai accepté ton investissement de départ.

— Pardon ? Tu as « *accepté* » mon argent ? (Je ne déguisais plus ma colère, à ce stade.) C'est toi qui es venue me supplier, avec mon compagnon. C'est vous qui avez…

— J'ai dix-huit ans d'expérience dans ce métier, OK ? Le *Village Voice* a écrit que j'étais « in-con-tour-nable », sur le marché du cinéma indépendant contemporain. Quoi qu'il en soit, deux cent cinquante mille au Royaume-Uni, c'est excellent !

— Non, c'est médiocre.

— Ça couvre largement ton investissement, en tout cas.

— Oui, ça au moins, j'imagine…

Theo est venu à la maison, ce soir-là. Il était furieux, mais comme toujours à sa manière passive-agressive.

— Je n'aurais jamais cru que tu t'y connaissais autant dans la commercialisation des films d'auteur, a-t-il déclaré d'un ton absolument détaché.

— Je connais la différence entre un bon négociateur et un mauvais, voilà tout.

— Et tu sais qu'Adrienne était en larmes quand elle m'a téléphoné de Londres, toi qui sais tout ?

— C'est mon problème, peut-être ? Je lui ai juste fait remarquer que le deal qu'elle dit avoir conclu ne valait pas tripette.

— Tu ne contesteras plus ses choix, à l'avenir.

— Ah… C'est un ordre, *boss* ?

— Laisse-la faire son travail, pour lequel elle est très bonne.

— Elle n'est pas bonne quand elle obtient le tiers de ce que les autres perçoivent.

— Personne ne savait que le marché du film allait traverser une petite dépression, entre-temps. Tu as bossé dans la finance, non ? Tu connais l'importance de l'estimation et de la gestion du risque, alors pourquoi trépigner devant ce qui n'est peut-être pas le contrat du siècle, mais qui est quand même un très bon deal ? Tu vas être remboursée.

Mais je n'ai pas vu la couleur de mon argent, au cours des quatre mois suivants. En revanche, Theo et Adrienne se sont rendus à l'American Film Market de Los Angeles où ils ont loué une

Mustang décapotable et pris une suite dans un hôtel du front de mer. Comment l'ai-je su ? Très simplement : j'ai vu les photos que Theo a prises d'Adrienne et lui posant devant une Mustang rouge vif, ainsi que celles de la petite sauterie d'un style très hollywoodien qu'ils ont offerte à divers professionnels du cinéma dans leur suite, laquelle disposait d'une terrasse avec une très belle vue sur Santa Monica. Et comment les ai-je eues sous les yeux, ces photos ? Parce que Theo avait laissé son appareil, un Leica numérique flambant neuf, sur le plan de travail de la cuisine, que je l'ai allumé par simple curiosité et que l'image des deux « associés » tendrement enlacés devant la voiture de sport s'est aussitôt affichée sur l'écran.

C'était pour le moins déconcertant, et j'ai continué machinalement à faire apparaître le reste des photos. L'hôtel face à l'océan, la réception dans leur suite, les hôtes batifolant sur l'immense king-size en compagnie de différents invités... Pourquoi diable Theo avait-il abandonné son Leica dans ma cuisine ? La réponse était d'une simplicité criante : pour que je le trouve et que je découvre ce qui était stocké dans sa mémoire. Il voulait que je sache qu'il couchait désormais avec Adrienne. Sacrifiant à la tradition millénaire de la culpabilité masculine, il avait besoin de me faire partager ses vilains petits secrets, et ainsi transférer sur moi la responsabilité des décisions que cette nouvelle situation appelait.

Quand je l'ai sommé de s'expliquer à son retour le même soir, il m'a toutefois opposé une froideur dédaigneuse.

— Quelle mouche t'a piquée de regarder ces photos ?

— Tu les avais laissées ici exprès.

— N'importe quoi, a-t-il rétorqué calmement. J'ai laissé l'appareil. C'est toi qui as fait le choix de l'allumer.

— Et toi, tu as choisi d'avoir une photo de toi avec Adrienne qui s'affiche dès qu'on l'allume.

— Et alors ? On se tient par les épaules sur une avenue de L.A., rien de plus.

— « Rien de plus » ? Vous étiez vautrés ensemble sur un lit !

— Il y avait plein d'autres gens vautrés avec nous.

— Mais tu avais ta tête entre ses jambes !

— Pff, et alors ? On était tous ronds déchirés.

— Vous étiez dans la même suite !

— Exactement : une suite, comme tu dis. Qu'est-ce que c'est, dans un hôtel ? Plusieurs pièces. En plus du salon, il y avait deux chambres, dans cette suite. Une pour Adrienne, une pour moi.

— Tu penses que je vais gober ça ?

— Je me fiche de ce que tu crois ou ne crois pas, franchement. Je décris la réalité, c'est tout.

— Même si vous… même si tu n'as pas couché avec cette harpie, comme tu le prétends, il n'en reste pas moins que vous gaspillez l'argent de façon révoltante, toi et elle.

— Oh, toujours la même chanson…

— Oui, la même chanson ! Parce que sans l'argent que j'ai mis au départ, il n'y aurait eu ni Mustang, ni hôtel cinq étoiles, ni tous ces voyages que vous faites. Et je n'ai toujours rien touché en retour, après plus de quatre mois.

— Normal, il s'écoule toujours du temps entre la signature des contrats et les premières rentrées.

— Combien de pays sont tombés dans les filets, jusqu'ici ?

— Il faudrait que tu demandes à Adrienne. C'est son département.

— Son « département » ? Vous vous prenez pour quoi, une foutue multinationale qui se divise le monde en départements ? Allez, tu dois bien savoir combien de contrats ont été signés, pour l'instant !

— Non, franchement, je l'ignore. Cinq ou six, je crois.

— Tu crois ? Et les États-Unis, le marché qui compte le plus ?

— J'allais t'en parler, figure-toi, si tu me laissais en placer une… Il y a cette boîte, New Line, qui est prête à nous proposer un million net…

J'en suis restée bouche bée.

— Quand ? Quand ont-ils proposé ça ?

— Il y a deux jours.

— Pourquoi tu ne m'as rien dit ?

— Parce que ce n'était pas encore sûr. Je ne voulais pas que tu sois déçue par de faux espoirs.

— J'appartiens au conseil d'administration de ta société, Theo. Je devais évidemment être tenue au courant.

— D'accord, d'accord, ç'a été une négligence et je m'en excuse. Mais bon, tu es contente, non ?

— Bien sûr, que je suis contente… Ça fait trois cent mille pour nous. C'est une très bonne nouvelle.

— Et c'est pour ça que tu ne devrais pas tant t'inquiéter des frais que nous engageons pour pousser le film. Tu nous imagines aller à l'American Film Market et descendre dans un Motel 6, nous balader dans une Ford de location ? Tout le monde nous aurait pris pour des petits joueurs. Comme dit toujours Adrienne, pour faire de l'argent, il faut en claquer un peu autour de soi. C'est comme ça que ça marche.

— J'aimerais tout de même avoir un récapitulatif de tous les frais de déplacement, et une liste de tous les contrats signés.

— Oui, oui, pas de problème...

Cette dernière promesse avait été faite d'un ton plutôt évasif, et Theo n'a pas été plus précis lorsque je lui ai rappelé quinze jours plus tard que j'attendais toujours ces bilans de fonctionnement. « Bientôt, oui », a-t-il marmonné. À la troisième requête similaire en l'espace de quelques semaines, j'ai explosé : ou bien ils me montraient les comptes, ai-je menacé, ou bien je leur envoyais mon avocat. Et pour commencer, j'exigeais une réponse immédiate à cette question : pourquoi mes cinquante mille dollars ne m'avaient-ils pas encore été restitués, nom de nom ?

Le lendemain, Adrienne m'a téléphoné à l'université :

— Pardon, pardon, et encore pardon, ma belle ! J'ai été to-ta-le-ment débordée, et super stressé, par les préparatifs pour Cannes et du coup, méchante fille que je suis, je n'ai pas réuni la doc que non seulement tu attends mais à laquelle tu as droit ! Sauf que là, c'est juré, croix de bois, croix de fer, tu vas tout recevoir par coursier ce soir.

— Mais pourquoi payer un coursier, puisque Theo peut ramener les papiers en rentrant à la maison ?

— Ah, oh, il ne t'a pas dit qu'il partait d'urgence à New York avec Stuart ? Ils ont des réunions avec Focus, New Line et deux ou trois autres mini-majors pour parler du nouveau projet de Stuart.

— Non, il ne m'a rien dit...

— Oups ! C'est moi qui suis une bêtasse, encore une fois ! Il m'avait demandé de ne pas te prévenir, justement. Parce qu'ils ont sauté dans un avion, tu vois ? Tout ça s'est fait très, très vite, tout le monde s'arrache Stuart, grâce à nous. Ils veulent tous son nouveau scénar et... Mais rassure-toi, c'est nous qui avons la première option puisque nous l'avons payé pour travailler sur son nouveau script.

— Vous avez quoi ?

— Allez, allez, ne me dis pas que Theo a oublié de te prévenir qu'on lui a donné une avance pour son scénario ?

— Quel scénario ?

— *Vengeance dans les bois.* C'est pas du gore gore comme *Delta*, c'est plus hitchcockien, comme atmosphère, je dirais. Deux ados jumelles qui vivent dans un trailer avec leur mère au fin fond du Maine et qui se mettent en tête de trucider tous les ploucs qui se font la maman. Et ensuite, elles règlent leur compte à tous les types de leur bled pourri qui sont notoirement connus pour battre leur femme. C'est du Steinbeck version *Un justicier dans la ville.* Ça décoiffe, crois-moi.

— Alors, vous avez payé Stuart pour écrire ce scénario ?

— Exactement.

— Et combien vous lui avez donné, au juste ?

— Cent mille dollars.

— Tu plaisantes.

— Eh, c'est donné, quand on sait le succès qu'il a maintenant !

— C'est « donné » à condition d'avoir cet argent, pour commencer.

— Mais on l'a.

— Pardon ? Ce que vous avez, à ma connaissance, c'est de l'argent à venir sur des contrats. Du papier, rien d'autre. Et je ne crois pas que Stuart aurait été d'accord pour se mettre au travail contre de simples promesses, si ?

— Tu penses bien que non ! Avec tous les plus grands studios qui tournent autour de lui comme des vautours, il aurait pu réclamer dix fois cette somme, s'il avait voulu...

— Et donc vous l'avez payé pour qu'il n'aille pas voir ailleurs ?

— Exactement, ma belle.

— Je ne suis pas votre belle.

Et je lui ai raccroché au nez.

Quand Theo a fait sa réapparition trois jours après, ses premiers mots pour moi ont été :

— J'ai appris que tu avais agressé Adrienne à propos du scénario qu'on a commandé à Stuart.

— Je vois que ta petite amie t'a rapporté consciencieusement nos conversations.

— Ce n'est pas ma petite amie. Mais je sais très bien que tu ne peux pas la souffrir.

— Je n'ai jamais dit ça.

— Pas besoin. Ça se voit comme le nez au milieu de la figure.

— Eh bien, oui ! Et c'est parce que cette pimbêche est non seulement puante, mais dangereuse.

— Tu parles de ce que tu ne connais pas. Si tu voyais la réputation qu'elle a dans le milieu…

— Si elle a une telle réputation, pourquoi s'est-elle associée avec quelqu'un comme toi ?

Ces mots étaient à peine sortis de ma bouche que je les ai regrettés. Mais c'est toujours ainsi, dans les disputes : on dit des phrases que l'on ne peut pas toujours rattraper.

— Je t'emmerde, a articulé Theo avec une pondération effrayante.

— Je… je suis désolée. Ce n'est pas ce que je voulais dire…

— Mais si. De bout en bout. Parce que tu m'as toujours vu comme un minable avec qui tu as commis l'erreur de coucher une fois de trop. À ta guise. Mais pour que ce soit très clair, maintenant : si je devais choisir entre Adrienne et toi, le choix serait vite fait. (Il a fait claquer ses doigts devant mes yeux.) En une seconde je me déciderais !

Il a attrapé son blouson, son Leica, et il est parti en claquant la porte.

Il n'a pas donné signe de vie pendant près d'un mois. J'ai tenté de le joindre sur son portable, envoyé un nombre incalculable de courriers électroniques. Quand j'ai appelé les archives, on m'a dit qu'il avait pris un congé sans solde de six mois. En allant à son appartement, j'ai découvert qu'il l'avait sous-loué à un étudiant indien de Harvard, qui n'avait aucune adresse pour Theo, rien qu'une boîte postale. Mes e-mails se sont faits encore plus contrits ; je lui disais que je regrettais de m'être emportée, et que quoi qu'il arrive il fallait au moins que nous nous revoyions pour essayer de parler. Aucune réponse.

Adrienne a tout autant ignoré mes appels et les messages que je lui ai laissés. Pour moi, il était clair qu'ils avaient résolu de ne plus avoir de contacts. Ils devaient certainement vivre ensemble, me suis-je dit, et comploter contre moi.

— Évidemment qu'il la saute ! m'a affirmé Christy lorsqu'elle est passée à Cambridge alors que Theo avait pris la poudre d'escampette depuis une quinzaine de jours. C'est un homme, après tout. Quand une nana est disponible et consentante, c'est ce qu'ils font.

La question, c'est : combien de temps tu vas tolérer ça ? Et tiens, j'en ai une deuxième : pourquoi tu tolères ça maintenant ?

— Il y a un enfant concerné.

— Mais puisque lui n'a pas du tout l'air concerné par Emily ?

— Je sais, je sais…

— Si le mec avec qui tu vivais disparaît tout ce temps et n'a même pas le minimum de courage de te laisser un moyen de le contacter, tu es obligée de te demander pourquoi tu voudrais qu'il revienne, bon sang !

Baissant la tête, j'ai senti des larmes me picoter les yeux.

— Il y a quelque chose de plus, ai-je murmuré. Quelque chose d'autrement plus grave.

Et je lui ai raconté le coup de fil que ma mère m'avait passé la semaine précédente, le premier depuis le désastreux week-end où j'étais allée lui présenter Theo. Depuis la naissance d'Emily, j'avais tenu à envoyer régulièrement des photos du bébé à sa grand-mère, qui avait fini par me répondre quelques lignes froidement polies, notant que la petite était « très mignonne, bien sûr », et qu'elle espérait qu'elle ne me donnerait que de la joie. Je lui avais alors adressé une lettre – car même si elle s'en servait à son travail maman refusait toute correspondance personnelle par le truchement de la messagerie électronique – pour lui dire que le temps passait vite et que si elle voulait venir voir sa petite-fille à Cambridge elle serait la bienvenue. Trois semaines plus tard, alors que je m'apprêtais à lui téléphoner, j'avais reçu la carte suivante :

> *Jane,*
>
> *Je pense sincèrement qu'une visite est impossible pour le moment. Je changerai peut-être d'avis plus tard, et dans ce cas je te ferai signe. Porte-toi bien.*
>
> *Ta mère.*
>
> *P-S : Je te prie de ne pas me contacter pour essayer de me convaincre. Je sais ce dont je suis capable et ce qui est au-dessus de mes forces.*

Bien qu'ayant ressenti ce post-scriptum comme une gifle, j'avais respecté sa demande tout en continuant à lui adresser des photos de temps à autre, accompagnées de quelques lignes neutres, et elle avait réagi en me complimentant brièvement sur la bonne mine d'Emily, la finesse de ses traits, etc. Mais rien de plus jusqu'à l'appel téléphonique que j'ai résumé pour Christy.

— Je serai brève, a dit ma mère d'un ton encore plus réservé que d'habitude. Mon médecin a décelé un kyste qui s'est développé bizarrement et il veut que j'aille faire une série d'examens au grand hôpital de Stamford. Je me suis dit que je devais te mettre au courant.

J'ai avalé ma salive.

— Il a dit que c'était sérieux ?

— C'est un peu tard pour te soucier de moi, non ?

— Ce n'est pas juste de parler comme ça, maman. J'ai toujours voulu avoir de tes nouvelles. C'est toi qui as édifié un mur entre nous...

— Tout est affaire d'interprétation.

— D'accord. Je peux venir te voir pendant que tu seras à l'hôpital ?

— Je n'en vois pas la nécessité.

— Si tu ne la vois pas, pourquoi m'avoir appelée ?

— Parce qu'il est possible que je meure et que tu dois le savoir, étant ma fille.

Elle a raccroché. Au bout d'une heure pendant laquelle la colère et le remords se sont livré une bataille ouverte dans mon cerveau, je l'ai rappelée et j'ai laissé un message car elle avait branché son répondeur. Le lendemain, nouvelle tentative, également infructueuse. Ayant téléphoné à la bibliothèque, j'ai pu parler à l'une de ses collègues, qui m'a dit qu'elle avait été hospitalisée à Stamford et laissé entendre que son état était préoccupant.

— On ne vous a pas vue depuis longtemps par ici, a-t-elle remarqué ; comment ça se fait ?

— Oh, ce serait trop long à expliquer.

J'ai aussitôt joint le centre médical du Connecticut à Stamford et demandé sa chambre. Elle a décroché à la deuxième sonnerie.

— Je me doutais que tu me contacterais, avec tous ces messages que tu as laissés. Tu regrettes de m'avoir abandonnée pendant toutes ces années, c'est ça ?

— Je... Comment vas-tu ?

— Le cancérologue, le docteur Younger, continue avec tous ces maudits examens. Alors qu'ils ont à chaque fois le même résultat : cancer généralisé.

— Je vais venir demain.

— Allons, pourquoi ferais-tu une chose pareille ?

— Tu es ma mère.

— C'est merveilleux que tu t'en sois souvenue, après tout ce temps.

— Tu n'es pas juste avec moi et tu le sais, maman.

— Non, ce que je sais, c'est que pour l'instant je n'ai pas vraiment besoin de ta compagnie, Jane.

J'ai eu l'envie de tout laisser en plan et de me mettre en route sur-le-champ, mais mes horaires de cours et le fait de n'avoir personne à qui confier Emily pour la nuit m'ont dissuadée de céder à cette impulsion. Les jours ont passé. Et puis, le matin où Christy est arrivée à Cambridge, un certain docteur Sandy Younger m'a contactée à l'université.

— Votre mère m'a donné votre numéro quand elle a commencé sa chimiothérapie il y a quelques semaines, m'a-t-il expliqué. Elle m'a dit de ne vous joindre que lorsque la situation paraîtrait... critique.

J'en ai eu le souffle coupé. Tout en me doutant que son état était sans espoir à partir du peu d'informations qu'elle m'avait données, entendre son médecin s'exprimer ainsi m'a fait le même effet que si une main glaciale s'était posée sur ma nuque. Finalement, j'ai murmuré :

— Vous pensez qu'il lui reste combien de temps ?

— Un mois, peut-être. Pas plus. Si j'étais vous, j'essaierais de venir le plus vite possible. À ce stade, son état peut se détériorer très rapidement. Pardonnez mon indiscrétion mais j'ai cru comprendre que vos relations avec votre mère étaient distendues ?

— C'était son choix, pas le mien, ai-je protesté sans réfléchir.

— Il y a toujours deux versions dans une relation... Mais enfin, le conseil que j'ai à vous donner, c'est de vous réconcilier avec elle maintenant. Vous verrez que la peine est beaucoup plus facile à supporter si vous êtes parvenue auparavant à une sorte de...

« De quoi ? » ai-je voulu crier, connaissant le genre de vocabulaire moralisateur que les gens ont tendance à employer dans de tels moments ? De rédemption ? D'apaisement ? Comme s'il était seulement possible de surmonter certaines expériences de la vie, de laisser derrière soi les blessures qui s'inscrivent à jamais dans la peau, de tourner la page...

— Entendu, je prendrai la route demain, ai-je répondu.

Dès que j'ai terminé mon récit, Christy a réagi au quart de tour :

— Ne t'en fais pas pour Emily, surtout. Je resterai avec elle jusqu'à ce que tu reviennes.

— C'est que... Je me disais que maman voudrait peut-être connaître sa petite-fille, finalement...

— Écoute, je vais être directe avec toi : quand mon père est entré dans la phase terminale de son cancer, il était déjà tellement parti que je crois qu'il ne m'a pas reconnue. En plus, même si ta mère avait manifesté le moindre souhait de voir Emily, à quoi bon traîner une fillette dans un service de grands malades ? C'est une expérience qui peut être traumatisante, même si elle est encore toute petite, et tu ferais aussi bien de la lui épargner.

J'ai convenu qu'elle avait raison et je suis donc partie toute seule pour Stamford le lendemain matin. Mon état d'esprit pendant les trois heures de route vers le sud était plus que sombre : non seulement je redoutais de voir ma mère sur son lit d'agonie mais j'étais effondrée en repensant à l'immense gâchis qu'avait été notre relation, à toutes ces années où nous avions été incapables de nous apporter du bonheur, de faire les pas qui auraient pu nous sortir de notre incompréhension mutuelle. Tout était allé de travers entre nous, depuis le début, et nous en avions eu conscience toutes les deux, cruellement, sans jamais trouver le moyen d'inverser la tendance. Et maintenant...

Une chambre de trois lits au service de cancérologie. En passant devant ses voisines, formes inanimées et hérissées de câbles et de tubes qui les raccordaient à une vie artificielle, j'ai baissé les yeux au sol. En comparaison, ma mère était relativement épargnée par ce déploiement de technologie envahissante : une perfusion dans chaque bras et un moniteur dont le bip-bip étouffé prouvait que son cœur continuait à battre.

Son apparence m'a atterrée. Je m'étais attendue à la voir terriblement affaiblie, mais ce que j'avais devant moi était un être ravagé par la maladie. Elle avait littéralement fondu et sa peau grisâtre était maintenant tendue sur un crâne dénué de cheveux et qui semblait minuscule. Quand elle a ouvert la bouche, j'ai vu qu'il ne lui restait plus que quelques dents. Le cancer l'avait réduite à l'état de squelette, mais lorsque je me suis assise à son chevet, que j'ai pris sa main décharnée et néanmoins encore chaude, j'ai constaté que son hostilité viscérale à mon encontre n'avait pas été atténuée par la déroute de son corps.

— Alors, tu es venue pour le tomber de rideau ? a-t-elle énoncé d'une voix rauque.

— Je suis venue pour te voir, maman.

— Et tu n'as pas amené ta fille. Ma seule, ma dernière chance de la voir, il a fallu que tu me la refuses…

« Garde ton calme, surtout », me suis-je commandé.

— Tu pouvais la voir quand tu voulais, maman. C'est toi qui en as décidé autrement.

Elle a retiré péniblement sa main de la mienne.

— C'est une affaire d'interprétation.

Cette formule encore, qu'elle m'avait si souvent opposée en guise de défense…

— J'ai simplement pensé que ce ne serait pas une bonne idée d'amener Emily dans un…

— Ton père m'a appelée, l'autre jour, m'a-t-elle interrompue.

— Quoi ?

— Tu as bien entendu : ton père m'a téléphoné. Il a dit… Il m'a dit que la pire erreur de sa vie avait été de me quitter. Et qu'il a l'intention d'arriver à Stamford très bientôt. Pour se remarier avec moi. Ici, à l'hôpital.

— Je vois, ai-je soufflé en tentant de surmonter mon malaise. Et d'où t'a-t-il téléphoné ?

— De New York. Tu sais qu'il est maintenant à la tête d'une très grosse compagnie, dans la métallurgie. Toutes ces horreurs que tu avais racontées sur son compte, ce n'était que des mensonges, comme je le savais depuis le début. Plus que des mensonges, Jane : de la calomnie. Heureusement, la vérité triomphe toujours et ton père tient le haut du pavé, à nouveau. Il sera ici dès demain, pour rétablir nos liens conjugaux.

— Magnifique, ai-je murmuré.

— Et tu sais ce qu'il m'a encore dit ? Il m'a dit… Il m'a assuré que si tu n'avais pas eu cette phrase au dîner de ton treizième anniversaire… Ah, cette phrase ! Que tu ne te marierais jamais et que tu n'aurais jamais d'enfants… Oui, si tu n'avais pas prononcé cette phrase, il ne m'aurait jamais quittée. Voilà ce qu'il a dit.

— Alors, papa va venir demain ? l'ai-je interrogée, uniquement pour tenter d'échapper à ce qu'elle venait de proférer.

— Tout à fait. La cérémonie est pour demain midi.

— Et il va te promettre l'amour éternel ?

— Exactement, éternel… Parce qu'il a compris à quel point il s'était trompé. C'est ce qu'il m'a expliqué au téléphone, et sa voix se brisait, et il s'est maudit de t'avoir écoutée ce jour-là, il y a tout ce temps, et…

Bondissant sur mes pieds, je me suis enfuie de la chambre. Entrée dans les premières toilettes en vue, je me suis enfermée dans un box et j'ai lutté contre moi-même, combattant le besoin éperdu de hurler, d'attaquer les murs de mes poings, de trépigner, de tout tenter pour faire taire la voix de cette femme dans ma tête. Et puis les sanglots m'ont saisie à la gorge et m'ont emportée loin de ce souhait, et ne m'ont plus lâchée. « Ma mère, ma mère va mourir et c'est tout ce qu'elle trouve à me dire… »

Avant que ce déchaînement de souffrance ne me conduise à quelque chose de primal et d'irrémédiable, pourtant, une voix a crié en moi, la voix de la survie, et ce seul mot, « Assez ! », m'a tirée de ma transe. Encore hagarde, je suis ressortie, m'engageant dans un dédale de couloirs à travers lesquels l'instinct de conservation, sans doute, m'a guidée sûrement. En cinq minutes, j'avais retrouvé ma voiture et je fonçais sur la I-95 en direction du nord. Pour être le plus loin possible de ma mère, le plus vite possible.

J'étais de retour à Cambridge juste avant minuit. Christy était encore éveillée, assise au salon avec un verre de vin. Elle n'a pas paru surprise de me voir surgir en pleine nuit.

— J'ai essayé de te joindre plusieurs fois sur ton portable ce soir, mais je me suis dit que tu…

— Je l'avais éteint.

— Oui. L'hôpital a téléphoné.

— Elle est… ?

— Il y a deux heures, environ. Les médecins se demandaient où tu étais passée.

— J'étais… sur la route, je m'enfuyais.

Elle s'est levée, m'a prise dans ses bras, mais je ne me suis pas effondrée en pleurs, je n'ai pas brandi mon poing vers le ciel en exigeant que l'on me dise pourquoi j'avais eu une mère si malheureuse et si aigrie qu'elle avait dû s'acharner sur sa fille alors que celle-ci avait seulement eu besoin d'amour, je n'ai pas eu ce moment de chagrin primordial qui accompagne généralement la mort d'un parent. Je n'ai ressenti qu'un immense et dévastateur épuisement.

— Va te coucher, m'a dit Christy, comprenant mon état sans avoir besoin d'explications. Dors neuf heures, dix heures, ce que tu veux. Je me charge d'Emily demain matin.

— Tu es trop gentille, tu es…

— Ferme-la ! m'a-t-elle ordonné avec un sourire.

Je lui ai obéi. Et en effet, j'ai dormi dix heures d'affilée. À mon réveil, j'ai trouvé un mot :

> *Quand tu liras ceci, Emily sera à la crèche, toute contente. J'espère que tu te sens moins fatiguée, et aussi bien que possible dans ces circonstances. Si tu veux, aussi, rappelle ton Theo chéri sur son portable. Il a téléphoné pendant que tu dormais. Juste pour te dire qu'ils viennent d'avoir le contrat pour la distribution du film en Amérique, pour trois millions. Il faut te dire bravo, je suppose. Tu es riche.*

8

LA NOUVELLE DE LA BONNE FORTUNE DE THEO a été éclipsée par une obligation autrement plus pressante : organiser les obsèques de ma mère.

Après avoir trouvé le message de Christy, j'ai immédiatement contacté l'hôpital de Stamford afin de prendre les dispositions nécessaires. En une heure, j'avais trouvé le salon funéraire qui allait s'occuper du corps et obtenu du prêtre épiscopalien d'Old Greenwich qu'il assure la cérémonie deux jours plus tard. Ensuite, j'ai appelé la bibliothèque pour informer de son décès les collègues de ma mère, et prié l'une d'elles de prévenir leurs connaissances communes que le service funéraire aurait lieu le vendredi matin.

Quelques instants plus tard, Christy était de retour et elle a préparé du café. J'ai accepté avec reconnaissance la tasse qu'elle m'a apportée et, après avoir avalé quelques gorgées et pris ma respiration, j'ai attrapé à nouveau le téléphone pour joindre Theo. Il a répondu sur-le-champ, avec l'exubérance de quelqu'un qui vient de faire sauter la banque à Monte-Carlo.

— Oui, oui, bonjour, toi ! Ah, je suis désolé, pour ta mère. C'est dur…

— Est-ce que tu peux m'expliquer où tu étais passé pendant tout ce dernier mois ?

— Bien sûr ! Londres, Paris, Hambourg, Cannes… Et j'ai quelque chose de sensationnel à t'annoncer…

— … Ce sera toujours moins important que le fait de nous avoir laissées toutes les deux pendant tout ce temps.

— Je ne suis pas allé me promener, mais gagner de l'argent. Des tas. Un million pour Fantastic Filmworks, ça te paraît comment ?

— Bravo, je te félicite. Mais tout l'argent du monde est secondaire, quand on…

— « Secondaire » ? Ah, c'est bien toi, ça ! Du Jane pur sucre ! Cracher sur ma réussite, me rappeler que je n'ai qu'une place négligeable dans ta vie !

— Tu oses me dire ça, après m'avoir jeté à la figure que si tu avais à choisir entre cette zombie et moi, tu n'hésiterais pas une seconde !

— Elle ne me traite pas comme un rien du tout, elle...

— Je ne te traite pas « comme un rien du tout », Theo. Je suis fâchée, et très légitimement fâchée, que tu nous aies abandonnées.

— Écoute, Jane. Je suis vraiment désolé pour ta mère, même si tu ne pouvais pas supporter cette garce, à juste titre d'ailleurs, mais il faut...

— Merci pour cette remarque pleine de tact.

— Qu'est-ce que tu voudrais de moi ? Que je mente ?

— Tu couches avec elle, n'est-ce pas ?

— Tu as des preuves ? Des preuves concrètes ?

Là, j'ai pris le téléphone et je l'ai envoyé à l'autre bout de la pièce. Il y a eu un grand silence, brusquement, puis Emily a levé la tête de son livre de coloriage et constaté :

— Maman a jeté le téléphone.

— Maman avait sans doute une bonne raison pour faire ça, a affirmé Christy.

— Maman a besoin d'un verre, ai-je constaté, les yeux dans le vide.

Je n'ai pas accepté la vodka que Christy me proposait, toutefois, parce que je devais refaire la route jusqu'à Stamford le jour même. Sans un mot, mon amie est allée ramasser l'appareil, elle a composé le numéro du département de littérature de l'université de l'Oregon et elle a inventé une histoire d'urgence familiale qui l'obligeait à s'absenter pendant trois jours.

— Tu n'as pas à faire ça, ai-je murmuré quand elle a terminé son coup de fil.

— Mais si. Et, je t'en prie, ne commence pas à dire que tu ne veux pas me causer de problèmes. Tu as plus que ton compte de soucis, pour l'instant. En plus, tu veux un petit conseil ? Reprends ton argent des mains de Theo, là, maintenant, tout de suite. Et avec les intérêts. Et une fois que tu sera rentrée dans tes fonds, annonce-lui qu'il ne fait plus partie de votre vie. Il n'a pas envie de t'aider une minute à élever Emily, de toute façon. C'est malheureux, mais c'est comme ça, je dois le dire : ce type est d'une immaturité grave.

— Mais tu l'avais tellement apprécié, quand tu l'as rencontré...

— Bien sûr, parce qu'il était original, non conformiste. Et oui, je t'ai encouragée à garder l'enfant. Pas parce que je pensais que Theo allait être élu Père de l'année mais parce que je savais que tu n'aurais plus été capable de te regarder en face si tu avais... (J'ai posé un doigt sur ma bouche pour lui intimer de s'arrêter.) Oh, franchement ! Mais bon, vas-y, jette un seul coup d'œil à ta fille et dis-moi que mon conseil, qui ne faisait d'ailleurs que refléter ce que ton instinct te commandait, n'était pas le bon.

— Tu savais ce que je voulais, il faut croire.

— Non. *Tu* savais ce que *tu* voulais... et tu l'as eu. Et le résultat est magnifique. Même si je ne m'imagine jamais franchir le pas, je dois reconnaître que je t'envie énormément, à chaque fois que je regarde Emily.

Comme si elle avait suivi de près la conversation, ma fille a délaissé son coloriage et a tourné la tête vers nous :

— Christy, elle dit des drôles de choses...

Une demi-heure après, j'étais sur le départ. Mon sac de voyage contenant un tailleur noir était déjà dans le coffre de la voiture. J'ai serré Emily dans mes bras. Elle a ouvert de grands yeux.

— Où elle va, maman ? (C'est le seul moment où j'ai failli me mettre à pleurer, ce qu'elle a senti immédiatement.) Tu es triste !

J'ai fait non de la tête en clignant très fort des paupières.

— C'est seulement que ta mère est très fatiguée, est intervenue Christy. Fatiguée des gens qui la rendent triste.

— Moi, je rends pas maman triste, a affirmé gravement ma fille.

Le cœur sur le point d'éclater, je l'ai attirée encore plus fort contre moi et j'ai chuchoté à son oreille :

— Tu es ce que j'ai de plus beau dans ma vie.

Même si je ne voulais la quitter pour rien au monde, j'ai fait signe à Christy de la reprendre.

— Tu es sûre que tu es en état de conduire ? m'a-t-elle demandé.

— Je vais très bien, ai-je menti, et j'ai promis de leur téléphoner dès que je serais arrivée à Stamford.

Il s'est avéré que je n'ai pas flanché durant les trois heures de route. Peut-être étais-je anesthésiée par le choc, ou bien une étrange résolution s'était-elle installée en moi, une sorte de défi muet lancé à la fois à ma mère et à Theo : non, je ne leur ferais pas le plaisir de craquer. Ce n'était pas que l'amertume du regret ne revenait pas infecter toutes mes pensées, toutefois. À de tels moments critiques de l'existence, elle s'acharne avec une virulence particulière, surtout quand elle s'accompagne d'un motif lancinant : « Ça n'aurait pas dû tourner comme ça. » Même quand on sait très bien que les erreurs se réparent rarement, et que le dialogue avec ceux qui vous ont accompagné sur une fausse route n'y changera rien.

À mon arrivée à l'hôpital, on m'a indiqué la morgue. Le directeur des pompes funèbres, à qui j'avais dit que je serais là vers trois heures, m'attendait déjà dans le hall. À vrai dire, j'avais imaginé une silhouette à la Dickens, maigre et sinistre, en redingote et haut-de-forme, alors que j'aurais dû simplement déduire que j'allais rencontrer un Italo-Américain, puisque le secrétariat hospitalier m'avait recommandé une maison appelée Sabatini Frères. Anthony Sabatini était un petit homme corpulent d'une quarantaine d'années, tout habillé de noir comme le voulait sa profession. Sa discrète sollicitude, sans rien de forcé ni d'obséquieux, me l'a rendu tout de suite sympathique. Son expérience l'avait sans nul doute habitué à jauger d'un seul coup d'œil les gens soumis à une épreuve telle que la perte d'un être proche, car il a compris immédiatement que j'étais seule et que personne ne viendrait me soutenir pendant les pénibles moments à venir.

— Vous pouvez voir votre maman dès maintenant, m'a-t-il dit après avoir insisté pour que je boive avec lui une tasse de café d'hôpital insipide, mais je vais être honnête avec vous : il vaudrait mieux que nous intervenions un peu sur le plan esthétique, parce qu'un cancer de ce type rend presque méconnaissables ceux qu'il emporte.

— Je l'ai vue il y a deux jours, monsieur Sabatini. Je sais comment elle était à la fin. Et puisque les obsèques se feront dans un cercueil fermé, suivi d'une crémation…

— C'est vous qui décidez, mademoiselle Howard. Je ne suis pas là pour essayer d'obtenir du travail supplémentaire. Vous me dites exactement ce que vous voulez et je veillerai à ce que vous soyez satisfaite. Et je resterai avec vous jusqu'à la fin de la crémation, pour m'assurer que tout se passe aussi bien que possible.

Après nous être mis d'accord sur les grandes lignes des obsèques, il est parti voir la réceptionniste de la morgue pour lui annoncer que nous étions prêts à aller voir le corps. Elle a passé un rapide coup de fil. Quelques minutes plus tard, son téléphone a sonné ; elle a eu un bref échange avec son interlocuteur et nous a annoncé :

— Vous pouvez entrer, maintenant.

Nous avons franchi une porte à deux battants. Après une succession de couloirs glacés, nous sommes arrivés devant une porte en verre dépoli sur laquelle était écrit en lettres noires : REPOSOIR. Il a frappé discrètement, a posé une main réconfortante sur mon épaule.

— Vous êtes prête, mademoiselle Howard ?

J'ai acquiescé. Un employé nous a ouvert et nous l'avons suivi.

Je m'étais préparée à cet instant pendant toute la route depuis Cambridge, et comme je l'avais indiqué à Anthony Sabatini j'avais déjà eu devant les yeux les ravages opérés par la maladie mais là, dans cette pièce aux murs nus et gris, à la vue du minuscule corps flétri sur un lit roulant, couvert jusqu'au menton d'un drap bleu, et surtout du visage cadavérique aux lèvres presque mangées par le cancer, les paupières fermées à jamais, une émotion inconnue m'a saisie. « Voilà la femme qui m'a mise au monde, ai-je songé, qui m'a élevée, qui a fait tant de sacrifices pour moi et qui n'a pas été une seule fois capable de me dire qu'elle m'aimait, tout simplement. » M'avait-elle aimée, seulement ? Et moi, tout aussi impuissante à lui exprimer mon amour... Peut-être parce que j'avais attendu depuis toujours qu'elle m'aime, et que voyant que mon affection restait sans réponse, j'avais compris qu'elle m'avait désignée une fois pour toute comme la responsable de son malheur...

Anthony Sabatini m'a regardée tandis que je baissais la tête en réprimant un sanglot. Cela devait être le seul moment de ces quarante-huit heures où je me trouverais au bord des larmes. Je n'ai pas pleuré quand je me suis rendue seule à notre ancienne maison d'Old Greenwich l'après-midi ; je me suis assise sur le lit étroit de ce qui avait été ma chambre et je me suis rappelé que je m'enfermais là si souvent, au cours de mon enfance et de mon adolescence, pour rêver à un moyen d'échapper à cette famille en morceaux. Je n'ai pas pleuré non plus lorsque le notaire de ma mère m'a appris qu'elle avait été obligée de prendre deux nouvelles hypothèques ces dernières années, ses heures de travail à la bibliothèque ayant été drastiquement réduites suite à des restrictions budgétaires : sans économies ni plan de retraite substantiel, elle avait dû donner son domicile en garantie aux banques pour recevoir quelques liquidités. « Mais elle savait que j'avais de l'argent, ai-je été tentée de crier à l'homme de loi, et malgré ses protestations je l'avais aidée, dans le passé… Alors pourquoi ne m'avoir rien demandé ? » Je me suis tue, parce que je connaissais la réponse à cette question.

J'aurais pu pleurer, aussi, lorsque l'officiant épiscopalien m'a présentée comme « Jane, la fille très aimée de la défunte » devant une assistance si clairsemée que je me suis demandé avec effroi s'il ne restait vraiment que dix personnes dans ce monde à avoir une pensée émue pour ma mère. J'aurais pu pleurer au moment où les rideaux défraîchis de la vilaine chapelle du crématorium se sont ouverts et que le cercueil a glissé silencieusement vers le four. Et j'aurais pu pleurer également lorsqu'on m'a livré une boîte anonyme chez elle le lendemain, que je suis partie en voiture à la plage de Todd's Point et que j'ai dispersé ses cendres dans l'océan en colère. Et j'aurais pu pleurer en rangeant ses affaires personnelles qui tenaient dans deux cartons – quelques photos, de rares photos de famille, plusieurs disques de Mel Tormé, ce chanteur qu'elle aimait tant et dont elle vantait souvent la voix « comme une brume de velours » –, avant de demander au notaire de faire emporter tout le mobilier à une vente de charité et de mettre la maison sur le marché. Et j'aurais pu pleurer lorsqu'il m'a prévenue que son prix ne couvrirait sans doute pas les deux prêts encore en cours, sans parler des vingt-trois mille dollars qu'il avait eu scrupule à réclamer à ma mère dans les dernières années. Et j'aurais pu pleurer quand, sur la route du retour à Cambridge, une station de radio publique a passé « Now That You're Gone », interprété par Mel Tormé…

« Maintenant que tu es partie »… Oui, les occasions de m'abandonner au chagrin n'ont pas manqué pendant les quatre jours que j'ai finalement dû passer dans le Connecticut, Christy m'ayant assuré qu'elle pourrait rester avec Emily jusqu'au dimanche en fin de matinée. En dépit de mon immense tristesse à cause de tout ce qui avait cruellement manqué à notre relation mère-fille, je n'arrivais pas à pleurer un être qui s'était accroché à ses illusions pernicieuses avec un tel acharnement que celles-ci avaient fini par gâcher sa vie et celle de son enfant. Mais si la vie nous apprend quelque chose, c'est que l'on ne peut jamais dissiper les chimères d'autrui ; malgré toutes les preuves empiriques que l'on peut apporter, il ou elle se raccrochera à ses faux espoirs avec une obstination exaspérante, mais qui est – et l'on s'en aperçoit souvent – la seule défense face à une réalité qu'il n'est pas possible d'affronter sans risquer de s'écrouler. Une fois que quelqu'un s'est engagé dans le mensonge et l'auto-intoxication, rien de ce que l'on dit ou « prouve » n'a de valeur, parce que le mensonge devient la vérité ; et une vérité qu'il ne faut surtout pas contester.

J'avais accompli la moitié du trajet sur la I-95 en rentrant chez moi lorsque mon téléphone portable a sonné. Répondant sans réfléchir, j'ai reconnu la dernière voix que je voulais entendre. Celle d'Adrienne.

— Salut, partner ! a-t-elle vociféré en affectant un vague accent texan, destiné sans doute à nous faire croire que nous étions dans un western.

— Oui, quoi ?

— Ça alors, on dirait que tu t'es levée du pied gauche ! a-t-elle dit finement, concluant sa phrase par son rire de hyène.

— Peut-être que votre don Juan a omis de vous l'apprendre, mais il se trouve que j'ai enterré ma mère il y a deux jours.

— Oh, l'idiote, la triple idiote que je suis ! Pas étonnant que tu me détestes tellement.

— Cet appel avait un objet quelconque, Adrienne ?

— Bon, mieux vaut tard que jamais, alors mes condoléances, sérieux. Je compatis à ta perte.

— De laquelle vous parlez ? D'avoir perdu ma mère, ou l'homme qui vivait soi-disant avec moi ?

— Mais Theo ne t'a pas quittée, dis-moi ? a-t-elle demandé d'un ton qui se voulait stupéfait.

— Écoutez-moi. Je peux accepter un certain degré d'hypocrisie, mais pas ce genre de salades mielleuses.

— Tu... Pensez ce que vous voulez, Jane. Le but de mon appel, c'était de vous dire que vous allez recevoir dans un mois, au plus tard, un virement de cent cinquante mille dollars effectué par Fantastic Filmworks.

— Je peux avoir ça écrit noir sur blanc ?

— Tu... Vous ne me faites pas du tout confiance, alors ?

— Vous couchez avec mon mec et il faudrait que je vous fasse confiance ?

— Je voulais juste vous donner cette bonne nouvelle. J'espère que vous êtes contente.

— Je serai contente quand je verrai l'argent et j'exige que vous me confirmiez par e-mail que le virement sera effectué dans les trente jours. Et quant à Theo, en fait ça m'est complètement égal de le revoir ou pas. Vous pouvez lui transmettre le message de ma part. En ce qui me concerne, c'est terminé entre nous.

— Je ne vois vraiment pas pourquoi vous me faites porter le blâme de vos…

— Pourquoi ? Parce que vous êtes grotesque, voilà pourquoi.

La communication a été coupée. Pendant les semaines suivantes, je n'ai plus été contactée par Adrienne et je n'ai eu aucune nouvelle de Theo. Ou plutôt si : un après-midi, j'ai croisé par hasard dans Brattle Street l'un de ses collègues des Archives du cinéma qui a d'abord paru gêné de me voir mais a fini par m'apprendre, non sans insistance de ma part, que Theo lui avait récemment envoyé un e-mail dans lequel il disait « décompresser pour une quinzaine » à Amalfi.

— Vous savez où c'est, Amalfi ? l'ai-je interrogé, avouant ainsi mon ignorance. Et vous sauriez dans quel hôtel il est descendu ?

— Euh, non, franchement, il n'a pas dit…

Comme ce piètre menteur ne méritait pas ma colère, je me suis contentée de prendre congé rapidement et, sitôt revenue chez moi, j'ai entré sur la page d'accueil de Google : « Italie, Amalfi, hôtels cinq étoiles », pariant que les goûts de luxe d'Adrienne ne les auraient conduits que dans un palace. Il y en avait neuf dans la région de la ville d'Amalfi. Au téléphone, le quatrième a été le bon puisque j'ai obtenu d'être connectée à « la suite du signore Morgan ». Et devinez qui a répondu ?

— *Buon giorno*, ouais, *buon giorno !* a glapi Adrienne dans l'appareil.

— La main dans le sac, ai-je commenté d'un ton sobre.

— Oh, ah, salut, Jane ! Quelle fan-tas-tique surprise ! Je passais juste dans la chambre de Theo pour lui poser une question et…

— Mais oui. Et c'est une suite qu'il a, pas une chambre.

— Oui, oui, mais c'est sur le budget de fonctionnement de la promo…

— Voilà qui me rassure. Ce qui est moins rassurant, par contre, à part le fait que je viens d'avoir la preuve que vous formez maintenant un couple… Non, taisez-vous ! Ce qui est moins rassurant, c'est que malgré vos garanties répétées je n'ai toujours pas été remboursée de mon investissement initial.

— Non ? Mais j'ai donné des instructions pour le virement il y a déjà, quoi ? dix jours…

— Mais oui.

— C'est vrai, Jane !

— Mais oui.

— Je vais contacter la banque sur-le-champ et veiller à ce que vous ayez l'argent à la fin de la semaine, à tout casser.

— Vous pouvez le faire par écrit et m'envoyer une copie ?

— Si je… Bien sûr. Je vous fais un e-mail tout de suite.

— C'est toujours « tout de suite », et ça ne vient jamais.

— Vous n'imaginez pas dans quelle folie on a vécu ! Les ventes ont crevé le plafond, c'est simple ! Donc, je peux non seulement vous promettre que votre premier bonus va arriver mais que…

— Arriver quand ? Le 30 février ?

Un silence, entrecoupé de soufflements exaspérés.

— Écoutez, si vous lisez bien la lettre-contrat que vous avez signée avec nous, nous ne sommes pas tenus de vous payer quoi que ce soit avant neuf mois. Que je sois disposée à vous débloquer une première tranche maintenant est déjà assez…

— Quoi ? Admirable ? Trop généreux ? Si cet argent n'est pas sur mon compte cette semaine, je vous poursuis en justice.

— Et je suis censée m'évanouir de peur, là ? Allez, on se calme !

En entendant son gloussement imbécile, j'ai été très tentée de céder à ma tendance qui consiste à jeter les téléphones à travers les pièces, mais je me suis retenue.

— Vous ne voudriez pas de problèmes légaux, Adrienne ? Surtout si je décide de mettre au parfum la presse spécialisée. Qu'en diraient tous vos investisseurs ?

— On est dans le business du cinéma, ma belle. Chez nous, on joue gros, on prend des risques, on fonce. Alors, si vous croyez qu'une petite connasse d'universitaire va m'impressionner…

Là, je n'ai pas résisté. Le téléphone sans fil a rebondi contre le mur du living. Emily s'est arrêtée de jouer et m'a lancé un regard inquiet.

— Maman encore fâchée.

Je me suis jetée sur elle pour la prendre dans mes bras, ma fureur se muant aussitôt en un gigantesque accès de remords.

— Pas contre toi, mon amour. Jamais contre toi.

Une heure plus tard, un courrier électronique de Fantastic Filmworks est bien apparu dans ma boîte e-mail, mais au lieu de la confirmation écrite d'Adrienne j'ai vu qu'il s'agissait de trois lignes rédigées par Theo, qui ne s'était pas donné la peine de signer : « Merci d'empaqueter toutes mes affaires que j'ai chez toi. Tracey passera tout prendre demain. Je ne veux plus avoir affaire à toi. »

J'ai tapé à toute allure une réponse en forme de missile, elle aussi non signée : « C'est réciproque. »

Un jour de semaine, cette rupture définitive m'aurait obligée à faire bonne mine devant mes étudiants. Là, c'était un samedi et j'ai donc pu laisser libre cours à ma rage en passant les deux heures suivantes à ramasser en hâte les vêtements de Theo, ses livres, ses DVD et à les jeter dans des cartons.

Emily me regardait faire, étonnée, et encore plus troublée.

— Papa, il s'en va ?

— Oui, papa s'en va.

— Pour toujours ?

Sa petite frimousse s'est plissée de tristesse. Je l'ai à nouveau serrée dans mes bras.

— Non, pas pour toujours, chérie. Juste un moment.

— Je vais le revoir ?

— Mais oui, bien sûr. Autant qu'il voudra te voir, lui.

— Il vient jamais ici…

Ma fille pâtissait déjà de l'incapacité de ses parents à placer ses intérêts au-dessus des leurs.

— Ce n'est pas de ta faute, mon amour. C'est seulement que papa est très occupé en ce moment, et qu'il ne sera pas beaucoup là. Mais tu le verras, tu le verras plein de fois.

— Promis ? a-t-elle demandé à voix basse, comme si elle avait perçu la faiblesse de ces promesses.

— Oui, promis. Et je te promets aussi de ne plus me fâcher.

Après cette crise finale avec Theo, d'ailleurs, je me suis aperçue que la colère toujours prête à jaillir en moi s'était dissipée. Était-ce parce que je m'étais tellement préparée à cette rupture que mes ressources d'indignation s'étaient épuisées ? J'étais résignée, maintenant, et non seulement à ce changement radical dans ma vie mais aussi au constat, certes dérangeant, que cette histoire avait été une erreur dès le tout début.

Chaque fois que mes yeux se posaient sur ma fille, pourtant, je me disais que cette erreur m'avait également donné le plus beau des cadeaux. C'était peut-être parce que Emily était si merveilleuse que j'avais pu si longtemps m'accommoder d'une relation sentimentale faussée dès le départ, et qui s'était conclue par une déroute lamentable.

Des semaines. Des mois. Pas un mot de lui. Sa grossièreté et sa froideur m'étonnaient, tout de même. Comment faisait-il pour ne pas vouloir maintenir une certaine proximité avec sa fille, ni même demander de ses nouvelles par un e-mail ? En vérité, une grande partie de moi était soulagée qu'il ait rompu tous les ponts et n'ait pas eu d'autre recours que de se cacher : il était plus facile de le rayer de la carte, de cette façon.

J'ai donné des cours d'été à l'université d'État de Boston, puis je suis allée passer une semaine sur les rives du lac Champlain avec Emily dans une petite maison de vacances que j'avais louée. Un jour particulièrement chaud, j'ai réussi à la convaincre d'entrer dans l'eau et d'essayer de flotter sur le dos. Elle était évidemment nerveuse, au début, mais je lui ai dit que j'étais là, avec elle.

— Tu me soutiens, maman ?

— Je te soutiendrai toujours.

« Parce que tu m'as soutenue, toi, depuis que tu es au monde », ai-je pensé.

La semaine a été très agréable, reposante et trop courte. Je me suis juré de me libérer tout l'été, l'année suivante, et d'aller passer deux mois à Paris avec Emily. Surtout si je touchais enfin l'argent que me devait toujours Fantastic Filmworks...

Car les promesses d'Adrienne Clegg ne s'étaient pas réalisées, comme je l'avais redouté, et j'ai donc fini par aller revoir Milton Alkan à son modeste bureau de Somerville. Tout en écoutant mon récit, il a étudié la lettre-contrat que j'avais signée.

— J'aurais préféré que vous m'apportiez ce document avant d'apposer votre signature dessus, a-t-il observé.

— Je regrette de ne pas l'avoir fait. Mais est-ce qu'il n'y a pas moyen de les obliger à me rembourser mon investissement de départ, au moins ?

— Je pourrais leur écrire en leur disant que le succès remporté par le film, à en croire la presse professionnelle du spectacle, devrait les conduire à s'acquitter dès maintenant de leur dette à votre égard. Sur le papier, cependant, ils peuvent attendre jusqu'au 1er décembre pour le faire. Mais si vous voulez que je leur donne un petit coup de semonce...

— Oui, j'aimerais beaucoup.

Dans sa lettre, brève mais regorgeant de terminologie juridique, mon avocat les a donc fermement priés de procéder à un virement en ma faveur, non sans rappeler les « promesses verbales de Mlle Clegg à ce propos », et il leur a rappelé que mon statut au sein de la compagnie m'autorisait à examiner les livres de comptes comme à vérifier leurs dépenses courantes.

La réponse d'Adrienne n'a pas tardé à arriver. Affirmant « n'avoir aucun souvenir » de m'avoir garanti un remboursement rapide – et même un premier versement de dividendes –, elle déclarait sèchement que toute nouvelle demande similaire présentée avant le 1er décembre serait ignorée par Fantastic Filmworks. Alkan m'a expliqué qu'il pouvait toujours essayer d'exercer une pression renouvelée, mais que le résultat n'était pas garanti et qu'il y aurait des frais pour moi, bien entendu...

— J'ai eu la sensation que ça se terminerait comme ça, quand je leur ai bêtement signé ce chèque, ai-je soupiré.

— J'imagine qu'il est toujours difficile de refuser de donner un coup de pouce financier lorsqu'il s'agit de son compagnon.

— Il n'a jamais été mon compagnon ! me suis-je insurgée avec véhémence.

— S'il y a au moins une consolation, c'est que je ne vous demanderai pas d'honoraires pour tout cela. Et je voudrais quand même essayer de maintenir la pression sur eux.

— Merci, merci infiniment.

Incroyable, j'avais choisi un avocat doté de sens moral ! Même si mes espoirs étaient pratiquement nuls, j'ai décidé de le laisser les asticoter un peu. Qui sait, il allait peut-être me surprendre avec de bonnes nouvelles ?

Quinze jours plus tard, il m'a appelée à l'université. Il avait du nouveau, oui, mais rien de bon :

— Mademoiselle Howard ? Fantastic Filmworks s'est déclaré en faillite il y a trois jours.

9

— JE NE COMPRENDS PAS.

C'était peu dire. J'étais abasourdie.

— Ils sont en faillite. La banqueroute, le plongeon final.

— Mais comment est-ce possible ?

— Comme pour n'importe quelle compagnie ou n'importe quel individu : ils sont écrasés de dettes qu'ils ne peuvent pas payer.

— Mais pour ça, il faut qu'ils aient dépensé tous leurs avoirs ?

— C'est ce qu'ils ont fait, oui. Depuis que vous m'en avez parlé, j'ai fait quelques recherches sur Internet… À propos, il y a encore deux ans, Internet, pour moi, c'était du chinois… mais je m'égare. Donc, j'ai réuni un peu de documentation sur eux. Et hier, que vois-je dans *Daily Variety* ? Un article selon lequel Fantastic Filmworks est en cessation de paiement, avec plus d'un demi-million de dettes accumulées.

— Attendez ! Theo m'a dit qu'ils avaient des contrats de distribution pour plus d'un million de dollars !

— Le journal parlait d'un million et demi, plutôt. Le problème, c'est que le film qu'ils voulaient distribuer… comment s'appelle-t-il, déjà ?

— *Delta Kappa Gangster.*

— Voilà. Un titre qui ne s'oublie pas facilement, pourtant… Le problème, donc, c'est que Fantastic Filmworks n'a jamais eu les droits sur ce film. En d'autres termes, ils ne pouvaient légalement pas le vendre.

— C'est de la folie !

— Non, la réalité. Ils avaient des lettres d'intention signées par le réalisateur et son producteur mais, comme vous le savez, une lettre d'intention n'est qu'un accord de principe, en aucun cas un contrat en bonne et due forme. Le réalisateur et le producteur ont été approchés par une importante compagnie de distribution française, Continental Divide, qui a proposé de se charger de toutes les ventes, en échange d'une avance nette de sept cent cinquante mille dollars. Le réalisateur… son nom m'échappe…

— Stuart Tompkins.

— C'est cela. Tompkins a expliqué au journaliste de *Variety* que son film a fait sensation à Cannes, il y a quelques mois. Mais comme son producteur et lui étaient déçus par les contrats que Fantastic Filmworks semblait avoir trouvés jusque-là, il a pensé que Continental Divide ne pouvait que mieux faire. Et puis il y a eu la question des dépenses de fonctionnement engagées par la compagnie de…, euh…, vos « associés »…

Pendant qu'il me parlait, j'avais coincé le combiné sur mon épaule et retrouvé l'article en question sur Google. Mon regard a parcouru tout ce qu'Alkan m'avait résumé avant de s'arrêter sur la fin des propos de Tompkins cités par le journal, quand celui-ci parlait de « frais de représentation exorbitants que Fantastic Filmworks disait avoir engagés pour la promotion du film ». Et le journaliste, qui avait mené sa propre enquête, donnait alors quelques exemples du gaspillage mégalomaniaque pratiqué par Theo et Adrienne : une réception pour trois cents personnes dans un restaurant de Cannes qui avait coûté plus de cent mille dollars, un séjour à l'hôtel Petit Majestic pendant le festival au prix de vingt-sept mille dollars, la voiture avec chauffeur qu'Adrienne s'était octroyée à la même période pour près de mille dollars par jour… La liste ne s'arrêtait pas là, puisque le reporter mentionnait encore « la location d'un hélicoptère pour amener une dizaine de clients potentiels déjeuner à La Colombe d'or, à Saint-Paul-de-Vence », ou les huit cents dollars quotidiens de fleurs destinées au salon de la suite où « la cogérante de la compagnie, Adrienne Clegg », recevait les éventuels acheteurs.

Le journaliste avait également réussi à arracher quelques commentaires à la « cogérante », qui se bornait à déplorer « l'inexpérience de Tompkins » et à vanter « le travail acharné de Fantastic Filmworks, capable de transformer un petit film gore en événement international ». Pressée de questions par *Variety*, elle remarquait avec fiel que le jeune réalisateur n'avait jamais « rechigné à voyager en classe Le Club à nos frais – ils s'étaient donc déplacés en business, pendant tout ce temps –, ni à aller aux réceptions, ni à utiliser la voiture avec chauffeur », ce qui expliquait selon elle que cinq studios de Hollywood se soient battus pour l'engager comme scénariste, car « tout est affaire d'image, dans l'industrie du spectacle, et nous lui en avons construit une fabuleuse ».

L'avocat de Tompkins interviewé ensuite – un certain Bob Block, de l'étude Block, Bascombe & Abeloff à L.A. – ne voyait pas les choses ainsi. Selon lui, « un agent expérimenté tel qu'Adrienne Clegg savait parfaitement que, n'ayant pas de contrat signé avec mon client, elle ne pouvait percevoir d'avances sur les ventes de *Delta Kappa Gangster*, et encore moins se servir de ces sommes pour satisfaire son goût du luxe ».

Comme si la situation n'était pas assez surréaliste, l'article rapportait que le nouveau scénario de Tompkins était lui aussi sujet à de venimeuses polémiques. En effet, Continental Divide, dont le journaliste soulignait l'excellente réputation, avait ajouté aux trois quarts de million couvrant *Delta Kappa Gangster* un droit de première option sur son prochain scénario, payé cent cinquante mille dollars. Or, l'inénarrable Adrienne prétendait que ce projet, déjà en bonne voie, appartenait à Fantastic Filmworks, une prétention que l'avocat de Tompkins jugeait « risible » puisque « l'utilisation abusive des commissions perçues illégalement par cette compagnie rendait nuls et non avenus tous les accords de principe antérieurs ». Maître Bob Block annonçait qu'il allait de plus demander un « audit complet des comptes de Fantastic Filmworks afin d'évaluer le préjudice financier probablement subi » par son client. Si Adrienne promettait en retour un « procès retentissant », le journaliste de *Variety* ne prenait guère au sérieux ce coup de bluff, remarquant qu'il voyait mal une obscure petite compagnie, aux caisses désormais vides, affronter un « poids lourd européen de la distribution » comme Continental Divide.

La lecture rapide de cette enquête bien argumentée m'ayant laissée sans voix, Alkan s'est à nouveau manifesté à l'autre bout du fil :

— C'est un sacré gâchis, indiscutablement. Je me suis permis de contacter ce Bob Block, en tant que conseil juridique d'un investisseur dupé par Fantastic Filmworks. Il m'a dit qu'ils avaient des créanciers partout, et que leurs dettes semblaient atteindre des sommes considérables. Plus d'un demi-million de dollars, d'après lui. Et c'est ce qui me paraît inquiétant pour vous. Voyez-vous, ils n'ont jamais déposé de statuts de société à responsabilité limitée. Vous êtes l'associée d'une compagnie qui n'est pas couverte par cette législation, et d'après ce que j'ai pu vérifier vous êtes la seule à y détenir un avoir, à avoir réalisé un apport. À moins que je me trompe, bien sûr.

— Les seuls avoirs de Theo, c'est sa collection de DVD.

— Est-ce qu'il y en a qui pourraient avoir une valeur particulière, par exemple sur le marché des collectionneurs ?

— Jamais de quoi atteindre le demi-million de dollars, à mon avis.

— Et cette Adrienne Clegg ?

— Elle ? Elle a peut-être un compte numéroté aux îles Caïmans, mais j'en doute...

J'aurais pu ajouter qu'elle m'avait toujours fait l'effet d'une vagabonde qui passait sa vie à quitter la dernière ville où elle avait échoué pour en essayer une autre où elle pourrait abuser de nouveaux gogos comme moi, avant de devoir encore changer de crèmerie.

— Je me suis un peu intéressé au passé de Mlle Clegg, a repris Alkan, et je crois avoir découvert l'origine de ses réticences à déposer les statuts de la compagnie. Il se trouve qu'elle a déjà trois faillites à son actif. Si elle avait fait les choses dans les règles, elle n'aurait pas pu encaisser tous ces chèques...

— ... Et je ne me retrouverais pas dans la situation impossible qui est la mienne, ai-je complété.

— Mmm... Je vous l'ai dit, il est souvent difficile de garder une approche pragmatique des événements quand on investit dans une opération montée par quelqu'un avec qui on est lié sentimentalement.

— Vous n'avez pas à me chercher des excuses, maître. Je savais ce que je faisais. J'ai laissé mes faiblesses troubler mon jugement. J'imagine que la seule chose qui nous reste à faire, maintenant, c'est de limiter au maximum ma responsabilité. Dites-moi, quel est le pire cas de figure possible ?

— Le vraiment pire ?

— Oui.

— Eh bien, que les créanciers de Fantastic Filmworks entament une procédure légale visant à saisir tous vos actifs dans la compagnie jusqu'à concurrence du passif.

— Mon Dieu, ai-je murmuré, même si c'était la réponse que je redoutais.

— Mais il faut que je vous rassure, ce que je viens de décrire est le scénario le plus mauvais pour vous, et je me battrai sans relâche pour l'éviter… dans l'hypothèse où vous me chargez de l'affaire, évidemment.

— Le dossier est à vous, maître.

— Vous n'êtes pas obligée de décider dès aujourd'hui.

— Si. Parce qu'il faut organiser la bataille sans perdre un instant.

— Je suis prêt. Je comprends aussi que vous êtes professeur d'université et que vous n'avez donc pas des moyens illimités.

— Combien pensez-vous que cela va me coûter ?

— À ce stade, c'est difficile à dire, puisque nous ne connaissons pas les intentions des créanciers. Je vais sans doute avoir besoin d'une provision de cinq mille dollars, disons.

— Mon Dieu, ai-je répété tout bas.

— Pensez-vous avoir des difficultés à réunir cette somme ?

— Non, non, me suis-je hâtée de dire tout en prenant sur mon bureau le dernier relevé de mon compte d'épargne à la Fleet Bank.

Neuf mille trois cent cinquante dollars, accumulés en mettant de côté trois cents dollars par mois au cours des dernières années, destinés à financer les études d'Emily. Quant au peu qui me restait de ce que Freedom Mutual m'avait payé, environ seize mille dollars, c'était mon fonds d'urgence, à ne toucher qu'en cas de besoin impérieux.

— Je vous envoie un chèque demain, maître. Mais si les dépenses devaient dépasser cette somme, je serais…

— N'envisageons pas cela, pour le moment, m'a-t-il déclaré, ce qui voulait dire : « En fait, vos pertes pourraient atteindre dix fois cette somme, puisque vous risquez de perdre toutes les billes que vous avez mises dans cette lamentable entreprise. »

— Écoutez, tout ce que je possède au monde est mon appartement de Somerville. Si je devais tout perdre, je…

— Je veillerai à ce que cela ne se produise pas, mademoiselle Howard. Nous avons plusieurs arguments en notre faveur, par exemple le fait qu'Adrienne Clegg a refusé à plusieurs reprises de vous soumettre les comptes actualisés que vous étiez en droit de réclamer.

— Mais le pire scénario reste que je ne revoie plus cet argent ?

— Je serais malhonnête si je ne vous disais pas que l'affaire est problématique, incontestablement. Je ne veux surtout pas vous faire la morale mais à l'avenir ne signez jamais le moindre document de ce genre sans l'avoir soumis préalablement à un homme de loi.

— J'ai été idiote.

— Non, vous aviez de bonnes intentions.

— J'ai été affreusement naïve. Et je vais me retrouver sans ressources à cause de ma crédulité.

— Je crois être en mesure d'empêcher cela.

— Mais vous ne pouvez pas être certain d'y arriver.

— J'ai un peu la position d'un cancérologue, ici. Si celui-ci estime qu'il n'y a plus d'espoir, c'est que la situation est en effet désespérée ; si un avocat pense qu'un dossier est sans issue, il le dit. Ce n'est pas mon diagnostic, mais je ne peux vous donner une réponse définitive à la question que n'importe quel client dans votre cas se pose : vais-je pouvoir gagner contre ces crapules ? Oui, probablement. Je ne suis pas capable de dire mieux. Car la vie est pleine de surprises, n'est-ce pas ?

Après avoir pris congé et raccroché, je suis restée sur ma chaise à méditer pendant une bonne vingtaine de minutes ce que je venais d'entendre. Tout en me blâmant d'avoir été aussi négligente depuis le début, je me suis demandé si mon subsconscient ne m'avait pas entraînée à me laisser berner en connaissance de cause. Nous le faisons si souvent, bien que nous protestions du contraire… Après tout, j'avais instantanément détesté Adrienne Clegg, et pourtant – pourtant ! – j'avais accepté de lui confier mon argent et de m'impliquer dans ses méprisables combines. Quel était le sens de cette absurdité ? Plus j'y réfléchissais, plus je discernais ma logique : « Tu mérites la catastrophe qui te tombe dessus, parce que tu l'as cherchée. Et pourquoi tu l'as cherchée ? Parce qu'une partie de toi est convaincue que tu ne mérites que ça. »

Les semaines suivantes m'ont aussi appris que l'être humain a une nette tendance à se laisser emporter par l'agressivité quand son but initial est seulement d'obtenir justice. Je faisais tous les jours le point avec Milton Alkan, qui lui-même s'entretenait quotidiennement avec la myriade de sociétés et de personnes civiles auprès desquelles Fantastic Filmworks s'était endetté. Le propriétaire de leur bureau à Cambridge réclamait neuf mille dollars de loyers impayés, la compagnie charter d'hélicoptères à Nice n'appréciait pas que deux factures d'un total de plus de dix-sept mille dollars restent en souffrance, un traiteur de Los Angeles leur courait après pour une réception grandiose dont le montant s'élevait à près de dix mille dollars, qu'ils n'avaient jamais réglés, et j'en passe…

Au-delà d'une indignation que je pensais justifiée, j'essayais vainement de comprendre ce qui avait poussé Adrienne à dilapider l'argent de cette manière, et Theo à l'approuver, voire à l'encourager dans ces dépenses insensées. À quel besoin maladif répondait-elle ? Quelle vengeance symbolique avait-elle voulu prendre ? Ou bien était-elle l'un de ces êtres animés de méchanceté pure qui ne peuvent s'empêcher de détruire tout ce qu'ils touchent ? J'avais plusieurs explications à ce sujet, toutes hautement spéculatives et qui changeaient donc d'heure en heure. Mais ce que je discernais toujours plus clairement, c'est qu'il existait chez cette femme une féroce pulsion d'échec, assumée ou non. Comment interpréter autrement cet acharnement à transformer une opération malhonnête mais juteuse en débâcle financière ? Et Theo – « mon » Theo, ainsi que j'avais été assez folle pour l'appeler – avait été le complice consentant de cette aberration.

Car de toutes ses trahisons, la pire était celle qu'il avait commise contre lui-même, et son alliance avec cette perdante compulsive me révélait un aspect de sa personnalité que j'avais ignoré : il était fasciné par l'échec, lui aussi. Il me faisait penser à un joueur de poker amateur qui remporte un pot conséquent grâce à sa veine de néophyte mais qui, effrayé par ce coup de chance et par son succès, s'empresse de tout remettre en jeu, au lieu d'encaisser une bonne partie de ses gains, jusqu'à ce qu'il se fasse logiquement laminer par des pros et qu'il abandonne la table criblé de dettes.

Il ne lui restait plus qu'à faire comme mon père, c'est-à-dire s'évanouir dans la nature en laissant à d'autres le soin de ramasser les morceaux derrière lui. Et c'est ce qu'il a choisi, évidemment, ne répondant pas aux dizaines d'e-mails et de messages téléphoniques dont je les ai bombardés, Adrienne et lui. Quelques jours après notre discussion, Alkan m'a téléphoné une nouvelle fois pour signaler à mon attention un nouvel article de *Variety* :

— Ils disent que Clegg et Morgan sont partis se mettre au vert ou, pour le dire moins poétiquement, ont filé sans laisser d'adresse.

En quelques secondes, j'ai retrouvé le papier sur le site Internet du journal. LE DUO DE FANTASTIC FILMWORKS DISPARAÎT AVEC UN DEMI-MILLION DE DETTES, annonçait le titre. Après avoir menacé le réalisateur Stuart Tompkins de poursuites judiciaires, très improbables, rappelait son auteur, les deux complices avaient séjourné un moment dans un hôtel londonien « minimaliste chic » puis, alors qu'ils étaient censés embarquer sur un vol pour L.A. afin de rencontrer leur avocat du cabinet Singleton & Gibson, ils s'étaient évaporés. Reniflant une histoire juteuse, le journaliste avait interrogé le concierge de l'hôtel Metropolitan, à Londres, qui lui avait appris que le couple l'avait chargé de réserver deux places sur l'Eurostar à destination de Paris le jour même où ils devaient retraverser l'Atlantique. Le reporter avait suivi leur trace dans la capitale française – une nuit au George V pour la modique somme de sept cent quatre-vingts dollars –, mais la piste s'arrêtait là. Depuis, les fugitifs n'avaient pas donné signe de vie.

— Comme vous l'imaginez, m'a dit Alkan lors des multiples conversations téléphoniques que nous avons eues ce jour-là, tous les créanciers ont fondu sur nous depuis, puisque nous sommes le seul « associé » de la compagnie auquel ils ont encore accès. Maintenant, je dois vous fixer quelques règles de base : puisque votre numéro n'est pas sur liste rouge, ainsi que je l'ai vérifié, je vous demande de ne répondre sur votre ligne fixe sous aucun prétexte, ou au moins d'acheter un répondeur. Agissez de même avec votre portable. Filtrez tous vos appels.

— Et s'ils se mettent à m'appeler à l'université ?

— Même chose : un bon vieux répondeur tout simple.

— Mais tous les appels passent par le standard...

— Alors, ne décrochez pas et demandez aux personnes qui ont besoin de vous contacter de ne le faire que sur votre portable. J'ai l'air d'exagérer mais croyez-moi, ne sous-estimez jamais la fureur que peuvent atteindre les gens qui veulent récupérer de l'argent et ont l'impression que l'on se moque d'eux. Que vous soyez innocente ne leur fera ni chaud ni froid, hélas : pour eux, vous êtes l'unique représentante accessible d'une entité qui les a bernés, rien d'autre. Ils finiront par se calmer, néanmoins, parce que je vais les contacter un par un et leur expliquer que vous ne pouvez être légalement tenue pour responsable de ces dettes.

Machinalement, je me suis mise à calculer ce que ce plan allait me coûter : il y avait plus de trente créanciers, et en admettant que mon avocat consacre à chacun dix minutes de son temps en appel téléphonique ou à envoyer un e-mail, on arrivait à trois cents minutes, soit cinq heures, soit cinq fois deux cents dollars. Et c'était sans compter les négociations avec le sinistre Bob Block et autres démarches nécessitées par cette affaire kafkaïenne...

— À ce point, vos honoraires atteignent combien, maître ? me suis-je enquise.

— Bah, on se souciera de cela plus tard.

— Je dois savoir.

— Quatre mille dollars, à peu près. Mais je pense que cette petite campagne d'explication auprès des créanciers portera ses fruits, et ensuite nous obtiendrons un arrêté d'un juge de district stipulant que vous n'êtes pas responsable du passif de Fantastic Filmworks, et le tour sera joué.

— Au total, donc, ce sera en gros cinq mille en plus des cinq mille que je vous ai déjà versés ?

Il a toussoté discrètement.

— Écoutez, j'aimerais que cela soit moins onéreux pour vous, mademoiselle Howard, et je vous garantis que je m'efforcerai de régler le dossier au plus vite, car je n'ignore pas que vos ressources sont limitées.

— Et les deux gangsters, on a entendu parler d'eux ?

— Rien de rien. Interpol est maintenant impliqué dans leur recherche, puisqu'on parle à présent de détournement de fonds. Je pourrais engager un détective privé, certes, mais les frais...

— Non, non. Protégez-moi des vautours seulement, et moi, je tiendrai le coup jusqu'à ce que ça se calme.

Les quinze jours suivants ont en effet vu plusieurs créanciers de Fantastic Filmworks mener une campagne d'intimidation acharnée contre moi. Au bout du compte, Milton Alkan m'a annoncé qu'environ soixante-quinze pour cent d'entre eux s'étaient inclinés devant ses explications, notamment parce qu'il s'agissait de grosses sociétés – hôtels, agences de location, groupes de services financiers – qui préféraient absorber une dette plutôt que perdre leur temps à harceler une prof assez ahurie pour avoir confié ses économies à des escrocs. Mais d'autres refusaient mordicus de m'oublier.

Le traiteur de Los Angeles, une femme du nom de Vicky Smatherson, a été parmi les plus agressifs. J'étais à la maison, en train de jouer avec Emily, lorsqu'elle a appelé une première fois. Comme je laissais le téléphone sonner, ma petite chérie s'est étonnée :

— Pourquoi tu réponds pas, maman ?

— Parce que je joue avec toi et je ne veux pas qu'on nous dérange, ai-je improvisé avec un sourire forcé.

Le répondeur s'est mis en marche et la voix d'une femme, qui devait avoir dans les quarante ans et semblait être du genre intraitable, s'est élevée : « Vicky Smatherson à l'appareil. Vos associés me doivent neuf mille quatre cents dollars pour une fiesta qu'ils ont organisée ici. Alors voilà : près de dix mille dollars, c'est sans doute de la petite bière pour des gens importants comme vous, mais que je sois damnée si je vous laisse vous en tirer sans passer à la caisse. Vous allez voir que je peux être la plus vache des vaches quand des roublards comme vous essaient de... »

J'ai bondi sur la machine pour baisser le volume du haut-parleur au minimum. Emily a eu l'air à la fois interloquée et effrayée par ce message.

— Elle est en colère contre toi... Très en colère.

— Elle est énervée, c'est tout.

La sonnerie de mon portable s'est déclenchée, me faisant sursauter. Je n'ai pas répondu. Deux minutes plus tard, le poste de la ligne fixe s'est remis à carillonner, et j'ai vérifié que le volume du répondeur était toujours au plus bas. Puis le portable s'est animé encore, et ensuite le téléphone de la maison... Au milieu de cette cacophonie, Emily a souri :

— Tout le monde veut te parler, maman...

Oui, j'étais devenue tellement populaire que les deux appareils n'ont pas cessé de sonner à l'unisson pendant les dix minutes suivantes, jusqu'à ce que j'aie la bonne idée de débrancher l'un et d'éteindre l'autre. Ensuite, j'ai couché Emily, je me suis servi une double vodka et j'ai appelé Christy dans l'Oregon. Elle était encore à son bureau.

— J'ai encore une drôle d'histoire à te raconter, pour changer...

Et, comme d'habitude, je me suis lancée dans un long récit indigné.

— Bon Dieu ! a-t-elle lâché lorsque je suis arrivée à la disparition des deux complices. Je suis prête à parier pour le Maroc, moi. Excellent endroit pour se planquer, et ils peuvent toujours retraverser en douce la Méditerranée s'ils veulent faire un bon dîner sur la Côte d'Azur.

— Je crois qu'on peut parfaitement bien dîner au Maroc. Surtout avec l'argent des autres.

— Tu veux dire avec *ton* argent.

— Je suis convaincue qu'ils ont déjà claqué tout ce que j'avais investi. Et maintenant, leurs créanciers vont faire saisir mon appartement et…

— Non, en aucun cas.

— Comment peux-tu être aussi catégorique ?

— Parce que je ne les laisserai pas faire. Et de toute façon, ton avocat va obtenir cette décision de justice qu'il t'a promise et qui te couvrira.

— Et s'il n'y arrive pas ?

— Alors, tu t'en tireras quand même… On fait tous pareil, Jane : on survit. Si tu perds ton logement, tu en trouveras un autre. Si tu dois te déclarer en faillite pour payer toutes les dettes, tu finiras par remonter la pente. C'est affreusement injuste, je sais, mais la vie est souvent comme ça. Injuste et assez cruelle.

Question cruauté, Morton Bubriski était un expert. Propriétaire des locaux loués par Fantastic Filmworks à Cambridge, il avait fait le serment de récupérer coûte que coûte ses neuf mille dollars de loyers impayés, et comme il avait trouvé mon numéro de téléphone dans l'annuaire il a entamé une guerre d'usure qui aurait fait passer Vicky Smatherson pour un modèle de courtoisie. Ses coups de fil ont commencé un soir, vers onze heures ; croyant que c'était Christy qui me rappelait car je lui avais laissé un message dans l'après-midi, j'ai étourdiment décroché.

— Ici, Morton Bubriski. Voilà, vous me devez neuf mille sept cent cinquante-six dollars et vous les avez, je le sais. Je sais que vous avez un poste à l'université de Nouvelle-Angleterre, et que vous êtes propriétaire à Somerville, et je sais même à quelle crèche votre fille va tous les jours…

J'ai reposé violemment le sans-fil sur son socle. Trente secondes après, le téléphone sonnait à nouveau. En n'obtenant que le répondeur, le type est devenu franchement venimeux : « Maintenant tu vas m'écouter, petite salope. Tu me raccroches encore une seule fois au nez et non seulement je brise ta carrière mais je te fais arranger le portrait, aussi. Tes crapules d'associés m'ont complètement baisé mais maintenant, tu vas passer à la caisse. Et si tu ne paies pas… »

Attrapant le combiné d'un geste rageur, j'ai hurlé :

— Continuez à me menacer de cette façon et vous aurez la police sur votre palier !

Et j'ai arraché le cordon de sa prise murale.

— Tu cries encore, a chuchoté Emily, qui s'était levée.

— Je ne le ferai plus.

Si mes deux téléphones sont restés débranchés le reste de la nuit, je ne suis pas arrivée pour autant à trouver le sommeil. Mon cerveau épuisé mais hyperactif s'est mis à faire défiler toutes les poursuites judiciaires que je risquais, la honte publique qui m'écraserait si ma maison était saisie et vendue aux enchères, la réaction de la direction de l'université, trop contente d'ajouter ce scandale à ma réputation de fauteuse de troubles...

Sur ce dernier point, je n'avais pas tort de m'inquiéter puisque j'ai découvert dès le lendemain matin que le charmant Bubriski avait appelé mon département et passé dix minutes à raconter des horreurs sur moi à la secrétaire du professeur Sanders. Il s'était montré si grossier qu'elle avait fini par raccrocher, non sans avoir enregistré toute sa diatribe : une nouvelle directive de l'université, m'a-t-elle expliqué, afin de garder une trace concrète en cas d'appels menaçants. Mais la cassette a été écoutée par Sanders, puis par le doyen Kraft, puis par le président en personne, et après d'intenses consultations en haut lieu le doyen de la faculté m'a sommée de me présenter le jour même dans son bureau à trois heures de l'après-midi. Affolée, j'ai contacté Alkan en le suppliant de tout laisser tomber pour m'accompagner. Il a immédiatement accepté et m'a retrouvée dans les locaux administratifs peu avant l'heure fatidique.

Roy Kraft a été assez décontenancé en me voyant entrer en compagnie de celui que je lui ai présenté comme mon avocat.

— Ce n'est pas une salle de tribunal, professeur.

— J'ai pensé qu'il serait mieux qu'un conseil judiciaire soit présent, ai-je rétorqué.

— Et c'est moi qui ai insisté en ce sens, a menti Alkan, car ma cliente est entièrement innocente.

Le doyen nous a passé l'enregistrement de Morton Bubriski, tellement insultant que j'ai ouvert la bouche pour protester, mais Alkan m'a retenue en posant deux doigts sur mon bras avant que je puisse protester. Une fois la bande terminée, il a déclaré à Kraft qu'il allait obtenir avant le soir une injonction interdisant à Bubriski tout contact avec moi, et que celui-ci risquerait la prison s'il n'arrêtait pas son harcèlement. Ensuite, il lui a détaillé toute l'affaire, expliquant comment j'avais été bernée par Theo et Adrienne.

— Mais M. Morgan n'est-il pas le père de votre enfant ? a objecté Kraft.

— Hélas, oui.

— Notre problème, et je m'exprime ici après consultation des plus hautes autorités de l'établissement, c'est qu'il existe des allégations selon lesquelles le professeur Howard se serait livrée à des opérations financières… douteuses, disons, et qu'elles risquent de susciter une controverse publique. Nous avons dû mener une petite enquête et il se trouve que le père de Mlle Howard est lui-même en fuite après avoir été accusé de malversations, de sorte que…

— Je ne suis pas en fuite, moi ! ai-je explosé. Et qu'est-ce que mon père a à voir avec…

Là encore, Alkan m'a touché le bras pour me rappeler au calme, un geste qu'il avait dû apprendre à la faculté de droit.

— Il n'y aura pas de controverse publique, mon cher doyen, tout simplement parce que le professeur Howard ne peut être légalement tenue pour responsable de quoi que ce soit, a répliqué mon avocat. Quant à l'insinuation qu'elle suivrait d'une manière ou d'une autre les pas de son père, c'est tellement ridicule que…

— Si vous me laissiez finir mes phrases, tous les deux ? Je voulais dire que nous connaissions le statut judiciaire du père du professeur Howard avant de l'engager, bien évidemment. Simple enquête de moralité. Et nous sommes prêts à accepter les garanties que vous donnez, tant que nous ne recevons pas d'autres menaces téléphoniques et que cette affaire est résolue sans provoquer d'esclandre.

— Et sinon ? l'ai-je interrogé.

— Sinon, nous devrons reconsidérer notre position.

— Non, vous n'en ferez rien, a certifié Alkan. Ce serait contraire aux termes de n'importe quel contrat professionnel dans l'enseignement supérieur. Vous vous rappelez peut-être le cas « Gibson contre Boston College » qui a fait un certain bruit l'an dernier ?

J'ai vu Kraft pâlir. Cette Gibson était une enseignante qui avait publié sous un pseudonyme un récit assez torride de ses expériences sexuelles passées, lesquelles parmi quelque quatre cents partenaires en l'espace de trois décennies, comptait une scabreuse rencontre avec un novice de l'ordre des jésuites à la sortie des toilettes pour hommes de la gare de Boston. Identifiée par un limier du site ultraconservateur Matt Drudge, elle avait été menacée de licenciement par le Boston College, qui avait finalement dû renoncer à une sanction disciplinaire jugée abusive par la cour et avait été contraint à payer ses frais de justice ainsi qu'à lui offrir une année sabbatique avec salaire pour réparer le préjudice subi.

— Nous ne sommes pas du tout dans une situation comparable, a protesté le doyen.

— Je suis heureux de l'entendre, a approuvé Alkan, parce que si vous envisagiez de renvoyer ma cliente sous prétexte qu'elle aurait nui à la réputation de votre université…

— Je vous assure que nous ne prendrons jamais ce genre de mesure.

— Parfait. Dans ce cas, je crois que nous avons fait le tour de la question.

Quand nous nous sommes retrouvés dans le couloir, j'ai dit à mon avocat :

— Vous avez été génial.

— Bah ! (Il a haussé les épaules.) Nous sommes couverts sur ce front, du moins pour le moment. Quant à Bubriski, il aura une muselière sur le groin avant la tombée de la nuit.

Dès le lendemain matin, pourtant, Bubriski faisait appel à l'injonction, exigeant cette fois en plus du remboursement de la dette vingt mille dollars pour « préjudice moral » et autres prétentions ridicules.

— Ça ne tiendra pas la route, m'a assuré Alkan au téléphone, ne vous faites pas de souci.

Il n'empêche que j'ai été sur des charbons ardents toute la journée et que j'ai encore connu une nuit d'insomnie.

Deux jours plus tard, la nouvelle est tombée que Vicky Smatherson, ainsi que six autres créanciers de Fantastic Filmworks avaient engagé des poursuites similaires.

— Le point positif, m'a assuré mon avocat, c'est que la somme totale des réclamations arrive juste en dessous des quatre-vingt mille dollars, ce qui signifie qu'au pire vous ne serez redevable que de ce que vous aviez déjà versé dans la compagnie. Mais ça n'ira pas jusque-là, parce que toutes ces actions contre vous seront rejetées à la première audience, la semaine prochaine.

— Et d'ici là ?

— Je vais prendre les mesures nécessaires pour tenir ces requins loin de vous. Malheureusement, je vais aussi devoir vous demander une nouvelle provision de cinq mille dollars. Ce sera la dernière, si tout se passe bien.

— Et si tout ne se passe pas bien ?

— Essayez de ne pas y penser.

C'était impossible, et j'ai donc connu ma troisième nuit d'insomnie d'affilée. Puis un nouveau jour s'est levé. Machinalement, j'ai accompli mes obligations quotidiennes. Pendant l'un de mes cours, toutefois, la fatigue m'a assaillie et j'ai dû perdre conscience quelques secondes, au grand amusement de mes étudiants dont l'un a remarqué à voix très haute :

— Je parie que la prof a fait la fiesta toute la nuit !

Rouvrant péniblement les paupières, j'ai tenté de chercher qui avait pu être l'auteur de ce commentaire parmi mes cinquante élèves, mais cette soudaine somnolence m'avait brouillé la vue.

— Pardon, ai-je bredouillé, mais je n'ai pas dormi.

Deux heures plus tard, Sanders, qui avait été alerté de l'incident par l'un de ses espions, s'est présenté à mon bureau. J'avais laissé la porte ouverte et il m'a surprise alors que j'avais posé la tête sur mes bras croisés, à nouveau prête à succomber au sommeil.

— Hmm, j'espère que je ne vous interromps pas ?

— Pardon, désolée, je, j'étais...

— En train de dormir. Et vous dormiez pendant votre cours, ce matin.

— C'est que je suis épuisée, parce que...

— Mais oui, mais oui, m'a-t-il coupée froidement. Vous avez besoin de sommeil, c'est évident. Néanmoins, je dois vous dire ceci : nous ne serons peut-être pas en mesure de vous sanctionner pour votre association avec des escrocs, mais la négligence de vos responsabilités en plein cours, indicatrice d'une instabilité psychologique plus générale, ça, c'est une tout autre histoire.

Ce soir-là, alors que je prenais ma correspondance à Park Street pour rentrer à Somerville par la Red Line, je me suis brusquement cramponnée au banc sur lequel j'étais assise quand la rame est entrée en grondant le long du quai. Avais-je été prise d'une impulsion de me jeter sous ses roues ? Je n'aurais pu le dire, tant mon esprit était embrumé, mais sitôt arrivée à Davis Square je suis entrée dans la première pharmacie en vue et j'ai acheté des somnifères sans ordonnance qui devaient m'assurer huit heures de sommeil ininterrompu, selon la pharmacienne.

Emily, qui était toujours capable de lire en moi comme dans un livre ouvert, a annoncé à sa nourrice en me voyant entrer :

— Ma maman doit aller au lit !

— Tu ne crois pas si bien dire, ai-je répondu en la prenant dans mes bras.

Elle s'est raidie, m'a dévisagée avec attention.

— Tu es pas contente contre moi.

— Mais non, voyons…

— Si. (Elle s'est tournée vers Julia :) Maman est de mauvaise humeur depuis des jours.

— J'ai eu des problèmes à régler, c'est tout.

— Il y a des gens fâchés qui téléphonent tout le temps à maman.

— Ça suffit, Emily !

Ma phrase était beaucoup plus sévère que je ne l'avais voulu. Ma fille s'est immobilisée. Soudain, elle a éclaté en sanglots et s'est enfuie dans sa chambre.

— Désolée, Julia, ai-je murmuré. Les choses ne sont pas du tout simples, en ce moment.

— Pas problème, m'dame. Je vais avec Emily, maintenant.

— Non, non, rentrez chez vous, il est tard. Je me charge de la calmer.

— Vous… Ça va OK, m'dame ?

— Il me faudrait juste une nuit de sommeil.

En entrant dans la chambre d'Emily, je l'ai découverte pelotonnée sur son lit, le pouce dans la bouche. Quand je me suis approchée, elle l'a retiré en cachant furtivement sa main sous l'oreiller, car j'essayais de lui faire perdre cette habitude. Je me suis assise près d'elle et je lui ai caressé la tête.

— Je regrette tant de m'être fâchée contre toi, ma chérie.

— Qu'est-ce que j'ai fait ?

— Rien, rien du tout. Je me suis emportée bêtement.

— C'est quoi ça ?

— Ça veut dire se mettre en colère sans réfléchir.

— Pourquoi tu t'es mise en colère ?

— Parce que j'étais inquiète.

— Parce que papa est pas là ?

— Ça… Ça en fait partie, oui.

— Toi, tu vas pas partir comme lui ?

— Et te laisser ? Jamais.

— Promis ?

— Bien sûr ! Et je promets aussi de ne plus me fâcher.

— C'est une grosse promesse, ça ! a-t-elle déclaré avec un petit rire, et je n'ai pu m'empêcher de me dire que ma fille était drôlement vive d'esprit.

Après avoir pris deux somnifères avec une tasse de camomille, j'ai dormi profondément… pendant deux heures, puis je me suis à nouveau débattue dans les griffes de l'insomnie, la tête en feu. Je me suis levée, j'ai pris deux autres cachets, j'ai lu quelques copies en attendant que le somnifère agisse. Rien. Mes yeux sont tombés sur l'horloge. Une heure et demie du matin, seulement. J'ai décidé d'appeler Christy. Elle était debout assez tard, elle aussi, occupée à corriger des dissertations.

— Tu m'inquiètes, Jane, a-t-elle déclaré.

— Je m'inquiète aussi.

— Ce n'est pas seulement l'insomnie, ton problème. Tu fais une dépression.

— Mais non, je fonctionne plutôt bien. Si seulement je pouvais dormir toute une nuit…

— Foutaises ! Tu es sombre, irritable. Si j'ai un conseil à te donner, c'est d'aller voir un médecin dès demain. Autrement…

— D'accord, d'accord.

— Arrête de faire l'autruche, tu veux ? La dépression, c'est un truc sérieux. Ou tu t'en occupes tout de suite, ou…

— Entendu, je m'en occupe, OK ?

Le lendemain matin, après avoir déposé Emily au jardin d'enfants, je me suis endormie dans le métro. Après avoir avalé trois grandes tasses de café à l'université – et surpris mon reflet hagard dans une glace –, j'ai assuré mes cours en me faisant l'effet d'une mauvaise actrice incarnant une prof de littérature, consciente de son échec tout en essayant de se montrer convaincante, aigrie par le constat que la vie n'est qu'une sinistre comédie où l'on finit par tromper et décevoir tout le monde, à commencer par soi-même. S'il n'y avait pas eu Emily, j'aurais été capable de… Non, il ne fallait pas se laisser entraîner sur cette pente. Je devais consulter un médecin, comme Christy m'y avait poussée, et prendre au sérieux un état qui ne pouvait pas être dû qu'à la fatigue. Au même moment, pourtant, une petite voix en moi se voulait rassurante : « Allez, pas de tragédie ! Après dix heures de sommeil, tu verras tout sous un autre jour. Pourquoi ajouter encore à tes tracas en te mettant à la merci des médecins ? Rentre chez toi, va te coucher et montre à tous ces salauds qu'ils n'arriveront pas à t'impressionner ! »

C'est cette petite voix-là qui m'a convaincue, au final, alors même que j'aurais pu aller de ce pas demander un avis au médecin de l'université, qui tenait une permanence ce jour-là. Au contraire, j'ai retraversé Boston en métro et je suis allée chercher Emily à la crèche, car Julia avait, elle, un rendez-vous médical.

— Maman, maman ! s'est exclamée Emily quand je suis entrée dans la crèche. On va manger une glace toutes les deux, tu veux bien, tu veux bien ?

— Mais oui, ma petite chérie.

— T'es fatiguée encore ?

— Ne t'inquiète pas pour ça.

Après l'avoir aidée à enfiler son manteau, je l'ai entraînée dehors.

— Il y a un café pas loin où on trouve de très bonnes glaces, d'après ce qu'on m'a dit, lui ai-je dit. Mais avant, il faut que tu prennes quelque chose de plus nourrissant. Un hamburger, par exemple.

— Les hamburgers, c'est bon pour moi ?

— Meilleur que les glaces.

Devant nous sur le trottoir, des cris se sont soudain élevés. Un fox-terrier qu'une femme d'un certain âge promenait s'était libéré de sa laisse et arrivait en courant vers nous, poursuivi par les appels affolés de sa propriétaire. Arrachant sa main de la mienne, Emily s'est élancée vers le chien. J'ai tenté de l'arrêter. J'ai crié son prénom, plusieurs fois. Le fox-terrier a quitté le trottoir, se précipitant sur la chaussée. Emily l'a suivi à toutes jambes. Surgi de nulle part, un taxi est arrivé à toute allure de la rue adjacente.

J'ai crié, encore. J'ai couru. Mais c'était trop tard.

Quatrième partie

1

ON M'A RETROUVÉE DANS UNE CONGÈRE, vers deux heures du matin. C'est ce qu'on m'a raconté par la suite. Si les secours étaient arrivés une heure plus tard, je serais morte.

Mais n'était-ce pas l'idée, de continuer en voiture dans une tempête de neige, puis de m'arrêter, de couper le contact, d'avaler les vingt-quatre cachets de zopiclone que j'avais dans ma poche et d'attendre le moment où je serais capable de réunir assez de… De quoi, d'ailleurs ? De courage ? Non, ce n'était pas le mot juste. Il n'y avait rien de courageux dans ce que je m'apprêtais à faire. Assez de volonté d'en finir, plutôt. Après des semaines de souffrance insupportable, j'allais enfin céder au seul épilogue acceptable.

Et donc, en découvrant dans mes phares l'énorme mur de neige à la sortie d'un tournant sur la petite route, j'ai soudain appuyé sur la pédale de frein. J'ai ouvert le flacon de zopiclone et je l'ai vidé dans ma bouche, manquant m'étouffer quand les comprimés se sont accumulés dans ma gorge malgré la gorgée d'eau prise à ma bouteille. Ensuite, j'ai coupé le chauffage, retiré ma ceinture de sécurité et lancé la voiture.

Tout cela a dû prendre vingt secondes, pas plus. Une décision guidée par l'instinct, sans un instant de réflexion. Peut-être beaucoup de suicides se déroulent-ils ainsi : des semaines, des mois, des années d'hésitation, de supputations, et puis brusquement, un matin sur le quai du métro, le grondement de la rame en train d'entrer dans la station et…

Chauffage éteint, ceinture enlevée, un flacon entier de somnifères puissants me brûlant l'œsophage, j'ai senti l'auto s'enfoncer profondément dans la neige avant de heurter quelque chose de solide. J'ai été projetée en avant. Tout est devenu noir.

Cela aurait dû être la fin. Le choc, les somnifères, le froid. Un seul de ces éléments était susceptible de me tuer. Mais ça n'est pas arrivé, parce que… je me suis réveillée. Sur un lit qui semblait aussi étroit qu'une civière. Mon regard a erré sur les murs d'une teinte indéfinissable, les dalles effritées de mousse antifeu au plafond. J'ai cherché à bouger les bras. Ils étaient immobilisés par des courroies. En clignant des paupières, je me suis rendu compte que mon œil droit était couvert d'une compresse. J'ai passé ma langue sur mes lèvres, une erreur car j'ai senti une succession d'aspérités piquantes : des points de suture, en haut et en bas. J'avais la bouche desséchée. En tournant la tête à gauche, j'ai vu des tubes attachés à mon bras, des fils qui me reliaient à une batterie de moniteurs. Sous les draps, il y avait aussi la douleur diffuse mais persistante de quelque chose qui s'était immiscé en moi : en dépit de ma demi-conscience, de la sensation d'être revenue de l'au-delà, j'ai immédiatement compris qu'une sonde avait été introduite jusqu'à ma vessie.

« Oh, mon Dieu. Je suis vivante. »

— Ah, bonjour. Vous voilà de nouveau parmi nous…

Une voix terne, sèche, morne comme les plaines du Midwest. J'ai tenté de m'asseoir, sans succès. Plissant mon œil valide, j'ai distingué les contours d'une femme qui se tenait debout devant moi. Un clignement de paupières et la silhouette s'est faite plus précise. Elle était maigre comme un clou, avec des traits durs et creusés, mais ce sont surtout ses yeux qui m'ont inquiétée : inquisiteurs, inflexibles, aucunement décidés à tolérer indulgence ou apitoiement sur soi, ils appréhendaient le monde dans toute sa réalité brutale et, en dépit de la confusion de mes pensées, m'ont fait comprendre immédiatement ceci : « Elle sait tout. »

— Vous ne vous attendiez pas à ça, je parie ?

— Où… où suis-je ?

— Hôpital régional de Mountain Falls.

— Mountain Falls ?

— Eh oui. Mountain Falls, dans le Montana. Vous avez eu votre… accident tout près d'ici, sur la Route 202. Il y a près de deux jours, maintenant. Vous vous en souvenez ?

— Je… un peu, je crois… j'ai perdu le contrôle de…

— Vous avez perdu le contrôle de votre véhicule après avoir avalé une quantité de somnifères qui aurait pu être fatale. Vous n'aviez pas votre ceinture attachée quand vous êtes entrée dans la neige. Et je suppose que le chauffage de l'auto était accidentellement coupé, aussi, même s'il faisait dans les moins vingt, cette nuit-là...

— J'ai perdu le contrôle..., ai-je répété tout bas.

— Je sais, je sais, a-t-elle répondu d'un ton légèrement moins cassant. Nous le savons tous. Et nous savons aussi pourquoi.

— Comment... ?

— Très simplement. Vous aviez votre portefeuille sur vous. Les flics qui vous ont trouvée ont établi votre identité et ils ont fait une petite enquête. C'est ce que la police est censée faire, non ? Et ils nous ont mis au courant de leurs résultats. C'est pour cette raison que vous êtes attachée, vous voyez ? Juste une précaution, au cas où vous chercheriez encore à vous nuire.

J'ai fermé les yeux. « Ils savent, donc. Ils savent tout. »

— Je suis l'infirmière Rainier, a-t-elle continué. Rainier, comme la montagne dans l'État de Washington. Janet Rainier. Infirmière en chef de ce service... Vous avez une idée de quel service il s'agit ?

— Psychiatrie ?

— Tout juste. Vous êtes au service de psychiatrie, en observation après une tentative de suicide. Un coup de tête, d'après ce que je devine. Parce que vous auriez pu prendre une chambre dans un motel, avec tous ces somnifères et une bonne bouteille de whisky, et faire ça confortablement. Mais vous vouliez quelque chose d'instantané, ou je me trompe ? (J'ai détourné la tête.) Bon, je suis un peu rude avec vous, pas vrai ? C'est mon travail qui veut ça. Et je comprendrais très bien que vous pensiez que je pourrais vous épargner ça, maintenant, et que vous me preniez pour une brute épaisse, mais c'est comme ça et pas autrement. Dans mon service, il va falloir vous habituer à mes méthodes. Parce que le but, c'est que vous sortiez d'ici débarrassée de l'envie de vous envoyer dans le décor. Compris ? (Je n'ai pas bougé.) Compris ? a-t-elle répété sans élever la voix, et cette fois j'ai hoché faiblement la tête. Bien ! Et maintenant, j'ai une question : si je vous retire les sangles, vous allez jouer franc-jeu avec moi ? Pas de tentative stupide ? (À nouveau, j'ai opiné en silence.) J'aimerais vous entendre l'exprimer.

Il m'a fallu un moment pour réunir l'énergie suffisante. À chaque mot, mes lèvres me brûlaient atrocement.

— Promis, oui.

— Ah, on est sur la même longueur d'onde, alors. J'en suis très contente, professeur. (« Professeur. ») Et maintenant, est-ce que vous voudriez boire quelque chose ? Avec une paille, bien entendu. Cette perfusion que vous avez au bras, c'est du sérum et ça vous maintient en vie, mais rien ne vaut le fait de se mettre un petit quelque chose dans l'estomac. Et vous avez de la chance, le service est plutôt vide, ces jours-ci. C'est étonnant, parce qu'il y a pas mal de gens à qui l'hiver fait sauter un ou deux fusibles, dans ce bon Montana… Mais enfin, j'ai le temps de vous préparer une petite douceur. Par exemple un milk-shake à la vanille ? Ça vous dit ? (J'ai incliné le menton en avant.) Allez, vous avez une langue !

— Oui, merci.

— Ah, c'est beaucoup mieux.

— Est-ce que vous pouvez retirer la sonde ? ai-je ajouté.

— Eh, mais vous devenez de plus en plus causante ! Deux bons points de plus. Et oui, je peux vous faire enlever ça, mais seulement quand on sera sûrs que vous serez capable de marcher à nouveau.

— Je… quoi ? ai-je bredouillé, soudain terrifiée.

— Vous avez le tibia gauche fracturé. C'est pour ça que vous avez la jambe plâtrée. L'orthopédiste pense que ce sera ressoudé dans un mois, au plus, mais d'ici là nous ne pouvons pas vous laisser aller aux toilettes toute seule. Évidemment, on pourrait vous proposer le bassin.

Cette lourdeur que j'avais commencé à ressentir dans la jambe gauche était donc un plâtre…

— Oui, ça devrait aller.

— On va vous débarrasser de la sonde, alors.

Elle s'est approchée pour défaire les courroies qui me retenaient les bras. Pendant ces deux jours d'inconscience, j'avais dû beaucoup me débattre, car des marques rougeâtres étaient profondément inscrites dans mes poignets. L'infirmière a surpris mon regard.

— Elles auront disparu dans un jour ou deux, à moins que vous ne soyez pas raisonnable et que vous m'obligiez à vous attacher à nouveau. Vous ne voulez pas ça ?

— Non.

— Bravo. Et maintenant, vous allez vous tourner sur le côté droit et rester bien calme, d'accord ?

J'ai obéi, sans arriver toutefois à poser ma jambe plâtrée sur l'autre.

— D'accord.

— Maintenant, prenez votre respiration et ne bougez plus jusqu'à ce que je vous le dise. Tranquillement...

Dans mon dos, elle a passé la main sous la camisole verte dont on m'avait revêtue.

— Un, deux, trois... on ne respire plus !

Un soulagement immense quand la sonde est sortie, soulagement hélas suivi par une cascade d'urine.

— Merde..., ai-je maugréé entre mes lèvres abîmées.

— Rien de tragique. Ça se passe toujours comme ça. De toute façon, il fallait qu'on vous bouge un peu de là, pour éviter les escarres.

Elle s'est redressée et, élevant la voix :

— Ray, tu viens ?

Un grand gaillard au crâne rasé, ses deux gros biceps couverts de tatouages, est entré dans la salle commune par les portes battantes.

— Lui, c'est Ray, m'a expliqué l'infirmière en chef. Un garçon délicieux, sauf quand l'un de nos patients se laisse aller à l'autodestruction ou essaie de s'en aller sans avoir reçu sa feuille de sortie. Mais vous n'auriez pas des idées pareilles, hein, professeur ?

— Non, non, ai-je murmuré.

— Je crois que cette pensionnaire va être facile comme tout, Ray. Qu'en penses-tu ?

Le colosse a pris un air perplexe avant de concéder :

— On verra.

— Oui. En attendant, tu vas aider le professeur Howard à se lever, tu vas l'installer dans un fauteuil roulant et tu vas la conduire à la salle de bains. L'infirmière Pepper va vous débarbouiller un peu et changer cette chemise de nuit dégoûtante, professeur. Ça vous dit ? (J'ai fait oui de la tête.) Non, non, il faut parler, je répète ! Je veux vous entendre.

— Oui, j'aimerais bien qu'on me lave.

— Une phrase complète ! De mieux en mieux ! OK, je te la confie, Ray, et on se revoit tout à l'heure.

— Et mon... œil ? ai-je risqué.

— Oui, quoi ?

— Est-ce qu'il est très... ?

— Si vous allez le perdre, vous voulez dire ? Eh bien non, d'après notre chirurgien ophtalmologue, un as du scalpel, qui a passé au moins cinq heures à vous retirer des bouts de pare-brise de la cornée. Mais vous ne pourrez pas vous en servir avant un moment.

— Et… qu'est-ce que je me suis fait, encore ?

— Ah ! Qu'est-ce que « vous vous êtes fait », vous demandez ? Excellent ! Elle assume la responsabilité de ses actes ! Tu apprécies, Ray ?

— Je peux l'emmener, maintenant ? a-t-il demandé d'un ton bougon.

— Absolument. Mais fais bien attention en débranchant les tuyaux, hein ?

En dépit de ses allures de Cro-Magnon, Ray a navigué avec aisance parmi cette forêt de tubes et de fils, ne me laissant raccordée qu'à la poche de sérum suspendue à une perche à roulettes. Puis, sans me demander si j'étais prête, il m'a soulevée dans ses bras de bûcheron et m'a déposée sur le fauteuil roulant avec une délicatesse étonnante. Pendant tout ce temps, l'infirmière en chef était intarissable :

— À part la fracture du tibia et l'œil en compote, quoi d'autre ? Eh bien, vous avez donné de la tête dans le pare-brise, ce qui explique la plaie sur votre front, les éclats de verre plantés dans vos lèvres – mais je vous ai vue passer la langue dessus, donc vous devez être au courant –, et une commotion cérébrale que notre neurologue a réussi à stabiliser au bout de vingt-quatre heures. Des contusions à la poitrine et au pelvis, aussi. Avoir enlevé votre ceinture de sécurité a presque eu l'effet recherché, d'autant que vous avez terminé contre un arbre, après avoir traversé toute cette neige… Enfin, vous devez une fière chandelle à un certain Big John Lightfoot, un Indien qui passait par là. Il a vu vos feux de position dans la congère et il a eu la présence d'esprit non seulement d'appeler la police sur son portable, mais aussi de retirer votre voiture de là avec une corde qu'il avait dans le coffre de son pick-up. Sans lui, vous étiez fichue. Il a réussi à ouvrir la seule portière pas complètement esquintée et il a rallumé le chauffage. D'après les flics, vous étiez évanouie depuis une heure et demie, c'était l'hypothermie garantie. Mais Big John a fait encore plus que ça : après avoir découvert le flacon de somnifères à vos pieds, il vous a enfoncé trois doigts dans la gorge pour vous forcer à vomir. C'est ce que j'appelle de l'héroïsme, moi ! Évidemment, on vous a fait un lavage d'estomac complet quand vous êtes arrivée ici, mais avec cette quantité de comprimés vous étiez bonne pour au moins une sérieuse lésion cérébrale sans Big John. À votre place, je lui écrirais une superbe lettre de remerciement…

Elle a fait signe à Ray d'attendre un instant avant de me pousser hors de la salle.

— Ça, c'est le résumé des dégâts physiques, professeur. Mais il y a aussi ce qui s'est passé dans votre tête, et c'est ça qui nous amène à vous garder ici, même quand vous pourrez vous déplacer avec des béquilles. Dans ce coin paumé du Montana, nous n'avons pas de psychiatre à plein temps. Le docteur Ireland vient faire sa visite tous les deux jours. Vous allez bien vous entendre avec elle, j'en suis sûre. Elle a votre âge, à peu près, et elle vient de la côte Est. Besoin de changer d'air, attrait des grands espaces, elle vous racontera. En tout cas, je ne connais pas un patient qui n'ait pas eu un bon contact avec elle, à part ceux qui yoyotaient un peu trop du cerveau pour se rendre compte de quoi que ce soit, naturellement. Mais bon, je dois vous fatiguer avec tous mes discours. Allez faire un brin de toilette et on bavardera un peu, après.

Malgré tout son désir de m'entendre formuler des phrases complètes, je me sentais incapable de parler. J'ai caché mon visage dans mes mains. « Si seulement j'étais morte… Quand on est mort, on ne pense plus, et quand on est libéré de ses pensées on peut enfin… » Le fauteuil roulant s'est ébranlé. Ray m'a poussée jusqu'à une salle de bains équipée pour les personnes handicapées, où une jeune infirmière d'une vingtaine d'années m'attendait. Son nom était Pepper, et elle avait un accent du Sud profond. Elle s'est adressée à moi avec un grand sourire maternel :

— Je suis tellement contente de vous voir de retour parmi nous ! Vous savez, j'ai beaucoup, beaucoup prié pour votre salut. J'espère que ça ne vous contrarie pas ? (J'ai fait non de la tête.) C'est que, bon, je crois en la médecine moderne, évidemment, mais je sais que Jésus est Celui qui peut toujours nous guérir. Vous ne voulez peut-être pas parler de ça maintenant, bien sûr…

Je me suis mise à sangloter. En quelques secondes, j'ai basculé à nouveau dans le chagrin sans issue qui était revenu m'accabler si souvent au cours des heures, des jours, des semaines ayant suivi la… « Un accident, m'avaient-ils tous répété, rien d'autre qu'un terrible accident. La fatalité. Personne n'y pouvait rien. » Mais je n'avais pas accepté un seul de ces mots de consolation, de ces formules vides, parce qu'au fond de moi j'étais certaine que tout était ma faute. J'étais inconsolable et la petite infirmière, après avoir maladroitement tenté de passer un bras autour de mes épaules, et essayé de me dire qu'elle « comprenait », s'est précipitée dehors, revenant peu après avec sa supérieure.

— Qu'est-ce que tu lui as dit ? a sifflé celle-ci entre ses dents, exaspérée. Encore tes bondieuseries à la noix ? (L'infirmière Pepper s'est mise à pleurnicher.) Ah, ce n'est pas ton Jésus qui va nous aider ! a repris Janet Rainier. Bon, tu vas aller me chercher une seringue de cinq cc de thiopental sodique, et si tu n'es pas revenue dans une minute je te fais virer, toi et ton crucifix. Immédiatement !

Quand Pepper est sortie en courant, l'infirmière en chef s'est accroupie près de moi et m'a saisie par les poignets.

— Professeur ? Jane ? Vous m'entendez ? Écoutez, ce n'est pas comme ça que vous allez vous en sortir. Je sais que c'est affreux, invivable, mais il faut que vous vous repreniez. Il faut arrêter ça, maintenant ! Vous allez vous faire encore plus de mal si vous...

Je me suis dégagée brutalement et ma main ouverte est partie en avant, l'atteignant à la tempe. Aussitôt, elle a répliqué par une claque sonore, assénée avec précision, en évitant mes lèvres suturées et le côté de mon œil bandé, mais assez douloureuse pour me sortir immédiatement de ma crise de larmes. Un silence choqué s'est installé. Elle s'est redressée, a lissé sa blouse et m'a regardée fixement.

— Vous pourriez me faire renvoyer, pour ça, a-t-elle dit d'une voix calme, mais je ne pense pas que vous vouliez aller jusque-là. Si ?

J'ai secoué la tête, j'étais sûre qu'elle allait une nouvelle fois me demander de m'exprimer mais elle s'est ravisée.

— Je ne vous ai pas fait trop mal ?

— Je... Non. Et vous ?

— Rien de mortel.

La jeune infirmière est revenue en hâte, une seringue et une petite fiole en verre à la main. Elle a lancé un regard interrogateur à sa collègue plus expérimentée.

— Je l'ai calmée un peu, oui. (L'infirmière Rainier m'a montré la seringue d'un signe.) Vous pensez que vous avez besoin de ça, Jane ? (J'ai hoché la tête.) Vous êtes sûre ? Parce que ça va vous mettre dans les vapes pour douze heures, au moins. Oui ? Comme vous voudrez.

Une douleur fugace au bras et j'ai quitté le monde conscient. À mon réveil, j'étais à nouveau dans mon lit, les bras liés un peu moins solidement qu'auparavant. En dépit du brouillard induit par un calmant aussi puissant, j'ai senti que j'avais été rebranchée à tous les tubes et que la sonde urinaire était de nouveau en place. Janet Rainier était debout à mon chevet, m'observant par-dessus ses lunettes de lecture.

— De retour parmi nous ? a-t-elle demandé. (J'ai fait oui de la tête.) Exprimez-vous, professeur.

— Oui... Je suis là, oui.

— Très bien. Sommes-nous d'accord pour faire une croix sur ce qui s'est passé hier et tout reprendre de zéro ?

— Je... Oui, comme vous voudrez.

— Alors on recommence. Je vais enlever la sonde, Ray va vous amener prendre ce bain tant attendu et je vous garantis que la petite Pepper n'essaiera pas de « sauver votre âme », cette fois. Elle a des consignes très précises.

Le scénario de la veille s'est reproduit point par point. Dans la salle de bains, la jeune infirmière m'a accueillie avec une nervosité visible. Me préparer a été toute une histoire : après avoir enveloppé mon plâtre dans une housse hydrofuge, même si ma jambe blessée devait être suspendue au-dessus de la baignoire, elle a délicatement retiré mon bandage oculaire pour pouvoir me laver la figure et les cheveux. Ensuite, elle m'a installée sur le siège télécommandé en plastique transparent qui permettait de descendre les infirmes dans le bain, elle m'a retiré ma chemise de nuit trempée de sueur et d'urine et elle a glissé ma jambe plâtrée dans l'élingue qui devait la soutenir au-dessus de l'eau.

Alors que je me préparais à subir cette immersion digne d'une néophyte baptiste, mon regard s'est arrêté sur le mur à droite et sur mon reflet dans la glace. C'était la première fois que je pouvais constater de visu l'étendue des dégâts. Mon œil gauche, couvert d'un second bandage chirurgical, était gonflé à un point grotesque ; les contusions sur mon front faisaient des taches d'un noir d'encre, il en allait de même de mon abdomen, et mes lèvres semblaient être prises dans deux bouts de fil de fer ensanglanté.

L'infirmière, qui avait surpris mon regard, s'est empressée d'interposer un paravent en toile verte monté sur roulettes entre le miroir et moi.

— Vous n'avez pas besoin de regarder ça, Jane. Et je vous assure que malgré les apparences tout finira par revenir à la normale.

— Non, pas tout, ai-je murmuré.

— Il faut juste que vous preniez la vie au jour le jour, jusqu'à ce que…

— Assez, ai-je chuchoté entre mes lèvres tuméfiées.

— Pardon.

— Non, c'est seulement que je… ne peux pas…

Incapable de terminer ma phrase, j'ai senti les larmes perler entre mes paupières. L'infirmière a posé une main sur mon épaule et, d'une voix timide :

— Franchement, j'aurais fait comme vous, Jane, même si mon Église considère que c'est un péché. Parce que ce qui vous est arrivé, c'est… Je ne trouve pas les mots.

Un bourdonnement électrique. Lentement, je suis descendue dans l'eau chaude qu'elle avait parfumée aux sels à la lavande. Après un frisson initial, je me suis vite abandonnée à cette délicieuse sensation de chaleur qui me lavait non seulement de la saleté corporelle, mais également de toutes les toxines chimiques absorbées dans les derniers jours. Après s'être assurée que j'étais installée aussi confortablement que ma jambe en suspension et mes diverses blessures le permettaient, l'infirmière m'a laissée tremper pendant près d'une demi-heure dans ce bain revigorant, qui ne pouvait cependant dissiper les plus noires pensées revenues m'assaillir : « D'accord, qu'ils prennent soin de moi. Qu'ils pensent que je vais reprendre le dessus, que je vais écouter les mêmes platitudes "positives" auxquelles j'ai eu droit depuis tout ce temps. Qu'ils me retapent et m'autorisent à sortir d'ici. Ensuite, je trouverai une chambre dans le premier hôtel et je ne me raterai pas, cette fois… »

Soudain la jeune Pepper est apparue à côté de la baignoire.

— Vous voulez que je vous savonne, maintenant ? s'est-elle enquise.

— Merci, oui.

Sans enlever ses gants en latex, elle a pris un savon et entrepris de me frictionner avec précaution, puis me l'a tendu en me suggérant de continuer moi-même « en bas ». Ensuite, elle m'a rincé la tête pour me faire un shampoing. En découvrant le flacon arrondi et sa célèbre étiquette jaune, j'ai eu du mal à réprimer un sanglot ; Johnson's Baby, la marque dont je me servais pour Emily… Sa tâche terminée, l'infirmière a remonté le siège, dégagé ma jambe. M'ayant passé une chemise de nuit propre, elle a longuement séché et brossé mes cheveux.

— Merci, ai-je murmuré quand elle a terminé.

— Non, merci à vous. Et j'espère vraiment ne pas vous avoir fait de la peine.

— Vous avez été très bonne pour moi.

— Tout va s'arranger, croyez-moi.

Janet Rainier m'attendait dans la chambre.

— Regardez-moi ça ! a-t-elle lancé d'un ton approbateur. Presque humaine ! Bon, on vous remet au lit... Alors que fait-on, maintenant ? On vous rattache et on vous nourrit au goutte-à-goutte, ou on décide avec vous qu'on peut vous faire confiance, on vous laisse les mains libres et on vous donne un vrai repas ? Qu'en pensez-vous ?

— La deuxième solution, s'il vous plaît.

— Parfait. Mais avant de vous sustenter, vous allez devoir consacrer quelques minutes à l'un de nos responsables administratifs. La paperasse, vous comprenez ?

Un petit homme en costume gris a fait son entrée. Le badge accroché à sa pochette indiquait son nom de famille, Spender. Il m'a saluée d'un bref signe de tête.

— Cela ne va pas être long, mademoiselle Howard. Juste quelques petites questions, si vous êtes en état de répondre...

— Allez-y.

— Pour des raisons, euh, évidentes, nous n'avons pas pu vous les poser à votre admission ici. Donc, pour commencer, votre adresse : est-ce celle qui est indiquée sur votre permis de conduire établi par l'État du Massachusetts ?

— Je ne vis plus là-bas, non.

— Et votre nouvelle adresse est...

— Je... Je suis en train d'en chercher une.

— Il est indispensable que nous ayons une adresse où vous adresser notre courrier, mademoiselle.

— Ah... Prenez celle du permis, alors.

— Entendu. Situation conjugale ?

— Célibataire.

— Enfants à charge ?

J'ai fermé mon œil valide. À nouveau sur le point de craquer, j'ai réussi à me maîtriser.

— Non.
— Profession ?
— J'étais enseignante.
— Vous étiez ?
— J'ai démissionné.
— Mais l'université de Nouvelle-Angleterre m'a fait savoir que vous...
— Si vous avez parlé à mon employeur, pourquoi est-ce que vous me demandez ce que je fais... faisais dans la vie ?
— C'est la procédure, mademoiselle Howard.
— Procédure ? Qu'est-ce que vous voulez dire par là ?
— Je sais que ce sont des moments difficiles pour vous, mademoiselle, a-t-il concédé d'un air gêné, mais je vous serais reconnaissant de...
— Oui, d'accord, je suis professeur dans cette université.
— Merci. Vous avez des parents, des proches que nous pouvons contacter en cas de besoin ?
— Non.
— Vraiment ?
— Vraiment.
— Ah... Bien. Nous avons trouvé votre carte d'assurance dans votre portefeuille, la Blue Cross/Blue Shield. Et nous avons vérifié que votre employeur couvrait les cotisations. Cela dit, toute hospitalisation liée à un problème psychologique ne peut être couverte qu'à concurrence de vingt-huit jours, et il appartient au patient de payer la première tranche de deux mille dollars de frais médicaux. Comme vous vous en doutez, les conséquences de votre accident ont requis plusieurs actes médicaux importants, dont une intervention en chirurgie ophtalmologique, de sorte que cette provision de deux mille dollars est déjà largement dépassée. Vous avez dans votre portefeuille une MasterCard Fleet Boston et une American Express : laquelle des deux devons-nous débiter ?
« Ah, les États-Unis d'Amérique, où rien n'est jamais donné... Mais quelle importance, puisque je ne serai plus en vie d'ici un mois ? »
— L'une ou l'autre, c'est égal, ai-je répondu.
— Compris. Maintenant, je vais vous demander de signer quelques formulaires de décharge. Je dois aussi vous dire qu'un certain professeur Sanders, de Boston, a tenté de vous contacter, ainsi qu'un M. Alkan, qui dit être votre avocat.

— Je ne suis pas obligée de leur parler, si ?

— Bien sûr que non.

— Est-ce que je peux exiger qu'on ne prenne aucun appel extérieur pour moi ?

Un autre regard désapprobateur. M. Spender avait désormais conclu que j'étais une patiente à problèmes.

— Vous ne souhaitez pas que les personnes proches de vous sachent que vous êtes hors de danger ?

— Non, je n'y tiens pas.

— Entendu. Vous voulez bien signer là où j'ai tracé un « X » ?

J'ai obtempéré sans même jeter un coup d'œil aux documents qu'il me présentait, avant de me dire que je venais peut-être de donner mon accord pour être transférée dans l'asile de fous le plus proche. Mais pourquoi les services sociaux du Montana prendraient-ils cette peine et consentiraient-ils cette dépense ? Ils estimaient sans doute qu'il valait mieux me garder ici tant que mon assurance me couvrirait, et qu'ensuite… *Hasta la vista, baby !*

— Merci, a concédé Spender d'un ton uni. Et mes vœux de rétablissement les plus sincères.

Peu après, l'infirmière Rainier est arrivée avec le plateau du petit déjeuner – une omelette pâlichonne, un toast, du thé.

— Alors, Spender me raconte que vous jouez les Greta Garbo : pas de contact avec le reste du monde ?

J'ai détourné la tête. Comme Emily les rares fois où je lui faisais une remontrance. Cette seule pensée m'a serré le cœur. L'infirmière en chef a vu que j'avais pâli.

— Ça ne vous quitte jamais, hein ?

— Quoi ?

— Cet événement dont on ne peut pas parler, parce que c'est trop dur. Je connais, vous savez.

— Vous ? Comment pouvez-vous ?

— Jack. Mon fils. Il avait dix-huit ans quand il a percuté un arbre en moto. C'était il y a vingt-quatre ans. Mon seul enfant.

Sa voix n'avait pas flanché. Factuelle, dépourvue de toute émotion apparente. J'ai mis un moment à assimiler l'information.

— Et comment fait-on pour surmonter ça ? ai-je fini par murmurer.

Elle m'a regardée droit dans les yeux. Un regard que je me devais de soutenir.

— On ne peut pas.

2

ILS M'ONT GARDÉE À L'HÔPITAL VINGT-HUIT JOURS EXACTEMENT, pendant lesquels je suis restée l'unique pensionnaire du département de psychiatrie car, comme cette chère Janet Rainier ne cessait de le remarquer, « les affaires étaient calmes ». J'avais des séances de physiothérapie quotidiennes jusqu'à ce que, vers le quatorzième jour, l'orthopédiste constate sur les radios que mon tibia s'était rapidement ressoudé et qu'il était temps d'essayer de marcher par moi-même. Je connaissais maintenant toute l'équipe médicale de l'établissement de Mountain Falls qui, outre le docteur Hill, l'orthopédiste, se composait du docteur Menzel, le chirurgien-ophtalmologue, et du docteur Ireland, la psychiatre en charge du service où je me trouvais.

Menzel, qui devait approcher les soixante ans, m'a confié qu'il avait émigré de Tchécoslovaquie au Canada au milieu des années 1970. D'ailleurs il avait un accent d'Europe de l'Est à couper au couteau et son américanisation se manifestait par les bottes de cow-boy et le lacet de cravate qu'il arborait. Enclin à raconter sa vie, il m'a dit qu'il avait travaillé à Calgary pendant une dizaine d'années avant de tomber amoureux de la « majesté des grands espaces » du Montana lors d'un voyage en voiture en 1989.

— Est-ce que mon œil gauche pourra jamais voir toute cette beauté ? me suis-je enquise.

— La guérison va prendre quatre à six mois. L'intervention de microchirurgie a permis de retirer tous les éclats de verre, même les plus infimes, et maintenant il faut attendre. L'œil est un organe qui a d'énormes capacités de régénération. Nous autres médecins, nous sommes obligés de rester prudents, mais je pense qu'il est raisonnable de supposer qu'il va récupérer au moins quatre-vingts pour cent de ses capacités.

Deux fois par semaine, on me descendait en fauteuil roulant à son cabinet ; là, il me retirait mon bandage, me faisait poser le menton sur un cadre fixé à une machine volumineuse et il effectuait un fond d'œil systématique. Et comme il adorait parler, même quand je ne répondais que par onomatopées, j'ai rapidement appris qu'il avait un petit ranch aux abords de Mountain Falls, qu'il élevait des étalons à ses moments libres, que sa seconde femme avait été infirmière à l'hôpital mais qu'elle réussissait maintenant à son compte, installée en tant que physiothérapeute, que leur fille venait d'entrer à Stanford et qu'elle était tellement douée en mathématiques que la prestigieuse université l'avait intégrée tous frais payés, qu'il était peintre amateur, « genre abstrait post-Rothko, un artiste que vous devez aimer, je devine... ».

« Pourquoi ? ai-je songé : parce qu'il a lui aussi voulu mettre fin à ses jours ? À cette différence qu'il a réussi, lui... »

— Quand vous vous sentirez assez solide, vous pourriez venir dîner chez nous au ranch, un soir. Vous savez, professeur, nous n'avons pas des dizaines d'anciens de Harvard, ici, et encore moins d'auteurs publiés...

— C'était un livre universitaire que personne n'a lu.

— Vous êtes trop dure avec vous. C'est un livre qui a eu un éditeur, auquel des revues respectées ont consacré des critiques. Il n'y a pas à être modeste : c'est un résultat fantastique. Vous devriez être fière de vous.

Je me suis tue. Après avoir inspecté encore ma cornée, le docteur Menzel a repris soudain :

— Qui, d'après vous, est le plus grand écrivain tchèque, professeur ?

— Vivant ou mort ?

— Disparu, disparu. Si on prenait les vivants, Kundera l'emporterait facilement.

— Eh bien... Kafka, j'imagine.

— Exactement ! Essayez de ne pas cligner des yeux quand vous parlez, s'il vous plaît.

— Je ferais peut-être mieux de ne pas parler.

— Mais si, mais si... Simplement, essayez de ne pas cligner des yeux quand vous le faites, autrement votre globe oculaire bouge. C'est que le langage est profondément lié à la vue, vous comprenez ? On exprime ce que l'on voit, et on voit ce que l'on exprime.

— Sauf si on est aveugle.
— Même les aveugles voient avec ce que Shakespeare appelait… comment, déjà ?
— Les yeux de l'esprit ?
— Voilà. Ils voient tout, ceux-là, même s'ils ne peuvent pas voir, anatomiquement parlant. Ce qui se perçoit dans le fait de voir, et ce qui se voit dans le fait de percevoir… Il y a là un des grands mystères de la condition humaine, vous ne trouvez pas ?
— Tout est perception, rien de plus.
— En effet. Mais est-ce qu'on peut jamais voir ce qui se passe à l'intérieur d'un autre être humain ? Là, par exemple, j'explore votre cornée abîmée et… qu'est-ce que je vois ?
— Qu'elle est abîmée ?
— Qu'elle cicatrise. Lentement, graduellement. L'œil finira par s'ajuster à ce qui reste de la blessure. Pourtant, il est indéniable que la rétine a été irrémédiablement affectée par le traumatisme qu'elle a subi. Elle ne pourra plus jamais percevoir le monde comme avant, parce que la source même de la perception, de la vision, a été altérée.
— Et quel est le rapport avec Kafka ?
— Eh bien, quelle est la phrase de Kafka que l'on cite le plus souvent ?
— « Un matin, au sortir d'un rêve agité, Gregor Samsa s'éveilla transformé dans son lit en une véritable vermine » ?
Il a eu un rire amusé.
— La deuxième plus célèbre, disons…
— Dites-moi.
— « Quand nous regardons l'autre, pouvons-nous seulement voir la douleur que porte chacun de nous ? »
Aïe. Il avait touché un point sensible.
— Et donc, quand vous examinez mon œil blessé, est-ce que la douleur est visible ?
— Absolument. L'« accident » s'est produit à cause d'une peine, une peine extrême, terrible. Ce genre de lésion ne disparaîtra jamais. Elle sera peut-être masquée, calmée par la cicatrisation, mais un traumatisme pareil… comment s'attendre à une guérison complète ? Il a tout modifié. Le sens de la perception a été affecté pour toujours. Après un drame de cette ampleur, le monde devient un lieu nouveau, désespéré, désespérant. Marqué par la cruauté du destin. Où nous ne pouvons plus jamais avoir confiance.

Cela a été la première et unique fois où le docteur Menzel m'a parlé de cette façon ; par la suite, il a dû sentir ma réticence car il s'est contenté de faire des commentaires sur l'état de mon globe oculaire, l'avancée de la guérison. Il avait compris que je ne voulais pas évoquer ce qui m'était arrivé, et encore moins envisager les implications métaphoriques du « traumatisme », de sorte qu'il s'est borné à une attitude strictement professionnelle et je lui en ai été très reconnaissante.

C'est également l'attitude qu'a adoptée le docteur Ireland, une petite femme d'une quarantaine d'années au physique de sportive et aux longs cheveux roux soigneusement nattés, toujours habillée d'un tailleur noir et, contrairement aux autres médecins, ne s'embarrassant pas de la blouse blanche de rigueur. Elle s'est bornée à une seule remarque d'ordre personnel, quand elle a mentionné qu'elle aussi avait été étudiante à Harvard avant de continuer à la faculté de médecine de Dartmouth. Si ce qu'elle faisait en dehors de ses deux passages hebdomadaires à l'hôpital de Mountain Falls restait privé, elle m'a annoncé lors de notre premier entretien qu'elle avait obtenu pas mal d'informations sur ma vie antérieure en communiquant avec mes anciens collègues, avec mon avocat et même avec Christy, qui avait été prévenue par Sanders.

— Ce que j'espère vraiment, m'a-t-elle déclaré d'entrée de jeu, c'est que vous comprenez bien que vous n'êtes en aucun cas à blâmer pour ce qui est arrivé à votre fille.

— C'est votre opinion, ai-je répliqué sèchement.

— Mais c'est la vérité. J'ai demandé à avoir accès au procès-verbal établi par la police, aux témoignages recueillis sur place, à l'autopsie… Vous n'avez rien fait qui ait pu précipiter ce drame.

— Et je n'ai rien fait pour l'empêcher de se produire.

— C'est le propre d'un accident, Jane : ses circonstances sont imprévisibles et arbitraires, quels que soient nos efforts pour influer sur la trajectoire du hasard. Et ensuite, il faut vivre avec les conséquences, si accablantes soient-elles, mais non se torturer en se prétendant responsable de ce qui n'était que fortuit.

— C'est votre opinion.

— Vous l'avez déjà dit.

— J'ai tendance à me répéter.

— Même quand se cramponner à la culpabilité provoque de tels ravages ?

— Ma culpabilité est mon affaire.

— Je suis entièrement d'accord là-dessus. Le problème, c'est que « votre affaire » a pris une tournure tellement destructrice que vous n'avez plus vu d'autre solution que de vous supprimer. Est-ce une manière raisonnable de surmonter le chagrin, franchement ?

— Oui. Très raisonnable, en fait.

— Vous restez convaincue que c'est la seule solution ?

Il fallait être prudente, là.

— Non. À vrai dire, je me sens relativement… bien, maintenant. Je ne parle pas des séquelles physiques, mais d'avoir réussi à passer à travers tout ça.

— Donc, vous voulez vivre ?

— Oui. Oui, sûrement.

— Vous mentez très mal, Jane.

— C'est votre opinion.

— C'est la troisième fois que vous dites cela.

— Alors, c'est que je suis encore plus répétitive que je ne croyais.

— Vous n'avez pas connu beaucoup de bonheur dans votre vie. Je me trompe ?

La question m'a laissée un instant sans voix.

— Il y a eu quelques moments, ai-je fini par murmurer.

— Avec Emily. C'était son prénom, n'est-ce pas ? Emily ?

— Je ne veux pas que…

— Je m'en doute, Jane, mais c'est pourtant de ça que nous devons parler. D'Emily. Du seul être dans votre vie qui vous ait apporté…

— Vous ne savez foutrement rien, l'ai-je coupée.

— Ah oui ? Très bien, alors dites-moi qui d'autre vous a jamais rendue heureuse ? Un père toujours absent, qui non seulement vous a abandonnée mais vous a obligée à renoncer à une carrière dans la finance ? Une mère qui n'a cessé de vous critiquer et de vous dévaloriser ? Ou bien votre premier grand amour, un homme marié, plus âgé, qui a préféré…

— Assez ! Qui vous a raconté tout ça ?

— Est-ce important ?

— Je n'aime pas les traîtres !

— D'accord. Avec ce que j'ai appris de votre passé, je ne peux pas vous reprocher de voir les choses ainsi. Votre vie n'a été qu'une suite de déceptions et de trahisons, jusqu'à la fuite de votre compagnon qui vous a leurrée au point de…

— J'ai dit « assez » ! (Hors de moi, j'ai saisi les roues de mon fauteuil roulant et je l'ai fait pivoter à cent quatre-vingts degrés, en direction de la porte.) Je n'écouterai pas un mot de plus !

— Compris. Mais avant de vous en aller, vous devez me raconter votre route jusqu'ici.

— Ma… Vous essayez de changer de sujet, c'est ça ?

— On vous a retrouvée dans une congère au bord de la Route 202 il y a cinq jours. D'accord. Mais avant ça, qu'y a-t-il eu ?

— Je n'ai rien à vous dire.

— Mais si.

— Pourquoi ?

— Parce que je pourrais facilement demander votre placement dans une institution spécialisée, en tant que personne socialement dangereuse.

— Moi ? Je n'ai fait de mal à personne !

— Pas cette fois, en effet. Mais admettons que nous vous laissions sortir et que vous soyez reprise d'une pulsion suicidaire, et que vous vous mettiez en tête de traverser le terre-plein central de l'autoroute et d'entrer en collision frontale avec une voiture transportant une famille ?

— Je ne ferais jamais une chose pareille.

— C'est ce que vous dites, mais quelle preuve ai-je que c'est vrai ? Aucune. Voilà pourquoi une privation temporaire de liberté pourrait s'avérer…

— Je me suis retrouvée dans le Montana parce que… c'est comme ça !

— Il me faut plus de précisions, Jane.

— Je… J'ai laissé tomber mon travail, ma maison, ma vie, et je suis partie droit devant. Sur la première route venue.

— Combien de temps après le drame ?

— Trois semaines, un mois.

— Et à cette époque, vous étiez sous traitement médical ? Somnifères, anxiolytiques, hypnotiques ?

— De la zopiclone, oui. Parce que je ne dormais plus. Parce que je n'arrivais plus à dormir.

— Zopiclone ? Ce même flacon que l'on a retrouvé dans votre voiture ?

— Oui.

— Prescrite par le docteur… voyons, Dean Stauton c'est ça ? Médecin universitaire attaché au campus où vous travailliez ?

— Pourquoi demander, puisque vous lui avez déjà parlé, j'en suis sûre.

— Il m'a dit que vous êtes venue le voir peu après l'accident survenu à votre fille. Qu'il vous avait trouvée très mal en point mais que vous faisiez tout votre possible pour dissimuler votre détresse. Par exemple en tenant à reprendre le travail à peine cinq jours après l'enterrement, alors qu'il vous avait conseillé de prendre un congé de longue durée C'est justement ce qui l'a particulièrement inquiété, ce sang-froid apparent, cette volonté farouche de faire comme si rien ne s'était passé. Et c'est aussi ce qui a abasourdi vos collègues. Cela, évidemment, jusqu'au jour où vous avez agressé une certaine Adrienne Clegg… Vous voulez bien me raconter comment cela s'est produit ?

— Vous devez le savoir. Ils vous ont certainement tout raconté, mes anciens collègues…

— Je veux l'entendre de votre bouche.

— Je n'ai pas envie d'en parler.

— Parce que ?

— Parce que je n'en ai pas envie.

— Vous n'avez pas à vous inquiéter. Votre avocat, M. Alkan, nous a dit que Mlle Clegg avait décidé de ne pas vous poursuivre en justice.

— C'est trop aimable à elle.

— Vous aviez une bonne raison de vous en prendre à Adrienne Clegg ?

— Je crois. Cette personne était l'associée de mon compagnon, puis elle est devenue sa maîtresse, puis elle et lui m'ont laissé leurs dettes en disparaissant. Je vivais dans un stress terrible, à cause de ça. Je ne dormais plus. Je n'arrivais plus à penser lucidement. L'insomnie me donnait des vertiges. Je ne pouvais plus me concentrer, j'étais déboussolée par les problèmes les plus simples. Et c'est pour ça que…

Le docteur Ireland a terminé ma phrase :

— … que vous vous sentez responsable de ce qui est arrivé ?

— Oui, ai-je murmuré.

— Est-ce que vous blâmez aussi Adrienne Clegg ?

— Il y a la cause, et il y a l'effet.

— Et c'est pourquoi vous l'avez attaquée quand elle est revenue à Boston ?

— Je l'ai déjà dit et je ne le répéterai pas.

Elle m'a dévisagée un moment.

— Très bien. Nous reprendrons cette conversation dans trois jours. D'ici là, ne pensez-vous pas qu'il serait important de reprendre contact avec votre avocat, votre directeur de département, vos amis ?

— Non.

— Nous pourrions leur donner de vos nouvelles de votre part.

— Non.

— C'est définitif ?

— Oui.

— La dépression est une réaction normale, après…

— Après quoi ? Avoir été assez maladroite pour rater son suicide ?

Elle a tapoté son cahier avec son stylo.

— J'aimerais vous prescrire un antidépresseur, la mirtazapine. C'est surtout pour vous garantir un sommeil satisfaisant.

— Est-ce que ça m'empêchera de me regarder dans la glace et de voir dans quel état je me suis mise ?

— Tout cela finira par guérir.

— Et après, quoi ? Je finirai par m'accommoder de ma « perte », j'irai au bout du processus de deuil, comme vous dites dans votre métier ? C'est ce baratin-là que vous voulez me servir ?

Elle s'est levée, a commencé à ranger ses affaires.

— Je peux consoler quand on me le demande, a-t-elle annoncé d'un ton neutre, et je peux être dure quand il le faut.

— Je n'ai pas besoin de consolation, docteur.

— Bien, alors voilà les faits dans toute leur dureté : vous allez vivre avec votre peine jusqu'à votre dernier jour. Et c'est pourquoi vous avez l'intention de vous supprimer dès que vous ne serez plus entre nos mains.

— Vous n'en savez rien.

— Nous reprendrons jeudi, à la même heure.

Le traitement à la mirtazapine a commencé le soir même, l'infirmière Rainier m'annonçant qu'ils allaient commencer par une dose de quinze milligrammes. Et en effet, après deux nuits de sommeil profond, j'ai commencé à éprouver un certain calme. Comme elle me demandait souvent si je me sentais mieux, j'ai répondu prudemment que l'antidépresseur m'engourdissait plutôt qu'autre chose, car leur signaler un effet positif si rapidement n'aurait fait qu'éveiller leurs soupçons.

Bientôt, je me déplaçais toute seule à l'aide d'un déambulateur à travers le service de psychiatrie, où je restais l'unique patiente. À la télévision qu'ils avaient obligeamment installée en face de mon lit, je préférais la radio, sur laquelle j'écoutais la station locale de NPR. J'ai également exploré les ressources limitées de la bibliothèque de l'hôpital, découvrant notamment un exemplaire écorné de *La Fin d'une liaison*, de Graham Greene, un roman que j'avais déjà lu mais dont la thématique de deuil, dans ma situation du moment, éveillait de pénibles échos en moi. Je les ai dépassés en me concentrant sur l'extrême précision du style, la lucidité exemplaire de Greene, l'effet rassurant qu'exerce sur nous tout grand livre, la bonne littérature nous rappelant chaque fois que tout est abîmé, imparfait, transitoire, et que nous sommes tous prisonniers de notre besoin d'imposer un certain ordre à ce chaos primordial.

— Pouvons-nous revenir à l'accident ? a suggéré le docteur Ireland au début de la séance suivante.

— Je ne préfère pas.

— Je m'en doute. Mais pour que nous avancions ensemble il serait utile que vous me racontiez ce qui s'est passé, exactement.

J'ai hésité un instant.

— C'est trop tôt.

— Est-ce qu'il y aura jamais un bon moment pour le faire ? Je n'ai pas besoin d'une longue histoire, juste un récit très simple de ce qui est arrivé un après-midi de janvier, il y a un mois et demi.

J'ai baissé les yeux. Même si ma mémoire repassait cette scène avec une insistance torturante, je ne me sentais pas capable de l'exprimer par des mots, de verbaliser l'indicible.

— Je vous en prie, ai-je chuchoté.

— Aussi court que vous le voulez. Mais dites-le-moi.

Réunissant tout mon courage, j'ai donc résumé en deux ou trois minutes ce moment atroce, jusqu'à ce qu'ils m'annoncent à l'hôpital que…

— Et ensuite ? a demandé le docteur Ireland.

— Ensuite, je me suis effondrée.

— Même si tout le monde a souligné à quel point vous aviez été solide et courageuse au cours des semaines qui ont suivi ?

— Je n'étais pas moi-même. J'essayais de faire comme si…

— Comme si quoi ?
— Comme si je pouvais surmonter ça.
— Quand avez-vous compris que vous ne pouviez pas ?
— Je le savais depuis le début, mais je me suis dit qu'il fallait m'accrocher à ma routine. Aller à l'université, faire cours, corriger les copies, conseiller les étudiants. En croyant que finalement, finalement…
— Finalement quoi ?
— Que finalement j'arriverais à… contrôler.
— Pour quelle raison, ce besoin de contrôler ?
— D'après vous ? Parce que si je parvenais à contrôler, je serais capable de ne pas sombrer.
— Alors que vous aviez déjà conscience d'être effondrée ?
— Oui… je sentais que ma tête explosait. Et peu à peu, je me suis rendu compte que je ne pourrais plus supporter cette douleur.
— Mais vous ne pensiez pas au suicide, à ce stade ?
— Si.
— Qu'est-ce qui vous a arrêtée ?
— La lâcheté.
— Mais quand cette Adrienne Clegg est soudain réapparue avec votre ancien compagnon…
— Ça… c'était de la rage pure.
— J'en suis sûre. Vous voulez bien revenir sur cet incident pour moi ?
— Non, je ne veux pas.
— Je me doute que ce n'est pas un souvenir que vous avez envie d'évoquer, mais ce serait utile, je crois.
À nouveau, j'ai convoqué ma volonté pour être en mesure de parler. Un compte rendu succinct, dans lequel je me suis efforcée de me borner aux faits bruts. Elle m'a arrêtée au moment où j'allais enchaîner sur la nuit qui avait suivi.
— Vous aviez une idée de ce que vous alliez faire ensuite ?
— Aucune. Tout comme cette explosion de violence, la suite a été complètement spontanée. Je me rappelle être partie en courant, avoir trouvé un taxi, être rentrée chez moi, avoir jeté des choses dans une valise…
— Y compris le flacon de zopiclone.
— Mon passeport, mon ordinateur portable, des vêtements pris au hasard et, oui, mes cachets. J'ai tout jeté dans ma voiture et je

suis partie. Pas du tout le pied au plancher ; au contraire, je roulais très prudemment, en veillant à respecter les limitations de vitesse.

— Parce que vous vous disiez que…

— Parce que je pensais que la police avait déjà émis un avis de recherche à mon encontre. Et que si je m'arrêtais quelque part, je me ferais repérer. Alors, j'ai… j'ai conduit.

— Dites-moi exactement où.

— Où ? N'importe où.

— Quelle est la première route que vous avez prise ?

— La I-90. Je ne voulais pas sortir des grands axes. Je me suis arrêtée dans des motels de troisième zone, en donnant un faux nom et en payant en liquide. Pour dormir quelques heures…

— Combien ?

— Eh bien, une ou deux.

— Et le reste de la nuit ?

— Je restais dans une baignoire remplie d'eau bouillante. Ou devant des émissions de télé abrutissantes. À penser que je pourrais me pendre au crochet de la douche.

— Qu'est-ce qui vous en a empêchée ?

— J'étais trop épuisée, trop déstabilisée et trop terrorisée par l'idée, même si j'étais décidée à quitter le monde. Quand on a pris cette décision, on doit rester seul, éviter tout contact avec quelqu'un qui pourrait vous convaincre de ne pas aller jusqu'au bout…

— « Quitter le monde », a-t-elle répété. J'aime bien cette expression. C'est presque… romantique.

— Comme le suicide, souvent.

— Sauf pour celui ou celle qui va jusqu'au bout.

— La littérature est pleine de suicides romantiques.

— Votre tentative l'était aussi ?

— Regardez ma figure : c'est votre idée du romantisme ?

— C'était de l'ironie.

— Je sais. Mais la route, en revanche, c'est romantique. Surtout pour nous, les Américains.

— Mais toutes les routes ont une fin. La vôtre s'est arrêtée au Montana. Pourquoi le Montana ?

— Le hasard. J'avais fait plus de trois mille kilomètres et cette congère que j'ai choisie… Elle se trouvait là. C'est drôle, non ? Si je n'avais pas brusquement décidé d'en finir avec la vie dans ce tournant de la 202, entre Columbia Falls et Evergreen, dans le Montana, vous n'auriez jamais su que j'existais.

— Il y a une vieille théorie sur les gens de la côte Est qui, un jour, montent dans leur auto et partent droit vers l'ouest. Ils fuient leur passé, mais ils se dirigent aussi vers un extrême géographique. Le problème, c'est qu'une fois arrivé à L.A., ou à San Francisco, ou à Seattle, il ne leur reste plus qu'à se jeter dans l'océan.

— C'est une jolie métaphore, ça : atteindre la côte pacifique et n'avoir plus d'autre choix que de tomber du continent. Malheureusement, Margaret Atwood s'en est déjà servie dans l'un de ses romans.

— M'accuseriez-vous de plagiat ? a-t-elle demandé avec un demi-sourire.

— Mais non. C'est simplement que je redeviens une universitaire pinailleuse, dès qu'il s'agit de sources.

— Eh bien, je ne me risquerai pas à m'inscrire à l'un de vos cours, professeur.

— Pas de risque, puisque je n'enseignerai plus jamais.

— N'est-ce pas un peu radical, ça ?

— Non, c'est la réalité. Ma carrière universitaire est terminée.

— Vous ne pouvez pas en être si sûre.

— Si. Cela vous déçoit probablement, car vous voulez que je reprenne mon ancienne vie, ce qui signifierait que je me résigne, que j'accepte mon sort, etc.

— Pas si ancienne que ça. Vous enseigniez il y a encore quinze jours, non ? Et je dois vous dire que votre supérieur à l'université m'a affirmé avant-hier qu'il était tout à fait disposé à vous reprendre.

— Il… Comment avez-vous osé ?

— Osé quoi ?

— Prendre contact avec lui.

— C'est lui qui m'a appelée, en fait.

— Je ne vous crois pas.

— Vous avez tort. La police était bien obligée de le prévenir, quand ils ont retrouvé votre carte universitaire dans vos affaires. Le professeur Sanders a ensuite tenu à contacter l'hôpital pour prendre de vos nouvelles.

— Lui ? Il a toujours eu envie de se débarrasser de moi.

— Ce n'est pas ce qu'il a dit. Même le président de l'université a téléphoné. Cela vous étonne parce que vous voyez tout en noir maintenant, ce que je comprends, et parce que…

— Parce que je hais ce monde.

Le docteur Ireland a marqué un long silence, puis :

— Comme je vous l'ai déjà dit, vous n'oublierez jamais. Vous finirez juste par trouver une sorte de compromis avec votre souffrance. Je n'essaierai pas d'enjoliver les choses : votre fille est…

— Taisez-vous ! l'ai-je coupée.

— Vous avez tenté d'oblitérer cette idée à jamais mais vous avez échoué. Vous êtes de retour parmi les vivants. Vous devez faire face à la même terrible réalité. Vous pouvez essayer de répéter l'histoire et de vous tuer dès que votre assurance ne couvrira plus votre hospitalisation et que la direction de cet établissement jugera qu'il est temps de vous laisser partir… Même si je m'opposerai à toute sortie prématurée, sachez-le. Je préférerais vous sauver la vie, évidemment, mais je ne peux pas le faire contre votre volonté. Et sachez aussi que je ne prendrai pour argent comptant aucune de vos promesses du contraire tant que je n'aurai pas constaté un changement fondamental de votre état d'esprit.

J'ai cherché mes mots pour protester. En vain. La sensation bien connue d'être en train de me noyer me paralysait une fois encore. Le docteur Ireland a poursuivi :

— Voyez-vous, quand je faisais mon internat à Chicago, la principale consultante en psychiatrie de l'hôpital était une vieille dame d'origine autrichienne. Viennoise, j'en suis certaine, ce qui serait logique, n'est-ce pas ? En tout cas, c'était une rescapée de Dachau. On m'a dit que son mari et leurs deux enfants avaient péri là-bas, et qu'elle avait été victime d'« expériences médicales » au camp. La femme que j'ai connue était une spécialiste renommée, avec une volonté de fer, qui avait émigré en Amérique et avait épousé l'un des professeurs de philosophie les plus en vue de l'université de Chicago. Un jour, je suis allée à l'une de ses conférences. Le thème était la culpabilité, et plus précisément la culpabilité du survivant. Au moment des questions, quelqu'un lui a demandé comment elle avait réussi à ne pas sombrer, avec tout ce qu'elle avait traversé. Sa réponse m'a profondément marquée. Elle a cité Samuel Beckett : « Il faut continuer, je ne peux pas continuer, je vais continuer. »

— C'est dans *L'Innommable*.

— Exactement. *L'Innommable*.

Nous nous sommes tues un instant. J'ai fini par rompre le silence :

— Je ne peux pas continuer, docteur.

— Je sais. Vous ne pouvez pas *maintenant*. Avec le temps, peut-être.

— Je ne peux pas continuer, je ne vais pas continuer.

3

JE N'AURAIS PAS DÛ DIRE ÇA. ET RÉFLÉCHIR AVANT DE PARLER. Mais je savais ce que j'avais dit. La vérité. Et ce faisant, j'avais confirmé les pires soupçons du docteur Ireland : j'étais un cas désespéré.

À son crédit, elle n'est jamais revenue sur cet aspect de notre conversation. Non, elle s'est contentée d'augmenter de quinze milligrammes ma dose quotidienne de mirtazapine. Cela m'a mis K-O pendant des heures sans pour autant atténuer la douleur qui ne me quittait pas dès que j'étais consciente. Après mes neuf heures de sommeil chimique, il y avait au réveil une minute ou deux d'agréable confusion, pendant lesquelles je me demandais où j'étais, puis ma langue passait sur les points de suture de mes lèvres et tout me revenait en mémoire. Comme j'aurais voulu rester dans ce bref moment intermédiaire entre l'inconscience et le retour de la mémoire impitoyable ! Parce que avec elle revenait aussi, sans tarder, le désir de mourir au plus vite.

À mon réveil, l'infirmière Rainier était toujours à mon chevet. Comme si elle savait ce qui se passait dans ma tête, elle s'empressait de me tendre un verre de jus d'orange et m'ordonnait gentiment de le boire sans tarder, « pour vous mettre un peu de sucre dans le système ». Elle ne parlait plus jamais de l'enfant qu'elle avait elle-même perdu, ne faisait plus jamais allusion à ma tentative de suicide ni au chagrin qui hantait chaque instant de mon existence. Et encore, « chagrin » est un mot trop faible pour décrire la certitude que je ne surmonterais jamais ce qui était arrivé et que la survie était pire que la mort. Même si je faisais de mon mieux pour dissimuler mon désespoir, l'infirmière en chef veillait sans cesse sur moi. Si elle me trouvait en position fœtale dans mon lit, elle me tapait sur l'épaule et m'annonçait qu'une séance de physiothérapie me ferait le plus grand bien ; quand elle me sentait perdue dans mes pensées les plus noires, elle allumait la radio sur ma table de nuit et me disait d'écouter ; si je m'enfermais dans le mutisme, elle me forçait à parler, de tout et de rien.

Chaque matin, il y avait un exemplaire du *New York Times* sur mon lit, car elle avait trouvé le seul et unique magasin de Mountain Falls qui le distribuait, et elle m'invitait à lire « ce qui se passait dans le monde ». Elle m'obligeait à marcher une demi-heure dans l'enceinte de l'hôpital, d'abord avec un déambulateur, puis armée d'une canne. Il ne s'agissait pas seulement de me distraire, de combler le vide du temps hospitalier, mais aussi d'attirer mon esprit vers autre chose que mon affliction.

C'était également la stratégie suivie par le docteur Ireland. Au-delà de l'univers irréel de l'hôpital, la vie continuait, ne cessait-elle de me rappeler, et si je voulais y reprendre ma place il fallait que j'arrive à parler de ma fille sans que la seule mention de son prénom me plonge dans une tristesse sans fond. Elle m'encourageait aussi à lui parler de ma relation avec Theo, des soucis qui s'étaient abattus sur moi dans les derniers temps avant l'accident et avaient peut-être contribué à m'empêcher de réagir assez vite quand le chien s'était mis à courir devant nous et que…

— Est-ce que vous reprochez à Theo ce qui est arrivé ?

— Il n'était pas présent. C'est moi qui suis responsable.

— Mais ses choix inconsidérés, sa conduite dans ses affaires et dans sa vie privée, toute cette angoisse qu'il a suscitée en vous et qui vous a mise dans un état pareil…

— J'assume toute la responsabilité de ce qui est arrivé.

— Alors, vous ne le haïssez pas à cause de ça ?

— Qu'est-ce que vous essayez de faire ? De me donner bonne conscience ? « Les braves gens ne méritent pas le malheur », et toutes ces sornettes ? Je ne marche pas.

— Non, c'est peut-être plus simple que cela. Vous amener à accepter qu'un accident n'est qu'un accident. Et qu'avec la tension terrible qui vous avait été imposée, vous…

— Je méprise Theo Morgan, d'accord ?

— Je suis là pour vous dire que tout ce que vous éprouvez a une valeur, que…

— Oh, assez ! Tout ce que j'éprouve est atroce, tout ! Janet Rainier me tient occupée, et vos calmants ont de quoi assommer un bœuf, mais pour le reste je vis avec « ça » sans arrêt, jour après jour, vous entendez ? Sans arrêt !

Elle a préféré changer de sujet :

— Votre avocat a téléphoné, hier. Conformément à votre demande, le standard ne vous a pas passé l'appel. Mais je lui ai parlé.

— Vous voulez dire qu'ils vous ont transféré l'appel ?

— Non. C'est lui qui m'a appelée à mon cabinet de Mountain Falls. Nous avons été en relation à deux reprises déjà. Je ne crois pas qu'il y ait quoi que ce soit de grave mais j'ai la nette impression qu'il a besoin d'aborder certains points avec vous.

— Ou plutôt vous pensez que ce serait une bonne chose à faire pour moi dans le cadre du traitement.

— Si vous voulez savoir ce que je pense, c'est qu'il est votre avocat et que vous devriez lui parler.

Le lendemain, j'ai accepté la communication lorsque Milton Alkan a téléphoné.

— Je suis tellement heureux que vous ayez échappé à ce terrible accident, mademoiselle Howard. Après tout ce que vous avez eu à endurer...

— Ce n'était pas un accident, maître, mais une tentative de suicide. Ratée, comme tout ce que j'entreprends.

— C'est certainement un jugement trop sévère, si je puis me permettre.

— Que me vaut votre appel, maître ?

— Eh bien, le docteur Ireland a dû vous apprendre qu'Adrienne Clegg avait renoncé à porter plainte contre vous ?

— On me l'a dit, oui. Comment s'explique ce revirement ?

— J'ai eu une explication avec son avocat. Je lui ai bien fait comprendre que je ne ferais pas de quartier, si jamais elle avait le culot de vous attaquer en justice.

— Donc, elle a reculé ?

— Plus encore : elle a signé une déclaration, dont j'avais choisi les termes, par laquelle elle s'engage à ne jamais tenter de recours en justice contre vous et reconnaît que vous ne pouvez aucunement être tenue pour responsable des dettes accumulées par Fantastic Filmworks.

— Eh bien... Merci.

— C'était un plaisir. Mais j'ai encore quelques questions à aborder, si vous voulez bien. La compagnie de taxis à laquelle appartient... le chauffeur... Vous savez de quoi je parle... Leur assureur m'a contacté avec une proposition d'indemnisation.

— Comment ?
— Une indemnisation.
— Je ne veux pas de leur argent.
— Je comprends, mais c'est tout de même à considérer, car…
— J'ai dit non, maître, et c'est non.
— Dans des cas comme celui-ci, et étant donné le très jeune âge de votre fille…
— Vous n'avez pas entendu ?
— Ils proposent cent cinquante mille dollars.
— Je m'en fiche.
— Il faut peut-être y réfléchir, mademoiselle Howard, et…
— Je ne veux pas de leur foutu argent. Point final.
— Je vais vous laisser quelques jours pour y penser.
— Alors, je vais vous dire : acceptez la somme, à condition de la donner à d'autres.
— Écoutez, mademoiselle Howard…
— Donnez-la, j'ai dit.
— Mais… à qui ?
— Est-ce qu'il existe un fonds de soutien destiné aux parents qui ont perdu un enfant ?
— J'en suis sûr. Il faut juste que je me renseigne un peu.
— Bien. Ceux que vous trouverez, c'est à eux qu'ira cet argent.
— Quelques jours de réflexion, franchement, ne vous…
— Non, maître. Et d'ailleurs, où en sommes-nous, dans nos comptes ? Combien vous dois-je ?
— Rien. S'il s'agit d'une donation à une organisation caritative, je renonce à mes honoraires.
— Vous faites ça parce que vous avez pitié de moi.
— Pas pitié, non, mais il est vrai que je compatis. C'est bien normal.
— Encore autre chose à discuter ?
— Oui. Quand prévoyez-vous de rentrer à Boston ?
— Je ne le prévois pas.
— N'est-ce pas un peu tôt pour en décider ainsi ? L'université de Nouvelle-Angleterre m'a contacté et ils aimeraient vous revoir au plus vite. Ils apprécient énormément votre contribution au département de littérature. Et ils comprennent aussi que vous ayez besoin de temps, à tel point que le directeur de votre département m'a indiqué qu'ils voulaient vous accorder un congé longue durée, payé jusqu'à la fin de l'année.

— Je ne veux pas de leur argent.

— Cette somme a déjà été versée. Ils sont très compréhensifs, plus même, ils se font du souci pour vous.

— J'ai décidé que je ne reprendrais pas mon poste. Et il y autre chose que je voudrais vous demander : trouvez un agent immobilier pour vendre mon domicile. Donnez les meubles, l'électroménager, les livres, les disques, tout. Et ensuite, procédez à la vente de l'appartement.

— Et ce que vous en retirerez ?

— Même chose. Donnez-le à qui vous jugerez bon.

— Jane…

— N'essayez pas de me raisonner et ne me redites pas que j'ai besoin de réfléchir. Faites ce que je vous demande. S'il vous plaît.

— C'est que… Je ne peux pas le faire sans…

— Envoyez-moi un pouvoir à signer, dans ce cas.

Un silence.

— Entendu. Vous êtes ma cliente, je ne suis pas en mesure d'aller à l'encontre de votre volonté. Je vais vous adresser les documents nécessaires.

— Merci.

— Une dernière chose. Votre amie Christy m'a appelé à plusieurs reprises. Elle voulait savoir où vous étiez. Elle est très inquiète pour vous. Puis-je lui donner le numéro de téléphone de l'hôpital ?

— Non.

— Elle dit qu'elle est votre meilleure amie.

— C'est vrai, mais je ne veux pas lui parler. Et c'est une décision sans appel.

— Très bien. Je vous envoie les documents par Fedex dans quelques jours.

— Le plus vite possible. D'ici une quinzaine, ils vont me mettre dehors, ici.

— Et après ?

— On verra.

Quarante-heures plus tard, j'ai reçu un formulaire de Standard Life Insurance par lequel je m'engageais à accepter une indemnité forfaitaire de cent cinquante mille dollars en échange de mon engagement à ne tenter aucune poursuite contre la compagnie de taxis. Il y avait aussi une lettre à signer qui autorisait le virement de la somme à une organisation humanitaire, Les Samaritains, qui d'après mon avocat correspondait le mieux à ce que je recherchais. Enfin, un pouvoir certifié lui accordait le droit de me représenter dans la vente de mon domicile, ainsi que dans l'usage des fruits de cette opération et plus généralement de tous mes avoirs financiers. Après avoir apposé ma signature partout où il le fallait, j'ai donné trente dollars à l'infirmière Rainier en la priant de renvoyer le tout par Fedex.

Ces formalités achevées, j'ai ressenti une étrange tranquillité. Je savais ce qu'il me restait à faire, tout comme je m'attendais à ce que le docteur Ireland accentue ses efforts pour me remettre sur les bons rails psychologiques pendant les quatorze jours d'hospitalisation que mon assurance allait encore couvrir.

— Je dois vous dire que j'ai téléphoné à votre avocat et qu'il m'a raconté la donation que vous avez faite, m'a-t-elle dit à notre rencontre suivante. C'est très louable de votre part.

— Tant mieux si vous le jugez ainsi.

— Il m'a également dit que vous vouliez vendre votre appartement et toutes vos affaires personnelles.

— Je parie que vous trouvez ça moins louable.

— Troublant, disons. Parce que, que ferez-vous si vous décidez finalement de retourner à Boston et de reprendre votre travail ?

— Mes plans ne sont pas encore très établis mais, rassurez-vous, je n'ai pas l'intention de me racheter une voiture pour m'envoyer une nouvelle fois dans le décor.

— C'est bien. Ah, l'une de vos amies m'a contactée, aussi. Christy. Elle se fait un sang d'encre à votre sujet. Elle est prête à venir vous voir ici.

— Vous l'en avez dissuadée, j'espère ?

— Je lui ai dit que ce n'était pas conseillé, étant donné votre état actuel et le fait que vous ayez exprimé le souhait de ne voir personne.

— Merci.

— Elle m'a dit qu'elle vivait dans l'Oregon, qui est à moins d'une journée de route…

— Je ne suis pas prête à la voir.

— Elle m'a pourtant raconté qu'elle a été avec vous durant les semaines après qu'Emily…

— C'est exact, l'ai-je coupée. Mais c'était avant.

— Craignez-vous de la revoir parce que vous avez tenté de vous suicider ?

— Oui, absolument, mais…

— Oui ?

— C'est parce que je ne veux pas de… je n'ai pas besoin de la sympathie des autres.

— Ou plutôt, vous êtes convaincue que vous ne méritez pas leur sympathie, puisque vous vous reprochez à tort d'avoir…

— Vous n'arriverez pas à me convaincre du contraire, docteur. Je sais ce qui s'est passé et je n'ai aucune excuse.

Sans répondre, elle a sorti un bloc-notes et un stylo de sa serviette. Elle a dessiné rapidement sur une feuille blanche, puis m'a tendu le bloc-notes pour que je regarde son œuvre. Un point au milieu de la page, entouré d'un grand cercle.

— Vous voyez ce que cela représente ?

— Pas la moindre idée.

— Ce point, là, c'est le monde ; et le cercle, le chagrin que vous éprouvez. En d'autres termes, votre douleur vous fait paraître le reste du monde minuscule, dérisoire.

Passant à une feuille vierge, elle a encore griffonné avant de me montrer le résultat : le cercle était resté le même mais le point avait triplé de diamètre.

— Avec le temps… Beaucoup de temps, comme je vous l'ai dit précédemment, votre peine gardera la même ampleur mais le monde aura grandi. Et à ce stade, vous…

— Je serai la plus heureuse des femmes ?

— Non, jamais. Plus simplement, la vie s'imposera de nouveau et vous forcera à retrouver votre place. Le monde ne vous semblera plus aussi étriqué, sans intérêt.

« Foutaises », ai-je pensé, mais j'ai préféré me taire.

— En attendant, a repris le docteur Ireland, vous allez avoir besoin de tout le soutien que vous serez prête à accepter.

— Jusqu'à ce que la compagnie d'assurances me mette dehors, vous voulez dire.

— Physiquement, votre état évolue très favorablement, d'après ce que le docteur Menzel et l'orthopédiste m'ont indiqué. Mais je crains que vous ne progressiez plus sur le plan psychologique, si vous n'avez plus de soutien, ou si vous restez entièrement seule. Que diriez-vous d'aller passer quelque temps chez votre amie Christy ?

— Pas question.

— Christy m'a assuré qu'elle avait plein de place chez elle, à Eugene. Elle serait ravie de venir vous chercher en voiture, de vous ramener avec elle et de vous héberger aussi longtemps que…

— Je ne veux être à la charge de personne.

— Ce n'est pas le problème. Le problème, c'est… faute de meilleurs termes, de vous protéger contre vous-même. D'essayer, du moins.

— Tout un programme.

Je n'ai pas cédé là-dessus. J'ai même indiqué à l'infirmière en chef que si Christy se présentait à l'hôpital malgré tout, je refuserais de la « recevoir ».

— Parce que Votre Majesté est trop occupée ? a-t-elle répliqué. Trop occupée à broyer du noir ?

— Pensez ce que vous voudrez.

— Mais oui. Surtout que je connais très bien ce par quoi vous passez, et la facilité avec laquelle on en vient à se persuader que s'isoler est la seule solution. Ce que j'ai appris, moi, c'est que lorsqu'on vit un enfer, on n'a pas d'autre choix que d'aller de l'avant.

— Je resterai en enfer. Pour toujours.

— Je n'essaierai pas de vous vendre des visions du paradis et du salut dans l'au-delà, c'est sûr. Le chœur des anges, tout ça, c'est…

— Pourquoi vous perdez votre temps avec moi ?

— Disons que j'ai été à votre place, voilà pourquoi. Je sais que les grands mots n'ont aucun sens, dans des moments pareils. Je dis seulement : « Vous êtes en enfer, allez de l'avant. » Mais si j'étais vous, je penserais sérieusement à accepter la proposition de votre amie. Un moment dans l'Oregon ne pourrait que vous faire du bien.

J'ai continué à ignorer les appels quotidiens de Christy, et je n'ai plus voulu prendre ceux de mon avocat. Je ne cherchais même pas à me persuader qu'il pouvait y avoir une fin à cette horreur. J'étais prête à l'inévitable. Je comptais les jours en me montrant aussi complaisante que possible à l'hôpital, prenant régulièrement mes médicaments, me prêtant à toutes les séances de rééducation… tout en me préparant au dénouement qui s'imposait.

Vingt-huit jours après mon accident, l'heure est venue de quitter l'hôpital. Le matin de mon départ, le docteur Ireland m'a invitée à une séance-marathon. Il était clair qu'elle redoutait le pire pour moi et qu'elle voulait jouer ses dernières cartes.

— J'ai signé votre sortie à contrecœur, Jane, et je veux vous dire que si vous en avez besoin, vous devez me téléphoner sans hésiter à toute heure du jour ou de la nuit.

— D'accord.

— J'aimerais le croire.

— Croire quoi ?

— Que vous ne céderez pas au désespoir. Même lorsque le destin en décide autrement, nous devons tous garder l'espoir.

— J'y penserai.

L'infirmière Pepper a tenu à me souhaiter que « la main de Celui qui voit tout vous guide toujours sur le bon chemin ». Janet Rainier m'a accompagnée jusqu'au taxi que j'avais commandé. Pendant que le chauffeur chargeait mon sac dans le coffre, elle m'a tendu une canne en bois toute simple.

— Un petit cadeau d'adieu. Quelque chose pour vous soutenir.

— Merci, ai-je murmuré. Merci pour tout.

— Je ne veux pas de vos remerciements. Je veux juste que vous vous en tiriez.

J'ai demandé au chauffeur de m'amener au Holiday Inn situé à la sortie de Mountain Falls. Nous avons fait un arrêt à une pharmacie, où j'ai acheté un flacon de cent vingt comprimés de tylenol PM, puis à un magasin de spiritueux, pour une bouteille de vodka. Le chauffeur a insisté pour porter mon sac jusqu'à la réception, et même à me soutenir par un bras tandis que je boitais avec ma canne.

— Combien de nuits comptez-vous rester ? m'a demandé la fille au comptoir.

— Juste une.

— Vous avez un véhicule ?

— Non.

Le chauffeur a été suffisamment prévenant pour me conduire jusqu'à ma chambre au rez-de-chaussée, typiquement Holiday Inn avec sa tapisserie hideuse, sa moquette déprimante et son couvre-lit lamentable. Je lui ai donné deux billets de vingt.

— Vous me devez seulement la moitié, a-t-il protesté.

— Vous les méritez.

Il m'a dit au revoir avec un air préoccupé, comme s'il avait deviné ce que je m'apprêtais à faire. Dès qu'il est parti, j'ai téléphoné à la réception : avaient-ils un rouleau de ruban adhésif, par hasard ? J'en avais besoin pour réparer l'une des poignées de mon sac de voyage.

— Vous avez de la chance, m'a dit la fille, un électricien est venu travailler chez nous il y a quelques jours et il en a oublié un. Je vais vous le faire porter. Mais vous me le rendrez, d'accord ? Juste au cas où il le réclame.

— Pas de problème.

Bientôt, j'avais aligné sur le lit les calmants, le ruban adhésif et un sac en plastique que j'ai trouvé dans la penderie. Il fallait agir vite, avant de me raviser. Un peu de vodka pour me calmer les nerfs, puis les comprimés, dix par dix, avec une gorgée d'alcool pour les faire descendre. Ensuite, mettre le sac en plastique sur la tête, le fermer hermétiquement autour du cou avec l'adhésif ; à ce stade, le tylenol et la vodka commenceraient à me plonger dans une torpeur artificielle et…

J'ai bu le contenu du gobelet en plastique que j'avais pris dans la salle de bains. L'alcool m'est tout de suite monté au cerveau. Au moment où j'approchais la première poignée de pilules de ma bouche, une voix de femme s'est élevée dehors. Aiguë, rendue perçante par la fureur :

— Petite saleté, va ! Tu me réponds encore une fois sur ce ton, petite pute, et je te…

Un bruit de gifle, suivi d'un hurlement de douleur poussé sans aucun doute par une fillette.

— Non, maman, non…

Encore une claque, encore un cri.

— Me regarde pas comme ça, saloperie !

J'ai bondi sur mes pieds, éparpillant les comprimés sur le sol. Je suis allée à la porte aussi vite que j'ai pu et je l'ai ouverte. La harpie que j'avais entendue était une femme presque obèse, avec une tignasse noire en désordre. Elle s'apprêtait à gifler une fois de plus une petite fille qui devait avoir à peine cinq ans et qui avait déjà un problème de poids, comme sa mère. Sans réfléchir, j'ai attrapé la main qui allait s'abattre sur la joue de la fillette en larmes.

— Arrêtez ça, ai-je dit d'une voix que je n'ai pas reconnue.

— Qui vous êtes, vous ? a glapi la femme en essayant de se libérer.

— Vous arrêtez tout de suite.

De sa main libre, elle m'a envoyé un coup de poing dans le ventre. Je me suis pliée en deux. Un flot de vodka et de bile a envahi ma bouche. Je suis tombée sur les genoux.

— Non, mais quel toupet ! a continué la brute en entraînant sa fille vers une voiture.

— Vous… ne pouvez pas… faire ça à un enfant.

Elle est revenue vers moi comme une furie.

— Mêle-toi de ce qui te regarde, pouffiasse ! J'élève mes gosses comme je veux !

Cette fois, elle m'a envoyé un coup de pied dans les côtes. Je me suis effondrée sur le sol, prise de nouveaux vomissements. J'ai entendu le moteur démarrer, puis une exclamation venimeuse :

— Tu vois ce qui arrive, à cause de toi ?

La fillette suppliait sa mère de lui pardonner. Un hurlement de pneus : elles étaient parties. La scène avait duré moins d'une minute, certainement sans aucun témoin. Je me suis relevée et j'ai titubé dans ma chambre. Un craquement sous mes semelles m'a appris que je venais d'écraser les comprimés que j'avais laissés tomber. Brusquement, j'ai éclaté en sanglots, piétinant rageusement de ma jambe valide les comprimés de tylenol, jetant à terre ceux qui étaient restés sur le lit, m'acharnant dessus. J'ai saisi la bouteille de vodka et je me suis précipitée dans la salle de bains, où je l'ai envoyée se briser dans la baignoire. Finalement, je me suis effondrée sur le lit, en pleurs, parvenue au-delà du désespoir.

Au bout d'un long moment, je me suis calmée. Dans un état second, je suis allée ramasser les débris de verre dans la baignoire, puis j'ai enlevé de la moquette les comprimés réduits en poudre avec une brosse et une pelle que j'ai trouvées dans le placard. Des gestes automatiques que j'ai accomplis tout en me disant : « Voilà, tu t'es encore ratée, et tu as reçu une raclée, en plus. Parce que tu es une vilaine fille. Et les vilaines filles qui veulent être gentilles doivent toujours nettoyer leurs bêtises, même si elles savent que ça ne les rendra pas plus fières d'elles-mêmes. Parce que… »

Comment cette femme pouvait-elle traiter un enfant de cette manière ? Son enfant !

J'ai ravalé un nouveau sanglot au moment où il allait franchir mes lèvres. Assez. Janet Rainier avait raison : quand on est en enfer, pleurer ne vous en sort pas. Et un deuxième suicide raté, ce ne serait même pas désolant, seulement lamentable.

Je suis retournée à la salle de bains. J'avais mal aux côtes, j'avais un goût de bile dans la bouche. Avant de m'asperger le visage, j'ai observé dans la glace mes yeux rouges, les cicatrices sur mon front, mes lèvres encore déformées. Lorsque je me suis détournée, révulsée par cette image, une question a surgi dans mon cerveau embrumé : « Quand on est incapable de se supprimer, quelle solution reste-t-il ? »

La réponse est arrivée très vite, parce qu'elle était évidente.

Quitter le monde.

4

IL M'A FALLU À PEU PRÈS DOUZE HEURES pour me débarrasser de moi-même. Du travail rapide, donc. Après avoir prévenu la réceptionniste du Holiday Inn que je resterais deux ou trois nuits de plus, j'ai boité avec ma canne jusqu'à un petit centre commercial de l'autre côté de la route. Là, j'ai acheté un téléphone portable à carte pour vingt dollars, du pain et de la viande froide, des ciseaux et quelques bouteilles d'eau.

De retour à ma chambre, j'ai téléphoné à American Express, Visa, Discovery et Mastercard, les quatre compagnies de crédit où j'avais une carte, et je les ai toutes annulées, malgré les protestations horrifiées des employés qui m'ont répondu.

— Est-ce que notre service vous a déplu en quoi que ce soit ? m'a même demandé la fille d'Amex.

— Non. Je n'ai plus besoin de votre carte, c'est tout.

— Mais nous voudrions tellement vous garder comme cliente !

— Je suis sûre que vous vous en remettrez.

Ensuite, j'ai contacté mon banquier à Boston, le priant de virer les fonds nécessaires à la liquidation de mes comptes de cartes de crédit. Avec les ciseaux, je les ai coupées en deux. La seule que j'ai gardée était celle attachée à mon compte en banque, dont le solde s'élevait alors à 23 863,84 dollars. De quoi survivre un moment, d'autant que l'université de Nouvelle-Angleterre continuait à me verser mon salaire.

Me branchant sur la connection wifi de l'hôtel, j'ai allumé mon ordinateur portable, et ouvert ma messagerie, que je n'avais pas touchée depuis plus d'un mois et demi. Trois cent trente-huit messages, que j'ai supprimés sans en ouvrir aucun, bien que j'aie vu dans la colonne des expéditeurs que plusieurs provenaient de Christy, et même d'anciennes amies de Harvard que quelqu'un avait dû prévenir de… Mais j'étais incapable de lire des condoléances, ou les supplications de Christy pour que je vienne m'installer chez elle. Clic, clic, clic, couper les ponts. Et j'ai aussitôt vidé la corbeille des éléments récemment supprimés.

Étape suivante, j'ai envoyé un e-mail au professeur Sanders, le plus bref possible : en raison de ma situation personnelle, je n'avais d'autre choix que de présenter ma démission, à compter de ce jour, et je le remerciais du soutien qu'il m'avait apporté. Un quart d'heure après l'avoir envoyé, j'ai vu un nouveau message s'afficher sur mon écran :

Chère Jane,

Je suis justement devant mon ordinateur, d'où la rapidité de ma réponse. Ici, tout le monde s'est inquiété pour vous, et nous avons tous été soulagés d'apprendre que vous vous étiez miraculeusement tirée de votre accident. En ce qui concerne votre démission, le président en personne m'a chargé de vous dire que nous tenions tous à vous garder avec nous. Votre poste est pour l'instant occupé par Tim Burroughs, un maître-assistant qui a beaucoup de talent mais ne pourrait vous remplacer. Je comprends que vous ayez besoin de prendre du recul, et je répète que nous sommes disposés à vous accorder un congé payé jusqu'à la rentrée prochaine. En dépit des moments parfois difficiles que vous avez vécus parmi nous, dont je ne sous-estime pas l'impact qu'ils ont dû avoir sur vous, l'équipe au complet ainsi que vos étudiants espèrent sincèrement votre retour au sein de l'université.

J'ignore si vous avez eu la lettre que je vous ai adressée à la suite de votre accident. Je vous disais notamment qu'après avoir perdu son fils de neuf ans à la suite d'un cancer, l'une de mes sœurs a été longtemps dans l'impossibilité de lire les messages de condoléances qu'elle recevait. Une telle tragédie ne se surmonte pas du jour au lendemain. En conséquence, je ne peux accepter votre démission, à ce stade. Nous avons trois ou quatre mois avant d'ouvrir le poste à candidature, et d'ici là je veux croire que vous aurez reconsidéré votre position et que vous reviendrez à l'automne. Si vous voulez en parler, vous pouvez m'appeler à tout moment.

Bien à vous,

S.

Sans prendre le temps de considérer ses arguments, j'ai tapé sur la touche « Répondre » et rédigé à la volée un court message dans lequel je réitérais ma décision, en précisant qu'il était convenable de cesser de me verser mon salaire immédiatement, et en le remerciant à nouveau de ses mots élogieux. Deux minutes plus tard, nouvel envoi de Sanders, que j'ai expédié à la poubelle sans l'ouvrir. Puis j'ai écrit à mon avocat. Après avoir récapitulé mes instructions, et ajouté que l'éventuel remboursement pour ma voiture devrait aussi être versé à l'organisation caritative qu'il avait choisie, je terminais en ces termes :

> Ceci est le dernier message que je vous adresse. J'ai décidé de tourner la page et de partir ailleurs. Puisque vous avez mon pouvoir sur les gains financiers qui seront réalisés, je vous laisse le soin d'en faire bon usage et, bien entendu, de prélever pour vous les honoraires que vous jugerez appropriés. Je tiens à vous remercier chaleureusement de vos excellents conseils, et de la bonté que vous m'avez manifestée.

Au cours des heures suivantes, j'ai procédé à la liquidation de tous mes plans d'assurance maladie, de retraite et d'épargne. Ensuite, j'ai passé un long moment à purger le disque dur de mon portable de tous ses documents et de ses informations personnelles – j'ai ainsi annulé mon compte AOL –, ne laissant que les logiciels de base. Il était déjà minuit quand j'ai eu terminé. Un long bain brûlant avant de me glisser entre les draps rêches du Holiday Inn, d'avaler un cachet de mirtazapine et d'allumer la télévision. J'ai vaguement regardé les stupidités cathodiques habituelles avant de me laisser entraîner dans une torpeur nocturne.

À mon réveil, le lendemain vers neuf heures, j'ai ressenti un détachement jusque-là inconnu. Certes, la sensation du « Chaque matin est une nouvelle mort » était toujours là, mais elle s'accompagnait maintenant d'une sombre résolution : j'avais fait un choix, et cette fois je me sentais capable de le réaliser. Il fallait avancer, et pour ce faire j'étais aidée par la certitude que mon ancienne vie appartenait à un passé que j'étais en train d'abolir. Mon ordinateur était vierge, je n'avais plus d'instruments de crédit, plus de biens matériels, pas de dettes, deux mille dollars en liquide, mille huit cents en traveller's checks et quelques réserves dans le seul compte que j'avais gardé, pas de travail, pas de famille, pas d'obligations. Si j'avais été d'humeur à philosopher, je me serais dit que ma situation ressemblait à une sorte de pureté existentielle : un état de complète liberté individuelle, sans autre responsabilité qu'envers moi-même. Mais je ne me faisais pas d'illusions non plus : si j'avais entrepris d'effacer le disque dur de mon existence, il était impossible de la purger de son contenu émotionnel.

« Alors, occupe-toi, bouge ! » J'ai téléphoné à la réception pour demander le numéro de la station d'autobus, que j'ai appelée aussitôt. Il y avait un bus qui quittait Mountain Falls à neuf heures du matin pour franchir la frontière canadienne à une heure et atteindre Calgary sans autre arrêt vers quatre heures. Pourquoi Calgary ? Parce que c'était la ville la plus proche hors du territoire américain. Occupée comme je l'étais à oblitérer mon passé, je voyais une certaine logique dans le fait de me détacher aussi de mon pays. Si je m'étais trouvée au Texas, j'aurais pris la direction du Mexique, mais comme j'avais échappé à la mort aux confins septentrionaux du Montana, il ne me restait qu'à continuer vers le nord. Et puis j'avais l'avantage de détenir un passeport canadien grâce à mon cher papa. Calgary, donc. Je ne me demandais même pas à quoi la ville pourrait ressembler : c'était « là-bas » que j'allais.

Mais avant de me mettre en route, il restait encore quelques ultimes dispositions à prendre. Après m'être douchée et avoir enfilé des vêtements propres, je suis sortie sous l'auvent. À la femme de ménage qui était en train de nettoyer la chambre voisine, j'ai demandé un grand sac en plastique dans lequel j'ai vidé le contenu de ma valise, ajoutant les trois paires de chaussures et le manteau que j'avais pris en quittant Boston. « Si tu dois effacer le passé, tout ce qui en provient doit disparaître », me disais-je.

Le chauffeur du taxi que j'avais commandé a jeté un coup d'œil méfiant au sac-poubelle noir que je tirais derrière moi.

— Vous connaissez une œuvre de bienfaisance en ville ? l'ai-je interrogé. J'ai des affaires à donner.

Il m'a laissée devant le magasin de l'Association américaine de lutte contre le cancer, où la préposée m'a remerciée avec effusion pour mon geste. Ensuite, je n'ai pas eu de mal à trouver des boutiques de fringues, Mountain Falls accueillant une population étudiante non négligeable. En deux heures, j'avais fait l'emplette de deux jupes en velours, trois paires de jeans, trois pulls, une demi-douzaine de tee-shirts, des bottes, une parka, des sous-vêtements et des chaussettes, ainsi qu'un duffle-bag à roulettes et un blouson en cuir au prix tentant de quatre-vingt-quinze dollars en solde. En tout, j'ai dépensé sept cents dollars, mais j'étais maintenant équipée pour l'hiver.

La vendeuse qui m'avait fait essayer le blouson m'a appris qu'il existait « une très chouette coiffeuse, Whitney » – pourquoi toutes les coiffeuses s'appellent Whitney, en Amérique ? –, à deux rues de là. Elle a même tenu à lui téléphoner en annonçant mon arrivée et en lui recommandant de bien s'occuper de sa nouvelle amie. Tout en appréciant sa gentillesse, sa curiosité naturelle – « Vous venez d'arriver à Mountain Falls ? », « Vous travaillez où ? », « Un petit copain ici ? »... – m'a confirmée dans la certitude qu'il était impossible de devenir anonyme dans une petite ville américaine. En deux jours, je serais un sujet de commérages, et comme on trouve tout sur Google ils connaîtraient bientôt tous mon histoire.

Whitney, un petit brin de fille d'une vingtaine d'années, faux diamant dans la narine gauche, ongles peints en rose, m'a saluée sans cesser de mâcher son chewing-gum. Après m'avoir fait asseoir dans l'un des fauteuils, elle a soulevé mes longs cheveux raides et bruns.

— Alors, on fait quoi avec ça ?

— Coupez tout.

Ma réponse l'a laissée bouche bée.

— Vous voulez que je vous rase la tête ?

— Non, pas à ce point. Mais j'aimerais les avoir bien courts.

— Courts à la punk ?

— Plutôt comme Jeanne d'Arc.

— Comme qui ?

— Peu importe. Vous avez déjà vu un film avec Audrey Hepburn ?

— Qui ?

— Euh... une coupe au bol, disons ?

La patronne du salon, plus âgée, s'activait sur la cliente d'à côté et elle a entendu notre échange.

— À la Winona Ryder, Whitney.

La compréhension a été... totale.

— Ah, ouais, OK, cool !

Moins d'une heure plus tard, j'avais incontestablement changé de tête. Whitney s'était débrouillée pour les couper très court sans pour autant me donner l'air d'un garçon manqué.

— Pas trop mec mais pas trop p'tite nana non plus, a-t-elle résumé en me passant le séchoir. C'est cool ?

Je me suis regardée dans la glace. Si mon visage gardait les stigmates du long séjour à l'hôpital, je n'avais plus la dégaine sévère d'une prof de Nouvelle-Angleterre. J'étais... quelqu'un d'autre.

— Ça vous donne un sacré coup de jeune, a affirmé Whitney, même si vous n'en aviez pas besoin... (Ses yeux se sont arrêtés sur mes cernes, les cicatrices de mon front.) Pardon si je suis indiscrète, mais vous avez eu un accident, ou quelque chose comme ça ?

— Oui. Un accident.

— Oh. Vous vous en êtes sortie, au moins.

— À peu près.

— Au moins, c'est pas un sale type qui vous a fait ça.

Je lui ai donné cinquante dollars, plus dix de pourboire – ce qui l'a épatée –, je l'ai remerciée et je suis partie. Un peu plus loin, il y avait une librairie bien approvisionnée, où j'ai choisi quelques gros livres : *Le Rouge et le Noir*, en anglais, *V*, le pavé de Thomas Pynchon que je voulais lire depuis longtemps, un recueil de nouvelles de John Cheever et plusieurs revues. Ensuite, j'ai déjeuné d'une assiette de pâtes et d'un verre de vin dans un café fréquenté par les étudiants. De retour au motel à trois heures, j'ai lu jusqu'au soir, admirant à nouveau l'art de Cheever, qui trouvait une beauté élégiaque à la morosité banlieusarde, j'ai écouté à la radio un concert de l'orchestre symphonique de Chicago puis j'ai laissé la mirtazapine opérer sa magie chimique.

Le réveille-matin m'a tirée du lit à sept heures. Une douche, un des jeans et un pull à col roulé noir que j'avais achetés la veille. « Continuer, aller de l'avant. » Il n'y avait pas d'autre solution. J'ai roulé en boule ma tenue de la veille, dernier vestige de mon passé, je l'ai placée dans la corbeille à papier sous la table, puis je suis sortie avec mon ordinateur portable sous le bras. Une femme de ménage, une Sud-Américaine d'une trentaine d'années, poussait son chariot entre deux des bâtiments.

— Bonjour ! l'ai-je hélée.

Elle m'a adressé un regard interrogateur.

— Vous besoin quelque chose ?

— Je me demandais si un ordinateur vous serait utile...

Elle avait l'air carrément stupéfaite, maintenant.

— Vous... Vous voulez le vendre à moi ?

— Non. Vous le donner.

— Il marche pas ?
— Mais si, très bien. Il est comme neuf.
— Il y a quelque chose de… mal, dedans ?
— Je n'en ai plus besoin, c'est tout.
— Tout le monde a besoin ordinateur.
— Je sais, mais je commence un nouveau travail la semaine prochaine et ils vont m'équiper d'un ordinateur portable, donc je n'ai plus l'usage de celui-ci.
— Vous essayez de me… refiler quelque chose ou quoi ?
— Écoutez, acceptez-le, ramenez-le chez vous, essayez-le et vous verrez qu'il n'y a absolument rien de suspect ou de dangereux dedans. Et si vous ne le voulez toujours pas, apportez-le à un dépôt-vente et prenez l'argent qu'ils vous donneront.

Elle m'a jaugée d'un œil soupçonneux.
— La madame, elle est folle ?
— Je vous donne quelque chose pour rien, voilà tout.
— Ça, c'est la folie !

Je lui ai tendu l'appareil. Après avoir hésité, elle a fini par s'en saisir.
— Vous faire ça souvent ?
— C'est la première fois. J'espère qu'il vous servira.

Voilà, l'ultime vestige de ma vie passée s'en allait. De retour dans ma chambre, j'ai fermé mon nouveau sac, abandonné l'ancien dans un coin, et je suis partie régler ma note à la réception. La fille m'a examinée avec de grands yeux.
— Vous avez changé de coiffure ou quoi ?

Elle m'a appelé un taxi. Dix minutes plus tard, j'étais à la gare routière ; une demi-heure après, j'étais assise dans un bus Trailways en partance pour la frontière. J'ai lu d'autres nouvelles de Cheever, veillant à ne pas jeter de coups d'œil à travers la vitre, car la vue de cette nature encore brute, de cette beauté sauvage, m'était trop pénible. Il y avait là une grandeur qui inclinait au panthéisme, mais ce Dieu qui était partout devenait trop occupé, du coup, et n'avait plus de temps pour nous… Si j'avais appris quelque chose au cours de cette dernière phase de mon existence, c'est que nous sommes irrémédiablement seuls au milieu d'un univers hostile, et que la destinée n'obéit à aucun dessein, à aucune logique. J'ai donc gardé la tête baissée pendant que nous traversions le Glacier National Park et que nous nous dirigions vers de mornes prairies.

La plupart des passagers étaient des Indiens. À un moment, cédant à la tentation de regarder au-dehors, j'ai vu que nous traversions une réserve. Tout était gelé, gris, vide, un paysage désolé qui, dans mon imagination, devait ressembler aux steppes d'Asie centrale. Presque tous mes compagnons de voyage sont descendus à Jefferson, un assemblage déprimant de fast-foods et de stations-service, avec un énorme casino qui était certainement contrôlé par les vénérables tribus mais n'en représentait pas moins l'archétype du mauvais goût de l'Amérique moderne. Nous n'étions plus que quatre ou cinq à bord lorsque l'autobus a repris la route vers le poste-frontière. Soudain, nous avons été pris dans de violentes bourrasques de vent, accompagnées de tourbillons de neige. Le chauffeur a ralenti encore pour guider le lourd véhicule dans les virages en épingle à cheveux et les déclivités abruptes de cette partie de la route rendue encore plus dangereuse par le manque de visibilité. J'ai posé mon livre, saisie par l'appréhension d'un nouvel accident. Mais je l'ai vite repris en me disant : « Et puis après ? »

Après ce slalom exécuté de main de maître, notre chauffeur nous a conduits sains et saufs vers un étrange no man's land où des panneaux insistants prévenaient le voyageur qu'il était sur le point de quitter les États-Unis d'Amérique avec la même solennité que s'il s'apprêtait à sauter dans l'au-delà et où des blocs de béton rétrécissaient la chaussée jusqu'au passage du poste de garde américain, puis canadien. Devant ce dernier, un bâtiment trapu surmonté d'un drapeau à feuille d'érable malmené par la bise, le chauffeur s'est arrêté et nous a lancé :

— Tout le monde descend !

Dans un froid quasi polaire, nous nous sommes alignés dehors pendant qu'un douanier solitaire claquemuré derrière sa vitre interrogeait chacun des passagers. Comme j'étais descendue la dernière, je suis passée la dernière aussi. J'ai glissé mon passeport canadien dans la fente.

— Combien de temps avez-vous séjourné hors du Canada ? m'a demandé l'officier.

« Nous y voilà. »

— Je n'ai jamais vécu au Canada. J'ai seulement été en Nouvelle-Écosse il y a deux ans.

C'était une réponse honnête mais pas très maligne, car elle l'a conduit à me soumettre à un interrogatoire en règle : comment avais-je obtenu la nationalité canadienne, pourquoi je n'avais jamais résidé dans mon pays, pour quelle raison j'y revenais maintenant, etc. Avec les représentants de l'État, il faut toujours aller au plus simple. Si je lui avais dit que j'avais été absente du pays une semaine, il m'aurait laissée passer sans autre forme de procès. Finalement, il m'a permis d'entrer, après m'avoir imposé ce jeu de questions-réponses qui, j'en étais sûre, tenait plus au fait qu'il s'ennuyait ferme dans sa guérite qu'à la crainte que je ne sois un élément dangereux voyageant avec de faux papiers.

Le bus est reparti. J'ai essayé de continuer à lire mais j'ai commencé à somnoler et je ne me suis réveillée en sursaut qu'au moment où le chauffeur annonçait dans son micro que nous étions arrivés à Calgary. J'ai ouvert les yeux, et j'en suis vite venue à regretter de ne pas les avoir gardés fermés. Était-ce à cause de la faible lumière hivernale, de la neige grisâtre et lacérée par les pneus des voitures, ou du béton omniprésent dans l'architecture de cette ville ? En tout cas, j'ai détesté Calgary sur-le-champ.

Au cours de la première demi-heure, alors que j'avais demandé à un chauffeur de taxi de me conduire à l'hôtel le plus proche, je me suis dit que cette impression initiale était trop hâtive, et que la ville devait forcément présenter des aspects moins déprimants que ce quartier dominé par les supermarchés, les fast-foods et des immeubles qui semblaient tout droit sortis d'un documentaire sur la Pologne communiste. J'en venais déjà à me demander quel démon avait pu me pousser à choisir Calgary pour cadre d'un nouveau départ : « Juste quand tu te disais que tu ne pouvais pas tomber plus loin dans l'abîme, c'est ici que tu te retrouves… »

Le chauffeur, un sikh bien emmitouflé pour se protéger du froid, m'a demandé quel genre d'hôtel je cherchais.

— Quelque chose de pas cher.

Encore une erreur de ma part, car il a mis le cap sur une banlieue particulièrement blafarde et un motel pouilleux qui semblait surtout accueillir des travailleuses du sexe sur le retour et des retraités au bout du rouleau. Certes, la chambre n'était qu'à quarante-cinq dollars canadiens, mais j'en ai vite compris le prix : c'était un taudis complet, aux murs en parpaings barbouillés de peinture, au lino jauni. Les draps étaient tachés, le matelas à moitié défoncé, l'évier de la kitchenette attaqué par la rouille, les toilettes couvertes d'une crasse indélébile.

Alors que je venais de décider que je ne resterais pas dans ce bouge une minute de plus, une tempête de neige s'est levée, rendant la perspective de sortir à nouveau peu alléchante. Et puis j'étais fatiguée, désorientée, proche d'un état où tout allait me paraître insurmontable, de sorte que j'ai réagi comme toujours dans ce genre de situation : je me suis couchée, non sans prendre une double dose de mirtazapine afin de me garantir au moins douze heures d'inconscience.

À six heures du matin, j'ai émergé, groggy, perdue. La réalité s'est imposée à nouveau, et avec elle l'affliction, encore aggravée par la tristesse accablante de mon environnement. Il n'était pas encore sept heures quand, ma note payée, je suis sortie sur le boulevard enneigé et balayé par un vent boréal. D'après la plaque de rue, je me trouvais dans la Seizième Avenue Nord-Ouest. Il y avait des motels identiques au mien à perte de vue, une supérette 7-Eleven, un restaurant de la chaîne Red Lobster, un McDonald's et une boutique de donuts Tim Horton's. Le ciel avait la couleur d'un vieux porridge, et le froid était si vif que j'avais le visage irrité après une seule minute passée à l'extérieur. J'ai vu un distributeur de journaux sur le bord du trottoir. Au risque de récolter des engelures en retirant un gant pour piocher quelques pièces dans ma poche, j'ai acheté le *Calgary Herald* avant de me précipiter dans le havre de chaleur que paraissait être le Tim Horton's.

L'endroit n'était guère fait pour me remonter le moral. Des camionneurs, des éboueurs et des laissés-pour-compte de la vie urbaine mordaient en silence dans d'énormes ronds de pâte frite et sucrée, faisant passer chaque bouchée avec une gorgée de café pisseux. « Regarde un peu cette snob de Boston, a persiflé une petite voix en mon for intérieur, c'est fini, Cambridge ! Tu es maintenant dans le fin fond du Grand Nord, version glauque. » J'ai commandé deux donuts au sirop d'érable et un café au lait que j'ai trouvés délicieux, peut-être parce que je n'avais rien avalé depuis près de deux jours. J'ai ouvert le journal, cherchant les annonces de location. L'une des difficultés auxquelles on est confronté lorsqu'on atterrit dans une ville inconnue, c'est le rébus que représente l'organisation des rues et des quartiers. Exemples : « Eau Claire : superbe studio, stand., tr. belle vue sur Bow River » ; ou « 17e Sud-Ouest, beau 2-p. meub., tout près CBD, 1 750 dollars, réf. exigées » ; ou « Saddle Ridge, maison de ville impec. et excep. à 5 min. meilleures écoles… »

J'ai eu l'intuition que Saddle Ridge était probablement une banlieue un peu plus résidentielle que le reste. J'ai consulté ma montre. Sept heures et demie. Trois malabars étaient assis à la table proche de la mienne.

— Bonjour. Je suis arrivée en ville hier soir seulement et…

— Et vous avez échoué ici ? a complété l'un d'eux, provoquant un gros rire chez les deux autres. Vous avez le chic pour choisir ce qu'on fait de mieux, vous !

— C'est une erreur que je ne commettrai plus. Mais dites-moi, un hôtel correct à Calgary, c'est quoi ?

— « Un hôtel correct à Calgary » ? a-t-il répété d'un ton moqueur. Vous croyez qu'on connaît ça, nous autres ?

— Bon, pardon de vous avoir dérangés.

— Hé, sois polie avec la dame, toi ! est intervenu l'un de ses camarades.

— Je lui ai pas manqué de respect !

— Il y a le Palliser, a dit le troisième. J'y ai été la fois où ils ont eu un incendie à la cuisine.

— C'était quand ? En 1934 ? a persiflé le premier.

— Faut excuser ce gars, a continué celui qui m'avait donné le nom de l'hôtel ; il se croit très drôle mais personne ne rit de ses blagues, à la caserne. Vous voulez un truc bien, vous allez au Palliser. Mais c'est pas donné, hein ?

J'ai procédé à un rapide calcul des fonds dont je disposais en liquide et en chèques de voyage : près de quatre mille dollars canadiens. Je pouvais me permettre quelques nuits dans un établissement qui ne donnait pas le cafard. Plus encore, j'en avais besoin, le temps d'apprendre à me repérer.

— Merci. Il y a un téléphone, par ici ?

— Vous voulez appeler qui ?

— Un taxi.

Il a sorti son portable.

— Allez-y.

Le taxi est arrivé presque tout de suite, et il nous a fallu une petite demi-heure pour arriver au Palliser.

— Je ne me rendais pas compte que c'était aussi loin du centre, ai-je dit au chauffeur.

— C'est que Calgary, ça part dans tous les sens, m'a-t-il répondu.

C'était aussi une agglomération en chantier permanent, avec de nouveaux centres commerciaux en construction, de nouveaux complexes résidentiels, de nouveaux quartiers. Il y avait très peu d'immeubles anciens, à l'exception du Palliser justement, érigé sur la Huitième Avenue, au milieu de ce qui semblait être l'ancien centre-ville. Après tant d'années passées à enseigner la littérature américaine du tournant du siècle, j'ai été immédiatement séduite par sa façade style nouveau riche XIXe, son hall au charme cossu et désuet. C'était un hôtel pour les magnats du pétrole de l'ancien temps que leurs affaires avaient conduits dans cet avant-poste isolé mais desservi par la ligne ferroviaire du Canadian Pacific ; on pouvait encore les imaginer débarquer de leur long voyage en provenance de l'Est, suivis de malles portées par leurs factotums, qui prendraient ensuite leurs quartiers sous les combles tandis que leurs maîtres occuperaient des suites immenses…

Bon, je m'emballais, mais c'est que jusque-là je n'avais que très rarement eu sous les yeux un vestige d'une époque dans laquelle j'avais, du moins par l'esprit, vécu si longtemps. Brusquement, je me croyais dans un roman de Dreiser ou de Frank Norris. Et c'était aussi le genre d'endroit dont mon père parlait très souvent, au temps où il daignait encore nous parler, quand il évoquait avec une nostalgie lyrique sa lointaine enfance et son long voyage à travers le Canada avec son propre père. Comment ce dernier commençait à boire tous les jours à partir de onze heures du matin. Comment, juste après Noël, ils étaient descendus dans « ce vieux palace de Calgary, là où je n'ai jamais eu aussi froid de ma vie, à part Edmonton bien sûr, où on est arrivés quelques jours après », et ses mots me sont soudain revenus avec une précision étonnante. « Tu aurais dû voir l'hiver, là-haut », avait-il ajouté.

« Eh bien, je le vois maintenant, papa. Et toi, tu devrais voir où la cruauté d'un destin incontrôlable m'a fait atterrir… »

— Je peux vous aider ?

La réceptionniste m'a tirée de ma rêverie. C'était une jeune femme d'une vingtaine d'années, aux cheveux d'un noir de jais, avec un accent d'Europe centrale. Quels vents l'avaient amenée à Calgary, elle ?

— Je voudrais une chambre.

Elle m'a expliqué que les tarifs allaient de deux cent soixante-quinze à huit cents dollars la nuit. J'ai pâli, ce qui ne lui a pas échappé.

— C'est un peu au-dessus de mon budget, ai-je avoué.

— Combien de nuits souhaitez-vous rester ?

— Quatre ou cinq. Je viens d'arriver et je vais chercher un appartement…

— Vous êtes arrivée quand ?

— Hier soir.

— Vous avez du travail, ici ? (J'ai fait non de la tête.) De la famille ? Des amis ? Non ? Pourquoi avoir choisi Calgary, alors ?

— Par sélection aléatoire.

— Comme l'évolution des espèces, a-t-elle remarqué avec un petit sourire. Quand j'étais en Pologne, j'ai étudié la biologie.

— Et ici ?

— Je continue mes études et je gagne ma vie avec ce travail.

— Mais pourquoi Calgary ?

— Sélection aléatoire.

Elle a pianoté sur son clavier d'ordinateur un instant, puis décroché le téléphone et parlé à voix basse. Quand elle a terminé, elle m'a adressé un sourire radieux.

— Cette semaine, il n'y a pas beaucoup de réservations. Si vous vous engagez à rester cinq nuits, je suis autorisée à vous accorder notre tarif promotionnel à cent cinquante dollars la nuit. Ce ne sera pas une chambre très grande mais c'est quand même très bien.

— Merci.

Je lui ai tendu ma carte bancaire.

— « Jane Howard », a-t-elle lu à voix haute. Vous avez une idée de ce que vous allez faire à Calgary ?

— Aucune.

— C'est un début.

La chambre n'était pas immense, certes, mais après le motel cauchemardesque elle m'a fait l'effet d'un palais, avec son grand lit, son fauteuil confortable, son petit bureau, sa salle de bains impeccable et très lumineuse. J'ai déballé mes affaires, cherché la station de musique classique de la CBC à la radio et fait couler un bain chaud dans lequel j'ai macéré près d'une heure en méditant sur la prochaine et en essayant de surmonter la pénible impression de mon premier contact avec une ville inconnue. Il n'y avait rien à surmonter, pourtant : il fallait juste arriver à vivre un jour après l'autre. Une fois sortie de la baignoire, j'ai pris le téléphone et appelé le concierge de l'hôtel, un certain Gary. Je venais d'arriver à Calgary, lui ai-je expliqué, et je voulais louer un appartement…

— Vous êtes dans l'industrie pétrolière ? s'est-il enquis.

— Euh… non.

— C'est que Calgary, c'est le Dallas du Nord, et donc la plupart des clients qui descendent chez nous sont dans le pétrole.

— Moi, je suis dans l'enseignement.

— Alors vous ne cherchez pas un appartement luxueux, je suppose.

— J'ai des revenus plutôt limités, en effet.

— Vous avez une idée du quartier où vous aimeriez habiter ?

— Non.

— Vous avez une voiture ?

— Non.

— Vous allez en acheter une ?

— Je ne pense pas.

— Et vous enseignez quoi, exactement ?

— La littérature.

— Au lycée ?

— J'étais professeur d'université.

— Donc, vous aimeriez être proche de quelques bonnes librairies, de cafés corrects et de cinémas d'art et essai ?

— Ça existe ici ?

— Ne soyez pas étonnée, nous en avons trois. Et un théâtre tout à fait fréquentable, et un orchestre symphonique pas mauvais du tout.

— Ah… C'est bien.

— Ce que je vous conseille, c'est de regarder dans le quartier de Kensington, ou dans le coin de la Dix-Septième Avenue, au sud-ouest. Il se trouve que je connais un agent immobilier qui pourrait vous aider. Vous êtes pressée d'emménager ?

— Plutôt, oui.

— OK, je vais voir.

Un quart d'heure plus tard, il m'a téléphoné pour me dire que son contact dans l'immobilier, Helen Ross, allait m'appeler incessamment. Ce qui s'est en effet produit.

— D'après ce que Gary m'a dit, vous cherchez une location à Kensington ou Mount Royal, c'est ça ? Quel est votre budget ?

— Eh bien… sept cents mensuels, ce serait vraiment le maximum.

— Meublé ou pas ?

— Si possible meublé.

— Alors on parle probablement d'un studio, si ça vous convient.
— Tout à fait.
— Puis-je vous demander quel emploi vous occupez ?
Je m'y attendais, et j'avais préparé ma réponse : j'avais enseigné dans une université américaine, mon contrat était arrivé à son terme et j'étais maintenant à la recherche d'un nouveau travail.
— Donc, vous n'êtes ni salariée ni travailleuse indépendante pour l'instant ?
— C'est un problème ?
— Pas si vous pouvez prouver que vous avez de quoi assurer au moins un an de loyer.
Mince ! Il allait falloir contacter ma banque de Boston, d'autant qu'on allait sans doute exiger des références bancaires, et de ce fait j'allais révéler ma présence à Calgary... À moins que mon banquier soit capable de garder le secret, comme le curé qui ne laisse rien sortir de son confessionnal.
— Je peux vous fournir tous les justificatifs que vous voudrez.
— Excellent. J'ai une propriété à voir ce matin, mais je pourrais passer à votre hôtel vers quinze heures, ça vous va ?
Je l'attendais dans le hall, assise près d'une fenêtre, quand j'ai vu une femme d'une cinquantaine d'années descendre d'une Lexus argentée. Bien conservée, Helen Ross était vêtue avec goût. Deux diamants de taille respectable à la main gauche, un soupçon de Botox au front. Directe, agréable et professionnelle, même si elle n'avait évidemment pas l'intention de perdre trop de temps dans une transaction aussi modeste. J'ai senti qu'elle me jaugeait, cherchant à deviner ma personnalité et concluant certainement que j'étais le genre éternelle étudiante, ce qui du reste n'était pas faux. Elle m'a posé quelques questions sur ma vie passée, auxquelles j'ai répondu en me limitant aux éléments qui pouvaient satisfaire sa curiosité : mon père canadien, mon doctorat à Harvard – à cette mention, elle m'a fixée plus attentivement, comme pour s'assurer que je n'étais pas en train d'enjoliver les choses –, mon désir de « changer de vie et d'horizon » après une première expérience d'enseignement universitaire...
— Vous êtes divorcée, mademoiselle Howard ?
— Nous n'étions pas officiellement mariés, mais...
Elle a hoché la tête d'un air sombre.
— Je vois, je vois. Mon mari m'a quittée l'an dernier, après vingt-trois ans de vie commune. J'ai récolté la maison, la meilleure

de nos voitures et plein de bleus à l'âme qui ne semblent pas près de guérir. Vous savez de quoi je parle, j'imagine ?

— Je connais la sensation, oui.

Au ton sur lequel j'avais répondu, elle a déduit qu'il était inutile de s'appesantir et s'est donc lancée dans une rapide présentation de la ville. Calgary était en plein boom immobilier, les prix ayant pratiquement doublé au cours des dix-huit derniers mois, ce qui était la progression la plus importante de toutes les agglomérations canadiennes. On y trouvait plusieurs des meilleurs restaurants du pays et une vie culturelle en plein essor, la municipalité ayant compris qu'attirer une « communauté artistique » en ses murs rehausserait la réputation de la ville, sans compter la splendeur naturelle des Rocheuses à moins de trois quarts d'heure en voiture… On aurait cru qu'elle était la chambre de commerce locale à elle seule, mais elle m'a tout de même plu par sa franchise, son humour, et la simplicité avec laquelle elle avait fait allusion aux blessures du divorce m'a fait comprendre que j'avais eu tort de la juger à son apparence de femme riche et pomponnée : son cœur saignait comme pour n'importe lequel d'entre nous et elle n'avait pas cherché à me le cacher, avec une droiture qui avait quelque chose de poignant.

— Bon. Je n'ai que trois endroits à vous montrer, et le premier est le mieux des trois. C'est à Mount Royal, près de la Dix-Septième Avenue, vers le sud-ouest.

Cette artère commençait par un alignement d'immeubles hideux qui semblaient être une spécialité locale, mais au fur et à mesure que nous la remontions j'ai commencé à noter quelques cafés, des boutiques, des bâtiments en brique rénovés avec soin, des librairies et plusieurs restaurants. Ce n'était pas Harvard Square, d'accord, mais comparé à mon premier contact avec la ville, c'était déjà très bien. Nous nous sommes engagées dans une rue latérale pour nous arrêter devant un immeuble austère qui devait dater des années 1930.

— C'était une école auparavant, m'a appris Helen Ross, mais c'est devenu une résidence très agréable.

Le logement qu'elle voulait me montrer était au second et donnait sur la cour, « mais avec beaucoup de lumière dans la matinée ». Le studio, aux dimensions modestes, avait été joliment retapé : murs blanc cassé, parquet d'origine restauré, cuisine et salle de bains aux équipements modernes, une grande porte double blanche qui ouvrait sur un grand lit Murphy. Le mobilier, discret et de bon goût, se composait d'un canapé gris, d'un grand fauteuil en cuir, d'une table de café parisien et de deux chaises en bois teinté acajou.

— Vous avez aussi une grande penderie dans la chambre. La laverie pour les locataires est au sous-sol. Près de la fenêtre, il y a la place pour un bureau. L'appartement est câblé et équipé pour le wi-fi.

« Je ne regarde pas la télé et je n'ai plus d'ordinateur », ai-je failli rétorquer, mais je me suis abstenue, ne voulant pas passer pour une sorte d'illuminée farouchement opposée à la technologie moderne.

— Si vous êtes prête à signer un bail de deux ans, je peux faire baisser le loyer de cent dollars, ce qui ferait six cent vingt-cinq mensuels.

— Marché conclu.

Il me restait à montrer patte blanche, à produire des références, et c'est pourquoi j'ai téléphoné le lendemain matin à Lawrence Phillips, le directeur de l'agence de la Fleet Bank de Somerville dans laquelle j'avais conservé mon compte courant. Il a pris mon appel sans tarder et, malgré ses efforts, n'a pu masquer sa surprise en m'entendant à l'autre bout du fil.

— J'ai appris que vous aviez quitté Boston et aussi, euh, la perte terrible que vous aviez subie. Je ne sais si vous avez reçu la lettre de condoléances que nous vous avons envoyée…

— Je n'en ai ouvert aucune, l'ai-je coupé.

— Oui, oui, je comprends. Que puis-je faire pour vous ?

— Vous êtes capable de garder un secret, monsieur Phillips ?

— Dès lors qu'il n'y a rien de contraire à la loi…

Après lui avoir expliqué que j'avais besoin qu'il transmette par télécopie à un agent immobilier de Calgary, Canada, un état certifié de mon compte et une lettre stipulant que j'étais une cliente absolument solvable, je lui ai fait promettre de ne dire à personne que je me trouvais là-bas. Il m'a donné sa parole d'honneur. Quelques heures plus tard, Helen Ross m'a confirmé au téléphone la bonne réception de ces documents ; elle était prête à me faire signer le bail le lendemain, étant entendu que je paierais un mois d'avance et un mois supplémentaire en guise de caution.

Nous nous sommes retrouvées à l'appartement le jour suivant. J'ai signé, j'ai remis à Helen mille deux cent cinquante dollars en liquide et je suis partie faire des courses. Elle m'avait suggéré de louer une voiture pour quelques jours et, par une amie, m'avait obtenu un rabais exceptionnel – car je ne pouvais me permettre aucune dépense excessive – chez Alamo pour un break qui me permettrait de transporter des objets encombrants. Après m'avoir conseillé de me rendre au Chinook Mall, un vaste centre commercial, elle a posé une main sur mon épaule au moment où nous allions nous séparer :

— Nous avons dû naturellement prendre quelques renseignements sur vous, et c'est en recherchant votre carrière universitaire en ligne que j'ai découvert la tragédie qui vous a frappée. Je voulais vous dire combien je suis désolée, et que si…

Je me suis raidie, affolée comme un animal pris au piège.

— Arrêtez, ai-je murmuré. Je vous en prie.

Elle a retiré sa main.

— Pardon. Je… Je ne voulais pas donner l'impression de me mêler de ce qui ne me regarde pas.

— Non, c'est moi qui…

Je n'ai pas pu poursuivre. C'est ainsi que nous vivons, désormais : on rencontre un inconnu, on dispose de deux ou trois éléments biographiques, on tape son nom sur Google et le passé qu'on a laissé derrière soi… Je n'en voulais pas à Helen Ross, mais cette expérience venait de me montrer que je devais réduire au plus strict minimum mes contacts avec le reste de l'humanité. Par politesse, par égard, par bonté, les gens n'arrêtent pas de vous poser des questions et de s'en poser sur votre compte. Pour moi, c'était insupportable. Il fallait que je me retire complètement dans mon monde. Mais auparavant, je devais acheter quelques objets pour mon nouvel univers de soixante mètres carrés.

Le Chinook Mall était un centre commercial comme il en existe des milliers sur le continent américain, avec des dizaines de magasins de vêtements cherchant à tenter les passants d'acheter ce dont ils n'ont pas besoin. Dans une grande surface de décoration, j'ai dépensé un peu moins de mille dollars pour deux parures de lit gris anthracite, deux oreillers, un duvet, des couvertures assorties, un ensemble de serviettes de bain de la même couleur, une machine à café, une batterie de cuisine basique, des couverts, de la vaisselle blanche et des verres. J'étais maintenant entièrement équipée. Pour deux cents dollars de plus, j'ai fait l'acquisition d'une minichaîne stéréo.

Rentrée chez moi, j'ai tout déballé et rangé, puis j'ai branché la chaîne en cherchant Radio 2, la station de musique classique, sur le tuner. Je me suis assise dans le fauteuil et soudain, sans préavis, j'ai craqué. Je suis restée là, à pleurer sans pouvoir m'arrêter, jusqu'à être tellement hagarde qu'il ne me reste plus qu'à tituber jusqu'au lavabo et à m'asperger le visage d'eau glacée. Une minute plus tard, j'avais attrapé mon manteau et mes clés et je me ruais dehors. Pour conduire. Puisque j'avais encore la voiture pendant deux jours et demi, je voulais en profiter et rouler, comme ça, au hasard, explorer un peu cette ville inconnue. Le chauffeur de taxi de mon premier jour avait eu raison : Calgary partait dans tous les sens. C'était une étendue urbaine qui déployait toujours plus loin ses tentacules dans le vide de la prairie et, comme presque toutes les villes nouvelles du Nouveau Monde, le faisait sans plan cohérent, sans conscience d'un héritage ou d'une identité. Chez un bouquiniste de la Dix-Septième Avenue Sud-Ouest, je suis tombée sur de vieilles photographies de Calgary dans les années 1920 qui montraient une cité en plein essor, une sorte de comptoir de pionniers rehaussé de quelques touches rappelant le Chicago de la fin du XIXe siècle.

Les rares vestiges de cette époque étaient maintenant presque engloutis par une marée de tours de verre et d'acier, avec quelques quartiers intéressants comme Kensington, au bord de la Bow River, qui avec sa librairie, sa salle de cinéma traditionnelle et quelques cafés très accueillants, rappelait l'atmosphère de Cambridge. Un peu plus loin se trouvait Mission, une enclave pour bobos avec boutiques et restaurants à la mode, et Inglewood, une ancienne zone industrielle au nord du « centre » qui connaissait alors une tentative de « loftisation », comme le décrivent les magazines de décoration. Il y avait encore les manoirs des milliardaires du pétrole à Mount Royal, les complexes résidentiels pour jeunes cadres supérieurs à Eau Claire, mais pour le reste c'était l'immensité de l'univers banlieusard, une succession sans fin d'allées bordées de pavillons qui partaient à l'assaut de l'immensité canadienne, chaque lotissement affublé d'un nom qui se voulait prestigieux et rappelait le Vieux Continent : Killarney, Sweetwater, Sunridge, Westhills... Dans cette uniformité qui n'était pas sans rappeler un gigantesque camp militaire, ponctuée de complexes commerciaux tous semblables, triomphait la logique prosaïque de la vie moderne.

À un moment, la vue d'une mère installant sa petite fille à l'arrière d'une grosse berline familiale a failli réveiller mon désespoir, mais une voix en moi me disait que cela se passerait ainsi où que j'aille. Quelle que soit ma destination, il y aurait des enfants dans des poussettes sur le trottoir, au supermarché, descendant de cars de ramassage scolaire, en groupes rieurs dans les musées, rentrant chez eux après l'école… Chacun d'eux, à chaque stade de la vie, jusqu'à l'adolescence et au-delà, me rappellerait douloureusement ce que nous aurions pu connaître ensemble, ma fille et moi, ce qui aurait été possible et n'arriverait pas. Alors, j'ai décidé de ne plus m'aventurer dans cet univers des banlieues, tout simplement parce qu'il s'y trouvait une plus forte proportion d'enfants que dans le quartier plus citadin que j'avais choisi, et j'ai pris le chemin du retour, non sans m'arrêter pour de dernières emplettes : une lampe de bureau, une table de travail, un lampadaire, un tapis… Ensuite, je suis allée rendre l'auto à l'agence de location et je me suis juré de ne plus partir trop loin de chez moi.

Une fois mon studio complètement aménagé, je me suis installée dans une routine. Je me levais tard, vers midi, et j'allais à pied au Caffè Beano, à l'angle de la Dix-Septième et de la Neuvième Avenue, un troquet rétro dans le style des années 1950 où on servait un très bon espresso, ainsi que de fort convenables bagels et muffins. On y trouvait la première édition du *Globe and Mail* et du *Calgary Herald* et on pouvait lire en sirotant son café sans être dérangé par quiconque. Le jeune patron a certes tenté d'engager la conversation après m'avoir demandé mon prénom, mais cela s'est borné à l'échange suivant :

— Enchanté, Jane. Moi, c'est Stu.

— Enchantée, Stu.

Après une heure et demie au Caffè Beano, j'allais traîner chez les deux ou trois bouquinistes de la Dix-Septième Avenue. Ils ont eux aussi fini par me connaître, notamment l'équipe de Prism Books, où je me suis payé la traduction d'*À la recherche du temps perdu* en édition reliée, ainsi que les œuvres complètes de Dickens éditées en Angleterre en 1902. J'aurais pu continuer à acheter des livres aussi rares si ma bourse n'avait pas été si plate – de toute façon je ne disposais que d'un espace limité dans mon studio. L'une des vendeuses, une fille non conformiste à la chevelure couleur barbe à papa, m'a confié avoir déjà publié plusieurs nouvelles « bizarroïdes » dans des revues littéraires d'avant-garde. Elle cherchait à engager la conversation avec moi, très visiblement.

— C'est marrant, vous venez tous les jours à deux heures, a-t-elle fait remarquer.

— Je suis quelqu'un de routinier.

— Et une bonne cliente, aussi. Vous n'êtes pas écrivain ?

— Juste lectrice.

— Et vous faites quoi, dans la vie ? À propos, je m'appelle Jan…

— Et moi, Jane. Là, je me suis mise un peu en congé de tout, pour l'instant.

— Ah ? Et vous avez choisi Calgary pour ça ?

— C'est… C'est pas mal dû au hasard.

— M'en parlez pas ! Moi, je suis de Regina, un trou encore pire qu'ici, je suis venue faire mes études ici, et l'un dans l'autre je suis restée. Le tableau général est plutôt craignos, à Calgary, mais il y a des aspects cool. Par exemple, on est une petite bande qui se réunit tous les jeudis soir à l'étage au-dessus. On picole pas mal, on se passe des films intéressants et on se la raconte, genre comme si on était à Paris, ou Prague, ou Berlin. Si ça vous intéresse…

— J'y penserai, ai-je dit d'un ton plus que prudent.

Jan ne s'en est pas offusquée.

— À vous de voir. L'invitation tient. Je vous dis ça parce que vous avez l'air d'être en exil intérieur, ici, et c'est exactement comme ça que nous nous voyons nous-mêmes.

Je n'ai pas donné suite à son offre, et elle a eu l'air de comprendre mon attitude réservée, car ensuite nos échanges se sont bornés à quelques commentaires sur les deux ou trois livres que je leur achetais chaque semaine, ou sur un nouveau film à l'affiche de l'Uptown, du Globe ou du Plaza, les trois salles de la ville qui ne se contentaient pas de passer des comédies stupides ou des navets ultraviolents. Et c'était ce même genre de rapports cordiaux mais distants que j'entretenais avec tous les commerçants du voisinage, depuis le vendeur de journaux à International News qui me gardait le *New Yorker* et la *New York Review of Books* jusqu'à la préposée de Reid's Stationers, où j'allais acheter mes carnets de notes, en passant par le patron de l'épicerie fine de la Onzième Avenue, où je passais quelquefois prendre une bouteille de vin et du fromage. Ils connaissaient mon prénom, nous échangions quelques plaisanteries mais cela n'allait pas plus loin, car ils avaient capté le message silencieux que j'envoyais au monde : « Pas trop près, s'il vous plaît. » Calgary était une ville, c'est-à-dire un espace où les gens acceptent que l'on garde ses distances et que l'on occupe son temps sans avoir à rendre de comptes. C'est aussi cela, l'urbanité.

Et du temps, j'en avais beaucoup, soudain. Sans travail, sans responsabilités, sans impératifs définis, je me suis toutefois fixé un programme qui structurerait un peu mes journées. Le café, les bouquinistes, trois heures de lecture à la maison, une longue promenade pendant laquelle je faisais quelques courses, retour chez moi pour une heure et demie de français, auquel j'avais décidé de me remettre sérieusement en achetant une grammaire et quelques livres élémentaires et, assez souvent, le soir, une sortie : concert, cinéma, conférence – de quoi m'occuper l'esprit.

Le temps passait et s'améliorait. En avril, quand le thermomètre a commencé à remonter peu à peu, je me suis acheté une bicyclette d'occasion que j'ai équipée de deux sacoches assez grandes pour contenir mes emplettes, et c'est en vélo que je me suis rendue à la plupart des manifestations culturelles qui m'intéressaient, hormis celles qui se tenaient à l'université de Calgary, trop loin de chez moi pour utiliser ce moyen de transport. Évidemment, j'aurais pu louer une voiture et aller à Banff, ou explorer les Rocheuses, mais je ne me sentais pas prête à me retrouver au milieu d'une nature imposante, préférant me cantonner à la grisaille confortable de mon petit monde urbain, qui reflétait parfaitement mon état d'esprit.

Le temps passait et il fallait le meubler. Surmontant mes réticences, j'ai acheté un petit téléviseur avec lecteur de DVD, et si je continuais à ignorer la télévision par câble dont mon immeuble était équipé j'ai eu régulièrement recours à une excellente boutique de location de films située à quelques rues de chez moi. Les nuits où les somnifères ne suffisaient pas à calmer mon angoisse et où je n'arrivais pas à lire, un bon film était une compagnie idéale. J'ai découvert que plus ils étaient sombres, plus ils me calmaient. Pas de comédies de Frank Capra pour moi mais plutôt *Jour de colère* de Carl Theodor Dreyer, ou toute l'œuvre en noir et blanc de Bergman. Un jour que je demandais à un employé de la boutique de location s'ils avaient *Idi i smotri* d'Elem Klimov, ce récit implacable du massacre d'un village biélorusse par les troupes nazies, j'ai failli éclater d'un rire hystérique en me demandant si le temps viendrait où je pourrais passer une nuit sans ma dose thérapeutique d'affliction.

Mon problème était certainement aggravé par l'alcool. Rentrée de la salle de concerts ou du cinéma, je m'accordais chaque soir trois verres de vin avant de prendre mes calmants. Le sommeil arrivait mais quatre heures plus tard, en pleine nuit, j'étais à nouveau éveillée et j'ouvrais un livre de Dickens, ou je regardais un film dans le style de *La Passion d'Anna* de Bergman, je terminais la bouteille et finissais par m'endormir vers sept heures du matin pour ne quitter le lit qu'à midi. Après trois mois de ce régime, un jour, souffrant de l'une de mes migraines éthyliques, j'ai décidé de prendre des mesures contre de telles habitudes. Cela signifiait consulter un médecin, et cette décision m'a mise en contact pour la première fois avec l'Administration canadienne.

Utilisant le téléphone public installé dans le drugstore proche de chez moi, j'ai d'abord appelé les renseignements.

— Comment s'inscrit-on à la Sécurité sociale ? ai-je demandé à la préposée.

— Vous voulez dire l'Assurance sociale ?

— Ah, c'est comme ça que ça s'appelle, ici ?

— Oui, c'est comme ça, a-t-elle répondu avec un soupçon d'agacement. Notez le numéro, s'il vous plaît.

Quelques heures plus tard, je tendais mon passeport et quelques formulaires préalablement remplis à une fonctionnaire d'une politesse glaciale qui paraissait incapable de comprendre pourquoi j'avais attendu d'avoir vingt-neuf ans pour solliciter un numéro de Sécurité, pardon, d'Assurance sociale.

— C'est que je n'ai jamais vécu au Canada.

— Et pour quelle raison ?

— Parce que j'ai grandi aux États-Unis.

— Mais vous avez un passeport canadien.

— Mon père était citoyen canadien.

— Et qu'est-ce qui vous a brusquement décidée à venir vivre au Canada ?

— Ce renseignement est-il nécessaire pour mon immatriculation ?

— Il y a des procédures à suivre. Je dois vérifier que vous y avez droit.

— Vous avez mon passeport. J'imagine que vous pouvez facilement demander aux services d'Ottawa de confirmer sa validité. Quoi d'autre ?

— Je vous ai posé une question et j'attends une réponse : pour quelle raison avez-vous quitté les États-Unis et choisi de vous installer au Canada ?

Ma réaction m'a stupéfiée moi-même :

— Ma fille de trois ans a été renversée et tuée par une voiture ! ai-je hurlé. Voilà, vous êtes contente, maintenant ?

Un silence de mort s'est fait dans la salle. Autour de nous, les usagers et les employés étaient pétrifiés. J'ai vu les yeux de la fonctionnaire s'écarquiller de peur. Sorti d'un bureau à l'arrière, un homme en costume-cravate s'est approché d'elle en hâte. Elle l'a regardée arriver d'un air craintif et, malgré la fureur qui me faisait encore bouillir, j'ai compris que ce n'était pas la première fois que son excès de zèle provoquait des vagues.

— Je peux expliquer ce qui s'est passé, monsieur Russell..., a-t-elle commencé d'un ton implorant en s'adressant à l'homme qui devait être son chef de service.

— C'est inutile. Vous pouvez rentrer chez vous pour aujourd'hui.

— Mais j'essayais seulement de...

— J'ai tout entendu, et ce n'est pas faute de vous avoir prévenue dans le passé.

— Mais...

— Rentrez chez vous, Mildred. Nous reparlerons de ça demain.

À contrecœur, elle s'est levée lentement puis s'est éloignée à pas précipités, tête baissée comme si elle voulait dissimuler ses larmes. S'emparant de mes papiers, M. Russell les a examinés d'un coup d'œil rapide.

— Elle aurait dû s'excuser, mademoiselle Howard, mais je suis son supérieur et je le ferai donc pour elle. Son comportement est incorrigible, hélas. Mais cette fois, je vais passer à l'acte, et elle ne devra pas s'étonner si elle est mutée à Medicine Hat. Et maintenant, si vous voulez bien patienter un instant...

Cinq minutes plus tard, il était de retour avec mon passeport et une carte d'Assurance sociale. Avant de prendre congé, il a ajouté :

— J'espère que cette expérience ne vous amènera pas à penser que tous nos fonctionnaires sont des butors.

En réfléchissant à l'incident par la suite, je me suis dit qu'il s'était agi surtout d'une sorte de choc culturel. Comme chez nombre de Canadiens, la politesse de cette Mildred masquait une agressivité difficilement refoulée ; sans élever la voix, elle avait voulu me faire comprendre, telle une maîtresse d'école aux airs pincés, que je n'obtiendrais rien d'elle si je ne reconnaissais pas son autorité, mais mon explosion, d'une spontanéité typiquement américaine, était venu ruiner ce jeu de pouvoir. Et a posteriori j'ai éprouvé une surprenante gratitude à son égard. En me faisant sortir de mes gonds, elle m'avait forcée à franchir un cap que rien, pas même mes séances avec le docteur Ireland, ne m'avait jusqu'alors convaincue de faire : formuler l'épouvantable et indéniable vérité. Arriver à dire que ma fille était morte.

J'en ai été une nouvelle fois capable quelques jours après, lorsque je me suis présentée au cabinet médical qui m'avait été indiqué et où j'ai été reçue par un médecin d'une quarantaine d'années, Sally Goodchild, qui, sous ses airs réservés, allait se révéler une excellente clinicienne.

— Donc, vous êtes nouvelle chez nous, a-t-elle constaté en feuilletant rapidement le questionnaire médical que j'avais rempli. Et depuis peu à Calgary, je vois. Problèmes d'insomnie alors que vous êtes à trente milligrammes de mirtazapine quotidiens... Bien, pour aller droit au but : vous êtes en dépression depuis combien de temps ?

— C'est juste de l'insomnie, ai-je tenté de protester.

— Quand on ne peut pas dormir avec une telle dose de mirtazapine, c'est qu'il y a un désordre dépressif sérieux. C'est aux États-Unis qu'on vous a prescrit ce traitement, exact ?

— Oui.

— Et est-ce qu'on a identifié la cause de la dépression ?

— C'est que... ma fille, Emily...

Les yeux baissés, je lui ai dit en quelques phrases ce qu'elle devait savoir. Sally Goodchild n'a pas cherché à déguiser l'effet que cette information avait eu sur elle.

— Terrible, a-t-elle murmuré, je ne suis pas étonnée que ce dosage d'anxiolytiques n'ait pas d'effet sur vous.

— Je... il faut que je dorme, docteur.

— Bien sûr. Voudriez-vous consulter un psychothérapeute ?

— J'ai essayé. Ça n'a rien donné.

— Vous travaillez, en ce moment ? (J'ai fait non de la tête. Elle a réfléchi un instant.) Bon. Je vais augmenter de quinze milligrammes votre prescription de mirtazapine, et je vais aussi vous demander d'envisager sérieusement de trouver un travail. Il est important de donner un but à vos journées.

— Je ne veux pas de but.

— Quoi, alors ? Qu'est-ce qui vous aiderait ?

— Ce qui m'aiderait ? Que ma fille... soit là. En vie.

— Mais c'est impossible.

— Et je n'arrive même pas à me supprimer, même si j'y pense à chaque minute, tout le temps…

— Et vous vous trouvez lâche, à cause de ça ?

— Oui. Oui. Lâche.

— Eh bien, moi, je pense que choisir de vivre quand on sait qu'il n'y a pas de solution, c'est presque héroïque.

— Non, ça n'a rien d'héroïque !

— Pensez ce que vous voudrez, le fait est que vous avez décidé de continuer à vivre, et il n'existe qu'un antidote à la douleur que vous continuerez à éprouver. Pas radical, non, mais peut-être suffisant pour vous apporter un soulagement temporaire.

— Un antidote ? Lequel ?

— Remettez-vous au travail.

5

LES EMPLOIS NE MANQUAIENT PAS, À CALGARY. Enfin, il ne se passait pas une semaine sans que le *Herald* consacre un reportage au problème du manque de main-d'œuvre, aux difficultés que cette ville en pleine expansion avait à trouver des gens pour servir dans ses fast-foods, nettoyer ses bureaux ou même éduquer ses enfants.

J'épluchais les offres d'emploi des journaux, je passais dans quelques agences de travail, et en effet il ne manquait pas de propositions pour des postes d'enseignant que ma qualification m'aurait sans doute permis d'obtenir facilement. Mais qui disait enseignement disait enfants. Adolescents même. Et la perspective de me retrouver devant une classe était trop dure à imaginer. Et puis, par le plus grand des hasards, j'ai découvert la bibliothèque publique de Calgary. Un jour où j'allais en vélo à Eau Claire pour un après-midi au cinéma, j'ai décidé de m'arrêter à Chinatown et de déjeuner rapidement d'une assiette de *dim sum*, ce qui m'a amenée à prendre une route différente de mes habitudes, en tournant à gauche sur McLeod Trail – plusieurs artères de la ville portent le nom de « trail » – « piste » –, ce qui m'a fait passer devant un très vilain complexe de bâtiments municipaux dignes de l'architecture stalinienne. Ce jour-là, pour la première fois, j'ai remarqué un panneau indiquant l'accès à la bibliothèque centrale. Aussitôt, j'ai freiné et je me suis rangée sur le côté. Avec ses murs en béton et ses fenêtres étroites, le bâtiment faisait plutôt penser à une prison. Malgré cet aspect rébarbatif, j'ai cadenassé ma bicyclette sur un porte-vélos et je suis entrée. Mon regard s'est immédiatement arrêté sur le panneau des annonces du hall et sur l'une d'elles, en grandes lettres d'imprimerie : RECHERCHONS DES BIBLIOTHÉCAIRES ASSISTANTS.

Trois postes étaient à pourvoir, avec « expérience antérieure du travail de documentaliste souhaitée mais non indispensable » et semaine de quarante heures payées quatre cent quatre-vingts dollars. Les candidatures devaient être soumises à Geraldine Woods, directrice. Sans hésiter, j'ai demandé à la fille de l'accueil s'il y avait des terminaux d'ordinateur accessibles au public. « Oui, la salle un peu plus loin à gauche, et l'accès à Internet est de deux dollars de l'heure. » Mais je n'avais pas l'intention d'aller en ligne ; tout ce que je voulais, c'était un traitement de texte et une imprimante. Bientôt installée devant un moniteur, j'ai tapé mon CV et une lettre de motivation adressée à Mme Woods. Je m'apprêtais à imprimer les quelques pages quand je me suis rendu soudain compte que cette dernière n'aurait aucun moyen de me contacter, au cas où elle serait intéressée par mon profil, et qu'un CV sans numéro de téléphone paraîtrait pour le moins bizarre ; je devais m'incliner devant ce principe de réalité et me munir d'un portable.

Après avoir imprimé ma présentation en laissant un blanc pour mes futures coordonnées téléphoniques, j'ai filé reprendre mon vélo et je suis partie à Chinatown, où les boutiques d'appareils électroniques abondaient. Celle que j'ai choisie était tenue par un petit type hypernerveux qui a passé dix minutes à fumer comme une cheminée et à caqueter dans un portable tellement minuscule qu'il devait le tenir entre deux doigts avant de condescendre à admettre ma présence au moment où je faisais mine de m'en aller.

— Non, vous rester, vous rester ! m'a-t-il crié. J'ai un bon téléphone pour vous, bon prix !

Une demi-heure plus tard, délestée de soixante-quinze dollars, j'étais équipée d'un portable à carte avec un crédit de vingt dollars. J'ai calligraphié mon numéro sur ma lettre de présentation et j'ai remis ma candidature à la fille de l'accueil, en me disant que la directrice allait penser que j'étais une folle, ou pour le moins une originale. Le lendemain matin, vers neuf heures et demie, Geraldine Woods a inauguré mon portable en me passant un appel à la fois bref et chaleureux : pouvais-je passer la voir à la bibliothèque le jour même, dans l'après-midi ? Je suis arrivée au rendez-vous en jupe et pull noirs, collants noirs et chaussures plates. Mme Woods, qui portait quant à elle un tailleur-pantalon beige et un chemisier à fleurs, était plutôt corpulente et, comme toutes les bibliothécaires que j'ai pu connaître, assez timide mais comme elle occupait un poste à responsabilités, on voyait qu'elle combattait sa nature réservée.

— Franchement, mademoiselle Howard, a-t-elle déclaré après les présentations, j'ai d'abord cru à une farce quand j'ai eu votre CV entre les mains, parce que je n'ai encore jamais vu qui que ce soit avec un tel background postuler à un emploi chez nous. Je vous avoue que j'ai vérifié vos informations sur Internet et bien entendu tout m'a été confirmé, le doctorat à Harvard, le livre sur les réalistes américains, votre poste à l'université de Nouvelle-Angleterre… Si bien que j'ai d'emblée une question qui ne vous étonnera pas : pourquoi êtes-vous intéressée par un travail plutôt mal payé à Calgary ?

— Si vous avez regardé ce qu'il y a à mon sujet sur Google, madame Woods, vous avez dû aussi voir ce qui concernait ma fille ?

Elle a soutenu mon regard.

— En effet.

— Alors, vous avez la réponse à votre question.

— Pour être absolument franche, j'ai trouvé aussi un article où il était question de… de violences à la suite de cet affreux accident, et si je peux évidemment comprendre votre état d'esprit d'alors, je me suis quand même demandé si…

— Si je n'étais pas une psychopathe chronique ?

— Non, mademoiselle Howard. Mais j'ai joint par e-mail le directeur de votre département à Boston qui m'a renvoyé aussitôt la plus chaleureuse recommandation. À propos, il aimerait que vous le contactiez.

C'était le revers de la médaille, évidemment : qui disait retour au travail disait références professionnelles, et donc certitude que mes anciens collègues de la côte Est finiraient par apprendre où j'avais échoué, ce qui signifiait que Christy en aurait vent tôt ou tard, même si j'avais déjà conçu un plan pour m'assurer que Sanders ne communique ma nouvelle adresse à personne.

— Il m'a aussi expliqué le contexte dans lequel cet incident est survenu et m'a complètement rassurée à ce sujet. Je suis vraiment désolée pour vous, mademoiselle. Je ne peux même pas imaginer ce que vous avez dû…

— Je n'ai pas pour habitude de sauter à la gorge des gens, non, l'ai-je interrompue. Mais j'adore les livres, et j'ai passé une bonne partie de ma vie dans des bibliothèques, donc…

Cinq minutes plus tard, j'étais embauchée. Après déduction de vingt pour cent d'impôts et sept pour cent d'Assurance sociale, j'allais toucher mille cinq cents dollars par mois, ce qui était très convenable puisque j'évaluais mes dépenses mensuelles à environ treize cents dollars, et que même si le professeur Sanders avait de toute évidence ignoré mes instructions et que mon salaire de l'université continuait à parvenir sur mon compte, j'avais résolu de ne plus écorner mes réserves d'argent. En réalité, je trouvais intéressant de parvenir à équilibrer un budget aussi serré, parce que c'était un défi qui se renouvelait tous les jours, un exercice mental. Surtout, cet emploi allait me permettre de m'occuper l'esprit huit heures par jour et je me sentais en mesure de m'adapter à une ambiance de travail collectif, tout en me réservant le droit de claquer poliment la porte aux collègues qui commenceraient à poser trop de questions.

Cela ne s'est pas produit. Au contraire, j'ai eu d'emblée l'impression que l'équipe me considérait un peu comme une poupée en porcelaine qu'un seul mot aurait pu briser. Avec moi, ils se sont montrés affables mais prudemment distants. Tous, sauf Babs Milford, la responsable du catalogue, une quinquagénaire tout en os et en nerfs à laquelle Geraldine Woods m'a confiée après m'avoir conviée à une visite guidée de la bibliothèque.

— On s'est dit qu'avec votre formation, vous voudriez quelque chose de plus cérébral que de ranger des bouquins sur des étagères, a-t-elle déclaré tout de go. Plein de gens trouvent que le catalogue, c'est barbant. Pas moi. Et je parie que vous allez partager mon avis.

Babs venait d'une des provinces des Prairies, d'une toute petite ferme non loin de Saskatoon. Elle avait la voix rêche de la fumeuse invétérée – d'ailleurs elle se précipitait dehors pour en griller une à chaque pause – et portait un regard aimablement sardonique sur le monde. Veuve, mère de deux filles déjà grandes qui habitaient Toronto et qui, d'après ce que j'ai fini par comprendre, s'étaient plutôt éloignées d'elle. Car elle n'était pas prodigue de confidences, Babs, et ce n'est qu'au bout de quatre mois de travail quotidien ensemble qu'elle m'a raconté qu'elle n'avait pas été vraiment heureuse en mariage et que la mort soudaine de son mari six ans plus tôt, d'une crise cardiaque foudroyante, s'était produite juste au moment où ils allaient se séparer. Et encore, cette information n'est venue que sous la forme d'un aparté, un jour où je refaisais les cotes de tous les romans de John Updike et qu'elle m'a demandé, l'air de rien, si c'était « le gars qui écrit toujours sur les mariages foireux ». Malgré ses manières de « fille rude de la Prairie » et son dédain affiché pour les intellectuels en chambre, à presque soixante ans Babs avait une connaissance remarquable de la littérature et c'est avec un sourire entendu qu'elle a ajouté, lorsque je lui ai confirmé que c'était bien ce « gars » :

— Peut-être que je devrais finir par lire un de ses livres, histoire de comprendre pourquoi ma vie conjugale a été aussi merdique…

Puis elle a lâché qu'elle était sur le point de demander le divorce, au motif que son mari était « un râleur congénital », quand il s'était effondré sur une piste perdue non loin du lac Louise, de retour d'une partie de pêche avec un ami « aussi bougon que lui ». Cela a été le seul détail personnel qu'elle ait partagé avec moi, hormis le fait qu'aucune de ses filles n'était revenue la voir en deux ans. Pour le reste, nous parlions de l'air du temps, au travail, et comme elle était très politisée elle m'a beaucoup appris sur les arcanes de la vie politique canadienne. Bien qu'elle soit née et ait grandi dans la province d'Alberta, une contrée ultraconservatrice qui se targuait d'être le Texas du Nord, elle défendait des positions remarquablement progressistes, que ce soit en matière de condition féminine – notamment sur le droit à l'avortement, les mariages homosexuels – ou de légalisation des drogues douces.

— Je dis pas tout ça en public, remarquez, a-t-elle ajouté sur le ton caustique dont elle ne se départait jamais, vu que les gens d'Alberta sont soit des bigots, soit des réacs qui feraient passer Marie-Antoinette pour une pétroleuse.

Si elle ne me posait jamais de questions personnelles, Babs a toutefois tenu à commander pour la bibliothèque mon unique ouvrage publié et, dès sa réception, l'a montré à toute l'équipe pendant une pause-café avant de l'emporter chez elle pour le lire.

— T'es une tête, toi, m'a-t-elle déclaré quelques jours après.

— Je ne crois pas, non.

— On va pas à Harvard et on écrit pas un bouquin comme ça sans avoir un maousse cerveau. Tu as jamais pensé à reprendre l'enseignement ?

— Pas pour le moment.

Là, elle a eu un imperceptible hochement de tête qui m'a fait comprendre qu'elle savait tout de mon histoire, même si je me doutais depuis le début que Geraldine Woods avait expliqué à tout le staff d'où je venais, de sorte que personne n'avait jamais parlé de jeunes enfants en ma présence. Alors que la bibliothèque comptait plus de cinquante employés, je n'étais régulièrement en contact qu'avec quatre personnes. En plus de Babs, il y avait Dee Montgomery, une femme d'une trentaine d'années aux dents en avant qui avait tendance à s'habiller comme une réfugiée est-allemande, avec une prédilection pour les pantalons en polyester violacés et les pulls tricotés maison en laine hirsute. En dépit d'un enthousiasme inébranlable à propos de tout et de rien, elle manquait d'assurance et d'estime de soi à un point rare. En tant que bibliothécaire chargée de l'aide aux recherches, elle a voulu m'amener à « la crypte », le sobriquet par lequel nous désignions la réserve spéciale de livres et magazines rares, dès qu'elle a appris quel était le sujet de mon livre, afin de me montrer une collection presque complète du *Munsey's Magazine*, l'une des premières revues « populaires » à la charnière du XIXe et du XXe siècle ; une édition originale de *The Theory of the Leisure Class*, le fameux essai économico-culturel de Thorstein Veblen ; et plusieurs ouvrages de Mencken autographiés par l'auteur.

— C'est bien votre champ d'action, non ? m'a-t-elle demandé.

— Absolument. Je ne savais pas que vous aviez tout ça...

C'était un petit mensonge, car peu après mon arrivée à la bibliothèque, en regardant le catalogue sur Intranet, j'avais remarqué sa richesse dans le domaine des naturalistes américains et de ce que l'on appelle « l'ère progressiste », de 1900 à 1918. Mais je n'avais pas eu le courage d'aller plus avant, puisque tous ces thèmes qui m'avaient jadis passionnée appartenaient au passé, et que le passé...

— Si vous avez l'intention d'écrire un autre livre, je suis sûre que ce fonds vous aidera beaucoup. Et bien entendu nous pouvons demander des prêts à d'autres bibliothèques du Canada, et puis il y a une base de données qui...

— Je n'écris plus de livres, ai-je tranché.

— Allons, ne dites pas ça !

— C'est ainsi.

— On ne peut jamais savoir. Avec le temps, les blessures les plus.. (Elle s'est interrompue, plaquant une main sur sa bouche.) Oh, Seigneur ! Il faut toujours que je parle trop.

— Pas de problème.

— Je suis vraiment désolée, Jane. Encore pardon.

— Il n'y a pas de mal.

Ensuite, elle a pris un soin minutieux à éviter tout mot qui pouvait entraîner la conversation sur ce sujet, sans jamais manquer de souligner tous les défauts qu'elle se trouvait.

— Dee n'est pas contente quand elle ne bat pas sa coulpe, m'a expliqué Ruth Fowler, la troisième du quatuor auquel j'avais affaire au quotidien. C'est pour ça que son mari a fini par s'enfuir avec sa meilleure amie. Je crois qu'il en a eu assez d'entendre sa femme répéter qu'elle était nulle, bonne à rien, etc. Il a dû se dire qu'elle devait avoir raison, et il est parti voir ailleurs. Pauvre Dee. Elle est excellente dans son travail, et d'une gentillesse absolue, mais elle a une image d'elle-même tellement déprimante !

Ruth Fowler. Sans conteste l'esprit le plus brillant de la bibliothèque centrale de Calgary. Toute menue, avec des lunettes rondes et une prédilection pour les tailleurs en tweed qui lui donnaient l'air de sortir tout droit d'une pièce de théâtre britannique des années 1920, elle était responsable des relations avec le public, supervisait l'accueil, les visites d'écoliers, les journées portes ouvertes, les expositions et autres. Elle faisait merveille dans ce rôle et de tout le staff elle était la seule avec Geraldine Woods à être relativement bien dans sa peau. En privé, elle donnait libre cours à un humour pince-sans-rire des plus décapants. Elle m'a également fait clairement comprendre qu'elle pouvait compatir sans effort à la catastrophe qu'avait été ma vie jusque-là, au lieu d'éviter prudemment cette réalité comme les autres.

— Vous savez, je suis un peu le confesseur de l'équipe, celle à qui on vient confier ses petits malheurs, ses bisbilles avec les collègues, tout ça. Alors, je serai franche avec vous : Geraldine nous a tous informés de la mort de votre fille et bon, personne n'arrive à réagir comme il faudrait parce que c'est trop terrible, pour commencer, et parce que les gens ont peur de dire quelque chose qui vous blesserait au lieu de vous apporter du réconfort. Nous sommes tous terrifiés par les tragédies des autres, c'est un fait ; la raison, c'est qu'elles nous rappellent à quel point nous sommes vulnérables, nous aussi. Mais bon, je voulais juste vous dire que Dee est venue me trouver presque en larmes et que, d'après ce que j'ai compris, elle a commencé par vous dire que vous pourriez peut-être vous remettre à écrire avant de s'empêtrer et de...

— Je lui ai assuré que je ne l'avais pas mal pris.

— Oui, elle m'a dit ça aussi. Mais Dee étant Dee, ce petit impair a déclenché chez elle une crise d'autocritique au vitriol qui dure depuis des jours, maintenant. Enfin, je voulais juste attirer votre attention sur le fait que certaines personnes ne savent pas comment se comporter avec vous, mais que ce n'est aucunement de l'hostilité. Et aussi vous dire que si jamais vous vous sentez vraiment au trente-sixième dessous, si jamais vous avez l'impression que vous n'y arrivez pas, il ne faut pas hésiter à venir me voir, je vous obtiendrai un congé.

— Ce ne sera pas nécessaire, ai-je rétorqué avec une certaine sécheresse.

— Parfait, Jane.

— Mais je vous remercie d'y avoir pensé. Sincèrement.

Ruth a alors changé de sujet et a entrepris de « décortiquer » un autre membre de l'équipe, Vernon Byrne, le responsable des archives musicales et probablement le plus taciturne de tous mes collègues.

— À mon avis, tous ses problèmes ont commencé avec son nom. Tout le monde l'appelle Vern, n'est-ce pas ? Vous imaginez la vie qu'on doit avoir quand on se nomme Vern Byrne ?

C'était un grand échalas qui devait friser les soixante ans et venait au travail dans un uniforme immuable : veston gris anthracite, pantalon en flanelle gris, chemise à carreaux dont les couleurs variaient légèrement selon les jours, cravate en tricot bleu marine et brodequins cirés à la perfection. Il avait aussi une coupe de cheveux d'une sévérité militaire, avec le sommet du crâne aussi damé qu'une piste d'atterrissage.

— Il doit se servir d'un gel et d'une brosse spéciale pour l'avoir aussi plat, a commenté Ruth. Je me suis toujours demandé s'il n'avait pas un canari apprivoisé chez lui, qui se pose là-dessus à son retour et lui tient compagnie. Dieu sait qu'il en a besoin, de compagnie…

Vern était en effet un solitaire patenté, qui vivait seul dans la maison que sa mère lui avait laissée en héritage à Calgary et ne manifestait absolument aucun autre intérêt dans la vie que sa passion pour la musique classique.

— Il est renfermé à un point tel que ça fait peur aux gens, m'a confié Ruth. Le genre de bonhomme que l'on ne laisserait pas dans une pièce avec des petits enfants. Mais moi qui travaille avec lui depuis seize ans maintenant, je dois dire que je l'aime bien. On a tous un côté bizarre, pas vrai ? C'est juste que le sien est un peu plus apparent que le nôtre.

Le domaine de Vern était la collection de CD, de partitions et d'ouvrages d'érudition musicale qui occupait cent cinquante mètres carrés au deuxième étage. Lorsqu'on me l'a présenté, il m'a tendu une main molle, indifférente, et n'a cessé de regarder le bout de ses chaussures en marmonnant une vague formule de politesse. Une semaine plus tard, alors que je devais retrouver la trace d'un volume manquant du *Dictionnaire Grove de la musique et des musiciens*, j'ai dû m'aventurer dans son « antre », pour reprendre l'expression de Ruth, et je l'ai trouvé penché sur l'un des lecteurs de CD, de gros écouteurs sur les oreilles, les yeux fermés, plongé dans une concentration si intense qu'elle faisait penser à un moment d'extase mystique. Dès qu'il a eu conscience de ma présence, il a sursauté comme si je l'avais surpris en train de feuilleter un ouvrage pornographique et il a arraché maladroitement le casque de sa tête, laissant échapper de la musique symphonique à plein volume.

— Pardon, pardon, j'étais en train de...

— Qu'est-ce que c'est, ce morceau ?

— Bruckner. La Neuvième. Le scherzo.

— Le mouvement qui est comme une course à l'abîme, avec ce thème de *ländler* qui émerge en contrepoint...

— Mais... oui, complètement, a-t-il approuvé sans cacher sa stupéfaction. Vous êtes une connaisseuse, je vois.

— Un peu. Quelle version écoutez-vous ?

— Günter Wand avec la Philarmonie de Berlin. C'est sorti juste avant sa mort en 2002.

— Et ?

— Et quoi ?

— Vous la trouvez bien ?

— Oui, oui, très bien ! Il comprend l'architecture de la symphonie, ce qui est, euh... complètement indispensable à toute lecture de Bruckner. Mais il a aussi une précision de *Kappelmeister* quand il s'agit de marquer les tempos et il ne donne jamais dans... (Il s'est arrêté, l'air soudain méfiant.) Ça vous intéresse, tout ça ?

— Mais oui. Quoique je ne sois qu'une amatrice, comparée à vous.

— Ah... Alors, quelle est la meilleure direction d'orchestre, pour Bruckner à votre avis ?

— Euh, j'ai toujours eu le coffret de ses symphonies par Karajan mais j'ai quand même l'impression qu'il fait un peu trop dans la rondeur, que ça manque d'une certaine urgence.

Vern Byrne a grimacé un rapide sourire.

— C'est tout à fait Karajan, oui ! Tout est très beau, très rond, comme vous dites, mais il n'y a pas de, euh… d'envol métaphysique, je dirais. Même si ce sont de grands mots.

— Mais non. D'ailleurs, la dimension métaphysique est essentielle, chez Bruckner. Si vous aviez à me recommander une version épurée de la Neuvième, ce serait laquelle ?

Me faisant signe d'attendre, il est parti vers les rayonnages, a parcouru des yeux le long alignement de CD et, sans hésitation, a sorti un disque compact qu'il m'a tendu.

— Harnoncourt, avec le même orchestre. Instruments d'époque mais sonorité moderne. C'est un vrai pionnier du retour à l'authentique, Harnoncourt, notamment avec les symphonies de Beethoven, et il m'a toujours paru plus créatif qu'un John Eliot Gardiner. Enfin, vous me direz ce que vous en pensez.

Rentrée chez moi après le travail, j'ai écouté toute la Neuvième de Bruckner sans interruption. Je l'avais entendue en plusieurs occasions, dont une à Boston, sous la direction de Seiji Ozawa, un concert auquel j'avais assisté avec David – lequel avait critiqué l'interprétation « tape-à-l'œil » d'Ozawa –, mais c'était comme si je l'entendais pour la première fois. Avec Nikolaus Harnoncourt, je découvrais que Bruckner n'avait pas simplement composé de la musique mais de véritables cathédrales sonores qui vous emportaient dans leurs nefs et vous révélaient des mondes insoupçonnés. Contrairement à Mahler et à son obsession de la mort, Bruckner semblait chercher le divin dans l'agitation quotidienne, un sens à la condition humaine qui transcenderait son intrinsèque faiblesse. Captivée par ces accords sublimes, comme j'aurais voulu être capable d'avoir la foi, à cet instant ! Comme j'aurais été heureuse de savoir qu'Emily vivait toujours dans un au-delà éthéré, à jamais pouffant du rire de ses trois ans, à jamais ravie par ses poupées, à jamais fredonnant ses airs préférés, et sans jamais avoir peur d'être seule puisque le paradis serait une sphère où la peur et la solitude n'existeraient pas. Et puisqu'il n'y aurait pas de temps non plus, dans ce havre d'enfants trop vite arrachés à la vie, il suffirait d'un battement de leurs longs cils pour que soixante années s'écoulent et que leurs parents, fauchés par quelque cancer horrible, soient enfin réunis à ceux et celles dont ils n'avaient jamais pu faire entièrement le deuil. Ils vivraient alors ensemble sous l'œil bienveillant de Dieu, bien que « vivre » soit un terme abusif puisqu'il n'y a pas de vie au paradis, endroit où rien ne se passe.

Comment les gens arrivent-ils à gober pareilles absurdités ? Comment osent-ils essayer de convaincre d'autres humains que ces chimères sont réelles, dans l'espoir, bien intentionné mais finalement cruel, que ce mirage atténuera leur atroce douleur ? Vous voulez une vision de la béatitude céleste ? Écoutez Bruckner ou une cantate de Bach ; allez marcher très haut dans la montagne, si votre cœur tient le choc face à tant de beauté ; prenez un avion et plantez-vous devant la cathédrale de Chartres ; mais n'essayez pas, n'essayez surtout pas de me dire que la vie dans l'au-delà sera pour moi de choyer ma fille adorée alors que je me débats dans un tourment terrestre que je sais ne jamais pouvoir surmonter.

Ce soir-là, j'ai dû boire plusieurs verres de vin pour m'endormir. C'était la première fois depuis que le médecin avait augmenté ma dose de mirtazapine. Je me suis réveillée le lendemain nauséeuse et déprimée, écœurée par l'image que me renvoyait mon miroir. J'ai évité le regard interrogateur de Ruth mais quand je suis montée rendre son CD à Vern, j'ai vu qu'il était déconcerté par mon apparence, lui aussi.

— Très bon enregistrement, ai-je déclaré platement.

— Content que vous ayez aimé, a-t-il bredouillé, les yeux au sol.

— Je reviendrai bientôt pour que vous me fassiez une autre suggestion, ai-je affirmé avant de tourner les talons.

Pourtant, j'ai laissé passer deux ou trois semaines avant de retourner dans son domaine, car je craignais d'être à nouveau bouleversée par la musique qu'il voudrait me faire partager, je ne voulais pas qu'il pense avoir trouvé une auditrice réceptive à ses monologues érudits, je n'avais pas envie de me sentir obligée de jouer la gentille fille attentive… Seigneur, quelle noirceur en moi ! Mais Bruckner, cette interprétation sublime de Bruckner, m'avait sérieusement déstabilisée, faisant jaillir en moi une nouvelle source de douleur. C'était comme un cancer en permanence métastasé : dès que je pensais l'avoir isolé et confiné, il s'attaquait à une autre partie de mon psychisme, avec une telle virulence qu'il suffisait de l'oublier quelques heures pour qu'il revienne en force et me fasse comprendre que la torture serait permanente et incurable.

Évidemment, Vern n'était pour rien dans tout cela mais je n'en ai pas moins éprouvé le besoin de garder mes distances pendant un moment. Le personnage m'intriguait, pourtant, et j'ai donc tendu l'oreille le jour où Ruth, en veine de confidences, s'est mise à me parler de lui :

— Vous savez, je me suis toujours dit qu'il ne fallait pas juger les gens aux apparences, même si c'est une résolution qui dure environ dix minutes, d'habitude ! Mais enfin, j'ai eu longtemps tendance à penser que Vern Byrne... Bon, je le voyais un peu comme un loup-garou inoffensif, quoi. Jusqu'au jour où j'ai appris sa véritable histoire, et là je me suis rendu compte à quel point je me trompais. La vérité, c'est qu'il était professeur de musique sur la côte Est, une existence plutôt tranquille et satisfaisante, et puis sa femme est partie avec un type de la Gendarmerie royale – c'est comme ça qu'on appelle les flics à cheval au Canada –, et lui a imposé un divorce qui l'a laissé sans un rond. Au même moment, on a découvert que sa fille, une préadolescente, était atteinte de schizophrénie et depuis sa condition n'a cessé d'empirer, au point qu'elle a pratiquement passé sa vie dans des hôpitaux psychiatriques depuis la fin des années 1980. Et là, ce pauvre Vern s'est mis à boire. Il en a perdu la santé, et son travail, de sorte qu'il n'a plus eu d'autre choix que de venir vivre ici, avec sa veuve de mère. Mais c'est quelqu'un qui a du cran, Vern : en quelques mois à Calgary il a réussi à se sortir de l'alcoolisme. Il s'est inscrit aux Alcooliques anonymes, il s'est battu et il a fini par obtenir le poste qu'il a aujourd'hui chez nous. D'après ce qu'on m'a raconté, il n'était déjà pas bavard dans le temps, mais après tous ces coups durs il est devenu encore plus laconique. Et quand son cancer de la prostate s'est déclaré il y a cinq ans, on a...

— Mon Dieu...

— Comme vous dites. Mais c'est toujours pareil, la vie des autres : dès qu'on gratte un peu la surface, on tombe sur de ces choses... On est tous logés à la même enseigne. Enfin, il se trouve qu'il a été opéré avec succès mais depuis il s'est remis à boire, bien qu'avec modération, je crois. Et il est plutôt bien loti dans la vie puisque le pavillon de sa mère, ce n'est pas une propriété de luxe, non, mais à Calgary, de nos jours, n'importe quelle bicoque de ce style vaut facilement ses quatre cent mille... Bref, voilà l'histoire de Vern Byrne. Et vous savez maintenant pourquoi on m'appelle « le KGB », ici : parce que je sais tout sur tout le monde. Mais eh ! c'est ça, travailler dans une bibliothèque. Il faut apprendre à meubler les heures creuses. Remarquez, je suis peut-être une concierge, mais je ne dis jamais de mal des gens. En fait, j'aime bien tous mes collègues, sincèrement, même si je n'arrête pas de parler d'eux.

— Vous voulez dire que vous aimez bien Marlene Tucker aussi ?
— Elle ? Personne ne peut la sentir.

Marlene Tucker. Responsable des achats, une fonction qui lui conférait un réel pouvoir dans notre petit monde. Et elle n'hésitait pas à faire sentir aux autres son autorité, au plus grand déplaisir de tout le reste de l'équipe. Ruth l'avait surnommée « la Décideuse » parce que sa formule favorite consistait à répondre qu'elle prendrait « la décision adéquate en temps voulu » chaque fois que quelqu'un suggérait d'acquérir un titre qui manquait encore à la collection. La quarantaine, un physique très quelconque, toujours vêtue de robes fleuries qui remontaient au temps où Laura Ashley avait été à la mode, elle se montrait immanquablement polie et distante, avec la touche de « noblesse oblige » que lui permettait sa toute-puissance.

Comme elle m'avait invitée à lui suggérer « toute addition justifiée à notre catalogue », j'avais passé des heures en dehors de mon service à recenser les points faibles de la collection, mais lorsque je lui ai présenté la liste de quelque quatre cents ouvrages qui devaient selon moi venir s'ajouter à notre stock, elle n'a pas masqué son irritation :

— Quatre cents titres ! s'est-elle rebiffée sur un ton qui laissait entendre que j'outrepassais de très loin mes prérogatives.

— Vous m'avez demandé mon avis, je vous le donne.

— Oui, mais je ne m'attendais pas à ce que vous me soumettiez une liste aussi énorme.

— Quatre cent onze livres, pour une bibliothèque comme celle-ci, cela n'a rien d'exorbitant.

— Sauf si vous tenez compte d'un budget d'acquisition très, très serré.

— Je croyais que la province d'Alberta avait débloqué quatre cent mille dollars en vue d'étoffer notre fonds ? C'est bien pour cette raison que vous m'avez demandé de vous soumettre une liste, non ?

— J'ai pensé que vous étiez la plus qualifiée de l'équipe pour cette tâche, certainement, mais tout de même… Tenez, les œuvres complètes de Stephen Leacock en édition originale, par exemple : ça doit coûter une fortune !

— Je connais un libraire de Victoria qui nous les trouverait pour environ vingt et un mille dollars.

— Et pourquoi la bibliothèque centrale de Calgary consacrerait une somme pareille aux œuvres complètes de Stephen Leacock, s'il vous plaît ?

— Pour deux raisons. La première, c'est qu'il est le Mark Twain canadien et…

— Je sais qui est Stephen Leacock, merci.

— … Et la deuxième, c'est que vous doublerez probablement votre investissement en moins de cinq ans.

— Comment en êtes-vous si sûre ?

— J'ai fait des recherches sur le Net. J'ai ainsi découvert qu'il n'existe dans tout le pays que quatre séries complètes de l'édition originale de 1903. Trois d'entre elles appartiennent à des libraires privés de Toronto, qui ne les céderaient pas pour moins de trente, voire quarante-cinq mille dollars.

— Pourquoi celui de Victoria serait-il moins gourmand ?

— C'est un vendeur amateur, qui a constitué son stock dans son garage et ne vend qu'en ligne. En plus, il a acheté cette série dans une vente aux enchères et il désire amortir ses frais rapidement.

— Vous avez vérifié s'il était fiable ?

— Tout à fait, ai-je répondu en lui tendant le dossier que j'avais préparé. Incroyable ce qu'on peut trouver sur Internet. Je lui ai aussi demandé une photocopie de toutes les couvertures. Et j'ai même débusqué un spécialiste de Leacock qui a pris sa retraite d'enseignant à Victoria et qui est prêt à expertiser les livres pour la modique somme de deux cent cinquante dollars. Par ailleurs, le vendeur exigeait vingt-six mille, au départ, mais je l'ai fait baisser à vingt et un.

— Ah… Et comment savez-vous que ce prix doublera en cinq ans ?

— Lisez les documents que j'ai imprimés pour vous, dans cette chemise. Il y a notamment une étude de l'Association des libraires canadiens sur l'importance de cette édition des œuvres de Leacock. Je vous assure que le conseil d'administration vous félicitera bientôt de cette acquisition.

Bien que tentée, Marlene Tucker était trop jalouse de ses prérogatives pour se ranger aussitôt à ma proposition. Comme elle me servait encore son histoire de « décision adéquate en temps voulu », j'ai souligné que le vendeur nous garantissait ce prix durant une semaine, pas plus. Avec un sourire pincé, elle a concédé :

— Eh bien, peut-être vais-je passer un coup de fil à M. Henderson ce soir.

Stockton Henderson, le président du conseil d'administration, était un avocat d'affaires renommé, un ambitieux très content de lui-même qui considérait la bibliothèque comme son joujou personnel et venait souvent l'inspecter avec l'œil impérieux d'un Citizen Kane. Lorsque la série des Stephen Leacock nous a été livrée huit jours après mon échange avec Marlene Tucker, et que celle-ci a exposé les précieux ouvrages dans la salle du Conseil, il a tenu à les examiner en personne. Geraldine Woods et moi-même avons alors été conviées à rencontrer le grand homme.

On m'avait certes présenté l'individu comme une sorte de Babbitt canadien plein d'arrogance et de mépris mais nous avons été suffoquées par la manière dont il m'a saluée :

— Alors, c'est vous qui avez fait Harvard et qui avez perdu votre gosse ? (Son indélicatesse n'est pas allée jusqu'à ne pas remarquer le silence atterré qui a suivi cette entrée en matière, car il a lancé un regard à la ronde avant d'interroger Marlene Tucker :) Quoi, j'ai dit quelque chose qu'il ne fallait pas ?

— Pas du tout, suis-je intervenue, décidée à encaisser le coup. Vous avez raison, monsieur Henderson : j'ai un doctorat de Harvard et ma fille est morte dans un accident.

Il n'a pas sourcillé, et c'est alors que j'ai compris qu'il avait soigneusement calculé son coup : la brutalité de sa remarque avait pour but de me déstabiliser, et mon sang-froid l'avait favorablement impressionné. Tout en me jaugeant des pieds à la tête, il a poursuivi :

— J'ai regardé toute la documentation concernant l'achat de cette édition. Harvard, c'est très bien, mais cette opération montre aussi que vous avez le nez pour les bonnes affaires. Tout ce qui accroît la valeur de la collection est une bonne nouvelle pour moi. N'est-ce pas, madame Woods ?

— Sans aucun doute. Jane a accompli un travail remarquable.

— Et que penseriez-vous, madame Woods, si je persuadais les législateurs d'Edmonton de débloquer disons un demi-million de dollars pour nous aider à l'accroître encore ?

— En plus des quatre cent mille que le Parlement nous a déjà accordés ? s'est enquise Marlene Tucker.

— Je ne me rappelle pas avoir sollicité votre opinion à ce sujet, madame Tucker, l'a rembarrée Henderson.

La responsable des acquisitions a baissé la tête, pressentant le vent du prochain boulet.

— Alors, madame Woods ? a insisté le président du conseil d'administration.

— Je pense qu'une pareille somme, judicieusement investie dans des livres rares, permettrait à notre bibliothèque de franchir un cap.

— C'est ce que je voulais entendre. Bon. On me dit que vous êtes un auteur publié, mademoiselle ?

— Je n'ai écrit qu'un seul livre.

— C'est déjà ça. Il n'y a personne dans l'équipe qui puisse en dire autant, et encore moins présenter un CV comme le vôtre. Que diriez-vous si je vous confiais la responsabilité des achats de la bibliothèque, ainsi qu'une nouvelle mission, à savoir créer un département des livres rares ?

Il ne m'a fallu que trois secondes pour réagir. Si j'avais attendu plus, Henderson m'aurait cataloguée comme une poule mouillée. Ma rapide incursion dans le monde de la finance m'avait appris que la race des Stockton Henderson croit aveuglément à la détermination en toute situation, parce que cela conforte sa vision manichéenne des choses, cette conviction que « le doute est pour les faibles ».

— Je dirais oui.

— Excellent. Alors c'est décidé. Pas d'objections, madame Woods ?

La patronne de la bibliothèque, qui n'avait jamais caché sa désapprobation face à l'autoritarisme de Marlene Tucker, a eu du mal à dissimuler sa satisfaction.

— Aucune objection.

— Bien.

— Mais monsieur Henderson, est intervenue celle qui venait de perdre son titre, nous avions convenu que je resterais à ce poste tant que…

— À condition que vous réussissiez, ma chère Tucker, a-t-il rétorqué sans ambages, hors le maintien des acquis bureaucratiques, votre bilan n'a rien à apporter.

— Je ne pense pas que ce soit une appréciation justifiée, a-t-elle répliqué.

— C'est normal. La vérité est souvent dure à admettre. Des questions, mademoiselle Howard ?

— Voudriez-vous que j'établisse une liste d'investissements possibles dans le domaine des ouvrages rares afin de nourrir votre discussion avec le Parlement d'Edmonton ? Je pourrais suggérer une stratégie d'utilisation de ces cinq cent mille dollars et présenter une projection de rentabilité à court terme.

— Voilà ce que j'appelle regarder plus loin que le bout de son nez ! Oui, ce serait très utile. Vous vous sentez de me préparer ça d'ici une semaine ?

— Sans problème.

— On va leur montrer qu'on peut gagner du pognon même avec des bouquins ! a conclu Henderson, ravi.

Il avait à peine quitté la pièce que Marlene Tucker est venue se planter devant Geraldine Woods :

— Je n'accepterai pas ce coup de force. S'il faut saisir le conseil d'administration, ou même la justice, je le ferai.

— Rien ne vous en empêche, Marlene, mais ce serait aller contre les décisions du président et vous savez qu'il a une sainte horreur de la contradiction. Et au lieu d'être confortablement affectée au catalogue, vous risquez de vous retrouver quelque part à la manutention, si vous le braquez.

— Au catalogue ! C'est là que j'ai débuté il y a vingt-trois ans !

— Revenir à ses débuts, cela ne manque pas de classe...

— Vous... Vous aurez de mes nouvelles ! s'est-elle écriée en se dirigeant d'un pas furieux vers la porte.

Après son départ, Geraldine a poussé un long soupir.

— Merci. Merci d'avoir surgi dans notre existence et de nous avoir débarrassés de cette mégère.

— Ce n'était pas mon but.

— Bien sûr que non. Et Stockton Henderson le sait pertinemment. À propos, vous avez réagi impeccablement à sa muflerie du début. Il est comme ça, malheureusement...

— N'oubliez pas que j'ai passé un moment au milieu des traders.

— Oh, je n'ignore pas que vous êtes pleine de ressources, Jane. Et je suis sûre que vous allez vous acquitter merveilleusement de vos nouvelles fonctions. Avec cette promotion, votre salaire va passer à trente-huit mille dollars annuels. Et puis, dès que nous recevrons la nouvelle subvention, je voudrais faire un peu de publicité autour du développement de nos activités. Avec vos références universitaires, votre statut de chercheuse, vous serez l'image publique idéale pour notre collection de livres rares.

— Non, c'est impossible, je regrette.

— Vous voulez bien y réfléchir quelques jours, au moins ?

— Je me chargerai volontiers des recherches, des négociations, des achats, de tout ce que ce poste suppose, mais ne me demandez pas d'avoir le moindre contact avec la presse ou qui que ce soit. Ruth s'en occupera très bien.

Stockton Henderson a d'abord rouspété, en apprenant ma requête, mais son amour-propre monumental a été astucieusement flatté par l'arrangement que Geraldine lui a proposé : lorsque serait annoncé le développement de cette nouvelle activité, il serait dit que l'initiative, appuyée par une équipe d'experts bibliophiles, était placée sous la responsabilité directe du président du conseil d'administration. Deux mois plus tard à peine, le Parlement de la province approuvait la rallonge budgétaire, si bien que je me retrouvais avec près d'un million de dollars à dépenser.

Et je ne m'en suis pas privée. Pour le fonds général, j'ai commencé par accéder à toutes les acquisitions recommandées par les responsables de sections. Celle de littérature était dirigée par un jeune diplômé de l'université de Calgary, Ron, qui avait un goût très sûr et s'est montré enthousiasmé lorsque je lui ai alloué cinquante mille dollars afin de compléter sa section. Tel un petit garçon lâché dans un magasin de jouets, il s'est mis à acheter des ouvrages qui reflétaient l'originalité de ses goûts, des romans de la génération beatnik aux écrivains francophones québecois – en version originale et en traduction –, en passant par le « nouveau roman » français ou par des romanciers locaux trop longtemps ignorés. Évidemment, Geraldine Woods a dû défendre ces choix devant un conseil d'administration qui, inquiété par une série de lettres vengeresses de Marlene Tucker – laquelle ne m'adressait plus la parole –, s'est d'abord demandé s'il était judicieux de dépenser « l'argent des contribuables pour des livres d'auteurs marginaux que personne ne lirait jamais ».

Toujours pleine de ressources, Geraldine avait reçu des journalistes de deux titres locaux, le *Herald* et *FastFwd*, qui ont chaudement salué dans leurs colonnes l'enrichissement de la collection générale, soulignant que la bibliothèque de Calgary, « par la variété et l'originalité de ses acquisitions », était en train de devenir l'une des meilleures du pays. Les membres du conseil se sont alors rengorgés, personne n'aimant autant la bonne publicité que Stockton Henderson. Ainsi, quand j'ai mis la main sur une édition originale du *Dombey et fils* de Dickens au prix imbattable de quatorze mille dollars que m'a consenti un intermédiaire de Londres, puis une première édition numérotée de l'*Ulysse* de Joyce pour dix-neuf mille, il a invité un petit groupe de reporters à venir admirer ces raretés à la bibliothèque, proclamant qu'il les avait débusquées lui-même. Et la presse s'est empressée de chanter les louanges de l'avocat des grands groupes pétroliers qui était aussi, à ses moments perdus, un bibliophile distingué…

— J'ai failli m'étrangler en lisant ça, m'a dit Ruth le lendemain. « Bibliophile distingué » ! Ce type se prend pour un Médicis alors qu'il n'est rien de plus qu'un Borgia version province canadienne.

Je me suis forcée à sourire.

— Ça va, Jane ?

— Mais oui. Pourquoi ça n'irait pas ?

— Vous n'étiez pas forcée de venir travailler aujourd'hui, vous savez.

— Mais si. Je voulais. Je… devais.

— Si vous dites que ça va…

Ça n'allait pas, non. Car ce jour-là était le premier anniversaire de la mort d'Emily, et Ruth, comme les autres, avait vu arriver cette date avec appréhension.

— Je le dis parce qu'il le faut, ai-je tranché d'une voix blanche avant de m'enfermer dans mon bureau pour le reste de la journée.

Ruth avait vu juste, pourtant. J'aurais dû rester chez moi. Pendant des semaines, je m'étais préparée à cette journée. Tout le monde dit que le premier anniversaire d'un deuil est un moment terrible, non seulement parce que l'on réalise que toute une année s'est écoulée depuis que son univers a volé en éclats mais aussi parce que l'on se rend compte que le temps n'a pas refermé la blessure et ne la refermera jamais. Claquemurée dans ma cage, je me suis forcée à me concentrer sur mon écran d'ordinateur et à poursuivre ma traque d'une édition originale de *La Lettre écarlate* qu'un collectionneur du Cap, en Afrique du Sud – pas la porte à côté, donc –, se disait prêt à vendre pour la somme exorbitante de quatre-vingt mille dollars. Après avoir comparé divers prix et évalué les chances de tomber sur un autre exemplaire, j'ai conclu qu'il valait mieux laisser tomber cette proposition. Et puis il a été six heures du soir, enfin. J'ai enfilé mon gilet, mon manteau, mis mon bonnet, mon écharpe, mes gants, toutes ces couches protectrices sans lesquelles on ne peut se risquer dans l'hiver canadien. Il était temps d'abandonner le navire.

La nuit était particulièrement glaciale, et la neige s'était remise à tomber, mais il y avait une double séance que je ne voulais pas rater au cinéma Uptown, à une vingtaine de minutes de marche sur la

Huitième Avenue. J'avais prévu de m'arrêter en route dans un bar à vins, l'Escoba, pour me remonter le moral avec un verre de bon rouge et une assiette de *penne* avant de tuer la soirée dans une salle obscure. Pourtant, j'avais à peine quitté la bibliothèque que j'ai été prise d'une impulsion : je suis allée m'asseoir au bord du trottoir et je suis restée là, sans prendre garde aux flocons qui s'accumulaient sur moi, au froid, aux regards étonnés des rares passants. Ils devaient me prendre pour une folle et je l'étais peut-être.

Un policier a fini par s'approcher. Il était coiffé du bonnet à oreillettes réglementaire, avec l'insigne des forces de l'ordre de Calgary fixé sur le devant.

— Vous vous sentez bien, m'dame ?

Comme je ne répondais pas et que je gardais les yeux baissés sur le caniveau enneigé, il s'est accroupi près de moi.

— Je vous ai posé une question, m'dame.

— Je ne me sentirai jamais bien, ai-je murmuré.

— Qu'est-ce qui vous arrive ? Vous avez eu un accident ?

— J'ai fait ça... il y a un an.

— Fait quoi ?

— Quand ma fille est morte... le soir... je me suis assise dans la rue...

— Je ne vous suis pas, m'dame.

— Je suis retournée à l'endroit de l'accident et je me suis assise. Sans pouvoir bouger. La police est venue.

— Je dois vous demander votre nom, s'il vous plaît. (J'ai détourné la tête.) Vous avez des papiers sur vous, m'dame ? (Je ne réagissais plus.) OK. Je vais appeler une voiture et vous conduire en lieu sûr pour ce soir, m'dame.

Il portait son talkie-walkie à sa bouche quand une ombre a soudain fondu sur nous.

— Non, non, attendez, je la connais... (J'ai levé les yeux. C'était Vern Byrne. Il s'est penché sur moi.) Il est arrivé quelque chose, Jane ?

— Il y a un an...

— Je sais, je sais, a-t-il dit tout doucement.

— Vous connaissez cette personne ? s'est interposé le policier.

— Oui. Nous travaillons ensemble.

— Et elle fait souvent ça ?

Vern lui a fait signe d'approcher de lui et lui a parlé à voix basse un moment. Le flic s'est accroupi à nouveau à côté de moi.

— Écoutez, m'dame, votre collègue s'engage à vous ramener chez vous. Il dit que c'est vrai pour votre fille. Je suis navré, vraiment, mais si je vous retrouve encore dans la rue comme ça je serai obligé de vous emmener au service psychiatrique de Foothills Hospital, même si ça ne sera pas de gaieté de cœur.

— Ça ne se reproduira plus, est intervenu Vern.

— D'accord. Mais vous promettez que vous vous chargez d'elle ?

— Parole d'honneur.

Le policier s'est éloigné. Après m'avoir aidée à me remettre debout, Vern m'a passé un bras autour des épaules.

— Allez, je vous ramène chez vous.

— Je n'irai pas, ai-je affirmé, les dents serrées.

— S'il vous plaît, a-t-il chuchoté. Vous avez entendu ce qu'il a dit...

— Je n'irai pas chez moi !

Je me suis raidie. Brusquement, j'avais décidé que je ne bougerais pas de ce trottoir.

— Allons, Jane. S'il repasse par ici et qu'il nous voit..

— Un verre...

— Quoi ?

— Emmenez-moi boire quelque chose.

6

VERN M'A ENTRAÎNÉE DANS LE PREMIER BAR EN VUE, de l'autre côté de la rue. Dans les bourrasques de bise mordante et de neige qui nous aveuglaient, il m'agrippait le bras avec la force d'un garde-côte ramenant à terre une nageuse à moitié noyée. Nous sommes entrés dans l'établissement en titubant.

— Saperlotte, a soufflé Vern, c'est bien chic, ici.

Le Julliard était un restaurant en effet plutôt classe. Vern m'a installée sur l'une des banquettes en cuir. Une serveuse s'est approchée, tout sourire.

— On dirait que vous avez besoin d'une bonne dose d'antigel, vous autres ? Qu'est-ce que ce sera ?

— Qu'est-ce qui vous conviendrait ? m'a demandé Vern. (J'ai haussé les épaules, encore hagarde.) Vous aimez le whisky canadien ?

— Oui… ça ira.

— Deux Crown Royal sans glaçons, et deux verres d'eau. (Dès qu'elle s'est éloignée, il a chuchoté :) Ça va, maintenant ?

— Merci de m'avoir amenée jusqu'ici.

La serveuse est revenue. J'ai avalé mon whisky d'un coup, étonnée de ne pas avoir l'œsophage en feu. Il était plus doux que ceux que je connaissais, avec une saveur de miel qui réchauffait instantanément.

— Je peux en avoir un autre, s'il vous plaît ?

— Bien sûr, a-t-elle répondu alors qu'elle n'avait même pas encore eu le temps d'enlever nos verres d'eau de son plateau. Saperlotte, vous avez dû avoir sacrément froid, vous !

Elle est repartie. Je me suis tournée vers mon compagnon, soudain prise d'une véhémence surprenante :

— Vous savez ce que je ne peux pas souffrir, au Canada ? Toute cette foutue politesse, tous ces euphémismes nunuches que vous avez. « Saperlotte », « sacrément »… Vous ne pouvez pas jurer comme tout le monde ? Il faut vraiment que vous soyez toujours aussi foutrement réservés ? À force de tenir votre langue, vous allez finir par étouffer. Et toute cette merde politiquement correcte à la radio, ces chants traditionnels inuits à la con. Moi, je suis du sud de la frontière et quand je pense « va te faire foutre », je le dis, putain de merde !

J'avais élevé la voix au point que ma tirade a provoqué un silence gêné autour de nous. Tous les consommateurs me regardaient fixement. Sans me laisser le temps de protester, Vern a jeté quelques billets sur la table, m'a forcée à me mettre debout et m'a poussée dehors, dans le froid sibérien. Nous sommes partis à gauche, toujours sur la Huitième Avenue. Sa poigne de sauveteur en mer faisait maintenant plutôt penser à celle d'un flic procédant à une arrestation musclée.

— Il y a toujours au moins un taxi devant le Palliser, a-t-il déclaré comme s'il se parlait à lui-même.

— Désolée, je ne voulais pas vous…

— Ne vous inquiétez pas.

— Je me suis conduite comme une idiote, j'ai…

— Arrêtez, compris ? m'a-t-il intimé, plus préoccupé que fâché.

— D'accord, d'accord. Vous n'avez qu'à me ramener chez moi et…

— Je ne pense pas qu'il soit bon de vous laisser seule.

— Mais si.

— Ce n'est pas comme ça que je vois la situation.

— Je peux me débrouiller.

Il n'a pas répondu, se contentant de m'agripper encore plus fort. Le vent attaquait le moindre bout de peau laissé sans protection, corrosif, implacable. Quand nous sommes arrivés devant le Palliser, je n'arrivais presque plus à bouger mes doigts. Vern m'a fait monter dans l'un des trois taxis en donnant au chauffeur une adresse 29e Rue Nord-Ouest.

— J'habite Dix-Septième Avenue Sud-Ouest, ai-je objecté.

— Ce n'est pas là que nous allons.

— Quoi, vous m'enlevez ? (Sans répondre, il s'est penché pour verrouiller la portière de mon côté.) Vous pensez vraiment que je vais sauter d'une voiture en marche ?

— Ça m'est arrivé.

— Non ! Sérieusement ?

— Sérieusement.

— Et pourquoi ?

Il s'est détourné. La suite est venue à voix basse, presque étouffée :

— Ma fille venait d'être internée. Non, il faut dire les choses comme elles sont : je venais de signer l'autorisation d'internement. Après, je ne me souviens plus de tout. Je me suis soûlé pendant sept jours d'affilée. Et à un moment, j'ai sauté d'une voiture en marche, oui. Trois semaines à l'hôpital. La jambe gauche fracturée, trois côtes, la mâchoire… Ils m'ont mis chez les fous. Et j'ai perdu mon travail. Donc, je préfère que vous vous absteniez.

— Moi aussi, j'ai connu ça. Le service de psychiatrie.

Il s'est borné à hocher la tête et nous n'avons plus rien dit jusqu'à ce que nous parvenions à notre destination. Le taxi nous a laissés devant le numéro 609 de la 29e Rue Nord-Ouest, un pavillon sans charme dans lequel il m'a fait entrer, allumant la lumière au passage. La décoration vous transportait dans les années 1960, depuis le papier mural fleuri aux couleurs fanées jusqu'aux deux napperons brodés comiquement posés sur la table ronde. Après m'avoir pris mon manteau, il m'a proposé de m'installer dans l'un des fauteuils du salon.

— Vous voulez continuer au whisky canadien ?

— Ça marche.

Au milieu du lourd mobilier en acajou, il y avait un vieux quart de queue couvert de partitions mais ce qui attirait le regard, c'était les étagères sur lesquelles s'alignaient du sol au plafond la plus impressionnante collection de CD que j'aie vue, soigneusement rangés par ordre alphabétique avec des cartons intercalaires signalant les principaux compositeurs. Un équipement stéréo de professionnel occupait deux rayonnages, raccordé à des enceintes imposantes posées par terre en vis-à-vis. Vern est revenu avec un plateau qu'il a posé sur la table basse. Deux verres en cristal, une bouteille de Crown Royal, un seau à glace et une petite carafe d'eau.

— Incroyable, cette pièce, ai-je lancé.

— Ah ? Je ne vois rien d'extraordinaire, moi.

— Mais tous ces CD… Il y a en plus de mille, non ?

— Onze cents et quelques. Le reste est au sous-sol.

— Je peux voir ?
— Si vous voulez.
Il m'a fait signe de le suivre par une porte qui donnait sur un escalier étroit. Le sous-sol était en fait un studio d'écoute entièrement tapissé de disques compacts, avec au milieu un gros fauteuil en cuir faisant face à deux énormes hauts-parleurs. Dans un coin, une table à tréteaux encombrée de papiers, de livres et d'un ordinateur portable allumé était installée sous une solide étagère qui accueillait la série complète du *Dictionnaire Grove de la musique et des musiciens*. L'endroit tenait à la fois de la chapelle musicale et d'une salle d'opérations militaires, de quoi satisfaire un Docteur Folamour mélomane.
— Ça alors, ai-je murmuré. C'est dingue...
— Euh, merci.
— Vous les avez tous achetés ?
— Eh bien... Le quart, disons. Le reste, c'est... vous connaissez le magazine musical britannique *Gramophone* ? Ou *Stereo Review*, en Amérique ? Je rédige des critiques pour eux depuis maintenant près de quinze ans.
— Et c'est ici que vous les écrivez ?
— Oui. Et que je travaille à...
Il a hésité, comme s'il trouvait qu'il en avait déjà trop dit.
— Quoi, l'ai-je encouragé.
— Je rédige un manuel scolaire.
— Ah oui ? Vous avez un éditeur ?
— Oui. McGraw Hill.
— Le plus gros éditeur de livres scolaires des États-Unis. Je présume que c'est au sujet de la musique ?
— C'est un peu comme un dictionnaire Oxford de la musique, destiné aux lycéens. Des portraits de grands compositeurs occidentaux, de Hildegarde de Bingen au XIIe siècle jusqu'à Philip Glass.
— Fascinant... Comment avez-vous convaincu la maison d'édition ?
— Je lui ai adressé une lettre en détaillant mon expérience, avec une présentation du projet. Je ne pensais pas avoir de réponse mais un beau jour l'un de leurs éditeurs m'a appelé en me proposant de le rencontrer à New York. Il m'a même payé l'avion et une nuit d'hôtel. Je n'avais pas remis les pieds à New York depuis le temps où j'étais étudiant, à la fin des années 1960.
— Vous êtes allé à quelle université ?

— À Toronto et au Royal College of Music à Londres. Mais c'était il y a des siècles.

Cette dernière information m'a amenée à le dévisager avec attention.

— Vous étudiiez quoi au Royal College ?

— Le piano.

— Ils vous ont accepté comme pianiste ?

— Bah, c'est de l'histoire ancienne.

— Mais le Royal College, quand même ! Vous ne deviez pas être n'importe quel pianiste.

Sans répondre, il a éteint les lumières et m'a escortée à nouveau dans le salon.

— Alors, ce whisky, vous êtes prête ?

— S'il vous plaît.

— Avec un verre d'eau ? De la glace ?

— Non, sec, merci.

Lorsqu'il m'a tendu mon verre, j'ai remarqué que ses mains tremblaient légèrement. Il s'est servi un doigt d'alcool, mesurant avec une précision extrême la dose qu'il s'accordait.

— J'aime beaucoup votre maison.

— Je n'ai pratiquement rien changé.

— C'est confortable. Rassurant. Tous ces meubles fin XIXe…

— Maman aurait été contente de vous entendre. C'est elle qui avait tout choisi.

— Que faisait-elle, votre mère ?

— Professeur de musique dans un lycée de Calgary.

— C'est elle qui vous a appris le piano ?

— Oui, a-t-il fait en opinant lentement de la tête avant de tremper à peine ses lèvres dans son verre.

— Elle a dû être très fière que vous soyez accepté au Royal College.

Il a gardé le silence. Soudain, il a vidé sa rasade de whisky d'un seul coup et il est resté en contemplation devant son verre vide.

— J'ai dit quelque chose qu'il ne fallait pas ?

Il a fait non de la tête tout en tripotant son verre et en jetant un regard furtif à la bouteille de Crown Royal. Je voyais bien qu'il avait envie d'en reprendre mais qu'il tenait à garder le contrôle. Finalement, il est sorti de son mutisme :

— J'ai eu une bourse d'études pour aller à l'université de Toronto. Mon professeur et maître était Andreï Pietovski, un émigré polonais brillantissime. Très exigeant aussi. Il pensait que j'avais un don. Que je serais le prochain Glenn Gould, même... Quand Alfred Brendel a donné un concert à Toronto, il a voulu que je joue pour lui. Brendel vivait à Londres, il connaissait plein de monde au Royal College et j'ai été pris là-bas, tous frais payés. C'était en 1972.

— Et ensuite ?

— Ensuite... Vous voulez un autre whisky ?

— Merci.

Je lui ai tendu mon verre, qu'il a rempli. Il allait se rasseoir quand il s'est ravisé et s'est versé un doigt de Crown Royal. Deux gouttes de sueur glissaient lentement sur son front. Brusquement, il a saisi la bouteille et l'a remportée à la cuisine. Revenu au salon, il m'a dit :

— Si vous voulez vous resservir, je vous en prie, la bouteille est près de l'évier. Et si je fais mine d'aller à la cuisine, dites-moi qu'il ne faut pas. D'accord ?

— D'accord.

Lorsqu'il a levé son verre, ses lèvres ont été agitées d'un bref frémissement. Il a bu cul sec, puis a fermé les yeux quelques secondes, une expression de soulagement torturé sur les traits.

— À Londres, j'ai eu un... problème. À peu près un mois après mon arrivée. J'étudiais avec un professeur de Vienne très connu, Zimmermann. Un tyran. Intraitable. Il m'a pris sous sa coupe tout de suite. « On fa fous faire ezcalader l'Eferest, le Canadien », m'a-t-il déclaré au bout de quinze jours. (Vern imitait un fort accent viennois.) « Et si fous tombez, che serai là afec la corde pour fous rattraber. Allez, on bart à l'azzaut de l'Eferest ! »

— Qu'est-ce qu'il voulait dire par là ?

— La sonate *Hammerklavier* de Beethoven. La numéro 29. Sa dernière. La plus difficile de toutes. Sans doute l'exploration la plus profonde des ressources musicales du piano. On s'est mis à la travailler, trois heures par semaine. Zimmermann était d'une exigence folle, mais c'était sa stratégie. Je l'ai suivi. Je voulais le satisfaire, vous comprenez ?

— Vous y êtes parvenu ?

— Au bout de deux semaines, il m'a dit : « Fous chouerez la *Hammerklavier* en goncert dans zun an et temi. Fous arriferez en haut de l'Eferest ! » Le lendemain, je travaillais tout seul le scherzo, les mesures 42 à 48, quand mes mains se sont soudainement arrêtées. Paralysées au-dessus du clavier. Je ne sais pas ce qui s'est passé. C'est comme si on avait coupé un contact dans mon cerveau. Une heure plus tard, un étudiant m'a trouvé dans le studio insonorisé, raide sur le tabouret. Catatonique. Sans réaction. J'ai été hospitalisé. Je suis resté un mois dans cet état. Ma mère est venue à Londres et elle a fini par les autoriser à tenter un traitement aux électrochocs. Ils ont réussi à me ramener à ce monde... (Il a fait tourner nerveusement son verre entre ses doigts.) Mais je n'ai plus jamais joué. Ou plutôt si : quand maman m'a ramené au Canada et que j'ai pu reprendre une vie normale, j'ai enseigné le piano. À Hamilton, dans l'Ontario.

— Pourquoi là-bas ?

— Parce que j'ai passé environ six mois dans un hôpital psychiatrique de cette ville à mon retour. Mon psy à Londres connaissait bien le chef de service. Et c'est là que j'ai connu ma femme, Jessica. Elle était infirmière.

Comme je ne savais guère que dire, je me suis tue. Il y a eu un long silence, que Vern a fini par rompre :

— J'ai trop parlé.

— Pas du tout.

— Je n'ai pas souvent de compagnie, voyez-vous, alors...

— Racontez-moi Jessica et vous.

— Pas ce soir. Je vous ai déjà ennuyée avec la moitié de ma vie...

— Mais non. Et vous êtes venu à mon secours au moment où je perdais pied.

— Vous aviez de quoi, vu que cela fait un an aujourd'hui.

C'était mon tour de regarder au fond de mon verre.

— Vous êtes bien renseigné, ai-je fini par dire à voix basse.

— C'est tout petit, la bibliothèque de Calgary...

— Oui. En tout cas, je vous suis très reconnaissante. Sans vous, je ne sais pas où j'aurais fini.

— C'est que... Je sais ce que c'est, un premier anniversaire. Quand j'ai dû accepter que ma fille Loïs soit internée... c'était le 18 avril 1989. Et depuis... (Il s'est tu un moment.) Elle souffre d'un type de schizophrénie qui semble incurable. On ne la laisserait pas sortir du centre spécialisé où elle vit depuis tout ce temps, même si elle le réclamait. Ils disent qu'elle constitue un danger pour la société. C'est sans appel.

Il a continué à jouer avec son verre.

— Quels médicaments ils vous ont prescrit, à vous ?
— La mirtazapine, vous connaissez ?
— C'est ma fidèle compagne depuis cinq ans.
— C'est long comme traitement.
— Autrement, je ne dormirais pas. J'ai perdu le sommeil pendant des années.
— Oh oui, ça fait dormir…
— À quelle dose la prenez-vous ?
— Quarante-cinq milligrammes.
— Il y a une chambre d'invité, à l'étage. Avec une salle de bains privée.
— Je ferais mieux de rentrer.
— Et moi je préférerais que vous ne vous fassiez pas de mal.
— Tout va bien, maintenant.
— C'est ce que j'ai dit à un ami une heure avant de sauter de cette sacrée voiture. Non, je vais vous apporter les comprimés, ensuite vous montez et vous vous mettez au lit. Il y a un poste de radio et des livres, mais les calmants devraient agir. Et demain matin, vous aurez laissé derrière vous cet anniversaire.

Il est revenu quelques instants après avec les cachets, un verre d'eau et deux serviettes éponge. J'étais partagée entre troix voix intérieures, l'une qui me disait : « Tout ça est vraiment trop bizarre », une autre qui m'enjoignait de décamper de cette maison au plus vite et une troisième, plus rationnelle, qui tentait de surmonter le magma d'émotions contradictoires qui avait envahi mon cerveau : « Prends ces somnifères et va dormir. Tu ne sais pas ce qui pourrait t'arriver si tu restes livrée à toi-même et à tes idées noires. » Au final, j'ai pris tout ce qu'il me donnait et je suis montée à l'étage.

La chambre était décorée du même papier peint à fleurs, meublée d'un lit-bateau sur lequel étaient assises des poupées. Au mur, plusieurs photographies d'une fille à divers stades de l'enfance et de l'adolescence. Était-ce Loïs ? Ces poupées avaient-elles été les siennes ? Allais-je passer la nuit dans la chambre de la fille qui lui avait été arrachée par la maladie, et où elle-même n'avait jamais dormi, puisqu'elle avait été internée avant qu'il ne reprenne la maison ? À nouveau, la tentation de fuir a été forte mais j'ai résisté encore une fois. Après tout, à moins que tout discernement m'ait abandonnée, je ne voyais pas Vern comme le genre d'olibrius à se glisser ici nu comme un ver à trois heures du matin… J'ai avalé les cachets, ce qui réglait le débat. J'ai éteint la lumière. Seulement huit heures à ma montre fluorescente. L'heure du coucher d'une enfant, une enfant priée d'aller au lit dans une chambre hantée par celle qui n'y avait jamais dormi. Les calmants m'ont emportée dans le sommeil jusqu'à cinq heures et demie. Près de dix heures sans ouvrir l'œil. Pas mal, même si se réveiller dans ce cadre insolite a été assez déstabilisant. L'oreille tendue, j'ai essayé de définir la nature d'un son régulier, ténu mais insistant, absolument pas familier, avant de décider qu'il s'agissait des ronflements de Vern.

Je me suis levée, me suis débarbouillée dans la salle de bains, me suis rhabillée et j'ai refait le lit avec soin. Descendue au rez-de-chaussée à pas de loup, j'ai trouvé un téléphone et j'ai appelé un taxi. Je me souvenais de l'adresse exacte, heureusement. J'ai prié la standardiste de recommander au chauffeur de ne pas sonner. Ensuite, j'ai laissé mes yeux errer autour de la pièce, qui elle aussi appartenait à une autre époque : un gros frigidaire au moins trentenaire, une table en formica avec des sets de table en plastique représentant « les plus beaux paysages naturels du Canada », un grille-pain des années 1960, pas de lave-vaisselle, ni de micro-ondes, ni de machine à café ultramoderne. S'il était prêt à dépenser sans compter pour le meilleur équipement stéréophonique, pour le reste Vern ignorait les avantages de la modernité. Chacun a les priorités qu'il se choisit.

Attrapant un petit bloc-notes publicitaire d'une agence immobilière, j'ai écrit en hâte quelques mots : « Merci pour votre patience et votre gentillesse, que je ne méritais pas. J'espère que vous me considérerez comme une amie, à partir de maintenant, comme c'est mon cas pour vous. À plus tard dans la folle gaieté de la BCC ! J. »

En mettant le cap vers la Dix-Septième Avenue, nous sommes passés devant le Centre de cancérologie de l'hôpital de Calgary. Est-ce là que Vern avait été traité et opéré ? Le chauffeur devait lire dans mes pensées, car il m'a jeté un coup d'œil dans le rétroviseur :

— À chaque fois que je vois ce bâtiment, ça me fout les jetons. On se dit : « Que le Seigneur me préserve ! », et autres choses du même genre.

— Je vous comprends très bien.

Chez moi, j'ai pris une douche chaude, je me suis changée et je suis allée prendre un petit déjeuner au Caffè Beano. À dix heures tapantes, comme à mon habitude, j'étais à la bibliothèque. Ruth m'a regardée approcher avec un froncement de sourcils préoccupé.

— Vous m'avez inquiétée, hier. Je pensais vous proposer d'aller prendre un verre ensemble mais quand je suis arrivée à votre bureau, vous étiez déjà partie.

— Je suis rentrée à la maison.

— Vous n'auriez pas dû passer la soirée seule.

Je n'ai pas répondu. Un moment plus tard, Babs m'a croisée dans un couloir et m'a également demandé comment je me sentais.

— Bien, bien.

— Bon, mais si ça ne va pas, si vous avez besoin de vous épancher un peu...

— Merci, l'ai-je interrompue en changeant de sujet.

Face au deuil, les gens veulent être compatissants mais ils ne savent pas quoi dire. Et on ne sait pas quoi leur répondre non plus. C'est un dialogue de sourds sur l'indicible. La seule échappatoire, c'est le travail, et je m'y suis une nouvelle fois jetée à corps perdu, partant sur les traces de l'édition Bodley Head des œuvres complètes de Graham Greene pour la somme dérisoire de deux mille trois cents dollars. Ensuite, j'ai demandé à Marlene, qui avait entre-temps été nommée à la tête de la section de littérature et continuait à bouder dans son coin, si elle apprécierait de recevoir vingt mille dollars pour enrichir sa collection.

— J'aurai carte blanche ?

— Vous donniez carte blanche aux autres quand vous aviez la responsabilité des acquisitions ?

— Vous ne répondez pas à ma question.

— Et vous, vous évitez la mienne. Alors voilà : vous faites la liste de ce que vous voulez et, à moins d'une objection majeure de ma part, vous passez vos commandes, à hauteur de vingt mille dollars. Satisfaite ?

— Quelles pourraient être vos objections ?

J'ai soupiré, me retenant d'éclater dans des reproches du style : « Pourquoi vous sentez-vous obligée de tout rendre si difficile ? » En y ajoutant un constat qui s'imposait toujours plus à moi : « Pourquoi les êtres humains sont-ils incapables de partager un lieu de travail sans le transformer en terrain miné par les rivalités personnelles et les petites jalousies ? C'est comme si, au lieu de reconnaître la totale futilité de leurs actes, ils se sentaient obligés d'en faire un drame ridicule, huit heures par jour, cinq jours sur sept... »

Vern avait trouvé la solution, lui : au travail, il était invisible. Il faisait son job impeccablement, il gardait ses distances sans être impoli et, une fois rentré chez lui, il s'immergeait dans la musique, la seule passion à laquelle il n'avait pas renoncé. Après cette nuit étrange, il s'est contenté de me saluer d'un signe de tête poli lorsque nous nous croisions dans les locaux, de murmurer un « Bonjour, Jane » des plus évasifs. J'avais l'impression qu'il m'évitait, sans doute parce qu'il se reprochait de s'être trop dévoilé ce soir-là. Et même si je trouvais paradoxal qu'il veuille dissimuler quelque chose d'aussi positif et stimulant que son projet de livre, je comprenais les raisons de sa scrupuleuse discrétion ; dans le petit monde de la bibliothèque, toute manifestation d'indépendance et d'initiative personnelle risquait de nourrir des réactions sinon ouvertement hostiles, du moins malveillantes : « Quoi, il se prend pour un critique musical, maintenant ? Qui pourrait bien vouloir lui commander un manuel ? » Après tous les coups qu'il avait reçus du destin, il se méfiait naturellement des autres – ainsi que de lui-même.

Au bout d'une quinzaine de jours, toutefois, j'ai reçu un e-mail de Vern. Dans un style purement administratif, il sollicitait mon accord en vue de l'achat de l'*Intégrale Mozart* éditée par Philips, soulignant que le prix de lancement, quatre cents dollars, était d'autant plus intéressant qu'il s'agissait pour l'essentiel d'interprétations estimables. J'ai immédiatement donné une réponse positive, ajoutant que la compagnie de disques proposait des coffrets similaires pour Bach, Beethoven et Schubert, si mes souvenirs étaient exacts, et qu'il avait mon approbation au cas où il voudrait voir si nous pouvions bénéficier du même tarif. Sa réponse n'a pas tardé :

> Ces coffrets sont au même prix, une offre très attrayante car les sonates pour piano de Schubert et Beethoven, par exemple, sont interprétées par des artistes aussi éminents que Brendel, Kovacevich, Lupu ou Mitsuko Uchida.
>
> Vernon
>
> P-S : J'ai deux places pour le concert d'Angela Hewitt jeudi soir. Seriez-vous libre ?

Grand Dieu ! Vernon Byrne m'invitait à un concert... Je ne savais pas trop comment interpréter cette initiative mais bon,

Angela Hewitt était une grande pianiste canadienne et Vern avait un billet en plus, alors… pourquoi pas ? Je lui ai écrit que j'acceptais avec plaisir, à condition que ce soit moi qui offre le dîner. Quelques secondes plus tard, sa réponse s'est affichée sur mon écran :

Non, c'est moi. J'ai réservé une table au Teatro à six heures. À jeudi, donc.

Entre son invitation et le jour dit, j'ai dû le croiser dans les couloirs cinq ou six fois et, immanquablement, il a poursuivi son chemin après un bref signe de tête, sans arriver à dissimuler sa gêne. J'aurais voulu lui dire : « Hé, c'est juste une sortie ensemble, d'accord ? Arrêtez de vous conduire comme si nous avions une aventure et que j'étais mariée à un marine possessif et collectionneur d'armes à feu… » La veille du concert, justement, Ruth m'a fait une remarque :

— Vous savez quoi ? Je crois que vous intimidez beaucoup ce cher Vern.

— Je… Pourquoi dites-vous ça ?

— Vous n'avez pas remarqué comment il détourne le regard dès que vous êtes dans son champ de vision ?

— Il a peut être mieux à regarder.

— Ou bien il a le béguin pour vous.

— Écoutez, Ruth, nous ne sommes plus au lycée. C'est quelqu'un de timide et de renfermé, voilà tout.

Timide, renfermé et aussi très nerveux, lorsque je l'ai retrouvé au Teatro le lendemain soir. Il avait déjà commandé un whisky et tripotait son verre d'un air paniqué au milieu de ce restaurant huppé de Calgary qui est situé tout près de la bibliothèque et juste en face de la salle Jack-Singer où Angela Hewitt allait se produire. J'étais passée quelques fois devant sans m'arrêter pour regarder la carte – ce genre d'établissement ne m'ayant jamais attirée même lorsque j'en avais les moyens. Pour l'occasion j'avais quelque peu soigné ma toilette, tout en noir avec une jupe droite, un col roulé et des bottes montantes. Au travail, cette tenue avait tout de suite attiré l'attention de Babs et de Ruth, qui m'avaient taquinée en me demandant qui était « l'heureux élu » que j'allais retrouver le soir ; pourtant, quand le maître d'hôtel m'a escortée le long d'un bar qui n'aurait pas été déplacé à Manhattan, puis vers l'une des tables de l'élégante salle, je me suis dit que « l'heureux élu » qui m'attendait aurait facilement pu passer pour mon père. Toujours vêtu de son uniforme – veste en tweed, pantalon gris, chemise à carreaux et cravate en tricot –, Vern a levé des yeux hésitants de la modeste rasade de whisky au fond de son verre.

— Je parie que c'est du Crown Royal, ai-je lancé alors qu'il se mettait debout en hâte, me serrait timidement la main et tirait la chaise pour moi.

— Vous en voulez un ?

— Je pensais plutôt à un martini gin.

— Ah, c'était l'une de mes boissons favorites, dans le temps. Quel gin ?

— Je ne suis pas exigeante à ce point.

— Le Bombay Sapphire, il n'y a pas mieux. Avec une olive ?

Il a fait signe à une serveuse et passé la commande pour moi.

— Et vous, vous n'en reprenez pas un avec moi ? me suis-je enquise, consciente de me risquer sur un terrain difficile.

— Je ne peux pas. Deux verres par soir, c'est ma limite. Il m'arrive de la dépasser, je l'avoue, mais quand c'est le cas...

Il a ouvert les mains devant lui comme s'il tentait de se protéger d'une catastrophe.

— Vous êtes passé par les Alcooliques anonymes ? ai-je demandé d'un ton dégagé.

— Oh oui. Quatre ans. Mon parrain chez eux continue à m'appeler régulièrement pour voir comment je tiens le coup. Il préférerait que je ne touche plus du tout à l'alcool, lui. Ils sont un peu rigides, dans cette association, un peu jansénistes, mais comme j'avais pratiquement détruit ma carrière et ma santé en buvant, je me dis que ça vaut la peine. Charlie a peur que je bascule à nouveau, avec deux verres par jour.

— L'abstinence est une vertu très surestimée.

— Je le pense aussi, mais il faut bien se fixer des bornes et bon, deux verres, c'est toujours mieux que rien...

— Vous m'avez dit que vous aviez été professeur de musique, à votre retour au Canada ; comment c'est arrivé ?

— C'était à peu près un an après ma sortie de l'hôpital... mais vous ne voulez pas entendre ces petites histoires sans intérêt.

— Mais si.

— Parce que ma vie a été une telle pagaille ?

— N'est-ce pas le cas de toutes les vies ?

— Oui… Attendez, commandons d'abord.

Ouvrant le menu placé à côté de moi, je me suis retenue de faire la grimace : il n'y avait pas un plat à moins de vingt-huit dollars et plusieurs dépassaient les quarante.

— Nous allons partager l'addition, ai-je chuchoté, c'est affreusement cher…

— J'ai reçu un chèque de *Gramophone*, hier. Cela paiera aisément la soirée, surtout au cours actuel de la livre sterling.

— Mais vous pourriez consacrer cet argent à quelque chose de beaucoup plus…

— C'est moi qui décide de la manière dont je le dépense, d'accord ?

Mon martini m'a été servi. Nous avons commandé. Pendant que la première gorgée glacée me procurait un agréable frisson, Vern, en face de moi, continuait à jouer avec son verre, hésitant à le vider avant que le dîner n'arrive.

— Votre femme… Jessica, c'est ça ?

— Vous avez bonne mémoire. Jessica, oui. Elle était infirmière en chef au service de… dans le service où j'ai été placé.

Et il a commencé à me raconter la deuxième partie de son existence. Dans l'heure qui a suivi, j'ai appris d'autres détails sur la dépression nerveuse qui l'avait terrassé à Londres et sur laquelle les médecins n'avaient pas posé le bon diagnostic ; sur ses trois années d'enfermement dans de sombres hôpitaux psychiatriques canadiens ; sur la manière dont les électrochocs et la médication anxiolytique avaient neutralisé son mal mais aussi détruit toute ambition de tenter à nouveau une carrière de concertiste ; sur son humble quotidien dans une petite ville perdue ; sur l'infirmière maternante qui s'était transformée en épouse acariâtre ; sur sa fille, qu'il adorait mais qui avait donné des signes d'instabilité très jeune. Sur l'alcool dont lui et sa femme s'étaient mis à abuser, leurs querelles de ménage atteignant bientôt une violence hébétée, puis le départ de Jessica, amourachée d'un policier, refusant de revoir leur enfant. Sur le combat inégal qu'il avait mené contre la schizophrénie de Loïs, atteinte de démence précoce avérée dès onze ans, attaquant deux ans plus tard l'un de ses professeurs avec une paire de ciseaux pendant une crise, essayant de se couper les veines du poignet sur les débris d'une fenêtre qu'elle avait cassée au poste de police où elle avait été conduite. Puis l'internement de sa fille, l'alcoolisme grandissant, les pulsions suicidaires comme celle qui l'avait poussé à se jeter d'une voiture en marche, la perte de son emploi, le retour à Calgary, le lent réapprentissage de la vie sous la supervision silencieuse et exigeante de sa mère, son embauche à la bibliothèque, la discipline quotidienne du travail qui l'avait empêché de retomber dans l'autodestruction quand il avait appris que Loïs était condamnée à l'enfermement, les quatre week-ends qu'il allait passer avec elle chaque année, le serment d'essayer de rejouer du piano qu'il avait fait à sa mère sur son lit de mort...

On nous a apporté la note. Vern a refusé que nous partagions. Jetant un coup d'œil à sa montre, il a soupiré :

— J'ai honte d'avoir gâché un très agréable dîner avec toutes ces vieilles histoires.

— Je voulais les entendre, ai-je répliqué. Parce que vous êtes quelqu'un d'intéressant.

Il a joué avec le pied de son unique verre.

— Oui ? Personne ne m'avait encore dit que j'étais intéressant depuis... depuis mon professeur au Royal College.

— Mais vous l'êtes.

Peu après, nous entrions dans le très spacieux et très moderne complexe musical de Calgary. La soirée était importante, à en juger par l'élégance un peu besogneuse de la foule, ce besoin qu'éprouvent les citadins des villes où les grands événements culturels sont rares de se mettre sur leur trente et un dès que l'occasion se présente. Nous étions merveilleusement placés, à l'orchestre, au sixième rang, à peine décalés du centre pour nous donner une vue parfaite sur le piano. Les lumières se sont éteintes et Angela Hewitt est entrée en scène. La cinquantaine, pas vraiment belle mais avec un charme à la Simone de Beauvoir malgré sa robe en lamé bleu tapageuse. Elle s'est assise devant le clavier, attendant le silence complet, et dès qu'elle a placé ses mains pour attaquer les premières mesures des *Variations Goldberg* je n'ai plus pensé aux apparences, ni à la salle, ni à rien d'autre qu'à la formidable pureté de la musique de Bach. Soixante-quinze minutes d'exploration d'un édifice musical fondamental, dans lequel se reflétait toute la palette des émotions humaines, de l'introspection la plus rigoureuse à l'optimisme exalté, de la méditation apaisée au désespoir le plus profond, de l'allégresse facétieuse à l'acceptation résignée de ce que la vie a d'éphémère...

Transportée par la cohérence dynamique que l'interprète donnait à la subtile construction de Bach, je ne l'ai pas quittée des yeux, et quand les dernières notes de l'aria finale se sont fondues dans le silence je suis restée tétanisée comme les autres spectateurs, jusqu'à ce que le public, bondissant sur ses pieds, commence à applaudir à tout rompre et à acclamer la pianiste. Debout moi aussi, j'ai jeté un coup d'œil à Vern. Il essuyait des larmes du revers de la main.

Une fois dehors, je lui ai pris le bras.

— Je ne pourrai jamais assez vous remercier pour cette soirée.

Il a eu un sourire gêné et s'est dégagé doucement de mon étreinte.

— Puis-je vous raccompagner chez vous ?

Sa voiture était une vieille Toyota Corolla dont le siège passager était envahi de disques compacts qu'il s'est hâté de transférer à l'arrière. Il m'a demandé mon adresse et, après m'avoir dit qu'il connaissait l'immeuble en question, n'a plus desserré les dents pendant tout le trajet. J'aurais pu relancer la conversation mais il m'avait suffi de surprendre la tristesse infinie qui transparaissait dans ses yeux pour comprendre qu'elle était indicible. Quand nous sommes arrivés, je l'ai encore une fois remercié de m'avoir fait partager ce concert et je me suis penchée pour lui poser un rapide baiser sur la joue. Il s'est raidi, a détourné la tête en murmurant un timide « À demain », puis il a attendu que je sorte et que je referme la portière.

Chez moi, je me suis assise dans le fauteuil sans enlever mon manteau. J'étais encore remplie de gratitude pour ce moment musical si lumineux, si puissant que oui, je m'en rendais soudain compte, il m'avait permis d'échapper pendant une heure et quart à une affliction omniprésente. Et, bien entendu celle-ci est revenue aussitôt avec un constat, cette douleur imparable faisait désormais partie de ma vie, mais c'était comme si la beauté de cette longue méditation pianistique m'avait fait entrevoir un instant l'espoir d'une consolation. Et en pensant à tous les enfants que la mort lui avait arrachés, je me suis demandé si Bach n'avait pas lui-même trouvé une sorte de soulagement dans la subtile immensité de ces *Variations*.

Le lendemain matin, pourtant, l'absence irrémédiable d'Emily a pesé sur mes premières pensées, mes premières sensations du réveil. Il n'y avait rien à faire, sinon vivre encore, faire face à une nouvelle journée dans un monde entièrement modelé par cette perte. Je me suis forcée à me lever, à préparer du café tout en prêtant une oreille distraite au programme d'informations matinal sur Radio 2

CBC. Après quelques titres portant sur l'actualité internationale, le présentateur, comme toujours enjoué et compétent, est passé aux dernières nouvelles de la province. La grande histoire du jour était la disparition d'une fille de treize ans, Ivy MacIntyre, dans la petite ville de Townsend. J'ai tendu l'oreille. Son père, qui faisait des petits boulots, l'avait attendue en vain devant chez le dentiste où elle avait un rendez-vous après ses cours, mais on avait découvert ensuite qu'elle n'était pas allée à l'école ce jour-là, même si elle avait dit à son père qu'elle s'y rendait alors que sa mère, employée dans un supermarché du coin, était déjà partie au travail. L'envoyé spécial de CBC affirmait que la Gendarmerie royale « n'excluait aucune piste », dont celle d'un enlèvement… J'ai éteint le poste. Je ne voulais, ou ne pouvais, en entendre plus.

Plus tard dans la matinée, à la pause-café, j'ai surpris Babs et Geraldine en grande conversation à propos de cette disparition.

— J'ai entendu que le père est un alcoolique notoire et qu'il a été vu exerçant des sévices sur sa fille et sa mère à au moins deux reprises, a noté la seconde.

— Oui, et d'après le fils aîné, Michael… il a dix-huit ans et il travaille sur un puits de pétrole de Fort McMurray… d'après lui, sa petite sœur avait toujours peur de rester seule avec leur père parce que…

En me voyant refermer la porte et m'approcher, elles ont immédiatement changé de sujet. À l'heure du déjeuner, j'ai croisé Vern. J'ai tenu à le remercier une fois encore pour la merveilleuse soirée. Il a passé son chemin après un bref salut embarrassé.

Les jours suivants, les médias ont intensifié leur couverture de l'affaire Ivy MacIntyre. La presse à sensation s'en est donné à cœur joie, tout le monde ne parlait plus que de la disparition.

Une semaine s'est écoulée. Vern s'est soudain manifesté par un e-mail sollicitant l'achat de la nouvelle édition du *Dictionnaire Grove*, vingt-neuf volumes et un prix alarmant de huit mille cinq cents dollars. En dépit de ses arguments, je lui ai répondu que c'était beaucoup d'argent pour un ouvrage de référence que, si mes souvenirs étaient exacts, la bibliothèque possédait déjà. « Oui, c'est vrai, m'a-t-il écrit en retour, mais c'est une édition qui date de vingt ans. Arriverai-je à vous convaincre du bien-fondé de cet achat dimanche prochain, autour d'un brunch ? »

Contrairement à ce qui se passait habituellement dans nos échanges électroniques, je n'ai pas répondu sur-le-champ. À vrai dire, la perspective d'une autre sortie en tête-à-tête avec Vern m'inspirait une nette hésitation. Que cherchait-il avec cette initiative après des semaines de silence ? Pourquoi lui aurais-je permis de « se faire des idées », alors qu'une liaison avec Vern Byrne me paraissait tout bonnement inimaginable ? Mais une partie de moi plus rationnelle, plus critique de la solitude dans laquelle je m'étais délibérément enfermée, plaidait pour la souplesse : « Un brunch, bon sang, à quoi ça t'engage ? Tu vis comme un ermite, le reste du temps. C'est ton choix, d'accord, mais un peu de compagnie un dimanche, ce n'est pas la fin du monde… » Finalement, j'ai accepté en précisant que l'addition serait pour moi, cette fois. Il a répondu très vite :

> Entendu, puisque vous insistez, mais permettez-moi de choisir l'endroit. Je passerai vous chercher à midi.

Ce dimanche-là, comme à mon habitude, je me suis levée tôt, je suis passée prendre l'édition dominicale du *New York Times* que le vendeur de journaux mettait désormais de côté pour moi et je suis allée m'asseoir au Beano. Tout en sirotant un cappuccino, j'en suis venue à regretter d'avoir accepté l'offre de Vern. La perspective de devoir faire la conversation m'effrayait, surtout à quelqu'un qui m'avait raconté son histoire et qui s'attendait sans doute à ce que je lui confie la mienne, en retour. Et puis, déjeuner avec ce type bizarre, quelle idée ! Si jamais on l'apprenait au bureau, ce serait… J'ai consulté ma montre. Onze heures et demie. Avec un peu de chance, j'aurais le temps de le joindre chez lui et d'annuler.

Après avoir ramassé les nombreux cahiers du journal, je me suis précipitée chez moi. Au moment où j'allais prendre le téléphone, je me suis rappelé que je n'avais même pas son numéro de téléphone. Vite, le 411. J'ai donné son nom, son adresse. Oui, je voulais être connectée directement, merci… J'ai écouté la sonnerie se répéter avec une insistance agaçante. Pas de répondeur. Je me suis mise à faire les cent pas, à la fois affolée et abasourdie par ce moment de panique totalement disproportionnée. Mais c'est le genre de tour que le chagrin vous joue souvent, qui vous amène à vous asseoir au bord d'un trottoir enneigé, à faire une scène dans un bar, à éviter les autres comme la peste, à vous raconter que soixante-quinze minutes de Bach parviendront à transcender l'innommable.

Brusquement, je me suis débarrassée de mon survêtement et je me suis jetée sous la douche. Ensuite, j'ai revêtu une tenue passe-partout tout en me brossant rapidement les cheveux, j'ai enfilé mes bottes et ma parka au moment où on sonnait en bas. Attrapant mon portefeuille et mes clés, je me suis ruée dans l'escalier. Vern était sorti de sa Corolla rouillée. Il a tenté ce qui se voulait être un sourire de bienvenue. Il était en tenue de week-end, c'est-à-dire qu'il avait troqué sa veste en tweed contre un gilet en laine vert, remplacé ses chaussures de ville par des godillots de marche et posé sur sa tête une casquette à rabats démodée. Il m'a tenu la portière. Le moteur tournait toujours et il avait laissé le chauffage à plein régime car il faisait moins quinze, bien que ce soit la mi-mars.

— Est-ce que l'hiver s'arrête un jour, ici ? ai-je lancé.

— Oui, en juin, a-t-il plaisanté en démarrant.

— Où on va ?

— Vous verrez.

— Une surprise ?

— Ce n'est pas tout près, mais… je crois que ça vous plaira.

En quelques minutes, nous avions traversé le pont Louise et rejoint le réseau autoroutier qui conduisait aux confins de la ville au nord. Nous nous taisions, laissant la radio meubler le silence. Un concert dominical sur Radio 2, avec des extraits d'*Esther*, de Haendel, et notamment « My Heart is Indicting », l'un de ses airs les plus connus.

— J'ai découvert récemment que Haendel avait eu l'idée de cet oratorio après avoir vu une pièce de Racine, a déclaré Vern.

Il y avait mieux comme tentative pour lancer la conversation, mais l'effort était louable.

— Je ne savais pas, ai-je répondu. Alors, où va-t-on, au juste ?

— Laissez-moi vous surprendre. (Un ange est passé.) Alors, votre samedi, c'était bien ?

— Oui, rien de spécial. Et vous ?

— J'ai écrit un papier pour *Gramophone.*

— Sur quoi ?

— Un nouvel enregistrement de l'*Esther* de Haendel.

— Vous voulez dire celui-là ? Celui qui est en train de passer ?

— Exact.

— Ah…

Nous avons pris une rampe à l'entrée de laquelle un panneau indiquait la direction de Banff.

— On sort de la ville ? ai-je voulu savoir.

— Vous verrez.

Silence, encore. Un alignement de stations-service, puis la silhouette d'une piste de ski artificielle s'est profilée dans le ciel. « Canada Ski Park », annonçait un grand panneau.

— C'était le site du saut à ski pendant les jeux Olympiques de 1984, a expliqué Vern.

— Ah…

— Mais on peut skier sur de la vraie neige pendant huit mois de l'année, par ici. Si on skie, évidemment.

— Je ne skie pas.

— Moi non plus.

Brusquement la ville s'est effacée. Nous étions au milieu d'une plaine immense. La Prairie canadienne, de bout en bout de l'horizon. Je me suis sentie glacée, saisie par la même panique que celle qui m'avait assaillie pendant le voyage en bus, à mon arrivée du Montana. Terrorisée par l'idée que cette nature grandiose allait détruire mes pauvres défenses. Le souffle court, j'ai baissé les yeux pour échapper à l'hostilité de l'espace sans bornes. Je serrais mes mains l'une dans l'autre sur mes genoux, fébrile. Vern a remarqué mon malaise.

— Jane ? Ça va ?

— Où vous m'amenez, bon sang ?

— Dans un endroit très plaisant, vous verrez. Mais si ça ne vous convient pas, bien sûr…

J'ai relevé la tête. Devant nous, les Rocheuses commençaient à se découper avec netteté. La beauté sauvage de ces pics scintillants de neige dans la lumière crue du soleil d'hiver était insupportable. Avec un gémissement, j'ai plongé mon visage dans mes mains gantées et je me suis mise à sangloter. Aussitôt, Vern s'est rangé sur une aire de repos. Dès que l'auto s'est immobilisée, j'ai bondi dehors. Je n'ai pas couru longtemps, l'air glacé m'empêchant de poursuivre cette fuite éperdue. Je suis tombée à genoux dans la neige épaisse, les poumons brûlés, les yeux clos pour échapper au monde. Deux mains se sont posées sur mes épaules et sont restées là un long moment, puis elles m'ont saisie sous les bras pour m'aider à me relever. Me soutenant avec ménagement, Vern a tenté de m'entraîner vers la voiture.

— Je vais vous ramener chez vous, a-t-il chuchoté.

— Non ! Je ne veux pas. Je veux… (Le moteur ronronnait. Vern m'a fait rasseoir sur mon siège. J'ai baissé la tête, recevant l'air chaud de la soufflerie sur le visage.) Je veux… il le faut. Je dois raconter ce… ce qui s'est passé ce jour-là.

J'ai relevé les yeux. Vern attendait, silencieux. Il m'a adressé le plus discret des signes d'encouragement.

Alors je me suis mise à parler.

7

— CE JOUR-LÀ, J'ÉTAIS FÂCHÉE AVEC LE MONDE ENTIER. Je ne dormais plus depuis des nuits et des nuits, parce que Theo, mon compagnon d'alors... Oh, que ce terme m'énerve ! Tellement convenable, politiquement correct... Enfin, je n'en vois pas d'autre. Mon « compagnon », donc, était sur le point de me pousser à la ruine. Et il était parti avec une folle ridicule. Plusieurs de leurs créanciers me pourchassaient. Je recevais des menaces chaque jour, je passais des heures au téléphone avec des hommes de loi et Theo s'était évanoui dans la nature. Mon avocat me conseillait de ne pas me laisser impressionner par ces chacals, de ne pas céder à la panique, car je croyais que mon appartement allait être vendu pour payer leurs dettes.

» Christy, ma meilleure amie, me disait que j'étais au bord de la dépression nerveuse et que je devais absolument trouver un moyen de dormir. Elle avait raison, bien sûr, mais je ne voulais pas l'admettre. Vous savez, le genre de situation où on se répète qu'on va y arriver, qu'on doit tenir le coup, alors qu'en réalité on est en train de se casser la figure. Un jour, le jour d'avant... ce qui s'est passé, le médecin de l'université où j'enseignais m'a téléphoné. Apparemment, le directeur de mon département l'avait alerté – moi, je n'avais parlé à personne de mon insomnie, de ma nervosité permanente. Des étudiants et des professeurs lui avaient dit que j'avais l'air d'aller très, très mal. Le toubib m'a priée de passer le voir. J'ai refusé d'admettre que je souffrais de crises d'anxiété, que je ne fermais plus l'œil de la nuit. Par une sorte de défi stupide, j'ai juste dit que je connaissais des "difficultés conjugales" mais qu'il n'y avait rien d'insurmontable.

» Il a objecté que si les gens autour de moi s'inquiétaient de ma santé, c'est qu'il devait y avoir de bonnes raisons. "Le manque de sommeil dû au stress est une cause majeure de dépression, m'a-t-il dit, et cela peut aussi affecter vos réflexes, ce qui constitue un danger pour vous et pour les autres." Ses propres mots : "un danger pour vous et pour les autres". Il a encore insisté pour que je vienne à son cabinet, en argumentant qu'il valait toujours mieux s'attaquer aux tendances dépressives avant qu'elles ne débouchent sur quelque chose de plus grave, mais je me suis entêtée. Si j'étais allée le voir cet après-midi-là, il m'aurait prescrit des somnifères et j'aurais eu ma première vraie nuit de sommeil depuis des semaines, et donc j'aurais été capable de réagir quand…

Ma voix s'est brisée. Je suis restée sans parler un long moment. Vern restait immobile à côté de moi, le regard perdu sur la prairie enneigée, sur les montagnes qui barraient l'horizon à l'ouest et que je n'avais pas la force de contempler.

— C'est ça qui va me hanter jusqu'à mon dernier jour, ai-je repris dans un souffle. Le fait qu'on m'ait proposé une aide médicale qui m'aurait certainement permis d'éviter l'accident mais que j'ai refusée, par obstination, par arrogance, par… Je ne sais plus. Le lendemain matin, en préparant le petit déjeuner d'Emily, j'ai failli m'évanouir. Ma fille s'en est aperçue. En me voyant toute blanche, cramponnée au plan de travail, elle m'a dit :

» "Tu es fatiguée, maman. Tu devrais retourner au lit."

» Au lieu de suivre son conseil et de passer la journée enfouie sous mes couvertures, au lieu de m'incliner et de faire le choix qui lui aurait épargné la mort, je l'ai préparée, j'ai mis mon manteau et nous sommes parties à la garderie. Après l'avoir laissée, je suis allée au travail en somnolant pendant tout le trajet en métro. Je me suis traînée jusqu'à mon bureau. En voyant dans un miroir la tête impossible que j'avais, j'ai avalé trois tasses de café avant de me rendre à mes cours. Tout le temps, j'avais l'impression d'être une mauvaise actrice dans le rôle d'une prof de littérature, qui essaie de se montrer brillante et passionnée par son sujet alors qu'elle n'est qu'une usurpatrice ambulante. Oui, c'est vrai qu'à ce moment je me suis rendu compte que j'approchais réellement de la dépression, que j'étais en train de perdre pied.

» En fin d'après-midi, alors que j'étais repassée à mon bureau, le médecin du campus m'a appelée encore une fois. Il voulait savoir si je n'avais pas changé d'avis. C'est quelque chose que je n'ai jamais raconté à personne, ça : qu'il avait insisté à nouveau, tard dans la journée… Je lui ai dit que je n'avais plus le temps, parce que je devais aller chercher ma fille au jardin d'enfants. Vous savez ce qu'il a répondu ?

» "Pas dans votre état, non. Appelez quelqu'un en qui vous avez confiance, dites-lui que vous avez une urgence et qu'il ou elle se charge de déposer votre fille chez vous. Et après, venez tout de suite. Je vous attends."

» Ma réponse ? "Non, docteur, je regrette mais c'est impossible, aujourd'hui." Je me suis emmitouflée et j'ai couru reprendre le T pour aller chercher Emily à Cambridge. L'autre aspect hallucinant de tout ça, c'est que je n'aurais jamais dû effectuer ce trajet. Parce que d'habitude, je la retrouvais à la maison. Mais ce jour-là, ce jour-là… La nounou m'avait demandé de la remplacer. Elle avait rendez-vous chez un podologue à cause d'un pied qui la faisait souffrir depuis longtemps. Si c'était Julia qui était allée prendre Emily, si je ne lui avais pas donné congé…

Je me suis arrêtée de parler. Ma main s'est posée sur la poignée de la portière comme si je m'apprêtais à l'ouvrir à la volée, à bondir hors de la voiture et à me perdre dans le néant immaculé des plaines de l'Ouest canadien. « Et ensuite ? ai-je pensé. Tu n'échapperais pas à cette histoire, même comme ça… »

Je me suis redressée sur mon siège et j'ai continué.

— En me voyant, Émilie a crié :

» "Maman, maman, on va manger une glace toutes les deux, tu veux bien ?

» — Mais oui, ma petite chérie.

» — T'es fatiguée encore ?

» — Ne t'inquiète pas pour ça."

» Après l'avoir aidée à enfiler son manteau, nous sommes sorties.

» "Il y a un café pas loin qui a de très bonnes glaces, d'après ce qu'on m'a dit, lui ai-je dit. Mais avant, il faut que tu prennes quelque chose de plus nourrissant. Un hamburger, par exemple.

» — Les hamburgers, c'est bon pour moi ?

» — Meilleur que les glaces."

Nous marchions sur le trottoir. Soudain, il y a eu de l'agitation devant nous. Une femme âgée, grosse, très maquillée, avec une cigarette stupidement vissée à la bouche, est restée avec la laisse au bout des doigts quand le collier de son fox-terrier s'est cassé. Il a détalé comme un fou dans notre direction, sa maîtresse l'appelait hystériquement, et puis…

» Ce que j'ai dit à la police, après, c'est qu'Emily, que je tenais par la main, s'est dégagée pour essayer de le rattraper. Je lui ai crié d'arrêter, de m'attendre, mais elle s'était déjà élancée sur la chaussée et la voiture est arrivée... Ce n'est pas entièrement exact. La vérité, c'est qu'au moment précis où nous avons aperçu cette femme et son chien, j'ai été prise de l'un de ces éblouissements qui m'arrivaient de plus en plus souvent, une perte de conscience soudaine et très rapide, comme celle que j'avais eue le matin. Deux secondes, pas plus, mais c'était suffisant pour qu'Emily m'échappe et se jette en avant... Ma vue est redevenue normale. Ma fille était juste derrière le chien et un taxi a surgi de la rue adjacente, très vite, trop vite sans doute, en tout cas le chauffeur n'a pas vu et... C'est là que j'ai crié, que j'ai hurlé son prénom. Et je me suis précipitée.

» La voiture l'a atteinte de plein fouet. La force de l'impact l'a projetée en l'air...

J'ai appuyé mes poings contre mes yeux. Pas cette image. La refouler. L'effacer. Impossible. Je me suis calmée, peu à peu. Vern était toujours silencieux et immobile.

— Ensuite... J'ai hurlé. J'ai ramassé ma fille sur la chaussée, je l'ai prise dans mes bras, et la propriétaire de cette saleté de chien glapissait comme une folle. Le chauffeur, un jeune Arménien, était déjà près de nous, très agité, répétant d'une voix perçante qu'il ne l'avait pas vue, que ce n'était pas sa faute. “D'un coup elle est dans mes roues ! D'un coup, d'un coup !” répétait-il, au bord des larmes, et puis : “Oh, pas de chance, pas de chance ! J'ai jamais de chance !”

» Quelqu'un a prévenu la police. Le chauffeur voulait me prendre Emily des bras, “Je la fais vivre, je la fais vivre !”, et j'ai continué à la serrer contre moi, son petit corps encore chaud mais sans réaction, j'ai voulu croire qu'elle respirait toujours mais je n'ai rien senti quand j'ai approché mon visage du sien, pas un souffle, rien, elle semblait indifférente à cette hystérie autour d'elle.

» L'un des flics a essayé de me la faire lâcher mais je l'ai repoussé en hurlant. D'autres sirènes. Une ambulance. L'ambulancier m'a forcée à lui donner Emily. Ils l'ont étendue sur une couverture par terre, un médecin l'a rapidement examinée, je l'ai vu se relever et faire non de la tête à l'intention des policiers ; non, c'est fini... Et là, je me suis jetée sur ce pauvre chauffeur en criant que c'était un assassin, que j'allais le tuer, des folies dont je ne me rappelle plus.

Les flics ont dû intervenir pour me repousser. Et le malheureux gars a eu une crise nerveuse, le médecin a dû s'occuper de lui, et ensuite… Ensuite, je ne me souviens plus de grand-chose. Emily sur une civière. Ils l'ont montée dans l'ambulance. J'ai suivi dans une voiture de police, avec une femme flic à côté de moi. Elle avait son bras autour de moi. Pour m'empêcher de me débattre, je crois. Elle a dit à celui qui conduisait qu'il appelle l'hôpital pour dire qu'ils allaient avoir besoin d'"assistance", à l'arrivée.

» L'assistance en question, c'était un infirmier taillé en hercule et un jeune docteur en blouse blanche, qui nous attendaient à l'entrée des urgences. Le toubib m'a dit qu'il allait me donner quelque chose pour me calmer plusieurs heures, j'ai dit oui, oui, mais je cherchais des yeux autour de moi et je me suis mise à hurler que je voulais voir Emily, maintenant, tout de suite, et j'ai donné une bourrade à la policière, et c'est alors que l'infirmier m'a attrapée par les épaules. Le médecin s'est approché avec une seringue à la main, il m'a parlé et… plus rien.

» Je me suis réveillée le lendemain matin. Dans un lit d'hôpital. J'avais les bras et les jambes retenus par des courroies. Une infirmière d'une vingtaine d'années est arrivée presque tout de suite. En me voyant, elle a eu un air inquiet, presque peiné. Je suis restée les yeux au plafond, à me dire : "Ce n'est pas vrai, c'est un cauchemar…" En même temps, je savais que ma vie entière venait de s'écrouler. Elle est revenue avec un médecin et une femme. Le docteur Martin, je me rappelle son nom, c'est fou les détails qui peuvent s'incruster dans la mémoire à des moments pareils, m'a dit qu'elle s'appelait Sara Potholm et qu'elle était "conseillère psychologique". Quand j'y repense, toute cette procédure qu'ils doivent suivre, pour annoncer ça aux gens, surtout aux parents… Comme s'ils croyaient qu'en disant qu'une "conseillère psychologique" va s'occuper de vous, ça vous prépare à mieux prendre la nouvelle que… Ça revient à expliquer : "Voilà, dans quelques instants on va vous pousser de cette fenêtre du trente-deuxième étage", avant que vous vous sentiez projetée dans le vide. La chute est horrible mais on vous a "préparée".

» Le médecin a pris une voix d'un calme surnaturel pour m'annoncer que ma fille avait été "déclarée morte" à son arrivée à l'hôpital. Une autopsie avait eu lieu très tôt le matin. Cause du décès : rupture de la colonne vertébrale et traumatisme crânien. "Je vous précise cela pour que vous compreniez qu'Emily est morte instantanément, sans doute sans souffrir", a-t-il dit. Après, je n'ai plus rien entendu, rien d'autre que mes hurlements. La conseillère psychologique a tenté de me raisonner. J'ai continué à hurler. À hurler à la mort.

» J'ai senti une brève douleur au bras. Une autre injection. Quand j'ai repris conscience, il faisait nuit et Christy, ma meilleure amie, était assise à mon chevet. Elle m'a expliqué que j'avais donné son nom à mon assurance en tant que personne à prévenir en cas d'urgence, qu'elle avait pris le premier avion et... Elle a fondu en larmes. Elle essayait d'être courageuse, en vain. Je ne l'avais encore jamais vue pleurer. Elle, toujours si forte et volontaire... Elle sanglotait, et entre ses larmes elle criait à l'infirmière qu'on me détache, qu'on m'enlève ces putains de liens, et puis nous avons pleuré, pleuré ensemble pendant une éternité.

» Plus tard, après une conversation que j'ai eue avec Sara Potholm, on m'a laissée voir Emily. Pas à la morgue. Non, dans un "salon de recueillement" où je pourrais passer "tout le temps que je voudrais avec ma fille". Je me rappelle que j'ai senti mes genoux se dérober quand je suis arrivée devant la double porte métallique, avec la conseillère d'un côté, Christy de l'autre, qui m'a retenue par le bras et m'a chuchoté :

» "Tu dois le faire, Jane. Il le faut. Mais je vais rester avec toi."

» Sara Potholm a poussé la porte. Nous sommes entrées.

J'ai marqué un temps d'arrêt et j'ai jeté un coup d'œil à Vern. Il n'avait pas bougé. Dehors, la neige s'était remise à tomber, abolissant le monde autour de nous. J'ai réuni mes forces pour continuer :

— Elle était sur une petite civière, sous un drap qui la couvrait jusqu'aux épaules. On dit que les morts ont l'air de dormir mais moi, en contemplant son visage d'ange immobile, j'ai seulement pensé qu'elle était partie pour toujours, qu'elle ne rouvrirait plus jamais ses yeux adorables, qu'elle ne me dirait plus qu'elle avait peur du noir ou qu'elle voulait que je lui raconte une histoire en se mettant au lit, qu'elle n'était plus là. Et il y avait les traces, les preuves bien visibles que ce qui s'était passé était la réalité, et pas un cauchemar. Un énorme bleu sur son front, une entaille sur le cou, et ses mains comme de la glace quand je les ai prises dans les miennes... Au moment où je pensais que je n'allais plus pouvoir, que j'étais sur le point de m'évanouir, quelque chose d'étrange s'est passé dans ma tête, comme si un contact avait été coupé. État de choc, on dit ; c'est plutôt comme si la souffrance vous entraînait dans un abîme, comme si la violence de la chute bloquait toute autre sensation, toute autre pensée...

J'ai repris ma respiration en me laissant aller contre le dossier du siège.

— Ils m'ont laissée quitter l'hôpital un peu plus tard, dans la nuit, sous la responsabilité de Christy. Nous sommes rentrées à la maison. Je suis allée dans la chambre d'Emily, je me suis assise sur son lit. Je n'ai pas pleuré. J'étais toujours dans le même état d'engourdissement. Assommée par la douleur, sans doute. Je suis restée ainsi près d'une heure, Christy à côté de moi, silencieuse elle aussi. Parce qu'il n'y avait rien à dire. Ensuite, elle m'a forcée à manger quelque chose, elle a insisté pour que je prenne les calmants que le médecin de l'hôpital m'avait donnés, elle m'a mise au lit et elle s'est effondrée sur le canapé. Cela faisait deux nuits qu'elle n'avait pas fermé l'œil, ma fidèle amie ; moi, pour ma part, j'ai été incapable de trouver le sommeil, malgré les médicaments. Le regard perdu dans l'obscurité, je me suis dit qu'il ne me restait plus qu'à mourir.

» C'est une idée qui ne m'a pas quittée, qui ne m'a plus quittée. Ça, et les images abominables de la scène, et aussi l'espoir, démentiel mais de plus en plus insistant, que si je retournais sur les lieux de l'accident j'aurais le pouvoir de l'empêcher, que le temps s'arrêterait et repartirait en arrière, que ma fille allait se lever de cette horrible civière et revenir à la maison, maintenant, bientôt...

» Je me suis levée, j'ai enfilé un peignoir par-dessus mon pyjama, je suis descendue, j'ai pris la voiture et j'ai roulé jusqu'à la rue de Cambridge où le destin avait frappé. J'ai retrouvé l'emplacement exact et puis, brusquement, j'ai freiné, je suis sortie en abandonnant l'auto au milieu de la chaussée et je me suis assise au bord du trottoir. Pourquoi ? Je ne sais pas. Peut-être parce que dans ma tête je continuais à tomber, à tomber dans un gouffre qui n'avait pas de fond, qui n'en aurait pas... Une patrouille de police est passée, ils m'ont vue, ils ont essayé de me raisonner. Je n'ai pas dit un mot. Je ne pouvais plus.

» Ils m'ont placée pour la nuit en observation dans une clinique psychiatrique. Ils ont trouvé mon numéro de téléphone dans la voiture et ont alerté Christy. Elle leur a tout expliqué. Le psy qui a signé ma décharge lui a dit que c'était une réaction qui arrive parfois aux survivants d'un tel drame : il leur faut revenir sur les lieux, ils sont comme aimantés par une force irrépressible.

» Et puis l'enterrement. Je préfère ne pas trop en parler. Vous savez, je ne suis jamais retournée sur la tombe depuis. Jamais. Une amie à moi, officiante dans une église unitarienne, s'est chargée de la cérémonie. L'assistance… je ne sais plus, tout était si flou… Quelques connaissances. Mais je me rappelle que la femme et la fille du chauffeur de taxi étaient là et qu'elles ont pleuré encore plus que les autres. Christy m'a dit qu'elles lui avaient remis une lettre de sa part que je n'ai pas eu la force de lire ; apparemment, il ne travaillait plus depuis l'accident, il était sous Valium, il ne sortait plus de chez lui… Mais le fait est qu'il conduisait trop vite, oui, trop vite. La police a raconté à Christy qu'il avait déjà été condamné deux fois pour excès de vitesse et qu'il allait être inculpé.

» Pendant ce temps, un avis de recherche de Theo, le père d'Emily, avait été publié. Aucune nouvelle de lui, pourtant. Les flics enquêtaient, mon avocat aussi, et même certains de ses soi-disant "associés", mais il continuait à se terrer. Il devait avoir une peur terrible de ceux à qui il devait tout cet argent. Pas un mot de lui, rien. De mon côté, l'université m'a proposé de prendre un congé payé aussi long que je le voudrais. Cinq jours après l'enterrement, j'étais de retour au travail. Ils ont tous été stupéfaits en me voyant. Pour moi, c'était normal, je ne savais pas ce que j'aurais pu faire d'autre de ma peau. J'étais sur pilote automatique, un pied dans ce monde, l'autre… ailleurs, je ne sais pas où. Christy était repartie dans l'Oregon, j'avais fermé à clé la chambre d'Emily en me jurant de ne plus jamais y pénétrer, et donc j'ai repris le chemin des cours. Je parlais avec mes étudiants, même si j'évitais mes collègues.

» En apparence, je remplissais mes fonctions, mais j'avais de plus en plus l'impression d'avancer, ou plutôt de me traîner, dans un tunnel de béton armé pris sous des tonnes de terre, qui ne cessait de se rétrécir, jusqu'à en devenir étouffant. Effrayant… Et pas un soupçon de lumière en vue, mais il fallait aller de l'avant, répéter les mêmes gestes quotidiens. En fait, j'étais un zombie, un automate qui prétendait avoir assez d'énergie pour continuer sa marche forcée. Quand on me demandait comment j'allais, je changeais de sujet. J'allais comme je devais aller. Je "tenais le coup". En réalité, j'étais en train de basculer, mais je refusais de l'admettre.

» Et puis, il s'est produit quelque chose qui a bousculé ce simulacre d'équilibre. Un jour, mon avocat m'a téléphoné pour me dire que Theo avait refait surface. Mon compagnon et sa copine avaient rejoint une semi-clandestinité au Maroc pendant que leur propre avocat ferraillait avec Continental Divide, la compagnie de production qui s'était emparée du film qu'ils étaient censés commercialiser dans le monde. Je n'ai pas eu tous les détails, et d'ailleurs je n'en voulais pas, mais le fond de l'affaire, c'était que lui et sa garce d'Adrienne avaient menacé d'attaquer devant les tribunaux le studio qui avait repris l'œuvre de l'ancien ami de Theo, mais que ledit studio, doté des fonds nécessaires, avait proposé de prendre toutes leurs dettes à sa charge en échange d'un armistice judiciaire. Aussitôt accepté par le sinistre duo.

» Mon avocat m'a rapporté que Theo se disait "effondré" par ce qui était arrivé à sa fille, et qu'il aurait voulu me parler mais qu'il n'osait pas m'appeler. "Toujours aussi courageux", ai-je songé. Et c'était fort bien ainsi, car j'ai prié l'avocat de lui annoncer que je ne voulais plus jamais entendre parler de lui, sous aucun prétexte. Il a certainement été très content de l'apprendre. En tout cas, une dizaine de jours après, je suis allée dîner dans un petit restaurant proche de Harvard Square où je prenais maintenant presque tous mes repas, parce que je ne supportais plus d'être chez moi, si ce n'était pour m'abrutir de cachets de zopiclone et de vin avant de sombrer dans l'inconscience. Tous les serveurs me connaissaient, et ils savaient que mon repas du soir consistait toujours en un croque-monsieur et du café.

» Au moment où l'un d'eux m'apportait ma tasse et mon assiette, j'ai levé les yeux et j'ai vu entrer Adrienne et Theo. Ils ne m'ont pas remarquée car j'étais installée sur une banquette au fond de la salle. Je n'ai pas réfléchi deux secondes. J'ai laissé un billet de dix, remis mon manteau, saisi la fourchette qui se trouvait sur la table et j'ai marché droit sur eux. Ils s'apprêtaient à s'asseoir. C'est Adrienne qui m'a vue la première. Elle a commencé à bredouiller quelque chose du genre : "Oh, Jane, mon Dieu, nous sommes tellement tristes…" Je ne l'ai pas laissée finir. Mon bras est parti et je lui ai planté la fourchette dans le cou, sur le côté. Elle s'est mise à glapir. J'ai eu le temps de voir le sang jaillir, et puis j'ai couru à la porte et sauté dans un taxi qui passait.

» Dix minutes après, j'étais chez moi. J'ai fourré quelques affaires dans un sac, mes deux passeports, l'argent liquide que j'avais à la maison, des traveller's checks qui me restaient. J'ai pris ma voiture et je suis partie. La suite, vous la connaissez. Des heures et des heures de route, une congère au fin fond du Montana, et mon histoire s'arrête là. Il faut quand même que je précise que cette horrible femme que j'avais attaquée n'est pas morte, et qu'elle a renoncé à porter plainte contre moi. Et comme j'ai foiré mon suicide, j'en suis venue à me dire que continuer à vivre est peut-être la punition que je mérite pour avoir tué ma fille.

Vern s'est lentement tourné vers moi. Il s'est éclairci la gorge avant de parler :

— Non, vous ne l'avez pas tuée.

— Vous n'avez donc pas écouté un mot de tout ce que je vous ai raconté ?

— Vous n'avez pas tué votre fille.

— Avec tous les avertissements que j'ai reçus ? Tous les choix que j'aurais pu faire pour éviter la catastrophe ? Tous les risques auxquels je l'exposais en me mettant dans cet état ?

— Vous n'avez pas tué votre fille. C'est clair et net.

— Et très facile à dire, pour vous.

— Non, au contraire. Parce que moi, je me reproche encore d'avoir perdu ma fille. Même si…

Il s'est tu. Il a levé la main, a hésité une seconde, l'a posée sur la mienne. Je l'ai retirée avec brusquerie.

— Qu'est-ce que vous fabriquez avec moi, au juste ? ai-je sifflé entre mes dents. C'est ce qui vous attire, les épaves humaines ? C'est votre truc ? Ou bien vous croyez sérieusement… vous croyez que nous allons nous embarquer dans une aventure sentimentale, tous les deux ? (Pitoyable non ? Je me suis instantanément détestée d'avoir parlé de cette manière. Sans attendre, je l'ai regardé bien en face :) Je regrette, Vern. Je suis bête, et méchante, et je…

J'ai mis ma tête sur son épaule mais les larmes ne sont pas venues. Il a passé un bras autour de moi. Je le sentais crispé, inquiet de la réaction que ce geste pourrait provoquer en moi, et pourtant sa voix était remarquablement posée quand il a recommencé à parler :

— Vous savez, même si c'était ça que je voulais, j'en serais incapable. Le cancer de la prostate m'a privé de cet aspect de la vie. Non qu'il ait jamais été très important dans la mienne depuis que ma femme m'a quitté…

— Mais alors, qu'est-ce que vous voulez ? ai-je murmuré, cachant toujours mon visage dans son blouson.

Il s'est reculé doucement. J'ai levé les yeux vers lui. Les siens étaient rouges, humides. Il a sorti un mouchoir de sa poche et l'a passé rapidement sur sa figure. Il a empoigné le volant des deux mains, fixant sur la route qui disparaissait presque dans les rafales de neige

— Ce que je veux ? Un whisky.

8

NOUS SOMMES ENTRÉS DANS UN BAR D'UNE GALERIE MARCHANDE. Déprimant, comme il fallait s'y attendre. Repoussant même, avec des relents de bière transformée en urine et de sueur mâle, mais au moins relativement tranquille : pas de heavy metal beuglant, juste un immense écran de télévision dont le son était coupé, sur lequel les Flames de Calgary disputaient une rude partie de hockey sur glace. Deux joueurs d'équipes adverses qui venaient de se dépouiller de leur casque cherchaient à s'arracher mutuellement les oreilles. Toute la clientèle semblait trouver ce spectacle hilarant et les encourageait à pleine gorge.

— Salut, Vern ! a lancé le barman, un costaud répondant au prénom de Ronnie dont le tee-shirt révélait de gros biceps, l'un d'eux tatoué d'un crucifix enchâssé dans la feuille d'érable canadienne.

— Charmant endroit, ai-je déclaré à mon compagnon en prenant place sur la banquette en face de la sienne.

— On ne peut pas dire ça. Mais c'est pratique : d'ici, je peux rentrer chez moi à pied, quand je tiens encore debout.

Cette dernière remarque appelait une question dérangeante : Vern avait-il du mal à tenir debout après deux verres seulement ou venait-il ici spécialement dans le but de violer la règle de modération qu'il avait proclamée ? J'ai obtenu la réponse au cours des trois heures suivantes, lorsqu'il s'est employé à me faire boire plus que de raison.

Après m'avoir avoué dans la voiture qu'il avait besoin d'un whisky, il avait fait la route jusqu'à ce bar en silence, sans aucun commentaire sur ce que je venais de lui confier. Il avait mis dans le lecteur le CD d'un trio pour piano de Schumann, une musique sombre, contemplative, hivernale. J'avais été soulagée qu'il ne revienne pas sur ma longue confession. Si les psys proclament qu'il est toujours préférable de « dire les choses », je crois que c'est un leurre. Parler revient seulement à formuler le mal qui vous ronge, non à l'expulser. Ce n'est pas comme de vomir un repas indigeste, une réaction naturelle qui vous laisse purgé, lavé et prêt à vous remettre à table. Tout ce que l'on peut penser, après s'être confié, c'est : « Voilà, je l'ai dit et... rien n'a changé. »

Pour cette raison, j'étais reconnaissante à Vern de ne pas pousser plus loin l'introspection. Peut-être quelqu'un lui avait-il assuré qu'il n'était pas responsable de la maladie de sa fille, lui non plus, et il ne s'était pas laissé convaincre davantage que moi. Ou bien mon histoire l'avait-elle tellement accablé qu'il ne désirait rien d'autre que se perdre dans l'alcool. Quelle qu'en soit la raison, en tout cas, il s'est mis à boire méthodiquement. Deux verres coup sur coup, d'abord, puis un double whisky toutes les demi-heures à peu près. Je l'ai accompagné sans me laisser distancer. C'était une expérience intéressante, très différente de l'ivresse anesthésiante que j'avais souvent recherchée pour parvenir à m'endormir. Aux sous-entendus de Ronnie (« Alors t'es parti pour un après-midi sérieux, Vern ? Et si tu me donnais tes clés de bagnole avant de faire une bêtise ? »), j'ai compris que ce n'était pas la première fois qu'il venait se soûler... Alors que nous en étions à la cinquième ou sixième tournée je l'ai interrogé sans détour :

— Alors, après les Alcooliques anonymes, comment vous expliquez ce qu'on est en train de faire ?

— Très simple. Une fois tous les deux mois, environ, quand j'éprouve le besoin de boire, je viens ici. Ronnie connaît mon problème et il sait ce qu'il doit faire lorsque je ne suis plus en état de décider moi-même. Il y a eu un temps où j'étais bourré tous les jours ; maintenant, je ne me soûle que dans un cadre strictement contrôlé.

L'alcool lui déliant la langue, Vern a abordé les sujets les plus divers : une analyse très originale des obsessions musicales de Mahler, une description ironique du désespoir qu'il ressentait la plupart du temps dans son travail à la bibliothèque, une rapide allusion à une femme dont il était tombé amoureux alors qu'il était pensionnaire au Royal College of Music à Londres.

— Elle s'appelait Véronique. Une violoncelliste française de Lyon. Merveilleuse artiste, et très belle, en tout cas à mes yeux, d'une beauté sévère, intérieure. Une fois, je l'ai accompagnée dans la deuxième *Sonate pour violoncelle* de Mendelssohn, et après j'ai senti que, comment dire... ? que je l'intéressais. J'étais déjà fou d'elle mais je n'ai jamais été très bon pour ce genre de chose...

J'ai alors repensé à David, amoureux d'une violoniste...

— Vous voulez dire, pour la séduction ?

— Je veux dire, pour mener une vie normale.

— Qui a une vie normale ?

— Oh, il y a des gens qui ont l'air de savoir vivre sans trop de difficultés, profitant de la chance qui passe, se servant de leurs talents et se débrouillant pour ne pas accumuler les malheurs.

— Mais ce n'est presque jamais simple, c'est toujours un combat.

— Oui. Surtout contre la force à laquelle personne d'entre nous ne peut s'opposer, la mort.

— Est-ce que ça vous fait peur, la mort ?

— Elle va venir, c'est sûr. La seule chose qui me sidère vraiment, c'est cette idée qu'un jour viendra où je n'existerai plus, où mon histoire sera entièrement effacée. Plus de moi. C'est sacrément dur à comprendre, non ?

— "Plus de moi", ai-je répété, il y a un an, c'était une perspective que je trouvais très tentante.

— Et maintenant ?

— Maintenant, il faut que je vive avec moi-même.

C'est la seule fois de tout l'après-midi où nous avons fait allusion à ce que je lui avais raconté. Une autre tournée est arrivée, nous avons continué à bavarder de manière décousue. Le whisky commençait à m'embrumer l'esprit, mais j'appréciais le calme ankylosant qu'il me procurait. J'avais besoin de m'enivrer pour la même raison que j'avais eu besoin de raconter mon histoire – parce que c'était une nécessité absolue. Et comme nous buvions méthodiquement, sans précipitation, c'est seulement vers cinq heures que Ronnie, sentant que nous avions atteint nos limites, a commandé deux taxis, l'un pour Vern, l'autre pour moi, peut-être pour s'assurer que nous n'allions pas nous effondrer dans le même lit. Mais auparavant, près de deux heures plus tôt, j'avais eu une expérience qui, sans que je m'en rende compte sur le moment, allait déterminer le cours de ma vie durant les mois à venir.

Comme tant de tournants majeurs dans notre existence, celui-ci s'est produit fortuitement, parce que j'ai tourné la tête vers le bar à un certain moment, sans raison, et que mes yeux sont tombés sur l'écran de télévision alors même que le patron du bar s'exclamait :

— Pas trop tôt qu'ils aient chopé ce fils de pute !

En gros plan, George MacIntyre, le père de la fillette disparue à Townsend, était emmené par des policiers hors de chez lui, une simple cahute. La quarantaine fatiguée, adipeux, le cheveu rare, mal rasé, il ne portait qu'un tee-shirt sale et un pantalon de pyjama à rayures, les flics ayant de toute évidence décidé de le cueillir au saut du lit. Si aucun détail de sa repoussante apparence ne m'a échappé ni le constat indiscutable qu'il semblait le portrait craché du père abusif, ce sont ses yeux qui ont surtout attiré mon attention. Ils étaient rouges d'avoir pleuré, d'abord, mais ce n'est pas la peur, ni le remords, ni le déni que j'ai lus en eux. Ce qu'ils exprimaient était une angoisse nue, une détresse totale, la même expression que j'avais surprise dans mon propre regard après la mort d'Emily, quand je commettais l'erreur de m'observer dans la glace. Les yeux d'un être qui vient de perdre un enfant et qui découvre l'enfer qui l'attend, désormais. À cet instant précis, j'ai su que cet homme n'avait pas tué sa fille.

MacIntyre était maintenant conduit fermement jusqu'à une voiture de police, entouré d'une nuée de journalistes qui hurlaient des questions et de photographes en train de mitrailler la scène. Et devant la caméra, le reporter de la CBC a commenté : « "Je n'ai pas touché à un cheveu de ma fille !" a-t-on entendu MacIntyre crier à plusieurs reprises. À quarante-deux ans, il est déjà connu des services de police. Quant à son épouse, Brenda, elle est active au sein de l'Église des Assemblées de Dieu et selon son pasteur, le révérend Larry Coursen… »

Le montage vidéo montrait maintenant un quadragénaire blond aux fortes mâchoires, aux dents d'une blancheur suspecte, affublé d'un col ecclésiastique sous un blouson en cuir marron, aux manières onctueuses et aux sourcils laborieusement froncés :

« C'est un jour très triste pour Brenda MacIntyre, pour toute notre congrégation des Assemblées de Dieu et, oui, pour George MacIntyre. Dans cette tragédie, nous devons prier pour le retour d'Ivy saine et sauve, tout comme nous prions pour que la lumière du Christ saint descende sur George MacIntyre et sa fille. »

J'ai saisi mon verre, vidé ce qui restait de whisky.

— Amen, ai-je marmonné.

Vern, qui m'avait entendue, a eu un faible sourire. Un inspecteur de la police montée, Floyd McKay, est apparu sur l'écran. Il a sobrement expliqué que le suspect avait été transféré à Calgary pour être à nouveau interrogé.

— Si j'étais à la place des flics, j'y couperais les noisettes, a affirmé l'un des clients, en brandissant la bouteille de Labatt qu'il buvait au goulot, une fesse sur son tabouret.

Les mots sont sortis tout seuls de ma bouche :

— Ce n'est pas lui.

Le patron m'a regardée d'un air agressif.

— J'ai pas dû bien comprendre.

Je n'ai pas esquivé son regard.

— Vous avez très bien compris. Cet homme n'est pas coupable.

— Ah ouais ? Et vous savez ça comment ?

— Je le sais.

— Avec la culotte pleine de sang de sa fille qu'on a retrouvée dans son atelier sur un tas de bois ? C'est l'un des policiers, un client régulier, qui me l'a dit.

— Et alors ? Qu'est-ce que ça prouve ? Je vous le répète, cet homme est innocent.

— Foutaises ! Hé, Vern, je connais pas ton amie ici présente mais m'est avis qu'elle a forcé sur la gnôle, vu son discours !

— Pensez ce que vous voudrez, ai-je murmuré. (Levant une main en l'air, Vern m'a lancé un regard qui m'implorait de la fermer, cette fois. Je me suis tournée vers le bar.) Si je vous ai offensé, monsieur, je vous prie de m'excuser, ai-je dit tout haut.

— Heureusement que Vern est un habitué, hein ? Sans ça, vous seriez déjà dehors.

Deux tournées de Crown Royal plus tard, les taxis sont arrivés. Marmonnant un au revoir à l'adresse de Vern, je suis tombée à la renverse sur la banquette arrière du mien. Le chauffeur s'est retourné, me demandant si j'allais vomir sur ses tapis, mais je lui ai promis que je garderais le contenu de mon estomac jusqu'à ce que je sois arrivée chez moi ; après m'avoir garanti qu'il m'abandonnerait en route si je ne tenais pas ma promesse – la température était descendue à – 19 °C –, il a démarré. Ensuite, je ne me rappelle plus grand-chose, à part lui avoir jeté un billet de vingt dollars une fois à destination, puis m'être escrimée avec ma porte d'entrée avant de m'affaler sur mon lit.

Quand j'ai émergé à onze heures le lendemain, j'avais l'impression qu'un couteau était planté dans ma tête. J'ai gémi en découvrant l'heure à ma montre. Moi qui n'étais jamais en retard, je me sentais incapable de surmonter ma gueule de bois. Attrapant mon portable, j'ai contacté Geraldine Woods et je me suis platement excusée, invoquant un virus, sans doute une grippe intestinale, qui m'avait tenue debout toute la nuit.

— Ah, il doit y avoir quelque chose dans l'air ! a-t-elle répondu, Vern Byrne a téléphoné et il est malade, lui aussi, avec les mêmes symptômes.

Quand les esprits des grands ivrognes se rencontrent...

Je me suis attardée au lit encore une heure, repassant dans ma tête les souvenirs partiels que j'avais de la soûlerie de la veille. Au-delà de ce moment de faiblesse qui nous avait réunis, Vern et moi, mes pensées revenaient sans cesse à une image bien plus dérangeante : George MacIntyre, ses yeux affolés et égarés dans la lumière des flashs, et cette nuance de résignation, comme si l'épreuve de l'arrestation et de l'assaut médiatique n'était rien face à l'insupportable réalité de la disparition de sa fille... S'il avait été coupable, son attitude, son expression l'auraient trahi ; il y aurait eu un signe, une tentative de dissimulation ou au contraire d'auto-accusation à la Raskolnikov, tandis que là... J'avais vu un homme brisé, sans espoir et happé par un cauchemar purement kafkaïen, celui d'être accusé du meurtre de son propre enfant.

D'un autre côté, MacIntyre était quelqu'un de violent, comme je l'avais appris par les bribes d'informations journalistiques que j'avais glanées sur son compte. S'il était vrai qu'il avait plusieurs fois battu la mère d'Ivy, et que leur fils le tenait pour un individu dangereux, les soupçons ne pouvaient que s'accumuler sur lui et l'opinion publique se tourner contre lui avant même l'ouverture d'une instruction judiciaire en bonne et due forme. Et que dire de ce sous-vêtement ensanglanté retrouvé dans son atelier, et qui d'après Ronnie le barman appartenait sans nul doute à Ivy ? Si MacIntyre avait été le responsable de la disparition de sa fille, logiquement, il aurait veillé à éliminer toutes les preuves qui pouvaient l'incriminer. Et même s'il cherchait inconsciemment à se faire prendre, à avouer un crime dont l'horreur dépassait sa raison, il n'aurait pas eu recours à un indice aussi bêtement évident : il aurait mis les enquêteurs sur la piste du corps de manière bien plus explicite. Pourtant, la police allait certainement se saisir de cette pièce à conviction pour l'incriminer, du moins si ce que les téléspectateurs du bar prétendaient était exact. Ensuite, il faudrait que les analyses confirment que le sang prélevé sur le sous-vêtement était du même type que celui d'Ivy... « Non, mais regarde-toi ! me suis-je grondée en silence, tu te prends pour la nouvelle Nancy Drew ou quoi ? La petite détective amateur du feuilleton qui cite Dostoïevski au lieu d'admettre qu'elle a trop bu et qu'elle adore prendre le contrepied de ce que les autres pensent. »

Malgré ma résolution de laisser cette affaire de côté, elle n'a cessé de me poursuivre. Après une douche glacée de pénitente et deux heures de contrition physique à la salle de gym que je fréquentais parfois, je n'ai pu m'empêcher d'aller acheter toute la presse locale et de l'éplucher conscieusement à une table du Caffè Beano. Le *Calgary Herald*, qui consacrait une page entière au cas Ivy MacIntyre, notait que c'était la troisième disparition d'une adolescente en six ans, à Townsend et dans ses environs, et que les deux filles précédentes n'avaient jamais été retrouvées. Le journal rapportait aussi que George MacIntyre était « connu des services de police » – formule d'usage qui ne signifie rien –, et qu'il avait été camionneur dans le passé, mais c'était à peu près tout : ainsi que je le découvrais, les journalistes canadiens étaient bien plus discrets que leurs confrères américains quand une enquête sur un homicide était en cours ; conformément à la loi en vigueur dans ce pays, aucun détail incriminant ne pouvait être publié avant l'ouverture du procès.

L'*Edmonton Journal* citait toutefois « le pasteur de la famille MacIntyre », Larry Coursen, qui appelait Ivy « un petit ange du Seigneur » et affirmait que quand il avait connu Brenda MacIntyre celle-ci était « dans un grand besoin de rédemption, mais que le salut était venu dès qu'elle avait ouvert son cœur à Jésus ». Tu parles... À en croire l'homme d'Église, Brenda avait arrêté de boire quelques semaines après avoir eu sa petite discussion avec son Sauveur ; elle avait trouvé un travail au supermarché Safeway du coin, repris en main son foyer et « rétabli ses relations maternelles avec ses enfants »... Qu'est-ce que cela voulait dire, ça ? Et le révérend Coursen d'ajouter que, dans ce tableau édifiant, il était resté « une cause d'affliction », euphémisme désignant vraisemblablement son mécréant de mari.

Dans le *Globe and Mail*, j'ai remarqué l'interview d'un habitant de Townsend, Stu Pattison, qui avait régulièrement joué au hockey avec George MacIntyre dans l'équipe locale. Il certifiait que celui-ci « adorait sa fille » et se rappelait qu'il avait fait « un foin du diable le jour où deux jeunes dans un pick-up se sont bêtement amusés à faire peur à Ivy, qui roulait en vélo sur la route ». Dans le calepin que j'avais ouvert près de moi, j'ai ajouté ce nom, Stu Pattison. Sous celui de Brenda MacIntyre, que j'avais déjà inscrit en haut d'une page blanche, j'ai noté : « A-t-elle porté plainte une fois pour violences domestiques ? », puis j'ai rajouté quelques commentaires sous les entrées « George MacIntyre » et « Larry Coursen ». Après avoir demandé des ciseaux à la serveuse du Beano, j'ai découpé tous les articles de presse sur le sujet, que j'ai rangés dans mon carnet de notes. Ensuite, je suis allée à ma papeterie favorite, où j'ai acheté du papier, des chemises et de la colle blanche. Dans une ruelle toute proche, il y avait un café Internet dans lequel j'ai passé les trois heures suivantes à rechercher tout ce que je pouvais glaner sur la famille MacIntyre.

Un entrefilet dans le *Regina Leader-Post* datant de février 2002 a retenu mon attention. MacIntyre avait été arrêté pour avoir « maltraité » une femme dans un relais de routiers ; celle-ci n'avait pas porté plainte mais, d'après des sources policières, il s'était « livré à une exhibition obscène » alors qu'elle se dirigeait avec lui à son camion… J'ai relu le court paragraphe, tentant d'imaginer la scène : il s'arrête devant un bar situé au bord d'une route, à Regina, rencontre une femme, lui propose de monter dans la cabine de son véhicule. Elle y va volontairement, ce qui fait que l'accusation de « mauvais traitements » ne tient pas. C'était une professionnelle, très certainement, alors pourquoi la chose aurait-elle si mal tourné ?

Mais il y avait plus. En mai 2005, la feuille de chou de Townsend rapportait le fait que George MacIntyre avait été jugé coupable d'« atteinte à la propriété privée » après que sa fille avait « dû se jeter dans le fossé en bicyclette » à cause de deux adolescents qui avaient fait mine de la poursuivre en voiture ; la fillette n'avait pas été blessée, précisait l'article, mais « sérieusement effrayée ». Dans une aussi petite ville, elle avait tout de suite reconnu les deux chenapans ; la nuit venue, son père était allé chez eux et s'était mis à fracasser leur pick-up avec un pied-de-biche ; le père des gamins l'avait surpris en pleine vengeance, les flics étaient intervenus, MacIntyre avait passé la nuit au poste, puis le juge l'avait condamné à trois mille dollars de dommages-intérêts. Dans le même article, son patron de l'époque, Dwane Poole, constatait que MacIntyre était « un type en or, et un artisan hors pair, mais aussi une sacrée tête de lard quand on le prend à rebrousse-poil ».

À la fin, j'avais imprimé une cinquantaine de pages et rempli mon calepin de nouvelles notes. Et en rentrant chez moi en fin d'après-midi, j'ai renoncé à l'un de mes grands principes et j'ai regardé les actualités télévisées. L'affaire MacIntyre était plus que jamais le titre principal du bulletin, mais le journaliste de la CBC n'avait rien à raconter, sinon que l'interrogatoire du principal suspect se poursuivait à Calgary.

Après une nuit de sommeil profond, je me suis réveillée à sept heures et j'ai entendu une information qui m'a fait l'effet d'une bombe : le père d'Ivy allait être formellement inculpé d'enlèvement dans la journée. Mon cerveau a démarré au quart de tour. Était-ce à dire que le sang sur le sous-vêtement avait été identifié, et qu'ils y avaient aussi trouvé des traces d'ADN de MacIntyre ? Et pourquoi toute la province d'Alberta semblait-elle accepter le fait que Brenda MacIntyre était la sainte femme que l'on voulait nous présenter ? Et comment expliquer que personne n'ait remarqué les yeux de cet homme lors de son arrestation et n'ait eu la révélation qui m'avait frappée ? Tant de questions que j'étais apparemment la seule à me poser…

À peine le bulletin s'était-il achevé que j'avais pris ma décision. J'allais rester en congé maladie deux jours supplémentaires que j'allais mettre à profit pour élucider le cas. Faire la lumière, enfin. « Tu as du pain sur la planche », me suis-je dit. Une autre pensée : « Tu es sérieusement atteinte. »

Cinquième partie

1

GERALDINE WOODS S'EST MONTRÉE EXTRÊMEMENT COMPRÉHENSIVE en apprenant que ma « grippe intestinale » ne me laissait aucun répit.

— C'est vraiment un sale virus. Soignez-vous bien.

— Je m'en veux d'être absente pendant tout ce temps, ai-je menti avec aisance.

— Il ne faut pas. On ne plaisante pas avec ça, et puis c'est la première fois de l'année que vous prenez un congé, avec toutes ces heures supplémentaires que vous faites… Reposez-vous jusqu'à la fin de la semaine.

En réalité, je me sentais plutôt en forme, grâce au bon sommeil qui suit toujours une gueule de bois, et peut-être aussi parce qu'une énergie qui me surprenait moi-même m'habitait depuis que j'avais résolu de m'attaquer au cas d'Ivy MacIntyre. Ce n'était pas que ma douleur avait été effacée d'un coup, bien au contraire, mais toutes mes ressources intellectuelles étaient soudain accaparées par le besoin de résoudre cette énigme, comme si je me laissais captiver par un film dont je ne pouvais imaginer la fin, en admettant qu'il en ait eu une. Alors, je me suis mise au travail.

J'ai réservé une voiture chez Avis puis, passant du téléphone fixe à mon portable, j'ai appelé les renseignements. Par chance, tous les numéros que je cherchais à Townsend, dans la province d'Alberta, étaient disponibles, à part celui de George et Brenda MacIntyre qui, d'après l'opératrice, figurait depuis peu sur liste rouge. Mon premier appel a été pour Dwane Poole, l'ancien patron du suspect, qui m'a répondu de façon très directe et très simple. Ou plutôt qui a répondu à Nancy Lloyd, journaliste au *Vancouver Sun*, le personnage que je m'étais forgé. Aurait-il une demi-heure à me consacrer dans l'après-midi ?

— C'est que… j'ai l'impression d'avoir dit tout ce que je savais sur le sujet.

— Je peux le comprendre, mais moi, j'ai des doutes sérieux quant à la manière dont George MacIntyre est déjà condamné et pendu avant que les preuves soient réunies.

— C'est ce que je pense aussi, mais maintenant, ils disent que les analyses de sang et d'ADN concordent sur la… le sous-vêtement qui a été retrouvé dans son atelier…

— Deux heures et demie, ça vous irait ?

— Eh bien… oui, d'accord, a-t-il concédé, sans doute pour ne pas paraître impoli.

Mon coup de fil suivant a été pour le révérend Larry Coursen, dont je n'ai eu que le répondeur sur lequel je lui proposais, ou plutôt Nancy Lloyd, une interview pour le *Vancouver Sun* dans la soirée, ou le lendemain. Laisser le nom du journal était un risque calculé, car s'il vérifiait auprès de la rédaction il se rendrait facilement compte de l'imposture, mais je comptais sur le fait que, ayant déjà été tellement sollicité par la presse, il ne verrait là qu'une corvée de plus, d'autant que je m'étais auparavant assurée qu'aucune interview de lui n'était parue dans ce quotidien.

Ensuite, j'ai contacté le bureau du proviseur de l'école qu'Ivy MacIntyre fréquentait avant sa disparition. Quand je me suis présentée, on m'a transférée à la directrice adjointe, Missy Schulder, qui m'a annoncé d'entrée de jeu que la direction de l'établissement avait décidé de ne faire aucune déclaration à la presse.

— Vous connaissez Ivy personnellement ? ai-je insisté.

— Bien entendu. Je surveillais l'étude du soir, qu'elle a fréquentée pendant deux ans. Une petite charmante, bien que fantasque. Son père était très agréable, un peu colérique parfois.

— Tournait-il sa colère contre sa fille ?

— Qu'essayez-vous de me faire dire ?

— Rien, madame Schulder, rien du tout. Tout cela reste strictement entre nous. Et de vous à moi, franchement, je ne crois pas du tout qu'il soit coupable.

— Ah oui ? a-t-elle fait, soudain beaucoup moins réticente, et pourquoi ?

— Hum, je ne vois pas un meurtrier garder un bout de tissu plein de sang dans l'endroit où il bricole.

— Tout à fait, a-t-elle approuvé en baissant la voix. Laissez-moi vous dire quelque chose d'autre, mademoiselle Lloyd. Je n'ai jamais aimé la mère, cette Brenda. Et depuis qu'elle est devenue un pilier d'église… « Insupportable » est un mot encore trop gentil pour la décrire. George ne vient pas du meilleur milieu, c'est entendu, et il a souvent manifesté un sale caractère qui a sans doute braqué contre lui le fils, Michael, qui n'avait pas bon genre.

— C'est-à-dire ?

— Eh bien, il fréquentait des blousons noirs, il a eu de nombreux problèmes de drogue et il se fichait ouvertement de son père. D'après ce que je sais, George a été réellement furieux quand il a appris que Michael « dealait du crack », comme ils disent. Brenda, la mère, l'a défendu et l'a envoyé vivre dans sa famille à elle. Depuis, le garçon s'en est sorti, il paraît qu'il a un bon travail et qu'il est sérieux, mais si j'étais journaliste, moi, je m'intéresserais à la mère. Elle vient d'une famille de pas-grand-chose.

— Elle a eu une enfance difficile, vous voulez dire ?

— Tout le monde sait que sa mère se prostituait à Winnipeg… Oui, à Winnipeg ! Quant à son père, il a fait sept ans de prison pour avoir mis dans le coma le frère aîné de Brenda, après l'avoir battu comme plâtre. Ça s'est passé à Red Deer, le trou où elle a grandi. Mais la rumeur veut aussi qu'elle se soit retrouvée enceinte à treize ans, après avoir été violée par son propre père. Il y a eu interruption de grossesse, la justice n'a pas été saisie, et trois ans après elle a rencontré George MacIntyre. Il avait dix-huit ans, il était déjà chauffeur et il a eu le malheur de passer par Red Deer pendant une livraison. Elle était dans un bar que fréquentaient les routiers, ils se sont parlé, ils sont allés dans son camion et, le temps de dire ouf, elle s'est retrouvée à nouveau enceinte…

Ainsi, George MacIntyre avait depuis longtemps une nette propension à aborder les filles partout où il s'arrêtait et à les convaincre de venir batifoler dans son bahut… Comment s'était-il alors décidé à prendre ses responsabilités et à épouser Brenda en apprenant qu'elle attendait un enfant ? Et comment avait-elle pu le retrouver, lorsqu'elle avait fait ce constat ? D'après Missy Schulder, le couple avait vécu plusieurs années à Red Deer, là où était née Ivy, et quand MacIntyre avait été licencié parce qu'il buvait, ils étaient venus s'installer à Townsend, où un vieil ami de la famille, Dwane Poole, avait accepté de le prendre comme apprenti menuisier.

— Et ensuite ? ai-je tenté, tout en notant à la volée, avec la fébrilité du journaliste tombé sur une mine d'or, le flot d'informations qu'elle me dispensait.

— J'en ai dit plus qu'assez, je crois.

— Une dernière chose, si vous voulez bien : les deux autres filles qui ont disparu dans la région ?

— Vous voulez dire Hildy Krebs et Mimi Pullinger ?

Je me suis hâtée d'écrire ces deux noms et, prenant un ton entendu :

— Oui, Hildy et Mimi…

— Eh bien, Hildy a disparu en 2002, Mimi en 2005. Elles étaient un peu plus âgées qu'Ivy, quinze ou seize ans. Mais elles ne lui ressemblaient pas du tout. Des filles à problèmes, toutes les deux. Les garçons, la drogue… Mimi a été renvoyée deux fois de l'école pour cette raison, Hildy a fait une overdose à quatorze ans, et une fausse couche en plus.

— À vous entendre, Townsend a tout d'une petite ville faussement tranquille…

— N'écrivez pas ça, surtout ! Nous avons les mêmes problèmes que n'importe où ailleurs, mais pour l'essentiel nous sommes en effet une petite ville sans histoires. Enfin, nous l'étions jusqu'à ces derniers jours, avant que vous autres journalistes commenciez à fourrer votre nez partout.

Missy Schulder commençait vraiment à me plaire, dans son rôle de chroniqueuse cynique d'un coin perdu de la province canadienne.

— Est-ce que vous auriez le temps de prendre un café avec moi, quand je viendrai à Townsend ?

— Certainement pas. Pour qu'on me voie avec l'un de vous autres ? Non merci. Mais puisque vous êtes de Vancouver, je veux bien vous donner deux pistes. Un, allez voir un peu du côté des squats d'East Hastings. On dit que c'est là que ces deux pauvres filles ont été aperçues la dernière fois. Un repaire de drogués. Et deuxièmement, enquêtez sur la femme, Brenda. Elle cache un vilain jeu, j'en mettrais ma main au feu. Évidemment, il est hors de question que mon nom apparaisse dans votre journal. J'ai votre parole ?

— Bien sûr, n'ayez crainte.

Cette conversation terminée, je suis retournée au cybercafé pour glaner d'autres informations sur Hildy Krebs et Mimi Pullinger. Tout ce que Missy Schulder m'avait raconté s'avérait. Deux filles

« à problèmes », certes, mais dont la disparition ne paraissait pas obéir à un même scénario, et s'était produite à trois ans de distance. Est-ce que leurs parents accepteraient la visite d'une soi-disant journaliste du *Vancouver Sun* ? J'ai aussi mené quelques recherches autour de Michael MacIntyre, sans résultat notable. Serait-il disposé à incriminer son père quand il serait légalement autorisé à témoigner, ainsi qu'une certaine presse l'avait insinué, ou au contraire à affirmer que ce dernier aurait été incapable de faire du mal à sa sœur ? Cela ne changerait rien, de toute façon, car l'histoire était déjà presque écrite dans la mentalité collective : le loup-garou avait été trouvé, il devait être puni.

En roulant vers le sud et Townsend, je suis restée branchée sur la station CBC de Calgary. En entendant que les experts de la police scientifique étaient en train de passer au peigne fin l'atelier de George MacIntyre, j'ai réprimé un mouvement de rage. À quoi bon ce déploiement de minutie tâtillonne ? Pourquoi ne pas suivre l'avis de Missy Schulder, quelqu'un qui connaissait parfaitement l'environnement humain des MacIntyre, et « chercher la femme » ? C'était mon intention, en tout cas, si jamais Brenda MacIntyre acceptait de me rencontrer... Soudain, je me suis aperçue que j'avais quitté les derniers faubourgs de Calgary et que j'étais maintenant en rase campagne. Pourtant, je ne me sentais aucunement menacée d'un accès de panique identique à celui que j'avais connu dans la voiture de Vern. C'était comme si ma concentration sur le mystère que je voulais résoudre réduisait mon champ de vision à la bande de macadam derrière mon pare-brise.

En arrivant à Townsend, toutefois, j'ai regardé autour de moi. Attentivement, car c'était le genre de bourgade qu'on pouvait traverser sans s'en rendre compte. Des fast-foods flanqués de pompes à essence, une double rangée d'immeubles en béton des années 1950, quelques-uns en briques, une banque, un supermarché, une quincaillerie, un restaurant à la vitrine poussiéreuse, une papeterie qui exposait les habituels best-sellers – au moins il y avait des livres –, un bar... J'ai eu l'idée d'entrer prendre un café pour nouer la conversation avec le barman, l'air de rien, en reporter chevronné, mais il valait mieux garder profil bas, dans une si petite ville.

Dwane Poole habitait près de l'école qu'Ivy avait fréquentée, dans un pavillon vétuste dont le jardin étriqué était pratiquement envahi par un garage qui avait été agrandi au moyen de murs en parpaings. Un bourdonnement de scie circulaire sortait par la double porte ouverte. Je me suis approchée. Un homme aux yeux protégés par des lunettes en plastique poussait une longue pièce de bois rabotée sur le tranchant en rotation. Quand il a terminé sa coupe impeccablement rectiligne, il s'est tourné vers moi en essuyant la sciure sur ses lunettes.

— C'est vous, Nancy ?

Il était petit, mince, vêtu d'une chemise de trappeur et d'un jean usé. La cinquantaine bien entamée sans doute, mais avec un air d'ancien hippie ayant renoncé tardivement à ses rêves de jeunesse. Son atelier était un modèle d'organisation, les outils soigneusement suspendus sur des panneaux aux murs, de nombreux placards d'excellente qualité alignés dans un coin, plusieurs plans d'assemblage dépliés sur une grande table en bois, au-dessus desquels était épinglée la photographie d'un garçon en uniforme de l'armée de l'air canadienne.

— Merci d'avoir accepté de me rencontrer si vite, ai-je dit en serrant la main qu'il me tendait.

— Vous êtes le cinquième ou sixième journaleux qui entre ici, a-t-il constaté sobrement.

— Je ne vous retiendrai pas longtemps.

Il est allé à la table, sur laquelle une vieille cafetière électrique glougloutait doucement.

— Vous avez de la veine, je viens juste de refaire du café.

— C'est votre fils, là ? ai-je demandé en montrant la photo au mur.

— Oui. David. Il est en Afghanistan. Avec le contingent canadien de l'Otan, basé près de Kandahar.

— Vous devez être fier, et inquiet, ai-je risqué prudemment.

— Plus inquiet qu'autre chose. Je n'arrive pas à comprendre ce que nous fabriquons là-bas. Mais bon, il s'est engagé, il doit donc accepter les risques du métier, j'imagine...

Après m'avoir servi une tasse de café, il m'a fait signe de m'asseoir sur la seule chaise en vue. J'ai sorti mon calepin et un stylo. Perché sur le coin du bureau, Dwane Poole avait un air résigné, comme s'il regrettait d'avoir accepté l'interview mais se rendait compte qu'il était trop tard.

— Ce que je peux vous dire, c'est que George est peut-être le meilleur menuisier que j'aie jamais connu. Il y a de ça quarante ans, j'ai été un apprenti consciencieux mais j'ai dû bosser dur pour saisir les ficelles du métier ; George, lui, il vous fignolait au bout de deux jours des tenons et des mortaises comme s'il avait fait ça toute sa vie. Et il a tout pigé tout de suite, la coupe contre le sens du grain, tout…

— Est-ce qu'il parlait de difficultés à la maison, dans sa vie personnelle ?

— Les six premiers mois, il bossait dur, il voulait apprendre et il apprenait vite. Il était encore au chômage et il faisait ça dans le cadre d'un programme de reconversion professionnelle, donc il touchait une petite aide en échange, deux cents dollars par semaine, mais j'ai compris qu'ils avaient du mal à s'en sortir, surtout que sa femme n'avait pas encore trouvé de travail. Mais il s'accrochait. Et puis, un matin, il est arrivé avec une balafre toute fraîche au front. Je lui ai demandé ce qu'il lui était arrivé. Il a hésité, d'abord, puis il a fini par me raconter que Brenda s'était soûlée, qu'elle était tombée sur la petite sans raison, juste pour se défouler. George a voulu protéger Ivy et là, Brenda l'a attaqué avec un fer à repasser. Il a dû aller tout seul à l'hôpital et se faire poser cinq points de suture. Pour ne pas créer d'ennuis à sa femme, il a expliqué qu'il s'était fait ça dans une bagarre à la sortie d'un bar. Grosse erreur, parce que le médecin a noté ça dans son dossier. Et il a sorti un bobard une autre fois, quand Brenda lui a cassé le nez pendant une dispute. Du coup, lorsqu'il a passé une nuit au violon, tout ça a ressurgi.

— Vous voulez dire qu'il avait déjà été arrêté avant cette affaire ?

— Encore une de leurs disputes, mais celle-là a vraiment mal tourné. Brenda s'est emportée, il y a eu des coups échangés, elle a essayé de lui envoyer une casserole d'eau bouillante à la figure mais elle a glissé et elle s'est cogné la tête contre le plan de travail de la cuisine. En voyant sa mère inanimée par terre, Ivy a couru s'enfermer dans sa chambre et elle a appelé les urgences. Les flics sont arrivés, ils ont embarqué George, et Brenda, qui avait eu plus de peur que de mal, l'a accusé de l'avoir agressée. Le dîner n'était pas prêt à l'heure, soi-disant.

— Mais ils ont bien dû interroger Ivy, qui aurait pu dire que sa mère avait un comportement violent ?

— Ivy avait une trouille bleue de sa mère, qui la menaçait souvent de l'envoyer dans une institution pour enfants perturbés. Et puis George avait déjà cette réputation, à cause de ce qu'il avait raconté au médecin… (Il s'est tu un moment, les yeux sur sa tasse.) Il paraît qu'il n'a toujours pas avoué le meurtre.

— Vous le croyez, vous ?

— Oui, parce qu'il aimait sincèrement sa fille. Mais dès qu'il picolait, il devenait un autre homme. Moi, j'espérais qu'on s'associe pour le boulot, mais quand on avait des commandes importantes il lui arrivait de venir ici complètement beurré, bon à rien. C'était Docteur Jekyll et Mister Hyde, avec un coup dans le nez. Un matin, il était tellement parti qu'il a attrapé un chevron et il a beuglé qu'il allait m'ouvrir le crâne en deux parce que je lui avait dit qu'il devait arrêter de boire.

— Que s'est-il passé ?

— Ma femme est arrivée juste à ce moment-là, elle a été obligée d'appeler la police. J'ai réussi à m'enfuir de l'atelier. Après, il a cassé des placards qu'on venait de terminer, et il a fini par s'effondrer par terre. On l'a retrouvé roulé en boule, sanglotant comme l'homme le plus malheureux du monde. Et vous savez quoi ? Quand j'ai inspecté les dégâts, je me suis rendu compte qu'il n'avait démoli que ceux qu'il avait fabriqués lui-même. Les flics se sont pointés, je leur ai dit que c'était un malentendu, mais ils l'ont tout de même emmené. Pour un « examen psychologique ». Encore un mauvais point dans son dossier. Deux jours plus tard, il a réapparu à l'atelier. Il m'a promis qu'il allait se reprendre. Moi, je lui ai dit que je le trouvais excellent mais qu'on ne pouvait plus bosser ensemble, que c'était terminé. Il est parti. Je n'ai plus eu de nouvelles, et puis Ivy a disparu…

— Et le fils, Michael ?

— Je ne l'ai jamais aimé, celui-là. Cabochard, très imbu de lui-même et pas si malin que ça. Je sais que le courant ne passait pas, entre George et lui. Surtout après la raclée qu'il lui a donnée en apprenant que Michael faisait le dealer… Ah, c'était une famille qui nageait en plein bonheur, comme vous le voyez.

— Alors, vous pensez que George est coupable ou pas ?

Un autre silence, puis :

— Vous n'allez pas me citer, là-dessus ?

— Non, si vous ne préférez pas.

— Je ne veux pas, non. D'instinct, je crois que non, qu'il n'aurait pas pu faire du mal à Ivy. Mais je sais comment il peut se comporter après une dizaine de bières, et donc… tout est possible. Je ne peux pas être plus précis.

Après l'avoir remercié, je lui ai demandé s'il pensait à quelqu'un avec qui je devrais parler.

— Eh bien… Larry Coursen, je suppose. Même si ce genre de saint homme est aussi malin qu'un croupier de Las Vegas. Je m'en méfie. Vous voyez ce que je veux dire ?

— Jolie métaphore. Peut-être que je vous l'emprunterai.

— Tant que vous ne me nommez pas. Mais à part ça… Ici, tout le monde vous dira que George est pire que le diable. Surtout maintenant que sa femme est à tu et à toi avec le Créateur. Moi, par contre, j'ai des doutes. Plein de doutes.

Avant de prendre congé, je l'ai prié de m'indiquer le chemin pour me rendre chez les MacIntyre.

— C'est à deux rues d'ici, par là. Facile, vous verrez plein de camions de télévision garés devant. Sûr qu'ils attendent le moment où on va découvrir le corps de la petite, pour que Brenda puisse faire son cinéma en direct.

J'ai senti ma peau se hérisser.

— Quand une mère perd son enfant, c'est…

Je me suis mordu les lèvres.

— Vous croyez que je ne sais pas ? Depuis que mon fils est en Afghanistan, j'y pense tous les jours. À ce qui m'arriverait si… Bon, assez causé.

Comme Dwane Poole l'avait dit, je n'ai eu aucun mal à trouver la maison de son ancien apprenti. Cinq semi-remorques de chaînes télévisées étaient stationnés dans la rue, entourés de techniciens en train de fumer, de boire du café dans des gobelets en carton et de tuer le temps. La bicoque était en piteux état, le toit crevassé, les bardeaux en partie démantelés, le perron de guingois. De la lessive raidie par le froid avait été oubliée sur l'étendoir à linge du jardin en friche. Le spectacle m'a rappelé ces villages des Appalaches ou d'autres régions de l'Amérique profonde où les communautés se sont délitées, les emplois ont disparu et tout espoir avec eux. Comment George MacIntyre aurait-il pu se sortir d'un pareil marasme ? Tout ce que Dwane Poole et Missy Schulder avaient laissé entendre se trouvait résumé ici : un enfer domestique sans issue. Je n'ai pu m'empêcher de penser à ce que j'avais connu avec mes parents, et même avec Theo, cette sensation d'incertitude permanente, cette conviction profonde que les autres n'étaient jamais là pour moi, tout simplement là, sans petits jeux ni exigences impossibles… George MacIntyre avait noyé sa rage dans l'alcool, moi dans l'illusion épuisante d'être toujours la plus raisonnable, la plus fiable, la plus déterminée, même lorsque la dépression avait commencé à saper mes forces. George MacIntyre avait perdu un enfant, moi aussi, et même si les circonstances étaient très différentes, nous étions pareillement ulcérés par la malhonnêteté des autres, et pareillement détruits.

J'ai roulé au hasard dans la ville pendant une demi-heure, passant à nouveau devant l'école, remarquant l'absence totale de maisons un peu spacieuses ou coquettes, ce qui prouvait le manque de prospérité de cette ville. Je suis entrée boire un café dans un petit restaurant poussiéreux. La femme aux traits durs qui m'a servie au comptoir me considérait d'un air méfiant.

— Désolant, cette histoire de disparition, ai-je commencé.

— Hmm.

— Vous connaissiez cette fille, ou sa famille ?

— Tout le monde les connaît, ici.

— Vous vous entendez bien avec eux ?

— Pourquoi ? Z'êtes journaliste, c'est ça ?

— Peut-être.

— C'est pas une réponse.

— Eh bien, oui.

— Alors, je vous dis rien.

— Je ne fais que mon travail.

— Et moi le mien, qui est de tenir ce restau et de me mêler de ce qui me regarde. George MacIntyre a bien assez de problèmes comme ça.

— J'en déduis que vous ne le prenez pas pour le monstre que certains journaux prétendent ?

— Discutez de ça avec vos collègues, pas avec moi. Vous êtes de leur côté, après tout.

— Moi ? Je ne suis d'aucun côté.

— Brenda MacIntyre est une bonne chrétienne.

Je me suis retournée, surprise par cette intervention. Une femme corpulente d'une quarantaine d'années s'était approchée derrière moi. Elle portait un vilain uniforme en tissu synthétique brun que j'ai reconnu tout de suite, ayant vu à la télévision la femme de George le porter. Une employée du Safeway, elle aussi.

— Vous appartenez à son Église ? me suis-je enquise.

— Elle est Assemblées, moi Église du Christ, mais nous avons eu toutes les deux la révélation. Je sais que Brenda souffre, maintenant, mais elle a sa foi pour la soutenir.

La patronne de l'établissement est intervenue d'un ton sec :

— Bon, assez parlé, Louise. Et je vais demander à cette dame de finir son café et de continuer son chemin.

— Je voulais juste aider, a plaidé la Louise en question.

— Et je vous en remercie, ai-je affirmé.

— Ça s'ra un dollar vingt-cinq, a conclu la patronne.

J'avais à peine quitté les lieux que mon téléphone portable s'est mis à sonner.

— Nancy Lloyd ? (La voix m'était familière, après avoir écouté ses nombreuses interventions à la télévision et à la radio.) Le révérend Larry Coursen à l'appareil. Vous êtes à Townsend, n'est-ce pas ?

Comment était-il au courant ? Je me suis souvenue que j'avais annoncé mon passage dans le message que je lui avais laissé.

— En effet.

— Bien, j'ai encore une journée très chargée, et pas seulement en raison de ces événements regrettables, mais je pourrais vous accorder un quart d'heure, si vous veniez à l'église tout de suite.

— C'est très aimable à vous, ai-je répondu avant de noter l'adresse et ses indications pour m'y rendre.

Je n'en ai pas vraiment eu besoin, car le siège local des Assemblées de Dieu s'élevait tout au bout de la ville, annoncé par un grand panneau multicolore sur lequel on voyait une famille modèle – blanche, naturellement, les parents à la trentaine souriante, les bambins sortis d'une pub télé – regarder d'un air béat une source lumineuse venue du coin supérieur droit, et le slogan suivant : « Toutes les familles sont miraculeusement apaisées aux Assemblées de Dieu ! » Celle des MacIntyre aussi ? me suis-je demandé avec un certain cynisme.

Je me suis garée sur le vaste parking dont la capacité prouvait soit le net succès de Coursen, soit son optimisme à toute épreuve. Près de l'entrée de l'église stationnait un gros 4 × 4 tout neuf, un Discovery dont la plaque d'immatriculation proclamait : « Preacher Man. » Je suis entrée dans le petit bâtiment en brique rouge. Les murs du vestibule étaient couverts de photos de fidèles très satisfaits d'eux-mêmes et de mots d'ordre qui avaient l'optimisme péremptoire d'une célébration du plan quinquennal à l'époque soviétique : « L'amour divin est partout ! », « Assemble-toi, Townsend ! », « Je verse à la quête », « Priez ! », « Dieu est là pour toi ! »...

Sorti de son bureau pour m'accueillir, Larry Coursen n'avait en tout cas pas la dégaine d'un apparatchik. En cardigan marron, chemise violette à col ecclésiastique, jean délavé et bottes de cow-boy noires bien cirées, il avait des cheveux épais aile de corbeau soigneusement coiffés, des dents artificiellement blanches, comme je l'avais déjà remarqué à la télévision, et une onctueuse voix de baryton.

— Nancy, quel plaisir !

Nous avons échangé une poignée de main.

— Merci de me recevoir, mon révérend.

— Larry, s'il vous plaît ! Alors, vous êtes du *Vancouver Sun* ?

— Exact.

— Très bon journal. Native de Vancouver, vous-même ?

— Non, je suis de l'Est.

— Et où ça ?

— Ontario.

— Et où, dans l'Ontario ?

— Dundas, ai-je improvisé en me souvenant d'un article que j'avais lu à propos d'un chanteur de rock canadien devenu un photographe très célèbre qui était né dans cette ville.

— Non ! C'est vrai ? J'ai pratiquement commencé ma mission pastorale à Dundas. (Super...) Vous connaissez notre église, là-bas ? King Street, au coin de Sydenham ? Tout près du magasin La Bay ?

— Oui, bien sûr. Un bâtiment moderne...

— Tous nos lieux de prière le sont. Nous sommes une Église assez jeune, au Canada. Mais venez, je vais vous faire visiter un peu.

Je l'ai suivi, me maudissant intérieurement d'avoir choisi une ville moyenne au lieu de me dissimuler derrière l'anonymat d'une mégalopole comme Toronto ou Montréal. Enfin, il avait eu l'air de gober mon histoire... Il m'a fait entrer dans ce qui ressemblait à un gymnase où des rangées de banquettes couvertes de skaï blanc s'alignaient devant un podium et un pupitre éclairé par de puissants projecteurs. Sur le côté gauche, des orgues modernes aux tuyaux dorés et une estrade qui pouvait accueillir un chœur d'au moins cent personnes.

— Impressionnant, ai-je approuvé ; le cadre idéal pour des programmes de téléévangélisme...

Bien qu'il n'y ait eu aucune nuance ironique ou critique dans ma remarque, Coursen m'a jeté un bref regard avant de s'autoriser un petit sourire :

— Si vous appelez téléévangélisme la propagation de la parole du Seigneur par les moyens que la technologie nous offre, c'est en effet l'une de nos missions, incontestablement. Nous ne sommes qu'une petite ville canadienne, certes, mais d'autres prédicateurs sont partis d'encore plus loin avant de rayonner à travers tout le continent, et même au-delà. Prenez Oral Roberts, par exemple, qui a commencé dans une modeste église de Tulsa, dans l'Oklahoma… Enfin, comprenez bien qu'il ne s'agit pas d'ambitions personnelles, de ma part. Ici, nous avons une communauté très unie, très active, et je ne suis là que pour l'aider dans sa ferveur à répandre la bonne parole.

— Combien de fidèles avez-vous ?

— Plus de deux cents, tous extrêmement motivés. Le nombre peut paraître modeste, mais pour une agglomération de cinq mille âmes… Montrez-moi une autre Église de Townsend qui réunisse cinq pour cent de la population. (Il m'a fait signe de prendre place sur l'un des bancs.) Et vous, puis-je vous demander à quelle congrégation vous appartenez ?

— À aucune.

— Je vois. Et pourquoi ?

Il m'a encouragée d'un hochement de tête bonasse.

— Je ne suis pas croyante, je suppose.

— Ah… Oui, pour beaucoup d'hommes et de femmes, la foi semble un objectif impossible à atteindre. Mais quel bonheur, aussi, lorsqu'on est prêt à recevoir ce don. Le plus beau qui soit. Car il vous amène la vie dans l'au-delà, et une communauté de croyants qui vous aide durant vos tribulations dans ce monde. (Me voyant sortir mon carnet de notes et mon stylo, il s'est interrompu.) Est-ce une manière de me dire que je devrais changer de sujet, Nancy ?

— C'est juste que je ne voudrais pas vous retenir trop longtemps.

— Excellente réponse, même si c'est une esquive. Dites-moi, avez-vous été élevée dans un foyer religieux ?

— Mon père n'était rien du tout, ma mère unitarienne. Donc, de votre point de vue, ce n'était pas du tout religieux.

— Oui, oui… Il est vrai que les unitariens ne croient pas en la révélation divine, ni au paradis, ni à l'enseignement des miracles, de sorte que le contenu de leur foi est plutôt… mince, disons.

— Ils ont une approche basée sur le doute, non sur des certitudes.

— La foi et le doute peuvent-ils être de bons voisins ?

— Ne sont-ils pas en voisinage constant ? On ne peut pas croire sans douter.

— Permettez-moi de penser le contraire. La foi abolit le doute. Elle répond aux questions les plus graves que nous nous posons. Et ses réponses sont définitives.

— C'est justement ce que je réprouve.

— Alors, vous préférez vivre dans le doute, avec le chagrin qu'il apporte si souvent ?

— Il est peut-être encore plus douloureux de faire semblant d'avoir la foi quand ce n'est pas le cas.

Larry Coursen a eu un sourire entendu. Il appréciait ce petit échange théologique, même s'il était évident que je n'avais pas envie de le poursuivre.

— Nous avons tous la foi, Nancy, d'une manière ou d'une autre. Et nous avons tous le pouvoir de nous réinventer, de nous renouveler. Il suffit d'accepter le plus beau don au monde.

— C'est ce qu'a fait Brenda MacIntyre ?

Le pasteur a encore souri avec satisfaction.

— Brenda ? Une magnifique transfiguration, oui. Quand elle est venue à moi pour la première fois, c'était une femme en crise, en colère. Victime de l'alcool, victime de sa fureur à l'encontre du monde...

— Violente ? l'ai-je coupé.

— Je crois qu'elle n'a aucun problème à reconnaître qu'elle vient d'une famille violente, qu'elle a épousé un homme violent et donc que la violence est quelque chose qu'elle connaissait bien, hélas.

— Mais elle-même, était-elle violente ?

— Définissez ce que vous entendez par là.

— Eh bien, maltraitait-elle ses enfants, par exemple ?

— Quelques claques lorsqu'ils se tenaient mal, c'est sûr. Quant à George... Il ne faut pas inverser les rôles. C'est lui qui l'a attaquée, et ce à plusieurs reprises.

— Ce n'est pas ce que m'ont raconté plusieurs personnes de Townsend.

Il a eu une moue contrariée.

— Et qui donc ?

— Je ne peux pas révéler mes sources.

— Et moi, je puis vous « révéler » que je connais bien l'âme de Brenda MacIntyre. Parce qu'en acceptant Jésus pour Sauveur, elle m'a confessé tous ses péchés, dont elle a depuis été lavée. Et je suis en mesure d'affirmer qu'elle n'a jamais été violente envers son irascible et infortuné mari.

— Est-ce qu'Ivy a été « lavée de ses péchés », elle aussi ?

— Ivy était sur le point de recevoir le don de la rédemption quand elle a disparu.

— Ce qui veut dire ?

— Brenda l'avait amenée pour prier ici avec elle plusieurs fois. Elle commençait à se lier d'amitié avec des adolescentes de notre congrégation. Je l'avais reçue à quelques reprises, pour de longues conversations en tête à tête.

— Qui avaient trait à quoi ?

— À ses problèmes. La place du péché dans sa vie. Sa faiblesse d'âme quand il s'agissait des garçons, de la drogue…

— Quoi ? Elle n'était plus vierge, à treize ans ?

— Je n'ai jamais dit cela. J'ai dit que les garçons constituaient un problème.

— Et la drogue ?

— Elle m'a avoué avoir fumé de l'herbe.

— Ce n'est pas inhabituel chez des jeunes de son âge.

— Vous approuvez, alors ?

— Non, je dis seulement qu'il n'y a rien d'extraordinaire à apprendre qu'une fille de treize ans a tiré sur un joint.

— Vous-même, l'avez-vous fait à cet âge ?

— Non. À seize.

— Et vous avez aimé au point de continuer ?

— En fait, non.

— Mais Ivy a aimé ça, elle.

— Dans ce cas, je retire ce que j'ai dit.

— Sans doute.

— Et donc, il fallait qu'elle soit « sauvée » ?

— Je suis persuadé qu'elle est maintenant au côté de Dieu, si elle a déjà quitté ce monde. Parce que, juste avant sa disparition, elle a accepté Jésus pour Sauveur.

— Avant, vous avez dit qu'elle était « sur le point » de le faire.

— Non. Au cours de l'une de nos toutes dernières conversations, elle avait embrassé la foi.

— Donc, elle est au paradis, maintenant.

— *Si* elle a perdu la vie. Mais je suis sûr qu'elle est toujours avec nous. J'ai *foi* en cela.

— Vraiment ? Dans les cas de disparition, c'est en général mauvais signe si l'enfant n'a pas été retrouvé au bout de quarante-huit heures.

— Mais il y a plein d'exemples où ils réapparaissent bien après. Et quand il s'agit d'adolescentes, c'est sur le trottoir qu'elles finissent, bien souvent.

— Vous pensez que c'est ce qui est arrivé à Hildy Krebs et Mimi Pullinger ?

— C'est bien possible, malheureusement.

— Mais si Ivy a eu la révélation avant sa disparition, elle ne pourra pas sombrer dans le vice, comme vous dites…

— C'est plus complexe que cela, Nancy. La tentation existe, les mauvais instincts que nous devons tous combattre, sans cesse…

— Vous pensez réellement que George MacIntyre s'en est pris à sa fille ?

— Il y a des preuves, une histoire de violences domestiques qui l'accablent.

— Toujours de son fait, ces violences ? Jamais du fait de Brenda MacIntyre ?

— Il est clair que vous soupçonnez Brenda de ne pas dire toute la vérité.

— En effet.

— Et pourquoi ?

— À cause de ce que j'ai entendu. À cause des fois où elle a frappé sa fille, et où elle a attaqué son mari, et…

— Mensonges, a-t-il contré sans élever la voix.

— Comment le savez-vous ?

— Voyez-vous, j'ai appris depuis longtemps à détecter les mensonges. Et les menteurs.

— Vous êtes infaillible à ce point ?

— Je ne suis pas le pape, d'accord, a-t-il glissé avec un sourire sardonique. Mais disons que je connais bien la complexité de la nature humaine. Ce qui me permet de savoir quand quelqu'un ne me dit pas la vérité.

Le regard qu'il m'a lancé en prononçant cette phrase était éloquent. Il m'avait démasquée.

— Pour en revenir à George MacIntyre, je…

— Non, s'il vous plaît. Revenons plutôt à King Street à Dundas, au coin de Sydenham. Le fait est qu'il n'y a pas d'église des Assemblées de Dieu dans cette rue. Ni de magasin La Bay, non plus.

— Je… j'ai simplement fait comme si je me rappelais, ai-je tenté piteusement.

— De même que vous « faites comme si » vous étiez une journaliste du *Vancouver Sun* ? (Son sourire était triomphant, maintenant.) Il n'y a pas de Nancy Lloyd à la rédaction de ce journal. Je le sais parce que je les ai appelés. En ces temps de frénésie médiatique, je prends soin de vérifier les références de tous ceux qui me sollicitent. D'où ma question : qui êtes-vous, et pour quelle raison vous intéressez-vous à cette affaire au point de vous faire passer pour ce que vous n'êtes pas ?

Je me suis levée.

— Je regrette de vous avoir menti.

— Vous ne répondez pas à ma question.

— Qui je suis, cela n'a pas d'importance.

— Mais si, mais si. Il est incontestable que votre initiative prouve que vous êtes très… instable. Très atteinte, je dirais. C'est pour cette raison que j'ai tenu à vous voir. Pour constater l'étendue de vos problèmes, et pour découvrir le motif de cet intérêt malsain que vous portez à la disparition d'Ivy MacIntyre.

— J'ai mes raisons, ai-je murmuré en cherchant des yeux la sortie la plus proche.

— Je n'en doute pas. Et n'ayez crainte, je ne vous empêcherai pas de partir. Je n'éprouve pas de colère à votre égard, seulement une grande, une immense tristesse. Pourquoi ? Parce que je vois que vous êtes animée par une rage et une douleur terribles, qui vous tournent contre le monde et contre vous-même. Que vous êtes seule, privée d'amour, et que vous rejetez Celui qui vous aime depuis toujours. Notre Créateur. Mais vous avez décidé dans votre fureur qu'Il était une supercherie, alors même que vous êtes celle qui a commis une imposture, aujourd'hui.

— Encore pardon. Si vous voulez bien, je vais repartir, et je vous assure que je ne vous importunerai plus.

— Mais au contraire, je *veux* que vous m'importuniez. Si seulement vous reconnaissiez devant moi que vous êtes prête à ouvrir votre cœur à Dieu, afin qu'Il vous guérisse de votre angoisse…

— Il ne fera pas ça, ai-je affirmé, retrouvant mon assurance.

— Vous êtes bien péremptoire.

— J'ai mes raisons.

— Oui… Je ne suis pas catholique, évidemment, mais je me rappellerai toujours le cours sur le pari de Pascal que nous avons eu à l'institut de théologie. Vous connaissez ?

— Non.

— Pascal, un penseur français, a dit que même si nous ne pouvons être certains que Dieu existe, il est préférable de faire le pari de son existence. Eh oui, Nancy… ou quel que soit votre prénom. Si vous vous agenouillez près de moi à cet instant, si vous me laissez vous ramener à Jésus, le don de la vie éternelle est à vous. Réfléchissez. La défaite de la mort. La promesse d'éternité. Et en plus, être lavée de tous vos péchés. Allez, donnez-moi une raison, une seule raison pour laquelle vous devriez rejeter le « plus beau don au monde »…

Je l'ai regardé droit dans les yeux, cette fois.

— Parce que ce que vous dites est ridicule.

Et je suis partie en me forçant à ne pas courir.

2

« TRIPLE IDIOTE ! » Sur la route du retour à Calgary, je n'ai cessé de m'injurier en silence. Comment avais-je pu être assez bête et assez naïve pour penser que le saint homme ne se renseignerait pas sur mon compte ? Lui qui se voyait déjà comme un téléévangéliste à audience continentale, il était évidemment ultrasoucieux de son image et n'aurait jamais accordé une interview à une vague journaliste surgie de nulle part.

Mais ce qui rendait cette piteuse rencontre encore plus pénible, c'était l'habileté avec laquelle il avait retourné la situation à son avantage, sa facilité à détecter mes points les plus vulnérables pour me déstabiliser. « Je n'éprouve pas de colère à votre égard, seulement une grande, une immense tristesse. Pourquoi ? Parce que je vois que vous êtes animée par une rage et une douleur terribles, qui vous tournent contre le monde et contre vous-même. Que vous êtes seule, privée d'amour, et que vous rejetez Celui qui vous aime depuis toujours... » S'« Il » m'aimait tant, je n'en serais pas là ! Mais exprimer ce constat m'aurait forcée à parler d'Emily, et donc à tendre une perche miraculeuse pour un manipulateur d'âmes tel que Coursen. La mère éplorée à la recherche de consolation... Non content de m'avoir prise en flagrant délit de mensonge, il s'était brillamment débrouillé pour me placer dans la situation d'une détraquée, ce que j'étais peut-être.

« Imbécile ! » M'exposer de cette manière pour venir à la rescousse d'un pauvre minable qui pouvait être la victime imminente d'une erreur judiciaire mais aussi, à bien regarder les éléments contradictoires de cette affaire, l'auteur d'un crime monstrueux... Avec des sueurs froides, j'ai imaginé Coursen s'arrangeant pour relever mon numéro d'immatriculation avant mon départ précipité, le communiquer à la police qui à son tour contacterait la centrale de réservation d'Avis, où il s'avérerait qu'une certaine Jane Howard avait loué ce véhicule le jour même. Préférerait-il oublier l'incident, en bon chrétien qu'il était ? Ou est-ce que le destin, avec son aveuglement coutumier, me permettrait d'échapper à ce mauvais pas ?

Je n'ai pas pu fermer l'œil, ce soir-là. Finalement, j'ai renoncé à me battre contre l'insomnie et je suis allée dans un cybercafé proche de chez moi qui restait ouvert vingt-quatre heures sur vingt-quatre. J'ai tapé « Larry Coursen » sur Google. La plupart des pages étaient liées à ses déclarations concernant la disparition d'Ivy MacIntyre, mais j'ai aussi obtenu le site officiel des Assemblées de Dieu de Townsend. Des photos du révérend en train de prêcher, ou d'imposer ses mains inspirées sur des fidèles cloués dans des fauteuils roulants, ou de poser en famille avec sa femme, Bonnie – très blonde et très enveloppée –, et leurs deux filles, Heather et Katie. Une courte biographie résumant son enfance « dans les plaines de la Saskatchewan », ses études au Liberty Bible College en Virginie, son retour au Canada pour « commencer sa mission évangélique », ses débuts à Dundas et Toronto, puis enfin à Townsend, où « le dynamisme et l'enthousiasme de Larry Coursen » avaient multiplié par vingt le nombre des ouailles de cette Église.

De la capitale de l'Ontario à Townsend dans la province d'Alberta : les hiérarques des Assemblées de Dieu avaient dû décider que l'entreprenant pasteur avait besoin de se frotter aux rudes réalités de l'Ouest canadien, ou que celles-ci lui donneraient une humilité dont il manquait sans doute. Après avoir imprimé ce que j'avais glané, j'ai continué à surfer sur le net, cherchant à compléter mes informations sur le cas MacIntyre. Je n'ai pas trouvé grand-chose, à part le fait que la femme de Regina qui avait préalablement accusé George de mauvais traitements, une nommée Chrissy Ely, avait déjà été arrêtée pour prostitution et avait renoncé par la suite à porter plainte contre lui, une information du *Regina Journal* qui, curieusement, n'avait été reprise nulle part ailleurs.

Il était près de sept heures du matin quand j'ai décidé d'arrêter. Ramassant mes papiers, j'ai remis ma parka et je suis sortie dans un vent glacial. Tête baissée, je me suis dirigée vers l'appartement, décidée à dormir quelques heures, mais une mauvaise surprise m'attendait devant mon immeuble : une voiture de police était garée le long du trottoir. J'ai été tentée un moment de rebrousser chemin au plus vite. Trop tard… et puis la fuite ne m'apporterait rien de bon, j'en étais sûre. Les deux policiers qui attendaient dans le véhicule ont mis un pied dehors.

— Jane Howard ? s'est enquis l'un d'eux.

J'ai fait oui de la tête, me demandant comment ils m'avaient reconnue.

— Ce n'est pas une arrestation, mademoiselle Howard, m'a assuré l'autre alors qu'ils s'étaient déjà approchés, m'encadrant comme pour me dissuader de partir en courant. Nous devons néanmoins vous interroger à propos d'un incident survenu hier à Townsend. Vous pouvez refuser de répondre. Dans ce cas, nous devrons rester à votre domicile jusqu'à ce que nous recevions le mandat autorisant votre transfert devant les enquêteurs de la Gendarmerie royale. Vous pouvez également réclamer une assistance légale, ce qui retardera aussi les choses jusqu'à ce que l'avocat de votre choix, ou celui commis d'office, se présente. À moins que vous veniez avec nous pour régler cette formalité au plus vite.

Avais-je réellement le choix ?

— Je viens, ai-je murmuré.

— Très bonne décision, a approuvé le policier en me prenant doucement par le bras pour m'escorter jusqu'à la voiture.

Après un trajet dans un silence total, nous nous sommes retrouvés dans le parking souterrain d'un immeuble anonyme du quartier d'affaires. Le même policier m'a ouvert la portière. Nous nous sommes dirigés vers une porte métallique munie d'un code. Il a composé une série de chiffres, m'a fait signe d'entrer. Nous avons pris un ascenseur. Au troisième étage, nous avons emprunté un couloir, tourné à gauche, puis à droite. Encore une porte contrôlée par code. Une petite pièce avec une table et trois chaises en acier. Un miroir sur l'un des murs. J'avais vu assez de films policiers pour me douter qu'il était sans tain et permettait à de mystérieux observateurs de surveiller ce qui se passait.

— Asseyez-vous, je vous prie, a dit le premier flic. Le sergent Clark va venir dans un moment. (J'ai obéi.) Un café ? De l'eau ?

— Un café avec un sucre serait parfait, ai-je répondu.

Était-il possible qu'ils traitent aussi bien les criminels ? À moins qu'ils aient décidé que je n'en étais pas un. Juste une toquée.

Ils ont quitté la pièce. J'ai retiré ma parka. Je me sentais harassée par ma nuit blanche, brusquement, mais ce genre de chaise à dossier rigide n'était pas conçue pour la détente. Combattant ma fatigue, j'ai essayé d'évaluer les conséquences de ma stupidité. La porte s'est rouverte. Un homme en costume gris, à la cravate rayée passe-partout, s'est avancé vers moi. La cinquantaine, grand, large d'épaules, une allure de joueur de football américain grisonnant. Il avait un gobelet fumant à la main.

— Mademoiselle Howard ? Je suis le sergent William Clark, de la Gendarmerie royale du Canada. Voici votre café.

— Merci.

— Je n'ai pas l'intention de procéder à votre arrestation, ni de vous retenir très longtemps… tout dépendra de la manière dont vous répondrez à mes questions.

— J'y répondrai de mon mieux, soyez-en assuré.

Il m'a dévisagée comme s'il évaluait ma sincérité avant de hocher brièvement la tête. Pendant le trajet qui m'avait amenée ici, j'avais déjà arrêté ma ligne de conduite. Je ne nierais rien, je m'approcherais aussi près que possible de la vérité, parce qu'elle était de toute façon si compliquée, dans mon cas… Tout en buvant à petites gorgées le café insipide, j'ai écouté Clark réciter mon état-civil. Il s'est arrêté à mon lieu de naissance.

— Vous êtes américaine, donc ? (J'ai raconté l'origine de mon passeport canadien et mon arrivée dans le pays. J'ai eu l'impression qu'il connaissait déjà tout cela mais qu'il voulait voir comment je réagissais.) Je répète que ce n'est pas un interrogatoire officiel, mademoiselle. Il n'y a pas de charges retenues contre vous. Nous avons simplement besoin de savoir pour quelle raison vous avez prétendu être journaliste dans le but d'approcher des personnes plus ou moins proches de la famille MacIntyre à Townsend.

— Parce que cette histoire m'obsède.

— Et pourquoi, si ce n'est pas trop demander ?

— Parce que… Parce que j'ai perdu ma fille l'an dernier. Mon seul enfant.

J'ai donné l'information d'une voix neutre, presque détachée. Le sergent s'est penché sur le dossier qu'il avait ouvert devant lui. De ma place, j'ai distingué plusieurs copies d'articles de presse concernant la mort d'Emily, qu'il avait certainement trouvés sur Google.

— À la suite de ce malheur, avez-vous souffert de troubles psychologiques, dépression ou autre ?

— Je suis sûre que vous avez ça dans vos papiers.

Avait-il eu accès à la base de données de la police américaine, et était-il au courant de mon « accident » ? Pour moi, cela ne faisait aucun doute.

— Je vois aussi que vous avez un doctorat de Harvard et que vous exercez un poste à responsabilités à la bibliothèque centrale de Calgary. Je viens juste de m'entretenir par téléphone avec votre supérieure, Mme Woods.

— Vous lui avez dit que j'avais été arrêtée par la police ?

— Oui. Enfin, encore une fois, ce n'est pas une arrestation formelle. (C'était néanmoins mon renvoi assuré de la bibliothèque.) J'ai expliqué à votre directrice qu'il n'y avait pas de poursuites légales prévues contre vous, sauf en cas de récidive.

— Je ne récidiverai pas.

— Je suis content de l'entendre. Pour être clair, mademoiselle Howard, le procureur de la Couronne pourrait engager des poursuites contre vous pour falsification d'identité, obstruction au cours de la justice et outrage aux forces de l'ordre, si nous le saisissions. Le temps que vous nous avez fait perdre et les effectifs mis à disposition auraient pu être utilisés avec profit ailleurs, notamment dans la résolution de la disparition d'Ivy MacIntyre. (J'ai baissé la tête, sincèrement honteuse.) Cela dit, je vous reconnais des circonstances atténuantes. Mme Woods a beaucoup insisté pour que nous tenions compte de l'impact du décès de votre enfant. Mais il n'en reste pas moins que vous avez tenté d'interviewer frauduleusement le révérend Coursen, et que la direction du *Vancouver Sun* a appris votre subterfuge avec le plus grand déplaisir. Maintenant, si vous me disiez ce que vous espériez obtenir en jouant les reporters avec Larry Coursen, Dwane Poole et tous ceux que vous avez approchés à Townsend ?

— Je ne sais pas, honnêtement. Je pensais peut-être trouver la vérité dans cette affaire. Je...

— Était-ce une façon de surmonter la mort de votre propre fille ?

— Non, je n'ai jamais eu cette idée. Simplement, j'ai commencé à me concentrer un peu trop sur les détails de la disparition d'Ivy. À me demander si l'histoire n'était pas plus compliquée qu'elle ne le paraissait. En fait, j'ai cherché à me lancer un défi à moi-même, je m'en rends compte maintenant. Je regrette d'avoir fait perdre du temps à vos services, sergent. Et je compte adresser une lettre d'excuses à Larry Coursen.

— D'accord... Mais vous aviez une idée précise sur cette affaire, n'est-ce pas ?

Prudence. Si je commençais à disserter sur les raisons pour lesquelles les enquêteurs auraient dû s'intéresser aux tendances agressives de Brenda MacIntyre, il risquait d'en déduire que je continuais à fantasmer sur ce cas. Mais je ne pouvais pas non plus ne rien dire.

— Il y a un point qui m'a intriguée, oui : Dwane Poole se souvient avoir entendu George MacIntyre lui raconter qu'il avait dû aller à l'hôpital pour soigner une blessure ; sur le moment, il a dit que c'était le résultat d'une rixe de bar, alors qu'en réalité c'est sa femme, Brenda, qui l'aurait blessé.

— MacIntyre nous a lui-même rapporté cet incident, effectivement. Et nous avons vérifié, bien entendu. C'est sa parole contre celle de son épouse. De plus, la fiche de l'hôpital reprend la version qu'il avait donnée ce jour-là.

— Est-ce qu'il a aussi évoqué des violences de sa femme sur leur fille Ivy ?

— Encore une fois, il dit une chose, elle en soutient une autre... Nous n'avons pas la science infuse, mademoiselle, mais nous ne l'aurions pas inculpé de la disparition de sa fille si nous n'avions pas des éléments sérieux à retenir contre lui. J'insiste là-dessus car j'ai l'impression que vous doutez toujours de sa culpabilité. Et c'est votre droit le plus strict, en tant que citoyenne de ce pays, à condition que vous ne gêniez pas l'enquête en cours. Vous saisissez cet aspect du problème, je pense ?

— Vous avez ma promesse que je ne me mêlerai plus de tout ça, à l'avenir.

— Je l'accepte, et je ne veux certainement pas ajouter à vos difficultés personnelles. Mais vous devez être consciente que si vous reprenez contact avec des personnes concernées par cette affaire, ou si l'on vous revoit à Townsend dans les prochaines semaines, nous prendrons des mesures contre vous. J'espère que nous n'aurons pas à en arriver là.

Une demi-heure plus tard, j'étais autorisée à m'en aller. J'ai même été raccompagnée en voiture chez moi par un policier. Un message de Geraldine Woods m'attendait sur mon téléphone portable que j'avais laissé à la maison en sortant dans la nuit. Comme elle me priait de la rappeler, c'est ce que j'ai fait. Elle s'est montrée amicale et aussi très directe :

— Que la police me contacte pour se plaindre de votre interférence dans l'une de ses enquêtes, je veux bien ; mais que vous m'ayez menti sur la raison de votre absence toute cette semaine, c'est autre chose, Jane. Vous voulez bien m'expliquer ?

Je me suis lancée dans la même défense que devant le sergent, en invoquant à nouveau la détresse psychologique. Elle m'a écoutée jusqu'au bout avant de soupirer.

— Je suis prête à fermer les yeux, cette fois. Pour vous, et parce que vous accomplissez un si bon travail à la bibliothèque. Alors, ne m'obligez pas à vous licencier, d'accord ? Et soyez là lundi matin, sans faute.

Il ne me restait plus qu'à faire la seule chose dont j'étais encore capable : me glisser sous les couvertures et dormir à poings fermés. Je me suis réveillée à minuit, requinquée par ce long sommeil, puis accablée une nouvelle fois par la sensation de répétition sans issue qui m'attendait chaque fois que je revenais à la vie consciente. Une douche, plusieurs tasses de café très fort, un concert tardif à la radio. Je commençais à me détendre lorsqu'une idée soudaine m'a fait bondir de mon fauteuil : et s'il y avait eu d'autres disparitions successives d'adolescentes dans une petite ville, ailleurs au Canada ?

Je me suis habillée en hâte et j'ai filé à mon cybercafé habituel. Le garçon à la caisse a grommelé un salut distrait en me voyant ; il m'avait sans doute déjà classée parmi les maniaques noctambules qui revenaient sans cesse devant ses ordinateurs. Après avoir pris un gobelet de café noir au distributeur, je me suis assise et je me suis mise au travail. Huit heures après, je n'avais presque rien obtenu. Des jeunes disparaissaient tout le temps dans ce pays, et le Net regorgeait d'avis de recherche passés par des parents désespérés. Hormis quelques macabres exceptions, il s'agissait en général de fugues dont on finissait par retrouver les auteurs, habituellement dans des immeubles squattés par des marginaux en pleine dérive.

Une histoire a attiré mon attention, pourtant. Celle d'une fille de onze ans qui avait disparu quelques années auparavant à Hamilton, dans l'Ontario, et qui était réapparue un matin, dix jours après sa disparition, sur le perron de la maison paternelle, hagarde, délirante. Elle avait subi des sévices sexuels, laissait entendre le *Hamilton Daily Record*, qui évoquait « le silence des enquêteurs » et, dans un article suivant, faisait allusion à un « proche de la famille » que la police avait interrogé mais qui n'avait pas été inculpé. Souffrant de désordres post-traumatiques, la fille avait été placée dans un centre psychiatrique. « Ils ne l'ont pas perdue, au moins », me suis-je dit en imprimant ces informations et en les ajoutant à mon dossier sur Ivy MacIntyre, qui commençait à s'épaissir sérieusement.

Au moment où je payais mes heures d'Internet, la sonnerie de mon téléphone portable m'a fait sursauter. C'était Vern, toujours aussi hésitant, et nettement préoccupé aussi.

— Euh, pardon, ce n'est pas trop tôt, pour un samedi matin ? Je voulais, comment dire... prendre des nouvelles.

— Vous êtes au courant de ce qui m'est arrivé ?

— Avec la police ? Eh bien, oui... j'ai appris.

— Par Marlene Tucker, je parie. Qui le tenait de Geraldine et qui s'est empressée de raconter ça à tout le monde, non ?

Il a toussoté nerveusement.

— C'est que... Vous savez comment ça se passe, au travail. Les potins, etc. Dites, vous auriez le temps de prendre un café ?

— Vous avez quelque chose à me dire, Vern ?

— Non, non... Je voudrais seulement vous voir un moment, si ce n'est pas trop tôt, bien sûr.

— Je suis debout depuis un bon moment. Vous connaissez le Caffè Beano, à côté de chez moi ? Dans une demi-heure.

Même si Calgary était très loin de New York, la clientèle du Beano essayait de s'habiller comme si elle vivait à SoHo, de sorte que tous les yeux ont convergé sur Vern quand il est arrivé en anorak brun, pantalon en rayonne gris et casquette en velours. J'ai aussitôt regretté de lui avoir donné rendez-vous, percevant sa gêne au milieu de cette jeunesse « branchée » qui prenait son temps à choisir entre quinze sortes d'espressos.

Il s'est laissé tomber sur la chaise en face de moi, peinant à dissimuler son embarras.

— Euh... Ils ont du café normal, ici ? a-t-il demandé tout bas.

— Mais oui. (Je suis allée au comptoir lui chercher un mug que j'ai posé sur la table avant de me rasseoir.) Alors ?

— Oui ?

— On ne s'est pas revus, depuis notre concours de picole.

— C'est... C'est aussi pour cette raison que je voulais vous voir. Je suis sacrément désolé de m'être soûlé comme ça devant vous.

— Je ne me suis pas contentée de vous regarder faire, Vern.

— Je sais, je sais, mais même... Je m'en veux terriblement de m'enivrer comme ça.

— Alors, arrêtez.

— Je... J'en ai besoin, de temps en temps.

— Alors, assumez. Je n'ai pas eu de remords après, moi.
— Non ?
— Non. La gueule de bois, c'est suffisant.
— Pendant toute la semaine, et quand j'ai appris vos... ennuis avec les autorités, je n'ai pas cessé de me dire que si je ne vous avais pas emmenée dans ce bar...
— Quoi ? Parce que c'est là-bas que j'ai vu George MacIntyre à la télé, vous voulez dire ?
— Eh bien... oui.
— Vous vous en voulez pour ça ?
— Eh bien...
— Bon sang ! Et moi qui me prenais pour la reine de la culpabilité !
— Mais maintenant, vous allez bien ?
— J'allais bien avant, Vern. C'est juste que, bon, je me suis mis en tête que les flics se trompaient de coupable.
— Et vous le pensez toujours ?
— Vous voulez vraiment le savoir ?
— Mais oui.
— Sûr ?
— Je l'ai dit, oui.

Sans y réfléchir à deux fois, je me suis lancée. Pendant trois quarts d'heure, j'ai tout déballé d'un seul trait, emportée par le récit minutieux de ce que j'avais tenté en vue de faire la lumière sur l'injustice qui m'avait sauté aux yeux ce fameux jour au bar, des arguments en faveur de George MacIntyre et contre lui, de mes rencontres à Townsend, de l'intervention des flics. Ce n'est que plus tard, avec le recul, que je me suis rendu compte à quel point j'avais dû paraître déraisonnable tandis que Vern m'écoutait bouche bée et que d'autres consommateurs me jetaient des regards inquiets en m'entendant proclamer sans doute trop bruyamment des thèses qui allaient tellement à l'encontre de l'opinion publique. Fidèles aux règles de l'étiquette canadienne, ils se seraient cependant bien gardés de manifester leur désaccord, les habitués du Caffè Beano n'ayant certes pas les manières abruptes et le franc-parler de Ronnie le tatoué...

— Allez, Vern, dites-moi que je délire, maintenant, l'ai-je provoqué, agacée par son air stupéfait et son silence à la fin de mon interminable monologue.

— Je vous en prie, Jane, a-t-il plaidé tout bas, vous ne devriez pas commencer à…

— À quoi ? l'ai-je défié en élevant encore la voix. À exprimer ce que personne n'ose admettre ? À refuser qu'on ait déjà jugé un homme sans se donner la peine de vérifier d'autres hypothèses ?

Silence général. Vern a observé furtivement les tables autour de nous, redoutant l'esclandre. Brusquement, il s'est levé.

— Je dois y aller. Merci beaucoup pour le café.

Hors de moi, je l'ai suivi sur le trottoir, essayant de lui barrer le passage alors qu'il rejoignait son auto.

— Quoi, j'ai dit quelque chose de mal ? Je vous ai fait honte, c'est ça ?

Il a lâché la poignée de sa portière.

— Je vais vous répéter ce que m'a dit mon parrain aux Alcooliques anonymes un jour où je sortais d'une cuite monumentale. Il m'a dit : « Tu peux continuer à te raconter que ce comportement est tout à fait normal et continuer sur cette pente fatale, ou tu peux décider que ça suffit et t'en tirer. »

C'était la première fois que je le voyais me manifester de la sévérité. Il semblait embarrassé d'avoir pris un ton paternel, d'ailleurs, mais au lieu de m'apaiser, sa réaction n'a fait que me rendre encore plus agressive.

— La différence entre nous, Vern, c'est que je ne suis pas alcoolique, moi.

Après lui avoir asséné ce coup bas, j'ai tourné les talons, je suis montée en trombe chez moi, je me suis jetée dans mon fauteuil et, déjà prise de remords, je me suis dit : « Tu es aussi accro que lui. Simplement, ce n'est pas à l'alcool que tu t'intoxiques, c'est à la rage. Tout le temps. Tu te soûles de colère, une colère née de ta souffrance qui refuse de se dissiper et qui te pousse à trouver des substituts à ton impuissance à la dominer. » Mais cet accès de lucidité a aussitôt été refoulé par le retour brutal de mon obsession : les journaux du samedi ! À nouveau fébrile, je me suis précipitée en bas et j'ai raflé tous les titres canadiens disponibles, du *Globe and Mail* au *National Post*, du *Calgary Herald* à l'*Edmonton Telegraph* et même au *Vancouver Sun*.

— Vous les prenez tous, sérieusement ? m'a dit le vendeur à la caisse.

— Pourquoi, ça pose un problème ?

— C'est votre argent, a-t-il rétorqué.

Revenue à l'appartement, je les ai feuilletés méthodiquement, guettant le moindre article qui pourrait remettre en cause l'idée générale que George MacIntyre était le coupable, mais la presse dans son ensemble s'en tenait au devoir de réserve devant une instruction en cours. En inspectant le *Globe and Mail*, cependant, je me suis arrêtée sur un commentaire de Charlotte Plainfield à propos d'un cas d'inceste à Thunder Bay dont la justice avait été saisie. Cette journaliste très connue au Canada intervenait souvent sur le thème des enfants maltraités et de la criminalité pathologique. Prise d'une impulsion, j'ai découpé son papier, que j'ai fourré dans mon dossier, et j'ai une nouvelle fois dévalé les escaliers pour me rendre au cybercafé.

— Vous ne vous reposez jamais ? s'est étonné le garçon en me tendant le mot de passe qui me permettrait d'accéder à un ordinateur.

Sitôt installée, j'ai rédigé un long message destiné à Charlotte Plainfield, dont l'adresse e-mail était heureusement donnée à la fin de l'article. J'y résumais mes recherches en défense de George MacIntyre, j'établissais une liste de tous les points litigieux, je l'enjoignais de retrouver la prostituée de Regina qui avait renoncé à porter plainte contre lui et je terminais en la priant de réexaminer toute l'affaire à la lumière de ces observations. Quand j'ai imprimé ce que j'avais écrit pour en garder une copie avant de l'envoyer, je me suis aperçue avec un certain effarement que j'avais noirci près de dix pages.

Le lundi, j'étais de retour à mon poste. Il fallait d'abord rendre une visite de politesse à Geraldine Woods afin de m'excuser de vive voix. Ce que je pensais n'être qu'une formalité a pris une tout autre tournure dès que je suis entrée dans son bureau.

— Je suis contente que vous soyez venue tout de suite, Jane, a-t-elle déclaré d'une voix tendue, j'allais vous appeler à l'instant.

— Que se passe-t-il ? ai-je demandé, très surprise.

— Comment, vous ne savez pas ? Vous avez perdu contact avec la réalité au point de ne même pas vous rendre compte de ce que vous alliez provoquer en envoyant ce message complètement délirant à Charlotte Plainfied ?

Je me suis mordu les lèvres. Encore une idiotie de ma part.

— Si vous me laissez m'expliquer…

Elle a levé une main en l'air, péremptoire.

— C'est inutile. Une décision a été prise à ce sujet.

— Avant de me renvoyer, vous pourriez au moins me permettre de me défendre.

— Vous n'êtes pas renvoyée, Jane. Nous vous avons accordé un congé maladie de longue durée. Trois mois, avec salaire intégral. Si vous acceptez de rencontrer un psychiatre homologué par les autorités et de suivre le traitement qu'il recommandera, nous vous accueillerons de nouveau ici avec joie, quand tout sera rentré dans l'ordre.

— Mais… et si je refuse ?

— Je vous en prie, Jane. Ne prenez pas cette voie. Nous vous apprécions énormément, ici, nous savons tous ce que vous avez subi, le fardeau que vous continuez à porter. J'espère que vous comprenez que vous avez des alliés chez nous, non des ennemis. (Elle a montré d'un geste son téléphone.) Maintenant, je dois passer un coup de fil officiel. Le sergent Clark m'a demandé explicitement de le prévenir dès que vous seriez dans mon bureau. Il a été contacté par Charlotte Plainfield. Elle ne l'a pas appelé pour se plaindre de vous, mais pour discuter avec lui de certaines objections que vous souleviez dans votre texte ; il l'a priée de lui transmettre une copie de votre message, et voilà où nous en sommes…

— Mais enfin, quel est le problème ? me suis-je insurgée. J'ai juste exposé mes idées à propos de l'affaire MacIntyre à une journaliste connue dans tout le pays, et…

— Voyons, Jane, après avoir enquêté sous une fausse identité et fait perdre son temps à la police ! m'a coupée la directrice. Le sergent Clark vous avait bien dit de renoncer à toute intervention, de laisser la justice suivre son cours. On n'a pas seulement fermé les yeux sur votre comportement, on a pris des libertés avec les procédures courantes pour vous épargner des ennuis. Je vous le répète, il n'est pas question de nous séparer de vous. Et le sergent Clark ne compte pas engager de poursuites.

— Pourquoi veut-il me voir, alors ?

— Il va vous le dire lui-même. (Elle a composé un numéro et, se détournant, a prononcé quelques mots à voix basse dans le combiné avant de raccrocher.) Il dit qu'il peut envoyer une voiture de police vous prendre, mais que comme son bureau est juste derrière la bibliothèque vous trouverez sans doute moins gênant de vous y rendre à pied.

Canadien pur sucre, ce genre d'attention…

— Il me fait vraiment confiance, je vois.

— Je ne pense pas qu'il vous considère comme dangereuse, Jane. (Non, juste cinglée…) Il va tout vous expliquer sur le programme de soutien psychologique qu'ils veulent vous voir suivre. Je compte sur vous pour l'écouter et, s'il vous plaît, faites ce qu'il vous dira. N'oubliez pas que je serai toujours là pour vous, si vous avez besoin de parler. Ruth Fowler m'a également chargée de vous dire qu'elle était à votre disposition, à tout moment.

— Remerciez-la pour moi, ai-je dit d'une voix faible. (Je me sentais harassée, brusquement. Par le manque de sommeil, certes, mais aussi par toute cette envahissante sollicitude.) Vous pourriez me rendre un service ? ai-je repris.

— Bien sûr.

— Pouvez-vous dire à Vern que je lui demande pardon ? Il comprendra.

Elle m'a regardée d'un air intrigué, puis s'est reprise, comprenant qu'il valait mieux ne pas poser de questions.

— Je le ferai, Jane, et… (Son téléphone a sonné. Elle a décroché.) Geraldine Woods. Oui, rebonjour, sergent. Oui, je vais lui dire… Quelque chose de grave ? (Elle est devenue livide, d'un coup.) Oh, mon Dieu… mais c'est affreux ! Quand est-ce que… oui, oui, absolument… comptez sur moi. Je… je ne sais plus quoi dire, honnêtement…

Elle a reposé le combiné, les yeux dans le vide. Pendant une bonne minute, elle est restée ainsi, appuyée des deux mains sur la table, essayant de surmonter le choc qu'elle venait d'avoir.

— C'était le sergent Clark, a-t-elle fini par dire, presque dans un murmure. Il… Il doit annuler votre entretien avec lui. Il y a un… oh, mon Dieu…

— Qu'est-ce qu'il y a, Geraldine ? l'ai-je pressée, le cœur battant.

— George MacIntyre s'est pendu dans sa cellule ce matin.

3

EN QUELQUES HEURES, À CALGARY, tout le monde, ne parlait plus que de la mort de George MacIntyre. L'édition du soir du *Calgary Sun* en faisait sa une, précisant dans le sous-titre qu'il avait laissé un mot expliquant qu'il « n'en pouvait plus » avant de mettre fin à ses jours ; les radios locales et nationales y consacraient également de nombreux commentaires, dont la grande majorité allaient dans un seul sens : le suspect s'était supprimé pour échapper à la justice.

Un psychologue interviewé sur les ondes de la CBC s'est longuement répandu sur le « moment de vérité » que, d'après lui, nombre de coupables de crimes épouvantables finissent par connaître après des semaines, des mois, voire des années de dénégation, quand ils deviennent « leur juge et leur bourreau ». Admettre la réalité, affirmait-il, revenait « pour un sociopathe soit à l'autodestruction soit à une forme de rédemption. Dans le cas de George MacIntyre, malheureusement, il semble que le huis clos, seul avec l'énormité de son acte, se soit avéré trop terrible à supporter ».

Au cours d'une conférence de presse, le chef de la police de Calgary a indiqué que le suspect n'avait pas été soumis à une surveillance permanente dans sa cellule, car il n'avait donné « aucun signe de tendances suicidaires après son arrestation », ne cessant au contraire de clamer son innocence. Le responsable principal des forces de l'ordre locales concluait : « Toutes les précautions habituelles ont été prises, mais cela n'a pas suffi, et j'en assume la pleine responsabilité. »

Ce que je ne comprenais pas, surtout, c'était que personne n'ait vu ce que j'avais aperçu dans ses yeux à la télévision, le désespoir absolu d'un homme qui doit à la fois surmonter son chagrin personnel et faire face à l'une des pires accusations qui soient, celle d'avoir tué son propre enfant. Qui serait capable de supporter pareille torture ? Pourquoi ne l'avaient-ils pas protégé contre lui-même, bon sang ? J'avais une réponse, atterrante, à cette dernière question : tous, plus ou moins inconsciemment, pensaient que George MacIntyre méritait de terminer de cette façon.

J'étais plus qu'affectée par cette mort. Avec elle, je perdais ma cause, une « raison d'être » qui avait absorbé toute mon énergie et toutes mes pensées dans les dernières semaines. Sans cet homme que je croyais injustement vilipendé, le combat n'avait plus de sens et… « Non, mais écoute-toi ! me suis-je sermonnée ; regretter la disparition de quelqu'un que tu n'as jamais rencontré juste parce qu'elle bouleverse tes petites certitudes. Pas étonnant qu'ils te prennent pour une dingue. Et maintenant, assez de délire, il faut tourner la page. » Ce qui a été aussi, globalement, l'argumentation de Sheila Rivers, l'officier de la Gendarmerie royale chargée de me recevoir à la place du sergent Clark.

Après avoir annoncé la nouvelle du suicide de MacIntyre à Geraldine Woods, en effet, Clark lui avait dit que je devrais tout de même me présenter au siège de la RCMP dans la demi-heure, sans quoi un mandat d'amener serait émis contre moi. Arrivée là-bas, j'ai été rejointe à l'accueil par une femme d'une trentaine d'années, grande, anguleuse, aux cheveux auburn coupés court et à la mine peu commode. En tailleur-pantalon noir et chemisier blanc, elle aurait pu aisément passer pour une femme d'affaires, n'eût été le holster et le revolver que révélait sa veste déboutonnée.

— Jane Howard ?

— C'est moi, oui.

— On va parler par ici, a-t-elle déclaré en me montrant une porte près de la réception, elle aussi protégée par un code.

Nous sommes entrées dans une pièce qui était la réplique exacte de celle où le sergent Clark m'avait interrogée, et nous nous sommes assises face à face.

— On va faire vite, a-t-elle poursuivi en ouvrant mon dossier devant elle ; comme vous vous en doutez, c'est de la folie, aujourd'hui.

Sheila Rivers a commencé en me rappelant que j'avais la possibilité de demander une assistance juridique dès à présent, et comme je déclinais cette proposition elle m'a fait signer une déclaration le stipulant. Ensuite, elle m'a déclaré qu'il avait été décidé de m'appliquer une procédure propre au droit canadien, les « mesures de rechange ». Ce genre de programme, régi par les lois provinciales et fédérales, ne correspondait pas à une inculpation et, bien qu'enregistré, n'affecterait pas mon casier judiciaire : par exemple, je pourrais continuer à indiquer que je n'avais jamais été arrêtée ou inculpée sur les formulaires d'entrée en territoire canadien ou lors d'une demande de visa.

Elle a lu le protocole préparé à mon intention, qui rappelait les raisons invoquées par le sergent Clark, prévoyait des poursuites judiciaires en cas de récidive et établissait que j'acceptais volontairement de suivre un programme de conseil et de soutien psychologiques sous la responsabilité de la Direction sanitaire de la province d'Alberta, quels que soient le traitement médical ou la thérapie que lesdites autorités jugeraient adéquats.

Cette dernière clause m'a fait tiquer :

— Et s'ils me prescrivent des électrochocs, par exemple ?

— Une note prévoit que vous pouvez refuser le traitement si vous le jugez préjudiciable à votre santé.

— Et je parie qu'il y a encore une autre note les autorisant à passer outre à mes objections ?

— D'après mon expérience, les autorités provinciales n'ont pas l'habitude de laisser se promener librement des personnes qu'elles considèrent dangereuses. Dans votre cas, on a estimé que cette mesure de rechange devrait suffire. Je vous conseille donc de signer ce papier, de parler au psychologue chargé de votre suivi et de vous conformer à ses conseils. J'ai consulté votre dossier, vous êtes compétente, intelligente, alors tirez-vous de ce mauvais pas et tout ira bien. MacIntyre est mort. L'affaire est classée. Allez de l'avant.

Il n'empêche que je suis retournée au cybercafé quelques heures après avoir quitté Sheila Rivers pour lire les moindres réactions ou commentaires au suicide du père d'Ivy. J'étais ainsi occupée lorsque mon portable a sonné. Une voix de femme. Elle s'est présentée : docteur Maeve Collins, la psychiatre qui devait me recevoir ; pouvais-je passer à son cabinet de Kensington le lendemain, à quinze heures ? Bien sûr, ai-je répondu avant de me replonger dans le service en ligne continu de la CBC. Justement, ils passaient une interview du révérend Larry Coursen, devant son église, face à une cohorte de journalistes, une expression de tristesse compassée sur les traits :

— C'est un moment affreux pour Brenda MacIntyre et son fils tant aimé, Michael. D'abord Ivy et maintenant George, cet être tourmenté qui a rejeté le don sacré de la vie, mais qui a trouvé la paix éternelle, je l'espère. J'ai été chargé par la famille de m'adresser à vous aujourd'hui pour vous demander de respecter son désir de solitude en ces heures de deuil. Brenda fera une déclaration d'ici à quelques jours. Pour l'instant, elle m'a confié le soin d'exprimer devant vous son très grand chagrin, et sa certitude que George est maintenant près de Jésus.

— Monsieur Coursen, a lancé l'un des reporters, pensez-vous que l'on puisse retrouver Ivy MacIntyre vivante ?

— Hélas, je pense qu'il faut se faire à l'idée que la petite Ivy nous a quittés. Pourquoi George MacIntyre aurait-il fait un choix aussi extrême, autrement ?

Minute ! Il m'avait certifié exactement le contraire, à moi. J'ai feuilleté rageusement mon carnet de notes à la recherche de ce que j'avais écrit pendant notre entretien : « *Si* elle a perdu la vie. Mais je suis sûr qu'elle est toujours avec nous. J'ai *foi* en cela... » Le suicide du père avait-il suffi à transformer sa fameuse foi ?

Un autre journaliste lui a demandé :

— La police ne dit rien à ce sujet, mais croyez-vous que MacIntyre aurait laissé quelque chose qui permettrait de retrouver le corps, s'il faut considérer qu'Ivy n'est plus en vie, ainsi que vous le faites ?

La bouche de Coursen a eu un frémissement qui s'est transformé en sourire poli mais que j'ai pu remarquer – étais-je la seule, encore ? –, puisque je regardais la scène sur Internet et que je pouvais revenir en arrière sur l'image. En repassant sa réponse, il m'a paru indiscutable que ses lèvres avaient commencé à s'arrondir dans un début de... rire, oui. Que trouvait-il donc si drôle, ce faux jeton ? Avait-il été sur le point de donner libre cours à son hilarité parce qu'il n'était pas comme tous ces journalistes sans une seule piste concrète, parce qu'il... savait ? J'ai regardé à quatre reprises ce moment infime, mais peut-être vital, ainsi que sa réponse péremptoire :

— Je suis sûr que non.

« Vraiment ? D'où tirez-vous cette conviction, mon révérend ? Connaissez-vous à ce point les faits et gestes de George MacIntyre, ou bien venez-vous de laisser échapper qu'il ne pouvait pas l'avoir fait ? » me suis-je demandé.

L'interview a pris fin. Retour aux studios de la CBC. Gros plan sur le présentateur, qui a enchaîné sur le titre suivant :

— Le reste de l'actualité, maintenant, avec un très grave accident à l'est de Dundas, près de la ville de Hamilton, dans lequel une famille de six personnes a…

Je suis restée pétrifiée, un signal d'alerte soudain se déclenchant dans mon cerveau. « À l'est de Dundas, près de la ville de Hamilton »… Pourquoi ces mots avaient-ils produit un tel effet sur ma mémoire ? Dundas, Hamilton… Dundas, Hamilton… Mais oui ! Ma stupide impulsion de répondre « Dundas » quand Coursen m'avait interrogée sur mes origines. Et lui, qu'avait-il répondu ? « Non ! C'est vrai ? J'ai pratiquement commencé ma mission pastorale à Dundas. » Et après, il m'avait coincée sur l'emplacement du grand magasin La Bay et sur celui de leur église là-bas. J'avais été idiote, d'accord, mais Dundas se trouvait tout près de Hamilton, et Hamilton…

J'ai fourragé dans la chemise contenant mes documents imprimés jusqu'à exhumer la copie des articles du *Hamilton Daily Record* traitant de la disparition d'une fille de onze ans. J'ai noté son nom, cette fois : Kelly Franklin, peut-être traumatisée à vie. Et cette information en pointillés sur un « proche de la famille » qui semblait avoir attiré pendant un moment les soupçons de la police, laquelle s'était montrée plus discrète que jamais…

J'ai tapé « Kelly Franklin » dans le cadre de recherche de Google. Quelques semaines après ceux du journal de Hamilton, il y avait un article du *Toronto Star* que je n'avais pas vu lors de mes premières vérifications concernant la fillette disparue. Au milieu de celui-ci, j'ai lu le paragraphe suivant : « Les parents de Kelly, Michelle et Mortimer Franklin, tous deux de fervents chrétiens, affirment que c'est leur foi qui leur a permis de surmonter les dix jours d'angoisse pendant lesquels leur fille avait disparu. Anciens fidèles de l'Église des Assemblées de Dieu à Dundas, ils sont maintenant très actifs au temple Tabernacle de la Vie de Hamilton. »

Les Assemblées de Dieu à Dundas. Quel hasard surprenant… Et pourquoi avaient-ils changé de congrégation ? J'ai continué à lire : « Après le retour au foyer de Kelly, la famille comme la police se sont abstenues de toute déclaration sur l'auteur présumé de son enlèvement. Malgré certaines rumeurs insistantes sur son identité, aussi bien à Dundas qu'à Hamilton, on dit que Kelly a été si gravement traumatisée que, de toute façon, elle ne serait pas en mesure de reconnaître son ravisseur. Selon d'autres sources ayant requis l'anonymat, les Franklin auraient reçu une forte somme d'argent en échange de leur silence. »

Qui ? Qui aurait acheté le silence de la famille ? Quel individu ou quelle organisation aurait été en mesure de se couvrir de la sorte, surtout dans une affaire d'enlèvement de mineure ?

Je suis allée sur le site des Assemblées de Dundas. Visages épanouis, sourires, colombes et dévotions. J'ai ouvert la page « Histoire de notre communauté de Dundas », trouvé la liste des pasteurs depuis la fondation : « Rév. Larry Coursen, décembre 2002 - mai 2004. » Kelly Franklin avait disparu le 2 avril 2004. Et quand Larry Coursen avait-il été muté à Townsend ? J'ai ressorti la biographie que j'avais imprimée quelques jours plus tôt. Juin 2004. Il avait gagné les rudes horizons de l'Ouest canadien peu après la disparition de cette fille… ou peut-être juste après sa réapparition. Alors qu'un silence têtu était tombé sur ce drame.

J'ai entré « Franklin M, Hamilton, Ontario » sur la page de recherche des renseignements téléphoniques. Trois réponses, que j'ai notées dans mon calepin avant de saisir mon portable. Le premier essai n'a rien donné, mais pas le second :

— Bonjour, vous êtes la mère de Kelly ?

— Qui c'est ?

Une voix éraillée, agressive.

— Je m'appelle Nancy Lloyd. Je suis journaliste au *Vancouver Sun*.

— Je parle pas aux journalistes ! Après toutes ces années, non mais !

— Je sais, madame Franklin, et je regrette d'avoir à vous déranger. Simplement, il y a une question que je dois vous poser. C'est… Vous avez entendu parler de la disparition d'Ivy MacIntyre, je suppose ?

— J'ai rien à dire sur ça non plus.

— Je comprends. Mais j'ai vu que vous apparteniez à l'Église des Assemblées de Dieu, à une époque. Savez-vous que la famille d'Ivy MacIntyre fréquente celle de leur ville, dans la province d'Alberta ? Et que votre ancien pasteur, Larry Coursen, est maintenant leur pasteur ?

— Je parle pas de ça non plus ! s'est-elle écrié, comme si la mention de ce nom l'énervait.

— Pourquoi ?

— Parce que… c'était entendu comme ça.

— Comment ça ?

— Vous me faites dire des choses…

— Est-ce que quelqu'un, ou une institution, s'est « entendue » avec vous pour garder le silence à propos de Larry Coursen ?

— Vous tirerez rien de plus de moi !

— Combien vous ont-ils payée, pour que vous vous taisiez ?

— Ça vous regarde pas.

La communication a été coupée. Je suis restée avec le téléphone dans la main, suffoquée. C'était Coursen qui avait enlevé la petite Kelly. L'avait-il relâchée, ou bien avait-elle échappé à ses griffes ? Et ensuite ? Les hypothèses ne manquaient pas. Le choc lui avait fait perdre la mémoire des dix jours de terreur qu'elle avait vécus ; elle l'avait identifié, mais il avait un alibi imparable ; elle s'était renfermée sur elle-même, au point de devoir être traitée dans un centre spécialisé, désormais incapable de reconnaître son ravisseur… Cette dernière explication ne tenait pas la route. Elle avait dû avoir la force de désigner le responsable de ses tourments. Coursen… Elle l'avait dit à ses parents qui, affolés, avaient prévenu les pontes des Assemblées de Dieu, lesquels s'étaient empressés d'étouffer le scandale et d'éviter que la photographie de l'un de leurs ministres ne finisse en première page de presque tous les journaux du continent.

Et Kelly ? Avait-elle été rendue à la vie normale ou croupissait-elle toujours dans quelque institut psychiatrique ? J'ai retrouvé sur Google un article du *Hamilton Daily Record* datant du 23 septembre 2007. Kelly Franklin, « l'adolescente mystérieusement kidnappée trois ans plus tôt », avait été arrêtée après avoir volé quatre tubes de colle forte dans une grande surface de la ville. Plus exactement, elle avait vidé les tubes dans un sac en plastique, l'avait placé contre sa bouche et s'était effondrée entre deux rayons, où le personnel l'avait retrouvée à demi consciente. Quand la police était arrivée pour l'emmener, elle avait été prise de vomissements et le directeur adjoint du magasin, qui avait une formation de secouriste, lui avait évité de peu la mort par asphyxie ; transférée à l'hôpital le plus proche, elle ne courait plus aucun danger. Le chroniqueur des faits divers rappelait que Kelly avait déjà été appréhendée pour plusieurs vols à l'étalage, violences et menaces envers une policière, et vagabondage. Une brève, quelques semaines après cette information, rapportait qu'un juge local avait ordonné son placement dans un centre de détention pour mineurs. Comme je n'ai rien trouvé de plus récent, j'en ai déduit qu'elle était toujours sous les verrous.

Coursen, ce salaud… Il avait détruit la vie de cette jeune fille. Après avoir forcé son Église à payer la famille, il s'était fait transférer à Townsend. Deux adolescentes avaient été enlevées dans cette même ville, sans que ses supérieurs bougent le petit doigt – peut-être parce que leurs parents n'appartenaient pas à sa congrégation, ainsi que je l'ai rapidement vérifié en ligne. Ivy disparaît, ensuite, il aide à faire porter les soupçons sur le père de cette dernière, un paumé sans défense, un alcoolique enclin aux accès de colère, donc une cible facile sur laquelle faire retomber la faute.

Je me suis agrippée à la table. Il fallait que je surmonte ma rage, mon indignation. J'ai pensé téléphoner sur-le-champ au sergent Clark, lui exposer ce que je venais de découvrir. Mais cela serait revenu à rompre l'engagement que j'avais signé et à m'attirer les foudres des autorités. Il valait mieux que je me taise pour l'instant.

Il était juste quatre heures. J'ai contacté l'agence de location de voitures. On m'a dit que je pouvais passer prendre une Corolla d'ici une quinzaine de minutes, si je voulais. J'ai payé au cybercafé tout ce que je devais. Quand j'ai pris congé du jeune qui ne quittait son site gothique que pour encaisser, il a lancé dans mon dos :

— Bonne route !

Je ne voyais rien de bon à l'horizon, pourtant. Une demi-heure plus tard, je me suis retrouvée au milieu des embouteillages de la fin d'après-midi. Comme les jours avaient commencé à rallonger, je n'ai pas eu besoin de mes phares pendant un moment. J'écoutais de la musique classique à la radio, éteignant le poste quand les infos de cinq heures, puis celles d'après, sont arrivées : je ne voulais plus entendre quoi que ce soit sur cette histoire. Juste arriver à Townsend et… Et quoi ? Je n'avais pas de véritable plan. Aller au domicile de Coursen, frapper à sa porte, lui annoncer que j'avais établi son lien avec la malheureuse Kelly Franklin dans l'Ontario et lui dire que j'allais le démasquer ? Il appellerait les flics, les Franklin refuseraient de l'incriminer puisqu'ils s'étaient eux-même compromis en empochant l'argent de leur silence, et j'aurais de nouveau affaire à Clark, qui cette fois ne m'épargnerait pas.

Non, affronter Coursen n'était pas raisonnable. En revanche, le suivre discrètement, voir ce qu'il fabriquait quand il quittait son église donnerait peut-être des résultats. Mais comment le filer incognito, dans une petite ville où une voiture avec un gros autocollant

Avis sur la malle arrière serait aussitôt remarquée ? Sans compter ma première visite au restaurant, et Coursen lui-même, qui me repérerait à cent mètres.

Bref, je n'avais pas de plan. Je ne savais même pas ce que je cherchais, ni quoi chercher. Mais une force irrésistible me poussait à essayer par tous les moyens de découvrir ce que Coursen faisait en dehors de ses sermons. Mon instinct, si on veut. Et aussi l'idée encore confuse que s'il avait gardé en vie la petite Franklin après l'avoir enlevée, cela pouvait indiquer que… Oui, mais il l'avait relâchée, ou plus probablement elle s'était enfuie, au bout de dix jours. Pour quelle raison aurait-il maintenu Ivy en captivité pendant trois semaines ?

« Je suis sûr qu'elle est toujours parmi nous », m'avait-il affirmé. Et ensuite devant les journalistes : « Hélas, je pense qu'il faut se faire à l'idée que la petite Ivy nous a quittés. » S'en était-il chargé juste après le suicide de George ?

Arrivée sur place à dix-neuf heures, je suis allée directement au temple des Assemblées de Dieu. Le parking était plein, le bâtiment illuminé, et des cris surexcités me parvenaient à l'extérieur. Ils étaient en pleine transe mystique, apparemment. Le panneau lumineux à l'entrée du périmètre promettait : « Ce soir, 7 h, miracles garantis ! »

Le « miracle » qui m'était destiné, je l'ai vu tout de suite : la Land Rover de Coursen, reconnaissable à sa plaque Preacher Man, était garée au même endroit que la dernière fois. Je me suis approchée du véhicule après avoir laissé le mien plus loin. Rien de suspect, à première vue. Le siège passager était envahi de vieux journaux et de gobelets vides portant le sigle de McDonald's ou de Burger King ; sur la banquette arrière, des boîtiers de DVD, chacun illustré d'une photo du prédicateur exhibant sa dentition trop parfaite, les mains prophétiquement levées vers le ciel, et un titre attrayant : « Chaque jour un miracle avec Larry Coursen ! ». J'ai essayé d'ouvrir une portière, qui n'était pas verrouillée ; dans les petites villes canadiennes, on ne s'embarrasse pas de ce genre de précaution. J'ai contourné la Land Rover pour tester le hayon. Ouvert, lui aussi. Deux vieilles couvertures roulées en boule. Ce n'était pas une malle arrière traditionnelle, juste un espace couvert d'une toile amovible. Ce constat m'a donné une idée insensée, que j'ai décidé de mettre en pratique immédiatement.

Retournant à ma voiture, j'ai pris soin de quitter le parking et d'aller me garer sur l'aire de stationnement d'un petit supermarché, prévoyant qu'elle serait trop visible une fois que toutes les ouailles de Coursen seraient reparties de l'église. Le magasin restait ouvert jusqu'à dix heures du soir et il était huit heures moins le quart à ma montre. Il allait me falloir une dizaine de minutes pour revenir à pied à l'église des Assemblées et il n'y avait pas âme qui vive dehors, en partie à cause du froid de canard – moins douze, indiquait le thermomètre extérieur de mon véhicule de location. Bonnet en laine enfoncé sur la tête, j'ai marché d'un bon pas jusqu'à l'église. La voix amplifiée de Coursen filtrait par les portes fermées : « Nous savons que Tu es ici avec nous, Jésus ! Avec nous ! Ici, dans cette église que Tu emplis de Ton amour ! Ton amour ! »

Cette exhortation vociférante a été suivie des cris et des gémissements de l'assemblée en pleine extase. J'ai jeté un coup d'œil à la ronde. Personne sur le parking. Très vite, j'ai gagné l'auto du pasteur, ouvert le hayon, attrapé les couvertures qui dégageaient une forte odeur de moisi, puis je me suis étendue. Je n'ai pu refermer la porte de l'intérieur qu'au bout de trois tentatives. Après avoir trouvé une position à peu près supportable, j'ai éteint mon téléphone portable, consulté ma montre – 8 h 12 –, enfilé mes gants et remonté la fermeture Éclair de ma parka, car il faisait presque aussi froid qu'à l'extérieur, et j'ai posé sur moi les deux couvertures, dont la puanteur me donnait la nausée.

Près d'une heure s'est écoulée ainsi dans l'obscurité glacée, maintes fois ponctuée par une question lancinante : « Qu'est-ce qui t'a pris de te fourrer dans une situation pareille ? Ils ont raison de te prendre pour une cinglée. » À plusieurs reprises, j'ai été tentée de faire glisser la toile de protection, d'escalader la banquette arrière, de quitter cette prison dans laquelle je m'étais moi-même enfermée par une portière et de m'en aller le plus loin possible. Au moment où j'allais céder à un ultime accès de claustrophobie – et de raison, probablement –, j'ai entendu des voix tout près du véhicule. Trop tard.

9 h 14. Des moteurs démarraient tout autour de moi, mais aucun signe du propriétaire de la Land Rover. Enfin, à 9 h 43, il y a eu un bruit de pas, puis celui d'une conversation. J'ai aussitôt reconnu la voix grave de Coursen, mais sa bonhomie papelarde avait fait place à une irritation non déguisée.

— Si Brenda continue à me bombarder de coups de fil, quelqu'un va finir par suspecter quelque chose. Mettez-vous à ma place, Carl. Dès que je rentre à la maison, Bonnie recommence à me tanner, à glapir qu'elle va me dénoncer, etc. On ne peut pas répéter a l'infini que cette pauvre Brenda est tellement effondrée qu'elle a besoin de mon soutien spirituel jour et nuit. Il faut que vous lui parliez à nouveau et que vous lui enfonciez dans le crâne que le silence est d'or, ou bien je vais me fâcher... Dites-lui que je la reverrai dès que les choses se seront tassées. Ça ira ?

— Ça ira, mon frère.

— Et le mois prochain, quand on sera tranquilles, je veillerai à ce que la paroisse vous paie la bagnole de vos rêves. Une Acadia GMC, c'est bien ça ? Pour vous aider dans votre mission pastorale, évidemment.

— Évidemment.

Ils ont ricané, tandis que j'enregistrais cette nouvelle information : Coursen couchait avec Brenda MacIntyre. Ce n'était pas une véritable surprise, mais dans ma situation très inconfortable l'échange que je venais d'entendre prenait une tonalité plutôt sinistre. « Ou bien je vais me fâcher » .. S'il me découvrait cachée dans son véhicule, comment ce type allait-il réagir ?

La portière du conducteur s'est ouverte. J'ai retenu mon souffle, m'efforçant d'empêcher mes dents de claquer de froid. J'ai entendu Coursen chercher ses clés. Il a mis le contact, puis a démarré. La soufflerie de la voiture s'est déclenchée, réglée au maximum. Par les haut-parleurs installés dans l'habitacle, une voix bien connue s'est élevée : Coursen écoutait l'un de ses sermons « inspirationnels », pour reprendre le néologisme des trafiquants de la foi : « Aujourd'hui, nous allons méditer cette consigne dont je vous ai déjà parlé : "Non à la négativité !" Où que vous soyez à cet instant, au travail, chez vous, sur la route, je veux que vous répétiez avec moi : "Je dis non, NON, NON À LA NÉGATIVITÉ !" » Incrédule, je l'ai écouté répéter la formule magique à l'unisson de son homélie enregistrée.

Le trajet a été court, cinq minutes tout au plus, pendant lesquelles ses boniments ont continué à se déverser dans la voiture : « La négativité est un cancer, apprenez à l'empêcher de se propager ! Répétez avec moi : "La négativité est un CANCER, apprenez à..." »

Soudain, le moteur s'est tu et la vague d'air chaud qui avait eu à peine le temps de parvenir jusqu'à moi n'a plus été qu'un espoir perdu. Sa portière a claqué et, tout de suite après, j'ai perçu un son qui m'a fait frissonner, deux bips rapprochés : contre toute attente, il venait de déclencher le verrouillage automatique du véhicule. Désormais, le moindre mouvement un peu brusque déclencherait l'alarme. D'après mes calculs, il était presque certain que nous nous étions arrêtés devant le domicile de Coursen, proche de l'église, et le fait qu'il ait verrouillé son véhicule n'avait qu'une explication : il ne comptait pas ressortir ce soir. J'étais prise au piège pour la nuit. J'allais sans doute mourir de froid dans un tombeau où je m'étais jetée la tête la première.

Je me suis mise à pleurer en silence, atterrée par ma stupidité incurable, mon obstination à poursuivre des chimères et la conscience que toute cette agitation n'avait en rien diminué le chagrin qui, un an et demi après la mort d'Emily, continuait à m'égarer. Je suis restée ainsi un quart d'heure, jusqu'à ce que je n'aie plus de larmes à verser. Là, j'ai pris la seule décision qui me semblait envisageable : j'allais passer sur la banquette arrière, ouvrir une portière à la volée et m'enfuir dans la nuit ; Coursen mettrait au moins une minute à réagir, ce qui me laisserait le temps de... De quoi ? De retourner à ma misérable petite existence ? De retrouver un travail dans lequel je feignais de m'absorber, un appartement étouffant, de mornes soirées solitaires, toute cette routine artificielle que j'avais prétendu opposer à un désespoir incommensurable, toute une existence invivable ? Quel sens y avait-il à abandonner le navire, à ce stade ?

Fallait-il se résigner à attendre le lendemain matin et une occasion de sortir de là sans être vue par Coursen, ou par ce Carl Je-ne-sais-qui ?... Le débat intérieur auquel je me livrais a soudain été relativisé par une urgence aussi prosaïque qu'insurmontable : ma vessie était sur le point d'éclater. J'ai lutté contre cette envie aussi longtemps que j'ai pu mais, n'y tenant plus, j'ai plié une des couvertures et l'ai glissée sous mon postérieur, j'ai baissé mon jean et ma culotte sur mes cuisses et, me contorsionnant pour rester assise, j'ai uriné longuement. Mon écœurement était considérable, autant que mon soulagement. Ensuite, j'ai repoussé la couverture trempée tout au fond de la malle, je me suis rhabillée, j'ai refermé ma parka et je me suis à nouveau étendue, me demandant si j'arriverais à supporter le froid et le confinement.

Le sommeil est venu, une délivrance qui m'a paru trop brève quand je me suis réveillée en sursaut. J'ai regardé ma montre : 2 h 55. La voiture roulait ! Je me suis rendu compte que c'était ce qui m'avait sortie de ma torpeur : le double bip du verrouillage centralisé, le démarrage du moteur, la soufflerie du chauffage et à nouveau ces platitudes horripilantes que la stéréo vomissait et que Coursen répétait à voix haute tout en conduisant, comme un lavage de cerveau qu'il s'administrait lui-même : « Je reconnais la nécessité d'avoir confiance en moi... J'accepte avec reconnaissance l'offre du salut... Je ferai face à tous les défis, armé de ma foi... » Ces déclarations à la fois prétentieuses et pleurnichardes me donnaient envie de vomir.

Pendant une quarantaine de minutes, je n'ai senti aucune déclivité majeure, aucun cahot notable. À part le grondement de deux lourds camions que nous avons doublés, le silence à l'extérieur était complet. Brusquement, la Land Rover a viré à droite et a commencé à bringuebaler. Je me suis plaquée contre le plancher pour éviter d'attirer l'attention de Coursen par des mouvements désordonnés mais le crissement des pneus sur la piste défoncée et ses élucubrations sur CD qu'il accompagnait de la voix auraient couvert tout autre bruit.

La Land Rover a ralenti avant de s'immobiliser. La portière s'est ouverte mais il n'est pas sorti tout de suite. Je l'ai entendu farfouiller dans la boîte à gants, puis il a claqué la porte et ses pas se sont éloignés sur du gravier. Il n'avait pas verrouillé l'auto, cette fois. J'ai attendu cinq minutes avant de me redresser, non sans mal car j'étais atrocement ankylosée après avoir été confinée dans un espace aussi réduit pendant plus de huit heures. Le plaisir de pouvoir m'étirer n'a pas suffi à estomper ma peur. J'étais angoissée par le silence profond alentour, par l'inconnu dans lequel j'allais me retrouver, par ce qui pouvait motiver ce trajet en pleine nuit.

Je me suis glissée sur la banquette arrière, tête la première. Une fois assise, j'ai regardé par les vitres. Tout était noir, hormis une faible lumière qui paraissait proche. J'ai entrouvert la portière et je suis sortie sans la refermer. Un vent glacial m'a saisie. Malgré l'obscurité et mes jambes engourdies, je me suis mise à marcher vers le point lumineux sans distinguer quoi que ce soit, sans pouvoir être sûre qu'il n'y avait pas devant moi un fossé, un étang gelé, des barbelés, un danger ou un autre. J'ai soudain distingué une construction. Une cabane, à ce qu'il me semblait. La lueur venait de l'intérieur. Je me suis rapprochée. Mon oreille a capté des sons que j'ai d'abord eu du mal à identifier. Des halètements, des soupirs, entrecoupés d'interjections lancées par une voix masculine. Celle de Coursen.

Il y avait une porte devant moi, et une petite fenêtre à gauche. Je me suis baissée pour aller me placer sous son rebord. Accroupie, j'ai écouté encore. Coursen marmonnait, haletait, jurait, et à ces bruits révoltants se mêlaient des plaintes étouffées. J'ai risqué le tout pour le tout : me relevant, j'ai jeté un coup d'œil à travers les vitres à peine embuées. J'ai senti mon cœur s'arrêter de battre.

Une fille de douze ou treize ans était étendue sur un vieux matelas, à moitié nue. Sa cheville gauche était entravée. Coursen était couché sur elle, le pantalon baissé, hurlant des obscénités. Je me suis assise. La tête me tournait. Mon cœur s'était remis à battre à une cadence effrénée. Sur le point de défaillir, je me suis laissée aller en arrière pour m'adosser à la paroi. J'ai senti un objet que je n'avais pas remarqué auparavant. C'était le manche d'une pelle à neige posée contre le mur. J'ai saisi l'outil à deux mains. À l'intérieur, la furie de Coursen s'intensifiait et la fille poussait maintenant des cris perçants. Sans me redresser entièrement, j'ai gagné la porte. Elle n'était fermée que par un simple loquet. Je me suis mise debout et j'ai lancé un fort coup de pied sur le battant. Je me suis précipitée vers Coursen en hurlant. Il a sursauté et s'est tourné sur le côté. Le plat de la pelle l'a atteint au ventre. Il s'est plié en deux, a tenté de se mettre à genoux pour se lever. Brandissant mon arme très haut, je l'ai abattue sur son crâne. Il a oscillé en avant tandis que le sang cascadait sur son visage grimaçant. Il s'est affaissé lentement.

La jeune fille gémissait comme un animal blessé. Jetant la pelle au loin, je me suis penchée sur elle pour la rassurer, mais ses plaintes ont redoublé lorsque j'ai cherché à la prendre dans mes bras.

— Tout va bien, tout va bien, ai-je murmuré.

Mais rien n'allait, non. Elle était sale, couverte de bleus et de coupures, les lèvres gercées. Le fer autour de sa cheville lui avait déchiré la peau et son pied était enflé, bleuâtre, comme si la gangrène s'y était installée. Une odeur atroce de matières fécales montait d'un seau placé à gauche du matelas. J'ai vu des croûtes putrides dans ses cheveux emmêlés, mais c'était surtout ses yeux qui m'inquiétaient, enfoncés dans leurs orbites, fixes, emplis d'une horreur indescriptible.

— Ivy ? Vous êtes Ivy MacIntyre ? lui ai-je demandé à voix basse.

Elle a hoché la tête en un mouvement à peine perceptible. J'ai jeté un regard à Coursen sur le sol. Reprenant la pelle, je suis allée me placer au-dessus de lui, prête à frapper encore s'il tentait quelque chose, mais il n'a fait que grogner faiblement, ses traits ensanglantés dépourvus de toute expression. Un trousseau de clés déformait la poche de son pantalon, qui était en accordéon sur ses chevilles. Je m'en suis emparée. Il y avait celle de la voiture et, au bout d'une chaînette, un anneau retenant une dizaine de clés plus petites. En me redressant, j'ai remarqué le bout d'un objet métallique qui dépassait de son blouson. J'ai tiré de sa poche un revolver. D'une main tremblante, j'ai attrapé la crosse glacée et j'ai glissé l'arme dans ma parka. J'ai poussé le plat de la pelle contre ses côtes, sans obtenir de réaction.

Je me suis agenouillée près de la jambe d'Ivy pour essayer les clés une à une sur le cadenas qui fermait l'entrave. La huitième a été la bonne. En retirant doucement le fer, j'ai constaté la gravité de la blessure ; l'os du tibia luisait au milieu de la plaie béante et infectée. Mon regard a dérivé sur Coursen, puis sur la chaîne qui montait jusqu'au plafond et passait autour d'une poutre, assujettie par un autre cadenas. J'ai tiré dessus. Elle était solide, bien sûr, et j'ai essayé de ne pas penser à cette pauvre jeune fille se débattant pendant des jours et des nuits pour tenter d'échapper à sa cruelle morsure. Le moment était venu pour le bourreau de goûter à la torture.

Je me suis levée, je suis allée passer le fer autour de l'une de ses chevilles, remontant son pantalon sur sa jambe. J'ai refermé le cadenas. Je l'ai giflé brutalement pour le tirer de sa torpeur. Il a ouvert les paupières un instant, les pupilles égarées. Je me suis penchée à son oreille :

— Amen, ai-je prononcé d'une voix sourde.

Je me suis redressée et, prenant mon élan, je lui ai envoyé un grand coup de pied dans le bas-ventre. Cette fois, il a laissé échapper un grognement de douleur ; je ne faisais déjà plus attention à lui, car j'inspectais le sol répugnant autour du matelas. J'ai fini par trouver un bas de survêtement raidi par la saleté. Quand j'ai essayé de l'enfiler sur les jambes d'Ivy, elle s'est d'abord débattue mais j'ai réussi à la calmer et à la rhabiller en lui parlant doucement, en lui répétant qu'elle n'avait plus rien à craindre. J'ai tenté de la faire se lever ; malgré ses efforts, elle n'a pas pu rester debout sur sa cheville blessée et elle s'est effondrée avec un cri, alors je l'ai hissée sur mon épaule. Elle était tellement maigre qu'elle ne pesait rien. En la portant dehors, je n'ai pas accordé un regard à Coursen.

Malgré la légèreté de mon fardeau, j'ai avancé avec la plus grande prudence dans les ténèbres, tâtant le sol du pied à chaque pas. Il nous a fallu cinq minutes pour atteindre la voiture. Soudain, des hurlements ont percé le silence de la nuit. Apparemment, Coursen avait repris conscience. Il était prisonnier à son tour.

J'ai maintenu Ivy debout contre la Land Rover tout en ouvrant de l'autre main la portière du côté passager. Je lui avais dit de s'appuyer sur une seule jambe, mais elle a instinctivement posé son pied blessé par terre, ce qui lui a arraché un nouveau cri.

— Pardon, pardon, ai-je chuchoté en la soulevant pour l'étendre sur le siège dont j'avais incliné le dossier au maximum.

Aussitôt, Ivy s'est recroquevillée sur cette couche improvisée, prise de frissons. Je me suis installée à la place du conducteur et me suis dépêchée de démarrer. Mes mains tremblaient tellement que j'ai dû les serrer de toutes mes forces sur le volant. Les yeux plissés dans la lumière des phares, j'ai effectué un demi-tour et j'ai retrouvé tout de suite la longue piste enneigée, sur laquelle nous avons cahoté pendant une vingtaine de minutes. Ivy était muette, et pour ma part j'essayais de ne plus penser à ce qui venait d'arriver. Quand j'ai aperçu le macadam que les chasse-neige avaient déblayé, je me suis rappelé qu'il fallait prendre à gauche. Je me suis arrêtée. J'ai sorti mon téléphone mobile de ma poche, ainsi que la carte de visite du sergent Clark sur laquelle il avait souligné le numéro de son portable. Il y a eu neuf ou dix sonneries avant qu'il ne réponde, de la voix brumeuse de quelqu'un qui vient d'être tiré du sommeil.

— Sergent ? Jane Howard à l'appareil.

— Hein ? Qui ?

— Jane Howard.

— Bon Dieu, vous savez quelle heure il est ?

— Oui. Quatre heures trente et une. Désolée, mais vous allez devoir prendre votre voiture et me rejoindre au plus vite. Je vous attends à Townsend.

— Quoi ?

— Je suis à environ une heure et demie de Townsend, donc il faut que vous vous mettiez en route tout de suite. Retrouvons-nous devant l'église des Assemblées de Dieu.

— Oh, c'est pas vrai ! a-t-il éclaté, tout à fait réveillé maintenant. Vous avez dépassé toutes les bornes ! Vous vous rendez compte des ennuis dans lesquels vous…

— Je vous attendrai là-bas, ai-je répété, ignorant ses protestations. Et faites venir une ambulance, aussi.

— Pour quoi faire ? a-t-il grondé. Pour vous emmener à l'asile ?

— J'ai Ivy MacIntyre avec moi.

Un silence. Il s'est raclé la gorge.

— Vous délirez ou quoi ?

— Vous préférez que je fasse toute la route jusqu'à Calgary pour vous l'amener ?

— Non… Sérieusement ?

— Sérieusement.

— Vous êtes cinglée.

J'ai souri dans la pénombre.

— Là, vous avez raison à cent pour cent, sergent. Complètement cinglée.

4

QUARANTE-HUIT HEURES PLUS TARD, JE QUITTAIS LE CANADA. C'est le sergent Clark en personne qui m'a conduite à l'aéroport. Il voulait s'assurer que j'allais « changer d'air », pour reprendre son expression. Mais je vais trop vite. Retour à Townsend, d'abord.

Nous avons eu la route pour nous. Une heure et demie de trajet, y compris un arrêt dans une station-service pour refaire le plein et acheter plusieurs bouteilles d'eau. La caissière, une jeunette d'à peine vingt ans, m'a dévisagée avec de grands yeux :

— Je veux pas me mêler de ce qui me regarde pas, mais on dirait que vous avez eu une nuit vraiment agitée...

J'ai eu un petit rire nerveux.

— Vous n'imaginez même pas.

Dans la voiture, Ivy était toujours roulée en boule, le pouce dans la bouche. J'ai ouvert une des bouteilles et je lui ai dit qu'elle devait boire. Elle ne s'est pas fait prier, avalant près d'un demi-litre d'eau pendant que je lui soutenais la tête. Alors que je croyais qu'elle en avait eu assez, elle a retenu ma main dans les siennes et elle a terminé la bouteille en quelques longues gorgées. J'ai redémarré. Un panneau indiquait que nous étions à cent cinquante kilomètres de Townsend.

— Dès que nous serons arrivées, on va s'occuper de toi, lui ai-je promis, en partie pour la sortir de sa torpeur.

— C'est vrai ?

Sa voix était faible, apeurée, mais elle semblait au moins prête à communiquer.

— Oui, je te le promets.

— Comment tu t'appelles ?

— Eleanor, ai-je menti. Et toi ?

— Tu le sais : Ivy.

J'ai souri.

— Oui, c'est vrai. Je sais qui tu es.

Elle est restée longtemps silencieuse, dix minutes peut-être, et puis elle m'a fait sursauter en annonçant de but en blanc :

— Les autres filles, il les a tuées.

— Il... Il te l'a dit ? lui ai-je demandé en essayant de dissimuler mon effroi.

Ivy a hoché la tête d'un air grave.

— Il parlait de qui ? De Hildy et Mimi ?

— Elle a hoché la tête une nouvelle fois.

— Il a dit où il les a enterrées ?

— Dans la cave sous la cabane. Là où... Là où il allait me mettre aussi, quand il aurait fini avec moi. C'est ce qu'il a dit.

Silence. Mais alors que nous approchions de Townsend, elle est à nouveau sortie de son mutisme :

— Il faut que je parle à mon père tout de suite. Il a dû beaucoup s'inquiéter pour moi, j'en suis sûre.

Je me suis mordu les lèvres au sang sans répondre. Le jour commençait à poindre quand nous sommes entrées en ville. En approchant de l'église, j'ai vu que nous étions attendues, car il y avait deux voitures de police déjà garées, ainsi qu'une voiture banalisée et une ambulance. Je me suis arrêtée sur le parking. Clark arrivait déjà vers nous, flanqué de Sheila Rivers. Il m'a lancé un regard sceptique quand j'ai posé le pied par terre. Sans un mot, je leur ai fait signe d'ouvrir la portière passager. Ils se sont penchés à l'intérieur. Ivy a tourné la tête vers eux, silencieuse. De ma place, j'ai vu le choc crisper leurs traits à la vue de l'état de la petite. Rivers a porté une main à sa bouche et même Clark, toujours si professionnel, n'a pu masquer son indignation. Se reprenant, il s'est retourné et a crié aux ambulanciers de venir nous rejoindre.

Cinq minutes après, j'étais assise dans son véhicule et nous reprenions la route que je venais d'effectuer, suivis par un véhicule de police. Dans la lumière blafarde du petit matin, j'ai vu que c'était une deux-voies qui filait à travers une plaine immense, un vide blanc et gris, un néant qui donnait la chair de poule. Ayant pris soin à l'aller de regarder le compteur après avoir quitté le chemin de terre, j'ai dit à Clark qu'il devrait prendre à droite au bout de cent cinquante-trois kilomètres, exactement. Alors que je changeais de position sur mon siège, j'ai senti un objet pointu contre ma cuisse.

— Sergent ? Avec toutes ces émotions, j'ai oublié de vous remettre quelque chose.

J'ai sorti le revolver de Coursen que j'ai tenu à plat sur ma paume gantée.

— Bon Dieu ! a-t-il lâché entre ses dents.

Le prenant dans la main droite tout en gardant la gauche sur le volant, il m'a priée de chercher un sac en plastique destiné aux preuves à conviction dans le fouillis de sa boîte à gants. Ensuite, il m'a dit de le tenir ouvert pendant qu'il faisait tomber l'arme à l'intérieur, puis il l'a placé dans le compartiment entre nos deux sièges. Il a toussoté.

— Bon, maintenant, vous allez tout me raconter, minute par minute.

Je me suis exécutée. Il ne m'a pas interrompue. Il a juste poussé un juron quand j'ai mentionné Hildy et Mimi.

— Et Ivy est certaine de ce qu'il lui a dit au sujet des corps ? Qu'ils étaient dans la cave ?

— Oui, malheureusement.

Secouant la tête, il s'est tu un moment avant de reprendre :

— Et donc, il est attaché là-bas et il nous attend ?

— C'est sûr, oui.

— Si on peut lui attribuer l'enlèvement des deux filles, plus celui d'Ivy, plus ce qu'il a réussi à camoufler à Hamilton, allez savoir ce qu'il a pu faire d'autre, pendant toutes ces années...

— Je suis sûre que vous allez avoir beaucoup à vous dire, tous les deux.

Alors que nous approchions de la piste qui menait à la cabane, j'ai décidé d'exprimer une pensée qui me travaillait depuis que nous avions quitté Townsend :

— Ça va devenir une très, très grosse histoire, quand la presse va être au courant. Il y a un point sur lequel nous devons nous mettre d'accord avant. Une condition que je pose, et je vais jusqu'à dire qu'elle n'est pas négociable...

— Dans une affaire d'homicide de cette ampleur, mademoiselle Howard, il n'y a pas de « conditions non négociables ». Mais enfin, allez-y, dites-moi.

— Je veux rester en dehors de tout ça.

— Vous plaisantez ?

— Pas du tout. Personne ne doit savoir que j'ai joué le moindre rôle dans la libération d'Ivy.

— Mais… c'est impossible, voyons !

— Trouvez un moyen pour que ce soit possible, sergent. Je ne vous demande rien d'autre.

Il a réfléchi un moment.

— Vous mesurez ce à quoi vous renoncez en faisant ce choix ?

— Oui. À une célébrité douteuse. Quelque chose dont la seule perspective me donne la nausée.

— Et la gratitude du public ? Et les éditeurs qui vont se jeter sur vous pour que vous en fassiez un livre, et les contrats de télévision, sans compter un voyage à Ottawa pour être décorée par le gouverneur général… Bon, la gloire, on s'en fiche, mais l'argent, saperlotte…

— J'y ai pensé. À ça, et au fait que tous les journalistes vont s'empresser de reconstruire mes actes autour de…

Je me suis arrêtée, incapable de continuer.

— De votre propre deuil ? a-t-il complété d'une voix égale.

— Voilà.

— Eh bien, c'est un peu normal : la touche humaine, tout ça…

— Non, la touche sensationnaliste, je n'en veux pas. Je ne veux rien, ou plutôt si, vous prenez les honneurs et vous me laissez l'anonymat.

— Il faudra que j'en parle à mes supérieurs, d'abord, mais je crois qu'ils comprendront.

Tout en parlant, je surveillais le compteur. Cent cinquante-trois kilomètres. Il ne semblait y avoir qu'un champ de neige à perte de vue.

— C'est maintenant, sergent. À droite, là, ce creux qu'il y a dans la neige…

— Heureusement que vous avez pensé à prendre un repère. Impossible sinon de retrouver le chemin.

— J'ai idée que c'était justement le calcul de Coursen.

— J'ai hâte de savoir comment il a trouvé cet endroit, qui lui a loué la cabane, etc.

— Comme je l'ai dit, vous avez plein de conversations intéressantes en perspective.

Mais je me trompais, car le révérend Larry Coursen nous avait réservé une ultime surprise. Pendant vingt minutes, nous avons été secoués en tous sens, la voiture de Clark et celle des policiers derrière nous ayant le plus grand mal à négocier la piste défoncée. Clark rongeait son frein, de plus en plus contrarié.

— Ah, j'aurais dû prendre sa fichue Land Rover ! Mais je ne pouvais quand même pas risquer de me servir d'une pièce à conviction importante pour l'enquête…

— On y est presque, l'ai-je rassuré en apercevant le toit de la cabane.

Le bâtiment m'apparaissait encore plus délabré et sinistre qu'en pleine nuit. Clark est allé échanger quelques mots à voix basse avec les deux policiers, qui étaient sortis de leur véhicule, eux aussi, puis il s'est tourné vers moi :

— Votre contribution très précieuse s'arrête ici, mademoiselle Howard, je vous demande donc d'attendre dans la voiture.

J'ai failli discuter, objecter que j'avais le droit d'assister à l'arrestation de ce salaud, mais j'étais trop épuisée pour entamer une discussion et je me suis laissée aller contre l'auto, résignée. Clark a fait signe à ses renforts de sortir leurs revolvers et il a dégainé le sien avant de se planter devant la porte, couvert de chaque côté par un policier.

— Police ! Personne ne bouge ! (Silence.) Coursen ? C'est la Gendarmerie royale. Nous allons entrer. Vous m'entendez ?

Aucune réaction. Les trois hommes se sont consultés du regard. Clark s'est plié en deux pour avancer jusqu'à la fenêtre, par laquelle il a risqué un coup d'œil. Je l'ai vu devenir blanc comme un linge. Revenant en hâte vers les deux policiers, il a crié à l'un d'eux d'appeler des secours médicaux à la radio avant de se ruer à l'intérieur, suivi par le deuxième flic. Incapable de rester dans une telle incertitude, je leur ai emboîté le pas. J'avais à peine franchi le seuil que j'ai vu Coursen, toujours entravé par la chaîne mais étendu sur le matelas où il avait violé Ivy et… Il y avait du sang partout. Mon regard s'est arrêté sur sa main. Il serrait encore un couteau avec lequel il s'était tranché la gorge.

— Oh, mon Dieu…

Clark, qui s'était agenouillé près du corps pour constater une mort évidente, s'est relevé. En trois foulées rageuses, il a été devant moi.

— Vous saviez qu'il avait un couteau ? a-t-il demandé d'une voix qu'il arrivait mal à maîtriser.

— Non, évidemment que non.

— Mais vous aviez trouvé son revolver…

— Parce qu'il dépassait de sa poche. Le couteau devait être caché quelque part, il…

— Il fallait fouiller, vérifier sur lui et dans la pièce !

— Je ne suis pas flic, merde ! ai-je hurlé, moi aussi déstabilisée par ce spectacle macabre, insoutenable, et par des reproches que je trouvais incroyablement injustes.

— Oh, foutez le camp d'ici ! a éructé Clark, d'un ton où le dépit l'emportait maintenant sur la fureur. Foutez le camp...

Quelques heures plus tard, alors que nous roulions vers Calgary, il a cherché à se faire pardonner son esclandre.

— Euh, je crois que j'ai un peu abusé, tout à l'heure...

— C'est une façon de dire que vous regrettez ?

— Eh bien, oui.

— Vous savez quoi, sergent ? Pour un Canadien, vous n'avez vraiment pas peur des gros mots.

— C'est à cause de mon père. Il vient de Detroit. Il était ouvrier dans une usine automobile. Il a franchi la frontière pour suivre ma mère, qu'il venait de rencontrer, et du coup il s'est retrouvé associé à mon grand-père maternel dans son business, concessionnaire General Motors à Windsor...

— Eh, vous êtes un compatriote, alors.

— Seulement sur le plan du tempérament.

— Dans ce cas, j'accepte vos excuses.

— Merci. Maintenant, nous allons avoir besoin de votre déposition, une fois qu'on sera à Calgary. Mais je veux que mon chef de division soit présent. Comme il est en déplacement aujourd'hui, que diriez-vous si la province d'Alberta vous payait une chambre d'hôtel pour cette nuit ?

— Vous pouvez aussi me boucler dans une cellule, ce sera moins coûteux.

— Mais nettement moins confortable, aussi. Et puis, de cette façon, on n'attirera pas l'attention sur vous. Cela dit, je ne renonce pas à vous convaincre d'accepter que la Gendarmerie royale révèle votre rôle essentiel à la presse. Après une bonne nuit de sommeil, vous verrez peut-être les choses différemment.

— Ne vous donnez pas cette peine.

— Vous savez, ça pourrait vous faire du bien, d'être accueillie en héroïne.

— Ou beaucoup de mal. Non, merci.

— On en reparle demain matin ?

— Je suis têtue, comme vous le savez.

Clark m'a déposé au Hyatt. J'ai été escortée jusqu'à ma chambre par une policière en civil, Sharon Bradley, qui m'a proposé d'envoyer une collègue chercher à mon appartement tout ce dont j'avais besoin. Lui tendant mes clés, j'ai dit que j'aimerais avoir une tenue de rechange, un pyjama, le recueil d'interviews d'écrivains de la *Paris Review* que j'étais en train de lire, ma radio portable et mes somnifères. « Ne les oubliez surtout pas », ai-je précisé, même si j'étais presque sûre de dormir comme une souche, tant j'étais épuisée, mais je me méfiais aussi des effets de l'expérience éprouvante que je venais de traverser.

La chambre était propre, moderne, plutôt élégante. Je me suis dépouillée de mes vêtements sales, j'ai fait couler un bain brûlant en y versant les sels offerts par l'hôtel et j'y suis restée pendant près d'une heure. J'avais besoin de me sentir propre.

On a frappé à la porte, m'obligeant à m'extraire de mon cocon liquide. Je suis allée ouvrir après avoir enfilé le peignoir mis à ma disposition. C'était Sharon Bradley, qui m'a tendu un sac en plastique contenant tout ce que j'avais demandé. Je l'ai remerciée à nouveau ; une fois seule, je me suis mise en pyjama, j'ai avalé la dose de calmants prescrite, tiré les rideaux, éteint les lumières et, enfin, je me suis abandonnée à un sommeil profond, même s'il était à peine six heures du soir.

Combinées à la fatigue, les pilules ont agi à merveille. En me réveillant, ma première impression a été que mon ventre criait famine – je n'avais rien avalé depuis près de deux jours. Après avoir commandé un copieux petit déjeuner, j'ai allumé la télévision juste au moment où le bulletin de six heures allait commencer sur la CBC. La réapparition d'Ivy MacIntyre constituait le titre principal. Elle était hospitalisée au Foothills Hospital de Calgary dans un état grave mais stable. La journaliste sur place a parlé de malnutrition, de déshydratation, de septicémie et de blessures diverses, précisant que les autorités médicales publieraient dans la matinée un communiqué sur son état de santé.

La séquence suivante était consacrée à des extraits d'une conférence de presse du commandant divisionnaire de la RCMP d'Alberta, qui a raconté les circonstances dans lesquelles Ivy avait été retrouvée : une personne ayant requis l'anonymat mais qui « s'était passionnée pour cette affaire » avait décidé de suivre le révérend Larry Coursen ; sa filature l'avait conduite à une cabane abandonnée aux abords de la Route numéro 2, à plus d'une centaine de kilomètres de Townsend, et là… J'ai appuyé sur la touche Arrêt de la télécommande. Il m'était impossible d'en entendre plus.

Je me suis installée devant mon plateau de petit déjeuner, prenant soin de jeter dans la corbeille à papier l'exemplaire du *Calgary Herald* que le service d'étage y avait joint. Rassasiée, j'ai pris une douche, je me suis habillée avec des vêtements propres, j'ai ouvert la *Paris Review* et j'ai attendu.

À neuf heures, une autre policière en civil s'est présentée à ma porte, m'annonçant que le sergent Clark aurait aimé s'entretenir avec moi, si j'étais prête. Je l'ai immédiatement suivie. Nous avons pris un ascenseur de service et nous avons quitté l'immeuble par l'arrière. Une voiture banalisée nous attendait ; en quelques minutes, nous nous sommes retrouvées dans le parking souterrain du siège de la Gendarmerie royale et nous avons emprunté le même itinéraire que la première fois pour parvenir au quatrième étage. Et dans la même pièce aseptisée, le sergent Clark patientait en compagnie d'un homme qu'il m'a présenté comme l'inspecteur Laughlin, un quinquagénaire au visage tanné par les intempéries qui avait les manières réservées, un peu distantes, d'un vrai gars de la Prairie. Il a pris mes deux mains dans ses solides paluches.

— Mademoiselle Howard… Beau travail.

Ces mots simples ont été les seules félicitations qu'il a proférées pendant les deux heures suivantes, une discrétion qui me convenait parfaitement. Le sergent Clark n'a pas tourné autour du pot, lui non plus :

— Donc, nous avons bien précisé dans toutes nos déclarations publiques que la personne qui nous avait conduits à Ivy MacIntyre ne veut pas que son identité soit révélée, ce qui a évidemment stimulé la curiosité de la presse. Seuls l'inspecteur Laughlin, Sheila Rivers et moi-même connaissons votre rôle dans cette affaire et cela restera ainsi. Les deux policiers qui nous accompagnaient vous ont vue mais ils ne savent rien, et ils ont reçu la consigne d'observer une discrétion totale. Cela étant, nous n'ignorons pas que plusieurs de vos collègues de la bibliothèque connaissaient votre, hum… « intérêt » pour le cas MacIntyre, et c'est pourquoi je me suis entretenu personnellement avec Geraldine Woods hier soir. Après lui avoir expliqué qu'il s'agissait d'informations confidentielles, je l'ai simplement informée que vous aviez joué un rôle « très positif » dans la libération d'Ivy, mais que, pour diverses raisons personnelles, vous teniez à garder l'anonymat. Elle s'est montrée tout à fait compréhensive et m'a assuré qu'elle ne répéterait rien à ce sujet. Vous qui avez travaillé avec elle, vous lui faites confiance ?

— Elle n'est pas cancanière, contrairement à la majorité du personnel de la bibliothèque. C'est quelqu'un de fiable, à mon avis.

— C'est aussi mon impression. Elle m'a même suggéré une idée tout à fait intéressante, qui serait de raconter que vous aviez quitté le pays plusieurs jours avant qu'on ait découvert Ivy.

Personnellement, je voyais mal Marlene ou Ruth avaler cette couleuvre, même si je savais Geraldine fort capable, avec son doigté habituel, de leur faire comprendre qu'elles n'avaient pas le choix. Mais il existait selon moi un scénario encore plus convaincant.

— Vous devriez plutôt demander à madame Woods de dire à l'équipe que j'ai fait une dépression nerveuse et que j'ai été conduite dans un hôpital des États-Unis où j'avais déjà été traitée.

— Vous voulez vraiment que vos collègues pensent ça ?

— C'est ce qui me pendait au nez, avant toute cette histoire, et tout le monde le sentait. Donc, oui, absolument. C'est la version qui tiendra le mieux la route.

Clark a jeté un regard interrogateur à son supérieur, qui a réagi en hochant une fois la tête.

— C'est entendu, mademoiselle Howard, a conclu le sergent.

— Vous avez trouvé les corps dans la cave ?

— Nos spécialistes ont commencé les fouilles ce matin.

— Et Ivy ? J'ai entendu que les médecins jugent son état grave…

— Sa vie n'est pas en danger mais le risque qu'elle perde son pied est réel, bien que tout soit mis en œuvre pour lui épargner l'amputation. Nous ne l'avons pas encore interrogée. Tant qu'elle n'ira pas nettement mieux, c'est impossible. Mais elle demande sans cesse à voir la femme qui lui a sauvé la vie… son père.

J'étais sur le point de lancer une remarque cinglante à Clark, quelque chose dans le style : « Vous vous êtes salement trompé sur le compte de ce malheureux, pas vrai ? », mais l'inspecteur Laughlin ne m'en a pas laissé le temps :

— Une erreur lamentable s'est produite dans la première phase de l'enquête. Il n'y a rien à ajouter. Nous en assumerons les conséquences, tous.

— Et Brenda MacIntyre ? ai-je poursuivi.

— Quoi, vous n'avez pas regardé la télé, ce matin ?

— Non. Je préfère éviter.

— Tant mieux pour vous. Elle s'est arrangée pour jouer à la fois la mère folle de joie et la veuve éplorée devant toutes les caméras du pays.

— Doublement éplorée parce qu'elle a perdu un mari, mais aussi un amant en la personne de Coursen.

— Quoi ? Comment savez-vous cela ? (Je leur ai rapporté l'échange que j'avais surpris entre le pasteur et son acolyte alors que j'étais tapie dans la voiture.) Mais vous ne m'avez rien dit à ce sujet, hier, s'est étonné Clark.

— Il y avait plus urgent, non ?

— C'est sûr. Enfin, juste pour être certain que vous n'oubliez rien, et aussi pour avoir une trace officielle de votre témoignage, j'aimerais que vous récapituliez maintenant tous les événements auxquels vous avez pris part. Cette déposition sera filmée pour nos seuls besoins, si vous n'y voyez pas d'objection, et l'inspecteur Laughlin va y assister.

— Je ferai tout ce que l'on me demande, ai-je dit, suscitant un nouveau signe de tête approbateur de l'inspecteur.

Pendant une heure et quelque, j'ai tout raconté à nouveau. En m'écoutant parler, je me suis rendu compte que ma perspective, plus que celle d'un témoin, était devenue celle d'un conteur. Grâce à une nuit de vrai repos et au recul d'une seule journée, la version que j'ai donnée, bien que factuellement similaire à celle que j'avais exposée au sergent Clark dans sa voiture la veille, était plus complète, plus structurée, plus en cohérence avec ma si peu cohérente existence. Alors que j'avais été incapable de parler de la mort d'Emily jusqu'à ma longue confession devant Vern, ce récit fait à deux représentants de l'ordre m'est venu facilement. Parce que ce que je racontais était une histoire avec laquelle je pouvais vivre, une histoire dont la fin n'était pas insoutenable.

Le sergent Clark ne m'a presque pas interrompue tandis que Laughlin, silencieux, me fixait constamment du regard. Je n'ai vu ses traits se contracter qu'une seule fois, au moment où j'ai relaté ce que j'avais entendu pendant que Coursen violait Ivy dans la cabane : même un policier aussi chevronné que lui n'a pu réprimer une expression révulsée. À la fin de mon récit, Clark m'a remerciée et m'a dit qu'il serait sans doute préférable que je passe encore une nuit à l'hôtel, en tant qu'invitée du gouvernement provincial.

— Et pendant que vous soufflerez un peu dans votre chambre, vous feriez bien de réfléchir à ce que vous voulez faire pendant vos trois mois de congés payés. Plus vite vous aurez quitté le Canada, mieux ce sera.

Ensuite, Clark a ajouté qu'il tenait à m'avoir « sous la main » tant que les résultats de l'autopsie de Coursen ne seraient pas établis. Avait-il encore des doutes sur le fait que le révérend s'était lui-même donné la mort ? C'est ce qui m'a semblé. Je me suis levée, eux aussi. Poignées de main solennelles, dernier hochement de tête approbateur de Laughlin, puis la policière m'a de nouveau escortée jusqu'au parking, à la voiture et à l'entrée de service du Hyatt.

Comme il y avait un accès Internet sur la télévision de ma chambre, j'ai consulté mon compte bancaire courant. J'avais plus qu'assez pour vivre quelque temps, et décemment, en Europe. Une semaine plus tôt, j'avais lu avec intérêt un reportage sur Berlin dans la rubrique Voyages du *New York Times*, dont l'auteur soulignait que la ville allemande était pratiquement la seule métropole du Vieux Continent où le coût de la vie restait relativement raisonnable. Pourquoi pas Berlin ? En quelques clics, j'ai découvert que la Lufthansa assurait un vol quotidien de Calgary à Francfort, avec une correspondance pour Berlin. La compagnie proposait un tarif de réservation de dernière minute pour un peu moins de mille dollars, ce qui n'était pas donné, certes, mais bien plus abordable que d'autres vols transatlantiques. Je me suis lancée : j'ai réservé une place pour le lendemain, en espérant que les résultats de l'autopsie seraient alors connus.

Mon coup de poker à été payant. À dix-sept heures trente, Clark m'a téléphoné avec une bonne nouvelle : j'étais désormais libre de mes mouvements, le médecin légiste ayant conclu à une hémorragie massive due à la blessure au cou que Coursen s'était infligée.

— Et je voulais vous dire qu'Ivy avait entièrement raison : notre équipe a exhumé de la cave sous la cabane des ossements appartenant à deux cadavres. Depuis, nous sommes submergés de demandes d'antennes locales de la gendarmerie nous soumettant des cas de disparitions d'adolescentes dans leur secteur. Il va falloir des années pour examiner tous ces dossiers…

— Bonne chance. Quant à moi, je vais passer les prochains mois à Berlin.

— Veinarde. Vous avez réservé un vol ?

— Oui.

— Pour quand ?

— Demain après-midi.

— Bonne idée de ne pas vous attarder, car la presse est déterminée à mettre au jour l'identité du « Vengeur masqué ». Oui, c'est ainsi que vous appelle le *Calgary Sun*, mais il est vrai que c'est un torchon virtuose du sensationnalisme. Je puis vous dire que, comme nous refusons de communiquer le nom du libérateur d'Ivy, ou de la libératrice, les journalistes ne relâchent pas la pression sur nous. À chaque mise au point que nous publions, les réclamations s'amplifient. Donc, votre décision de vous envoler est excellente. Et pour être vraiment certain que vous ne rencontrerez aucune surprise sur la voie du départ, je passerai moi-même vous prendre à l'hôtel demain, à midi. J'aurai le temps de vous conduire chez vous, que vous fassiez vos valises et ensuite de vous déposer à l'aéroport vers trois heures, deux heures avant le décollage de votre avion.

— Minute… Comment savez-vous que le vol pour Francfort part à cinq heures ?

— C'est simple. J'ai regardé sur Internet tout en vous parlant.

Une nouvelle nuit de sommeil profond, encore un départ en catimini de l'hôtel, mais cette fois le chauffeur de la voiture banalisée était le sergent Clark en personne. Il m'a déposée en bas de chez moi en me prévenant que j'avais trente minutes pour me préparer, pas une de plus. Stimulée par cette course contre la montre, j'ai fait mon sac rapidement, grâce à ma garde-robe réduite. Toutes mes factures, loyer, téléphone et autres, étaient prélevées directement sur mon compte en banque. Mon salaire à la bibliothèque continuerait à m'être versé, du moins pendant un temps. À part mon banquier à Boston, personne ne connaissait mon adresse électronique, et je n'avais pas l'intention de consulter celle que j'utilisais à la bibliothèque. J'étais libre de disparaître une nouvelle fois, d'échapper à tous les radars.

C'était certainement ce que Clark attendait de moi, d'ailleurs. Au terminal, il m'a fait passer par un portique réservé aux autorités, puis nous avons été escortés par un représentant de l'aéroport jusqu'à un salon de la zone des départs non accessible au public. Le sergent a ouvert un réfrigérateur en libre-service.

— Je vous paie une bière, professeur ?

Quand il est revenu devant le canapé sur lequel je m'étais laissée tomber, il m'a tendu une bouteille de Labatt.

— C'était indispensable, ce plan agent secret ? me suis-je enquise.

— Probablement pas. Néanmoins, le *Calgary Sun* a fait savoir à midi qu'il offrait une récompense de dix mille dollars à qui pourrait fournir des informations sur l'identité du « Vengeur masqué ». Par conséquent, nous avons jugé préférable de ne pas prendre de risques inutiles. De plus, je pense que vous méritez de partir dans de bonnes conditions, et enfin… bon, je voulais m'assurer personnellement que vous alliez changer d'air.

Il a fait tinter sa bouteille contre la mienne.

— À votre santé, professeur. Comment vous sentez-vous ?

— Fatiguée, malgré ces deux nuits dans un bon hôtel.

— Ne soyez pas surprise si tout ça revient vous frapper sérieusement dans quelques jours. Ce que vous avez vu et vécu, on ne s'en débarrasse pas en claquant des doigts.

— J'en prends note.

— Mais quand les idées noires se manifesteront, n'oubliez pas ce qu'on dit, d'accord ? « Qui sauve une vie sauve le monde. »

— C'est de la foutaise, sergent, et vous le savez très bien.

Il a levé les sourcils, ne s'attendant sans doute pas à cette repartie plutôt brusque, puis il a haussé les épaules et pris une autre gorgée de bière.

— Ça m'apprendra à vouloir avoir l'air d'être profond…

— Gardez ça pour le prochain vengeur masqué.

— Ou bien je vous rappellerai cette brillante remarque lorsque vous serez de retour. Si vous avez envie de l'entendre encore une fois, évidemment.

— On ne sait jamais…

Mais je savais, au fond : j'avais pris la résolution de quitter Calgary pour de bon.

Clark n'avait pourtant pas eu tort de me prévenir contre les tours que mon subconscient allait me jouer. Cela s'est passé quelques nuits après mon arrivée à Berlin. J'étais descendue dans un petit hôtel bon marché du quartier de Mitte, j'étais encore en proie au décalage horaire et je tentais de m'accoutumer à l'étrange solitude que l'on ressent quand on débarque dans une ville inconnue, sans réelle maîtrise de la langue locale, sans aucun des infimes repères quotidiens que chacun accumule dans son existence. Je me suis réveillée en sursaut à quatre heures du matin, la bouche ouverte en un cri silencieux, après un cauchemar dans lequel je venais de voir le cou tranché de Coursen, ses vêtements imbibés de sang, ses yeux figés mais encore écarquillés par une ultime terreur. Je refusais l'idée même de comprendre comment ce monstre avait pu infliger tant de mal tout en menant une existence apparemment normale, jouant le consolateur des âmes et le guide des esprits, écoutant ses sermons incantatoires dans sa voiture… Et là, à l'heure du loup, quand cette image abominable a resurgi, je me suis dit avec horreur qu'elle ne me quitterait jamais.

Le lendemain, il faisait beau et doux et j'ai résolu d'échapper à mes spectres nocturnes en partant me promener le long d'Unter der Linden. En tournant à gauche à la porte de Brandebourg, je me suis soudain retrouvée devant une immense étendue couverte de blocs de béton gris anthracite, disposés comme des tombes dans un cimetière. C'était le Mémorial de l'Holocauste. Entrer dans ce labyrinthe silencieux était une expérience bouleversante, comme se laisser ensevelir par une mer de roche qui envahissait tout, jusqu'au ciel. Plus qu'un monument, ce lieu arrivait à exprimer l'indicible. Ceux qui l'avaient conçu savaient que le deuil, qu'il soit personnel ou collectif, est en lui-même une sépulture. Et comment arrive-t-on à s'extraire du caveau de la souffrance ? Mystère. Il fallait seulement continuer à vivre jour après jour.

Alors, je me suis laissé prendre par l'inconnu, et mon impression générale de la ville s'est nettement améliorée lorsque j'ai découvert Prenzlauer Berg, un quartier rénové au nord de Mitte, reflet de la sensibilité bourgeoise du XIXe siècle adaptée à la modernité. Ici, les jeunes couples avec enfants représentaient la norme et c'était toujours dur à voir pour moi. C'est en entrant dans une très bonne librairie anglaise, Saint-George, que j'ai remarqué une affichette proposant un studio à louer dans le coin. Je suis passée à l'adresse indiquée. C'était tout petit, quinze mètres carrés à peine, mais à deux pas de Kolwitzplatz, la meilleure adresse du quartier, et joliment meublé en bois brut. À part des draps et des serviettes, il n'y avait rien à acheter avant d'emménager. Le propriétaire proposait un bail de trois mois renouvelables, que j'ai signé aussitôt.

Je me suis inscrite à un cours d'allemand intensif à l'Institut Goethe, consacrant six heures par jour à l'étude du datif et autres subtilités germaniques. C'est là que j'ai rencontré un peintre suédois, Johann, qui avait été invité à séjourner à Berlin dans le cadre d'un programme d'échange de jeunes artistes. À ma grande surprise, nous avons entamé une relation amoureuse. Rien de sérieux, d'autant qu'il m'a tout de suite prévenue : il avait une petite amie en Suède, mais, justement, ces limites me plaisaient. Nous nous retrouvions deux ou trois soirs par semaine pour un concert de la Philarmonie de Berlin ou au Komische Oper – en trouvant chaque fois des places à bon prix –, dans des clubs de jazz à l'accès gratuit, ou un petit cinéma de Hackescher Markt, et nous passions ensuite la nuit dans mon canapé clic-clac.

Au début, partager mon intimité physique avec un homme m'a été difficile. Je pensais ne pas être en mesure d'y arriver. Lorsque Johann a manifesté pour la première fois ses intentions, ma réaction instinctive a été de m'enfuir, mais je l'ai surmontée parce qu'il y avait une autre force en moi, beaucoup plus prosaïque, beaucoup moins intellectualisée : j'avais envie de faire l'amour, à nouveau. Il s'est montré tendre, attentionné et aussi un peu distant, ce qui en vérité me convenait parfaitement. J'aimais être dans ses bras, le prendre et être prise. Nous parlions rarement de choses personnelles, même s'il a fait quelques allusions à son père, un aristocrate autoritaire qui l'avait longtemps pressé de rejoindre son étude d'avocats avant de consentir à contrecœur à l'aider financièrement dans ses premiers pas de peintre abstrait.

Johann avait du talent, incontestablement. Les études qu'il m'a montrées n'étaient pas sans rappeler le style d'Ellsworth Kelly et je les ai trouvées très prometteuses. Ainsi qu'il l'a lui-même reconnu, pourtant, sa relative sécurité matérielle était juste suffisante pour saper son art, car il préférait traîner dans les cafés plutôt que se mettre sérieusement au travail. Avec sa discrétion naturelle, il ne m'a jamais posé de questions sur ma vie passée. Un jour où il m'avait fait remarquer qu'il sentait une tristesse profonde en moi, même dans les moments où j'aurais dû être le plus détendue, je m'en suis tirée par une remarque banale, du genre « On a tous des blessures anciennes », sans préciser que la mienne ne cicatriserait jamais.

Pour les mêmes raisons, j'évitais soigneusement les journaux. Une fois, cependant, alors que je passais devant un kiosque, mes yeux sont tombés sur la photo agrandie d'un visage que je connaissais, à la une d'une feuille à scandale. Coursen. Le titre tapageur n'était pas difficile à traduire : DAS MONSTRUM DER ROCKIES ! J'ai pressé le pas et depuis lors j'ai évité de m'approcher des stands de presse.

Entre mes cours d'allemand, mes nuits avec Johann et mes vagabondages dans la cité, le temps a filé. Il y avait un terrain de jeux au coin de Kowitzplatz que j'évitais soigneusement, et quand Johann m'a proposé de venir dîner avec lui chez des amis allemands qui avaient une fille de cinq ans, j'ai décliné avec une fermeté qui l'a un peu étonné :

— Moi non plus, je n'adore pas les gosses, a-t-il dit. Mais enfin, tu fais comme tu veux.

Entre nous, d'ailleurs, la fin était proche. Un jour, il m'a annoncé qu'il retournait à Stockholm une semaine plus tard. La fille qu'il fréquentait depuis trois ans lui manquait. Elle était d'excellente famille et le père de Johann était disposé à acheter à son fils un appartement s'il s'installait avec elle et se remettait à ses études de droit.

— Je vais me reconvertir en peintre du dimanche, a-t-il constaté avec une pointe de regret dans la voix.

— Je suis sûre que tu vas être très heureux.

— Et toi, qu'est-ce que tu vas faire ?

— Moi ? Je vais retourner aux États-Unis. Et trouver un moyen de me servir de ce satané datif !

Plaisanterie mise à part, j'avais conscience que le moment était venu de faire quelque chose de ma vie. Fondamentalement, je ne pouvais pas être moi-même sans une structure solide dans mon existence, un but, des objectifs précis qui donnaient un certain sens à la routine. Comme je m'en étais rendu compte durant mes premières semaines à Calgary, l'absence de tels repères avait pour seul résultat de me pousser à me replier sur mes angoisses et mon désespoir. Les cours d'allemand n'avaient été qu'un simulacre d'activité. Je n'étais sans doute pas faite pour la vie de bohème, ou bien peut-être ne pouvais-je rester longtemps en place nulle part. Quelle que soit l'explication, j'étais convaincue que le docteur Sally Goodchild, la psy de Calgary, avait eu raison de me dire que, dans mon cas, il n'y avait pas d'autre choix que m'absorber dans un travail quelconque.

Et c'est ainsi qu'une semaine environ avant de prendre la décision définitive de « rentrer chez moi » – il y avait des siècles que je n'avais pas appelé les États-Unis de cette façon... –, j'ai envoyé un e-mail à Margaret Noonan, mon ancien contact au service des carrières de Harvard, en lui expliquant qu'un « drame personnel » m'avait obligée à suspendre mes activités d'enseignante, mais que parler de littérature devant un groupe d'étudiants me manquait et que si elle voyait un poste à pourvoir qui pourrait me correspondre pour la rentrée prochaine, je lui en serais très reconnaissante.

Sa réponse est arrivée dans ma boîte de réception le lendemain. Elle était au courant de la « tragédie », bien sûr, m'offrait toute sa sympathie et se disait ravie d'apprendre que j'étais disposée à « faire une nouvelle entrée dans le monde ». La formule m'a paru intéressante. Entrer à nouveau dans le monde ? C'était peut-être ça, oui. Sauf que je n'étais plus celle que j'avais été. Elle m'apprenait aussi que, par chance, un contrat d'enseignement de deux ans venait de leur être soumis par le Colby College, dans le Maine. Un établissement universitaire de première catégorie, spécialisé dans les études classiques. Très bon niveau, un campus situé dans un cadre bucolique. Il y avait huit autres candidats, précisait-elle, mais elle pensait que mes références étaient solides. Voulais-je postuler ? J'ai répondu par l'affirmative. Cinq jours après, la direction du Colby College me proposait un entretien pour la semaine suivante.

Renonçant à mon billet retour pour Calgary, j'ai acheté un aller simple pour Boston. J'ai rendu les clés du studio. J'ai passé une nuit d'adieu avec Johann, qui m'a dit très simplement le lendemain qu'il était heureux de m'avoir connue. Sur le chemin de l'aéroport, le taxi a fait un détour par la porte de Brandebourg à cause d'un embouteillage et j'ai revu le Mémorial de l'Holocauste une dernière fois. Ce jour-là, le soleil avait percé le dôme de grisaille qui coiffe si souvent Berlin. En ce début de printemps, il faisait tellement doux que trois jeunes s'étaient allongés sur des pierres tombales comme sur des chaises longues. Loin de me choquer, l'image m'a emplie d'un optimisme surprenant. J'ai vu une sorte de métaphore stimulante dans le fait que ce deuil granitique pouvait servir aussi à prendre le soleil ; même dans ses aspects les plus cruels, l'existence humaine reste toujours proche de son inhérente absurdité…

Quand l'avion a entamé sa descente sur Boston, l'angoisse familière est cependant revenue en force. Comment allais-je aborder cette nouvelle phase ? En étais-je seulement capable ? Après avoir loué une voiture à l'aéroport, j'ai tout de suite mis le cap sur Waterville, dans le Maine, où l'on m'avait réservé une chambre d'hôtel. Le directeur du département de littérature, Tad Morrow, m'a invitée à dîner. Jeune universitaire plein d'une énergie communicative, il m'a dit qu'il avait lu et énormément aimé mon livre et il a semblé apprécier que je puisse bavarder avec lui de romans ou de films récents. Il a même trouvé « formidable » que je me sois occupée des acquisitions d'une bibliothèque relativement importante. Bref, ce premier contact m'a grandement rassurée, et en l'écoutant décrire les avantages de la vie dans ce coin tranquille je me suis surprise à penser que j'avais peut-être fait le bon choix.

Le lendemain, je me suis présentée à l'entretien plutôt confiante, malgré le décalage horaire qui me laissait un peu vaseuse. J'ai dû faire bonne impression puisque à peine revenue à Boston, où je venais de m'installer dans ma chambre à l'hôtel Onyz, près de la gare du Nord, j'ai reçu un message de Margaret Noonan : j'avais été la dernière candidate à être reçue et ils m'accordaient le poste. Je commencerais à enseigner au Colby College dès septembre. Elle ajoutait que le directeur du département avait indiqué que le contrat initial pouvait donner lieu à titularisation, notamment si je publiais un autre essai au cours de mes deux premières années. « J'ai lu dans votre dossier que vous aviez envisagé de vous atteler à une biographie de Sinclair Lewis, poursuivait-elle, toujours aussi bien organisée, ce serait peut-être le moment de vous y remettre... »

Et c'est ainsi que, en un rien de temps, je me retrouvais avec un emploi assuré et un encouragement à reprendre un projet auquel je n'avais jamais renoncé, tout au fond de moi... C'était vraiment « une nouvelle entrée » dans un monde qui n'était pas si affreux, finalement. L'hôtel ayant mis à ma disposition une bouteille en guise de bienvenue, j'ai fêté mon embauche avec quelques verres d'un vin rouge australien. Comme j'étais trop excitée pour dormir, j'ai décroché le téléphone vers minuit et composé le numéro que j'avais si souvent voulu appeler pendant des mois, tout en m'interdisant de le faire. En entendant ma voix, Christy n'a pu retenir un cri stupéfait.

— Oh, mon Dieu ! Où tu es ? Où tu étais passée ? Comment tu vas, d'abord ?

— C'est une longue histoire. Mais pour aller vite, je suis à Boston et je vais... à peu près bien.

— J'ai essayé de retrouver ta trace dix mille fois. Tu m'as rendue folle, tu...

— Je sais, je sais. Et j'espère que tu comprends pourquoi j'étais dans l'impossibilité de me manifester.

— J'ai appelé et appelé l'hôpital du Montana. Après, j'ai appris que tu étais au Canada. À Calgary, c'est ça ? J'ai souvent pensé prendre la voiture et aller essayer de te retrouver là-bas, mais Barry est arrivé à me convaincre à chaque fois que c'était de la folie.

— Barry ? Qui est-ce ?

— Eh bien, il est urbaniste à Eugene, notre bonne petite ville. Plus précisément, c'est le seul urbaniste d'Eugene dans l'Oregon ! Et c'est aussi, euh, mon mari depuis six mois.

— Ça, c'est une nouvelle !

— M'en parle pas ! J'en suis encore surprise moi-même.

— Et… contente ?

Elle a eu un petit rire amusé.

— Ah, tu sais, je suis comme toi, le bonheur idyllique et moi, ça fait deux. Mais oui, honnêtement, ce n'est pas mal du tout. Et j'ai encore une autre info… Tu es assise, au moins ?

— Oui.

— Alors voilà : je suis enceinte.

— Tu… Je te félicite, Christy. C'est merveilleux.

— Et terriblement difficile à t'annoncer.

— Tu l'as fait. Et c'est bien que tu me l'aies dit maintenant, plutôt que quand je viendrai te rendre visite.

— Hein ? Ça, c'est la vraie nouvelle ! Tu as une date ?

— Ça dépend de ton emploi du temps.

— Mon emploi du temps n'a pas changé d'un iota. Je donne mes cours le mardi et le jeudi, les autres jours je m'enferme de trois à six pour essayer de pondre quelque chose. Je suis toujours aussi prolifique, tu sais. Un poème tous les dix mois, quand je suis en forme. Mais… et toi ? Je veux que tu me racontes tout !

— Je ferai ça vendredi, d'accord ? D'abord, je dois aller à Calgary en finir avec ce que j'ai laissé en suspens. Il doit bien y avoir un vol direct pour Portland, de là-bas.

— Mais qu'est-ce qui t'a décidée à revenir à Boston ?

— Je te dirai tout vendredi.

— Tu n'as pas l'intention de voir Theo, pendant que tu es dans le coin ?

— Certainement pas ! Je n'ai plus eu de contact avec lui depuis que j'ai planté une fourchette dans le cou de sa… muse.

— Oui, j'ai vaguement entendu parler de ça…

— Je m'en doutais. Il y a des fois où le monde est vraiment trop petit.

— En tout cas, je sais qu'il veut te parler, lui.

— Ah oui ? Et comment tu sais ça ?

— Parce qu'il m'a appelée à deux reprises, il y a un moment. C'était quoi, en décembre ? Il avait l'air d'avoir un coup dans le nez, les deux fois, et il était assez pleurnicheur. D'après ce que j'ai compris, Adrienne l'a plaqué. Il m'a dit et répété qu'il pensait à Emily et à toi tout le temps, qu'il était désespéré que tu ne lui parles plus, qu'il aurait tellement voulu que vous…

— Assez, Christy. Plus un mot là-dessus, s'il te plaît.

— Je comprends. Non seulement je comprends, mais j'approuve. Bon, alors à vendredi ? Envoie-moi un e-mail avec ton heure d'arrivée. Je t'attendrai à l'aéroport.

— D'accord. Et je suis réellement contente pour toi, tu sais.

— Qui aurait cru ça, hein ? Le mariage, la maternité… Dire que je me croyais à des kilomètres de tout ça.

— La vie est très forte pour torpiller nos idées préconçues.

— Oui… C'est génial, que tu aies appelé.

— Et de t'entendre aussi, c'est génial.

Après avoir raccroché, je suis restée un long moment immobile, les yeux fixés sur le mur. Theo… Pendant les mois qui avaient suivi la mort d'Emily, j'avais lutté contre la colère, la haine plutôt, qu'il m'inspirait. Alors que je surmontais peu à peu mon suicide raté, le docteur Ireland avait mentionné le fait que je devrais en arriver à ne plus le détester à ce point, que ce serait à moi de faire ce pas et que cela prendrait le temps qu'il faudrait. « Je ne parle pas de pardon, avait-elle souligné, je parle d'abolir la haine, car au bout du compte vous comprendrez vous-même qu'elle vous détruit, qu'elle ne vous mène à rien, qu'elle ne résout rien, qu'elle ne sert à rien. Cela arrivera dans un avenir sans doute lointain, mais cela finira par arriver. » Et comment ! En explorant mes sentiments, cette nuit-là, Theo ne m'inspirait plus que du mépris, un mépris féroce.

Je ne l'ai pas caché à mon vieil allié de toujours, Milton Alkan, que j'ai rencontré à son étude le lendemain. Derrière son flegme coutumier, il a paru sincèrement touché de me revoir après tout ce temps, et s'est enquis de mon état d'esprit avec tact.

— Il y a des jours qui sont supportables, d'autres moins, d'autres pas du tout, ai-je répondu. Il faut croire que c'est comme ça que ça marche…

— Oui… Avant d'en venir à nos affaires, je dois vous dire que votre, hum… ancien compagnon, M. Theo Morgan… Eh bien, il m'a rappelé régulièrement dans le but de renouer le contact avec vous. Suivant vos instructions, je n'ai pas tenté de vous le faire savoir, mais je suis dans l'obligation de vous informer qu'il m'a paru, comment dire, très perturbé, au bout du fil. Sincèrement désolé de votre rupture et de...

— De la mort de notre enfant ?

— Voilà. J'ai aussi une demi-douzaine de lettres qu'il vous a adressées ici, à mes bons soins.

— Je ne veux pas les lire. Jetez-les, brûlez-les, faites-en ce que vous voudrez.

— Peut-être qu'avec le temps vous considérerez la chose sous un autre angle, mademoiselle Howard...

— Non. Cette partie de ma vie n'existe plus. Je ressens exactement la même chose que lorsque je vous ai demandé de vendre mon appartement.

— Pardon, mais ce n'est pas ce que vous m'avez demandé. Vous m'avez chargé de donner les indemnités de l'assurance à une organisation charitable, ce que j'ai fait, mais quant à votre domicile, les consignes n'étaient pas si claires. Vous rappelez-vous avoir signé un pouvoir m'octroyant la responsabilité de la gestion de vos biens ? Eh bien, c'est ce que j'ai fait. Votre appartement de Somerville est actuellement loué, pour une somme satisfaisante, à un professeur de français invité par l'université de Tufts. Un locataire modèle, je dois dire.

J'allais protester, affirmer que mon idée avait explicitement été de vendre ce damné appartement, mais à quoi bon ? Des récriminations désormais inutiles. D'autant que la décision de Milton Alkan m'a permis de mesurer à quel point j'avais changé : lorsque j'avais enjoint à mon avocat de m'aider à me séparer de tous mes biens, je n'avais rien d'autre en tête que le désir farouche de quitter le monde. Et maintenant... Maintenant, même au risque de paraître pusillanime à mes propres yeux, je devais reconnaître qu'il avait été fort avisé de garder mon appartement et d'en tirer profit. Si bien que je n'ai pu que m'incliner :

— Merci, maître. Merci d'avoir vu la réalité à ma place, quand j'en étais incapable.

— C'est mon métier, mademoiselle. Cela dit, l'argent de l'assurance a bien été confié à l'association des Samaritains, qui a créé une fondation au nom d'Emily dans le but de...

J'ai levé la main pour l'arrêter.

— Vous m'expliquerez ça une autre fois, s'il vous plaît.

— Entendu. Il y a toutefois une décision à prendre que je dois vous soumettre tout de suite. La direction du cimetière m'a contacté il y a quelque temps déjà. Elle voulait savoir si vous vouliez commander une stèle pour la tombe d'Emily.

Je m'y attendais, à vrai dire. Autour de la date d'anniversaire de la mort de ma fille, les astucieux gestionnaires du « champ de repos », comme ils l'appelaient dans leurs brochures publicitaires, n'avaient pas oublié de me rappeler, par l'intermédiaire de mon avocat, qu'un ouvrage en marbre de plusieurs milliers de dollars serait recommandé, pour ne pas dire indispensable. Après tout, nous avons tous quelque chose à vendre, sur cette terre.

— Je peux avoir un papier et un stylo ? ai-je demandé à Alkan. Il a poussé un bloc-notes devant moi, m'a tendu un feutre. Sans hésiter, j'ai écrit les lignes suivantes :

Emily Howard Morgan
24 juillet 2003 – 18 janvier 2007
Avec amour

Je lui ai montré le texte de l'inscription que je venais de composer.

— Vous voulez bien vous en charger, maître ?

— Bien entendu. Et si vous avez l'intention de vous rendre là-bas pour…

— Non, non. Pour l'instant, je… je ne peux pas. Il est encore trop tôt.

Admettre que je n'arrivais toujours pas à me rendre sur la tombe de ma fille était très dur. Je me sentais dévorée de culpabilité ; une voix intérieure m'a répété deux simples mots : « Pas encore. » Quelque part dans le futur, peut-être, le temps viendrait où j'aurais la force de revoir le lieu où elle était enterrée sans perdre à nouveau la raison. Pour l'instant, c'était impossible.

— Je comprends, a voulu me rassurer Alkan. Je vais m'en occuper, alors.

Après l'avoir quitté, je suis entrée dans un cybercafé, j'ai acheté en ligne un billet d'avion aller-retour pour Portland, avec une escale de deux jours à Calgary. J'ai également envoyé un message électronique à Geraldine Woods pour l'informer de ma démission immédiate, en la remerciant chaleureusement de la compréhension et du soutien qu'elle m'avait manifestés. J'aurais aimé prendre congé d'elle de vive voix, et saluer mes anciennes collègues, mais je sentais qu'il valait mieux m'abstenir d'une visite à la bibliothèque, que le mieux était d'échapper aux radars, cette fois encore. Je n'allais à Calgary que pour liquider mon bail de location, organiser le déménagement de mes livres et de mes disques dans le Maine, régler d'ultimes factures, toutes ces formalités qui marquent la fin d'un chapitre de la vie, et le début d'un autre.

C'est ce dont je me suis acquittée dès mon arrivée le lendemain, vers midi. Tout était presque terminé en quelques heures. Je suis allée prendre un cappuccino au Caffè Beano et j'ai demandé au serveur si je pouvais emprunter leur téléphone pour un appel local. J'ai composé le numéro de la bibliothèque. Pour le cas où Ruth Fowler se trouverait au standard, car il lui arrivait de remplacer la réceptionniste lorsque l'après-midi tirait à sa fin, j'ai affecté un accent britannique à couper au couteau quand j'ai demandé le poste de Vernon Byrne. Il a décroché à la troisième ou quatrième sonnerie, avec le « hello » réticent de ceux qui ne se servent d'un téléphone qu'en cas de nécessité absolue.

— Vern ? C'est moi. (Silence total sur la ligne. Il fallait que je le rompe.) Vous êtes toujours fâché contre moi ?

— Je... Je ne l'ai jamais été.

— À votre place, je l'aurais été, moi.

— Ah... D'où appelez-vous ?

— De Calgary. Mais je dois vous demander de ne le dire à personne, s'il vous plaît.

— Vous pouvez compter sur moi. De toute façon, vous savez bien que je ne parle à personne ici.

— En effet. Vous auriez le temps de prendre un verre avec moi, ce soir ?

— Je vais écouter András Schiff interpréter du Beethoven. Je vous aurais bien proposé de vous joindre à moi mais il n'y a plus une seule place. Demain, en revanche, je suis en congé. Vous seriez libre ?

— Oui, libre comme l'air.

Le lendemain matin, à dix heures, je l'attendais au pied de mon immeuble. Il est arrivé avec son habituel blouson et sa casquette en velours dont il ne devait sans doute jamais se séparer. Il m'a saluée d'un hochement de tête furtif.

— Vous avez des engagements, aujourd'hui ? s'est-il enquis dès que je suis montée dans sa voiture.

— Aucun. Tous les livres sont emballés, ma valise est prête. Mon vol est demain matin à onze heures. Rien d'autre.

— On va faire un tour ?

— Vous voulez dire, sortir de la ville ?

— Eh bien, c'est ce que je pensais, oui, a-t-il concédé, ayant capté l'appréhension dans ma voix. Mais pas au sud, non. Il n'y a aucune raison d'aller là-bas.

« Le Sud », c'était une manière de dire Townsend et les *badlands*. Sous-entendait-il qu'il savait pourquoi la seule mention de cet endroit me faisait frissonner ?

— Je pensais au nord-ouest, en fait. Si ça vous va, évidemment.

— Je crois que je pourrai supporter ça, maintenant.

Nous sommes partis. Il écoutait une station de musique classique, comme toujours. Il y a eu quelques minutes d'embarras, ni lui ni moi n'arrivant à engager la conversation. Je me suis résolue à prendre les devants :

— Je tiens à vous demander pardon, Vern.

— Pardon de quoi ?

— De vous avoir traité d'ivrogne.

— Pourquoi s'excuser d'exprimer une vérité ? C'est ce que je suis. Un ivrogne.

— N'empêche, ce n'était pas une chose à dire et je le regrette.

— Ça ne m'a pas tracassé.

— Moi, si.

Un ange est passé. De but en blanc, il a repris :

— Vous avez suivi les informations à propos d'Ivy MacIntyre ?

— Ça fait des mois que je n'écoute plus les nouvelles ni ne lis les journaux.

— Ah, alors vous avez raté la fin de l'histoire… Il se trouve que, d'après la presse, Brenda MacIntyre entretenait une relation très sérieuse avec Coursen, sans savoir que c'était lui qui avait enlevé sa fille pour la violer. Depuis ces révélations, on ne la voit plus, on ne l'entend plus. Il faut dire que l'opinion publique s'est complètement retournée contre elle.

— Et… elle ? La petite fille ? Comment va-t-elle ?

— Les médecins ont réussi à lui éviter l'amputation du pied. Elle réside dans un centre spécialisé situé près de Toronto, maintenant. Un endroit pour les enfants qui ont subi de graves traumatismes psychologiques. Je suis au courant parce qu'il y avait un grand article sur l'affaire il y a quinze jours environ, c'était dans le *Herald*, et les radios ont repris cette histoire jusqu'à la nausée. Les médias sont friands de ce genre de drame.

— Visiblement.

— C'est sûr que la mère va être déchue de ses droits et la petite placée dans une famille d'accueil dès qu'elle ira mieux.

— Et le père ? Est-ce que tous ceux qui s'étaient acharnés sur lui ont admis leur erreur, au moins ?

— Il y a eu un mea culpa de la Gendarmerie, et un éditorial dans le *Herald* sur le thème de « Nous sommes allés trop vite en besogne, désolés ». Et le gouvernement provincial vient d'annoncer la création d'un fonds de soutien destiné à Ivy MacIntyre, doté de deux millions de dollars.

— Ce n'est pas ça qui lui rendra son père, ai-je murmuré.

Soudain, j'ai eu la vision d'Ivy pelotonnée à côté de moi dans l'auto de Coursen, me demandant à parler à son papa…

— D'après les journaux, elle répète souvent qu'elle voudrait revoir la femme qui l'a sauvée. Et les récompenses promises à ceux qui donneront des éléments sur la mystérieuse « justicière » ne cessent d'augmenter. Pour l'instant, il y a près de cinquante braves citoyennes qui affirment être la personne en question.

— Ça fait beaucoup.

— N'est-ce pas ? (Sans détourner les yeux de la route, il a ajouté avec un calme sidérant :) Mais moi, je sais que c'est vous.

J'ai tenté de refouler un début de sourire, sans succès. Vern, qui avait tourné la tête vers moi une fraction de seconde, a surpris mon expression. À la radio, la symphonie en cours a continué mais entre nous le sujet Ivy MacIntyre était clos.

Nous sommes arrivés aux confins de Calgary, ce moment où l'espace urbain bat en retraite devant l'immensité intimidante de la nature.

— Où on va, exactement ? ai-je demandé.

— Vous verrez.

Nous avons continué à remonter en direction du nord pendant une heure et demie. Je gardais la tête baissée, évitant de regarder au-dehors parce que je savais que les arêtes tourmentées des Rocheuses avaient commencé à envahir l'horizon et à se refermer autour de nous. Deux ou trois coups d'œil apeurés m'ont confirmé que je n'étais toujours pas en mesure de supporter cette beauté majestueuse. Vern, qui savait ce que je ressentais, essayait de m'encourager à bavarder de tout et de rien, m'interrogeant sur mon prochain poste universitaire et réclamant tous les détails des meilleurs concerts auxquels j'avais assisté en Allemagne.

— Ils sont tous bons, ai-je objecté. Parce que c'est Berlin.

— J'aimerais bien y aller, un jour.

— Vous devriez. Se trouver dans la salle de l'orchestre philarmonique, pouvoir l'écouter, ça vous met en joie.

— La joie, a-t-il répété comme s'il s'agissait d'un mot venu d'une langue étrangère dont il ne connaissait pas précisément le sens. Oui, un jour, peut-être…

Nous avons traversé Canmore, une ville-dortoir écrasée par la silhouette massive des montagnes. Bientôt, nous avons pénétré dans le parc national de Banff. Comme la route grimpait sec, mes oreilles se sont bouchées à plusieurs reprises. Nous n'avons pas pris l'embranchement qui conduisait à Banff, ni celui en direction du lac Louise et de l'autoroute menant à Jasper. Toujours plus vers l'ouest, et moi toujours effrayée de regarder le paysage. La Colombie-Britannique a surgi, puis un ancien poste ferroviaire, Field.

Là, Vern s'est engagé sur une piste étroite que seuls les habitués pouvaient distinguer. Elle a tout d'abord serpenté le long d'un torrent, puis s'est frayé un chemin dans une forêt dense de sapins Douglas qui masquaient presque entièrement le ciel au-dessus de nous.

— On n'est pas loin, maintenant, a murmuré Vern.

Nous avons pourtant roulé encore une dizaine de minutes dans ces bois presque impénétrables. J'ai senti la panique monter en moi. « Je ne peux pas continuer, je ne veux pas continuer… » Mais nous avons avancé encore, jusqu'à ce que… jusqu'à ce que la piste s'arrête. Nous étions arrivés à destination. Il n'y avait pas de « plus loin ». Vern a garé la voiture et est sorti dans le silence de la nature aux aguets. J'étais clouée sur mon siège. Il est venu ouvrir ma portière.

— Allez, venez, a-t-il proposé doucement.

— Je… Je ne pense pas pouvoir.

— Il ne faut pas penser. Venez.

La peur. La peur ne nous quitte donc jamais, une fois qu'elle s'est enracinée en nous ? À saper notre sommeil, à nous tenir en otage, à nous narguer avec la certitude qu'il suffit d'être un humain sur cette terre pour avoir un nombre infini de raisons d'avoir peur, de rester prisonnier de la peur. Mais capituler devant elle, c'était… rester assise dans cette voiture, par exemple.

« Allez, secoue-toi, serre les dents, lève le menton, fais face ! Tout ce langage volontariste qui t'a accompagnée depuis la naissance, tous ces gens qui, depuis toujours, te répètent : "Sors de cette foutue bagnole." »

C'est ce que j'ai fait. Me prenant par le bras, Vern m'a entraînée de quelques pas vers la droite. Je gardais la tête baissée, les yeux mi-clos. Le monde se résumait à ce que je distinguais du sol : le macadam cédant la place à un chemin de terre au milieu d'herbes folles. Vern a exercé une légère pression sur mon bras :

— Regardez devant vous, Jane, regardez…

J'ai pris ma respiration. Réprimé un frisson. Lentement, très lentement, j'ai relevé la tête et j'ai vu… un lac. À la surface impeccablement lisse, sereine et dont la couleur, un vert émeraude parfait, était au-delà du cliché. Et derrière la rive qui nous faisait face, une vaste prairie, puis un mur de montagnes. C'était une journée idyllique comme il y en a dans l'Ouest, avec un ciel sans nuages, un soleil exubérant qui m'a d'abord éblouie mais qui baignait chaque chose d'une lueur de miel. J'ai observé cette étendue d'eau, cet admirable caprice de la nature enchâssé au centre d'un amphithéâtre de glaciers aux pics enneigés. Le spectacle était tellement magnifique, exprimait une pureté si complète que j'ai senti ma vue se brouiller. J'étais émue aux larmes. J'avais été capable de regarder. J'avais vu le lac, j'avais accepté sa beauté et elle ne m'avait pas tuée.

— Merci, ai-je chuchoté à Vern.

Il a eu alors un geste auquel je ne m'étais pas du tout attendue : il m'a pris la main et l'a gardée dans la sienne. Nous sommes restés silencieux plusieurs minutes. Mon regard est passé du lac à l'azur. Le souvenir d'une nuit blanche en particulier, des mois auparavant, s'est dégagé je ne sais pourquoi du fouillis de ma mémoire. Tourmentée par ma peine, environnée de ténèbres, je m'étais levée pour aller m'asseoir devant mon ordinateur et parcourir le cyberespace pendant des heures, sans but, jusqu'à ce que le jour revienne enfin. Brusquement, j'avais tapé sur Google le mot « incertitude ». Sur une impulsion. Au milieu des dizaines de pages qui s'affichaient à l'écran, j'avais repéré un nom qui ne m'était pas inconnu : Werner Heisenberg. C'était le mathématicien et physicien allemand à qui revenait la paternité du principe d'incertitude : en considérant une particule donnée, on ne peut jamais connaître à la fois sa position et sa vitesse ; c'est l'une ou l'autre ; telle est l'indétermination de tout fragment de vie.

« Et c'est aussi le destin, m'étais-je dit après avoir lu cette définition : un déplacement arbitraire de particules qui nous entraînent vers des destinations que nous n'aurions jamais imaginées. L'incertitude… Elle gouverne chaque instant de la condition humaine. »

En contemplant ce ciel et son reflet sur le lac, une citation m'est revenue de cette surprenante exploration nocturne. Heisenberg, répliquant à un confrère qui soutenait que l'espace était un champ d'opérations linéaires. Qu'avait-il dit, déjà ? J'étais tellement absorbée dans mes souvenirs que je me suis brusquement entendue proclamer à voix haute :

— « Le ciel est bleu et les oiseaux y volent. »

— Pardon ? a fait Vern, interloqué.

Je me suis tournée vers lui et, avec un grand sourire, j'ai répété :

— « Le ciel est bleu et les oiseaux y volent. »

Vernon Byrne a médité cette phrase un moment.

— Ça me paraît indiscutable, oui.

Et nous avons continué à regarder le lac.

Collection « Littérature étrangère »

ADAMS Poppy
Le Temps des métamorphoses

ANDERSON Caroline
La Femme assise

AGUÉEV M.
Roman avec cocaïne

ALI Monica
Sept mers et treize rivières
Café Paraíso

ALLISON Dorothy
Retour à Cayro

ANDERSON Scott
Triage
Moonlight Hotel

AUSLANDER Shalom
La Lamentation du prépuce

BAXTER Charles
Festin d'amour

BENIOFF David
24 heures avant la nuit

BROOKNER Anita
Hôtel du Lac
États seconds
La Vie, quelque part
Une chute très lente
Une trop longue attente
Fêlures
Le Dernier Voyage

BROOKS Geraldine
Le Livre d'Hanna

CAÑÓN James
Dans la ville des veuves intrépides

CONROY Pat
Le Prince des marées
Le Grand Santini

COURTENAY Bryce
La Puissance de l'Ange

CUNNINGHAM Michael
Les Heures
De chair et de sang
La Maison du bout du monde
Le Livre des jours

DORRESTEIN Renate
Vices cachés
Un cœur de pierre
Sans merci
Le Champ de fraises
Tant qu'il y a de la vie

DUNANT Sarah
La Courtisane de Venise

DUNMORE Helen
Un été vénéneux
Ils iraient jusqu'à la mer
Malgré la douleur
La Faim
Les Petits Avions de Mandelstam
La Maison des orphelins

EDELMAN Gwen
Dernier refuge avant la nuit

ELTON Ben
Nuit grave

FLANAGAN Richard
La Fureur et l'Ennui

FREY James
Mille morceaux
Mon ami Leonard

FRY Stephen
L'Hippopotame
Mensonges, mensonges
L'Île du Dr Mallo

GALE Patrick
Chronique d'un été
Une douce obscurité
Tableaux d'une exposition

GARLAND Alex
Le Coma

GEE Maggie
Ma bonne

GEMMELL Nikki
Les Noces sauvages
Love Song

GILBERT David
Les Normaux
Les Marchands de vanité

HAGEN George
La Famille Lament
Les Grandes Espérances du jeune Bedlam

HOMES A. M.
Mauvaise mère

HOSSEINI Khaled
Les Cerfs-volants de Kaboul
Mille soleils splendides

JOHNSTON Jennifer
Petite musique des adieux
Ceci n'est pas un roman
De grâce et de vérité

JONES Kaylie
La fille d'un soldat
ne pleure jamais
Dépendances

KAMINER Wladimir
Musique militaire
Voyage à Trulala

KANON Joseph
L'Ultime Trahison
L'Ami allemand
Alibi

KENNEDY Douglas
La Poursuite du bonheur
Rien ne va plus
Une relation dangereuse
L'homme qui voulait vivre sa vie
Les Désarrois de Ned Allen
Les Charmes discrets
de la vie conjugale
La Femme du Ve
Piège nuptial

KLIMKO Hubert
La Maison de Róża

KNEALE Matthew
Les Passagers anglais
Douce Tamise
Cauchemar nippon
Petits crimes
dans un âge d'abondance
Maman, ma sœur, Hermann et moi

KUNKEL Benjamin
Indécision

LAMB Wally
Le Chant de Dolorès
La Puissance des vaincus

LAWSON Mary
Le Choix des Morrison
L'Autre Côté du pont

LEONI Giulio
La Conjuration
du Troisième Ciel
La Conspiration des miroirs

LISCANO Carlos
La Route d'Ithaque
Fourgon des fous
...irs de la guerre récente

LOTT Tim
Frankie Blue
Lames de fond
Les Secrets amoureux d'un don Juan
L'Affaire Seymour

MADDEN Deirdre
Authenticité

MARCIANO Francesca
L'Africaine
Casa Rossa
La Fin des bonnes manières

McCANN Colum
Danseur
Les Saisons de la nuit
La Rivière de l'exil
Ailleurs, en ce pays
Le Chant du coyote
Zoli

McCOURT Frank
Les Cendres d'Angela
C'est comment l'Amérique ?
Teacher Man,
un jeune prof à New York

McGARRY MORRIS Mary
Mélodie du temps ordinaire
Fiona Range
Un abri en ce monde
Une douloureuse absence

MILLS Jenni
Le Murmure des pierres

MORTON Brian
Une fenêtre sur l'Hudson
Des liens trop fragiles

MURAKAMI Haruki
Au sud de la frontière,
à l'ouest du soleil
Les Amants du Spoutnik
Kafka sur le rivage
Le Passage de la nuit
La Ballade de l'impossible
L'éléphant s'évapore
Saules aveugles,
femme endormie
Autoportrait de l'auteur
en coureur de fond

O'DELL Tawni
Le Temps de la colère
Retour à Coal Run
Le ciel n'attend pas

O'FARRELL Maggie
Quand tu es parti
La Maîtresse de mon amant

La Distance entre nous
L'Étrange Disparition d'Esme Lennox

OWENS Damien
Les Trottoirs de Dublin

PARLAND Henry
Déconstructions

PAYNE David
Le Dragon et le Tigre : confessions d'un taoïste à Wall Street
Le Monde perdu de Joey Madden
Le Phare d'un monde flottant
Wando Passo

PEARS Iain
Le Cercle de la Croix
Le Songe de Scipion
Le Portrait

PENNEY Stef
La Tendresse des loups

RAVEL Edeet
Dix mille amants
Un mur de lumière

RAYMO Chet
Le Nain astronome
Valentin, une histoire d'amour

ROSEN Jonathan
La Pomme d'Ève

SANSOM C. J.
Dissolution
Les Larmes du diable
Sang royal
Un hiver à Madrid
Prophétie

SAVAGE Thomas
Le Pouvoir du chien
La Reine de l'Idaho
Rue du Pacifique

SCHWARTZ Leslie
Perdu dans les bois

SEWELL Kitty
Fleur de glace

SHARPE Tom
Fumiers et Cie
Panique à Porterhouse

SHREVE Anita
Le Poids de l'eau
Un seul amour
La Femme du pilote
Nostalgie d'amour
Ultime rencontre
La Maison du bord de mer
L'Objet de son désir
Une lumière sur la neige
Un amour volé
Un mariage en décembre

SHRIVER Lionel
Il faut qu'on parle de Kevin

SMITH Tom Rob
Enfant 44

SOLER Jordi
Les Exilés de la mémoire
La Dernière Heure du dernier jour

SWARUP Vikas
Les fabuleuses aventures d'un Indien malchanceux qui devint milliardaire

TOLTZ Steve
Une partie du tout

ULINICH Anya
La Folle Équipée de Sashenka Goldberg

UNSWORTH Barry
Le Nègre du paradis
La Folie Nelson

VALLEJO Fernando
La Vierge des tueurs
Le Feu secret
La Rambla paralela
Carlitos qui êtes aux cieux

VREELAND Susan
Jeune fille en bleu jacinthe

WATSON Larry
Sonja à la fenêtre

WELLS Rebecca
Fleurs de Ya-Ya

WEST Dorothy
Le Mariage

ZHANG Xianliang
La mort est une habitude
La moitié de l'homme, c'est la femme

ZWEIG Stefan
Le Monde d'hier. Souvenirs d'un Européen

Cet ouvrage a été imprimé par
CPI Firmin Didot à Mesnil-sur-l'Estrée
pour le compte des Éditions Belfond
en mars 2009

Composition et mise en pages : FACOMPO, LISIEUX

Imprimé en France
Dépôt légal : mai 2009
N° d'édition : 4259 — N° d'impression : 94822